Laura Labas

Eine Krone aus Herz und Asche

DRACHENMOND VERLAG

DRACHENMOND VERLAG

Astrid Behrendt
Rheinstraße 60
51371 Leverkusen
http: www.drachenmond.de
E-Mail: info@drachenmond.de

Lektorat: Marlena Anders
Korrektorat: Julia Mayer
Satz: Marlena Anders
Layout: Astrid Behrendt
Illustrationen: Anja Uhren
Umschlagdesign: Sanja Gombar
Bildmaterial: Shutterstock

Druck: Booksfactory

ISBN 978-3-95991-295-2

Für Silvana

1. Kapitel

Die Hexe

Vor hunderten von Jahren in Triste

Morrigan betrachtete ihre makellose Erscheinung in dem in Gold eingefassten Spiegel und lächelte zufrieden. Ihr Körper war in ein schwarzes Spitzenkleid gehüllt, das ihr von ihrem Gemahl geschenkt worden war. Da Devlin auch nach so vielen Jahrzehnten immer noch blind war, achtete er mehr auf das Gefühl der Stoffe als auf den Schnitt. Darauf konzentrierten sich allein die Schneider und sie hatten auch dieses Mal ausgezeichnete Arbeit geleistet. Die langen, spitzenbesetzten Ärmel lagen genauso wie das Kleid eng an ihrer Haut an, sodass die sanfte Rundung ihres Bauches bereits jetzt zur Geltung kam. Morrigan hatte Devlin noch nicht die frohe Kunde, dass sie ein weiteres Kind unter ihrem Herzen trug, mitgeteilt. Aber bald.

Ihr zufriedenes Lächeln wandelte sich zu einem hoffnungsfrohen. Sie hatte gemerkt, dass Devlin in den letzten zwei Jahren immer unglücklicher wurde. Er vermisste seine Heimat, auch wenn es ihm hier in Triste an nichts mangelte. Mittlerweile hatten sie ihre Grenzen gesichert und die Schlachten gegen Duster, gegen Aeshma, fanden nur noch selten auf ihrem Grund und Boden statt. Ihr Volk sehnte sich nach Frieden, das wusste sie, aber sie war nicht fähig nachzugeben. Sie *konnte* nicht.

Auch nicht für Devlin?

Schon einmal hatte sie den Fehler begangen, jemandem ihr Herz bedingungslos in die Hände zu legen und sie war um eine schmerzvolle Erfahrung reicher geworden. Aeshma hatte sich in Devlins menschliche Schwester verliebt und sie, Morrigan, Dämonenhexe und Königin, aus seinem Königreich verbannt. Nun, vielleicht war sie auch freiwillig gegangen, aber wie hätte sie in Duster bleiben und dabei zusehen können, wie er dieser … Menschenfrau den Hof machte?

Nein, sie hatte sich richtig entschieden, war nach Triste zurückgekehrt und hatte ihr Volk auf den rechten Pfad gewiesen – auf einen Kriegspfad gegen den Erzdämon Aeshma. Und plötzlich hatte Devlin ihren Weg gekreuzt. Indem er sie liebte und verehrte, verhinderte er, dass ihr Herz vollkommen zu Eis gefror. Sie liebte ihn ebenfalls, auch wenn sie einen kleinen Teil von sich selbst zurückhielt. Nur einen winzig kleinen Teil, aber er reichte aus, um den Krieg weiter voranzutreiben.

Sie legte ihre Hände auf die kleine Wölbung und fragte sich, ob sie mit einem Jungen oder einem Mädchen gesegnet werden würde. Es war bei Weitem nicht ihr erstes Kind mit Devlin, doch es fühlte sich so an. Die Schwangerschaft war so wichtig für ihre Beziehung. Sie würde ihm ein Lächeln aufs Gesicht zaubern, das wusste sie. So war es auch bei jeder anderen Schwangerschaft gewesen und wenn die Kinder die Welt erblickten, mit ihren blassen Augen und lautem Geschrei, war er jedes Mal wie gebannt. Genauso wie sie.

Die meisten ihrer Kinder waren mittlerweile gealterte Männer und Frauen, die selbst bereits Kinder und Kindeskinder hatten, aber Morrigan und Devlin luden sie noch immer Monat für Monat an den Hof ein. Es war anders als mit Aeshma. Dieser hatte sich kaum um ihre gemeinsamen Kinder gekümmert und so hatte sich auch Morrigan dazu gezwungen gefühlt, sie nicht zu sehr in ihr Herz zu schließen. Letztlich ersparte ihr dies großes Leid, denn anders als sie und Aeshma waren ihre Kinder nicht für die Ewigkeit gedacht, auch wenn Königsdämonen länger zu leben schienen als ihre Schattenkinder.

Sie hatte all ihre Magie dazu benutzt, Devlins Leben an ihr eigenes zu binden, sodass seine Lebensdauer so lang anhielt wie die ihre. Für ihre Kinder hatte die Magie nicht ausgereicht. So schmerzvoll sie auch gewesen war, sie bereute ihre Entscheidung nicht.

Die Flügeltüren zu ihrem Gemach wurden von livrierten Dienern geöffnet, um ihren Gemahl einzulassen, der dieser Tage nicht einmal mehr seinen Stock brauchte. Er fand sich trotz seiner Blindheit gut zurecht, da er die Auren um sich herum *fühlen* konnte. So zumindest hatte er es ihr damals erklärt.

»Morrigan«, begrüßte er sie, nachdem sich die Türen hinter ihm geschlossen hatten und er an ihre Seite getreten war. Sie befand sich gegenüber von ihrem Bett, neben dem Spiegel und der Fensterfront, die den Blick auf das ruhige Meer offenbarte. Eine Terrassentür war geöffnet und ließ die salzige Brise ins Gemach ein.

Devlin küsste ihre Wange, während sich seine Hände um ihre Taille legten und von dort nach vorne wanderten. Stirnrunzelnd zog er seinen Kopf etwas zurück, seine Handflächen befühlten jedoch weiter die verräterische Rundung.

»Du bist schwanger?«, fragte er heiser, bevor er sich räusperte. Zwei Wochen war er fort gewesen, um beim Neuaufbau eines Dorfes zu helfen. Sie hatte ihn so vermisst.

Sie konnte sich ein glückliches Lächeln nicht verkneifen, als sie ihre Hände auf die seinen legte.

»Freust du dich?« Sie beugte sich vor und verschloss für einen Moment seine Lippen mit ihren.

»Ja«, wisperte er und küsste sie erneut mit so großer Leidenschaft wie bei ihrem ersten Kuss im Wintergarten. Sie konnte sich nur dazu überwinden, den Kuss zu unterbrechen, weil sie einen derart großen Drang verspürte, sein Lächeln zu sehen.

Als sie sich von ihm löste, zuckte er überrascht zusammen. Zuerst dachte sie, er wollte sie reinlegen und gestehen, dass er sich doch nicht über ihr Kind freute, doch dann sah sie das sich ausbreitende Blut auf seinem Hemd und die Pfeilspitze, die daraus hervorragte.

Bevor sie wirklich begriffen hatte, was vor sich ging, wurde sie von einem zweiten Pfeil an der Schulter getroffen. Zusammen mit Devlin ging sie zu Boden.

Woher war der Angriff gekommen? Von der Terrasse?

Sie versuchte ihren Blick zu heben, doch es war ihr unmöglich, ihn von Devlins flehendem Gesicht zu nehmen. Seine Unterlippe bebte, als würde er ihr etwas sagen wollen. Der Schmerz in ihrer Schulter sank ins Nichts. Ihre schwarze Krone rutschte von ihrem geneigten Kopf, als sie sich über ihren Gemahl beugte, und fiel klirrend auf den Boden.

nein nein nein

»Verlass mich nicht«, wisperte sie. Nichts war wichtig. Weder ihr Schmerz noch ihre Magie. Ihre Schatten gehorchten ihr nicht, sammelten sich nicht wie ein Schutzschild um sie, als würden sie in ihr nicht mehr ihre Meisterin erkennen. »Devlin. Bitte.«

»Ich liebe dich so sehr, Morrigan«, raunte Devlin, bevor er einen schwachen letzten Atem ausstieß – in demselben Augenblick als sie der nächste Pfeil ins Herz traf. Das Herz, das in diesem Moment brach.

Devlin. Verlass mich nicht.

Aber sie war es, die hinabglitt in die Dunkelheit. Das Letzte, was sie sah, waren dunkle Finger, die sich um ihre schwarze Krone legten. Dann existierte nur noch Finsternis, bis …

sie erwachte
Sekunden
Stunden
Jahre
Ewigkeiten
später

Verlass mich nicht, echote es in ihrem Inneren, das leer und taub war.

Sonnenlicht kitzelte ihre Nase, Hitze trieb den Schweiß auf ihre Stirn und Sand verklebte ihre Wimpern. Stöhnend rollte sie sich auf die Seite und rieb sich mit ihren Fingern, die sich schwer wie Blei anfühlten, über die Lider, bis sie diese öffnen konnte. Sofort wurde sie von einer hochstehenden Sonne geblendet und es dauerte, bis sich ihre Augen an die Helligkeit gewöhnten. Sie bemerkte schließlich, dass sie nicht das Rauschen ihres Blutes hörte, sondern das des Meeres. Sie befand sich an einem fremden Strand. Es konnte nicht Triste sein. In Triste gab es weder solchen Sand, noch war es dort je so heiß gewesen.

Wie war sie hergekommen? Was war geschehen?

Blinzelnd stemmte sie sich hoch und richtete sich auf, sodass sie dem blauen, sanften Meer zugewandt war. Meilenweit erstreckte sich das Wasser, bis es sich schließlich mit der Farbe des Himmels vermischte. Links und rechts zog sich der Strand in einem weiten Bogen entlang und ließ in Morrigan die Vermutung aufkommen, dass sie sich auf einer Insel befand. Auf einer sehr, sehr kleinen Insel.

Hinter ihr standen Palmen in kleinen Gruppen beieinander, deren ausladende Blätter in einer Brise wogen, die Morrigan nicht spüren konnte. Ein paar Sträucher mit reifen Früchten tummelten sich zwischen den schlanken Stämmen, ließen jedoch den Blick zum anderen Ende der Insel frei. Vielleicht war sie insgesamt so groß wie der äußere Hof ihres Schlosses. Lächerlich klein.

Und es gab nicht einen einzigen Schatten. Unter den Palmen herrschte genauso viel Helligkeit wie daneben. Nichts würde Morrigan vor den Sonnenstrahlen schützen können.

Wo war sie nur?

Dann fiel es ihr wieder ein. Die Erinnerung rollte wie eiskaltes Wasser über sie hinweg. Sofort legte sie die Hände auf ihren Bauch, der nunmehr flach war. Kein Kind. Es war fort. So wie Devlin. So wie sie. Als wäre es nie dort gewesen. Verschwunden. Von ihr getrennt.

Ihre Atmung beschleunigte sich und sie bekam gleichzeitig nicht genügend Luft, trotzdem konnte sie den Schmerz nicht in sich halten. Wie Lava brach er aus ihr hervor.

Sie schrie und schrie, bis sie heiser war. Es zwang sie in die Knie.

Der Tod zwang sie in die Knie.

Sie hatte alles verloren und war nun auf einer einsamen, heißen, schattenlosen Insel gefangen, die ihre Hölle war. Ihr Jenseits. Das hatte auf sie gewartet. *Das* hatten die Götter also für sie bestimmt? Einsamkeit und Hitze. Ohne ihre geliebten Schatten.

Ihre Finger gruben sich in den weichen Sand, als kein Ton mehr ihre trockene Kehle verließ.

Sie verlor jegliches Gefühl für Zeit. Spürte nur die Hitze, keinen Hunger, keinen Durst, während sie im Sand sitzen blieb und den Verlust ihres Kindes und ihres Gemahls zu begreifen versuchte.

Nach Taubheit und Trauer folgte jedoch sogleich der Zorn. *Wer* hatte ihnen das angetan? War es Aeshma gewesen?

Oh, wie sie ihn verabscheute!

Sie würde ihn töten. Mit ihren eigenen Händen würde sie das Leben aus ihm und seiner menschlichen Hure herausreißen.

Der Hass keimte in ihrem gebrochenen Herzen und nähte dieses mit schmerzhaften Stichen zusammen. Nur so gelang es ihr, sich zu erheben, als sie merkte, dass sie nicht länger allein auf der Insel war. Zwei Menschen waren wie aus dem Nichts aufgetaucht und genossen das Sonnenlicht auf ihrer Haut, schwammen im warmen Wasser und räkelten sich im Sand. Für sie war diese Insel etwas *Gutes*. Für sie war es keine Strafe.

Und sie hasste sie dafür.

Sie hasste jeden Menschen, der in den folgenden Jahren diese Insel betrat und sie stellte sicher, dass sie es wussten; bis eine Menschenfrau ihr eines Tages die Stirn bot und ihr zu einer Freundin wurde. Joana.

Der Hass aber wuchs bedächtig weiter und breitete sich bis in ihre tintenschwarzen Haarspitzen aus. Sie würde ihre Rache bekommen.

Oh ja.

Früher oder später.

2. Kapitel

Der Königsdämon

Gareth spürte Alisons Hand noch immer an seiner. Wie ein Echo, das niemals verklingen würde. Es erleichterte ihm den Kampf gegen sich selbst, ihre sich entfernende Gestalt nicht mit seinen Blicken zu verfolgen. Das würde nur unnötig Aufmerksamkeit auf sich ziehen. Außerdem hatte sie ihm eine wichtige Nachricht mitgeteilt.

Er erreichte Dorian gerade noch rechtzeitig und leitete ihm Alisons Warnung weiter. Billings wusste über Ascias geheime Aktivitäten und den Kampf gegen *Vessen* Bescheid, und würde dieses Bankett nutzen, um Dorian vor allen bloßzustellen. Er würde allen Verbündeten Ascias zeigen, was für ein Verräter Dorian war, da er hinter ihren Rücken Schattendämonen abschlachten ließ und mit Menschen zusammenarbeitete.

Dann rief Billings schon den Namen seines alten Freundes. Dorian und Gareth wurden nach vorne in Richtung der Bühne geschoben. Gareth wollte sich zur Wehr setzen, doch sein König bedeutete ihm mit einem bedeutsamen Blick abzuwarten.

Sie hatten das Podest beinahe erreicht und wären zweifellos von Billings' bulligen Königsdämonen ergriffen worden, wenn in diesem Moment nicht Panik ausgebrochen wäre. Jemand rief ›Feuer‹ und Gareth konnte hinter sich eine brennende Wand erkennen, die sich unaufhaltsam von Vorhang zu Vorhang fraß. Er verkniff sich ein dankbares Lächeln. Offensichtlich hatte ihnen Alison einen Vorteil verschaffen wollen, und er schätzte ihre Hilfe.

»Hier entlang«, wies er seinen König an und Dorian ließ sich von ihm zu einem der Dienstbotenausgänge ziehen, da die Wächter und Billings für einen Augenblick wie erstarrt das Schauspiel beobachteten.

Die meisten Anwesenden entschieden sich für die Flucht in den Garten, da sie sich draußen am sichersten fühlten. Niemand machte Anstalten, den Brand zu löschen. Es gab nicht viel, das Königsdämonen so verletzen konnte, dass sie sich nicht mehr heilen konnten – Feuer gehörte allerdings dazu. Deshalb siegte der Fluchtinstinkt über den rationalen Gedanken, die Flammen zu ersticken.

Dorian und er duckten sich hinter mehreren Gästen entlang, damit sie nicht von Billings gesehen werden konnten, falls er sich nicht wie alle anderen von den in Flammen stehenden Vorhängen ablenken lassen würde. Glücklicherweise erreichten sie ohne Zwischenfälle den wie leer gefegten Flur und suchten sich ihren Weg zum Vordereingang, der dank der Hysterie unbewacht war. Niemand hinderte sie daran, in den Hof hinauszutreten, doch sobald sie über die Pflastersteine in Richtung des Haupttores liefen, bäumte sich die Erde grollend auf.

Gareth musste sich an einem Holzpfahl abstützen, der am Rande des Weges in den Boden gestampft worden war. Dorian zeigte nicht die geringste Überraschung und hielt sich vollkommen aufrecht.

»Was war das?«

»Sie hat ein Tor geöffnet«, antwortete Dorian heiser. »Komm mit, wir müssen den Stall erreichen, bevor Billings realisiert, dass wir ihm entwischt sind.«

Sie schritten über den Kiesweg, der sie hoffentlich direkt zum Hinterhof des Rathauses führen würde. Dort befanden sich die Stallungen und somit ihre Möglichkeit zur Flucht, auch wenn Gareth das Gelände am liebsten sofort und ohne Pferd verlassen hätte. Sie würden ohnehin nicht gleich die Stadt hinter sich lassen können, da sie noch Elle einsammeln mussten. Er konnte noch immer nicht glauben, dass sie unverletzt war. Hier in Billings.

»Was meinst du damit? Wer hat welches Tor geöffnet?« Gareth folgte Dorian zwar in der Dunkelheit dicht auf den Fersen, doch er wollte Antworten und dafür wäre er sogar stehen geblieben. Dies war jedoch nicht nötig, da ihm Dorian sofort antwortete.

»Sag bloß, du warst so blind vor Leidenschaft, dass du nicht erkannt hast, was deine kleine Jägerin zu verheimlichen versuchte?«, stieß Dorian hervor, als sie sich eng an die Fassade pressten, um den Innenhof nach Wachen abzusuchen. Das Beben hatte nicht nachgelassen, als ein kräftiger Wind aufkam. Losgerissene Dachschindeln zerschellten auf den

Pflastersteinen. Das eingepferchte Nutzvieh stieß unruhige Laute aus, als würde es spüren, dass hier in ihrer Nähe etwas ganz und gar Unnatürliches geschah.

»Was redest du da?« Gareth hatte das Gefühl, als wäre er in einem Albtraum gefangen. Er hätte sich vor Wochen damit durchsetzen sollen, Billings' Einladung zum Bankett abzulehnen. Dorian hätte das allerdings nie zugelassen und Gareth während seiner Überzeugungsversuche nur mit einem milden Lächeln bedacht.

Seine Sturheit würde ihnen heute hoffentlich nicht teuer zu stehen kommen und die Welt in eine Katastrophe stürzen – wenn es nicht bereits geschehen war.

Er drehte sich zu seinem Schützling um, anstatt den Weg zum Stall fortzusetzen. Sein Blick war durchdringend und ernst, doch es fand sich auch eine gewisse Anspannung darin, die Gareth nicht gefiel. In der Ferne gesellten sich Gewehrschüsse zu dem Grollen der Erde. Das ergab für Gareth noch weniger Sinn als dieses Gespräch.

»Sie trägt den Schlüssel in sich«, verkündete er schließlich und ließ Gareth keine Zeit, diese weitreichende Tatsache zu verarbeiten, sondern wandte sich abrupt ab und eilte über den Platz.

Gareth brauchte einen Moment, um sich von dem Schock so weit zu erholen, dass er seinem König folgen konnte.

Das Beben wurde schlimmer. Der Boden brach auf. Gareth erinnerte sich an die Zeit zurück, als damals vor so vielen Jahren mehrere Tore geöffnet gewesen waren. Durch eines von ihnen war auch er mit seiner Familie geschlüpft. Der Übergang störte das Gleichgewicht der Welt. Er brachte das Wetter durcheinander und rief den Zorn der Erde hervor.

Aber auch seine eigene Wut kämpfte sich mit zunehmender Kraft an die Oberfläche.

Alison trug den Schlüssel und sie hatte sich ihm nicht anvertraut. Er schalt sich selbst für seine offensichtliche Blindheit, denn Hinweise darauf hatte es genug gegeben. Ihre übernatürliche Stärke, ihre Schnelligkeit und ... unfreiwillig sprangen seine Gedanken zur Wölbung unter ihren Rippen auf der rechten Seite. Er hatte sie mehr als einmal darauf angesprochen, doch er war so erpicht darauf gewesen, ihr zu vertrauen, dass er ihre Ausrede über eine falsch zusammengewachsene Rippe geglaubt hatte. Wie ein liebeskranker Idiot! Enttäuschung mischte sich in seinen schwelenden Zorn und sein Herz sank.

Im Laufschritt betraten sie den ersten von drei länglich angelegten Ställen, wo sie von wiehernden Pferden begrüßt wurden.

Wütend suchte er sich eines aus und sattelte den braunen Hengst in aller Eile. Dorian entschied sich für ein hellbraunes Pferd direkt neben ihm.

»Wenn sie den Schlüssel hat und … das Tor nun offen ist«, murmelte Gareth leise, aber in dem Wissen, dass ihn Dorian noch immer über den aufbrausenden Sturm und die Geräusche des Bebens hören konnte. »Wir müssen ihr helfen!« Obwohl ihr Betrug schwer wog, konnte er seine Zweifel nicht gewinnen lassen. Alison konnte das wohl kaum freiwillig getan haben und damit den Dämonen die Chance geben, noch mehr von ihnen auf die Erde zu locken. Gareth wusste nur von Dorian von dem Schlüssel und dem Schloss, die von den Kaskaden erschaffen worden waren. Bisher hatte er dem König immer vertraut, das bedeutete allerdings nicht, dass er unfehlbar war. »Und bist du dir wirklich sicher, dass sie den Schlüssel besitzt?«

»Ich war von ihrer Stärke beeindruckt und hegte die Vermutung schon, bevor wir sie zu uns holten. Allerdings war ich mir nicht sicher, bis sie vor den Kaskaden fliehen konnte«, antwortete Dorian und zog sich in den Ledersattel. Gareth wollte es ihm nachtun, aber er war wie erstarrt. Fühlte, wie die Erde unter seinen Sohlen auseinanderbrach. Im wahrsten Sinne des Wortes.

»Wieso hast du nichts gesagt?«

»Ich wollte den Schlüssel nicht für mich nutzen, da ich keinerlei Bedürfnis verspürte, die Tore erneut zu öffnen.« Dorian klang ungeduldig. »Wir müssen los, Gareth.«

»Nicht bevor du mir nicht ein paar Fragen beantwortet hast. Du scheinst die Sache hier ja vollkommen entspannt zu sehen!«, herrschte ihn Gareth an, während sich seine Finger um die Zügel seines Pferdes schlossen, sodass seine Knöchel weiß hervortraten. Er wusste nicht, wohin mit seinen übersprudelnden Gefühlen. Gefühle, die ihn nahe an einen Abgrund führten.

»Nachdem Alison entführt worden ist, befürchtete ich, dass etwas Derartiges in Gang gesetzt worden ist. Was ich jedoch nicht kommen sah, war Alisons Beteiligung. Sie ist eine gute Schauspielerin«, gestand Dorian. »Ich dachte wirklich, sie konnte vor den Rebellen fliehen, ohne von ihnen überzeugt worden zu sein.«

»Überzeugt zu werden von was genau?«

»Das Tor zu öffnen. Ich war mir sicher, dass sich das Gefäß des Schlosses nicht bei einem Dämon aufhält, also blieben nur noch Menschen übrig. Und welche menschliche Gemeinschaft ist groß genug, um dem Schloss weiszumachen, dass es etwas in der Welt bewegen kann?«

»Die Rebellen«, antwortete Gareth tonlos.

Dorian nickte ernst. »Ich weiß nicht, wie sie es geschafft haben, aber sie haben Alison anscheinend auf ihre Seite gezogen.«

»Aber … warum würde sie uns dann vor Billings warnen? Und was will sie mit dem geöffneten Tor tun?« Gareth sah seinem Königsdämon die Ungeduld deutlich an, doch er entschloss sich, sie nicht weiter zu beachten. Er musste wissen, was hier vor sich ging.

»Wie ich schon sagte, es war offensichtlich nicht ihr Plan. Vielleicht hat jemand aus dem Lager der Rebellen herausgefunden, wie er uns alle vernichten kann. Oder wir werden alle durch das Tor gezogen? Möglicherweise öffnen sie das Tor zu einer gänzlich anderen Welt?« Er zuckte mit den Schultern. Eine Geste, die Gareth nicht oft bei seinem Gegenüber zu sehen bekam.

»Uns ist noch nichts geschehen. Wir sind noch immer hier.«

»Offensichtlich. Vielleicht liege ich auch falsch. Nichtsdestotrotz können wir nicht länger *hier* bleiben. Ich weiß, du hast Gefühle für sie entwickelt, aber es scheint so, als würde sie nicht das Gleiche für dich empfinden. Denkst du nicht, dass wir Elle finden und so schnell wie möglich von hier verschwinden sollten, solange Billings noch mit etwas anderem beschäftigt ist?«

Gareth nickte, obwohl sein Herz schmerzte.

»Hast du Noah gesehen?«, wechselte Dorian abrupt das Thema.

»Nein«, presste der jüngere Königsdämon hervor.

»Ich hoffe, er findet seinen Weg zu uns.«

Schweigend stieg Gareth auf sein Pferd und ritt neben Dorian aus den Ställen zum hinteren Ausgang, der unbewacht war. Mehrere Erdrisse zogen sich vor ihnen entlang, doch sie waren noch schmal genug, damit ihre Pferde sie problemlos überspringen konnten. Während eines solchen Sprunges wurde Gareth schwindelig und er musste den Druck seiner Oberschenkel verstärken, um nicht vom Pferd zu fallen.

Er wusste augenblicklich, was das zu bedeuten hatte, auch wenn er dieses Gefühl das erste Mal, als er es gespürt hatte, ignoriert hatte. Alison war verschwunden. Er spürte, dass sie lebte, aber er konnte nicht mehr sagen, wo sie sich aufhielt. Es war, als wäre sie vom Rathaus ins Nichts verschwunden. War sie durch das Tor gegangen? Hatte jemand an ihr die gleiche Droge benutzt wie bei ihrer Entführung?

Er musste sich konzentrieren, auch wenn es ihm unwahrscheinlich schwerfiel. Alles, was er wollte, war, umzukehren und Alison in seine Arme zu schließen. Er glaubte nicht, dass sie ihn verraten hatte. Dann hätte sie ihn nicht warnen müssen. Sie hätte ganz einfach zusehen können, wie Billings die Falle zuschnappen ließ.

Sie hatten das Innere der Stadt erreicht, in dem heller Aufruhr herrschte. Menschliche Sklaven, Schatten- und Königsdämonen liefen hektisch umher, riefen nach Freunden und Familienmitgliedern, während der Wind in den Straßen toste, Sand und Erde aufwirbelte und in ihre Gesichter peitschte. Manche hievten ihr Hab und Gut auf robuste Wagen, andere begnügten sich mit dem, was sie selbst tragen konnten, und rannten möglichst schnell zu einem der Tore. Gareth vernahm Kindergeschrei und die strenge Stimme von Befehlshabern, die für Ruhe und Ordnung sorgen wollten. Nicht mehr lange und auch sie würden einsehen, dass die Stadt verloren war.

Er wusste ganz genau, wo sich Elle aufhielt, da es das Quartier war, das sie für die menschlichen Jäger auserkoren hatten. Sie brauchten mit ihren Pferden nicht sehr lange, da sie sich keinen Weg durch die Menge erkämpfen mussten. Die Menschen und Dämonen wichen freiwillig zurück, um nicht versehentlich unter die Hufen zu geraten.

Vor dem Hintereingang stieg Dorian ab und bedeutete Gareth, auf ihre Pferde zu achten. Sie wussten nicht, wie schlimm der Sturm und das Beben, das für den Moment nachgelassen hatte, noch werden würden. Es machte auch in diesem Viertel den Eindruck, als würden viele von den Bewohnern fliehen wollen, solange sie noch konnten, um nicht von den Trümmern erschlagen zu werden. Es war wichtig, dass Gareth achtgab, trotzdem verspürte er einen schmerzhaften Stich in der Brust. *Er* hatte tagelang nach Elle gesucht. *Er* hatte Adam getröstet, während Dorian sich in seinem Arbeitszimmer eingeschlossen hatte.

Er beobachtete, wie dem König die Tür geöffnet wurde und dieser im Haus verschwand. Wo kamen all seine verbitterten Gedanken her? Seit wann erlaubte er sich, so von Dorian Ascia zu denken?

»Gareth!«, rief Elle, noch während sie aus dem Haus stürmte. Er stieg von seinem Pferd und drückte das Mädchen eng an sich. Sie war wie eine Nichte für ihn, auch wenn er weder mit ihrer Mutter noch mit ihrem Vater blutsverwandt war.

»Du wirst uns genau berichten müssen, was geschehen ist«, sagte er bewegt und tätschelte ihre gerötete Wange.

»Wo sind Alison und die anderen Jäger? Und Evan und Crystal?«, entgegnete sie, anstatt ihm eine vernünftige Antwort zu geben.

»Uns bleibt leider keine Zeit, Elle«, mischte sich Dorian ein und legte eine Hand auf ihre schmale Schulter. Sie trug ein unauffälliges Hemd und eine dunkelblaue Hose. Er konnte sich nicht daran erinnern, sie jemals in Hosen gesehen zu haben. »Wenn wir Glück haben, schließen sie später zu uns auf. Lasst uns gehen.«

Er hob Elle auf sein Pferd, sodass sie seitlich vor ihm saß, dann lenkten sie ihre Pferde durch den einsetzenden Regen. Gareth wünschte sich, er hätte daran gedacht, seinen Umhang mitzunehmen, aber ihre Flucht war zu abrupt gewesen. Und wenn er ehrlich war, wäre er viel lieber für Alison umgekehrt als für seinen *Umhang*.

Kurz bevor sie das nördliche Stadttor erreichten, setzte ein weiteres schweres Beben ein. Es zwang sie dazu, von den Pferden abzusteigen. Die Tiere wieherten beunruhigt, während der Regen zunahm und die Gebäude um sie herum einstürzten. Regelrecht in sich zusammenfielen.

»Wir müssen laufen«, brüllte Gareth über den Lärm hinweg.

Dorian hob Elle erneut aufs Pferd und befahl ihr, sich an der Mähne des Pferdes festzuhalten. Es musste für den Kampf ausgebildet worden sein und hatte gelernt, sich in Extremsituationen ruhig zu verhalten.

Dorian und Gareth liefen neben den Tieren her und führten sie an den Zügeln durch die zerfallende Stadt. Es war, als würde die Erde wie ein Vulkan brodeln und Gesteinsbrocken ausspucken, denen sie nur mit Mühe ausweichen konnten.

Vor ihnen rannten mehrere Dämonen und Menschen, die aus Panik einzelne Taschen und Koffer fallen ließen, um noch schneller zu sein. Ein tiefes Grollen, das wie das Brüllen eines Gottes klang, rollte über die Stadt hinweg. Gareth warf einen kurzen Blick über die Schulter, bevor er sich auf den vor ihm liegenden Weg konzentrierte. Hinter ihnen war ein riesiges Loch entstanden, das sich nach und nach an den Häusern und den Pflastersteinen gütlich tat. Was auch immer die Rebellen und Alison getan hatten, es würde die Stadt zerstören.

Gareth konnte nicht sagen, dass er Billings eine Träne nachtrauern würde, doch er wusste, dass der Kern der Macht des Königsdämons nicht in der Stadt lag. Seine Armee befand sich an einem anderen, geheimen Ort, den Ascia bis heute nicht hatte herausfinden können. Sie wussten nur, dass die Kasernen irgendwo in den Rayons errichtet worden waren.

Sie traten gerade unter dem Tor hervor, als ihnen von drei Königsdämonen der Weg versperrt wurde. Da sie keine Uniform trugen, schätzte Gareth sie als normale Bürger von Billings ein, was sie jedoch nicht weniger gefährlich machte. Sie hatten die anderen Flüchtenden keines Blickes gewürdigt, sich aber vor sie gestellt.

»Gebt uns die Pferde und wir lassen euch leben«, versprach ihnen der Dämon mit den abstehenden roten Haaren. Seine von Staub und Dreck bedeckten Freunde nickten, glaubten aber nicht wirklich daran, dass es keinen Kampf geben würde, da ihre Körper weiterhin angespannt blieben. Sie waren bereit, sich zu wandeln.

»Ihr solltet uns besser gehen lassen«, betonte Gareth. Er war bei Weitem nicht zum Scherzen aufgelegt und das Letzte, was er wollte, war, weiter aufgehalten zu werden, wodurch sie Elle womöglich noch in Gefahr brachten. »Falls euch *euer* Leben lieb ist«, fügte er der Vollständigkeit halber noch hinzu.

Der Rothaarige lachte, dann wandelten er und seine Freunde sich, sodass sie innerhalb weniger Augenblicke knurrend mit schwarzen Klauen und verlängerten Reißzähnen angriffen.

Gareth und Dorian waren vorbereitet. Während sich der König ebenfalls wandelte, behielt Gareth seine menschliche Form bei, da er sich im gewandelten Zustand noch immer nicht vertraute. Er zog seinen Dolch, den er an seiner Hüfte trug, und stürzte sich damit auf den Königsdämon, der ihm am nächsten stand. Der Regen störte ihn nicht länger und sein Körper passte sich problemlos an das Beben an, sodass seine Bewegungen präzise und schnell waren. Er duckte sich unter den Klauen hinweg und rammte seinem Kontrahenten mit dem mausbraunen Schnurrbart den Ellenbogen in die Bauchhöhle. Der Dämon stockte nicht einmal in seinen Bewegungen, sondern wirbelte herum, um Gareth nicht den Rücken als Angriffsfläche zu bieten. Gareth war jedoch flinker als er und konnte den Dolch in seinen unteren Rücken stoßen, bevor er wieder aus seiner Reichweite verschwinden musste.

Der Schnurrbartträger knurrte bösartig, als er auf ihn zurannte. Gareth rutschte über den nassen Boden, stützte sich mit den Händen ab und trat dem fremden Königsdämon die Beine weg. Er stürzte zu Boden, wo ihn Gareth mit seinem Körper festhielt und ihm die Kehle durchtrennte. Blut spritzte und vermischte sich mit den dicken Wassertropfen auf Gareths Gesicht.

Flink erhob er sich und sah, dass sich auch Dorian gegen den Rothaarigen durchgesetzt hatte, der nun regungslos auf den Pflastersteinen lag. Eine dunkle Lache bildete sich unter ihm. Der dritte in der Runde brannte von innen heraus, wie es nur Dorian oder Billings zu bewerkstelligen vermochten. Eine grauenvolle, aber effektive Fähigkeit.

Elle hatte derweil auf die Pferde achtgegeben, obwohl wahrscheinlich niemand so waghalsig gewesen wäre, sich in den Kampf einzumischen.

»Kommt«, raunte Dorian, stieg hinter Elle auf und trieb vor Gareth sein Pferd an. Sie durften keine Zeit mehr verlieren. Das Loch hinter ihnen breitete sich weiter aus, saugte das Stadttor auf und verschlang Mensch und Dämon gleichermaßen.

Je weiter sie sich von der Stadt entfernten, desto schwächer wurde das Beben und desto weniger Städtern begegneten sie, da die meisten zu Fuß oder auf Wagen unterwegs waren. Gareth stieg gelegentlich vom Pferd, um an zufällig ausgewählten Baumstämmen eingeritzte Zeichen für die Jäger zu hinterlassen, in der Hoffnung, dass sie dem eingekreisten A einen Sinn beifügen würden. Vielleicht … vielleicht wäre auch Alison unter ihnen.

»Was ist geschehen?«, fragte Elle schließlich, nachdem sie ein kleines Waldstück erreicht hatten.

Der Regen peitschte nicht mehr länger in ihre Gesichter und das Beben hatte gänzlich aufgehört. Es war stockdunkel, doch ihnen machte das nichts aus. Als Schattendämonen hätten sie ihre Umgebung vermutlich so differenziert sehen können, als wäre es taghell, doch auch als Königsdämonen kamen sie gut zurecht. »Hat euch Alison nicht rechtzeitig Bescheid gesagt? Es tut mir leid, dass ich einfach weggelaufen bin …«

»Jemand hat das Tor zu einer anderen Dimension geöffnet«, hörte Gareth Dorian antworten.

»Zu … unserer Heimat?«, keuchte sie, während sie sich eng an den Rücken ihres Onkels kuschelte.

»Die Frage bleibt offen. Alison trägt den Schlüssel in sich, also ist sie zum Teil dafür verantwortlich.«

Bei diesen Worten verkrampften sich Gareths Hände um die kalten Lederzügel. Wie hatte sie ihm so etwas Wichtiges verheimlichen können? Aber er hatte ihr wiederum auch nicht erzählt, dass sein Bruder für den Tod ihrer Familie verantwortlich war. War ihre Beziehung also nur eine Farce gewesen? Hatte keiner von beiden wirklich an ein gutes Ende geglaubt und dem anderen vertraut?

Die Wahrheit schmerzte ihn noch mehr als er je zugeben würde.

3. Kapitel

Der Königsdämon

Sie ritten noch die gesamte Nacht weiter, um einen so großen Abstand wie möglich zwischen sich und Billings zu bringen. Das Beben verfolgte sie nicht und auch der Sturm ließ nach, je weiter sie sich entfernten. Sie durchquerten mehrere Geisterstädte, bis sie ein kleines Dorf erreichten, das fernab von jeglichen Highways angesiedelt war. Gareth setzte noch zwei weitere Symbole an Hausmauern, bevor sie sich auf einer leerstehenden Ranch niederließen. Er kümmerte sich um das Wohlergehen der Pferde und führte sie in den Stall, der dem Wohnhaus am nächsten stand, während Dorian Elle ins Haus begleitete.

Mit geübten Handgriffen sattelte er und rieb die Pferde ab, führte sie dann in zwei verschiedene Boxen und füllte ihre Tränken mit dem Wasser aus dem Brunnen auf. Auf dem Dachboden fand er ein paar Heuhaufen. Er verteilte einen Teil davon in den ansonsten kargen Boxen und fütterte die Pferde mit gerupftem Gras. Alles nur, damit ihm Zeit zum Nachdenken blieb. Letztlich erkannte er jedoch, dass er nur das Unweigerliche hinauszögerte.

Eine halbe Stunde später gesellte er sich zu Dorian und seiner Nichte, die in einem Kamin im Erdgeschoss ein wärmendes Feuer entzündet hatten, sodass ihre nasse Kleidung trocknen konnte. Außerdem hatten sie ein paar Dosen Bohnen und Kartoffeln aufgetrieben, woraus sie eine eher dürftig schmeckende Mahlzeit zubereiteten. Elle fielen immer wieder die Augen zu, während sie in einer Wolldecke eingekuschelt vor dem Feuer in einem Ohrensessel saß, doch sie kämpfte tapfer gegen die Müdigkeit an.

»Es wird heute nichts mehr passieren, Elle«, versicherte ihr Dorian, als er vor ihr kniete und ihr eine Strähne aus dem Gesicht strich. »Wir brechen frühestens heute Abend auf. Adam wird hocherfreut sein, dich wiederzusehen, Kleines.«

»Er wird mir den Kopf abreißen, meinst du«, erwiderte sie milde lächelnd.

Dorians Gesichtsausdruck wurde ernster. »Dir ist wirklich nichts geschehen? Wo bist du gewesen?«

»Wolltest du mich nicht schlafen lassen?«

»Ich habe meine Meinung geändert«, grummelte er, klang aber nicht aufbrausend oder bedrohlich.

»Ich habe das Rathaus durch den Garten verlassen und bin wirklich nicht weit gekommen, als ich in eine Gruppe von … Schattendämonen gelaufen bin«, erzählte sie langsam, distanziert, als wäre es nicht ihre Erinnerung, sondern die Geschichte einer Fremden. Ihr Blick nahm einen entrückten Ausdruck an. »Sie haben mich hin- und her geschubst, bis einer von ihnen sagte, dass ich die perfekte Kandidatin wäre.«

»Wofür?«

»Für … Versuche.«

Gareth ballte seine Hände unwillkürlich zu Fäusten. Alison hatte nur Zeit gehabt, um ihm von Elles Unversehrtheit zu berichten und ihn zu warnen. Er fragte sich, ob sie überhaupt gewusst hatte, was Elle durchgemacht hatte.

»Welche Art von … Versuchen?«, zwang sich Gareth zu fragen, da es Dorian offenbar die Sprache verschlagen hatte.

»I-im Labor, aber … mehr weiß ich nicht. Evan und Crystal haben mich zum Glück gerettet, bevor sie viel mehr tun konnten, als mich zu untersuchen«, antwortete Elle leise.

»Evan? Der Jäger?«, hakte Dorian nach, dessen Schultern sich merklich entspannt hatten.

»Ja. Sie waren auf der Suche nach Crystals Schwester Amy, die genauso wie Crystal über … besondere Fähigkeiten verfügt. Billings hat an ihr herumexperimentieren lassen und dann ist etwas anderes aus ihnen geworden«, sprudelte es förmlich aus der Königsdämonin hervor.

Gareth und Dorian warfen sich düstere Blicke zu. Sie hatten ja geahnt, dass Billings viele Projekte im Geheimen führte, aber es nun bestätigt zu bekommen …

Elle gähnte und Dorian befahl ihr erneut, sich auszuruhen. Sie würden sich später weiter unterhalten. Das Wichtige war, dass sie nun in Sicherheit und weitgehend unversehrt war.

Gareth wanderte nachdenklich durch den Flur und nach draußen, wo er sich gegen die Holzbalustrade der Veranda lehnte. Seine Gedanken wirbelten unruhig umher, jetzt da er sich nicht mehr in unmittelbarer Gefahr befand. Er versuchte vergeblich, die Verbindung zu Alison neu zu entfachen, doch er spürte nichts mehr, außer dass sie am Leben war. Immerhin war das ein Trost, auch wenn es ihn nicht von dem Zorn ablenkte, der in ihm herangewachsen war, seit Ascia ihm von dem Schlüssel erzählt hatte.

Er wusste, dass es nicht gerecht von ihm war, wütend auf sie zu sein, da sie noch am Anfang ihrer Beziehung gestanden hatten, doch mit Rationalität kam er nicht weiter. Die Gefühle in ihm brodelten und suchten nach einem Ventil.

Dorian gesellte sich schließlich zu ihm und tat nichts, um die spannungsgeladene Stille abzumildern. Entweder war es ihm egal wie es Gareth ging, oder er wusste einfach nicht, was er sagen sollte.

Es ist wohl kaum Letzteres der Fall. Dorian weiß immer, *was er sagen soll,* dachte Gareth sarkastisch und der Griff um die Holzbalustrade verstärkte sich unwillkürlich.

Er drehte sich um, da er sich sicher war, dass er etwas Falsches tun würde, sollte er weiter neben Dorian ausharren.

Der ältere Königsdämon hatte jedoch etwas anderes im Sinn, da er, gerade als sich Gareth zur Haustür wandte, die Stimme erhob. Er sprach in einem autoritären Ton, den er sich immer dann für Gareth aufbewahrte, wenn dieser sich seiner Meinung nach irrational benahm.

»Was ist es, Gareth? Wir stecken in einer misslichen Lage und es ist mir lieber, wenn ich mich auf dich verlassen kann. Also sag mir endlich, was dich stört.«

»Du kannst nicht damit aufhören, oder?«, stieß Gareth zwischen zusammengebissenen Zähnen hervor.

»Womit genau?« Dorian wandte sich um und hob fragend eine Augenbraue.

»Mich wie ein ahnungsloses Kind zu behandeln. Ein Junge, der gerade von seinen nicht sehr liebevollen Eltern zu dir gekommen ist, um von dir zu lernen«, erläuterte Gareth und versuchte, seine Stimme möglichst ruhig zu halten. Er verriet schon durch seine Wortwahl zu viel von seinem inneren Aufruhr, doch gleichzeitig hatte er es satt, seine Wut weiterhin zu unterdrücken.

»Ich behandle dich so, wie es dein Verhalten verlangt. Versuche nicht, deinen Frust über Alisons Geheimnis auf mich zu übertragen.«

»Du denkst, du bist allwissend, nicht wahr?«, spottete Gareth und erkannte sich selbst nicht mehr wieder. Er konnte sich nicht daran erinnern, jemals so respektlos mit seinem Anführer gesprochen zu haben.

»Wenn ich allwissend wäre, wäre ich auf Lystras Verrat und Billings' Falle vorbereitet gewesen«, erwiderte Dorian trocken. Seine Miene blieb reglos, als würde ihn das Gespräch bereits jetzt langweilen.

Gareths Geduldsfaden riss. Er packte Dorian mit einer blitzschnellen Bewegung am Kragen und zog ihn leicht hoch. Der König wehrte sich nicht, was seine Wut ins Unermessliche steigerte. Er wurde nicht mal ernst genommen!

»Sie ist verschwunden, Dorian! Ich weiß nicht, was geschehen ist, aber Alison ist außerhalb meiner Reichweite«, grollte er. »Ich kann nur hoffen, dass die Rebellen sie mit derselben Droge versorgt haben wie bei ihrer letzten Entführung, ansonsten gibt es nur eine weitere Möglichkeit und das ist die, dass sie die Erde verlassen hat! Ja, vielleicht bin ich blind vor Liebe gewesen. Vielleicht wollte ich ihr so sehr vertrauen, dass ich die Anzeichen ignoriert habe, aber das entschuldigt nicht *dein* Verhalten! Wie du nie müßig wirst, mir unter die Nase zu reiben, kennst du mich und weißt, was ich für Alison empfinde. Du hättest mich auf die Möglichkeit hinweisen sollen, dass sie den Schlüssel in sich trägt! Ich hätte … ich hätte …« Seine Stimme brach, er ließ von Ascia ab und streckte, angewidert von sich selbst, die Arme nach vorne aus. Er betrachtete seine Handflächen für einen langen Moment.

Langsam drehte er sich weg und fuhr hilflos über sein Gesicht.

»Liebe«, echote Dorian tonlos. »Du magst mir nicht glauben, aber du hast dein Herz besser vor mir verhüllt als du denkst. Ich wusste, dass du Alison zugeneigt bist, doch das Ausmaß deiner Gefühle war mir offensichtlich nicht bekannt.«

»Das ändert nichts an der Tatsache, dass du mich nur als einen von ihnen siehst.«

»Von ihnen?«

»Deinen Spielfiguren. Du sagst mir nur so viel, wie ich deiner Meinung nach zu wissen brauche. Du korrigierst mein Verhalten nur dann, wenn es von deinem Kurs abweicht.«

»Ich hege die Vermutung, wir sprechen nicht mehr nur über Alison und den Schlüssel.«

»Tun wir nicht«, bestätigte ihm Gareth leise und wagte es, seinen Ziehvater erneut anzusehen. Die unlesbare Miene überraschte ihn kaum. »Es geht um … alles, aber insbesondere darum, dass du mich schon immer kontrolliert hast, ohne dass es mir bewusst gewesen ist. Meine Eltern, Rope, Noah …«

»Findest du nicht, du steigerst dich jetzt in etwas hinein? Wir sind beide erschöpft, befinden uns mehr oder weniger offiziell im Krieg und sehen uns einer beschwerlichen Reise nach Hause gegenüber …«

Gareth war nicht bereit, jetzt nachzugeben, also schnitt er das einzige Thema an, von dem er wusste, dass es Dorian berührte.

»Vor zehn Jahren kamst du mit Noah *nach Hause* und hast … was genau erwartet? Dass ich ihn wie meinen Bruder behandle? Meinen Bruder, der ein psychopathischer Killer ist? Oder wolltest du, dass ich Rope ganz einfach vergesse und ihn ersetze? Das ist … krank.« Noah war Dorians Schwachpunkt. Gareth hatte dies schon lange gewusst, aber nie wahrhaben wollen. Der Schattendämon hatte einen Platz im Herzen des Königs, den Gareth niemals erreichen würde.

»Ich habe von dir erwartet, dich wie der Dämon zu benehmen, zu dem ich dich erzogen habe«, antwortete Dorian kühl, während er seinen Kragen richtete. »Ich habe *nicht* erwartet, dass du dich von kindischer Eifersucht darüber, wie gut *er* sich mit seinem Bruder versteht, leiten lässt. Aber selbst nachdem Noah ihn verloren hat, hast du es nicht gut sein lassen.«

»Er wollte nichts von mir wissen«, sagte Gareth leise, als er sich daran erinnerte, wie er versucht hatte, sein grobes Verhalten wiedergutzumachen.

»Kannst du es ihm übelnehmen?« Dorians Augen blitzten herausfordernd. Wie erwartet konnte er seine Gefühle nicht so gut verheimlichen, wenn es um Noah ging. »Nach all den Monaten, in denen du ihn drangsaliert hast? In denen du deutlich gemacht hast, dass er niemals auf der gleichen Ebene stehen wird wie du?«

»Wenn du das wirklich gesehen hast, warum hast du mich dann nicht aufgehalten?«, konterte Gareth und hob warnend einen Finger. »Ich sage dir, wieso. Du hast das alles geplant, du verdammter Hurensohn. Du *wusstest* wie wir uns verhalten werden, noch bevor wir es kommen sahen. Du wolltest Noah zu dem stärksten und besten Schattendämon machen und mich …«

»Was, Gareth? Was habe ich dir angetan, das so schrecklich gewesen ist?« Dorians Stimme triefte vor Hohn und Spott. Der Moment seiner Schwäche war vorüber und er hatte die Mauer wieder um sich herum errichtet.

»Du hast erlaubt, dass ich ihn wie den letzten Dreck behandle. Du hast mich glauben lassen, dass ich das Recht dazu habe, weil ich es für ein paar Jahre ebenfalls schwer gehabt hatte. Du …« Er stockte, als er die Wahrheit endlich erkannte, die sich seit langer Zeit in der Dunkelheit versteckt gehalten hatte. »Du hast verhindert, dass ich stärker werde als du.«

Dorian schüttelte ungläubig den Kopf. »Jetzt habe ich wirklich keine Ahnung mehr, wovon du sprichst.«

»Und ob du das hast! Ich war so von meiner Wut eingenommen, dass ich niemals eine wahre Chance gehabt hatte, die Kontrolle nach einer Wandlung zu behalten. Du hast sichergestellt, dass ich meine Gefühle so tief wie möglich in mir vergrabe, damit ich mich nie mit ihnen auseinandersetze. Damit ich nie mit mir selbst ins Reine kommen kann. Das *ist* deine Schuld«, sagte Gareth leiser, weniger zornig. »Aber es ist meine, dass ich es so lange zugelassen habe.«

»Gareth!«

Er ignorierte ihn und suchte den Stall auf, um nach den Pferden zu sehen. Es war genug gesagt und gehört worden. Am liebsten wäre er zurück nach Billings geritten, um Alison zu suchen, doch sein Pflichtbewusstsein ließ das nicht zu. Er hatte Dorian die Treue geschworen und er würde sich nicht abwenden, nur weil er erkannt hatte, dass er für den König nicht wie ein Sohn, sondern nur eine Spielfigur war. Das bedeutete allerdings nicht, dass er keine Zeit brauchte, um mit der Erkenntnis zurechtzukommen. Ja, er würde seine Aufgabe weiterhin ernst nehmen, Dorian beraten und beschützen, aber ihre Beziehung würde sich nur noch auf rein professioneller Ebene abspielen. Dafür würde er schon sorgen.

Die Pferde dösten in ihren Boxen, was Gareth als ein gutes Zeichen wertete. Offensichtlich hatten sie sich im Gegensatz zu ihm von ihrem Schock darüber, dass die Erde bebte, erholt und würden ihnen in den nächsten Tagen gute Dienste leisten. Sicherheitshalber kontrollierte er noch einmal ihre Beine auf etwaige Schwellungen und Verletzungen, wurde jedoch nicht fündig.

Er kraulte die Nüstern des hellbraunen Hengsts, während er darüber nachgrübelte, wie sie an ein drittes Pferd kämen. Sie würden so schnell wie möglich nach Ascia reisen müssen und da sie keine persönliche Bahn zur Verfügung hatten, wäre das eine Reise von Wochen, wenn nicht sogar Monaten, wenn sie kein Pferd für Elle auftreiben konnten. Es wäre Wahnsinn. Sie würden es nie rechtzeitig schaffen, bevor Billings seine Armeen mobilisiert und mit der Bahn transportiert hätte, um Ascia einzunehmen. Eine andere Lösung musste her.

Die Ohren des Hengstes drehten sich einen Moment, bevor auch Gareth das Klappern von Hufen vernahm. Sie bekamen Besuch.

Er zog seinen spitzen Dolch, den er unter seinem Hemd getragen hatte, und schlich aus dem dunklen Stall in die schwache Morgensonne. Die Pferde bewegten sich im leichten Trab vorwärts, als hätten es ihre Reiter eilig, aber nicht *zu* eilig. Es wirkte nicht so, als seien sie auf der Flucht. Er schätzte ihre Anzahl auf sechs, konnte sich aber auch irren, da er ziemlich erschöpft war. Königsdämonen kamen zwar sehr gut ohne regelmäßigen Schlaf aus, doch die Flucht, der kurze Kampf und der Streit mit Dorian hatten ihn geschlaucht. Eben jener trat nun an seine Seite, da er die herannahende Gesellschaft ebenfalls gehört hatte.

Dorian nickte zu einer Baumgruppe, die dem Haupthaus am nächsten stand, und wartete, bis Gareth sich dahinter versteckte, bevor er selbst sich hinter den Brunnen duckte.

Vögel zwitscherten, Blätter raschelten und das Hufgeklapper wurde stetig lauter, bis sich Gareth sicher war, dass es nur vier Pferde waren, die sich ihnen näherten.

Er wagte einen Blick aus dem Schatten einer besonders breiten Akazie, deren Stamm sich in drei breite Arme teilte, als die Gruppe in Sichtweite kam. Zwei Frauen und ein Mann in dunklen Umhängen. Das hinterste Pferd, eine kastanienbraune Stute, war reiterlos. Die zweite Frau führte es mit einem Seil, das sie an dem Sattel ihres eigenen Pferdes befestigt hatte.

Da sie ihre Kapuzen tief ins Gesicht gezogen hatten, konnte er sie zunächst nicht erkennen, doch dann nahm er eine helle, fast weiße Strähne wahr, die sanft im Wind wehte.

Er steckte seinen Dolch ein und trat hinter dem Baum hervor, um sich direkt vor den Pferden auf dem Pfad zu positionieren. Der vorausreitende Mann zügelte sein Tier und zwang damit auch die anderen, anzuhalten.

»Gareth!«, rief Hadley aus und schob sich, wie auch Phi und Bird, die Kapuze aus der Stirn. »Wir haben dich wirklich gefunden!«

In diesem Moment gesellte sich auch Dorian zu ihnen und stellte sich neben Gareth. Seine Miene war ernst, verriet darüber hinaus jedoch nicht, was er bezüglich des Auftauchens seiner Jäger empfand.

»Wo ist Elle?«, fragte Bird, die als Erste von ihrem Pferd gesprungen war.

»Sie schläft«, antwortete Gareth. »Alison?«

Die drei warfen sich jeweils einen Blick zu, was in jeder anderen Situation komisch ausgesehen hätte. Gareth war allerdings zu angespannt, um darüber auch nur schmunzeln zu können.

»Alison? Noah?« Gareths Stimmbänder fühlte sich so rau wie Schleifpapier an.

»Wir müssen reden«, sagte Phi.

Nachdem die Pferde versorgt waren und die Jäger die Chance gehabt hatten, etwas zu essen, versammelten sie sich in der geräumigen Landhausküche, um Elle nicht zu wecken. Gareth hatte sie gerade in ihre Flucht eingeweiht und Dorian verlor währenddessen nicht ein Wort. Es war, als hätte der König sich in sich selbst zurückgezogen, was Gareth nur sehr selten bei ihm erlebt hatte. Gareth hoffte, dass er bereits Pläne schmiedete, um es schnellstmöglich nach Ascia zu schaffen.

»Wir haben uns noch im Küchentrakt von Alison getrennt, die euch vor Billings warnen wollte. Deshalb haben wir sie erst wiedergesehen, nachdem wir Billings' Arbeitszimmer durchsucht haben«, berichtete Ophelia möglichst ruhig, doch Gareth sah ihr an, dass ihr etwas auf dem Herzen lag. Sein eigenes krampfte sich bei der Vorstellung, was dies sein könnte, zusammen.

»Habt ihr etwas darüber herausgefunden, was dieser Bastard plant?«, unterbrach Dorian sie und faltete seine Hände auf der rauen Tischplatte. Sie hatten sich allesamt um den länglichen Bauerntisch gesetzt, der genügend Platz für zwölf Personen geboten hätte.

»Wir haben ein paar Dokumente gefunden, die deutlich belegen, dass es mehr als eine Einrichtung gegeben hat, um an Menschen zu experimentieren. Keine von ihnen konnte jedoch irgendeinen Erfolg verbuchen, bis auf die in der Nähe von Descar. Mittlerweile sind alle Experimente eingestampft worden. Außerdem fanden wir Berichte, in denen von wahnsinnig gewordenen Schattendämonen die Rede waren – *Vessen.* Sie wurden meist von Beschwerdebriefen begleitet. Ein paar waren von dir.« Sie nickte Dorian zu. »Andere von Keplinger, Descar, Banph und Reginald.«

»Allesamt im Westen«, fasste Dorian stirnrunzelnd zusammen, bevor er wieder in grübelndes Schweigen verfiel.

»So sieht es aus. Keine Sichtung außerhalb dieser Zone, wobei Reginald nur von zwei Begegnungen berichtete, Descar allerdings von mehr als hundert.«

»Werden sie also dort ausgesetzt? Oder befindet sich dort die Infektionsquelle?«, grübelte Gareth laut.

»Beides wäre eine Möglichkeit. Erinnert ihr euch an die Information, die Alison bei den Rebellen aufgeschnappt hat? Dass ein ganzes Menschendorf überfallen worden ist und die Bewohner abgeführt worden sind?«, fragte Phi und lehnte sich auf ihren Unterarmen weiter nach vorne. Unter ihren Augen zeichneten sich tiefe Schatten ab. Sie wirkte erschöpft und ausgezehrt, als hätte sie einen harten Kampf hinter sich. Gareth und Dorian nickten gleichzeitig. »Wir hegen den Verdacht, dass da im Norden etwas ist, wofür er die Menschen braucht und das die Schattendämonen infiziert.«

»Das wäre möglich.« Dorian neigte leicht den Kopf. »Meine Spione kamen mit keinerlei brauchbaren Informationen zurück. Die Stadt ist dem Erdboden gleichgemacht worden. Keine Überlebenden. Die Spuren führten ebenfalls in den Norden, doch es war bereits zu viel Zeit vergangen, um sie mehr als ein paar Meilen nachverfolgen zu können.«

Gareth war nicht überrascht, da er derjenige gewesen war, der diese Informationen erhalten und an Dorian weitergeleitet hatte.

»Noch etwas?« Gareth hätte am liebsten mit seinem Fuß gewippt oder nervös seine Nasenwurzel massiert, doch er wusste es besser, als vor den Jägern Gefühle zu zeigen.

Phi und Bird wechselten einen bedeutungsschweren Blick, dann erhob die Asiatin die Stimme. »Ich habe mich von Ophelia und Hadley getrennt, um nach Alison zu suchen, als klar war, dass etwas schiefgelaufen ist. Es hat gebrannt und Chaos ist ausgebrochen. Zuerst konnte ich sie nicht finden, doch dann sah ich Noah, der in den Keller des Rathauses lief. Ich … Ich bin ihm gefolgt, weil ich gehofft habe, dass er einen anderen Weg nach draußen kennt.« Sie stockte und wischte sich mit einer Hand über den Mund, bevor sie mit ihr über die Tischplatte fuhr. »Er führte mich in ein Kellergewölbe, in dem sich Alison bereits zusammen mit einer Gruppe Fremder befand. Ich glaube, sie waren Kaskaden und Rebellen. Und … Billings war auch dort. Sie haben ein Tor geöffnet, das in der Mitte des Raumes … zuckte. Es bestand aus Blitzen und Rauchwolken. Ich erkannte es zunächst nicht als ein … Tor, aber dann … es ging alles so schnell. Einer der Kaskaden, ein alter Mann, der einen Turban trug, hat eine Frau geschubst, die ins Tor gestolpert ist. Und dann … durch Magie beförderte er auch Noah hindurch. Zusammen mit Alison und einem Mann, den ich nicht kenne. Das Beben wurde stärker und das Tor schloss sich. Eine Kraftwelle hat mich gegen die Wand geschleudert und ich …«

»Ist schon okay«, versicherte ihr Ophelia. »Bird ist ohnmächtig geworden und erst wieder aufgewacht, als alle verschwunden waren. Sie hat Glück gehabt, dass sie nicht gesehen wurde.«

»In der Tat«, bestätigte Dorian kalt. Doch ein Blick in sein Gesicht verriet Gareth, dass ihn der Bericht alles andere als kalt gelassen hatte. Noah war in einer fremden Welt. Der Sohn befand sich außerhalb der schützenden Hände seines Ziehvaters. Gareth empfand zwar nicht denselben Schmerz, aber die Bestätigung zu erhalten, dass Alison tatsächlich nicht mehr hier auf der Erde weilte, brachte ihn an den Rand des Wahnsinns. Er konnte kaum stillsitzen, wollte aufspringen und nach ihr suchen, obwohl er die Sinnlosigkeit dessen erkannte. Zum ersten Mal seit sehr langer Zeit spürte er aufsteigende Tränen, für die er sich nicht mehr fähig gehalten hatte.

»Nur durch viel Geschick und Mühe konnten wir uns einen Weg freikämpfen. Die überlebenden Rebellen haben sich zurückgezogen. Wir haben ein Pferd mehr mitgenommen, weil wir Elle abholen wollten, aber ihr habt sie vor uns erreicht«, beendete Hadley die Rekapitulation der Ereignisse.

Schweigen senkte sich über sie und erschwerte ihnen das Atmen. Sie hatten so viel verloren, so schien es, und es gab keinen Weg wie sie es zurückbekamen.

»Was machen wir jetzt?«, fragte Ophelia schließlich und richtete sich in ihrem Stuhl auf.

»Wir gehen nach Hause«, raunte Dorian heiser, erhob sich in einer fließenden Bewegung und verließ die Küche.

4. Kapitel

Es war so schrecklich heiß.

Ich hustete, aber es verschaffte mir keine Erleichterung. Mein Mund blieb staubtrocken und meine Verletzungen brannten wie Feuer, das sich an meinem Fleisch labte. Die Sonne, eine riesige Flammenscheibe direkt über uns, entsandte beinahe fassbare Hitzewellen, die meine Augenbrauen fast versengten. Wir befanden uns eindeutig in einer Wüste. So weit das Auge reichte gab es nichts Weiteres als Sanddünen und einen wolkenlosen blauen Himmel.

»Wo sind wir?«, krächzte Cleo, die sich mühsam aufgerichtet hatte und nun vergeblich den Sand von ihrer Kleidung klopfte. Aus dem Augenwinkel erkannte ich, wie sie eine Hand über ihre Augen legte und sich suchend umsah.

»Duster? Triste? Gibt es noch andere Welten?«, grummelte Colin an meiner Seite. Ich wich unwillkürlich zurück, bevor mich ein spitzer Kopfschmerz durchzuckte und an jeder weiteren Bewegung hinderte. Es blieb mir nichts anderes übrig, als auf dem erhitzten gelben Sand sitzen zu bleiben und die Schmerzen zu ertragen.

»Eindeutig Triste, wenn auch an der Grenze zu Duster. Wenn mich nicht alles täuscht, befinden wir uns in der Wüste *Gemarrah*«, antwortete Noah selbstsicher und wirkte als einziger von uns nicht unglücklich über den Verlauf der Ereignisse. Natürlich. Er hatte sein Ziel erreicht und war in seiner Heimat angekommen, selbst wenn er noch nie hier gewesen war. Allein das Zucken seines Wangenmuskels verriet, dass er sich nicht vollkommen wohl in seiner Umgebung fühlte.

Stöhnend schloss ich meine Augen und überlegte, ob man mich in Ruhe sterben lassen würde. Ich fühlte mich kraftlos und leer. Ich wollte nicht an das Vergangene denken und sah keinerlei Sinn darin, meinen

Blick auf die Zukunft oder die Gegenwart zu richten. Am liebsten würde ich im Sand versinken und nicht wiederauftauchen.

»Ich sehe etwas. Dahinten!«, rief Cleo in einer viel zu hohen Tonlage, die mir in den Ohren schmerzte. Sie bewirkte jedoch, dass ich für einen kurzen Augenblick aus meiner Lethargie erwachte und ein weiteres Mal versuchte, aufzustehen.

»Alison?«

Noah trat an meine Seite und legte eine Hand stützend um meine Schultern, sodass ich mit seiner Hilfe auf die Füße kam. Ich konnte mich nicht daran erinnern, wann ich das letzte Mal so verletzt gewesen war, bevor Gareth in mein Leben getreten war. Es war eine Ironie des Schicksals, dass mich ausgerechnet sein Bruder, der Mörder meiner Familie, fast zu Tode geprügelt hatte.

»Es geht schon«, beschwichtigte ich Noah, obwohl ich mir ziemlich sicher war, dass nichts mehr *ging*.

»Sieht aus, als wäre da eine Baumgruppe. Eine Oase vielleicht?«, rätselte Colin, der nun in die Richtung blickte, in die Cleo gedeutet hatte. Nun da ich aufrechtstand, konnte ich auch endlich den Grund für den unterschwelligen hoffnungsfrohen Ton erkennen.

»Könntet ihr vielleicht versuchen, das Tor erneut zu öffnen, bevor wir hier verdursten?«, schlug Cleo vor, der anscheinend klar geworden war, wie *weit* diese Oase von uns entfernt war. Von unserer Position aus ließen sich bloß Schatten erkennen, die sich jedoch eindeutig von dem Gold des Sandes abhoben. Wenn es sich nicht sogar um eine Fata Morgana handelte, würde es mehrere Stunden dauern, bis wir die Schatten erreichten.

»Ich weiß nicht, ob das funktioniert«, warf Noah ein, der mich noch immer an seine Seite gedrückt hielt, als würde er genau wissen, dass ich nicht allein würde stehen können. »Der Schlüssel und das Schloss sind nicht für diese Welt geschaffen worden.«

»So gern ich dich auch habe, Noah, du bist der Einzige, der nicht von hier weg will«, hustete ich. »Lass es uns versuchen. Colin?«

Ich hatte den Blick des Rebellen bisher erfolgreich gemieden, da ich mich vor dem fürchtete, was ich in seiner Miene lesen würde. Würde er sich auf mich stürzen, wie er es versprochen hatte? Würde er nun, da ich schwach und verwundet war, Rache an mir nehmen? Meine Gliedmaßen fühlten sich kraftlos an und ich war mir sicher, nicht gegen Colin bestehen zu können.

Glücklicherweise war sein Verlangen nach Hause zurückzukehren größer als sein Hass auf mich, sodass er seine Zustimmung gab. Er übernahm den Platz an meiner Seite und Noah zog sich widerwillig zurück. Ich glaubte nicht, dass er unsere Rückkehr verhindern wollte, er traute Colin nur nicht mit meinem Wohlbefinden und diese Tatsache erwärmte mein Herz.

Colin wies eine Schramme an seiner Stirn auf, doch abgesehen davon schien er unbeschadet zu sein. Ich hob mein Top an und seine Hand legte sich zögerlich auf meine entblößte Haut, die große Blutergüsse aufwies. Eigentlich hätte ich eine Welle der Euphorie spüren müssen. Etwas, das mich in einen Rausch versetzte und mich davon überzeugen wollte, dass Colin mich nie wieder loslassen sollte, weil er das Schloss und ich der Schlüssel war, aber es tat sich nichts. Ich spürte den Schlüssel als Objekt unter meinen Rippen, aber nichts darüber hinaus.

»Noah hat recht«, flüsterte ich enttäuscht und suchte reflexartig nach einer anderen Verbindung. Nach Gareth. Doch auch er war verschwunden. Ich spürte nur ein Flackern, das mir sagte, dass er noch am Leben war. Wir waren vollkommen abgeschottet und besaßen keine Möglichkeit, diese Welt zu verlassen.

»Was machen wir nun?« Cleo stemmte die Hände in die Hüften.

Urplötzlich packte mich Colin am Arm und schleuderte mich zur Seite. Ich kam auf Händen und Knien zum Halten, versank jedoch ein paar Zentimeter in dem heißen Sand, der mich sofort verbrannte.

»Bist du verrückt geworden?«, schrie Noah und eilte zu mir.

»Wir brauchen sie nicht. Also hält mich nichts davon ab, mir das zu nehmen, was bereits so lange hinausgezögert wurde«, antwortete Colin viel zu ruhig für meinen Geschmack.

»Was zur Hölle redest du da?«

»So ein Psychopath …«, murmelte Cleo und stellte sich zwischen ihn und mich.

»Ich habe seinen Vater getötet«, hustete ich und spuckte Blut aus. Meine Verletzungen, die Rope mir zugefügt hatte, waren offensichtlich schlimmer als gedacht. »Er will sich dafür an mir rächen.«

Noah half mir hoch, behielt den Rebellen allerdings im Auge. Colin hatte seine Hände zu Fäusten geballt und beobachtete uns ganz genau. Ich hätte ihn nie so nahe an mich heranlassen sollen, ohne mit einer

Attacke zu rechnen. Andererseits, wie hätte ich mich verteidigen sollen? Ich konnte kaum allein stehen.

»Wenn du sie auch nur mit dem Zeigefinger berührst, wirst du sterben. Ich nehme an, dass die Magie des Schlosses genauso wenig funktioniert wie die des Schlüssels, also bist du genauso schwach wie jeder andere Mensch auch.«

Ein Blick in Colins Gesicht verriet eindeutig, dass er nicht daran gedacht hatte. Wut vermischte sich mit Frustration. Er strich sich sein braunes Haar zurück und wandte sich für einen Moment ab. »In Ordnung. Solange wir ums Überleben kämpfen, werde ich mich fernhalten.«

»Das ging viel zu einfach«, sagte Cleo mit argwöhnisch zusammengezogenen Augenbrauen.

»Wie sagt man? Einem geschenkten Gaul schaut man nicht ins Maul. Ich glaube ihm für den Moment«, erwiderte ich, als der Husten etwas nachgelassen hatte.

»Meine Warnung bleibt bestehen«, betonte Noah. »Lasst uns losgehen. Ich zergehe noch zu einer Pfütze.«

»Nicht nur du«, stimmte ich ihm zu. »Richtung Oase?«

»Richtung Oase«, wiederholten alle anderen und wir begannen die Höllenwanderung zu einem unsicheren Ziel. Es war jedoch das einzige Ziel, was wir hatten.

Eine Zeitlang übernahm Colin die Führung, doch schon bald konnte er den Abstand zu uns nicht mehr halten und er fiel zurück, bis wir auf gleicher Höhe waren. Nach jedem weiteren Schritt war ich davon überzeugt, dass dieser mein letzter wäre. Alles schmerzte, ich schwitzte und hustete ständig. Meine Augen brannten wegen des Sandes und der Helligkeit, trotzdem schaffte es Noah, mich weiter voranzutreiben. Seine stützende Hand verließ nicht für einen Moment meinen Rücken und die Dankbarkeit darüber, dass er hier war, ließ mich weitermachen.

»Wieso hat er uns vier durch das Tor geschubst?«, fragte Colin nach einer Weile. »Wer war er überhaupt?«

»Saraph?« Cleo keuchte. Sie hatte sich ihren hellgelben Schal um den Kopf gewickelt. Colin hatte es ihr mit seinem Unterhemd nachgetan und Noah hatte für ihn und mich seine Jacke auseinandergeschnitten.

Dadurch war es zwar noch wärmer, doch unsere Köpfe waren vor der Sonne geschützt. »Er ist ein Rinne. So wie ich. Halb Mensch, halb Kaskade.«

Ich geriet ins Straucheln, da mein linker Fuß zu tief eingesunken war. Noah zog mich schwer atmend vorwärts und wir setzten unseren beschwerlichen Weg fort. Die Oase schien noch genauso nahe und weit entfernt zu sein wie beim Antritt unserer Wanderung.

»Woher kennst du ihn?« Ich war froh, dass Noah die Frage stellte, da ich vermutlich nicht einmal mehr ein vernünftiges Wort zustande bringen konnte. Meine Zunge fühlte sich geschwollen an. In meiner Erinnerung regte sich etwas und plötzlich wurde mir klar, dass ich Saraph bereits einmal zuvor begegnet war. *Er* war derjenige gewesen, der mir in einer fremden Siedlung des Nachts das Sicheltattoo gestochen hatte. Ich hatte ihn nicht wiedererkannt, weil ich damals angetrunken und wütend gewesen war. Wütend darüber, dass mir Dämonen entwischt worden waren und ... außerdem hatte ich nur Augen für Evan gehabt. Jener hatte mich auf der Jagd begleitet und wir ... wir waren noch zusammen gewesen. Seitdem hatte ich Saraph nie wiedergesehen und ich hatte kaum noch einen Gedanken an ihn verschwendet.

»Er hat mein Leben gerettet, damals als ...« Sie stockte. »Pilgrim hat eine Weile lang sämtliche Rinnen gejagt, um sie auszulöschen. Für sie war unsere Existenz eine Schande. Saraph hat mich gerettet und mir einen Platz in der Welt verschafft«, antwortete Cleo wie aus weiter Ferne. Ihre Atmung hörte sich schwer an, aber sie besaß noch genügend Kraft zum Reden. »Vor ein paar Wochen stand er plötzlich vor meiner Tür. Zehn Jahre habe ich ihn nicht gesehen und dann offenbarte er mir, dass mein Sohn Hilfe von den Kaskaden braucht. Er ... Peeta hatte Probleme damit, seine Magie zu verarbeiten und sie hat ihn übermannt.«

Sie erzählte uns von den Visionen, die sie an seiner statt gesehen hatte, und davon, wie Sousha ihm geholfen hat. Dann überzeugte Saraph sie, ihn und Sousha nach Billings zu begleiten, um die Welt von Dämonen zu befreien.

»Ich wusste nicht genau, was sie planten, aber ich wollte es. Wollte so sehr ein normales Leben für Peeta, dass mir die Einzelheiten egal waren. Ich hätte auf mein Bauchgefühl hören sollen. Saraph tut nie das, was man erwartet. Es scheint, als hätte er von Soushas Verrat gewusst und selbst einen Plan in der Hinterhand gehabt.«

»Sousha hat mit Billings zusammengearbeitet.« Es war keine Frage. Colin hatte das Gleiche gehört und gesehen wie ich. Die Puzzleteile fügten sich wie von allein zusammen. »Er wollte die Schattendämonen zurück nach Triste schicken und … noch etwas?«

»Vermutlich die restlichen Königsdämonen, die hier leben, zu sich holen«, antwortete Noah leise.

»Aber was hat Saraph davon, *uns* herzuschicken?« Colin klang frustriert. Ich sah nicht in seine Richtung, aber ich konnte mir gut vorstellen, wie er sich das Haar raufte.

»Ich weiß es nicht«, war Cleos wenig befriedigende Antwort, aber ich hörte das Zögern in ihrer Stimme. Auch wenn sie vielleicht keine hundertprozentige Antwort hatte, so besaß sie doch eine Ahnung. Leider würde ein Verhör warten müssen. Ich wollte nicht, dass Colin mithörte.

»Ich glaube, die Sonne geht allmählich unter«, rief Noah aus und der Griff um meine Mitte verstärkte sich so sehr, dass ich schmerzerfüllt aufstöhnte. »Sorry.«

»Kann passieren«, nuschelte ich und war erstaunt, dass man die Worte tatsächlich als solche identifizieren konnte.

»Du hast recht«, stimmte ihm Cleo zu und blickte hinter uns.

Ich hoffte es so sehr. Für unser aller Wohlergehen.

Die nächtlichen Stunden schützten uns zwar vor der Sonne, doch die Erschöpfung nagte an unserem Sein. Zudem wurde die Erleichterung schnell von Entsetzen abgelöst, als die Temperaturen stetig sanken und sich schon bald Kondenswolken vor unseren Mündern und Nasen bildeten. Zitternd näherten wir uns einander an, kämpften uns voran und baten inständig, dass wir die Oase bald erreichten. Anderthalb Monde und unzählige Sterne am Firmament leuchteten uns weiterhin den Weg, wodurch wir uns nicht verliefen. Irgendwann war ich mir sicher, dass wir uns wahrhaftig der Oase näherten und schließlich konnte ich einzelne Bäume voneinander unterscheiden.

»Ich laufe voran«, verkündete Colin und wartete keine Antwort ab, bevor er sich in Bewegung setzte. Ich verzog vor Erstaunen das Gesicht. Woher nahm er die Kraftreserven, nach Stunden der Wanderung und der Hitze, jetzt noch zu laufen?

Es dauerte noch eine, vielleicht auch zwei Stunden, da betraten wir den Palmenhain. Grüne Farne streiften meine Beine, während wir uns tiefer in die Oase wagten. Colin kam uns mit einem breiten Grinsen, das so gar nicht zu ihm passen wollte, entgegen.

»Wasser«, rief er und bedeutete uns, ihm zu folgen.

Es brauchte keine weitere Aufforderung. Irgendwie schafften es Cleo, Noah und ich die letzten Meter zwischen uns und dem glitzernden See hinter uns zu bringen. Ich hätte gelacht, wenn ich noch die Kraft dazu gehabt hätte.

Noah half mir dabei, mich ans Ufer zu setzen. Ich war nahe genug, um meine Hände und meinen Kopf ins köstlich schmeckende Wasser zu tauchen. Die Empfindungen, die daraufhin durch meinen Körper strömten, waren unbeschreiblich. Die kühle Nässe auf meiner Haut glich einem Paradies. Ich konnte kaum glauben, dass wir es wirklich bis hierhergeschafft hatten und die Erkenntnis löste jedwede Dämme, die ich in mir errichtet hatte, um nicht schlappzumachen. Es gelang mir noch ein paar Schlucke Wasser zu mir zu nehmen, dann siegte meine Müdigkeit.

»Wach auf! Alison!«

Stöhnend wollte ich mich auf die andere Seite legen, konnte mich jedoch nicht bewegen, da ich brutal durchgeschüttelt wurde. Es konnten doch nicht mehr als wenige Minuten verstrichen sein, seit ich die Augen geschlossen hatte. Seufzend zwang ich meine verklebten Lider, sich zu öffnen, während ich bereits von jemandem an einem Arm hochgezerrt wurde. Ich stolperte in eine mir unbekannte Richtung, bevor ich überhaupt richtig wach war.

»Was ist los?«, murmelte ich. Alles, wirklich alles schmerzte. Ich konnte nicht sagen, wo der Schmerz begann und wo er aufhörte.

»Kojoten«, antwortete Noah, der mich so brutal aus dem Schlaf gerissen hatte.

Sofort wurde ich wacher und konnte trotz meiner Verletzungen schneller laufen. Wir huschten im Zickzack durch den Palmenhain, als ich zum ersten Mal die Geräusche von abknickenden Ästen und animalischen Lauten wahrnahm. Von Cleo und Colin sah ich keine Spur, aber ich hoffte, dass zumindest Cleo ebenfalls hatte flüchten können. Ich konnte mir nicht vorstellen, dass Noah sie dem Kojoten zum Fraß vorwerfen würde. Colin vielleicht, aber nicht die Rinnin.

»Duck dich«, rief Noah und zog an meinem Arm. Ich schlug bei dem Versuch, noch rechtzeitig zu bremsen, mit meiner Stirn gegen seine Schulter, befand mich aber immerhin zwischen hohem Farn, der uns von allen Seiten umfasste.

»Können sie uns nicht riechen?«, zischte ich, mir die Schläfe reibend.

»Hättest du noch weiterlaufen können?«, konterte der Schattendämon. Der Morgen war noch nicht angebrochen, doch ich konnte in der schwindenden Dunkelheit seine bedrückte Miene erkennen. Wir saßen wirklich in großen Schwierigkeiten und ich war zu schwach, um eine Hilfe zu sein. Zum ersten Mal, seit mich Lucy bei sich aufgenommen hatte, wollte ich mich auf dem Boden zusammenrollen und weinen. Einfach nur noch weinen.

»Wo sind Colin und Cleo?« Das Bellen und Gejaule der Kojoten vermischte sich mit wütendem Knurren. Sie kamen näher und das schnell.

»Weiter vor uns, hoffe ich. Die Kojoten haben zuerst das Ufer unten erreichten. Uns blieb gerade genug Zeit, dich zu wecken und abzuhauen«, klärte mich Noah wispernd auf. »Wir müssen weiter. Komm.«

Er griff nach meiner Hand und lotste mich eiligen Schritts weiter durch die Oase, die mir nun viel zu klein erschien. Was taten wir, wenn die Kojoten nicht nachließen? Wir würden uns keinen besseren Überlebenschancen gegenübersehen, sollten wir die Oase verlassen und erneut die Wüste betreten. Ein weiterer Tag unter der gleißenden Sonne und ich würde verbrennen.

Keuchend versteckten wir uns hinter dem Stamm einer Palme, der uns kaum verdeckte. Wir hatten verloren. Die Kojoten würden uns finden und zerfetzen.

»Wir müssen die Oase verlassen. Vielleicht folgen sie uns nicht in die offene Wüste.«

»Hast du den Verstand verloren?«, wimmerte ich beinahe und hätte mich zu jedem anderen Zeitpunkt selbst verachtet, doch in mir war nichts mehr. Rope hatte jede Hoffnung, jeden Traum aus mir rausgeprügelt. Ich war nunmehr eine leere Hülle. Wieso wehrte ich mich also noch gegen meinen unmittelbaren Tod? »Wir überleben keinen weiteren Tag dort draußen.«

Das Hecheln kam näher und das Geräusch von Tierkörpern, die gegen die geriffelten Farnblätter streiften, wurde lauter. Mein Herz klopfte ängstlich und Schweiß brach auf meinem Rücken aus, obwohl es noch immer furchtbar kühl war.

»Willst du lieber gefressen werden?«, erwiderte er und wartete keine Antwort ab, ehe er mich erneut hinter sich herzerrte und wir durch den Hain stolperten, bis ich Sand unter meinen Schuhsohlen spürte. Das Laufen fiel mir schwerer und meine Lungen drohten zu zerbersten, dann durchbrachen wir die letzten Baumreihen der Oase und sahen uns einem Dutzend Krieger gegenüber.

Sofort blieben wir stehen, obwohl deutlich war, dass diese *Dämonen* uns nicht freundlich gesinnt waren. In dünne Lederfetzen gekleidet, trugen sie ihr Haar als lange, teilweise geflochtene Zöpfe, in denen mehrere bunte Bänder aufblitzten, und hielten die Speere auf uns gerichtet. Hinter der ersten Reihe Krieger erkannte ich Cleo und Colin, die bereits gefesselt auf dem Boden saßen. Ihre Gesichter waren uns abgewandt, aber ihre Schultern bewegten sich, wie ich erleichtert feststellte.

»Hamnea«, wisperte Noah. »Scheiße.«

»Da schließe ich mich an«, murmelte ich, als einer der Krieger mir gefährlich nah mit dem Speer kam. Langsam hob ich meine Hände und Noah tat es mir zögerlich nach.

Die Krieger wechselten ein paar Worte in einer fremden Sprache, die mir jedoch bekannt vorkam. Ich konnte allerdings nicht bestimmen, ob es sich hierbei um die allgemeine Dämonensprache handelte. *Waren Hamnea überhaupt Dämonen?*

Vor Schreck hätte ich meine Arme beinahe wieder sinken gelassen. In der aufgehenden Sonne erkannte ich, dass ihre Zungen in der Mitte gespalten waren, außerdem trugen sie so schwere Ohrringe, dass die Löcher in ihren Ohrläppchen riesig waren. Um ihre Augen hatten sie dunkelrote Kreise gezogen, ob es Farbe oder ein Tattoo war konnte ich nicht sagen.

Zwei Männer drehten mich grob um, damit sie meine Hände fesseln konnten, als die Kojoten den Rand der Oase erreichten und hechelnd stehen blieben. Ein Krieger trat auf sie zu und fütterte die sechs Raubtiere mit rohem Fleisch. Sie waren ihre Haustiere?

Noah und ich wechselten einen letzten Blick, ehe wir wie Vieh von der Oase weggetrieben wurden. Cleo und Colin torkelten vor uns.

Die Krieger positionierten sich um uns herum und verfielen in Schweigen. Wo auch immer sie uns hinbrachten, ich hoffte mit jeder Faser meines Seins, dass es dort Schatten gab.

5. Kapitel

Ich befand mich in einer Art Delirium. Wäre ich ganz bei mir gewesen, hätte ich die Strecke zum Lager der Hamnea nicht geschafft. Mein Bewusstsein löste sich von meinem Körper, sodass ich die Schmerzen nur wie ein blasses Flimmern am Rande der Welt wahrnahm. Irgendwann wurde mir jedoch in den Rücken getreten, sodass ich vornüberfiel und aus meinem so willkommenen Zustand des Schwebens erwachte.

Blinzelnd erkannte ich, dass wir eine Gruppe von bunt zusammengewürfelten Zelten erreicht hatten, die allesamt um eine Oase, ähnlich der, die wir vor Stunden verlassen hatten, errichtet worden waren. Zwischen den Zelten gab es Gehege für Kojoten, Kamele und anderes Vieh, das mir nicht bekannt vorkam. Die Sonne hatte sich bereits in ihrem vollen Umfang vom Horizont gelöst und die eisige Kälte der Nacht vertrieben. Schweiß vermischte sich mit dem Sand auf meiner Haut, als ich mich darum bemühte wieder aufzustehen.

Bevor ich mich von allein hätte aufrappeln können, beugte sich ein Hamneakrieger hinab und zerrte mich an den Fesseln hoch. Ich keuchte schmerzerfüllt, als meine Knie über den rauen Sandboden schrammten.

Noah warf mir einen mitleidigen Blick zu, für den ich ihn noch vor zwei Tagen einen Kopf kürzer gemacht hätte, doch heute fehlte mir die Kraft.

Wir wurden zu einem der Zelte geführt, das aus verschiedenen ausgeblichenen Stoffstreifen zu bestehen schien. Ich begrüßte unseren Eintritt, da wir dadurch der blendenden Sonne entgingen. Meine Lippen waren bereits aufgeplatzt und bluteten, aber die Flüssigkeit war mir nicht unwillkommen. Ich konzentrierte mich auf den metallenen Geschmack, als wir der Reihe nach an verschiedene Pfähle gefesselt wurden. Es war ein schwacher Trost, dass man unsere Hände nicht über unseren Köpfen befestigte, sondern lediglich hinter unseren Rücken. So wurde uns zumindest die Taubheit erspart, die damit einhergegangen wäre.

Noah sagte etwas in der Dämonensprache, wurde dafür jedoch mit einem Schlag ins Gesicht belohnt. Es hielt ihn nicht davon ab, es noch ein paarmal zu versuchen, bis er nach einem besonders fiesen Faustschlag mit dem Hinterkopf gegen den Holzpfahl prallte und für wenige Sekunden das Bewusstsein verlor. Als er wieder blinzelnd zu sich kam, hatten uns die Hamnea allein gelassen.

Noah stand neben mir, Cleo und Colin uns gegenüber, sodass wir uns ansehen und miteinander sprechen konnten. Der Eingang war zugefallen. Wir waren von dem restlichen Volk abgeschottet und konnten nichts anderes tun als abzuwarten.

Es flimmerte vor meinen Augen und ich war mir sicher, Geister zu sehen, bis mir in einem wacheren Moment klar wurde, dass sich lediglich meine Erinnerungen über die Realität legten. Bilder aus der Vergangenheit drängten sich mir auf; vermischten sich mit den Eindrücken aus dem Zeltinneren. Rope, der hämisch lachte. Gareth, der seine Arme nach mir ausstreckte …

»Was wollen sie von uns?«, hörte ich Cleo fragen. Ihre Stimme zitterte. Ich konnte nicht die Kraft aufbringen, meinen Kopf anzuheben, um ihr ins Gesicht zu sehen.

»Wahrscheinlich sind wir in ihr Gebiet eingedrungen«, antwortete Noah rau. »Sie haben uns mit *Fremdlinge* betitelt. Ich bin mir nicht sicher, ob sie mich als Schattendämon erkannt haben oder ob es sie nicht interessiert.«

»Glaubst du, sie werden uns töten?« Ich wollte die Furcht in Colins Stimme nicht hören, aber sie war zu deutlich. Es sollte mir egal sein, was in ihm vorging, nachdem er mich selbst hier attackiert hatte. Trotzdem kam ich nicht umhin, Mitleid für ihn zu empfinden. Es hatte ihn bloß nach Rache gedürstet und nun befand er sich in einer uns feindlich gesinnten Welt.

»Gut möglich, aber dafür hätten sie uns nicht hier anketten brauchen.« Noah rüttelte zur Bekräftigung seiner Worte an den Ketten. »Ich weiß nicht viel über das Sandvolk, außer dass es sich schon vor mehreren hundert Jahren vom Rest der Dämonen getrennt hat.«

»Sind sie also keine Dämonen?«, fragte Cleo.

»Ja und nein. Sie stammen weder von Aeshma noch von Morrigan ab, doch in ihnen fließt dämonisches Blut.« Er schwieg einen kurzen Moment. »Geht es dir gut, Alison? Du bist so still.«

Ich stieß ein unverbindliches Grunzen aus, das Noah ein leises Lachen entlockte.

»Am besten wir versuchen, unsere Kräfte zu schonen, um auf das vorbereitet zu sein, was auch immer sie mit uns vorhaben«, schlug der Schattendämon vor, der plötzlich die Rolle des Anführers übernommen hatte. In unserer Situation gab es keinen Platz für Fehler oder übereilte Entscheidungen und Noah wuchs in seine Rolle hinein. Lag es daran, dass wir uns nicht mehr auf der Erde befanden oder hatte diese verantwortungsvolle Seite schon immer in ihm geschlummert?

Ich dachte an den Schattendämon zurück, den ich vor ein paar Monaten kennengelernt hatte. In seinem Herzen hatte eine tiefe Unruhe geherrscht, doch er war gleichzeitig immer auf der Suche nach dem Moment gewesen, der ihn halten würde; der ihm das Gefühl geben würde, dazuzugehören. Ein für alle Mal. Hatte er ihn nun gefunden?

Die Zeit verging schleppend und doch rasend schnell. Wir orientierten uns an der Helligkeit innerhalb des Zeltes, um zu bestimmen, wann es Tag und wann Nacht war. Wir wurden irgendwann mit etwas Wasser versorgt und durften uns einzeln draußen in der Oase erleichtern, standen dabei jedoch unter ständiger Beobachtung. Es war – gelinde gesagt – entwürdigend.

»Macht es euch an, mich beim Pissen zu beobachten?«, fauchte ich, obwohl sie mich vermutlich nicht mal verstanden. Ich erntete dennoch eine schallende Ohrfeige, die meine Wange noch Stunden später pochen ließ.

Am dritten Tag unserer Ankunft begannen sie damit, uns zu foltern. Wir hingen schwach und kraftlos in den Ketten. Mein Magen krampfte sich schmerzhaft zusammen, als würde er sich nach jedem noch so kleinen Brotkrumen sehnen. Ich zitterte, obwohl mir heiß war. Meine Augen brannten und meine Zunge riss auf, weil ich nicht mehr genügend Speichel produzierte. Meine Beine fühlten sich schwach an und ohne die Ketten an meinen Händen, die mit dem Pfahl verbunden waren, hätte ich längst nicht mehr aufrecht stehen können.

Drei Krieger mit hellroten Linien um ihre Augen traten nun ein und einer von ihnen, der im Gegensatz zu den anderen nur eine Lederhose trug und dessen Oberkörper einen Narbenwald aufwies, zog einen spitzen Dolch aus einem Holster hervor. Als er sich Colin näherte, versuchte Noah erneut, ihn in ein Gespräch zu verwickeln, aber er erreichte damit nur, dass dieser sich ihm zuwandte.

Er sprach ein paar Worte, die sich verdächtig nach einer Frage anhörten. Noah antwortete leise, aber bestimmt, doch es schien das Falsche gewesen zu sein, denn das nächste, was ich hörte, war Noahs qualvoller Schrei. Ich war zu schwach, um meinen Kopf zur Seite zu drehen, weshalb ich nicht sehen konnte, was Noah angetan wurde. Verzweifelt presste ich die Augen zusammen und wünschte mich nach Hause. Nach Ascia. Zu Gareth.

Das Verhör ging noch eine Weile weiter, bis Noah nicht mehr länger antwortete und ich nur noch seinen rasselnden Atem hören konnte. Die Krieger verließen uns, kamen jedoch mit zwei weiblichen Hamnea zurück, die eine Schüssel mit dampfendem Wasser brachten, mehrere Stofffetzen und diverse andere Dinge dabei hatten, die ich nicht näher beschreiben konnte. Ich nahm an, dass sie Noahs Verletzungen versorgen sollten, damit er vermutlich zu einem späteren Zeitpunkt noch weiter gefoltert werden könnte.

»Was wollt ihr, verflucht noch mal?«, zischte ich, bevor ich von einem Hustenanfall durchgeschüttelt wurde, der mich an die Grenzen meiner Existenz brachte. Es war nur noch ein Katzensprung und ich würde ins Nichts verschwinden.

»Sie wollen wissen, ob wir hier sind, um auch ihre Welt zu zerstören«, raunte Noah, bevor der Schatten eines Kriegers über mich fiel. »Ob wir die Vorboten des Untergangs sind.«

Der Krieger umfasste fest mein Kinn und hob daran mein Gesicht an, sodass ich in sein Gesicht blicken konnte, das nichts preisgab. Er wirkte weder wütend noch freundlich. Entschlossen, ja. Dann blitzte der gesäuberte Dolch in seiner Hand auf.

Ich kniff die Augen fest zusammen und hoffte darauf, dass meine Nervenenden bereits zu abgestumpft waren, um weiteren Schmerz zu empfinden. Und tatsächlich. Ich spürte nichts, außer den Druck seiner Finger an meinem Kinn, aber auch dieser ließ schließlich nach.

Vorsichtig hob ich meine Lider und erkannte, dass wir Gesellschaft bekommen hatten. Ein weiterer Krieger. Sein Alter unterschied sich von dem der anderen. Er wirkte weiser und älter. Um seine dunklen

Augen war nicht nur ein blutroter Ring aufgemalt, sondern drei. Das blasse Haar war im Gegensatz zu den anderen kurzgeschoren, nur eine Strähne war mit bunten Bändern geflochten und baumelte neben seinem gebräunten Gesicht herab, dessen untere Hälfte von einem weißgrauen, gestutzten Bart bedeckt wurde. Er schwieg, blickte von einem Gefangenen zum nächsten, musterte jeden einzelnen von oben bis unten, als würde er nach etwas Bestimmtem Ausschau halten oder unsere wahre Identität prüfen wollen. Als seine Augen schließlich die meinen trafen, breitete sich eine Gänsehaut auf meinem ganzen Körper aus. Eine Empfindung, für die ich mich nicht mehr imstande gehalten hatte.

»Ich bin Dashan«, stellte sich der Neuankömmling schließlich vor und legte seine tätowierten Hände aneinander. Englisch … Er kannte unsere Sprache, wusste ganz offensichtlich, woher wir kamen. »Die Hamnea sind mein Stamm. Ich bin ihr Häuptling. Ihr seid Fremdlinge.«

Ich versuchte mich wirklich auf seine Worte zu konzentrieren, aber in meinen Ohren rauschte es. Das Adrenalin, das in Erwartung einer weiteren Verletzung durch meine Adern gerauscht war, ebbte bereits ab und ließ mich schwächer als vorher zurück.

»Wir werden euch von den Pfählen lösen und an mein Feuer bringen. Ihr werdet mit mir sprechen«, fuhr er fort. Es dauerte viel zu lange, bis ich seinen Worten einen Sinn beigefügt hatte und das lag nicht an seiner Aussprache. Sein Akzent war zwar schwer, aber ich konnte ihn dennoch verstehen.

Dashan entfernte sich und überließ es seinen Kriegern, uns loszubinden. Ich fiel auf die Knie, sobald meine Fesseln gelöst waren und mich nicht länger an Ort und Stelle hielten. Eine der Frauen berührte mich leicht an der Schulter und half mir dabei, mich aufzurichten. Cleo und Colin gingen vor mir, Noah befand sich in meinem Rücken, sodass ich die Schwere seiner Verletzung nicht begutachten konnte, selbst wenn ich die mentale Kraft dafür gehabt hätte.

Die untergehende Sonne blendete mich beim Verlassen des Zeltes, obwohl sie den Himmel bereits in ein angenehmes Orange tauchte. Ich blinzelte mehrmals, doch meine Augen brannten weiterhin. Sie waren empfindlich geworden durch den tagelangen Aufenthalt im Zelt und die raue Luft, die sie ausgetrocknet hatte. Deshalb sah ich kaum, wo wir entlangliefen und wie vielen Hamneadämonen wir begegneten.

Schließlich wurden wir in ein weiteres Zelt geführt, das viel größer und vor allem eingerichtet war. Im Inneren häuften sich unzählige bestickte Kissen, bunt gewebte Teppiche und niedrige Tische, auf denen diverse Köstlichkeiten ausgebreitet lagen, bei deren Anblick mir das Wasser im Mund zusammenlief. Mit Honig überzogene Küchlein, in Blätterteig eingewickelte Fleischbällchen und eingelegte Tomaten.

In der Mitte der gemütlich aussehenden Kissen brannte ein kleines, nicht zu heißes Feuer.

»Setzt euch.« Dashan saß im Schneidersitz in einer der schattigen Ecken, ohne dass ich ihn gesehen oder gehört hätte. Der Rest des Raumes wurde zusätzlich mit Kerzen erhellt, die in kleinen Glasbehältern standen.

Wir gehorchten natürlich, da die Anwesenheit der Krieger sich noch immer bedrohlich anfühlte. Eine falsche Bewegung und wir würden vermutlich noch auf der Stelle ausgeweidet werden.

Ein Stöhnen entfloh meiner Kehle, als ich mich auf die weichen Kissen niederließ. Dashan deutete mit einer Hand an, dass wir uns an den Essensplatten bedienen konnten, was ich mir nicht zweimal sagen ließ. Mir ging zwar kurzzeitig durch den Kopf, dass er die Speisen vergiftet haben könnte, aber das war mir egal. Wenn ich nichts zu mir nahm, würde ich ohnehin verhungern. Also griff ich nach einer Brotscheibe, die mit einer grünlichen Paste beschmiert war, die nach Erbsen roch. Ich testete den Geschmack zunächst mit der Zunge und als sich ein saftiges Aroma in meinem Mund ausbreitete, biss ich ganz hinein. Aus dem Augenwinkel sah ich, dass auch die anderen zulangten. Selbst Noah, der auf meiner linken Seite saß, bediente sich an einer seltsam aussehenden Frucht, die im Inneren so flüssig war, dass er die Schale ausschlürfen musste. Seine Verletzungen waren offensichtlich nicht lebensbedrohlich und die Frauen hatten beim Verbinden gute Arbeit geleistet.

Nachdem wir den schlimmsten Hunger gestillt hatten, spülte ich meinen Mund mehrmals mit einem süßen Honigwein aus, der mir sofort zu Kopf stieg. Meine Fingerspitzen begannen zu kribbeln und meine Umwelt schien seltsam zu schwanken.

»Ich weiß, wieso ihr hier seid«, sagte Dashan leise und bedeutete seinen Kriegern mit einem Handzeichen, aus dem Zelt zu verschwinden.

Da ich mich nicht umdrehen wollte, hörte ich bloß das Rascheln von Kleidern und der Zeltplane, und schloss daraus, dass sie ihm gehorcht hatten. Eine kühle Brise wehte herein, die sich in der aufgestauten Hitze leider viel zu schnell verflüchtigte.

»Das klang vorhin aber nicht so«, erwiderte Noah, dessen Hand sich unauffällig über meine legte. Vor Erleichterung hätte ich beinahe aufgeschluchzt. Wann war ich zuletzt berührt worden, ohne hin- oder hergezerrt zu werden? Mein Verstand war wie leergefegt. »Deine Krieger fragten danach, ob wir die Vorboten des Untergangs seien.«

Dashan neigte leicht den Kopf. »Vergebt mir die raue Behandlung durch meine Kinder. Sie sehen nicht immer das, was ich sehe.«

»Was meinst du damit?«, hakte Colin argwöhnisch nach.

»Ich denke, dazu muss ich weiter ausholen, obwohl uns nicht viel Zeit bleibt«, antwortete der Häuptling.

»Wir hören zu«, versprach ihm Colin sarkastisch.

»Ihr wisst, wo ihr seid?«

»In Triste. Nahe der Grenze zu Duster«, antwortete Noah prompt.

»Ganz genau. Schon lange haben wir hier keine Besucher begrüßen dürfen, was vor allem daran liegt, dass sich niemand ins Herz der *Gemarrah* traut. Oder die Reise dorthin überlebt. Wir – die Hamnea – lebten nicht immer derart abgeschottet. Es hat eine Zeit gegeben, da waren wir ein ebenso großes und mächtiges Volk wie das der Königs- und Schattendämonen. Sie kamen zu uns, um unseren Rat zu erbitten und damit wir für sie einen Blick in die Zukunft werfen.«

»Ihr seid … Hellseher?«, erwiderte Cleo skeptisch und erntete einen verständnisvollen Blick von Dashan.

»Ich verstehe, wieso gerade du diesem Aspekt mit Argwohn begegnest, Seherin«, antwortete er leise und versetzte uns alle in Erstaunen. Seherin?

»Woher?«, keuchte Cleo, der dieser Begriff mehr sagte als mir.

»Dazu werde ich noch kommen«, versprach der ältere Mann und glättete seine gebräunte Stirn. »Wo war ich?« Er sah mich lange an. »Ach ja, unser Ansehen war ungetrübt und unsere Meinung wurde allseits respektiert, doch der Krieg zwischen Aeshma und Morrigan, König Dusters und Königin Tristes, schürte Hass und Misstrauen. Morrigans gebrochenes Herz füllte sie mit Hass, den selbst ihr menschlicher Gemahl nicht besänftigen konnte. Die Bestie in ihr dürstete nach Rache und so folgte eine Schlacht nach der anderen gegen das Königreich von Aeshma. Wir Hamnea befanden uns mittendrin und blieben doch außen vor.

Wir versuchten sowohl Aeshma als auch Morrigan gut zuzureden, aber niemand wollte mehr auf unseren Rat hören. Niemand wollte von den Welten wissen, deren Untergang wir beobachtet hatten.«

»Was hat das zu bedeuten?«, zwang ich mich zu fragen.

»Wir sind Weltenwanderer, Jägerin. Es ist uns möglich, einen Blick in andere Welten zu werfen, die Geschehnisse zu beobachten und manchmal sogar zu lenken. Es ist Fluch und Segen zugleich, dass es uns verboten ist, uns in die Ereignisse dieser Welt mit etwas anderem als Worten einzumischen.« Dashan seufzte tief und holte hinter sich eine Weste hervor, die er sich seelenruhig anzog. Aus der linken Tasche zog er eine Tabakpfeife heraus, die er mit einem Streichholz anzündete. Rauch stob in meine Richtung. Hustend hielt ich mir einen Arm vors Gesicht, aber Dashan hatte sich bereits von mir abgewandt. »Deshalb bin ich erst heute zurückgekommen. Ich war auf einer Wanderung und habe das Schicksal eurer Welt gesehen. Ich sah, wie der Rinne euch durch das Tor schickte, das niemals hätte geöffnet werden sollen. Ich beobachtete, wie ihr aus verschiedenen Richtungen zu diesem unheilvollen Ort in Billings gelangt seid. Ich bewegte einzelne Fäden, damit Saraph dich, Seherin, zu mir bringt.«

»Aber wie?«, hauchte Cleo. »Und wieso?«

»Ich konnte in seinen Träumen zu ihm sprechen, da er ein sehr talentierter Seher war, der mir dadurch die Möglichkeit gegeben hat, den Abstand zwischen uns zu überbrücken.« Er neigte leicht den Kopf. »Und wieso? Weil du ebenfalls sehr talentiert bist, Cleo, und ich dich lehren möchte, deine Fähigkeiten auszuweiten.«

Sie zuckte zurück, als hätte er sie geschlagen. »Warum? Ich besitze keine Fähigkeit. Ich will nur nach Hause zu meinem Sohn.«

»Ich bin nie jemand gewesen, der einem so vielversprechenden Talent widerstehen konnte.«

»Du sagtest *war*«, mischte sich Noah in die Unterhaltung ein. »Saraph … ist er …?«

»Unglücklicherweise, ja. Er wurde erst vor einer kleinen Weile für seinen Verrat von dem Dämonenkönig hingerichtet. Deshalb konnte ich mich erst jetzt von ihm lösen. Ich wollte ihn nicht in der Stunde seiner Angst allein lassen.« Das klang fast schon zu nett für meinen Geschmack. Ich wusste nicht, was ich von diesem Mann halten sollte.

Das Gesicht verziehend veränderte ich meine Position, um einen Teil meines geschundenen Körpers zu schonen.

»Verstehe. Das ist … aber wenn er tot ist, wer passt auf Peeta auf?« Cleo schluchzte und erschreckte mich damit mehr als mit jeder anderen Gefühlsregung. Ich hielt sie für einen solch starken Menschen, doch wenn sogar sie von Verzweiflung heimgesucht wurde, was bedeutete es dann für den Rest von uns?

»Deinem Sohn geht es gut«, versicherte ihr Dashan und setzte seine Pfeife für einen kurzen Moment ab.

»Ihr könnt also fremde Welten bewandern«, fasste Colin Dashans Worte ungeduldig zusammen. »Was hat das mit uns zu tun? Wieso sind wir Vorboten? Warum sind wir hier?«

»Ich verstehe deine Frustration, mein Junge. Nun, die Antwort ist ganz einfach: die Welt, eure Erde ist dem Untergang geweiht, weil du existierst. Und du.«

6. Kapitel

Sprachlos erwiderte ich Dashans Blick.

»Wie bitte?« Colin hatte sich schneller wieder gefasst als ich.

»Das Schloss und der Schlüssel hätten niemals erschaffen werden dürfen. Die Tore hätten niemals geöffnet werden dürfen«, sagte Dashan langsam. Meine Müdigkeit war wie weggewischt. Ich war plötzlich hellwach und lauschte Dashans Worten mit neu entfachtem Interesse. »Wie ich bereits sagte, hörte niemand mehr während des Krieges auf die Hamnea und so litt unser Volk weiterhin unter den Strapazen der Schlachten, die direkt in unserem Gebiet ausgetragen wurden. Die Alten wurden müde und die Jungen zornig. Die Warnung unserer Urahnen aber, uns nicht in die Herrschaft der Dämonen einzumischen, blieb bestehen, nur wollten unsere Jüngeren nichts mehr davon wissen. Eine kleine Gruppe schmiedete im Geheimen Pläne und spaltete sich von uns ab.«

Dashan beobachtete mit einem entrückten Ausdruck das niedrig brennende Feuer, als würde er vor seinem inneren Auge sehen, wie sich die vergangenen Ereignisse nacheinander entfalteten.

»Und dann?«, hakte Noah nach.

»Sie teilte sich auf. Die eine Hälfte reiste nach Judan, der Hauptstadt von Triste, und die andere nach Getain, der Hauptstadt von Duster«, fuhr Dashan mit seiner ruhigen, melodiösen Stimme fort. »In der gleichen Nacht noch töteten sie Aeshma und seine Frau sowie Morrigan und ihren Geliebten. Sie stahlen außerdem Morrigans Krone, die machtvoll und magisch war. Sie wurde von einem Gott geschmiedet, dessen Name niemand mehr weiß und doch erinnert man sich noch an seine Finsternis. Mithilfe dieser Krone öffneten sie die Tore zur Erde und verließen unsere Lande, denn sie waren von den Hamnea verstoßen worden. In dem Glauben, das Richtige getan zu haben, kreierten sie auf der Erde den

Schlüssel und das Schloss, womit sie die Tore wieder schließen konnten. Sie versteckten die Krone an einem geheimen Ort und übergaben den Schlüssel und das Schloss an zwei auserwählte Menschen, die sich nicht kannten. Sie und ihre Erben sollten einander niemals begegnen.«

»Was geschah mit den abtrünnigen Hamnea?«, erkundigte sich Cleo, die sich offenbar wieder beruhigt hatte.

»Ah, eine wichtige Frage«, sagte Dashan anerkennend.

»Sie zogen sich auf einen verwaisten Berg zurück und gründeten ihr eigenes Volk – das der Kaskaden«, flüsterte ich.

»Ganz genau.«

Erstauntes Schweigen senkte sich über uns. Obwohl ich eine kribbelnde Vorahnung gespürt hatte, war es doch eine Überraschung, die Wahrheit zu erfahren. Die Kaskaden waren Nachfahren der Hamnea.

»Das ist … Wer weiß darüber Bescheid?«, stotterte Noah.

»Niemand außer uns Hamnea und den Kaskaden selbst. Es ist ein gut gehütetes Geheimnis, was vor so vielen Jahren in den Residenzen unserer Herrscher geschehen ist. Besonders jetzt ist es wichtig, dass dieses Geheimnis gehütet wird«, beschwor er uns eindringlich.

Es machte mich sofort stutzig. »Wieso jetzt?«

»Morrigan ist von den Toten auferstanden und befindet sich gerade in ihrem Schloss auf den Dreiflügelklippen. Sie giert nach wie vor nach Rache. Ich nehme an, sie will diejenigen ausfindig machen, die sie und ihren Geliebten getötet haben.« Dashan bedachte mich mit einem durchdringenden Blick.

»Und warum erzählst du uns dann davon?«

»Das ist die Frage, nicht wahr?« Er lächelte geheimnisvoll.

»Ich habe sie gesehen«, flüsterte Cleo. »Morrigan. Ich habe sie in meinen Visionen gesehen. Saraph wusste Bescheid. Er hat angedeutet, dass … dass wir uns vor Morrigan in Acht nehmen sollten, aber ich hatte ja keine Ahnung …« Sie hob eine Hand an ihre Lippen.

»Ich verstehe nur eine Sache nicht«, warf Colin ruhig und bedacht ein, als wäre er die Stimme der Vernunft in unserer Gruppe. »Abgesehen davon, dass du uns nun in dieses so gefährliche Geheimnis eingeweiht hast. Wieso tragen Alison und ich Schuld an der Zerstörung?«

»Wie ich bereits sagte, die Krone ist … dunkel. Finster. Magisch. Und alles, was daraus entsteht, kann nicht anders sein.« Dashan senkte den Blick auf die Pfeife in seinen starken Händen. »Vor beinahe drei Jahrzehnten trafen sich die Trägerin des Schlüssels und der Träger des Schlosses und verliebten sich ineinander. Doch durch ihre Nähe öffneten sich unzählige Tore und die ersten Dämonen schlüpften hindurch. Wie eine sich langsam ausbreitende Krankheit infizierten sie die Erde und schlüpften ungesehen durch die Adern der Bevölkerung, bis sie stark genug waren, die Hälfte von ihr zu unterwerfen.« Die Flammen fauchten und zischten, als würden sie Dashans Worte besonders betonen wollen. »Es dauerte fünfzehn lange Jahre, ehe die Kaskaden das Unheil rückgängig machen und die Tore schließen konnten, aber es gab eine unter ihnen, die *mehr* wollte. Die *Macht* wollte. Die Krone war ihr rechtmäßiges Erbe, so fand sie, doch um diese Macht zu nutzen brauchte sie Schlüssel und Schloss.«

»Pilgrim«, keuchte ich, als ich mich an die verhängnisvolle Nacht in A'Muén erinnerte. Sie war in meinen Verstand eingedrungen, hatte immer tiefer und tiefer gegraben, um das Eine zu finden, das sie nicht finden durfte: den Schlüssel.

Dashan schenkte mir einen anerkennenden Blick. »Du hast also ihre Bekanntschaft gemacht?«

Ich nickte, während ich versuchte das Grauen aus meinem Herzen zu vertreiben. Zwar hatte ich sie erfolgreich aus meinem Bewusstsein gestoßen, doch sie war krank geworden und das hatte zu dem kurzen, grausamen Kampf zwischen Kaskaden und Ascias Dämonen geführt.

»Sie hat es also nicht geschafft?« Colin sah von mir zu Dashan.

»Nein. Eine mutige Rinnin stahl Schlüssel und Schloss und übergab sie an deinen Vater.« Er nickte Colin zu. Dann sah er mich an. »Und an deine Tante.«

Ein Kreis schloss sich. Ich spürte, wie sich Lücken in meinem Verstand schlossen. Fragen, die seit Jahren in meinem Kopf umhergeschwirrt waren, auf die ich jedoch nie eine Antwort gefunden hatte. Bis heute.

»Ich habe Saraph dazu gebracht, Cleo zu mir zu schicken. Was ich nicht im Sinn hatte, war euch hier zu begrüßen.« Seine Miene nahm wieder einen ernsteren Ausdruck an. »Ich nehme an, er war sich sicher, er würde im Sinne der Prophezeiung handeln.«

Noah, Colin und ich sahen gleichzeitig Cleo an, die ebenfalls eine Prophezeiung erwähnt hatte. Den Inhalt hatte sie uns jedoch verschwiegen.

»Die Eine wird reisen von hier zu den Klippen«, rezitierte Cleo leise und ergeben, als hätte sie geahnt, dass sie die Worte eines Tages würde wiederholen müssen. »Keine Magie mächtiger als die der Rabenkönigin, kein Verstand schärfer als der ihrer Feinde. Diejenigen, die herrschten, werden diejenigen sein, die sich erheben. Ein Beben der Welten, die verbunden sind, um sich zu trennen. Blut tropft von Bäumen aus Knochen und Schatten fressen das Licht. Über dem Sieg der Herrscher allein die Krone aus Herz und Asche.«

»Was hat das zu bedeuten?« Colin sah genauso verwirrt wie Noah aus. Ich konnte den Worten auch keinen Sinn beifügen.

»Eine weitere Frage. Ein weiteres Rätsel.« Dashan stopfte die Tabakpfeife zurück in seine Tasche. »Ich würde gerne ein Gespräch mit dem Rebellen und der Jägerin führen. Würdet ihr mir nach draußen folgen?«

Ich hätte am liebsten verneint, wenn ich dadurch nicht die Sicherheit meiner Freunde gefährdet hätte. Es war nicht mal zwei Stunden her, da war Noah gefoltert worden. Ich wollte die Geduld des Häuptlings nicht strapazieren, also nickte ich und erhob mich.

Dashan ging voraus, Colin folgte und ich trat als Letzte in die hereingebrochene Dunkelheit. Durch die Speisen fühlte ich mich direkt etwas sicherer auf den Beinen, aber es brauchte noch viel Schlaf, Erholung und medizinische Versorgung, ehe ich wieder ich selbst sein würde.

Wir bewegten uns in den Gängen zwischen den starren, bunten Zeltplanen hindurch, während uns finster dreinschauende Krieger und Kriegerinnen aus dem Weg gingen. Mir gefiel nicht, dass wir uns so weit von den anderen entfernten, fand aber meine Stimme nicht, um dagegen zu protestieren. Am liebsten wäre ich auf der Stelle zu Boden gegangen und hätte mich dem Schlaf hingegeben. Ich war so müde vom Kämpfen.

Schließlich traten wir aus dem Dschungel und befanden uns wieder in der offenen Wüste, wo wir auf mehrere schwarz gekleidete Dämonen zusteuerten, die um ein halbes Dutzend Kamele herumstanden. Mir wurde flau im Magen. Ich erkannte sofort, dass sie nicht den Hamnea angehörten, da ihre Haut zwar gebräunt, aber nicht bemalt war. Außerdem trugen sie wetterfeste Kleidung, schwarz und schmucklos. Ihre Haare waren kurzgeschoren. Keine Bänder, keine Zöpfe.

Dashan drehte sich zu uns um, als meine Beine ihren Dienst verweigerten. Auch Colin war stehen geblieben, doch es war zu spät. Aus den Schatten der Nacht hatten sich uns bereits aus allen Richtungen Krieger genähert, die mit ihren Speeren eine unheimliche Aura ausstrahlten.

»Ich sagte bereits, dass unsere Zeit knapp ist«, sagte Dashan mit einem bedauerlichen Unterton.

»Was soll das? Wer sind die?« Colin blickte hektisch von den Kriegern zu den Fremden.

»Wächter Morrigans. Sie hat eure Ankunft genauso gespürt wie jedes andere magische Wesen auch.« Dashan trat näher und senkte seine Stimme. »Ich kann mich ihr nicht verweigern, aber ich kann dafür sorgen, dass eure Freunde in Sicherheit sind. Von ihnen weiß sie nicht.«

»Du willst bloß Cleo für dich haben«, erwiderte ich ohne wirklich viel Kraft in meinen Worten. Er hatte uns nicht verraten. Es war von Anfang an sein Plan gewesen, uns Morrigan zu überlassen und ja, er hatte durchaus erwähnt, dass wir nur wenig Zeit hatten. »Was wird sie mit uns tun?«

»Ich weiß es nicht.«

Ich schätzte seine Ehrlichkeit, auch wenn ich mir wünschte, dass er sie mir in diesem Augenblick erspart hätte. Seufzend ergab ich mich innerlich meinem Schicksal. Ich würde es ja doch nicht ändern können …

Gareth. Ich vermisse dich so sehr. Ich erlaubte mir einen Moment, in dem ich mich an ihn erinnerte. An sein attraktives Gesicht. Seine sanfte, aber bestimmte Stimme. Seine Stärke und seine Zuversicht. Seine Liebe. Was würde er von mir und meiner Mutlosigkeit halten?

Einer der Wächter sagte etwas in der Dämonensprache. Er klang ungeduldig.

Dashan nickte und machte für sie Platz. Sie verloren keine Zeit damit, uns zu fesseln, schließlich waren sie uns körperlich überlegen und könnten uns jederzeit festhalten. Ich kletterte auf ein liegendes Kamel, das sich erst wieder erhob, als sich einer der Dämonen hinter mir positioniert hatte. Colin durfte ebenfalls nicht allein reiten.

Es wurden noch ein paar letzte Worte ausgetauscht, dann brachen wir Richtung Westen auf. Schon bald würde ich der Dämonenkönigin gegenüberstehen, obwohl ich nicht den blassesten Schimmer hatte, wie ich mich gegen sie verteidigen sollte, käme es zu einem Kampf.

Ich fürchtete mich.

Das einzig Gute, das ich unserer abrupten Abreise abgewinnen konnte, war die Möglichkeit zu schlafen. Nachdem ich einmal fast vom Kamelrücken gefallen wäre, band mich der Dämon mit einem Seil an dem Sattel fest. Ich hätte mich trotz der Aufregung und der in mir lauernden Angst nicht zum Wachbleiben zwingen können. Es war viel zu lange her, dass ich in einem Bett gelegen und geschlafen hatte, sodass mir mittlerweile jede Gelegenheit zu schlafen recht war.

Ich schreckte immer mal wieder auf, wenn ich das Gefühl hatte, aus dem Sattel zu rutschen, doch das Seil hielt. Ein Blick auf Colin, der vor mir ritt, zeigte mir, dass er ebenfalls festgebunden worden war. Wir konnten wohl froh sein, nicht zum Wachbleiben gezwungen zu werden. Bedeutete dies, dass uns Morrigan nicht feindlich gesinnt war?

Es fiel mir schwer, Wut und Ärger heraufzubeschwören, weil wir von Dashan verraten worden waren. Letztlich hatte er das getan, was im Sinne seines Volkes gewesen war. Außerdem beschützte er dadurch auch Noah und Cleo. Ich fragte mich, ob sie unsere Abwesenheit bereits bemerkt hatten und was sie tun würden. Ich wollte nicht, dass sie uns nachliefen und sich dadurch selbst in Schwierigkeiten brachten. Mit Hilfe der Hamnea konnten sie einen Weg zurück auf die Erde finden. Noah würde Bird zu sich holen können und Cleo zu ihrem Sohn zurückkehren.

Kurz vor Morgengrauen legten wir eine Pause ein. Drei Zelte wurden errichtet, die uns zwar nicht vor der Hitze, dafür jedoch vor den Sonnenstrahlen schützten. Colin und ich wurden in zwei unterschiedliche Zelte gebracht, was ich nicht sonderlich schlimm fand. Ich traute ihm noch immer nicht über den Weg, auch wenn wir beide Gefangene waren. Wahrscheinlich würde er jetzt erst recht jede Möglichkeit nutzen, sich meiner zu entledigen, da Noah seine Drohung nicht mehr würde wahrmachen können.

Ich bekam in meinem erschöpften Zustand kaum etwas von meiner Umgebung mit. Ich gehorchte lediglich den Befehlen, die mit Gestiken verdeutlicht wurden, damit ich ihren Sinn verstand, und für den Rest der Zeit lag ich schlafend in einer Ecke. Irgendwann hörte ich das Tosen eines Sturmes und erkannte wie aus weiter Ferne, dass wir nur gerade so einem Sandsturm entkommen waren.

Stunden später gruben wir uns mit Händen und schmalen Schaufeln aus den Zelten und machten uns wieder auf den Weg, obwohl die

Sonne noch immer auf uns herabstrahlte. In dieser Nacht verließen wir die Wüste dann endlich.

Eine riesige Gebirgskette erhob sich am Horizont, die ich selbst im sanften Mondlicht erkennen konnte. Unsere Kolonne umrundete das Gebirge jedoch, anstatt es zu durchqueren, und wir ritten an der Küste eines tosenden Meeres entlang, wo ich zum ersten Mal Zeichen von Zivilisation in Form von ausgeworfenen Fischernetzen wahrnahm.

Wenig später erreichten wir ein Dorf, das Colin und ich jedoch nicht betreten durften. Zwei Dämonen blieben zu unserer Bewachung zurück, die anderen tauschten unsere Kamele gegen Pferde aus. Wir saßen derweil auf glatten Felsen und beobachteten das Glitzern der Sonne auf der Wasseroberfläche.

Die zerfetzte Kleidung klebte unangenehm an meinem Körper und scheuerte an mehreren Stellen meine Haut auf. Kratzer, die ich mir im Kampf gegen Rope zugezogen hatte, entzündeten sich und brannten auf meiner ohnehin schon von der Sonne geschundenen Haut. Innerlich fühlte ich mich genauso verletzt und gewissermaßen misshandelt.

Colin wich meinem Blick gekonnt aus. Ich wusste nicht, ob er an einem Fluchtplan schmiedete, aber er würde mich ohnehin nicht daran teilhaben lassen. Also war es müßig, sich darüber Gedanken zu machen. Diese Hinnahme meines Schicksals entsprach so gar nicht meinem Charakter, doch ich fand keinen einzigen Funken in mir, um zur Rebellion aufzurufen.

Die vier Dämonen kehrten schließlich mit einem halben Dutzend robuster Pferde zurück. Wir verloren keine weitere Zeit, saßen auf und ritten in Richtung Nordwesten. Die nächsten vier Tage bestanden immerzu aus dem gleichen Rhythmus: Wir ritten tagsüber, ohne dass die Dämonen von der Sonne in irgendeiner Weise beeinflusst wurden, pausierten hin und wieder und rasteten nachts in schnell errichteten Zelten. Die Dämonen redeten nicht mit uns und schenkten uns ihre Aufmerksamkeit nur in den nötigsten Fällen.

Ich fragte mich, inwiefern sich diese Sonne von der in meiner Welt unterschied, da sie die Dämonen dort schwächte. Hier hatte sie keinerlei Auswirkung auf die Dämonen, so schien es zumindest, dabei war sie nicht weniger heiß oder brennend, wie die Blasen auf meiner geröteten Haut bewiesen.

Schließlich wurde es dunkler und kälter. Die Sonne kam nicht mehr so oft hinter den Wolken hervor, die der Wind erbarmungslos gen Osten peitschte. Zumindest nahm ich an, dass die Welt hier ebenso in Norden, Osten, Süden und Westen unterteilt war.

Wir ritten durch mehrere kleine, feudal angelegte Ortschaften, in denen wir von argwöhnischen Blicken verfolgt wurden. Niemand wagte es allerdings, sich den Dämonen in den Weg zu stellen, als würden sie die Autorität, die sie ausstrahlten, sofort anerkennen.

Und dann, am vierten Tag, sah ich das Schloss am Ende einer gepflasterten Straße, die schlangenförmig zu den Dreiflügelklippen hinaufführte. Düsternis und Schatten umgaben die grauen Türme und Mauern und ließen keinen Zweifel darüber übrig, wer hier residierte.

Die Pferde trabten scheinbar gemächlich den Pfad zur Brücke hinauf, nun, da uns nur noch wenige Meter von der Königin trennten. Die Eile fiel von den Schultern der Schatten- und Königsdämonen, die sich gestern das erste Mal gewandelt hatten, um ein *Spiel* zu spielen. Die drei Schattendämonen hatten Schatten und List genutzt, um gegen die drei Königsdämonen im Kampf zu bestehen. Colin und ich waren währenddessen an einen Baumstamm gefesselt worden, damit wir ihnen keine Schwierigkeiten bereiteten. Vermutlich hatte nicht mal eine realistische Chance bestanden, dass wir fliehen könnten, doch es sollte offensichtlich jede Verspätung vermieden werden. Das bedeutete, dass sie nicht scharf darauf gewesen wären, uns hinterherzujagen.

Interessiert beobachtete ich den sich entfaltenden Kampf und war mir bis zuletzt sicher, dass die Königsdämonen gewinnen würden. Doch während sich diese allein auf ihre körperliche Überlegenheit konzentriert hatten, hatten die Schattendämonen die Dunkelheit um sich gesammelt und innerhalb von wenigen Sekunden war es stockduster um sie herum geworden. Ich sah nur noch einen Ball aus Finsternis an der Stelle, auf der sie gestanden hatten. Dumpfe Schlaggeräusche und ersticktes Stöhnen drang zu Colin und mir herüber, dann wurde es still und die Finsternis verschwand. Die drei Königsdämonen lagen gefesselt auf ihren Bäuchen und die Schattendämonen schlugen sich triumphierend ab, bevor sie ihre Freunde wieder befreiten.

Ich war vollkommen verblüfft, da ich so etwas nicht für möglich gehalten hätte. Auf der Erde nutzten Schattendämonen ihre Macht, um Menschen zu schwächen, indem sie sich an ihren *Auren* bedienten.

Manchmal kontrollierten sie auch Schatten, damit sie in Schlieren um ihre Gegner waberten, die dadurch abgelenkt wurden. Aber einen Ball aus Finsternis hatte ich noch nie gesehen. Ich fragte mich, ob Noah von dieser Art von Macht wusste. Konnte man sie nur in Zusammenarbeit mit anderen Schattendämonen nutzen oder funktionierte der Trick auch allein, wenn man mächtig genug war?

Die Gedanken darüber wurden schnell vertrieben, als wir nach einer kurzen Identifikationsüberprüfung durch das Tor in den steinernen Innenhof gelassen wurden. Soldaten trainierten in Einheiten zusammen mit verschiedenen Waffen, oder auch nur mit ihren Fähigkeiten und ihren rasiermesserscharfen Klauen. Es war ein faszinierendes Schauspiel, das mich sicherlich noch länger gefangen genommen hätte, wenn ich nicht so grob vom Pferd gezerrt worden wäre.

Ich stolperte neben Colin durch einen überdachten Gang, der um eine Art Innenhof führte, in dem verwitterte Steinbänke, Statuen und verwachsene Wege zu erkennen waren. Büsche und Sträucher, die sich in allen Windrichtungen ausbreiteten, und blaugraue Bäume, die schon lange nicht mehr gestutzt worden waren.

Das Schloss selbst betraten wir schließlich durch eine eisenbeschlagene Tür, die so unauffällig war, dass ich ohne meine dämonischen Begleiter wohl an ihr vorbeigegangen wäre.

Im Inneren musste ich mehrmals blinzeln, bis sich meine Augen an die Schatten gewöhnten. Es gab keine Kerzen oder Fackeln, die den Weg erhellten, trotzdem bewegten sich die Dämonen vollkommen sicher und schubsten mich gelegentlich, wenn ich ihnen zu langsam wurde. Schwache Lichtstrahlen fanden immerhin ihren Weg durch die schmalen Glasfenster, die wir hin und wieder passierten. Als wir in einen anderen Gang abbogen, kamen uns zum ersten Mal livrierte Bedienstete entgegen. Die Frauen trugen graue Röcke, schwarze Schürzen und Tücher über ihren Haaren. Im Vorbeigehen senkten sie ihre Köpfe und huschten eilig in den nächsten Korridor. Ich wäre ihnen am liebsten hinterhergelaufen, nur leider würde man mich nicht mal einen unerlaubten Schritt tun lassen.

Vor breiten schwarzen Flügeltüren blieben wir stehen und einer der Königsdämonen löste sich von unserer Gruppe, um in den Raum dahinter zu treten. Von meiner Position aus konnte ich keinen Blick hineinwerfen, da die Tür sofort wieder zugezogen wurde.

Ungeduldig wippte ich mit meinem Fuß, während sich die Dämonen den Staub und Schmutz von der Kleidung klopften. Sie wollten der Königin dadurch offensichtlich eine Ehre erweisen.

Schließlich kehrte der Königsdämon zurück und bellte ein paar Befehle, bevor die Tür von zwei Wachen weit geöffnet wurde. Colin und ich wurden grob nach vorne geschubst, sodass wir stolpernd den beeindruckenden Thronsaal betraten.

Die Hexenkönigin erwartete uns bereits.

7. Kapitel

Massive Säulen schraubten sich zu beiden Seiten in die Höhe, bis sie der gewölbten Decke mit einem Kuss begegneten. Der marmorne Boden glänzte hell, als wäre er erst vor Kurzem poliert worden, doch selbst die eifrigste Dienerschaft hätte nicht die unzähligen Risse vertuschen können, die sich spinnennetzartig ausbreiteten. Die dunklen Fliesen müssten früher oder später ersetzt werden. Das war alles, worauf ich mich konzentrieren konnte, als wir unserem Schicksal immer näher gebracht wurden. Würde es meinen Tod bedeuten? Sollte es mir verwehrt bleiben, Gareth jemals wiederzusehen? Und dabei hatte ich nicht mal herausgefunden, ob Ropes bösartige Worte der Wahrheit entsprachen. Hatte ich mich wirklich nur in Gareth verliebt, weil ich verflucht war?

Kopfschüttelnd richtete ich meine Aufmerksamkeit zurück auf die Gegenwart und blickte geradeaus, bis mein Blick auf die Empore traf.

Morrigan.

Sie saß auf ihrem schwarzen, unheimlichen Knochenthron, dessen Anblick einen Schauder in mir auslöste. Ich konnte ganze Schädel und Handknochen erkennen, die scheinbar nur durch Schatten und Finsternis zusammengehalten wurden. Neben ihr stand eine hübsche, braunhaarige Frau, die in ein kornblumenblaues Kleid gehüllt war und erst mich, dann Colin anblickte, ohne die reglose Maske auf ihrem gebräunten Gesicht zu verlieren. Morrigan, *die Königin Tristes,* trug ein dunkles Spitzenkleid mit funkelnden Diamanten in ihrem Ausschnitt, die das schwache Licht der Fackeln einfingen. Ganz egal, wohin man auch sah, Schatten hingen wie Staubfäden von den Decken und Wänden. Lebendige Wesen, die dem Befehl der Königin gehorchten. Mir wurde plötzlich sehr, sehr kalt.

Ich war der Konfrontation nicht gewachsen. Ich konnte kaum denken, geschweige denn gehen. Einer der Wachen stieß mir ein weiteres Mal seinen Schwertknauf in den Rücken, da ich immer langsamer geworden war. Mein Atem beschleunigte sich und mein Herz sprang fast aus meinem Brustkorb, als würde es fliehen wollen, solange noch Zeit war. Solange Morrigan uns noch nicht in ihrem Griff hatte.

Panik, stellte eine nüchterne Stimme in meinem Inneren fest, die Gareths Stimme überraschend ähnelte. *Es ist nur Panik, die dir auflauert. Reiß dich zusammen, Alison. Du musst einen Ausweg finden, mit ihr um dein Leben zu feilschen.* Wenn sie mich wirklich tot sehen wollte. Ich konnte mir nicht vorstellen, dass ich ihr anderweitig von Nutzen war. Colin und ich hatten ihr nichts mehr zu bieten. Schloss und Schlüssel trugen in dieser Welt keinerlei Macht mehr in sich.

»Halt«, rief einer der Wachen so unerwartet in unserer Sprache, dass ich zusammenzuckte. »Kniet nieder.«

Wir befanden uns nun rund vier Meter vor den rissigen Treppenstufen zur Empore, als ich mein Gesicht verzog, da mir jede noch so kleine Bewegung Schmerzen bereitete. Sich hinzuknien wirkte dem nun nicht gerade entgegen.

Als meine Knie den kalten Boden berührten, hörte ich die sich entfernenden Schritte der Wachen, bevor ich die Schatten sah, die sich in Schwaden um meine Handgelenke legten. Die Berührung kitzelte und war nicht gänzlich unangenehm, bis sie sich wie Gurte festzurrten und das Blut an meinen Armen abdrückten. Colin keuchte zeitgleich mit mir auf und ließ mich vermuten, dass ihm das Gleiche widerfahren war.

Ich konnte mich gerade noch so mit meinen Händen abstützen und mich selbst davor bewahren, nach vorne zu fallen. Endlich lockerten die Schatten ihren Griff und verschwanden aus meinem Sichtfeld.

»Erhebt euch«, erklang Morrigans Stimme und hallte durch den gesamten Thronsaal wider, obwohl sie nicht sonderlich laut sprach. Ihre Aussprache war gezwungen und hart, als hätte sie die englische Sprache noch nicht vollkommen gemeistert.

Stirnrunzelnd gehorchte ich ihrem Befehl. Zumindest nahm ich an, dass sie es gewesen war, die mit uns gesprochen hatte. Colin befand sich ein paar Schritte neben mir. Am liebsten hätte ich in seinem Gesicht gelesen, um seine Gedanken zu erfahren, doch ich traute mich nicht, den Blick von Morrigan zu wenden. Nun, da sie uns zumindest erlaubt hatte, uns aufzurichten. Vielleicht würde sie mich ja doch nicht töten.

»Wie ist dein Name, Junge«, richtete sie das Wort an Colin. Während ihre Augen auf ihm ruhten, nahm ich mir die Freiheit heraus, ihr wunderschönes, herzförmiges Gesicht zu bewundern. Morrigan war eine beeindruckende Frau. Ihre schwarzen Locken, ihre Körperhaltung, die dunklen Augen, aus denen Intelligenz und Stärke sprach, die schlanken Finger, an denen sie mehrere goldene Ringe trug … Mir stockte bei dem Anblick der Atem und ich musste mich daranhalten, sie nicht mit offenem Mund anzustarren. Für einen Moment waren all meine Schmerzen vergessen und ich konnte verstehen, wieso Aeshma zu Fuß zwei Königreiche durchquert hatte, um ihr Herz zu gewinnen.

»Colin«, würgte der Rebell hervor, als säße ein Kloß in seinem Hals fest. Er räusperte sich leise und hinter vorgehaltener Hand.

»Und du trägst das Schloss in dir?« Morrigan beugte sich nur ein ganz kleines bisschen vor, kaum wahrnehmbar, hätte ich sie nicht so genau beobachtet. Ihre Augen verengten sich, als Colin nicht sofort antwortete. »Colin.«

»Ja. Es ist in mir, aber …«

Sie hob eine Hand und ein riesiger Schatten schoss von ihrem Thron auf uns zu. Er teilte sich, bevor er auf uns traf, sodass sich eine Hälfte um meinen Körper schlang und die andere um Colins. Ich *sah* den sich im Kreis bewegenden Schatten, aber ich spürte nichts, nicht so wie es bei meinen Handgelenken gewesen war. Es war eine Warnung.

»Du sprichst nur, wenn du gefragt wirst«, sagte Morrigan leise. »Und du antwortest nicht mehr und nicht weniger als das, was ich von dir verlange. Habe ich mich deutlich genug ausgedrückt?«

»Ja«, antwortete Colin.

Ihr Blick wanderte zu mir und ich gab ihr die gleiche, zittrige Antwort.

Ein raubtierhaftes Lächeln breitete sich auf ihren blutrot geschminkten Lippen aus. Wo auch immer sie im Jenseits gewesen war, es hatte ihrer Macht und ihrem Charakter nicht geschadet …

»Dein Name ist?« Ihre dunklen Augen huschten zu mir.

»Alison … Eure Majestät?« Ich klappte meinen Mund eilig wieder zu und hoffte, dass ich mit der Anrede keinen Fehler begangen hatte. Doch da ich mich weder mit körperlicher Kraft noch mit neunmalklugen Sprüchen aus dieser Situation herauswinden konnte, blieb nur noch eine Möglichkeit: Ich musste mich gut mit der Königin stellen.

»Der Schlüssel«, sagte sie langsam und mit Bedacht, während sie mich weiterhin musterte. Die Schatten bewegten sich schneller, aber sie griffen nicht an. »Ihr habt in eurer Welt, wo auch immer diese liegen mag, ein Tor geöffnet und seid hindurchgeschlüpft?«

»So in etwa«, antwortete Colin. Die Schatten drückten zu und der Rebell schnappte nach Luft, ehe sich der Griff wieder lockerte. Er hustete ein paarmal. »Wir sind durch das Tor geschubst worden.«

»Ich verstehe.« Die Hexenkönigin legte den Kopf leicht schief und tippte mit einem ihrer schwarzen Fingernägel gegen ihr Kinn. »Was ich nicht verstehe, ist, wie ihr entstanden seid. Ich kenne die Macht, die euch innewohnt. Die sich in dieser Welt nicht ohne den entscheidenden Teil entfalten kann, aber …« Sie stockte. Ich hatte ihren Worten aufmerksam gelauscht und war mir fast sicher, dass sie wusste, dass Schlüssel und Schloss mit der Macht der Krone kreiert worden waren. »Ich verstehe *nicht,* wer sie geformt hat. Wer hat meine Krone entwendet?«

»Krone?«, hörte ich die Frau fragen, die neben dem Thron stand und sich bis dahin nicht bewegt hatte.

»Meine Krone, Jo«, sagte Morrigan. »Ich trug sie am Tage meines … Todes und ich … ich glaube mich zu erinnern, dass sie von meinem Mörder aufgehoben wurde.« Ich wagte einen Blick in ihr Gesicht und bemerkte das angestrengte Stirnrunzeln, das sie nicht einmal entstellte. Wenn überhaupt, dann verlieh es ihr ein gehobenes, klügeres Aussehen. Plötzlich kehrte sie aus den Tiefen ihrer Erinnerung zurück und konzentrierte sich wieder auf mich. »Aus welcher Welt stammt ihr?«

»Der Erde, Eure Majestät«, flüsterte ich.

Morrigan und Jo wechselten einen Blick, den ich nicht deuten konnte. »Erzähl mir mehr.«

Ich öffnete den Mund, doch kein Ton kam heraus. Meine Beine zitterten und meine Atmung wurde schwächer. Die Erschöpfung der gesamten letzten Wochen holte mich ein und hätte mich niedergerungen, wenn mich der rotierende Schatten nicht aufrecht gehalten hätte.

»Ich glaube, sie müssen sich erst etwas ausruhen, Morrigan«, hörte ich Jo wie aus weiter Ferne sagen. Das Rauschen in meinen Ohren wurde lauter und lauter, bis es alles überstieg. Die Schatten um mich herum verschwanden und ich fiel nach vorne. Meine Hände konnte ich noch gerade rechtzeitig schützend nach vorne ausstrecken, bevor ich auf dem Marmorboden aufschlug.

Irgendjemand zog mich grob am Arm wieder in die Senkrechte. Alles drehte sich vor mir, sodass ich mich damit zufriedengab, mit geschlossenen Augen weggeführt zu werden. Ich konnte ohnehin nicht beeinflussen, wohin ich gebracht wurde, also sollte ich mich lieber darauf konzentrieren, mich nicht zu übergeben.

Der Nebel in meinem Blickfeld lichtete sich etwas, nachdem wir den kühlen Thronsaal verlassen hatten. Ich erkannte, dass mich nur noch Jo und eine Wache begleiteten. Hinter mir hörte ich jedoch weitere Schritte und ich nahm an, dass Colin in die gleiche Richtung geführt wurde wie ich. Nicht, dass es mich sonderlich interessierte. Von mir aus hätte er hier und jetzt hingerichtet werden können.

Gehorsam hielt ich den Blick gesenkt und konzentrierte mich darauf, einen Schritt vor den anderen zu setzen.

Wir erklommen eine massive, freistehende Treppe, die durch mehrere Absätze unterbrochen wurde und uns in schwindelerregende Höhe brachte. Ein kurzer Blick aus einem der schlanken Fenster bestätigte meinen Verdacht.

Anschließend bogen wir in einen engen Korridor ein, in dem ein dunkelgrüner, stellenweise durchgetretener Läufer auslag. Die Schritte hinter mir wurden leiser, als wäre Colin mit seinem Geleit an anderer Stelle abgebogen.

»Hier ist es«, sagte Jo und deutete auf eine der unzähligen Flügeltüren, die sich in keiner Weise von den anderen unterschied. Weiße Verzierungen zogen sich an den Kanten entlang und die vergoldeten Klinken überraschten mich dennoch. Ich hatte eher mit einem Kerker gerechnet und nicht … damit.

Jo öffnete die Tür und überließ mir den Vortritt. Die Wache folgte uns nicht ins prachtvolle Innere. Seide, Kissen, Farben, Teppiche, weiße Holzmöbel. Blinzelnd versuchte ich alles aufzunehmen und zugleich gegen den Schwindel anzukämpfen, der wie Morrigans Schatten darauf lauerte, mich zu erdrücken.

»Setz dich doch, Alison«, sagte Jo und deutete auf einen gepolsterten Stuhl, der vor einem elegant geschnitzten Schreibtisch positioniert war. Überwältigt von dem kostbaren Raum nach zwei Wochen bitterer Gefangenschaft gehorchte ich ihr wortlos.

Jo strich sich ein paar Strähnen ihres Haares aus dem Gesicht, als wäre sie nervös. Sie zuckte heftig zusammen, als es an der Tür klopfte und einen Moment später eine Bedienstete eintrat. Sie trug ein Tablett mit dampfendem Essen darauf.

»Lady Joana«, begrüßte sie die Dämonin und deutete ein Knicksen an. Stirnrunzelnd überlegte ich, warum mir der Name so bekannt vorkam. »Wollt ihr unseren … Gast ins Bad führen oder …«

»Nein. Füllt die Zinnwanne hier auf. Sie kann sich kaum noch auf den Beinen halten«, antwortete Joana sofort und deutete mit einer Hand zum Schreibtisch. »Stell das Tablett bitte hier ab und gib meine Anweisung dann weiter.«

»Ja, Mylady.« Sie tat wie geheißen und knickste dann vorm Hinausgehen erneut.

»Greif zu. Ich nehme an, du bist fast verhungert.«

Sie erinnerte mich mit ihrer Freundlichkeit ein wenig an Liliana, doch der Gedanke an Liliana bereitete mir nur Schmerzen, denn dann musste ich zwangsläufig an Gareth denken. Es wäre besser, sich einfach nur auf das Essen zu konzentrieren.

Ich rückte mit dem Stuhl näher an den Schreibtisch, bevor ich zögerlich nach Messer und Gabel griff, um mich dann über den Braten, die Kartoffeln und das Gemüse herzumachen. Es war unmöglich zu bestimmen, was für Fleisch und welche Art von Gemüse mir da serviert worden war, aber es hielt mich nicht davon ab, alles aufzuessen. Wann hatte ich das letzte Mal eine warme Mahlzeit zu mir genommen? Selbst bei den Hamnea hatte es nur kalte Speisen gegeben.

Während ich abwechselnd aß und am süßen Nektar nippte, öffnete sich die Tür erneut und mehrere Diener betraten den riesigen Raum, um hinter einer Trennwand die Wanne mit dampfendem Wasser zu füllen. Ich konnte es kaum abwarten, mich von Schmutz und Schweiß der Reise zu befreien. Meine Haare waren bereits an mehrere Stellen hoffnungslos verfilzt und ich konnte bloß noch beten, dass ich sie mir nicht abrasieren lassen müsste.

»Du kannst dich jetzt waschen«, verkündete Joana, nachdem uns die Diener wieder allein gelassen hatten.

»Ich glaube, ich kann nicht mal mehr aufstehen«, murmelte ich, bevor ich darüber hätte nachdenken können, dass es besser wäre, meine Schwäche nicht zu offenbaren. Andererseits konnte wahrscheinlich jeder aus drei Meilen Entfernung erkennen, wie erschöpft ich war.

»Lass mich dir helfen.«

Mit ihrem stützenden Arm schaffte ich es zur Badewanne, wo ich mich von der schmutzigen Kleidung befreite, sobald sie wieder hinter den Sichtschutz getreten war. Das flackernde Kerzenlicht warf spielende Schatten an Wand und Decke, die in mir die Frage aufkommen ließen, ob Morrigan von ihnen Informationen erhielt. Wie weit reichte ihre Kontrolle über Schatten aus? Zu was war sie mit ihrer Magie imstande?

Sobald ich mich in das heiße Wasser sinken ließ, verschwanden jedwede Fragen und Rätsel, als würden sie von mir gewaschen werden. Ich schloss seufzend die Augen und genoss die Wärme auf meiner Haut, während mich der Duft von Jasmin einhüllte.

»Kann ich dich etwas fragen, Alison?«, erklang Joanas Stimme nach einer Weile. Ich war beinahe eingeschlafen und hatte vollkommen vergessen, dass sich noch jemand anderes im Zimmer aufhielt. Mein Schweigen wertete sie als ein Ja, da sie schließlich weitersprach. »Ich weiß nicht, ob du es bereits erkannt hast, aber … ich bin keine Dämonin. Ich bin ein Mensch.« Die Enthüllung raubte mir den Atem. Ein weiterer Mensch. Hier in Triste.

»Nein.« Ich räusperte mich, da meine Stimme nicht mehr als ein Krächzen gewesen war. »Das habe ich nicht bemerkt.«

»Nun …« Sie stieß ein verlegenes Lachen aus. »Ich wollte dich bloß fragen, wie es auf der Erde aussieht. Woher du kommst.«

»Willst *du* das wissen oder Morrigan?«, entgegnete ich misstrauisch.

»Ich will dich nicht belügen, ich denke, es ist auch für sie von Interesse, aber sie hat mich nicht geschickt, um dich an ihrer statt auszufragen. Falls du das angenommen hast«, fügte sie eilig hinzu.

Ich ließ mir ihre Worte einen Moment durch den Kopf gehen, dann entschied ich mich, dass ich ohnehin nichts zu verlieren hatte.

»Ich weiß nicht, wann oder wie du die Erde verlassen hast, deshalb … ähm, ich habe in einer der Dämonenstädte gelebt. In Ascia.«

»Ah, ich erinnere mich daran. Sie war noch im Aufbau, als ich … gegangen bin«, sagte sie so leise, dass ich sie kaum verstand.

Ich rieb mit einem Waschlappen über meine Haut, um die schmutzverkrusteten Stellen abzureiben. Hin und wieder öffnete sich wieder ein Kratzer und färbte das Wasser rot.

»Wie hast du so gelebt? Geht es den Menschen besser?«

»Ich habe Dämonen gejagt. Schattendämonen«, antwortete ich ehrlich. Es war ein Vertrauenstest. Ich wollte wissen, wie viel sie von dem, was ich ihr erzählte, an Morrigan weitergeben würde. Die Königin wäre wohl kaum begeistert, wenn sie von meinem Beruf erfuhr. »Und was die Menschen angeht … An der Ostküste geht es ihnen besser als im Westen, wo Billings sie in seiner Stadt nur als Sklaven akzeptiert. Im Allgemeinen versuchen alle nur zu überleben. Irgendwie.«

»Das klingt traurig. Es scheint, als hätte sich nichts geändert.« Joana seufzte tief.

»Darf ich dir eine Frage stellen?« Ich wrang den Waschlappen aus und stieg aus der Wanne, um mich in ein dunkelrot gemustertes Handtuch zu wickeln. Es war so breit, dass es mir bis unter die Knie reichte.

»Nur zu«, forderte sie mich auf, als ich hinter dem Sichtschutz hervortrat und sie vor dem Fenster stehen sah. Ihr wehmütiger Blick war nach draußen gerichtet, bevor sie meinen erwiderte.

»Wie bist du hergekommen?«

Ein paar Herzschläge lang herrschte tiefes Schweigen und die Anspannung stieg in mir an, bis Joana ausatmete und etwas aus der obersten Schublade der Kommode, neben der sie stand, holte. Während ich sie beobachtete, ließ ich mich auf das Fußende des breiten Himmelbettes nieder, da meine Beine bereits zu protestieren begannen. Meine Fersen und meine Fußballen schmerzten ebenfalls, obwohl ich während der Reise gar nicht so viel gelaufen war.

Joana wandte sich schließlich wieder zu mir um und reichte mir einen elfenbeinfarbenen Kamm, den ich mit einem Nicken annahm. Sie setzte sich neben mich.

»Ich bin gestorben«, sagte sie leise.

»Was?« Ich hielt in der Bewegung inne, meine feuchten Haare zu entwirren.

»Ich bin gestorben und auf einer Insel wieder aufgewacht«, wisperte sie, während sie die Hände in ihrem Schoß knetete. »Darf ich?« Mit einem Kopfnicken deutete sie auf den Kamm.

Ich hob eine Schulter. »Ich weiß nicht, ob sich da noch was retten lässt«, murmelte ich, obwohl ich sie viel lieber dazu drängen wollte, weiterzureden.

»Warte einen Augenblick«, wies sie mich an und verließ das Zimmer. Blinzelnd sah ich ihr nach, bis sie die Tür hinter sich zugezogen hatte. Ich erhaschte einen kurzen Blick auf die Wachen, die im Flur positioniert worden waren. Also war Morrigan doch nicht so vertrauensselig.

Jetzt, da ich eine Minute Zeit hatte, um über unser Aufeinandertreffen nachzudenken, kam mir meine Furcht albern vor. Sie litt offenbar nicht unter geistiger Verwirrung und war bereit, mit sich reden zu lassen. Es hätte doch auch keinen Sinn ergeben, wenn sie Colin und mich einfach getötet hätte, nachdem uns ihre Dämonen quer durch ihr Land geschleppt hatten. Schade, dass mich diese Argumente nicht zuvor von meiner lähmenden Angst hatten befreien können.

Ich war bloß übermüdet, redete ich mir ein. Alles, was ich brauchte, waren ein paar Stunden erholsamen Schlaf und dann könnte ich mir wieder einen Plan zurechtlegen, wie ich nach Hause käme. Seufzend trocknete ich mich weiter ab und kleidete mich in graue Leggings und ein helles Leinenhemd. Beides fand ich in der Kommode. Sie fielen weit aus, aber vielleicht war das hier ja Mode. Auch wenn ich meine Kleidung bevorzugte, so würde ich den Dreckhaufen nicht mal mehr mit Fingerspitzen berühren, geschweige denn anziehen. Meine Schrammen und Kratzer schmerzten, aber ich fand eine scharf riechende Salbe, die mir bekannt vorkam, als hätte ich sie bereits einmal benutzt. Ein kurzer Test bewies, dass sie nicht auf meinen Wunden brannte, sondern diese kühlte.

Als ich mich im Schneidersitz zurück aufs Bett gesetzt hatte, kehrte Joana mit einem kleinen Keramikgefäß und einem breiten Lächeln auf den Lippen zurück. Sie setzte sich hinter mich.

»Das ist ein kleines Wundermittel. Es löst jeden Knoten.«

»Bist du sicher?« Ich hielt die linke Seite meines Haares nach oben. Es glich einem Vogelnest.

»Du wirst schon sehen.« Sie begann damit, die Creme vorsichtig in meine Kopfhaut einzumassieren und arbeitete sich von dort immer weiter nach unten vor. »Mir ist aufgefallen, dass ich dir deine Frage nicht beantwortet habe.« Ich machte ein unbestimmtes Geräusch, da ich sie mit einer unbedachten Aussage nicht verschrecken wollte. »Ich wurde niedergetrampelt. Von einer Horde panischer Menschen. Glücklicherweise ging alles ganz schnell und ich spürte kaum Schmerzen.«

»Das ist schrecklich«, keuchte ich und schüttelte fassungslos den Kopf, ehe Joana die Keramikdose auf die Decke legte und dann den Kamm zur Hand nahm. Wieder zupfte etwas an meinem Bewusstsein, das ich nicht ganz zuordnen konnte. »Du bist danach dann … was passiert danach?«

»Ich bin auf einer wundervollen tropischen Insel erwacht«, sagte sie. »Dort sind bereits ein paar andere Verstorbene gewesen. Ich schätze, es sollte eine Art Paradies sein. Es fehlte uns an nichts. Wir waren nie hungrig, nie durstig. Die Sonne bräunte unsere Haut, aber sie brannte nicht. Das Meer war sanft und einladend. Wir hätten zufrieden sein können.«

»Wieso wart ihr es nicht?«, hakte ich nach, obwohl ich mir die Antwort bereits denken konnte.

»Morrigan. Für sie war es kein Paradies. Für sie war es die Hölle«, flüsterte sie, als befürchtete sie, die Schatten würden uns belauschen. »Sie … ich weiß nicht, wie viel dir bekannt ist. Man tötete sie, ihren Geliebten und ihr ungeborenes Kind.« Ich öffnete den Mund und schloss ihn wieder, als mir klar wurde, dass ich nichts zu sagen hatte. Sie hatte ihr Baby verloren, weil die Hamnea den Krieg auf grausame Weise hatten beenden wollen und doch versagt hatten. Soweit ich wusste, war der Krieg noch viele Jahrhunderte nach Morrigans Tod fortgesetzt worden. »Sie suchte Tag für Tag, Stunde um Stunde nach einem Weg zurück, bis sich schließlich ein Tor öffnete und uns hindurchließ. Es war mehr Glück als alles andere, dass wir uns in Duster wiederfanden.«

»Warum erzählst du mir das?« Ich merkte, wie sich meine verspannte Kopfhaut lockerte und meine Haare sanft herabfielen, nachdem sie von Joanas Kamm bearbeitet worden waren.

»Ich möchte, dass du sie verstehst und ich möchte, dass du auf dich achtgibst. Sie denkt vielleicht nicht immer klar, wenn es um ihre Rache geht.«

Ich hielt die Luft an, da ich bereits die Seite der Hamnea gehört hatte. Würde es nun eine andere geben?

»Rache?«, fragte ich möglichst unschuldig.

»Sie möchte herausfinden, wer für ihren Tod verantwortlich ist, und ich bin mir sicher, dass du es weißt.« Plötzlich war jedwede Freundlichkeit aus ihrer Stimme verschwunden.

Ich sprang vom Bett auf, ungeachtet dessen, dass ich dadurch ein paar Haarsträhnen verlor.

»Du brauchst keine Angst zu haben. Ich werde dir das Geheimnis nicht entreißen, wenn es denn eines ist.«

»Das ist es nicht«, sagte ich vorsichtig und musterte die Menschenfrau, die mich überraschend ernst ansah. Sie und Morrigan waren Freundinnen. Enge Freundinnen. Vielleicht sogar noch mehr. Ich hätte meine Mauern nicht fallen lassen dürfen.

»Gut, denn so kannst du das Wissen nutzen, um mit ihr zu verhandeln. Um etwas für dich rauszuschlagen.«

»Warte einen Moment.« Ich hob eine Hand und rieb mir mit der anderen die Schläfe. »Du gibst mir Ratschläge?«

»Du kannst jeden Ratschlag gebrauchen, solange du hier bist«, antwortete sie selbstsicher und erhob sich grazil vom Bett. Ihr blasses Kleid bauschte sich einen Moment um ihre Knie, dann fiel es glatt herab. Sie reichte mir den Kamm, den ich nur langsam annahm. »Was ist mit Colin? Ist er dein … Freund?«

Ich riss die Augen auf. »Um Gottes willen, nein. Er will mich tot sehen.«

»Verstehe.« Sie hob eine Hand, als würde sie mir damit über die Wange streichen wollen, doch als ich zurückzuckte, ließ sie diese ohne einen Kommentar wieder fallen. »Dann nutze das auch aus. Du wirst einen Weg finden und ich werde dir helfen, so gut ich kann.« Sie ging an mir vorbei und drückte die Klinke nach unten.

»Welchen Weg?«

»Deinen Weg. Ruh dich aus, Alison.«

Sie warf mir ein letztes Lächeln über die Schulter zu, dann ließ sie mich mit den Schatten und den Kerzen allein zurück. Ich wollte über ihre Worte nachdenken. Über die Wende in unserer Unterhaltung, aber ins Bett zu kriechen war alles, wozu ich mich noch imstande fühlte.

8. Kapitel

Der Jäger

Evan hielt Crystal seit Stunden in den Armen und traute sich nicht, sie auch nur für eine Sekunde loszulassen, aus Angst, sie in der Finsternis nicht mehr wiederzufinden.

Nachdem man sie zusammen mit Amethyst erwischt hatte, schmiss man sie in dieses *Loch*, denn als etwas anderes konnte man es nicht bezeichnen, und vergaß sie anscheinend. Es gab eine Tür, feuchten Steinboden und keine Fenster. Dunkelheit herrschte vor, umhüllte sie, verhöhnte sie und spendete zugleich Trost. Die Erde hatte für lange Zeit gebebt. Die Wände hatten gezittert und der Jäger war sich sicher gewesen, dass sie unter den Steinen begraben werden würden.

Doch es hatte aufgehört. Die Welt beruhigte sich und sie holten tief Atem.

Crystal und er verbrachten Ewigkeiten damit, ihren Plan durchzugehen, um herauszufinden, was schiefgelaufen war. Letztlich kamen sie zu dem Ergebnis, dass sie vom Pech verfolgt gewesen waren. Sie waren zu schnell gewesen, hatten das Chaos nicht für sich nutzen können und waren unglücklicherweise genau der Dämonin begegnet, die Amethyst identifizieren konnte. Nun war nicht nur Crystals Schwester weiterhin eine Gefangene, sondern auch sie.

Evan hätte aus Frust schreien mögen. Hatte es getan, bis seine Kehle brannte, doch Erleichterung verschaffte es ihm nicht.

Crystals Magen knurrte. Vielleicht war es auch seiner. »Meinst du, sie haben uns wirklich vergessen?«

Er zuckte knapp mit den Schultern, sodass er ihr wirres Haar kurz an seinen Lippen spürte. »Wäre das so schlimm?«

»Wir würden verhungern.«

»Aber was erwartet uns, wenn man uns nicht vergessen hat?«, erwiderte er und wischte sich mit einer Hand über die linke Wange. Etwas war darauf herumgekrabbelt oder es war nur ein Haar. Doch seine Gedanken waren nun vollkommen davon eingenommen, dass es in der Zelle von Ungeziefer wimmelte, das bereits damit begonnen hatte, an seinem Fleisch zu nagen, ohne dass er es spüren konnte.

Er erschauderte.

»Du hast recht. Immerhin sind wir zusammen«, murmelte sie, hörte sich aber nicht überzeugt an.

Er legte seine Hand an ihre Wange und zwang sie damit sachte, seinen Blick zu erwidern. Sie hob ihren Kopf und doch konnte er sie nicht sehen. Die Finsternis verfluchend beugte er sich langsam vor, tastete mit seiner Nase die ihre ab und hauchte einen sanften Kuss auf ihre Lippen. Ein großer Teil der Last auf seinen Schultern und die Erschöpfung ließen daraufhin von ihm ab, als hätte er durch den Kuss einen Fluch aufgehoben. Ja, er erinnerte sich wieder, wieso er nichts bereute. Soweit er wusste, war Alison frei und er hielt Crystal in seinen Armen. Crys, der er ohne Alisons Verschwinden niemals die Beachtung geschenkt hätte, die sie verdient hatte. Ganz gleich, was nun auf ihn wartete, er würde es ertragen können.

Sie legten ihre Stirnen aneinander und kamen gleichzeitig zur Ruhe.

»Schade, dass sie uns keine Zahnpasta gegeben haben«, flüsterte Crystal und lachte plötzlich.

Für einen Moment war er so erschrocken über diesen glücklichen Laut, dass er ganz zu atmen vergaß. Als er sich endlich wieder gefangen hatte, stimmte er in ihr Lachen ein und zog sie zu einem weiteren Kuss heran. Stinkender Atem oder nicht.

Irgendwann, Evan hatte jegliches Gefühl für Zeit verloren, er wusste nur, dass er hungrig war und fror, wurde der Riegel vor der Tür aufgeschoben und Licht drang durch einen Spalt, der immer größer wurde, bevor sich ein Schatten davor drängte. Eine Gestalt erschien, die Evan unnatürlich riesig vorkam, bis ihm bewusst wurde, dass er ja noch immer auf dem Boden saß.

Er und Crystal rappelten sich schließlich auf. Der Dämon harrte noch einen Augenblick reglos aus, dann wich er zurück. »Raus mit euch«, zischte er und winkte ungeduldig in den beleuchteten Flur hinter sich.

Evan überließ Crystal den Vortritt, obwohl er sie am liebsten vor diesem Grobian beschützt hätte, doch er ahnte, dass sie versuchen wollte, ihre Kräfte abzurufen. Zwar war sie vom Hunger und Schlafmangel geschwächt, aber sie würde es sich nie verzeihen, es nicht wenigstens versucht zu haben.

Sie näherte sich immer mehr dem Ausgang und hatte ihn fast erreicht, als der Dämon sie am Kragen packte und mit Gewalt herauszog. Sie schrie auf und wollte sich wehren, doch da hatte er ihre Arme schon in Ketten gelegt. Evan rannte nach vorne, als ein weiterer Dämon hinter Crystal erschien und ihre Füße ebenfalls fesselte, damit sich der erste Gefängniswärter um Evan kümmern konnte.

»Evan!«, rief Crys. Ihre Stimme brach, als sie aus seinem Blickfeld gezerrt wurde.

»Du wirst sie ja gleich wiedersehen«, lachte ihn der Dämon aus und packte ihn grob am Arm. »Aber erst mal die Füße.«

Wie Crystal wurden seine Füße in Ketten gelegt, aber da er nur noch eine Hand besaß, wurde er von weiteren Eisenschlaufen verschont. Anscheinend gab es doch Vorteile, ein Krüppel zu sein. Nicht, dass er sich noch immer so sah, aber manchmal war es schwierig, die zynische Stimme in seinem Inneren zum Schweigen zu bringen. Mittlerweile hatte er gelernt, mit seinem Defizit umzugehen und es störte ihn nicht mehr, da er sich selbst als den Mann mit nur einer Hand anerkannt hatte.

Man führte Crystal und Evan nebeneinander den düsteren Gang entlang, ohne dass ihnen jemand entgegenkam.

Er konnte sich nur sehr schwach an den Weg hierher erinnern, da er so von seiner Verzweiflung und Enttäuschung abgelenkt gewesen war. Er hatte nicht glauben können, dass sie gefangenen genommen worden waren. Jetzt bemerkte er allerdings die feuchten grauen Wände und den flach ansteigenden Boden, als würden sie sich unter der Erde befinden. Kein Wunder, dass es so kalt war.

Sie blieben schließlich vor einer mit Eisen beschlagenen Tür stehen, an der einer der Dämonen zweimal anklopfte. Er sagte ein paar Worte in der Dämonensprache, die auf der anderen Seite beantwortet wurden, dann öffnete sich die Tür mit einem lauten Knarren und sie durften hindurchtreten. Auch in diesem Korridor gab es ein paar zischende Fackeln und kahle Wände, die jedoch nicht feucht aussahen. Der Anstieg wurde steiler, sodass Evan schon bald trotz der Kälte schweißüberströmt war und nach Atem rang. Crystal befand sich in einer ähnlichen körperlichen Verfassung, auch wenn er das Zittern ihrer Gliedmaßen nur erahnen konnte.

Schließlich wiederholte sich das Prozedere des Wortaustauschs vor einer anderen Tür und dahinter erwartete sie endlich die angenehme Frische einer stürmischen Nacht. Heftiger Wind riss an seinen Haaren und zerrte an seinem Hemd, während er darauf achtgab, nicht über die Fußfesseln zu stolpern. Die Kraft in seinen Beinen ließ allmählich nach und er hatte seine Schwierigkeiten damit, die Füße angemessen vom Boden zu heben.

Er holte tief Luft, bevor er sich nach einem deftigen Schubs gegen seinen Rücken wieder in Bewegung setzte. Erst jetzt wurde ihm klar, dass sie sich im Innenhof des Rathauses befanden. Er konnte sich jedoch nicht erinnern, diesen Weg nach ihrer Verhaftung gegangen zu sein. Vermutlich gab es noch einen zweiten versteckten Eingang.

Um sie herum herrschte reger Aufruhr und großes Durcheinander. Während des Erdbebens waren die Dächer der Dienstbotengebäude abgedeckt worden, Schindeln lagen überall verteilt und zerbrochen auf dem gepflasterten Boden, über den Zweige und Blätter in kleinen Wirbeln gefegt wurden.

Dämonen – Evan nahm an, dass es sich bei ihnen um Königsdämonen handelte, da Schattendämonen nur mit Sondererlaubnis im Rathaus erlaubt waren – huschten umher. Sie unterhielten sich sowohl in Englisch als auch in ihrer Heimatsprache, als wären sie zu aufgewühlt, um sich auf nur eine zu einigen. Anscheinend war etwas Unvorhergesehenes geschehen und der Jäger konnte nur hoffen, dass es Alison gut ging und sie nicht in die Sache verwickelt war – um was auch immer es sich dabei handelte.

Sie wurden durch ein schmales Tor in das Rathaus gebracht, das im Inneren genauso zerstört aussah, wie es das Äußere vermuten ließ. Sie mussten über kleine Geröllhaufen steigen, was mit den Fesseln ein schwieriges Hindernis darstellte, sodass Evan jeden Schritt vorsichtig vor den anderen setzen musste.

Letztlich schafften sie es bis zu einer Art Salon, der bis auf einen zerstörten Bilderrahmen neben dem Kamin noch völlig intakt war. Anscheinend war das Landschaftsgemälde während des Bebens von der Wand auf die Kante gefallen und dann zerbrochen. Evan konnte nicht sagen, wieso er davon fasziniert war. Vielleicht sah er Parallelen zu seinem eigenen Leben. Einst war er ganz, eines der Ausstellungsstücke der Gilde der Jäger gewesen, bis er tief gefallen war und sich schwere, unheilbare Verletzungen zugezogen hatte …

Crys und er tauschten einen sehnsüchtigen Blick aus. Am liebsten hätte er eine Hand nach ihrer ausgestreckt, sie gehalten und berührt, wenn er dadurch nicht den Zorn ihrer Wärter auf sich gezogen hätte. Also blieb ihm nichts anderes übrig, als stillzustehen und auf die Ankunft von Billings zu warten, denn auch wenn man kaum ein Wort mit ihnen gesprochen hatte, so konnte er sich doch nur zu gut ausmalen, warum man sie hergebracht hatte. Es war sicherlich nicht geschehen, weil sie die Zerstörungswut der Natur betrachten sollten.

»Wartet hier«, grunzte der Königsdämon hinter Crystal, bevor er und sein Freund sich links und rechts neben der Tür positionierten.

Crystal und er standen zwischen zwei smaragdgrünen Sofas, die vergoldete Lehnen und zu Klauen geformte Füße besaßen und dadurch zu Möbelstücken wurden, die sich Evan niemals für seine Wohnung ausgesucht hätte. So etwas Hässliches hatte er schon lange nicht mehr gesehen. Vor ihnen lag ein wirr gemusterter Teppich, auf dem ein schmaler hölzerner Wohnzimmertisch seinen Platz gefunden hatte.

Er wippte ungeduldig mit seinem Fuß, als die Tür in dem Moment aufgeschwungen wurde, in dem sein Magen ein lautes Knurren ausstieß. Billings trat gemeinsam mit Amethyst und der Frau ein, die sie erwischt hatte.

Von Amys Halsband führte eine Leine direkt zu Billings' linker Hand. Evan wurde bei dem Anblick schlecht. Zorn stieg in ihm auf und seine Hand ballte sich zu einer Faust, die wohl nicht viel bei dem König der Dämonen ausrichten würde. Aus dem Augenwinkel sah er, dass auch Crystal sich angespannt hatte und mit den Zähnen knirschte. Sie hatte ihren Blick ausschließlich auf ihre Schwester gerichtet, deren rechtes Auge zugeschwollen und blau verfärbt war.

Er hasste Billings mit jeder Faser seines Körpers und wünschte ihm den schlimmsten, grausamsten Tod, den jemand seiner Art erleiden konnte.

Die drei Neuankömmlinge stellten sich hinter dem Sofatisch auf, sodass sie Evan und Crystal direkt gegenüberstanden. Billings zog einmal an der Leine und Amy kniete sich neben ihn auf den Boden.

Jetzt reicht's.

Evan stürzte nach vorne und streckte seine Arme bereits aus, um mit seiner Hand den Hals des Königs zu umfassen. Bevor er jedoch nur einen Finger an ihn legen konnte, stolperte er über die Ketten an seinen Füßen, die er in seiner Wut vollkommen vergessen hatte. Er konnte sein Gleichgewicht nicht rechtzeitig wiederfinden und flog der Länge nach hin, sodass seine Stirn mit der Tischkante kollidierte und er Sterne sah.

Stöhnend versuchte er, sich sofort wieder aufzurichten, doch seine Muskeln funktionierten nicht richtig. Höhnisches Gelächter füllte seine Ohren, das ihn vor Scham beinahe blind machte. Er hatte Billings zeigen wollen, dass er nicht tun konnte, was er wollte, aber alles, was er mit seiner Handlung bezweckt hatte, war, ihm zu zeigen, was für ein Schwächling er war.

»Danke für dieses außerordentlich unterhaltsame Schauspiel«, hörte er Billings schließlich sagen, als sein Lachen verklungen war. »Du bist es wirklich, Crystal.« Diese Worte waren nun nicht mehr an Evan gerichtet, der sich mühsam hochrappelte.

Während er sich zurück auf die Beine kämpfte, tat Crys einen Schritt nach vorn, machte aber nicht denselben Fehler wie der Jäger. »Ich hasse dich«, zischte sie stark und schön, trotz des Schmutzes in ihrem Gesicht und der zerrissenen Kleidung. »Und du wirst bluten.«

»Vielleicht«, gestand Billings ein. »Aber du wirst an meiner Seite sein und mitleiden.«

Crys verengte die Augen und auch Evan spürte eine böse Vorahnung in sich aufsteigen.

»Was meinst du damit?«

»Ich dachte, ich hätte dich verloren«, sagte der König und breitete die Arme aus. »Als Alasdair starb, da war ich der Überzeugung, dass es auch dich und den Jägerssohn getroffen hat. Anscheinend ist er unvorsichtig geworden und hat dir vertraut, nicht wahr? Du hast ihn um den kleinen Finger gewickelt und er hat dir das Halsband abgenommen …« Er verschränkte die Arme hinter seinem Rücken und näherte sich Crystal, ohne Evan auch nur eines weiteren Blickes zu würdigen. »Glaub mir, das wird hier nicht geschehen. Ich vertraue dir nicht.«

»Wirst du mich … töten?« Ihre Stimme zitterte und Evan konnte nur ahnen, wie sehr sie dieses Zeichen von Schwäche verabscheute.

Billings stieß ein raues Lachen aus. »Wie absurd. Du bist viel zu wertvoll dafür. Nein, ich werde darauf vertrauen, dass du deine Schwester liebst. Wäre sie dir egal, wärst du nicht hergekommen, um sie zu retten.«

Crys stieß ein Geräusch aus, das an ein verwundetes Tier erinnerte, als sich ihre Hand auf ihren Hals legte. Der Königsdämon legte den Kopf leicht schief, studierte ihre Reaktion und grunzte dann zufrieden, ohne sich ihr weiter zu nähern.

In Evans Kopf brüllte ein tosender Sturm, der darauf drängte, herausgelassen zu werden, doch es gab keinen Ausweg; kein Ventil. Sie waren Gefangene von Monstern, denen sie nichts entgegenzusetzen hatten.

»Wenn du brav meinen Befehlen gehorchst, wird Amethyst nichts geschehen. Zu jeder Zeit wird sie von einem meiner vertrauenswürdigsten Dämonen bewacht und sobald sie der Meinung sind, dass etwas nicht stimmt, weil ich mich nicht melde oder einfach nur, weil du aufmüpfig gewesen bist, werden sie Amethyst töten«, erklärte Billings und besaß sogar die Dreistigkeit, dabei zu lächeln. »Bring sie fort, Lystra«, befahl er der hübschen Blondine, die daraufhin die Zähne fletschte, dann nahm sie Billings die Leine ab und verschwand mit Amy aus dem Salon.

»Nun, was mache ich jetzt mit dir?« Der Dämon musterte Evan von unten bis oben und ließ seinen Blick einen Moment länger an seiner fehlenden Hand haften. »Ein Krüppel. Wollte dir niemand anderes zur Seite stehen, Crystal? Kein *Mann?*«

Evan gab sein Bestes, sich nicht provozieren zu lassen, aber es fiel ihm schwer, gegen den Zorn in seiner Brust anzukämpfen. Er sollte diese Angelegenheit schnell beenden, sich auf Billings stürzen und ihn dazu bringen, sein Messer durch ebenjene Brust zu stoßen. Aber was würde dann aus Crys werden? Er konnte sie nicht zurücklassen. Allein. Ohne Hoffnung.

Also blieb er stehen und begnügte sich damit, einen zornesfunkelnden Blick auf den Königsdämon zu werfen, der lässig mit den Schultern zuckte, bevor er sich abwandte und auf den leeren Kamin zuschritt. Seine Sohlen trafen auf den zerstörten Bilderrahmen und Scherben knirschten.

»Bringt ihn ins Arbeitslager. Wir müssen nach dieser Blamage dafür sorgen, dass die Anlagen so schnell wie möglich an den Start gehen können. Jeder Arbeiter ist wertvoll.« Er wandte sich mit blitzenden Augen wieder zu Evan um. »Selbst Krüppel wie er da.«

»Ja, Sire«, meldeten sich die Wachen gleichzeitig zu Wort. »Was ist mit ihr?«, fragte dann der, der hinter Crystal trat und eine Hand auf ihre Schulter legte.

»Gebt ihr ein Zimmer und sorgt dafür, dass sie ständig unter Aufsicht ist. Genauso wie ihre Schwester. Kein Kontakt zwischen ihnen.«

Crystal und Evan wandten sich gleichzeitig einander zu und er konnte die Sehnsucht, die er tief in seinem Herzen verspürte, in ihrem Blick widergespiegelt sehen. Er wollte sie umarmen, halten und küssen, doch nichts davon war ihm gestattet, und so gab er sich mit dem Blick zufrieden, den er erst abwandte, nachdem er aus dem Salon gezerrt worden war.

Er würde sie wiedersehen. Daran musste er fest glauben, denn sonst würde er die Zukunft, *seine* Zukunft nicht überstehen. Er durfte nicht aufgeben, solange er atmete.

Man brachte ihn in das Foyer des Rathauses, das nach kaltem Rauch und Verwesung stank und nach einem Blick zur steinernen Freitreppe erkannte er auch sofort, wieso. An der Balustrade war ein einäugiger Mann mit Spitzbart aufgehängt worden, der ihm seltsam bekannt vorkam. Sein nackter und mit unzähligen Brandwunden übersäter Körper baumelte in einem unfühlbaren Wind an dem dicken Seil hin und her. Auf seiner geschundenen Brust waren die Worte ›schmutziger Rinne‹ eingeritzt, die für Evan keine Bedeutung besaßen. Er hatte noch nie von Rinnen gehört, aber er betete, dass er keiner war, denn so wollte er nicht enden.

»Beweg dich«, zischte der Königsdämon neben ihm, umfasste seinen Stumpf und zerrte ihn daran aus dem Rathaus hinaus zurück in die beißende Kälte, die bei seiner Ankunft in Billings noch nicht dagewesen war. Nicht zum ersten Mal fragte er sich, was geschehen war.

Der Dämon und Evan harrten eine Weile in der Kälte aus, ehe eine Kutsche vor ihnen hielt, die in Evan kein gutes Gefühl aufkommen ließ, insbesondere als er die Gitterstäbe am anderen Ende des Wagens erkannte.

Ein weiterer Dämon trat vor, öffnete die Holztür und nickte Evans Wache zu, die seinerseits den Jäger nach vorne stieß und dann darauf wartete, dass Evan in die Dunkelheit des Gefängniswagens stieg.

Leise vor sich hin fluchend ignorierte er die Beleidigungen, die die beiden Königsdämonen auf ihn niederregnen ließen, und bemühte sich, die hohen Holzstufen hinaufzusteigen. Seine Ketten spannten sich bei jedem Schritt an und er wäre beinahe ein weiteres Mal gestürzt, hätte er sich mit seiner übriggebliebenen Hand nicht rechtzeitig an der Holzwand festgehalten. So gelang es ihm, das Innere zu betreten, wo er den Blicken der anderen Gefangenen begegnete. Niemand von ihnen sah besser aus, als er sich fühlte.

Er hatte gerade genug Zeit, sich auf einen freien Platz auf einer der Bänke zu setzen, bevor die Tür zurück ins Schloss gestoßen wurde und nur noch durch das kleine, vergitterte Rechteck das Licht der Fackeln hereinschien.

Holpernd setzte sich das Gefährt in Bewegung und brachte ihn weit fort von Crystal. Mit jedem Meter, den sie zurücklegten, vergrößerte sich die Qual in seinem Herzen.

9. Kapitel

»Du hast zwei Tage geschlafen«, sagte Joana, als ich mich im Bett aufrichtete und mir den Schlaf aus den Augen rieb. Die Dunkelheit hatte sich draußen festgesetzt, die Schatten in meinem Raum gehörten jedoch allein Morrigan. Sie bewachten mich, dessen war ich mir sicher. Ein paar Kerzen schenkten ausreichend Licht, sodass ich Joana erkennen konnte, die auf einem grünen Sessel saß und gerade ein Buch zugeklappt auf ihren Schoß legte.

»Ich wundere mich, dass mich die Hexenkönigin nicht mit Gewalt geweckt hat«, nuschelte ich, noch nicht ganz bei mir. Ich ließ meinen Blick über die Einrichtung des Zimmers schweifen, ehe ein Glas Wasser auf dem Nachttisch meine Aufmerksamkeit auf sich zog. Behutsam drehte ich mich zur Seite und hob es an. Mein Hals kratzte beim Reden und meine Gliedmaßen fühlten sich schwach an, außerdem musste ich ganz dringend auf die Toilette.

»Sie ist grausam, ja, aber sie handelt nicht irrational. Sie hat durchaus gesehen, wie schlecht es euch ging«, antwortete Joana leise, legte ihr Buch beiseite und erhob sich in einer fließenden Bewegung. Heute trug sie ein mitternachtsblaues Kleid mit einem silbernen Seidenband um ihre schmale Taille gewickelt. »Ich werde sie von deinem Erwachen unterrichten. Es könnte sein, dass sie dich direkt sprechen möchte, also würde ich mich an deiner Stelle zurechtmachen. Hinter der dritten Tür links verbirgt sich ein Waschraum, den du nutzen kannst. Die Kommode ist mit Kleidung gefüllt.«

»Danke«, würgte ich hervor, während sie ihre Röcke glattstrich und das Zimmer verließ.

Wie lange sie wohl an meinem Bett über mich gewacht hatte? Was erwartete sie von mir? Ging es ihr wirklich nur um eine Verbindung zu ihrer verloren geglaubten Heimat? Es fiel mir schwer, sie einzuschätzen.

Morrigan war da schon etwas leichter zu durchschauen. Ich konnte mir vorstellen, dass sie alles, was ich geben konnte, von mir verlangen würde. Wissen war Macht. Joana hatte bereits erwähnt, dass es sie nach Rache dürstete und wer, wenn nicht ich, könnte das am besten nachvollziehen?

Was mich jedoch stutzen ließ, war die Tatsache, dass ich bis vor meiner Ankunft in Duster nichts von Morrigans Mörder gewusst hatte. Solange nicht, bis wir von den Hamnea aufgegriffen worden waren. Hatte Dashan beabsichtigt, dass ich Morrigan von der Rolle der Hamnea berichtete? Er war ein Weltenwanderer, aber konnte er auch in die Zukunft sehen? Wie dieser Saraph? Ich verstand nicht, was er damit bezwecken wollte. Sein Volk würde doch mit Sicherheit darunter leiden, sobald Morrigan von ihrer Beteiligung erfuhr. Nun musste ich mich entscheiden, ob ich ihr all dies verschweigen oder das Wissen zu meinem Vorteil nutzen sollte, so wie Joana es mir geraten hatte.

Eine Sache, die mich mehr verwirrte als alles andere, war, dass Morrigan Colin und mir bisher nur mit ausgesuchter Höflichkeit begegnet war. Abgesehen von unserer nicht sehr freundlichen Begrüßung. Aber seitdem hatte sie uns Ruhe, Essen und Trinken gegeben. War dies ihre Taktik? Versuchte sie so, unser Vertrauen zu gewinnen? Nur zu gut konnte ich mir vorstellen, was geschehen würde, sollten wir ihr die gewünschten Antworten nicht geben …

Ich quälte mich schließlich aus dem Bett, schlüpfte in warme Pantoffel, die jemand direkt neben dem Teppich bereitgestellt hatte, und suchte anschließend in der Kommode nach etwas Neuem zum Anziehen. Meine Wahl fiel dieses Mal auf schwarze Leggings, ein helles Leinenhemd und eine Art graublaue Tunika, deren Stoff mit silbernen Fäden durchzogen war. Ein Paar brauner Lederstiefel standen neben der Eingangstür und sie passten perfekt.

Ich zog die Tür auf und sah mich einer grimmig dreinblickenden Wache gegenüber, die mir immerhin zur Begrüßung zunickte. Ich versuchte mich an einem Lächeln, das jedoch verrutschte, als mir erneut bewusst wurde, wo ich mich befand.

»Ich will nur den Waschraum aufsuchen«, erklärte ich, nicht wissend, ob der Dämon meine Sprache verstand.

Da er nichts sagte, bewegte ich mich zu der dritten Tür und bemerkte erleichtert, dass er mir nur mit großem Abstand folgte und mich nicht zurück ins Zimmer zerrte. Seufzend schloss ich die Tür hinter mir und betrachtete dann den kargen Waschraum. Steinerne Fliesen umfassten ein quadratisches Becken, das auf einer Seite über Stufen betreten werden konnte. Mehrere, filigrane Wandleuchter erhellten den fensterlosen Raum und ein paar ausgewählte Möbelstücke verliehen dem Bad ein elegantes Aussehen.

Ich legte meine Kleidung auf eine schmale Kommode, bevor ich die Seifenprodukte auf einem Regalbrett begutachtete und mich für eine Seife, die nach Oleander duftete, entschied. Bedauerlicherweise gab es keine Möglichkeit, die Tür abzuschließen, sodass ich mich in der Hoffnung entkleidete, dass niemand hereinkam.

Das Wasser war warm, aber nicht zu heiß, als es zuerst meine Füße umspülte. Nachdem ich mit meinem ganzen Körper untergetaucht war, kam ich prustend an die Oberfläche und besah mir ein paar Hähne, die unmittelbar neben dem Becken in den Boden eingelassen worden waren. Als ich den äußersten umlegte, spürte ich schon nach wenigen Minuten, wie die Temperatur des Wassers anstieg. Eilig schob ich ihn wieder zurück und testete die anderen aus. Das Wasser schlug Blasen, Schaum bildete sich um mich herum. Ich war von dieser Technik fasziniert, da mein Eindruck von Duster und Triste bisher ein anderer gewesen war. Für mich waren das Länder gewesen, die mit ihrem Entwicklungsstand mit dem menschlichen Mittelalter gleichzusetzen waren, aber es schien, als hätte ich mit dieser Annahme falsch gelegen. Vielleicht ließ sich ein solcher Vergleich nicht in dieser Einfachheit ziehen.

Ich wusch und trocknete mich mit bereitliegenden Tüchern ab, ehe ich mich anzog und meine feuchten Haare zu einem Zopf flocht. Als ich mich bereit fühlte, verließ ich den Waschraum. Im Vorbeigehen warf ich der Wache einen kurzen Blick zu und kehrte dann in mein eigenes Zimmer zurück. Mein Magen knurrte.

Innerlich aufgewühlt lief ich auf und ab, betrachtete dann wieder das weite Meer durch die Fenster. In meinen Fingern kribbelte es und das Herz schien nicht mehr an seinem Platz zu sein, so aufgeregt fühlte ich mich. Irgendwann klopfte es leise an der Tür.

Abwartend drehte ich mich um und erblickte Joana, die mich anlächelte.

»Morrigan erwartet uns«, verkündete sie, ohne die Tür hinter sich zu schließen.

»Gibt es etwas zu essen?«, fragte ich hoffnungsvoll und entlockte der Menschenfrau ein amüsiertes Lachen.

»Du wirst schon sehen. Na, komm.« Sie streckte mir ihren Arm hin, den ich zögerlich annahm. Nun, da sich eine weitere Konfrontation mit der einschüchternden Königin anbahnte, spürte ich die Furcht erneut in mir aufsteigen.

Sei stark, echote Gareths Stimme in meinem Inneren und ich spürte die Stärke in mir aufflackern, die mich jahrelang angetrieben hatte. Für Gareth musste ich weiter mutig und gerissen sein. Ich wollte mich nicht damit abfinden, dass die zaghafte Berührung unserer Hände in Billings' verfluchtem Ballsaal die letzte gewesen sein sollte. Das letzte Treffen zwischen Liebenden sollte doch romantisch sein. Herzzerreißend schön. Man sollte die Arme des anderen um sich spüren und von den Lippen kosten. *Ich* sollte seine Haut an meiner spüren, seinen Atem an meinem Nacken und meine Finger in seinem Haar …

Ich würde ihn wiedersehen.

In diesem Augenblick schwor ich mir, dass es so sein würde.

Ich werde dich finden. Mein Herz. Für immer.

Neuen Mutes hob ich das Kinn und arbeitete meinen Plan weiter aus. Er musste funktionieren.

Joana führte mich in Begleitung der Wache die verwinkelten Korridore und steinernen Gänge entlang, ehe wir vor einer breiten Doppeltür stehen blieben. Diese wurde nach einem zarten Klopfen ihrerseits von innen geöffnet und wir traten in einen schwach ausgeleuchteten Vorraum, der sich am anderen Ende zu einer Art gläsernen Wintergarten öffnete. Doch es gab nur wenige Pflanzen neben Stein, Statuen und einer dunklen Tafel, an der bereits Morrigan, Colin und ein mir unbekannter Dämon Platz genommen hatten.

Joana führte mich näher heran und deutete auf den Stuhl neben dem fremden Dämon. Sie selbst umrundete den Tisch und steuerte den Platz neben Colin an.

Mein Blick huschte zu Morrigan und ich neigte respektvoll den Kopf, in der Hoffnung, dass diese Ehrbezeugung sie besänftigen und vielleicht auch von meiner eigenen Gerissenheit ablenken würde. Wenn sie glaubte, von mir würde keine Gefahr ausgehen, ließ vielleicht ihre Wachsamkeit nach.

»Eure Majestät«, zwang ich aus meinem verkrampften Inneren hervor, bevor ich mich setzte. Meine Hände zitterten und ich versteckte sie eilig in meinem Schoß.

»Wie ich sehe, hast du dich gut erholt, Alison«, sagte Morrigan mit rauchiger Stimme. »Das hier ist Dejan. Ein Freund von mir.«

»Freut mich«, sagte ich und lächelte ihn von der Seite an.

Er erwiderte das Lächeln und reichte mir die Hand, die sich trocken und überraschend warm anfühlte.

»Er spricht die Menschensprache leider nicht, aber er bemüht sich seit einer Weile, sie zu lernen und versteht dadurch schon sehr viel«, erklärte die Königin, während sie die Serviette auf ihren Schoß legte.

Die anderen am Tisch taten es ihr nach, also folgte ich ebenfalls dem Beispiel und suchte währenddessen in Colins Miene nach Anzeichen dafür, dass er Morrigan bereits in alles, was wir wussten, eingeweiht hatte. Doch wie so oft, war seine Maske vollkommen unlesbar. Morrigan sagte ein paar Worte in ihrer Sprache, dann traten wie aus dem Nichts livrierte Diener hervor, die dampfende Speisen vor uns hinstellten.

Mir lief das Wasser im Mund zusammen.

»Greift zu«, sagte Morrigan und ließ sich von einem zurückbleibenden Diener ein Stück Fleisch von der Gans schneiden und servieren.

Ich konnte mich erst aus meiner Starre befreien, als ich sah, dass auch Dejan und Joana zugriffen. Colin hatte ebenfalls abgewartet und fasste im gleichen Moment wie ich nach der Schöpfkelle, um sich etwas von dem köstlich duftenden Gemüse zu nehmen. Als sich unsere Finger berührten, zuckte ich sofort zurück, bevor ich begriff, dass ich dabei nichts gespürt hatte. Die Macht in uns war wirklich erloschen und ich sollte das nicht wieder vergessen.

Während ich einen Schluck trockenen Wein nahm, blickte ich mich unauffällig um, suchte nach Ein- und Ausgängen, Wachen und möglichen Hindernissen, falls ich fliehen musste. Die breite Doppeltür wurde bewacht und ein weiterer Schattendämon stand an einem Seiteneingang. Es blieb also nur die Flucht auf einem der Wege in den überdachten Glasgarten. Neben den Statuen schienen sich weiter in der Ferne auch Bäume zu befinden. Möglicherweise gute Verstecke – wenn Morrigan nicht Herrin der Schatten gewesen wäre.

»Ich hätte fast vergessen, dass ich ein Wiedergutmachungsgeschenk für meine unhöfliche Begrüßung habe«, sagte Morrigan und strahlte. Trotzdem konnte ich nicht sagen, ob sie wirklich gut gelaunt war oder ob sie lediglich ein überzeugendes schauspielerisches Talent besaß.

Von einem Moment auf den anderen ergoss sich das Licht der anderthalb Monde über uns, als wäre es bis dahin hinter Wolken verschlossen gewesen. Das Licht der Fackeln erzitterte und sie zischten in Erwartung des *Geschenks*.

Erst war ich mir nicht sicher, ob mir meine Augen nicht einen Streich spielten, doch dann sah ich, wie sich ein Schatten aus der Schwärze erhob und als ein Schemen wie ein Scherenschnitt auf dem gewundenen Pfad hinter der Tafel auf uns zuschritt. Er besaß die Silhouette eines Menschen, auch wenn seine Bewegungen zu fließend und damit zu unnatürlich waren. Vor ihm tauchte ein Ball aus schwarzen, zerreißenden und wieder zusammenfallenden Schatten auf, um den die Gestalt die Hände legte, ohne ihn zu berühren.

»Dort draußen gibt es eine Welt, die von ihren Bewohnern auf den Namen Erde getauft wurde«, schallte Morrigans Stimme durch den Wintergarten und füllte den Raum vollkommen aus. »Sie entfaltete sich aus dem Nichts, nährte Wesen so groß wie der höchste Turm und so klein, dass sie nicht durch das bloße Auge erkannt werden können, und wuchs. Und wuchs. Bis der erste Mensch entstand.« Der Ball wurde größer und wieder kleiner. Auf seiner Oberfläche erhoben sich Silhouetten von Lebewesen, die an Dinosaurier erinnerten. Sie wurden von einer schwarzen Welle verschluckt, aus der ein Mensch emporstieg, der immer weiter in die Höhe wuchs, bis der Ball zu seinem Torso und seinen Beinen wurde.

Der Mensch bewegte sich bis zu der ersten Person. Es standen sich nun eindeutig ein Mann und eine Frau gegenüber, die ihre Hände miteinander verschränkten.

»Mir sind in meinem langen Leben viele Entstehungsgeschichten zu Ohren gekommen und eine von ihnen ist die von Adam und Eva. Sie ist nicht besser als jene und auch nicht schlechter als andere, aber etwas an ihr berührte mich. Ein Mann, der alles hatte, was er sich erträumen konnte. Ein Garten … Eden.« Um Adam und Eva setzten sich unter den glitzernden Monden weitere Schatten zu Grashalmen und Bäumen zusammen. Wir befanden uns nun mitten in diesem faszinierenden

Schauspiel. »Aber die Frau war neugierig. Rastlos. Sie hörte auf den Rat einer Schlange und pflückte einen Apfel vom Baum der Erkenntnis.«

Die Frau wandte sich von Adam ab und einer Schlange zu, bevor in ihrer Hand ein schwarzer Apfel erschien, den sie zögerlich an ihren nicht erkennbaren Mund führte. Doch die Geste war unmissverständlich.

»Sie hätte glücklich sein können. Mit Adam. In ihrem Garten aus Rosen und Frieden«, führte Morrigan ihre Geschichte mit trauriger Stimme fort. »Jahre und Ewigkeiten wären vergangen. Von jedem Unheil wären sie verschont gewesen, aber was für ein Leben wäre das? Ein dunkles Leben. Blass. Schwach. Kläglich. Eva ahnte dies und so biss sie in den blutroten Apfel, der Sünde und Belohnung zugleich darstellte. Im Gegensatz zu Adam war sie mutig genug, den ersten Schritt zu wagen. Sie setzte alles aufs Spiel und bezahlte dafür. Beide wurden sie von ihrem Gott aus dem Garten verbannt, bestraft mit Schmerzen und Arbeit.« Die Schatten wirbelten wild durcheinander. Nun gebar Eva ein Kind, während Adam auf den Feldern schuftete. Ihre Gestalten wurden gebrechlich, kleiner, älter, bis sie in der Erde verschwanden und mich völlig erstarrt zurückließ. »Und das menschliche Geschlecht bevölkerte die Erde und pflanzte sich fort. Generation um Generation«, endete Morrigan und ließ die Stille für sich sprechen. Kerzen, die vorher nicht entzündet gewesen waren, flackerten auf.

»Fabelhaft!«, rief Colin aus und klatschte Beifall. Joana lächelte schwach, stimmte aber genauso wie Dejan in den Applaus mit ein, während ich mich nicht rühren konnte.

Magie.

Ich hatte in den vergangenen Monaten so viel erlebt, in den vergangenen Jahren so viel gesehen, und doch war ich erstarrt, nachdem ich Zeugin von Zauberei – wahrer Zauberei – geworden war. Morrigan war nicht eine von vielen Schattendämonen, nein, sie war so viel mehr. Eine Person, die mich vermutlich mit dem geringsten Aufwand ihrerseits auslöschen könnte. Die Furcht, die sich während unserer Reise zum Schloss tief in mein Innerstes gegraben hatte, drohte mich erneut zu übermannen.

Mit den Fingernägeln kniff ich in meinen Oberschenkel, in der Hoffnung, dadurch ein Ventil für diese Angst zu finden.

»Nun, da ihr ausgeruht seid, warum erzählt ihr mir nicht, was ihr über die Krone wisst?«, fragte Morrigan und lehnte sich mit einem zufriedenen Lächeln in ihrem Stuhl zurück, der genauso wie meiner golden lackiert worden war.

Auch wenn sie entspannt wirkte, so ließ ich mich nicht davon einlullen und blieb auf der Hut.

»Häuptling Dashan erzählte uns, dass sie sich in unserer Welt befindet«, antwortete Colin, der, anders als ich, die unterschwellige Gefahr nicht wahrzunehmen schien. Ich wäre ihm am liebsten an die Gurgel gesprungen.

Ich konnte nicht fassen, dass er unsere Informationen so bereitwillig teilte, wo sie doch unsere einzige Währung waren. Nur durch sie konnten wir darauf hoffen, uns einen Weg in die Freiheit zu erkaufen. Ich blickte zu Joana, die eine grüne Bohne aufspießte. Vollkommen desinteressiert, als hätte sie mir nie ins Gewissen geredet; als hätte sie mir nie einen Tipp gegeben, wie ich mit Morrigan umzugehen hatte. Aber vielleicht war es auch nie ihre Absicht gewesen, mir zu helfen. Es konnte ja sein, dass sie Colin und mich nur gegeneinander ausspielen wollte, obwohl ich ihr bereits gestanden hatte, dass der Rebell und ich auf unterschiedlichen Seiten standen.

»Und wieso sollte er das tun?«, hallte es durch den Garten.

Zuerst konnte ich nicht sagen, was Morrigan mit dieser Frage bezwecken wollte, außer uns einzuschüchtern, und dann wurde mir klar, dass sie Colin nicht glaubte. Er hatte sein Wissen zu schnell preisgeben, als dass Morrigan es wertschätzen könnte. Es konnte sein, dass sie wirklich nicht erkannte, wie wenig uns diese Information bedeutete.

»Das … weiß ich nicht«, stotterte Colin, der ebenfalls von ihrer Reaktion verblüfft war.

Vorsichtig legte ich Messer und Gabel beiseite, auch wenn mein Magen knurrte und ich meinen Teller am liebsten vollgeschaufelt hätte, doch in meinem Hals saß ein Kloß fest. Dieser Moment war wichtig und er musste mit größter Behutsamkeit behandelt werden. Das war die Chance, auf die ich gewartete hatte.

»Dashan hat erwartet, dass deine Schergen uns früher oder später aufgreifen würden«, sagte ich mit Bedacht und wartete geduldig, bis Morrigan ihren Blick von Colin losriss und mich damit bedachte. Über ihre blasse Haut huschten Schatten und verhüllten jedwede Gefühlsregung. Sie war wahrhaftig eine Puppenspielerin und hatte das Spiel mit Schatten und Emotionen perfektioniert.

Ich blickte sie unverwandt an, betrachtete ihre schwarzen Locken und folgte der Bewegung ihres Kopfes, als sie ihn wie ein besonders aufmerksamer Vogel zur Seite neigte.

»Er hat es also darauf abgezielt …«, wisperte sie. Es war ein Windhauch, der meine Wange streifte, obwohl ich so weit von ihr weg saß. Dejan wandte sich mir zu, aber ich traute mich nicht, seinen Blick zu erwidern, aus Angst, Morrigan zu verärgern. »Was erzählte er euch noch?«

Ich bemerkte aus dem Augenwinkel, wie Colin den Mund öffnete, um all unsere Geheimnisse gegen nichts einzutauschen. Also beugte ich mich eilig vor und erhob zuerst die Stimme. Fester und selbstbewusster, als ich mich fühlte.

Die Schatten versammelten sich um meine Arme, zogen schlierige Kreise und bedrohten mich. Morrigan könnte mich jederzeit mit ihnen angreifen. Mir die gleichen Schmerzen zufügen wie bei meiner Ankunft.

»Wir werden dir alles erzählen.« Meine Hände krampften sich unter dem Tisch um die weiche Stoffserviette zusammen. Die Schlieren zogen schnellere Kreise. »Aber wir fordern etwas als Gegenleistung.«

»Rede nicht über mich, als wäre ich nicht da«, zischte Colin.

Ich hasste ihn in diesem Moment so sehr, doch er würde mir meinen Plan, den einzigen Weg, die nächsten Tage oder Wochen zu überleben, nicht vereiteln.

»Sei still, wenn du leben willst«, erwiderte ich schneidend und bedachte ihn mit einem durchdringenden Blick, in den ich all meinen Zorn, all meinen Hass auf ihn und die Situation, in die uns Saraph gebracht hatte, legte. Ich wollte nicht hier sein. Mein Wunsch war es gewesen, Rope zu töten, Vergeltung zu üben und nun befand ich mich in einer verdammten Welt von Dämonen … Nannte man das Schicksal? Ausgleichende Gerechtigkeit für die ermordeten Schattendämonen?

Morrigans Schatten berührten nun die Haut an meinen Armen und verursachten ein unangenehmes Brennen. Eine Warnung, dass ich mich allein auf die Königin konzentrieren sollte.

»Ich höre«, sagte sie und lächelte voller Genugtuung, als sie meinen angestrengten Blick auffing. Noch ließ sich das Brennen unterdrücken.

»Wir werden dir deine Fragen beantworten, wenn du versprichst, uns nicht zu töten.« Ich hatte jedes Wort bereits gedanklich formuliert, trotzdem flossen sie, anders als gewollt, wie Wasser aus mir heraus.

Unzureichend und verhängnisvoll. Nichts, was ich sagte, würde mein Schicksal aufhalten und dennoch weigerte ich mich, aufzugeben. »Wir werden nicht in Kerker gesperrt werden und uns wird weder körperlich noch seelisch geschadet, soweit du letzteres einhalten kannst. Ich verstehe durchaus, dass du nicht allmächtig bist.«

Das Brennen verstärkte sich für einen Moment und ich sog zischend Luft ein. Die Beleidigung war ein Risiko, aber damit Morrigan ihr Versprechen gab, musste sie sehen, dass ich mich nicht von meiner Furcht kontrollieren ließ. Auch wenn ich ihr vielleicht nicht ebenbürtig war, so kannte ich doch meinen Wert. Und ein paar Schatten würden mich nicht kleinkriegen.

Sie lächelte, aber das Blitzen ihrer weißen Zähne im Licht des Leuchters ließ es eher wie eine Drohung wirken. Eine Warnung vielleicht, dass ich es nicht zu weit treiben sollte. Ihre Schatten zog sie jedoch fort und das Brennen ließ endlich nach.

»Also?«, presste ich hervor und schalt mich innerlich für meine Ungeduld. Meine Handflächen waren mittlerweile schweißnass und auch auf meiner Stirn spürte ich eine gewisse Feuchtigkeit, die weder Morrigan noch sonst jemandem in diesem Zwielicht entgehen würde.

Sie schürzte die Lippen, bevor sie ihre Finger aneinanderlegte und ihre schwarzen Augen schloss, als würde sie nachdenken. Nach ein paar Sekunden des Schweigens hob sie ihre Lider wieder und begann ein Gespräch mit Dejan und Joana in der Dämonensprache.

Colin warf mir einen wütenden Blick zu, aber ich erkannte die Unsicherheit dahinter, denn sie schlug auch im Takt meines Herzens.

Mein Mund fühlte sich so trocken an, dass ich nicht mal mehr vernünftig schlucken konnte. Zögerlich löste ich meine Hände von der Stoffserviette, um die linke nach dem Glas Wein auszustrecken. Bei Gott, Alkohol konnte ich wahrlich gebrauchen. Leider verstummte das Gespräch, als ich das Kristallglas an meine Lippen setzte.

»Ich verspreche, dass ich nicht zulassen werde, dass dir oder Colin körperlicher oder seelischer Schaden zugefügt wird«, verkündete Morrigan schließlich, den Blick unverwandt auf mich gerichtet.

Ich öffnete meinen Mund, um ihr Versprechen zu akzeptieren und Dashans Worte bezüglich der Krone wiederzugeben, bevor eine Bewegung seitens Joanas meine Aufmerksamkeit auf sich zog. Sie betupfte gerade mit der Serviette ihre glänzenden Lippen. Nichts schien in ihr vorzugehen und doch ließ mich ihre entspannte Körperhaltung stutzig werden. Sie wirkte zu einstudiert. Zu gewollt. Und ich kreierte in aller Eile einen anderen, weitaus heikleren Plan.

Ganz langsam stellte ich das Glas zurück auf den Tisch und schob den Stuhl so weit über den glatten Boden zurück, dass ich mich erheben konnte. Morrigan ergriff erst das Wort, als ich mich bereits ein paar Schritte von unserer Runde entfernt hatte, um den Wintergarten zu betreten.

»Wohin gehst du?« Ich vernahm Ungeduld, aber auch eine Prise Bewunderung in ihrer Stimme. Eine Mischung, die es eigentlich nicht hätte geben dürfen, doch Morrigan war keine normale Person. Sie war ein Spiel aus Farben, Schatten und sich wandelnden Linien, die jedem menschlichen Wesen fremd waren. Die gefährlich waren, weil sie Freiheit bedeuteten. Keinen Stillstand. Die Dämonenhexe war nicht eingesperrt. Ihrem Wesen waren keine Grenzen gesetzt.

Ich sah über meine Schulter zurück. »Ich will ein Versprechen, Eure Majestät. Ein wahrhaftiges, das sich nicht so leicht brechen lässt«, verbesserte ich mich und setzte meinen Weg fort. Mein Herzschlag beschleunigte sich und das Rauschen in meinen Ohren schwoll an. Es fühlte sich beinahe so an, als würde ich in einem endlosen Meer versinken. In bodenloser Tiefe, die mich niemals mehr gehen lassen würde.

Hinter mir vernahm ich Schritte auf dem Kies. Morrigan folgte mir. Ich konnte es nicht glauben; wollte mir nicht erlauben, es zu glauben. Noch war ihr Versprechen nichts wert und das würde es auch nicht sein, wenn ich ihr kein wahrhaftiges entlocken konnte.

Ich blieb neben einer Statue stehen, die so heruntergekommen und mit Efeu und Kletten bewachsen war, dass ich nicht mehr sagen konnte, was sie einst dargestellt haben musste.

Die Dunkelheit war fast vollkommen, da der Mond für kurze Zeit hinter Wolkenmassen verschwunden war. Als Morrigan jedoch an meine Seite trat, bewegten sich die Schatten um uns herum, ordneten sich neu und erleichterten mir die Sicht auf diese beeindruckende Frau, die eine Göttin war.

»Was siehst du?«, entschlüpfte es mir. Ich hatte nicht den blassesten Schimmer, wo die Frage hergekommen war. Konnte es an dem Spiegelbild in ihren Augen liegen? An meinen eigenen Gedanken? Ich sollte mich besser auf meinen Plan konzentrieren.

Morrigan ließ sich nichts anmerken, stattdessen streckte sie eine Hand aus und strich mit ihrem langen, dunklen Fingernagel über meine Wange. Erst sanft und dann …

»Aua.«

Blut rann über meine Haut und tropfte von meinem Kiefer, bevor ich mit meinen Fingern drüberwischte. »Was soll das?«

Als ich aufsah, bemerkte ich, dass die Hexe nicht mehr mich betrachtete, sondern mein rotes Blut auf ihrer Fingerkuppe, die sie nun an ihre Lippen führte. Mit ihrer Zunge leckte sie diese langsam, fast genießerisch ab. Ich war zu fasziniert, um mich abgestoßen zu fühlen.

»Ich sehe eine Königin.«

10. Kapitel

Ich sehe eine Königin, hallte es in mir nach. Nur langsam wurde ich mir bewusst, dass sie bloß mit mir und meinen Ängsten spielte. Denn bei Gott, eine Königin wollte ich nicht sein.

Ich schnaubte. »So naiv, dass ich diesen Müll glauben würde, bin ich nicht.«

»Ach nein?« Ein schmales Lächeln umspielte ihre Lippen. »Du glaubst nicht, dass in dir das Potenzial, zu herrschen, liegt? Der Wille, die Macht an dich zu reißen? Das Verlangen, dir die Krone selbst aufzusetzen?«

»Eine Krone macht mich noch lange nicht zu einer Königin.«

»Aber du bestreitest die Sehnsucht nach Macht und Kontrolle nicht?«

»Doch«, entgegnete ich eisern. »Weder das eine noch das andere reizt mich.«

»Das sagst du jetzt ...« Ihre Miene erinnerte mich an die Fratze eines Wolfes, bevor er sich auf seine Beute stürzte. Ich bemerkte das Zucken ihrer Finger. Bald schon würde sie ihre Beherrschung verlieren.

»Morrigan, ich will deine Ehre nicht anzweifeln«, sagte ich mit Bedacht und richtete somit das Augenmerk wieder auf den eigentlichen Grund für meine Wanderschaft durch den Garten. Das silbrige Licht des Mondes fiel auf uns herab und vertrieb die restlichen, zurückgebliebenen Schatten. Morrigan begegnete mir ohne Schutz.

»Aber?« Das Blut auf ihrer Unterlippe lenkte mich für einen Augenblick ab und erinnerte mich daran, dass ich nun einen Kratzer aufwies, der perfekt in meinen Plan passte.

»Dein Versprechen war ohne Wert.« Ihre schlanken Brauen zogen sich Gewitterwolken gleich zusammen und es blieb mir nicht viel Zeit, den Sturm abzuwenden. »Streite es nicht ab und fühle dich nicht gekränkt, Morrigan.« Ich gab mein Bestes, bei dem Weglassen ihres Titels nicht zusammenzuzucken, aber sie musste wissen, dass ich mich nicht austricksen ließ.

»Fahre fort«, wies sie mich an, während sich ihre Miene erneut entspannte und mir erlaubte, einmal tief durchzuatmen.

»Ich denke, es gibt einen Weg, uns beide zufriedenzustellen. Mit Magie«, fügte ich sanfter, behutsamer, hinzu und wartete auf eine Reaktion, die ausblieb. Sie würde mich wirklich hart dafür arbeiten lassen. »In meiner Welt gibt es vielleicht nicht viel davon, aber ich habe genug gelernt, um zu wissen, dass Blut etwas Mächtiges ist. Es trägt seine eigene Magie in sich.«

»Das Blut von Dämonen, ja«, bestätigte Morrigan mit einem knappen Nicken, das ihre Locken zum Tanzen brachte. Da sie einen halben Kopf größer war als ich, fühlte ich mich durchgehend in einer schwächeren Position. Und auch jetzt glich ihr Herabsehen einer Strafe. »Aber das von Menschen …« Sie vollführte eine wegwerfende Handbewegung.

Ich schmeckte den Triumph auf meiner Zunge, aber es war Vorsicht geboten, wenn ich ihn mir nicht wieder entreißen lassen wollte. Ohne es zu ahnen, hatte sie mir in die Hände gespielt.

»Hast du nicht gerade mein Blut gekostet, weil es dich *sehen* lässt?«

In ihren Augen blitzte Ärger auf und ihre Mundwinkel zuckten angestrengt, während mir ihre angespannte Körperhaltung verriet, dass sie nichts lieber täte, als die Kontrolle zu verlieren und mich anzugreifen. Aber sie brauchte mich. Vielleicht hatte ich ihr erfolgreich vorgetäuscht, dass ich mehr als Colin wusste. Vielleicht aber genoss sie tief im Inneren auch die Herausforderung. Was es auch war, es rettete mir das Leben.

»Aber selbst wenn du dies nicht getan hättest, so weiß ich doch, dass du das Unweigerliche nur hinauszögern willst. Das Blut eines Menschen hat Schattendämonen kreiert. So wertlos kann es also nicht sein.« Ich legte den Kopf schief und betrachtete sie aufmerksam.

»Vielleicht hast du recht, aber wieso sollte ich mich darauf einlassen? Warum lasse ich dich und Colin nicht einfach von meinen begabtesten Dämonen foltern?«

Ich unterdrückte ein Schaudern. Natürlich waren auch mir ähnliche Fragen durch den Kopf gegangen.

»Du kannst es versuchen und auch wenn ich schon des Öfteren gefoltert wurde … bin ich mir sicher, dass deine Dämonen einfallsreich sind und mir einiges entlocken werden. Aber reicht dir einiges aus?« Ich trat einen Schritt vor. »Kannst du mit Geständnissen leben, die in dir die Frage aufwerfen, ob sie wirklich wahr sind? Werde ich mich unter Folter überhaupt noch an die Wahrheit und die richtigen Worte erinnern können?«

Mein Herz klopfte hektisch in dem darauffolgenden Schweigen, bis Morrigan mich mit einem Nicken erlöste.

»Du hast die Schlacht gewonnen, Alison. Für den Moment«, erklärte sie und fügte sich ohne Weiteres einen Schnitt auf der Innenseite ihres Unterarmes zu. Sie nutzte ein weiteres Mal ihren geschärften Fingernagel. Schwarzes Blut quoll aus der länglichen Wunde, begleitet aus Schatten, die wie Rauch in die Luft stiegen. Dann verfärbte sich das Blut wieder dunkelrot. »Ich, Morrigan, Hexe und Dämonenkönigin von Duster und Triste, verspreche dir, Alison, dass ich nicht zulassen werde, dass dir oder Colin etwas geschieht, solange ihr zu Gast in meinen Landen seid.«

»Ich, Alison, verspreche dir, Morrigan, dass ich alle Informationen preisgeben werde.« Mein Herz pochte, da dies der entscheidende Teil war, doch die Königin schien mit meinen Worten zufrieden zu sein.

Sie streckte ihren Arm aus und legte ihre Wunde auf den Kratzer auf meiner Wange. Sobald sich unser Blut miteinander vermischte, spürte ich die Magie durch meinen Körper hindurchrasen. Sie füllte mich vollkommen aus, schenkte mir ein Gefühl des Fliegens und der grenzenlosen Freiheit. Meine Seele konnte sie nur für einen Wimpernschlag auskosten.

Blinzelnd wich ich einen Schritt zurück und sah mich für einen Moment orientierungslos im überdachten Wintergarten um. Plötzlich wirkte die Welt blasser, enger, trauriger, als hätte ich den Blick in ein Universum erhascht, das größer und prächtiger war, als es die Erde oder diese Welt je sein könnte. Ich spürte, wie mich die Enttäuschung erfasste, und Morrigans Worte hallten ein weiteres Mal in mir wider.

Ich sehe eine Königin.

»Folge mir, mein Koch hat sich heute Abend besondere Mühe mit dem Nachtisch gegeben«, sprach die Dämonenhexe in einem so gelangweilten Ton, dass ich glaubte, sie hätte nichts von der Magie gespürt – und doch, sie musste sie gefühlt haben, denn sie war nur durch unsere Berührung entstanden. Durch das Vermischen unseres Blutes.

Was ziemlich unhygienisch war, wenn man genauer darüber nachdachte.

»Natürlich.« Ich behielt das Erstaunen über ihre Zurückhaltung für mich, während ich ihr den Vortritt ließ.

Langsam folgte ich ihr. Erleichterung vermischte sich mit Angst und Erwartung. Wieso verlangte sie nicht sofort nach Antworten, die ich ihr nun ganz offiziell schuldete? Wollte sie ihre Krone doch nicht zurück? Nein, das konnte es nicht sein, denn sonst wäre sie diesen Pakt niemals mit mir eingegangen.

Schließlich erreichten wir die Tafel, an der die anderen drei Gäste auf uns gewartet hatten. Sie warfen uns neugierige Blicke zu. Colin kaute nervös an seinem Daumennagel herum, doch als er meine Augen auf sich spürte, ließ er die Hand sinken. Seine Miene sprach Bände. Er war wütend auf mich und ich konnte es ihm nicht verübeln, denn wäre er derjenige gewesen, der einen Handel mit Morrigan geschlossen hätte, so wäre ich bei Weitem nicht so ruhig geblieben. Vermutlich wäre ich schon längst aufgesprungen und hätte mich auf die Suche nach einem Fluchtweg begeben, denn ich traute dem Rebell nicht mal so weit über den Weg, wie ich mit einem Messer werfen konnte.

»Wir haben uns geeinigt. Nachtisch?« Morrigan wischte, nachdem sie sich gesetzt hatte, mit der Serviette das Blut von ihrem Arm und es blieb nicht mehr als ein roter Striemen zurück.

Dejan hob sein Kinn an, als er mich von oben bis unten musterte, dann reichte er mir seine Serviette. Dankbar lächelnd drückte ich sie auf meinen brennenden Kratzer. Ich wünschte, Morrigan hätte sich eine weniger auffällige Stelle ausgesucht. Im nächsten Moment verwarf ich diesen albernen Gedanken.

Ich sollte den Triumph auskosten, ihn feiern, aber wir waren noch nicht in Sicherheit. Morrigans Drohung hing wie ein Damoklesschwert über mir und eine falsche Bewegung könnte mein Ende bedeuten.

Während ich den Wein endlich runterkippte, krampfte sich mein Innerstes zusammen. Es kam stets in Wellen und war jedes Mal aufs Neue erschütternd. Unerwartet. Schmerzvoll.

Gareth.

Es war unmöglich, meine Gefühle zu benennen, obwohl mein Verstand alles versuchte, um sie zu bändigen. Sie verbrannten mich innerlich, wenn ich ihnen zu lange ihre Freiheit ließ. Freiheit, die es nur in einem Universum aus Magie und Licht gab, doch nicht in meinem Körper.

Mein Unterbewusstsein kämpfte gegen die Emotionen an, versuchte eine nach der anderen in einen Käfig aus Gold und Überlebenswillen zu stopfen, während ich … ja, während ich atmete. Das war das Einzige, das ich zu tun imstande war, ohne in Flammen aufzugehen.

Ich vermisse dich so sehr.

Ich griff nach dem Band zwischen uns, das mir nur noch mitteilte, dass er noch lebte. Auch wenn es nicht viel war, so war es doch alles, was ich besaß.

Gareth.

Die Diener, die aus allen Ecken gekrochen kamen, erweckten mich aus meiner Starre. Ich legte die blutverschmierte Serviette neben das leere Weinglas und sah den Bediensteten beim Abräumen des Tisches zu.

Morrigan ließ sich nichts von dem Blutschwur anmerken, während sie ein paar Worte mit Dejan wechselte. Erst jetzt fiel mir auf, dass der Königsdämon eine angenehme Stimme besaß und ich ihm gerne zugehört hätte, wenn ich nicht noch immer so nervös gewesen wäre. Mein Bein zuckte unaufhörlich und meine Zähne klapperten aufeinander, als wäre mir kalt.

Ich sagte mir immer und immer wieder, dass ich vorerst keinen Grund mehr dafür hatte, in Panik auszubrechen, doch die Angst saß zu tief, als dass ich eine Möglichkeit gehabt hätte, sie abzuschütteln.

Ich begegnete Joanas sorgenvollem Blick, der sich schnell in eine schockierte Maske wandelte. Sie sprang von ihrem Stuhl auf und trat an Morrigans Seite, wo sie sich kommentarlos zu ihr vorbeugte. Sie flüsterte ihr etwas ins Ohr, bevor die Hexe nickte und Joana mit einer Handbewegung entließ.

»Ich wollte euch etwas zeigen, Alison und Colin, würdet ihr mir bitte folgen?«, verkündete Joana und deutete zum rettenden Ausgang.

Mir war nicht ganz klar, was sie von uns wollte und ob sie einen Plan verfolgte, aber ich konnte und wollte sie nicht hinterfragen. Ich wollte diesen Ort nur verlassen, ohne mein Gesicht zu verlieren.

Ein Diener zog die Tür auf, sodass ich ungehindert den Flur betreten konnte. Joana und Colin folgten mir auf dem Fuße, aber ich wartete nicht auf sie, sondern rannte um die nächste Ecke und flüchtete in eine Art Arbeitszimmer. Ich überprüfte, ob sich hier jemand anderes aufhielt, doch der Raum war leer. Ich drehte das Schloss um und rutschte an der Tür zu Boden. Mit angezogenen Knien vergrub ich das Gesicht in meinen Händen und ließ los.

Seit dem Tod meiner Familie hatte ich mich nicht mehr derart verloren gefühlt. Derart allein. Damals war von einem Tag auf den anderen nichts mehr so gewesen wie zuvor und ich hatte mich in einer Welt zurechtfinden müssen, die mir mit Feindseligkeit begegnet war. Jetzt war es genauso.

Ich befand mich in Triste, allein und von Feinden umzingelt.

Mein Herz schmerzte, als ich die Tränen nicht mehr zurückhalten konnte. Schon bald waren meine Ärmel vollkommen durchnässt, meine Nase lief ungehalten und in meinem Hals setzte sich ein hartnäckiges Kratzen fest, während meine Atmung immer unkontrollierter wurde. Ich hatte das Gefühl, keine Luft mehr zu bekommen. Auf Knien stützte ich mich mit den Händen auf dem Boden ab, doch es half nichts. Die Ohnmacht, die Panik – sie griffen nach mir, zerrten an mir und rissen mich innerlich entzwei.

Wer würde mir den Rücken stärken? Wer würde an meiner Seite kämpfen?

Alleinalleinalleinallein

»Alison?«, hörte ich jemanden über die grausame Stimme in meinem Inneren hinweg fragen.

Keuchend versuchte ich die Kontrolle, die ich so waghalsig losgelassen hatte, wiederzuerlangen, doch es war vergeblich. Meine Lunge verkrampfte sich.

»Öffne die Tür«, bat Joana, rüttelte an der Klinke und klopfte wiederholt gegen das Holz. »Ich mache mir Sorgen.«

Ich kämpfte gegen mich selbst und schaffte es nur mit größter Mühe, ihrer Bitte nachzukommen. Ich drehte das Schloss um, bevor ich mich tiefer in den Raum zurückzog und nach Atem rang.

»Ist sie verletzt?«

»Innerlich. Ja.«

Ich vernahm ihre Worte, die durchaus Sinn ergaben, und trotzdem war ich weit entfernt. Zu weit, um mich darum zu kümmern, dass Colin mich in diesem erbärmlichen Zustand sah.

Was interessierte mich Colin? Warum sollte mich überhaupt etwas interessieren?

Schließlich spürte ich durch das Feuer in meinem Inneren, durch die herannahende Gleichgültigkeit, eine Hand an meiner unversehrten Wange und erkannte durch den Tränenschleier Joanas schönes Gesicht.

»Lass es raus«, sagte sie mit sanfter Stimme. »Aber lass es dich nicht in Stücke reißen.«

»Wie soll ich es verhindern?«, entgegnete ich schluchzend. Ratlos.

»Hier.« Sie nahm ihre Hand von meiner Wange und führte meine an ihren Brustkorb, sodass ich das Heben und Senken fühlen konnte. »Atme mit mir zusammen.«

Quälende Augenblicke vergingen, doch schließlich gelang es mir, mich auf den Rhythmus von Joanas Atmung zu konzentrieren und ich beruhigte mich allmählich.

Ich war nicht allein.

Es gab noch immer Hoffnung. Menschen, Dämonen, die für mich kämpften, wenn ich sie nur fand.

Ich fand wieder zu mir selbst zurück.

Zögerlich nahm ich die Hand von ihrem Brustkorb und wischte mit groben Bewegungen Tränen von meinen Wangen.

Colin stand mit der Schulter gegen ein Regal gelehnt, als ich meinen Mut zusammennahm und seinen nichtssagenden Blick erwiderte. Vermutlich hatte er das Schauspiel genossen. Jede Qual, die ich spürte, fand er in sich selbst wahrscheinlich hundertfach wieder. Sein Vater war meinetwegen tot und nichts, was ich tat, würde ihm die gemeinsame Zukunft zurückgeben, die er mit ihm verloren hatte.

»Es geht wieder, danke«, murmelte ich und zog mich mit einer Hand am Schreibtisch hoch. Meine Beine fühlten sich zittrig an, aber mithilfe meines Willens, den ich endlich wiedergefunden hatte, blieb ich aufrecht stehen.

»Was ist passiert?«, fragte Colin mit schneidender Stimme. Er musste seine Frage nicht weiter ausführen, da ich mir nur zu gut denken konnte, dass ihn meine Panikattacke nicht im Mindesten interessierte. Nein, er wollte bloß wissen, was zwischen Morrigan und mir vorgefallen war – und die Antwort war ich ihm schuldig.

»Ihr Versprechen … ihr erstes Versprechen war nicht ernst gemeint. Sie hat versucht, mich zu betrügen, meine Gutgläubigkeit auszunutzen. Wäre ich dazu imstande gewesen, an das Gute zu glauben«, erklärte ich.

»Und woher wusstest du das?«

Ich warf Joana einen kurzen Blick zu, den sie ruhig erwiderte. Ich hatte mir ihre Reaktion vorhin nicht eingebildet. Durch ihre Weigerung, mich während der Verhandlung mit Morrigan anzusehen, hatte sich meine Ahnung bestätigt.

»Es war mehr ein Gefühl«, sagte ich schließlich, wandte mich leicht ab und lehnte mich rücklings gegen die Tischkante. »Im Garten schwor sie mir und ich ihr, dass wir uns an die Abmachung halten würden. Weder dir noch mir wird etwas geschehen, solange wir ihr Rede und Antwort stehen.«

»Wenn das so ist, wieso hat sie uns dann nicht sofort ausgequetscht?« Er stellte genau die Frage, die auch in mir aufgekommen war.

»Vielleicht könnte uns Joana eine Antwort darauf geben?«

»Ich …« Sie brach ab. Ihre Hand zitterte leicht, als sie sich eine verlorene Strähne hinters Ohr steckte.

»Wieso hilfst du uns? Zumindest Morrigan sieht dich als ihre Freundin und du betrügst sie, indem du uns Ratschläge gibst …«

»Tue ich das?«, entgegnete sie und hob ihre Augenbrauen. »Sie bekommt noch immer ihre Antworten, aber euch geschieht nichts. So wie ich das sehe, habe ich hier bloß Schlimmeres verhindert.«

Colin und ich blickten einander an, ehe ich wieder Joana ins Visier nahm. Erneut kam es mir so vor, als hätte ich sie schon einmal gesehen, was vollkommen unmöglich war und trotzdem ließ sich das Gefühl nicht vertreiben. Ich erinnerte mich an das letzte Mal, als mir eine Person bekannt vorgekommen war und ich diesen Gedanken verdrängt hatte. Mein Unterbewusstsein hatte versucht, mir mitzuteilen, dass Gareth der Bruder des Mörders meiner Familie war.

»Du willst uns also weismachen, dass …« Ich schüttelte den Kopf und bemühte mich, meine Gedanken zu ordnen.

Der Rebell hatte scheinbar keinerlei solcher Probleme, da er direkt für mich weitersprach. »… dass du sowohl auf ihrer als auch auf unserer Seite stehst?«

»*Unserer?*«, echote sie. »Und ich dachte, ihr befindet euch auf verschiedenen.« Sie lachte auf, bevor Colin und sie ihr Gespräch fortsetzten.

Dieses … Lachen brachte eine Saite in mir zum Klingen.

»Nein«, wisperte ich. Meine Hand zuckte, wie um sie zu berühren, doch ich konnte mich im letzten Moment zurückhalten. Glücklicherweise bemerkte keiner von beiden meine Erkenntnis. Ich kämpfte um Selbstbeherrschung, denn hier und jetzt wollte ich Joana nicht mit meinem Wissen konfrontieren.

»Aber das ist nicht der Punkt«, stieg ich erneut in die Unterhaltung ein. »Der Punkt ist der, dass Morrigan dir erlaubt, uns wegzuführen, obwohl wir ihr alles hätten sagen können.«

»Sie weiß, wo ihr euch befindet und sie wird euch ausfragen, aber solange ihre Armee noch im Aufbau ist, kann sie ohnehin nicht handeln.«

»Gegen wen will sie in den Krieg ziehen?«, hakte ich argwöhnisch nach.

»Ich schätze, das wird sich mit euren Antworten zeigen.« *Die Kaskaden.* »Da du dich soweit beruhigt hast, werde ich euch nun zurück in eure Zimmer bringen. Ihr dürft euch frei bewegen, allerdings werdet ihr ständig von einer Wache begleitet werden, wenn ihr euch nicht in meiner oder Morrigans Gesellschaft befindet.«

Sie wandte sich bereits zur Tür, als ich sie noch einmal zurückhielt. »Eine Frage habe ich noch. Wer ist dieser Dejan?«

»Unser Retter. Ein Freund. Mehr braucht ihr nicht zu wissen«, speiste die Frau mich ab und öffnete die Tür.

Schweigend folgte ich ihr nach draußen.

11. Kapitel

Der Königsdämon

Die Reise nach Hause wäre nicht so beschwerlich gewesen, wenn Gareth nicht derart wütend auf seinen Mentor und Vaterersatz gewesen wäre. Und wenn er ehrlich mit sich selbst war, auch ein bisschen auf Alison. Es minderte nicht das Gefühl, sie zu vermissen, doch er spürte den Zorn in seiner Brust anschwellen. Wieso hatte sie ihm ihr Geheimnis nicht anvertraut?

Natürlich konnte er ihre Heimlichtuerei zu Anfang ihrer Beziehung verstehen, aber in den letzten zwei Wochen, da … Sie hätte es ihm sagen müssen, damit er sie hätte beschützen können. Vor den Rebellen und Billings und wer auch immer dafür die Verantwortung trug, dass sie nun nicht mehr da war.

Er ballte seine Hände zu Fäusten, während er in dem leeren, ehemaligen Wohnzimmer auf dem Boden saß und in die Dunkelheit starrte. Für ihn war die Finsternis nicht undurchdringlich. Er konnte Schemen und unterschiedlich dunkle Schatten erkennen, sodass er beinahe keinerlei Nachteile daraus zog, dass die Sonne untergegangen war. Die Umrisse seiner Umgebung hätten kaum definierter sein können.

Ihm gegenüber lagen Phi und Bird. Letztere hatte sich in den Schlaf geweint. Gareth wusste nicht wieso und er besaß auch nicht die Muße, nach dem Grund zu fragen, auch wenn er es vielleicht hätte tun sollen. Alison hätte es als ihre Pflicht angesehen, die Gruppe zusammenzuhalten, aber er sah keinen Sinn mehr darin. Alles war auseinandergefallen und die Ruinen um ihn herum interessierten ihn nicht länger, da sie nur Schmerz und Verzweiflung hervorriefen.

»Draußen ist alles ruhig«, verkündete Ascia beim Eintreten. Hinter ihm trottete Hadley herein, dessen Dreadlocks so feucht waren, dass er sie auswringen musste. Fette Tropfen platschten auf die Holzdielen und die Jägerinnen regten sich.

»Und du bist dir sicher, dass der Zug morgen kommt?«, wiederholte Gareth argwöhnisch die Frage, die er in den letzten drei Tagen des Öfteren gestellt hatte. Sie waren problemlos aus Billings' Herrschaftsbereich geflohen und hatten sich durch die Rayons bis zu einem kleinen, unbekannten Ort vorgekämpft, in dem sie auf Schienen gestoßen waren, wie Dorian vorausgesagt hatte.

»In der Tat. Dieser Zug wird zwar nicht bis nach Ascia fahren, aber Billings wird sich davor hüten, die Warenauslieferung nach Keplinger einzustellen, wenn noch nicht klar ist, auf welcher Seite dieser steht«, antwortete Dorian seelenruhig, als er den schwarzen Umhang von seinen Schultern zog und an einen einsamen Nagel an der Wand hängte.

»Und wir können einfach so aufspringen?« Phi entzündete eine Kerze und stellte sie in der Mitte des Raumes ab. Lange Schatten, die Gareth für einen Moment aus unerfindlichen Gründen irritierten, wurden an die Wand geworfen. Manchmal schien es, als würde er in alte Muster verfallen und Menschen verachten, nur weil sie Menschen waren. Das durfte er jedoch nicht zulassen. Er war einen weiten Weg gegangen und er hatte nicht vor, jeden Fortschritt, den er gemacht hatte, wieder zu verwerfen.

»Ich bin nicht ohne einen Plan B nach Billings gekommen, falls sich jemand gegen uns wendet und wir unauffällig verschwinden müssen.« Dorian setzte sich im Schneidersitz direkt neben Gareth, als würde es ihm nicht das Geringste ausmachen, dass dieser wütend auf ihn war. »Die Geschwindigkeit des Zuges wird sich kurz vor Erreichen dieser Stadt verlangsamen und uns damit die Chance ermöglichen, auf den vorletzten Waggon aufzuspringen. In Keplinger werden wir normal aussteigen.«

»Also hat sich Keplinger doch für eine Seite entschieden? Für unsere?«, hakte Hadley nach, der endlich damit fertig war, seine Haare auszuwringen, und sich neben Bird setzte. Er umfasste ihre Hand und wurde mit einem dankbaren Lächeln ihrerseits belohnt. Erneut fühlte Gareth in sich das Gefühl aufsteigen, dass er sie nach dem Grund für ihre Trauer fragen müsste. Wieso traute er sich also nicht?

Weil du es bereits weißt.

»Natürlich. Er will friedlich neben Mensch und Schattendämon existieren, vor allem, da seine Frau eine Schattendämonin ist, was er allerdings all die Jahre erfolgreich vor Billings geheim gehalten hatte.« Dorian kramte in einer der Satteltaschen herum, die sie mit hineingenommen hatten, bis er ein Stück Brot fand. Er riss davon ein Stück ab und reichte den Rest an Hadley weiter. »Ich würde vorschlagen, wir ruhen uns etwas aus. Vor der Morgendämmerung müssen wir an den Gleisen sein.«

Gareth wartete, bis die anderen ihr karges Abendessen beendet und sich schlafen gelegt hatten, ehe er aufstand und das Haus verließ. Er genoss die kühle Nachtbrise. Erst wenige Stunden zuvor hatte es zu regnen aufgehört und der Geruch feuchter Erde stieg Gareth in die Nase, als er die einsame Straße entlanggging. Wie früher auch konnte er sich sehr gut vorstellen, wie das Leben hier vor den Dämonen gewesen war. Lachen und Liebe. Freundschaft und Familie. Mit ihrem Eindringen hatten sie so viel zerstört und obwohl er sich nie dafür entschuldigt hatte – weder in seinem Inneren noch bei einem Menschen – so wusste er, dass es falsch gewesen war. Dämonen waren nicht für die Erde geschaffen. Sie hatten nur Leid gebracht. Wie also war es möglich, dass er Alison dafür verurteilte, dass sie das Tor geöffnet hatte? Vorausgesetzt, sie hatte es getan, um die Dämonen loszuwerden.

Er rieb sich frustriert über das Gesicht, als er vor einer kleinen, umzäunten Kapelle zum Stehen kam und erkannte, dass er sich weiter als gewollt entfernt hatte. Das dunkle Gebäude war ein Symbol für das, was die Welt verloren hatte – ihren Glauben.

Was auch immer in Alisons Plan oder dem der Rebellen schiefgelaufen war, er wusste nicht, ob er dankbar dafür sein sollte. Ja, er befand sich nach wie vor auf der Erde, aber seine Jägerin war nicht bei ihm. Wie von allein fand seine Hand den fünfzackigen Stern, der an einem schwarzen Lederband um seinem Hals lag. Während ihrer letzten gemeinsamen Nacht hatte Alison ihm diesen zu seinem Schutz geschenkt. Und nun war sie fort und er allein.

Der Grund für seinen Zorn.

Sie hätte sich ihm anvertrauen sollen und er hätte ihr helfen können. Er hätte sich ihr anschließen können. Damals, als er sie das erste Mal in den Armen gehalten hatte, hatte er sich geschworen, dass er sie niemals mehr verlassen würde. Nicht freiwillig jedenfalls.

Fluchend trat er gegen einen hölzernen Zaunpfahl, der unter der Kraft entzweibrach. Er sollte sich wohl besser wieder auf den Rückweg machen, um im Fall der Fälle seine Gruppe verteidigen zu können. Ascia und Hadley hatten sich zwar umgesehen und niemanden gefunden, der in der Stadt seine Zelte aufgeschlagen hatte, aber es gab immer ein Schlupfloch, das übersehen werden konnte. Selbst vom großartigen König Ascia …

Vier Stunden später machten sie sich gemeinsam auf den Weg zu den Schienen.

Die Gleise führten direkt durch die Geisterstadt hindurch, sie würden jedoch schon kurz nach der Einfahrt aufspringen, wenn alles nach Plan lief. Die Strecke war fast durchgehend von Häusern umgeben, die ihnen genügend Deckung gaben. Sie wussten nicht, wie viele von Billings' Leuten sich auf dem Zug befanden und sie wollten vermeiden, entdeckt zu werden. Sie benötigten keinen Spion, um zu wissen, dass Billings die Niederlage nicht lange auf sich sitzen lassen würde. So bald wie möglich würde er seine Truppen, wo auch immer sie sich befanden, nach Ascia entsenden. Und da er das Zugnetzwerk kontrollierte, bräuchte er für die Verschiebung seiner Armee viel weniger Zeit als Gareth und die anderen für ihren Nachhauseweg zu Pferd.

»Wir müssen uns beeilen«, knurrte Gareth, ohne wirklich darauf geachtet zu haben, ob die Jäger trödelten oder nicht. Er hatte nur das Bedürfnis danach gehabt, sie anzufahren.

Sie harrten gerade in einer Gasse aus, die links und rechts von Gartenzäunen umgeben war und direkt an den Gleisen endete. Kopfschüttelnd schob er den Zweig eines Ahornbaumes zur Seite, damit er sich nicht ducken musste.

Sie knieten sich schließlich hinter ein paar Sträucher und warteten auf den Sonnenaufgang und darauf, dass ihre Mitfahrgelegenheit sie erreichte.

»Was machen wir, wenn wir zurück in Ascia sind?«, erkundigte sich Hadley scheinbar beiläufig. Er lehnte sich seitlich gegen einen Baumstamm und blinzelte nach Osten – die Richtung, aus der der Zug kommen würde.

»Ich muss dafür sorgen, dass meine Armee einsatzfähig ist und wir genügend Lebensmittel haben, um eine Besetzung für eine Weile zu überstehen, sollte es notwendig sein«, war Dorians ehrliche Antwort und damit überraschte er Gareth. Er hätte mit einer Abfuhr gerechnet, aber niemals in hundert Jahren mit einem offenen Gespräch.

Nachdenklich sah er den Königsdämon aus dem Augenwinkel heraus an und erkannte, dass dieser ihn längst betrachtete. Was hatte das zu bedeuten? Wollte er Gareth damit etwa beweisen, dass er fähig war, sich zu ändern? Weniger Geheimnisse zu hüten? Aber darum war es gar nicht gegangen … Gareth war es egal, was er den Jägern erzählte, aber ihm war es nicht egal, was *ihm* erzählt wurde. Er hatte sich für eine Vertrauensperson gehalten, für … Ascias Ziehsohn und vor ein paar Tagen war er mit der Wahrheit konfrontiert worden, dass es für Ascia nicht so gewesen war. Vielleicht war der König gar nicht dazu imstande, tiefere Gefühle für jemanden außerhalb seiner Familie zu hegen.

Oh, aber Noah liebt er wie einen Sohn, widersprach ihm erneut diese ärgerliche Stimme in seinem Inneren.

»Und was ist mit Alison? Und Noah«, warf Phi ein und verschränkte die Arme. »Was ist mit den *Vessen*? Billings' geheimen Plänen?«

Ascia warf der Jägerin einen ungeduldigen Blick zu. Eine Vene an seiner Schläfe pochte, doch bevor er etwas erwidern konnte, erklang das Geräusch des sich nähernden Zuges. Er war pünktlich, was ihn eigentlich beruhigen sollte. Im Inneren war er sich aber nicht sicher, ob sie nicht doch in eine Falle tappten. In der Stadt Billings, aus der die Lokomotive kam, konnte wohl kaum alles wieder beim Alten sein. Als sie den Ort verlassen hatten, war die Erde aufgebrochen und ein Sturm aufgezogen. Unzählige Menschen und Dämonen mussten geflohen oder gestorben sein. Trotzdem sollte jetzt, nur vier Tage später, der Zug ganz normal seinen Fahrplan einhalten? Er runzelte die Stirn.

»Mach dir keinen Kopf«, beschwichtigte ihn Dorian, der ihn aufmerksam beobachtet hatte. »Keplinger ist auf die Lieferungen angewiesen und Billings weiß das. Er wird die Chance, ihn als Verbündeten auf seine Seite zu ziehen, nicht gefährden, nur weil seine Stadt für einen kurzen Moment im Chaos versunken ist.«

»Wenn du das sagst«, erwiderte Gareth wenig überzeugt, dann lauter: »Macht euch bereit. Wir laufen los, sobald die ersten Passagierwaggons an uns vorbeigezogen sind. Danach sollte es nur noch Lastwaggons geben und somit niemanden, der uns beobachten könnte. Verstanden?«

Er sah der Reihe nach jedem ins Gesicht, selbst Dorian, der ihm sogar wie die anderen ein strammes Nicken schenkte. Das Geräusch wurde lauter und der Wind nahm zu, bevor sie das Führerhaus erkennen konnten, das viel zu schnell auf sie zukam.

»Ich will mich ja nicht beschweren«, murmelte Hadley, »aber ist der Zug nicht etwas zu schnell für uns unterwegs, als dass wir bei der Geschwindigkeit aufspringen könnten?«

»Etwas muss schiefgelaufen sein«, stimmte ihm Bird zu, die sich offenbar für den Moment gefasst hatte, wie Gareth erleichtert feststellte. Im Notfall hätte er sie vielleicht tragen können, aber es war besser, wenn sich jeder um sich selbst kümmerte.

»Wir müssen es versuchen«, entgegnete Ascia. »Ich glaube, er wird langsamer.«

Tatsächlich verringerte sich die Geschwindigkeit und es dauerte länger als zunächst angenommen, bis die Lokomotive sie erreichte und Gareth das Zeichen gab, loszulaufen. Sie hatten nicht viel Zeit und die Geschwindigkeit war nach wie vor mörderisch.

Im Sprint blickte er über seine Schulter und erkannte, dass sie schon bald auf der Höhe vom vorletzten Waggon waren. Da er den Menschen einen einwandfreien Sprung nicht zutraute, überließ er ihnen die Führung, um nötigenfalls eine helfende Hand darzureichen. Er würde niemanden zurücklassen. Alison würde ihm andernfalls den Hals umdrehen.

Vorausgesetzt, sie spricht überhaupt noch mit dir, wenn sie erst einmal von Rope erfahren hat.

Schließlich war es ausgerechnet Bird, die als erste die von außen befestigte Leiter zu fassen bekam. Mit der rechten Hand an einer Strebe zog sie sich hoch und bemühte sich dann, das Tor ein Stück aufzuschieben, aber sie war zu schwach. Hadley sprang hinter ihr auf und half ihr, während Phi immer langsamer wurde. Auch Gareth spürte die Anstrengung in seinen Gliedern. Schon bald würde ihnen die Strecke durch die Mauer eines Tunnels versperrt werden, wie er bei seinem Erkundigungsgang gesehen hatte. Ein paar Bäume säumten nun das Gleisbett und der Abstand zwischen ihnen und dem Zug verengte sich.

»Lauf weiter, Phi«, spornte er die Jägerin an, die sich in den letzten Monaten weiterentwickelt hatte. Er würde es nicht laut zugeben, aber er spürte ein gewisses Maß an Stolz in seiner Brust, auch wenn ihm wahrscheinlich kein Funke davon zustand.

Phi steigerte ihre Geschwindigkeit, als Bird und Hadley mit geballter Kraft das metallene Tor aufschoben und hindurchschlüpften. Die Jägerin sprang auf die Leiter und fiel ins Innere. Gareth überließ Ascia den Vortritt, da dieser immer noch der König war. Als er jedoch nachsetzen wollte, stolperte er über einen heruntergefallenen Ast und verlor das Gleichgewicht.

Er taumelte nach vorne, aber anstatt zu fallen, prallte er mit der rechten Schulter gegen einen Baumstamm, wodurch ihm die Luft aus den Lungen gepresst wurde.

Um Atem ringend hielt er sich die geschundene Schulter und begriff wie aus weiter Ferne, dass der Zug an ihm vorbeiraste.

Er stieß mehrere, ungehobelte Flüche in der alten Sprache aus, bevor er sich trotz Sauerstoffmangel zum Laufen überwand. Seine Beine fühlten sich so schwach an wie nie zuvor, da sein Körper an seine Grenzen gekommen war. Unter seiner Haut lauerte der Dämon in ihm, der die Kontrolle übernehmen wollte, aber irgendwie – und Gareth konnte wirklich nicht sagen wie – gelang es ihm, den Zug erneut aufzuholen und seinen gesunden Arm nach Dorian auszustrecken, der diesen zu fassen bekam und ihn daran hochzog.

Rücklings fiel er auf den vibrierenden Holzboden und versuchte, sich allein auf den Schmerz in seiner Brust zu konzentrieren, um den in seiner wahrscheinlich ausgekugelten Schulter auszublenden.

»Das war knapp«, lachte Hadley. Gareth ließ die Augen geschlossen, während das Herz weiter in seiner Brust hämmerte.

»Aber wir haben's geschafft.« Bird klang ungewohnt zuversichtlich, als würde sie plötzlich an jedes Wunder glauben können.

Vorsichtig setzte er sich schließlich auf, als der brennende Schmerz in seiner Lunge abgeklungen war. Da das Tor noch immer einen Spalt breit offen stand, konnte er erkennen, dass die Jäger in einem Halbkreis zusammensaßen und sich von ihren Rucksäcken befreit hatten. Dorian stand an der Tür und blickte hinaus auf die vorbeiziehende Landschaft. Er wandte sich dem jüngeren Königsdämon zu, als hätte er dessen Blick gespürt.

»Brauchst du Hilfe?«

Gareth versuchte, seinen rechten Arm zu bewegen, doch ihn durchzuckte nur ein blendender Schmerz. Es gelang ihm immerhin, sich von seiner Tasche zu befreien, bevor er Dorians Hilfsangebot annahm.

Stunde um Stunde verging und Gareth ahnte, wie das Leben von nun an sein würde. Er an Dorians Seite, mit einem schweren Herzen. Es würde kein Tag vergehen, an dem er nicht an Alison dachte und es würde keinen Moment geben, in dem er nicht versuchte, Dorian zu beschützen. Das Einzige, was er tun konnte, war, seine Situation erträglicher zu gestalten. Eine Lösung zu finden, mit der er leben konnte. Sein Plan bestand darin, Alison zu finden, ohne seine Rolle als Dorians rechte Hand aufzugeben, denn das würde ihm nur innerliche Schmerzen bereiten. Er würde seine Ehre behalten. Und Alison … ja, sie hatte ihn damals ganz schön angebrüllt, als er ihr nach ihrem Wiederauftauchen nicht sofort in die Arme gefallen war, aber letztendlich hatte sie verstanden, dass Dorian an erster Stelle stand. Alison würde für immer sein Herz gehören und sollte ihr etwas geschehen, während er Dorians Befehle befolgte, so würde er sich vermutlich selbst das Leben nehmen. Aber so weit war es noch nicht gekommen.

Er erhob sich von seinem Platz auf einer Holzkiste, mit denen der Waggon zur Hälfte gefüllt war, bewegte probeweise seinen wieder eingerenkten Arm und setzte sich neben Dorian, der sich nicht von der Tür wegbewegt hatte. Es wurde Zeit, dass er das Kriegsbeil niederlegte und Wiedergutmachung leistete.

»Es tut mir leid, dass ich meinen Frust an dir ausgelassen habe, Dorian«, sagte er in der alten Sprache, da die Jäger ihr Gespräch nicht mitverfolgen sollten.

Dorian hob mit unbewegter Miene eine Hand und legte sie auf Gareths linke Schulter, als würde er dadurch seinen Dank ausdrücken wollen. Sofort fand sich der Jüngere wieder in seiner Rolle als Sohn zurückversetzt, der dem König imponieren wollte. Diesmal war er sich seiner Position jedoch durchaus bewusst und akzeptierte sie zu einem gewissen Teil. Ja, er wollte Dorian gefallen, aber er brauchte die Anerkennung nicht länger, um weiterzumachen. Er war in sich selbst bestärkt und er würde selbst ohne Dorians Anerkennung weiterleben können.

»Du hattest nicht ganz unrecht«, gab der König zu und neigte leicht den Kopf, als würde er seine nächsten Worte genau überdenken. »In der Vergangenheit habe ich oft vergessen, dass ich auch nur ein Dämon bin.

Ich wollte euch ein guter Vater sein, gleichzeitig ahnte ich, welche Zukunft auf dich und Noah wartet und ich wollte nicht dabei zusehen, wie sie euch zermürbt. Also musste ich dafür sorgen, dass ihr stärker werdet.«

»Stärker als was?«

»Stärker als die Kräfte, die sich uns nun in den Weg stellen und als Schatten dieser Welt mit dem Untergang drohen«, antwortete er langsam, bevor er Gareths Blick endlich erwiderte. Seine braunen Augen wirkten aufgewühlt, die Farben der Iris schienen wild durcheinanderzuwirbeln.

»Du meinst Billings? Besitzt er wirklich diese Art von Macht?«

»Ich weiß nicht, wie viel er von dem geplant hatte, was bereits in Gang gesetzt wurde und das ist nicht beruhigend.« Er presste die Lippen zusammen, nahm die Hand von Gareths Schulter und fuhr sich damit über das stoppelige Kinn. »Du hattest recht, dass ich dir von meiner Vermutung bezüglich Alison hätte erzählen sollen, doch du musst meine ursprünglichen Beweggründe verstehen. Ich befürchtete, sie würde davonlaufen, wenn sie auch nur den Hauch einer Ahnung hätte, dass wir von ihrem Geheimnis wissen. Natürlich konnte ich nicht voraussehen, wie sich der Einfluss der Rebellen auf sie auswirken würde, aber … nun, meine Hoffnung ist, dass Noah an ihrer Seite ist und ihr helfen wird, wieder zu uns zurückzukehren.«

Gareth öffnete den Mund und schloss ihn wieder. Sollte er es wagen? Sie befanden sich gerade wieder auf dem Weg, ihr Verhältnis zueinander zu flicken, und er würde mit seiner Frage auf diesem Pfad sicherlich neue Hindernisse errichten. Aber konnte er es sich denn leisten, *nichts* zu sagen? Das hatte ihm zuvor auch nicht weitergeholfen. Ganz im Gegenteil, denn durch seine Blindheit war die Liebe seines Lebens nun Welten entfernt. Also fasste er sich ein Herz.

»Was hat Noah dort überhaupt zu suchen gehabt, Dorian?«

Der König wandte das Gesicht ab, sah von den Jägern, die sich leise unterhielten, wieder nach draußen. In dem Licht der Mittagssonne konnte Gareth genau die kleinen Falten in seinen Augenwinkeln erkennen und er fragte sich unwillkürlich, wie alt Dorian bereits war. Er konnte sich, seit er ihn kannte, an keine äußerlichen Veränderungen erinnern. Obwohl Königsdämonen langsamer alterten, so war dies doch ungewöhnlich.

»Ich weiß es nicht.« Jegliche Arroganz, das geheime Lächeln in seinem Mundwinkel und die erhabene Ausstrahlung waren für einen Wimpernschlag verschwunden, und Dorian war nicht mehr, als ein in den Welten verlorener Dämon.

»Sobald wir in Ascia sind, werde ich mich auf die Suche begeben«, verkündete Gareth. »Ich werde ihn und Alison finden.«

»Daran habe ich keinen Zweifel.« Dorian erwiderte seinen Blick und lächelte traurig. »Du wirst einen Weg nach Duster und Triste finden und du wirst mit Sicherheit die Bekanntschaft mit Morrigan machen.«

»Morrigan?« Gareth runzelte die Stirn. Ein weiteres Geheimnis?

»Unsere Vorfahrin ist wiedererwacht. Ich war mir zunächst nicht sicher, doch die Unruhen unter den Kaskaden und Billings' kürzliches Verhalten unterstützen das Gefühl in mir, das mich schon seit einer Weile verfolgt. Sie hat einen Weg zurückgefunden und sie will Rache nehmen.«

»Rache an wem?« Er konnte nicht glauben, dass er der Sagengestalt begegnen würde, aber er wusste, dass Dorian die Wahrheit sagte. Er konnte es spüren. Ihre Anwesenheit. Ein Schatten, der in jedem Dämon lebte und seit einiger Zeit pulsierte. Zum Leben erwacht war. Wieso nur hatte er es zuvor nicht fühlen können? War er schon so weit von seinem Ursprung entfernt? Trieb ihnen die Erde jegliche Magie aus? Sie hatten sich der Elektrizität entledigen können und gingen dem schwächenden Schein der Sonne aus dem Weg, aber war dies alles, was ihnen schadete, oder gab es noch mehr, das ihnen bisher entgangen war?

»An ihren Mördern. Wer auch immer sie sein mögen«, murmelte Dorian. »Ich hege die Vermutung, dass die Kaskaden in irgendeiner Weise ihre Hände im Spiel hatten, aber inwieweit? Das kann ich nicht sagen.«

»Du denkst also, dass ihr Volk ursprünglich aus Duster und Triste stammt?«

»Es ist ziemlich wahrscheinlich«, antwortete Dorian. »Die Erde … sie hat niemals Magie geboren. Wir haben sie hergebracht und damit haben wir die Natur herausgefordert. Auch die Kaskaden sind nicht von hier und selbst wenn sie nicht in Duster und Triste geboren sind, so befindet sich ihr Ursprung in einer anderen Welt.«

Dorians Worte befanden sich so nah an Gareths eigenen Gedanken, dass es ihm kurzzeitig die Sprache verschlug. Wie viele Gespräche hatten sie in der Vergangenheit geführt, in denen es um nichts gegangen war? Wie viele Worte hatten sie verschwendet, die nur dem Anschein nach gefallen waren? Plötzlich fühlte sich Gareth so vieler Wahrheiten beraubt, dass er hätte weinen mögen. War ihm nur ein einziges Gespräch voller Bedeutung vergönnt? Hatte keine Unterhaltung in seiner Vergangenheit je den gleichen Wert gehabt?

»Du hättest mich nicht ausschließen sollen, Dorian«, warf ihm Gareth ein letztes Mal vor, weil der Betrug tief in sein Herz schnitt.

»Auch ich mache Fehler und ich kann nur hoffen, dass du mir verzeihen kannst.« Sein Mundwinkel zuckte, aber ein Lächeln ließ er sich nicht entlocken.

Gareth rieb sich übers Gesicht, bevor er entschlossen das Kinn anhob. »Das kann und das werde ich, aber zuerst muss ich Alison finden.«

»Das wirst du, Gareth. Daran hege ich nicht den geringsten Zweifel.«

12. Kapitel

Der Jäger

Evan schreckte aus einem unruhigen Schlaf hoch, als das Gefährt ruckelnd zum Stehen kam. Mittlerweile war es draußen so dunkel, dass er im Inneren des Wagens nichts mehr erkennen konnte. Er spürte die Anwesenheit seiner Mitgefangenen, hörte ihr Husten, das gelegentliche Wimmern und das Kratzen von Sohlen über den rauen Holzplanken. Sein einziger Halt war der Gedanke, dass es Crystal gut ging. Billings brauchte sie und würde ihr nichts antun, solange sie ihm nur gehorchte.

Psychisch würde sie allerdings leiden, das wusste Evan, denn sie verabscheute es, anderen wehzutun und sie hatte mit dieser Seite ihrer selbst abschließen wollen. Nun befand sie sich wieder genau dort, wo ihre Reise begonnen hatte. Unter den Fittichen eines herzlosen Dämons.

Die Tür wurde aufgezogen und ein Dämon mit schulterlangen blonden Haaren und einer funkensprühenden Fackel in seiner linken Hand erschien vor ihnen. Er befahl ihnen mit rauer Stimme, auszusteigen und sich direkt neben dem Wagen zu positionieren. Da Evan als letzter eingestiegen war, durfte er nun als erster wieder raus.

Die kühle Nachtluft kitzelte in seiner Nase, ehe er den Geruch von verbrannten Kohlen wahrnahm. Langsam drehte er sich um und erkannte, dass sie sich an einem Bahnhof befanden. Dieser hier war jedoch nicht in Billings. Weit und breit befand sich nichts anderes neben den Schienen, abgesehen von einem großen, offiziell aussehenden Gebäude aus weißem Kalkstein. Ein kleiner Güterzug stand bereit und dicke Rauchwolken pufften aus dem Schornstein in den sternenübersäten Himmel.

Das konnte nichts Gutes bedeuten.

»Hinauf mit euch«, grunzte der Königsdämon und schubste Evan in Richtung der Treppe, die zur überdachten Seite des Gebäudes führte. Von dort aus würden sie problemlos in den Zug einsteigen können.

Im Schein der Fackel sah er, dass noch andere Gefangenentransporte angekommen waren, als wäre die Planung durch den Sturm und das Beben in Billings nicht im Geringsten behindert worden. Was auch immer Billings vorhatte, er würde sich seinen Sieg unter keinen Umständen mehr nehmen lassen.

Für den Bruchteil einer Sekunde überlegte der Jäger, diese letzte Möglichkeit zur Flucht zu nutzen. Er würde sich vermutlich von der Formation lösen können, ohne dass man sein Fehlen zunächst bemerkte, da die vier Dämonen mit den zwei Dutzend Gefangenen alle Hände voll zu tun hatten, aber was würde er dann tun? Um ihn herum gab es nichts anderes als weite Steppe. Am Horizont konnte er zwar die Silhouette einer Geisterstadt erkennen, aber würde er es mit seinen in Ketten gelegten Füßen bis dahin schaffen? Wohl eher nicht.

Also ließ er sich wie Vieh in das Innere eines der heruntergekommenen Waggons treiben und wartete, bis die Tür mit einem entschiedenen Knall wieder zugezogen wurde. Dunkelheit fiel erneut über sie, aber Evan war plötzlich ruhig und gefasst.

Er setzte sich auf den Boden und lehnte seinen Hinterkopf gegen die kühle Wand. Es wurde Zeit, dass er zu seiner inneren Stärke zurückfand. In den letzten Wochen hatte er so viel erlebt, seinen Vater endgültig verloren, Alison wiedergesehen und sich in Crystal verliebt. Er war nicht länger der Junge, der sich selbst nichts zutraute und nur Dämonen jagte, weil er die Anerkennung seines Vaters erlangen wollte. Im tiefsten Inneren hatte er eine Stärke gefunden, von der seine Mutter immer schon gewusst hatte. Sie hatte ihn in seiner Kindheit bestärkt, hatte ihm ständig gesagt, dass er auf sein Herz hören sollte, weil es das Richtige war. Niemals hatte sie seine Entscheidungen angezweifelt und er hätte ihr das gleiche Geschenk machen sollen. Nachdem sie sich für ihn geopfert hatte, als sie sich schützend um ihn gelegt hatte und dadurch von Menschen niedergetrampelt worden war, hatte Evan seine eigene Existenz verflucht, denn sein Vater tat seitdem das Gleiche. In dem hintersten Winkel seiner selbst hatte er jedoch immer gewusst, dass er dadurch das Opfer seiner Mutter als etwas Minderwertiges abfertigte. Sie hätte ihr Leben niemals für das seine gegeben, wenn sie geglaubt hätte, dass er es nicht verdiente. Wahrscheinlich hätte er sie in den letzten Jahren vollkommen enttäuscht, noch mehr als Arias, aber jetzt wollte er es anders machen. Er wollte für das kämpfen, was ihm etwas bedeutete.

Crystal und seine Freiheit gehörten dazu.

Stunde um Stunde verging. Irgendwann wurde ihnen etwas zu essen und Eimer mit Wasser für die Grundbedürfnisse gebracht, aber Evan achtete kaum auf seine Umgebung. Er sprach mit niemandem und konzentrierte sich darauf, seine Kräfte zu sammeln. Dem Großteil der Gefangenen schien es ähnlich zu gehen, da begonnene Unterhaltungen schnell wieder versiegten. Die meisten von ihnen waren Männer, es gab allerdings auch ein paar ältere Frauen, wie Evan hin und wieder im Licht der aufgehenden Sonne erkannte.

Durch die Ritzen zwischen den zusammengesetzten Wänden schlüpften die glühenden Strahlen und beruhigten den Jäger. Es war egal, wohin sie gebracht wurden, die Sonne würde überall scheinen und ihm den Weg zurück zu Crystal weisen.

Am Nachmittag des zweiten Tages erreichten sie ihr Ziel, das so hoch im Norden lag, dass Evan zu frieren begann. Erst jetzt wurde ihm klar, dass sie den Herbst hinter sich gelassen hatten, und was im Süden nur einen geringen Temperaturverlust bedeutete, war im Norden ein Umschwung von mehreren Graden. Bibbernd stopfte er Stofffetzen um seine Fußgelenke, die von dem Eisen ganz aufgescheuert waren. Er drängte sich näher an einen Mann in den mittleren Jahren, der sich in der Nacht zu ihm gesellt hatte, um sich gegenseitig Wärme zu spenden. Auch wenn Evan selbst nie auf die Idee gekommen wäre, so war er froh, dass er den Fremden an seiner Seite hatte.

»Arschkalt, hm?«, sagte der Mann zitternd. »Ich bin übrigens Grover. Nur damit du weißt, wessen Leiche du an deiner Schulter kleben hast.«

»Noch sind wir beide nicht tot, Grover«, erwiderte Evan mit einem kleinen Lächeln. »Mein Name ist Evan.«

»Freut mich deine Bekanntschaft zu machen, mein Sohn.«

Sie verfielen wieder in Schweigen, da Sprechen zu viel Kraft kostete.

Die Tür wurde aufgerissen, sobald der Zug fest an Ort und Stelle stand, und sie konnten zig Dämonen erkennen, die draußen geschäftig herumliefen. Der Bahnhof hier war dunkel und karg.

Draußen wehte ein scharfer Wind, der Evan eine Gänsehaut bescherte. Zitternd folgte er den anderen Männern und Frauen in einer Reihe und zog den Kopf ein, um sich so klein wie möglich zu machen, da er hoffte, dem schneidenden Wind dadurch zu entkommen.

Als sie von der Plattform nach unten geführt wurden, nahm er zunächst an, dass irgendwo ein Feuer brannte und Rußpartikel in sein Gesicht wehten, doch nach einem weiteren Augenblinzeln erkannte er, dass es Schnee war. Sie mussten sich wirklich weit im Norden befinden. Vielleicht sogar in der Nähe von Ascia oder Descar?

»Weiter mit euch!«, befahl einer der Aufseher. Er trug dunkle, feste Kleidung, gepaart mit mehreren Dolchen und Waffen einer Art, die Evan noch nie zuvor gesehen hatte und deren Bekanntschaft er nicht unbedingt machen wollte. Geschwungene Klingen, glänzende Muster und goldene Knäufe.

Also folgte er Grover, bis sie vor einer Kutsche hielten. Gleich vier vollblütige Pferde waren ihr vorgespannt und scharrten ungeduldig mit den Hufen über den Kies.

Evan hob den Kopf und wagte es, sich genauer umzusehen. Obwohl bis vor wenigen Minuten noch die Nachmittagssonne in ihren Waggon geschienen hatte, war sie nun vollkommen von Wolken umhüllt. Er verstand nicht genau, wie das möglich war. Schnee fiel in unregelmäßigen Abständen und in zarten Flocken vom weißgrauen Himmel und vervollständigte das trostlose Bild der eintönigen Landschaft. Mehrere kahle Hügel schlossen aneinander an und verhinderten einen Blick in die Ferne. Eine dunkle Linie am Horizont hielt Evan für den Beginn eines Waldstücks, aber sicher war er sich nicht.

»Hände nach vorne«, peitschte ein weiterer Befehl über sie hinweg und alle gehorchten augenblicklich. Niemand traute sich, die Geduld ihrer Wärter auf die Probe zu stellen, denn man wusste genau, zu was die Dämonen fähig waren. Sie konnten sie alle manipulieren, wenn ihnen der Sinn danach stand. Vermutlich taten sie es nur nicht, weil sie den Geruch von Angst genossen, den die Menschen wie Schweiß produzierten.

Man band einen Strick an die Handfesseln der neuen Sklaven, doch als einer der Dämonen Evan erreichte und erkannte, dass dieser nur eine Hand und keine Fesseln besaß, stieß dieser ein lautes Lachen aus.

»Jetzt schickt Billings auch noch Krüppel zum Arbeiten her, Howie, er hat es wirklich eilig«, teilte er dem anderen Königsdämon mit, der sich um die hintere Reihe kümmerte.

»Ein Grund, warum wir nicht trödeln sollten«, antwortete Howie.

»Nimm das Seil in die Hand«, instruierte der lachende Dämon mit einem warnenden Unterton in der Stimme. »Wenn du es auch nur einmal loslässt, wirst du dir wünschen, tot zu sein. Hast du verstanden?«

Evan umfasste das raue Seil und unterdrückte den Impuls, seinem Gegenüber ins Gesicht zu spucken. Stattdessen nickte er.

Der Dämon schien zufrieden mit der Antwort, da er sich daran machte, die restlichen Menschen an dem Seil festzuzurren. Evan wusste nicht genau, ob seine Situation so viel angenehmer war. Jetzt, da er das Seil nicht mehr loslassen durfte, fühlte es sich so an, als würde seine Faust jeden Moment wieder aufspringen wollen; als würde sie von einer äußeren Kraft kontrolliert werden.

Schließlich hatten die Dämonen die Vorbereitungen abgeschlossen, setzten sich auf den Kutschbock oder stiegen auf ihre Pferde. Dann begann die eigentliche Tortur. Zu Fuß und in eisiger Kälte mussten sie sich auf den Weg machen, ohne dass ihnen auch nur die kleinste Pause gegönnt wurde.

Hin und wieder stolperte jemand, aber das Seil war zu straff, als dass man hätte hinfallen können. Gegen Mitternacht, zumindest nahm Evan an, dass so viel Zeit vergangen war, verlor einer der jüngeren Männer vor ihm das Gleichgewicht und kam nicht wieder hoch. Er wurde an den Händen über den Boden geschleift, halb ohnmächtig und mit tiefen Wunden an seinen Knien. Niemand eilte ihm zu Hilfe und die Menschen, die vor und nach ihm gingen, mussten sein Gewicht mit ihrer Kraft ausgleichen. Auch Evan fühlte Wut darüber auf den Mann in sich aufsteigen, weil er nicht stärker war.

Irgendwann hatte einer der Dämonen genug von dem Anblick oder dem Wimmern, als der junge Mann plötzlich seinen Kopf hob. Obwohl Evan mehrere Reihen hinter ihm ging, erkannte er an der Art, wie er seinen Körper bewegte, dass etwas … jemand anderes die Kontrolle über seinen Körper übernommen hatte.

Seine Bewegungen, als er sich an dem Seil hochzog, waren steif und ungelenk. Der Dämon, der ihn manipulierte, verlor nicht den Griff um den Menschen, sondern amüsierte sich weiter mit ihm. Er befahl ihm lautlos, sich selbst Schaden zuzufügen. Evan konnte bloß angewidert zusehen, wie der junge Mann einen halbrunden Stein vom Erdboden klaubte und sich diesen immer und immer wieder gegen die eigene Stirn stieß. Das Knacken von Knochen fuhr Evan durch Mark und Bein, dann sah er nur noch Blut und den Stein, der unter ihnen hinwegrollte. Blut. Knochen. Körper. Blut.

Der Königsdämon, den Evan für den Verantwortlichen hielt, stieg von seinem Pferd und durchschnitt noch im Gehen das Seil der Fesseln. Der Mann blieb leblos liegen. Evan musste über ihn hinwegsteigen und würgte, als er die Kopfwunde aus nächster Nähe betrachtete. Hass wallte in ihm auf. Plötzlich wusste er wieder, was diese Dämonen so schrecklich machte. In Elles Gesellschaft hatte er vergessen, zu was die anderen ihrer Art imstande waren, doch nun kehrten all die Erinnerungen und all die Geschichten, die ihm bereits andere Menschen erzählt hatten, wieder zurück, kochten an die Oberfläche und füllten ihn vollkommen aus. Der Nichte Ascias würde er in diesem Zustand vielleicht immer noch nichts tun, doch jeder andere Dämon, der ihm über den Weg lief, würde unter seinem Zorn leiden.

Als die Leiche weit hinter ihnen lag, waren Evans Finger blau angelaufen. Er konnte sie kaum noch spüren, geschweige denn bewegen. Wenn sie nicht bald ins Warme kämen, würde er sie und seine Zehen vermutlich verlieren. Ein Blick zu seinen Mitgefangenen zeigte ihm, dass es ihnen genauso ging.

Schließlich erreichten sie jedoch die Hölle, in der sie von nun an schuften würden. Die Linie, die Evan zuvor für den Wald gehalten hatten, entpuppte sich als eine Wand aus Schatten. Er hatte davon gehört, dass Billings solch eine Wand an der Grenze zu Mexiko zur Abschreckung errichtet hatte, doch er hätte sich niemals erträumen lassen, so eine im ehemaligen Kanada zu entdecken. Sie trennte jedoch keine Landstücke voneinander ab, sondern war zum Schutz eines riesigen Tagebaus kreiert worden. Es gab nur einen Eingang, ansonsten war alles rundherum von schwarzen Nebelschwaden umhüllt, die bis in den Himmel reichten und vollkommen waren. Evan wusste nicht genau, was geschehen würde, wenn man sie berührte, aber er wollte es wahrlich nicht herausfinden.

Die Kutsche passierte die Öffnung und zog sie einen Geröllweg entlang, der sich immer tiefer nach unten schraubte. Er konnte von ihrer erhöhten Position aus die Maschinerien erkennen, die aus Metall, Glas und Schatten errichtet worden waren. Es gab insgesamt sechs, und fünf von ihnen wirkten fast fertig. Zumindest arbeiteten an ihnen nicht mehr ganz so viele Sklaven wie an der sechsten Anlage. Evan schätzte ihre Maße auf fünfundzwanzig Meter Höhe und mindestens zwölf Meter Breite. Das Innere konnte er nicht genau erkennen, aber es erinnerte ihn an grauen Rauch, der von dunklen Blitzen durchzogen wurde.

Schließlich erreichten sie den abgesenkten Sandboden und kamen hinter mehreren aufeinander gestapelten Containern zum Stehen. Königsdämonen – Evan nahm an, dass es solche waren – eilten geschäftig umher, trieben mit ledernen Peitschen Sklavengruppen an und unterhielten sich in der fremden Sprache.

»Ihr werdet verschiedenen Arbeitsgruppen zugewiesen, an deren Einsatzplan ihr euch halten werdet«, erklärte ihnen einer der Dämonen, die nun an sie herantraten und sie durchdringend im Schein der unzähligen Fackeln musterten. Sie trugen keine Uniformen und trotzdem sahen sie für Evan alle gleich aus. »Morgens und abends werdet ihr mit Nahrung versorgt und euch wird außerdem ein Schlafplatz zugewiesen. Wer sich nicht an die Regeln hält, wird getötet. Keine Ausnahmen.« Sein Blick blieb an Evans Armstumpf hängen. »Du, komm her.«

Evan zögerte, da er sich nicht ein einziges Mal während ihrer anstrengenden Wanderung getraut hatte, die Hand von dem Seil zu lösen; sich nun vom Gegenteil zu überzeugen, fiel ihm schwerer als gedacht. Dennoch überwand er sich schließlich, löste Finger um Finger und schritt dann langsam um die anderen Sklaven herum, bis er dem Königsdämon direkt gegenüberstand.

»Heute ist dein Glückstag«, verkündete dieser laut, sodass ihn sowohl Menschen als auch Dämonen, die sich hier auf dem Platz versammelt hatten, verstehen konnten. »Kannst du schreiben?«

Evan nickte, doch da der Dämon ihn weiterhin erwartungsvoll ansah, räusperte er sich und erhob seine kratzige Stimme. »Ja.«

»Sehr gut. Zufälligerweise ist mein Assistent gestern in einen tödlichen … Unfall verwickelt worden. Du wirst seinen Platz einnehmen.« Er musterte Evan noch einmal von oben bis unten und verzog leicht angewidert den Mund. Wahrscheinlich sah Evan so abgezehrt und zerlumpt aus, wie er sich fühlte. »Mein Name ist Mister. Du wirst mich Tag und Nacht begleiten und jede Konversation, jedes Wort mitschreiben, das du hörst, verstanden?«

»Ja, Mister«, beeilte sich Evan zu sagen, der kaum fassen konnte, dass er gerade zweifellos dem Schicksal eines Arbeiters entgangen war. Vorerst.

»Du wirst auf den Namen *Zed* hören. So hieß mein letzter Assistent und ich habe nicht die Muße, mich an einen anderen Namen zu gewöhnen.«

Abermals erklärte Evan sein Einverständnis und nickte.

»Felix?« Einer der Dämonen, die ihn hergeführt hatten, löste sich von einem Gespräch mit seinen *Freunden* und trat an sie heran. Sein blondes Haar hatte er zu einem Zopf zurückgebunden, der über seiner breiten Schulter lag. Er war mindestens einen Kopf größer als Evan. »Sorge dafür, dass sich Zed wäscht und vernünftige Kleidung bekommt. Seine Finger sind blau und ich will nicht, dass mein neuer Assistent direkt am ersten Tag ausfällt, weil ihm auch noch die zweite Hand fehlt.«

»Jawohl, Mister.« Felix salutierte und wartete, bis Mister sich abgewandt hatte, ehe er seinen grimmigen Blick auf Evan richtete. »Ich weiß nicht, ob du großes Glück oder großes Pech gehabt hast, Junge. Schätze, wir werden es herausfinden. Komm mit.«

Felix führte Evan an den anderen Sklaven vorbei und betrat einen der Gänge, an den links und rechts verschiedenfarbige Container grenzten, deren Nutzen er sich noch nicht erschließen konnte. Vielleicht sollten diese ihre Schlafplätze sein? Er zitterte schon jetzt bei der Vorstellung, dieser Eiseskälte niemals entkommen zu können …

»Hier rein.« Felix blieb vor einem dunkelblauen Container stehen, der sich nicht von den anderen unterschied, außer dass die Türen weit offenstanden. Im Inneren warfen mehrere Öllampen Schatten an die Wände und an den hölzernen Sichtschutz, der ungefähr in der Mitte des Raumes aufgestellt worden war. Mehrere Teppiche bedeckten den ansonsten kahlen Boden und verliehen dem Ganzen eine heimischere Atmosphäre.

»Dahinter befindet sich eine Wanne. Zwei Sklaven werden kommen und sich um dich kümmern.« Felix wischte sich über seine dunkelblaue Jacke, bevor er einen Schlüssel aus seiner Tasche fischte und mit diesem die Ketten an Evans Füßen öffnete. »Geh hinein. Da drinnen ist es warm. Wenn du fertig bist, wird dich eine der Frauen zu mir führen.« Er ließ die

Ketten von seiner linken Hand baumeln und nickte dann bekräftigend. Es war seltsam, dass er den Jäger ohne diese Hochnäsigkeit ansah, die er so gewohnt war. Bedeutete der Assistentenjob gar so viel, dass er von Dämonen respektiert werden würde? Kaum vorstellbar.

»Danke«, murmelte Evan und trat ein.

Die Auswirkungen des kleinen Öfchens im hinteren Teil spürte er erst, als er den Sichtschutz passiert hatte und direkt vor dem Gitter die Hand ausstreckte. Er seufzte vor Schmerz und Erleichterung auf, als die Wärme über seine Haut leckte.

Neben ihm befand sich eine sauber geschrubbte Zinnwanne, ebenso wie eine hölzerne Ablage, auf der ein Stapel Handtücher und mehrere weiße Behälter bereitlagen und -standen. Evan roch über den Qualm hinweg, der durch ein Rohr abzog, das von dem Öfchen an die Decke reichte und von dort aus nach draußen geleitet wurde, Lavendel, Zitrone und einen weiteren Duft, den er nicht genau bestimmen konnte.

Er wandte sich gerade erneut dem Öfchen zu, neben dem ein paar Holzscheite gestapelt lagen, als zwei Frauen eintraten. Sie trugen beide zwei Eimer mit dampfendem Wasser, das sie, ohne Evan eines Blickes zu würdigen, in die Zinnwanne schütteten. An ihre Hälse schmiegten sich dicke Wollschals und ihre Ohren wurden von gestrickten Stirnbändern geschützt, worum Evan sie so sehr beneidete, dass seine langsam auftauenden Finger unwillkürlich zuckten, als würden sie jeden Moment nach ihnen greifen wollen. Er konnte sich gerade noch zurückhalten, schließlich würde er sich schon bald in dampfendes Wasser sinken lassen, auch wenn sein schlechtes Gewissen seine Vorfreude dämpfte.

Ja, ihm wurde ein Bad gewährt, anders als den Sklaven, die er bis hierher begleitet hatte, doch machte es ihn auch zu etwas Besserem? Wohl kaum. Er würde Mister auf Schritt und Tritt folgen müssen und vermutlich würde es für ihn nach diesem Waschen keine Sekunde mehr geben, in der er für sich selbst leben würde. Es sei denn, er fände einen Fluchtweg.

Die jüngere der beiden Sklavinnen bediente sich an den weißen Flakons und gab ein paar Tropfen in die Wanne. Sofort verteilte sich der ihm zuvor fremde Geruch. Nun erkannte er ihn als den Duft von Tannenzweigen.

»Hier ist ein Waschlappen und das Shampoo lasse ich hier stehen. Wir warten draußen«, sagte die Jüngere mit gesenktem Blick und verschwand sofort nach ihrem letzten Wort hinter dem Sichtschutz. Die Ältere nickte bekräftigend in seine Richtung, bevor sie ihr folgte.

Blinzelnd blieb Evan zurück. Gab es etwas, das er tun konnte, um ihnen zu helfen? Er biss sich auf die Lippe, um nicht in Gelächter auszubrechen. Als ob *er* irgendeine Macht besaß, ihre Situation zu ändern. Er hatte ja nicht mal Crystal beschützen, geschweige denn sich selbst helfen können.

Er beschloss, die Arbeit der Sklavinnen immerhin zu würdigen, indem er das eingelassene Bad nutzte. Also streifte er nach und nach seine schweißgetränkte, schmutzige Kleidung und die schlammbraunen Schuhe ab, ehe er sich in die Wanne begab und aufstöhnte, als sich die Wärme unangenehm in seine Muskeln und Knochen fraß. Ihm war nicht klar gewesen, *wie* kalt ihm gewesen war, nun da seine auftauenden Glieder so brannten, als würden sie in Flammen stehen.

Nachdem er sich wieder halbwegs schmerzfrei bewegen konnte, wagte er es, sich den Schmutz von der Haut zu kratzen. Auch seine Haare schrubbte er ordentlich durch sowie seinen Bart, den er am liebsten kürzen würde, doch er hatte weit und breit kein Rasiermesser gesehen und er bezweifelte, dass man ihm einfach so eines aushändigen würde.

»Wir haben Kleidung für dich«, erklang plötzlich eine Stimme auf Höhe seines Kopfes. Er hatte nicht bemerkt, wie die jüngere Sklavin um den Sichtschutz herumgetreten war. Abwartend blickte sie ihn, einen Stapel Kleider in den Händen, an.

»Danke«, sagte er, unsicher, was von ihm erwartet wurde. Das Wort schien glücklicherweise zu genügen, da sie den Stapel neben die Handtücher legte und sich dann bückte, um seine verkrustete, alte Kleidung einzusammeln. Ohne sich erneut zu ihm umzudrehen, ließ sie ihn wieder allein.

Das Wasser war verschmutzt, als er sich endlich daraus erhob. Die Kälte trieb ihm sofort eine Gänsehaut über den Körper, sodass er sich mit dem Ankleiden beeilte. Der Hosenbund lag etwas locker um seine Mitte, aber abgesehen davon, passte ihm die Kleidung sehr gut und er war froh, dass auch ein dicker grauer Wollmantel dabei war. Ihm wurden außerdem ein Schal und ein Paar Handschuhe zur Verfügung gestellt, dessen linke Seite er in seine Jackentasche stopfte, da er dafür aus offensichtlichen Gründen keinerlei Verwendung besaß. Stoff war kostbar und er war nicht bereit, auch nur einen Teil davon zurückzulassen. Nachdem er sich auch eine blau gemusterte Mütze über die Ohren gezogen hatte, trat er hinter dem Sichtschutz hervor und lief dabei fast in die jüngere Sklavin hinein, die wie versprochen auf ihn gewartet hatte.

»Sorry«, nuschelte sie und auch er entschuldigte sich bei ihr, während er einen Schritt zurücktrat, um ihr Platz zu machen. Die ältere Sklavin war nicht zu sehen. Er nahm an, dass es genügend andere Dinge zu erledigen gab, als sich um einen einfachen Assistenten zu kümmern, der den Job nur durch Zufall bekommen hatte. »Hier geht es lang, Sir.«

»Du brauchst mich nicht Sir zu nennen, ich bin ein Sklave, genau wie du«, stellte er klar und erntete einen vieldeutigen Blick. »Ich will hier nicht sein. Diese Position hier habe ich nur bekommen, weil mir eine Hand fehlt, glaub mir. Wie ist dein Name?«

Sie sah ihn zweifelnd an, aber immerhin war die Sturheit aus ihrem spitz zulaufenden Gesicht verschwunden und ihre Augen nahmen einen wärmeren Ton an. »Gabriella«, sagte sie mit rauer Stimme, als würde sie jene kaum benutzen. »Wenn du nicht freiwillig hier bist, solltest du deine Position nutzen, um so schnell wie möglich von hier zu verschwinden.«

»Wieso?« Stirnrunzelnd folgte er ihr nach draußen und wurde sofort von der Kälte überrascht. Dicke Flocken vermischten sich mit Asche und wirbelten in einem schneidenden Wind um sie herum. Der Boden war zugefroren und hart unter den Sohlen seiner alten Stiefel, was die Welt hier unten noch rauer erscheinen ließ. Hier war kein Platz für Pflanzen und Bäume. Alles war gerodet worden, um die Maschinen errichten zu können, die für Evan noch immer ein Rätsel darstellten. Sie wirkten anders als alle Konstrukte, die er in Büchern gesehen hatte. Immer wieder zuckten Blitze durch ihr hohles Innere, als würde sich nichts anderes außer Energie in ihnen befinden. Aber was für eine Energie?

»Weil die Anlagen schon bald fertig sind und was auch immer sie tun, es wird nichts Gutes sein.«

»Vermutlich nicht«, stimmte er ihr grübelnd zu, während sie von dem elektrischen Knistern der Maschinen begleitet wurden. »Mein Name ist übrigens Evan.«

»Ich dachte, du heißt Zed.« Das Kräuseln ihrer Lippen zeigte ihm, dass sie ihn bloß aufzog und er genoss das Gefühl von Leichtigkeit, nachdem er tagelang nichts anderes hatte tun können, außer seinem Schicksal bangend entgegenzusehen.

»Wie lange bist du schon hier?« Er vergrub die Hand in seiner Tasche und blickte sich weiterhin interessiert um. Auf der einen Seite gab es nichts Neues zu sehen – Container wechselten sich mit leeren Gängen ab –, auf der anderen erblickte er immer wieder fremde Menschen oder Dämonen geschäftig umherhuschen. Welchem Zeitplan folgten sie eigentlich? Oder wurde rund um die Uhr gearbeitet? Er nahm an, dass er es schon bald am eigenen Leib erfahren würde.

»Seit ein paar Monaten. Man hat meine Stadt überfallen und jeden einzelnen Bewohner versklavt. Die, die sich gewehrt haben, sind getötet worden.« Er sah, dass sie die Hände zu Fäusten geballt hatte, doch als ihnen ein Fremder entgegenkam, lockerte sie diese eilig und senkte das Kinn.

»Wie hieß die Stadt?«

»Plowth.«

Sie bogen ein weiteres Mal ab und sahen sich nun einem wahrhaftigen Gebäude gegenüber, das nicht nur aus Containern bestand, sondern richtige Wände besaß. Es war dreistöckig, besaß mehrere Fenster und einen vereinsamten Eingang. Keine Dämonen.

»Ich erinnere mich an die Stadt. Sie war im Wachstum mitten in den Rayons, nicht wahr?« Gabriella nickte. »Billings muss es ziemlich eilig haben.«

»Seit dem Konvoi, der vor euch hier aufgetaucht ist, ist es noch schlimmer. Unsere Pausen wurden auf das Nötigste gekürzt und die Schattendämonen werden einer nach dem anderen ausgebrannt.« Sie biss eilig ihre Zähne aufeinander.

»Was bedeutet das? Ausgebrannt?«

Sie erreichten den Eingang und Gabriella hatte bereits eine der gläsernen Türen aufgedrückt, als Evan sie mit einer Hand auf ihrem Unterarm zurückhielt. Sie erwiderte seinen durchdringenden Blick.

»Du wirst es schon sehen. Lass uns gehen. Mister kann es nicht leiden, wenn man sich verspätet.«

Kurz haderte er mit sich selbst, dann ließ er sie los. Sie hatte recht. Früher oder später würde er mit dem Boss wohl alle Anlagen besichtigen, wenn das zu seinem Aufgabenbereich gehörte, und da er ohnehin nirgendwo anders hingehen konnte, könnte er sich genauso gut in Geduld üben.

Gabriella brachte ihn in sein zukünftiges Zimmer, das voll ausgestattet war und sich im ersten Stock befand. An den vollgekritzelten

Notizzetteln, die auf dem Schreibtisch verteilt lagen, erkannte er, dass vermutlich der verstorbene Assistent zuletzt hier gelebt hatte. Evan war also der nächste in der Reihe und er konnte nur hoffen, dass ihn kein unglücklicher Unfall ereilte, bevor er einen Weg zur Flucht fand.

»Ich darf mich nicht mal ausruhen?« Hatte Mister nicht so etwas Ähnliches angedeutet? Er warf dem Raum einen letzten, betrübten Blick zu, bevor er die Tür wieder hinter sich schloss.

»Glaub mir, mit der Spannung, die hier in der Luft knistert, wirst du vermutlich ohnehin kein Auge zubekommen«, versicherte ihm Gabriella und stieß ein hohles Lachen aus.

»Warte mal, ich dachte, Dämonen werden von Elektrizität geschwächt?«

»Werden sie auch, aber hier entsteht eine andere Art von … Elektrizität. Du wirst schon sehen.«

Langsam ging ihm ihre ausweichende Art auf die Nerven, aber er zwang sich zur Ruhe. Wahrscheinlich konnte Gabriella kaum mehr etwas in ihrem Leben kontrollieren und die Zurückhaltung von Informationen fühlte sich für sie an, als würde sie Macht in den Händen halten. Er wollte nicht versuchen, sie ihr wieder zu nehmen. Wer wusste schon, ob er in Zukunft noch einmal ihre Hilfe brauchen würde.

13. Kapitel

Die Seherin

Cleo fühlte die Sterne, als sie unter ihnen lag. Neben sich nahm sie deutlich die Präsenz von Dashan wahr, der ihr seit ein paar Tagen kaum mehr von der Seite gewichen war, während er sie in die Kunst des Weltenwanderns unterwies. Seit Alison und Colin fortgegangen waren, hatte sie kaum eine Sekunde für sich gehabt, aber das war okay, denn nur durch das Weltenwandern konnte sie Peeta, ihren Sohn, sehen. Sie musste nur die Augen schließen, die Magie der Nacht durch ihre Adern fließen lassen, und sich auf ihren Sohn konzentrieren. Manchmal vergingen nur wenige Minuten, oftmals mehrere Stunden, bis sie im Körper einer Kaskadin erwachte, ohne diesen lenken zu können. Sie würde das sehen, was die Person sah, aber sie würde Peeta nicht in ihre Arme schließen können. Er würde nicht wissen, dass sie da war und über ihn wachte. Trotzdem ging ihr das Herz auf, wenn sie ihn spielend mit seinen neugewonnenen Freunden beobachten konnte. Anscheinend hatten die Kaskaden keine unsichtbare Grenze um ihn herum gezogen, weil er zur Hälfte ein Mensch war.

Blinzelnd kam sie wieder zu sich. Ihre Glieder fühlten sich seltsam steif an und eine kühle Brise streifte unangenehm ihren Hals, als sie ihre gefalteten Finger voneinander löste.

Das Firmament war von unzähligen Sternen durchstochen und glitzerte einladend. Die Monde würden erst später den Himmel erhellen und den Sternen die Aufmerksamkeit stehlen.

»Es ist mir dieses Mal viel einfacher gefallen«, sagte sie, streckte eine Hand aus und vergrub sie in dem noch immer lauwarmen Sand. Eine Decke war unter ihr und Dashan ausgebreitet, aber sie war nur gerade breit genug für sie beide, sodass sie ihren Arm nicht weit ausstrecken musste. »Ich verstehe nur immer noch nicht, wieso ich zu so etwas imstande bin. Und wieso es Peeta möglich gewesen ist, eine Prophezeiung auszusprechen. Wir sind nur zur Hälfte Kaskaden … Hamnea.«

»Was die Kaskaden vergessen haben, ist, dass die Menge des Blutes nicht ausschlaggebend für die Kräfte sind«, antwortete der Häuptling mit dunkler Stimme.

»Sie scheinen vieles vergessen zu haben«, murmelte sie, bevor sie sich aufrichtete, weil es ihr seltsam vorkam, eine Unterhaltung im Liegen zu führen.

Dashan folgte ihrem Beispiel und faltete seine Beine unter seinem Körper. Seine weiße Leinenkleidung war an den Säumen mit bunten Fäden bestickt und leuchtete in der Dunkelheit. Sie selbst trug noch immer ihre Jeanshose, auch wenn sie diese mittlerweile gewaschen hatte, aber anstatt ihres Pullovers hatte sie eine der locker sitzenden Tuniken angezogen.

»Das stimmt. Die Gruppe, die sich von uns abgespalten hat, wollte nicht nur den Krieg beenden, sie wollte etwas Neues beginnen.« Er legte den Kopf schief, als würde er noch einmal über das Gesagte nachdenken. »Wer weiß, vielleicht hätte ihnen das Vorhaben ein besseres Schicksal beschert, wenn es ohne das Blutvergießen begonnen worden wäre?«

»Sie haben damit begonnen und sie haben es in unserer Welt fortgesetzt.« Traurig erinnerte sie sich an die gefolterten und gemeuchelten Rinnen unter Pilgrims Anleitung. »Dashan … weißt du, wie die Geschichte enden wird?«

»Die Geschichte?« Er musste wissen, was sie gemeint hatte, trotzdem ließ er sie zappeln.

In den vergangenen Tagen hatte sie durchaus gemerkt, wie gern er sie aufzog, so als wäre sie eine neugierige Schülerin und er der weise Lehrer. Sie hatte es ihm verübelt, dass er zugelassen hatte, dass man Colin und Alison mitnahm. Im Gegensatz zu Noah erlaubte sie ihrem Zorn jedoch nicht, ihr Urteilsvermögen zu trüben. Kurz danach hatte dieser das Lager verlassen und sich von einem der Hamnea in die nächste Stadt bringen lassen. Cleo hatte keine Ahnung, was er vorhatte, aber wenn sie ehrlich war, dann war es ihr auch egal. Es war nicht so, als würde sie sich ihm besonders verbunden fühlen und als er, ohne sich zu verabschieden, verschwunden war, hatte sie die Verantwortung für ihn abgegeben.

Trotzdem nagte das schlechte Gewissen an ihr.

»Die Geschichte unserer Erde. Wie soll man die Prophezeiung deuten? Wie wird sie uns helfen?«, erklärte sie sich.

»Ah, und wer sagt, dass sie uns helfen soll?«, erwiderte er gelassen. Seine tätowierten Hände legten sich auf seine Knie und umfassten diese. »Sie will uns verhöhnen, indem sie uns die Wahrheit zeigt und sie gleichzeitig verhüllt. Um auf deine Frage zurückzukommen, mir wurden … Möglichkeiten offenbart, wie es weitergehen könnte, aber auch nicht mehr als das. Entscheidend sind die kleinen Rädchen. In welche Richtung werden sie sich drehen? Welche anderen Mechanismen setzen sie dabei in Gang? Es wird sich zeigen. Alles zu seiner Zeit.«

»Und wenn es dann zu spät ist?«

»Zu spät für was? Es wird leben, wer für das Leben bestimmt ist, und es wird sterben, auf den der Tod bereits lauert.« Dashan atmete tief ein und wieder aus, ehe er den Blick gen Himmel richtete. Cleo vernahm im Hintergrund das Rascheln von unzähligen Leuten, die Zelte betraten und wieder verließen, die Worte miteinander austauschten und die ihre Kinder schlafen legten. »Du musst einsehen, dass die Realität nicht veränderbar ist.«

»Es ist also alles vorherbestimmt? Wir können die Zukunft nicht ändern?« Enttäuschung färbte ihre Stimme dunkel.

»Sagte ich nicht, dass es Möglichkeiten gibt?« Endlich zuckten seine dunklen Augen wieder zu ihr. »Wir müssen uns entscheiden, aber es wird immer Geschehnisse geben, die nicht beeinflusst werden können, ganz gleich, worauf unsere Wahl fällt.«

»Das klingt … kompliziert«, gestand Cleo, deren Kopf vom Philosophieren bereits rauchte. »Es gibt also verschiedene Möglichkeiten einer Zukunft, trotzdem ist es egal, was wir tun, weil es kommt, wie es kommt?«

»Ich kenne die Möglichkeiten, aber ich kenne nicht die Wege, die zu den Möglichkeiten führen«, wiederholte er geduldig. »Wenn ich dir sage, dass du für immer hierbleiben sollst, weil ich denke, dass dadurch der Krieg verhindert werden würde, könnte ich sowohl falsch als auch richtig liegen. Ich sehe die Möglichkeit eines verhinderten Krieges vor mir, aber ich sehe nicht, wie er verhindert werden kann.«

Tief seufzend erhob Cleo sich schließlich und klopfte Sand von ihrer Kleidung, bevor sie sich Dashan mit einem leichten Lächeln zuwandte. »Du hast mir einiges zum Nachdenken gegeben, deshalb werde ich mich für die Nacht zurückziehen. Danke für das Geschenk des Weltenwanderns, wirklich. Es macht die Situation erträglicher.«

»Bloß erträglicher?«

Ihr Lächeln wurde breiter, als sie sich an die Bilder anderer Welten erinnerte. Welt um Welt um Welt, die sie bereist hatte, von denen sie manchmal nicht mehr als einen kurzen Blick hatte erhaschen können. Gefüge, die ineinandergriffen und das Leben auf der Erde so klein wirken ließen. Ein Stottern in der Zeitschleife, ein Wimpernschlag in der Vergangenheit und im nächsten Augenöffnen in der Zukunft. Zeit war so allumfassend und faszinierend. Besaß in keiner Welt einen Anfang oder ein Ende.

»Schöner«, gab sie zu, dann drehte sie sich endgültig um und betrat den Teppich aus blassem Sand, um sich auf den Weg zu ihrem Zelt zu machen.

»Afé«, sagte eine Hamneafrau in ihre Richtung. Mittlerweile wusste Cleo, dass dieses Wort *Gute Nacht* bedeutete.

»Afé de«, war die Antwort darauf. Sie mochte diese klangvolle, weiche Sprache, die sich sanft auf ihr aufgeregtes Gemüt legte, auch wenn sie oftmals nicht mehr als ein paar einzelne Worte verstand. Dashan hatte ihr zwar einen Lehrer zur Seite gestellt, doch sie war nicht mit ganzem Herzen dabei.

Sie sah noch immer ihren Sohn vor sich, wie er mit anderen Kindern seines Alters Sandburgen baute und die Hektik um sich herum nicht wahrnahm. So sehr war er von den Spielen eingenommen, was sie auf der einen Seite erfreute, auf der anderen wunderte sie sich, ob er sie denn nicht vermisste. Hatte er sie etwa schon vergessen?

Rede dir nicht so einen Blödsinn ein, schalt sie sich selbst, als sie in ihr kleines, buntes Zelt krabbelte und die Schuhe von ihren Füßen zog. Sie machte sich nicht die Mühe, eine Öllampe anzuzünden, da ihre Lider bereits bleischwer waren. Es würde nicht lange dauern, da hätte sie der Schlaf fest in seinem eisernen Griff.

Und tatsächlich hatte sie ihren Kopf kaum auf das flache, bestickte Kissen gebettet, da war sie schon im Reich der Träume gefangen.

Sie fand sich auf einer Reise zwischen den Welten wieder, die wie Kettenglieder nacheinander an ihr vorbeiratterten und sie mit ihrer Einzigartigkeit überwältigten. Erst wurde sie von dem rauschenden grauen Meer des einen Planeten in die Tiefe gezogen, dann wurde sie vom blassgrünen Nebel im Moor des anderen verschluckt. Es gab keinen Moment der Ruhe, des Einatmens, immer mehr und immer schneller, bis sie sich erneut auf der Erde wiederfand, sie über Geisterstädte hinwegflog und sich blinzelnd einer weiten, verlassenen Ebene gegenübersah. Ein einsamer Rabe schälte sich aus dem stürmischen Himmel und stürzte auf einen kleinen Felsen zu, auf dem er schließlich landete. Das kieselförmige schwarze Auge betrachtete Cleo für einen Moment, dann drehte der Rabe seinen Kopf ruckartig, weil etwas anderes auf der schneebedeckten Landschaft seine Aufmerksamkeit auf sich zog. Die Rinnin wusste nicht, was an diesem Ort geschehen war oder geschehen würde, aber es würde etwas Großes sein. Sie konnte es in ihren Fingerspitzen fühlen. Ein Kribbeln, das sich in ihrem ganzen Körper ausbreitete und ihren Herzschlag sowie ihre Atmung beschleunigte. Weiße Kondenswolken bildeten sich vor ihrem Mund, kurz bevor sie eine Bewegung am Rande ihres Sichtfeldes wahrnahm und …

Abrupt wurde sie aus ihrem Traum gezogen und erwachte keuchend in ihrem schwach erhellten Zelt. Die Eingangsplane war teilweise aufgeschlagen und ließ das Licht der kleinen Feuer ein, welche die Zeltstadt in orangenes Licht tauchten. Sie wusste augenblicklich, dass sie nicht mehr allein war, aber das Gefühl in ihrem Bauch deutete auf keine Gefahr hin, und so wandte sie sich langsam ihrem Besucher zu, der neben ihr im Schneidersitz saß. Er betrachtete sie eingehend aus seinen dunklen Augen, als erwartete er, dass sie jederzeit losschreien und aufspringen würde. Sie tat keines von beidem.

»Du bist zurück«, traute sie sich zu sagen, während sie sich Mühe gab, ihren hektischen Atem zu beruhigen. Die Überreste ihres Traumes klebten noch immer wie Spinnweben an ihrer Haut und ließen sich nur schwer abschütteln.

»Es wurde Zeit.« Noah legte seine Hände aneinander. Seine Körperhaltung sprach von Selbstsicherheit und Entschlossenheit. Beides waren Eindrücke, die er vor seinem Verlassen nicht ausgestrahlt hatte, und sie begann sich zu wundern, was ihn zur Rückkehr bewogen hatte. Es war ihr erschienen, als wäre er froh gewesen, die Hamnea hinter sich zu lassen.

»Hättest du nicht bis zum Morgen warten können, bis du mir einen Besuch abstattest?«, erkundigte sie sich neugierig, ohne ihn aus den

Augen zu lassen. Was war mit ihm geschehen? In dem dämmrigen Licht konnte sie eine kleine Schnittwunde an seiner Oberlippe erkennen, die sie annehmen ließ, dass er sich geschlagen hatte. Brauchte er Hilfe? Aber was sollte sie schon für ihn tun? Ihre Hände waren gebunden. Sie hatte gelernt, *zuzusehen*, aber sie war nach wie vor nicht imstande, für sich selbst einzutreten. Einen Plan zu kreieren. Sich Ziele zu setzen. Ihr Leben glich einer lächerlichen Fratze unter ihresgleichen. Alle besaßen sie Motivationen, Stärken und Entschlossenheit, nur sie war schwach und verloren. Orientierungslos.

»Nein. Wir haben schon genug Zeit verschwendet.« Er runzelte die Stirn und wirkte für einen Moment vollkommen in sich gekehrt, ehe er sich verbesserte. »*Ich* habe genug Zeit verschwendet. Was ich damit sagen will, ist, dass wir aufbrechen müssen. Möglichst bald.«

»Was redest du da?« Schockiert krallten sich ihre Hände in das dünne Laken, das auf ihrer harten Pritsche ausgebreitet lag.

»Ich kann mir vorstellen, dass Häuptling Dashan ein guter Lehrer gewesen ist und dir in so kurzer Zeit bereits viel beigebracht hat, aber es ist nicht genug, nur zu beobachten, Cleo«, erklärte er und beugte sich zu ihr vor, sodass sich ihre Nasen beinahe berührten. Nur die Dunkelheit war zwischen ihnen, aber es war nicht genug. Sie war nicht darauf vorbereitet gewesen, die gleichen Worte, die sie im tiefsten Inneren empfand und sich gerade erst selbst eingestanden hatte, aus dem Mund eines anderen zu hören. Sie schnitten wie Rasierklingen in ihr Fleisch und hinterließen tiefe Wunden, die vermutlich nie wieder heilen würden. »Wir haben stumm und wie gebannt zugelassen, wie man uns von Alison und Colin trennte, obwohl wir die Reise mit ihnen gemeinsam angetreten haben. Es ist mir noch immer nicht klar, wieso Saraph entschieden hat, dass wir vier in Duster und Triste landen sollen, aber er muss einen Grund gehabt haben.«

»Dashan sagte doch, dass Saraph ihn sehr wahrscheinlich missverstanden hat«, protestierte sie schwach, denn sie besaß nun eine schwache Ahnung, worauf dieses Gespräch hinauslaufen würde. Sie war sich nicht vollkommen sicher, ob sie das wollte.

»Das hat er vermutet, aber du kennst … kanntest Saraph. War er wirklich jemand, der solch maßgebliche Entscheidungen leichtfertig treffen würde? Wenn auch nur der Hauch einer Chance besteht, dass er falsch liegt?« Sie ließ sich den Gedanken einen Moment durch den

Kopf gehen, dann schüttelte sie diesen ergeben. »Siehst du? Wir vier sind hergekommen und wir vier müssen wieder zueinanderfinden.«

»Was genau hast du vor?«

»Wir müssen ins Schloss von Morrigan eindringen und sie befreien. Koste es, was es wolle«, antwortete er mit einer solchen Inbrunst, dass sie vor ihm zurückschreckte. Sie kannte Noah nicht sehr gut, hatte ihn nur wenige Male im Camp gesehen, doch irgendwie wusste sie, dass er selten von einer Entschlossenheit wie dieser gepackt wurde. »Ich habe die Zeltstadt verlassen, weil ich dachte, dass ich glücklich sein könnte. Hier in Duster und Triste. Das war mein Plan von Anfang an, deshalb half ich den Rebellen, doch nichts ist, wie es sein sollte. Ich vermisse meine Freundin und Alison … Sie ist ein Teil meiner Familie und glaube mir, wenn ich dir sage, dass diese nicht besonders groß ist.«

»Ich … Ich verstehe das, Noah, wirklich, aber ich habe einen Sohn. Ich kann mein Leben nicht derart gefährden!«

Seine Miene nahm einen eigenartigen Ausdruck an, eher er sein Gesicht abwandte und einen Lidschlag später wieder zu ihr umdrehte. »Braucht er dich hier oder braucht er dich auf der Erde?«

Sie lächelte unwillkürlich. »Gutes Argument. Aber hast du überhaupt eine Idee, wie wir ein Tor öffnen können? Colin und Alison haben es doch schon versucht …«

»Noch nicht, aber wir werden eine Lösung finden. Zuerst einmal aber müssen wir sie befreien.« Er griff nach ihrer Hand und umfasste diese fest, während er sie beschwörend ansah. »Ich verspreche, dass ich einen Weg finde, dich aus der Gefahrenzone rauszuhalten, aber ich kann das nicht allein. Wir müssen zusammenhalten.«

Sie erwiderte seinen Blick, war unfähig wegzusehen, als sich das Bild der weiten, verlassenen Ebene vor ihr Sichtfeld schob. Nur für eine Sekunde. Ein Geistbild, bevor es wieder verschwand und sie wusste, was zu tun war.

»Ich helfe dir.«

»Danke.« Er atmete hörbar aus und ließ sie wieder los. »Wir müssen Dashan um Hilfe bitten. Vielleicht kann er uns einen Führer empfehlen, der uns direkt bis vor das Tor des Schlosses bringt.«

»Ich weiß nicht, ob er das kann.«

»Was meinst du?«

»Wenn ich eines gelernt habe, seit ich hier bin, dann, dass die Hamnea seit dem Vorfall mit den Abtrünnigen darauf bedacht sind, sich in keine politischen Angelegenheiten einzumischen«, teilte sie ihm mit. »Natürlich gab es in den letzten Jahrzehnten auch kaum etwas Politisches auf dem Kontinent, in das man sich hätte einmischen können, da ein Großteil der Population einfach durch die Tore verschwunden ist, aber …«

»… sie halten sich noch immer an ihren Kodex«, führte er ihren Satz enttäuscht zu Ende. »Verstehe, aber fragen hat noch nie geschadet, oder?« Er zwinkerte ihr zu. »Bist du bereit?«

»Gib mir einen Moment, dann komme ich nach. Dashan befindet sich um diese Uhrzeit an einem der großen Feuer, denke ich. Ich weiß nicht, ob er überhaupt irgendwann mal schläft«, murmelte sie mehr zu sich selbst als zu Noah, der aus ihrem Zelt schlüpfte.

Nachdenklich blickte sie ihm hinterher. In ihrem Inneren kochten hunderte Fragen auf, die alle nach einer sofortigen Antwort verlangten. Allen voran, wieso sie sich auf diesen Pakt eingelassen hatte. Was gingen sie Alison oder Colin an? Und doch, wenn sie bequem wurde und hier zurückblieb, das wusste sie, würde sie Peeta niemals wiedersehen und wie sollte sie dann mit sich selbst leben?

Sie musste erneut an die weite, schneebedeckte Landschaft denken und das Gefühl, dass das Ereignis noch nicht eingetreten war, wurde stärker. Was auch immer auf sie wartete, es war nichts Gutes, und Alison und Colin waren Schlüsselfiguren. Es war unabdinglich, dass sie dem Griff dieser Welt entflohen, und wenn Cleo dazu beitragen konnte, dann musste sie das tun.

Entschlossen zog sie ihre Schuhe an, wusch sich mit dem Wasser aus einer flachen Schale das Gesicht und packte ihre wenigen Habseligkeiten zusammen. Einige der Hamneafrauen hatten Gefallen daran gefunden, sie mit diversen Dingen zu beschenken, die man hier draußen zum Überleben benötigte. Sie hatte die Geschenke dankend angenommen, obwohl sie sich nicht sicher gewesen war, ob sie diese jemals brauchen würde. Nun aber war sie froh darum.

Einmal aus ihrem Zelt gekrabbelt, fühlte sie die gleiche Entschlossenheit, die in Noahs Augen gebrannt hatte, in sich selbst aufsteigen und ein Lächeln zupfte an ihren Mundwinkeln. Ja, dazu war sie geboren und nicht zum Stillsitzen. Viel zu lange hatte sie nichts getan. Schon damals auf der Erde, als sie in jedem Schatten eine Bedrohung gesehen hatte. Sie hätte sich nicht vor den Kaskaden verstecken sollen. Sie hätte kämpfen sollen. So wie jetzt.

Mit neuem Mut schloss sie zu Noah auf, den sie mit Dashan an einem der großen Feuer gefunden hatte. Sie saßen nebeneinander und unterhielten sich leise, während sie hin und wieder an ihren Schüsseln, gefüllt mit Echseneintopf, schlürften. Einmal nur hatte Cleo diese Spezialität gekostet und für abartig befunden, Noah schien das Gericht jedoch zu genießen.

»Ich bin bereit«, verkündete sie, als sie hinter ihnen zum Stehen kam. Es befanden sich ein paar vereinzelte Krieger in ihrer Nähe, die sich dem Schärfen von Eisenspitzen oder dem Binden von Peitschen widmeten.

»Dashan ist so freundlich und stellt uns ein paar … besondere Feuerwerkskörper zur Verfügung«, verkündete Noah grinsend, während er sie über seine Schulter hinweg ansah.

»Und einen Führer?«

Die beiden Männer legten ihre Schüsseln ab und erhoben sich. Dashans Ohrringe klimperten in der stillen Nacht. »Ich werde euch Rendan ausleihen. Er wird euch bis nach Zukir bringen und ein paar Gefallen einfordern, die euch helfen werden.«

Misstrauisch verengte sie ihre Augen. »Wieso plötzlich so hilfsbereit?«

Dashan schmunzelte. »Ist es so überraschend? War ich bisher nicht zuvorkommend genug?«

»Schon, aber … hast du mich während deiner Lektionen nicht gelehrt, dass die Hamnea die Finger von allem lassen, das nur im Entferntesten eine Auswirkung auf das Gesamtkonstrukt der Welten haben könnte?«

»Du hast mir zugehört. Allerdings hätte dir bereits etwas auffallen müssen.« Er wartete geduldig und auch von Noah schien auf einmal jegliche Eile abgefallen zu sein. Es störte sie. Wenn sie von dem Rätsel nicht zu sehr abgelenkt gewesen wäre, hätte sie protestierend mit dem Fuß aufgestampft.

Sie biss sich auf die Lippe und dachte über das nach, was in den letzten Tagen geschehen war, wie er sie das Weltenwandern gelehrt und was er ihr über seine Rolle erzählt hatte. Natürlich war sie am meisten von dem Blick auf die verschiedenen Universen beeindruckt gewesen, die ihr ohne ihn für immer verborgen geblieben wären, und dann wäre sie vermutlich auch nicht von dieser schneebedeckten Landschaft in ihren

Träumen heimgesucht worden. Eine Landschaft, die eine fürchterliche Ahnung in ihr hervorgerufen und sie letztlich davon überzeugt hatte, Noah zu begleiten und –

»Deine Lehrstunden«, rief sie triumphierend aus und es hätte nicht mehr viel gefehlt, da hätte sie eine Faust in die Höhe gereckt. »Du hast dich bereits in die Geschichte der Welten eingemischt, indem du mich gelehrt hast.«

Dashan neigte anerkennend den Kopf. »Ganz genau.«

»Und auch die Geschichte, die du uns an dem Abend deiner Rückkehr erzählt hast und mit der Alison und Colin auf Reisen gegangen sind«, fügte Noah nachdenklich hinzu. »Du wolltest, dass sie einen Vorteil gegenüber Morrigan besitzen.«

»Vielleicht.« Mehr gestand sich der Häuptling nicht ein, stattdessen bedeutete er ihnen, ihm zu folgen.

Cleo warf Noah einen neugierigen Seitenblick zu. Sie hatte nicht gedacht, dass er ihr innerhalb von nur einer Woche so anders vorkommen würde. Reifer, weiser und irgendwie mutiger. Er war vor seinem Schicksal davongelaufen, doch irgendwann während dieser Flucht hatte er innegehalten und sich seinen Schatten gestellt. Bewunderung für seine Entscheidung durchfuhr sie, genauso wie Neid. Konnte auch sie mutig sein? Sie musste es. Für Peeta.

Nein, widersprach ihr eine energische Stimme. *Du musst für dich selbst mutig sein.*

In den letzten Tagen hatte sie das Gefühl gehabt, wieder zu sich zurückzukehren. Obwohl sie in Duster und Triste gefangen war, so hatte sie sich seit langer Zeit nicht mehr so frei gefühlt. Wissbegierig hatte sie Dashans Lektionen aufgesaugt, in der Hoffnung, größer zu werden, klüger, und ja, mutiger. Sie hatte vergessen, wie sie früher gewesen war. Wie viel die Kaskaden ihr genommen hatten. Das waren nicht nur Freunde und Familie gewesen, sondern auch ihr Herz.

»Die *Inens* gehören euch. Sie sind robuste Wesen, robuster als Kamele und kommen auch gut auf Geröll oder Wiesen zurecht.« *Inens* waren große Reittiere mit breiten Schnauzen und hellgelbem und zotteligem Fell. Ihre Augen blitzten hellblau auf, fast so wie die der Hamnea, und verrieten ein erstaunliches Maß an Klugheit, die sie solchen Tieren eigentlich nicht zugetraut hätte. Da der Rücken breit und lang war, fanden darauf problemlos zwei Reiter hintereinander Platz.

Fasziniert streckte Cleo die Hand aus und wartete, bis der *Inen,* der ihr am nächsten stand, sein feuchtes Maul über ihre Finger führte. Sie spürte das Schnauben auf ihrer Haut und dann die raue, warme Zunge. Die Berührung kitzelte und entlockte ihr ein Lachen, das ihr fremd vorkam. Beinahe hätte sie sich daran verschluckt.

»Das ist Maribor. Sie ist sehr temperamentvoll, aber treu. Glock wird euch ebenfalls begleiten«, stellte Dashan ihnen die Tiere vor, ehe er sich entschuldigte, um ein paar Erledigungen für sie zu machen, damit sie noch in der nächsten Stunde aufbrechen konnten. Zurück blieben Noah und sie, während sie die sanftmütigen Tiere streichelten, die sogar Noah um einen Kopf überragten.

»Wie werden wir aufsteigen können?« Panik vermischte sich mit ihrer Bewunderung.

»Ich habe gesehen, dass sie sich hinknien können. Sie sind sehr gut erzogen, nicht wahr?« Noahs Stimme nahm einen neckischen Ausdruck an, an dem Glock scheinbar Gefallen fand, denn er stieß ein Schnauben aus und scharrte mit den Hufen im Sand. »Ganz genau, du schöner Bursche.«

Cleo bemühte sich, nicht die Augen zu verdrehen, denn eigentlich war sie ganz froh, dass Noah die Ernsthaftigkeit für ein paar Momente abgelegt hatte. Sie würden in den nächsten Tagen wahrscheinlich kaum noch Gründe für einen Spaß zwischendurch finden und das machte ihr Angst, aber es war eine gute Angst. Sie ließ sie das Leben schätzen.

Später kehrte Dashan mit Proviant und seltsamen kleinen Beuteln wieder, die unbedingt trocken gelagert werden mussten, da sich Schwarzpulver und diverse andere, ihr unbekannte, Stoffe in ihnen befanden. Ihr Abschied fiel ihnen nicht sonderlich schwer, da Cleo in der letzten Stunde bereits mit diesem Teil ihres Lebens abgeschlossen hatte. Trotzdem konnte sie sich einen letzten, sehnsüchtigen Blick über ihre Schulter nicht verkneifen.

»Lass uns Alison retten«, verkündete Noah mit feierlicher Stimme. Hinter ihnen ritt ein schweigender Rendan, der seine untere Gesichtshälfte hinter einem Schleier verbarg.

»Wir schaffen das«, war Cleos leise Antwort, welche die aufkommende Brise davontrug. Niemand würde sie je hören.

14. Kapitel

Ich konnte nicht atmen. Meine Lunge protestierte und vor meinen Augen flimmerten schwarze Schlieren, die sich nicht vertreiben ließen, ganz egal, wie angestrengt ich blinzelte. Keuchend stützte ich mich mit den Händen auf meinen Oberschenkeln auf, in der Hoffnung, dass die Veränderung meiner Körperhaltung etwas an meinem Zustand änderte. Und tatsächlich, das Atmen fiel mir plötzlich leichter und der Schmerz in meiner Brust ließ nach.

»Ich sage, du bist geschlagen«, erklang Dejans triumphierende Stimme mit einem starken Akzent.

»Eindeutig«, stimmte ich ihm zu.

Seit einer halben Stunde hatten wir uns mit zwölf Zoll langen Stöcken bekämpft und ich hatte nun das dritte Mal in Folge verloren. Ohne die Kraft des Schlüssels war ich eine absolute Versagerin. Zudem fühlte ich mich noch immer mental ausgelaugt, was nur an dem Ballast liegen konnte, den ich seit dem Dimensionenwechsel auf mir spürte. Jedes Mal, wenn ich die Augen schloss, sah ich Gareth vor mir, wie er mich in eine feste Umarmung zog, doch als ich meinen Kopf hob, um ihn zu küssen, wandelte sich sein Gesicht in das seines Bruders, der plötzlich ein Messer in den Händen hielt und es mir während der Umarmung in den Rücken stieß. Das hämische Lachen begleitete mich mittlerweile auch im wachen Zustand, hallte in meinem Inneren wider und wider und wider.

»Noch mal«, presste ich zwischen zusammengebissenen Zähnen hervor und hob den Stock erneut auf. Nur schwach registrierte ich die Dämonen, die sich um uns herum versammelt hatten, als würden sie sich köstlich über mein Versagen amüsieren. Genauso wie Colin, der im Säulengang stand und sich seit unserem Trainingsbeginn nicht ein einziges Mal bewegt hatte. Ich hasste ihn so sehr.

»Pass auf«, wies mich Dejan über das Rauschen in meinen Ohren hinweg an.

Nickend stellte ich mich breitbeinig hin und straffte entschlossen die Schultern. Ich würde mir kein weiteres Mal auf den Solarplexus schlagen lassen. So einen Anfängerfehler hatte ich mir seit Jahren nicht mehr geleistet, dann wäre ich nämlich längst tot gewesen.

Dejan deutete mit keinem Zucken an, dass er in der nächsten Sekunde angreifen würde, aber schon stand er direkt vor mir. Sein Stock prallte mit voller Wucht gegen meinen, den ich gerade noch hochreißen konnte. Meine Arme erzitterten und die Vibrationen zogen sich durch meinen gesamten Körper, aber es blieb keine Zeit zum Ausruhen, da Dejan sofort zum nächsten Schlag ansetzte. Ich konnte mich wegdrehen, Abstand schaffen und schließlich selbst nach vorne springen. Mit dem Stock zielte ich auf seine Schläfe, riss diesen im letzten Moment jedoch nach unten und hätte ihn dadurch fast an seiner Hüfte getroffen, wenn seine Reaktion nicht so übernatürlich schnell gewesen wäre.

Diesmal dauerte der Kampf länger als alle anderen davor, aber auch diesen konnte ich nicht für mich entscheiden. So fand ich mich nach einer weiteren halben Stunde auf dem Rücken liegend und in den grauen Himmel starrend wieder. Jeder Atemzug schmerzte höllisch und ich war mir zu neunzig Prozent sicher, dass ich nicht mehr allein würde aufstehen können.

Überrascht wurde ich allerdings von der Hand, die in meinem Sichtfeld erschien. Die Finger zuckten auffordernd und es brauchte nur einen weiteren Moment, bis das Verstehen einsetzte. Ich ergriff diese und ließ mich bereitwillig hochziehen, nur um mich Colin gegenüberzusehen.

Sofort tat ich einen Schritt zurück.

»Gut gekämpft«, gestand er mir zu, aber es klang kaum wie ein Kompliment.

»Was willst du?«

»Morrigan will dich sehen.«

»Und das sagst du mir erst jetzt? Du lungerst schon seit einer Stunde hier rum«, rief ich ungehalten aus.

»Du hast mich beobachtet?« Er lachte leise.

»Ich behalte meine Feinde immer im Auge«, fauchte ich. »Wo ist sie?«

»Ich führe dich zu ihr.«

»Lieber würde ich allein gehen.«

»Guter Kampf«, unterbrach Dejan das Gespräch und lächelte freundlich in meine Richtung.

Ich neigte dankbar den Kopf. »Gerne morgen wieder.«

»Es wäre mir eine Ehre.« Er verbeugte sich tief, dann drehte er sich um und schritt erhobenen Hauptes an den anderen Dämonen vorbei, als würde er keine Verbindungen zu ihnen hegen, und vielleicht war es ja auch so. Vielleicht war er genauso ein Außenseiter wie wir. Ich hatte von seiner Geschichte gehört, dass er Morrigan und Joana vor gefährlichen Monstern gerettet haben sollte. Trotzdem benahmen sich die anderen ihm gegenüber immer sehr zurückhaltend, gar vorsichtig, als wäre er selbst das Monster. Ob es daran lag, dass er von der Königin so bevorzugt behandelt wurde? Dabei ließ er sich seine erhöhte Position niemals anmerken und wirkte in meinen Augen sogar ziemlich schüchtern. Kurz bevor er die Tür erreichte, die ins Schloss führte, trat Joana aus ihr hervor und hielt ihn milde lächelnd auf. Ich wandte mich von ihnen ab, um mich um mein Problem in Form von Colin zu kümmern.

»Und jetzt erzähl mir, wieso du so lange gewartet hast.« Ich konnte mir nicht vorstellen, dass die Königin davon begeistert war, auf mich zu warten.

»Sie sagte mir, ich solle dich holen, sobald du bereit dazu bist«, antwortete er kühl und schritt neben mir durch den imposanten Säulengang Richtung Ausgang. Diesen Weg war ich bisher noch nie gegangen, was nicht verwunderlich war, schließlich waren das Schloss und das Gelände riesig, trotzdem irritierte es mich, dass Colin einen Weg kannte, den ich bisher nicht erkundet hatte.

»Ich gebe zu, dass ich Morrigan nicht sonderlich gut kenne, aber das klingt überhaupt nicht nach ihr«, murmelte ich. Ich konnte das Gefühl nicht abschütteln, dass er mich in eine Falle zu locken versuchte. Denn wieso sollte er ganz plötzlich damit aufhören, meinen Tod zu planen?

»Sie war mit den Antworten zufrieden, die ich ihr gegeben habe.«

Abrupt blieb ich stehen und wartete, bis der Rebell meinen Blick erwiderte. Eine Strähne seines rostbraunen Haares hatte sich aus seinem Zopf gelöst und fiel nun in sein Gesicht.

»Mit deinen *was?*«

»Tu nicht so empört«, entgegnete er und sah mit kalter Berechnung in seinen braunen Augen auf mich herab. Sein Wangenmuskel zuckte, als würde er diese Rolle des rachsüchtigen Sohnes nur spielen und schon bald seine Maske verlieren. »Es ist doch das, was du ihr versprochen hast, oder nicht? Antworten und Informationen.«

»Von mir, aber nicht von dir.«

»Du hast mit dem Pakt auch mich beschützt. Ich verstehe wirklich nicht, was dein Problem ist.«

Ich biss frustriert auf meine Unterlippe, während ich die Hände in meine Seiten stemmte und meine Arme dann wieder fallen ließ. Es half ja doch nichts. Ich musste Colin ein Stück Vertrauen entgegenbringen, ansonsten würde er nicht nur sich, sondern auch mir selbst den Tod bringen.

»Ja, wir haben einen Pakt geschlossen und er gewährleistet die Sicherheit von uns beiden, doch er hält vermutlich nur so lange an, wie wir fähig sind, ihr Informationen zu liefern.« Verstehen erhellte seine Züge und sein Mund öffnete sich leicht. »Ich war dazu fähig, uns eine kleine … Versicherung einzubauen. Ich habe ihr zwar versprochen, ihr alles zu sagen, aber ich spezifizierte nicht, wann das sein würde. Mein Plan war … ist es, sie nach und nach mit kleinen Details zu versorgen, die sie für den Moment zufriedenstellen, bis …«

»Bis was?«, hakte er ungeduldig nach, als ich den Satz nicht weiter fortführte.

»Ich weiß es noch nicht«, gab ich zu. »Aber was ich weiß, ist, dass ich zurück auf die Erde muss, um Billings zu stoppen. Um Rope zu … töten.«

»Rope? Der Dämon, der dich so vermöbelt hat?«

Nickend setzte ich mich wieder in Bewegung und Colin tat es mir glücklicherweise nach. Ich wollte ihm nicht während der folgenden Beichte ins Gesicht sehen müssen, in dem sich vermutlich nur Verachtung und Kälte abzeichnen würden.

»Er ist der Mörder meiner Familie. Ich habe Jahre damit zugebracht, ihn und seinen Partner zu suchen. Ohne Erfolg.« Ich stieß ein hohles Lachen aus und wir betraten einen gepflasterten Hof, in dem sich zwei Dutzend Käfige aus schwarzen Eisenstäben befanden. Sie reichten mehrere Meter in die Höhe und hielten hunderte Raben gefangen. Einen Wimpernschlag lang war ich zu erschrocken von diesem Anblick, um weiterzusprechen, doch Colins ungeduldiges Räuspern riss mich aus meiner Lethargie. Wir blieben ein weiteres Mal stehen, aber noch immer traute ich mich nicht, den Rebell anzusehen und so beobachtete ich die umherflatternden Raben. »Und dann begegnet er mir auf Billings'

Bankett und offenbart mir, dass er der Bruder meines Geliebten ist. Was für eine Ironie des Schicksals, nicht wahr?«

»Ich wusste nicht …«, begann Colin, unterbrach sich dann aber selbst und strich sich durch sein langes Haar, sodass weitere Strähnen aus seinem Zopf fielen. Er machte sich jedoch nicht die Mühe, ihn neu zu binden.

»Du wusstest nicht, dass sich unsere Schicksale gar nicht so sehr voneinander unterscheiden? Woher auch?« Ich lächelte ihn sanft an. »Ich habe deinen Vater getötet und dafür gibt es keine Entschuldigung.«

»Trotzdem bin ich überrascht …« Seine Stimme hatte einen nachdenklichen Ausdruck angenommen.

Ich reckte das Kinn. »Versuche nicht, etwas in mir zu sehen, was es nicht gibt, nur weil dich meine Geschichte rührt. Ich werde in Rope auch nie etwas anderes sehen als das Monster, das er ist.« *Niemals.* »Wichtig für den Moment ist bloß, dass wir *beide* heil aus dieser Welt kommen und dann …«

»Dann kehrt wieder Normalität ein?«, spottete er und ich war froh, dass das Mitleid aus seinen Augen gewichen war.

»So in etwa.« Ich hob eine Schulter. »Wir werden es herausfinden, wenn es soweit ist. So, und jetzt sag mir, was das hier zu bedeuten hat?«

»Das, meine Gäste, ist ein Teil meiner Armee«, erklang Morrigans tiefe Stimme, als sie sich vor uns materialisierte. Nun, nicht wirklich materialisierte. Sie war zuvor dort gewesen, aber im Körper eines Raben, der auf uns zugeflogen gekommen war. Ich fragte mich unsicher, wie viel sie von unserem Gespräch mitbekommen hatte, entschied allerdings dann, dass es egal war. Sie würde früher oder später ohnehin alles von uns erfahren. Federn und Schatten fielen wie alte Spinnweben von ihrem Gesicht und ihren Armen.

»Armee?« Ich wagte mich näher an einen der kuppelförmigen Käfige und berührte mit den Fingerspitzen das kalte Eisen. Die Raben dahinter waren größer als ihre irdischen Artgenossen, sie besaßen massigere Körper und längere, gefährlicher wirkende Schnäbel. Ihre Stimmen waren tief und krächzend, fuhren direkt durch meinen Körper hindurch und verursachten bei mir eine Gänsehaut. »Gegen wen willst du sie führen?«

»Wer hat mich getötet?«, stellte sie eine Gegenfrage. »Colin sagte mir, dass die Hamnea auf eine gewisse Weise darin involviert gewesen sind, aber wie genau?«

Ich antwortete, ohne sie anzusehen. Mein Blick war allein auf einen der Raben konzentriert, der einen weißen Punkt auf dem Schnabel aufwies und somit von allen anderen zu unterscheiden war. Er saß abwartend auf einem Ast und drehte seinen Kopf von der einen auf die andere Seite, als würde er abwägen, was als nächstes zu tun wäre. »Eine abtrünnige Gruppe von Hamnea tötete Aeshma, seine Geliebte und dich und deinen Geliebten.«

»Das ist unmöglich. Sie hätten es niemals durch meine Bannzauber geschafft«, protestierte sie augenblicklich. Der Boden erzitterte, als würde sie mittlerweile so viel Kraft besitzen, dass sie nur mit einem Gedanken Triste dem Erdboden gleichmachen könnte.

»Niemals?«, wisperte Colin, der an meine Seite trat. Hatte er sich meine Worte durch den Kopf gehen lassen? Würde er mir für die Dauer unseres Aufenthaltes nun nicht mehr im Weg stehen?

»Nun, ich …« Morrigan stotterte, was mir mehr Angst machte als alles andere. Sie war genauso verwundbar durch Gefühle wie jeder andere Mensch, den ich kannte. Sollte sie nicht kälter sein? Gottgleich? Eine Hexe? »Ich war schwanger«, sagte sie schließlich und es klang wie ein Eingeständnis.

»Sie sind also durch deine geschwächten Bannzauber gedrungen und haben sich deiner und Devlin entledigt«, fasste ich zusammen, während ich mich wieder zu der Königin umdrehte und ihre Erscheinung in mich aufnahm. Königlich ganz und gar. Sie ließ sich nichts mehr von dem Gefühlschaos, das sicherlich in ihrem Inneren herrschen musste, anmerken. »Dann haben sie deine Krone gestohlen«, fügte ich noch hinzu, denn darauf hatte sie gewartet und ohne diese Information hätte sie mich heute nicht mehr gehen lassen.

»Hamnea …« Sie ballte ihre Hände zu Fäusten und ihre Haare wehten in einem aufkommenden Wind, der auf meiner Haut prickelte. Magie. Ich spürte die Wut und die Kälte, die sich auf Morrigans Gesicht widerspiegelten. Sie hatte in all den Jahren eine einzige Schwäche offenbart, war schwanger gewesen, hatte geliebt und dies war von einer Gruppe Dämonen sofort ausgenutzt worden. »Wie konnten sie es wagen?«

Colin und ich warfen uns einen sorgenvollen Blick zu. Ihre Stimme hatte einen unbarmherzigen Ton angenommen.

»Sie wollten den Krieg beenden«, antwortete ich. Das Kribbeln der Magie verstärkte sich, der Wind nahm weiterhin zu und die Schatten bewegten sich gefährlich nah an mich heran. Ich hatte keine Lust, noch einmal gegen etwas zu kämpfen, das ich nicht besiegen konnte.

»Krieg …« Sie schnaubte. »Es hat ihnen allen etwas genutzt. Endlich hatten die Hamnea einen Sinn in unserer Welt. Wir bezahlten sie für ihre Waffen und ihre Verschwiegenheit. Nie sind sie wohlhabender gewesen.«

»Soweit ich Dashan verstanden habe, befand sich die Gruppe in der Minderheit. Die Hamnea als Ganzes hätten sich nicht gegen dich gestellt.« Auch wenn ich Dashan dafür verurteilte, dass er Colin und mich einfach so aufgegeben hatte, so wollte ich nicht, dass sein Volk die Rache der Dämonenkönigin zu spüren bekam.

Morrigans schwarze Augen fokussierten sich endlich wieder auf mich und der Wind flachte ab. Als würde sie die Magie einatmen, verschwand sie und Ruhe kehrte ein.

Ganz langsam schob ich eine Strähne hinter mein Ohr, um die Hexe nicht mit hektischen Bewegungen zu provozieren. Ich achtete weiterhin auf die Schatten, aber sie blieben auf Abstand.

»Meine Krone«, sagte sie schließlich. »Wo befindet sie sich nun?«

Ich dachte an meine Warnung an Colin zurück und dass wir darauf achtgeben mussten, ihr nicht alle Informationen auf einmal zu geben. Aber würde sie sich wirklich sofort auf uns stürzen, wenn sie erkannte, dass es bei uns nichts mehr zu holen gab? Konnte es schaden, ihr von den Kaskaden zu erzählen? Für den Moment hatte sie sich vielleicht beruhigt, aber genauso schnell konnte sie ihre Magie wieder wie ein Schwert schwingen. Natürlich hoffte ich, dass unser Blutschwur sie davon abhalten würde, aber sicher war ich mir nicht.

»Sie befindet sich in eurer Welt, nicht wahr?«, kam sie mir zuvor und warf damit all meine Pläne über den Haufen. Sie straffte ihre Schultern und näherte sich mir immer weiter, bis uns nicht mehr als zwei Schritte trennten. »Sie haben die Macht der Krone benutzt, um ein Tor zu öffnen, sind wie Feiglinge hindurchgeschlüpft und haben … haben Schlüssel und Schloss kreiert, um das Tor zu schließen.«

»So wurde es uns von Dashan erzählt, ja«, gab ich zu, da ich sie nicht gegen mich aufbringen wollte. Ich hätte in Betracht ziehen müssen, dass sie nicht auf den Kopf gefallen und durchaus dazu in der Lage war, eins und eins zusammenzuzählen. Fragte sich nur, was sie nun mit dem Wissen anfangen würde.

»Und ihr Volk … die Hamnea leben weiterhin auf der Erde?«

»Sie nennen sich mittlerweile Kaskaden«, antwortete Colin mit einem kurzen Seitenblick auf mich, als würde er sich versichern wollen, dass es okay gewesen war, sich einzumischen. Ich nickte ihm zu.

»Aber du solltest wissen, dass sie vermutlich nicht deine einzigen Feinde sind, wenn überhaupt«, gab ich zu bedenken. Sie wedelte ungeduldig mit der Hand, um mich zum Weitersprechen zu bewegen und ich gehorchte augenblicklich. Das hier war ein heikler Moment, der einiges, das noch in der Zukunft lag, entscheiden würde. »Billings und Ascia bekriegen sich in Nordamerika. Ich weiß nicht, was Louisa Tanner auf dem europäischen Kontinent treibt, aber sie beide … ihr Krieg hat begonnen, als wir die Erde verließen, da bin ich mir sicher. Wenn du dich auf den Weg machst, um gegen die Kaskaden zu kämpfen, wirst du vermutlich nicht umhinkommen, der einen oder anderen Armee zu begegnen.«

»Verstehe.« Sie nickte abwesend. Ich konnte ihr fast ansehen, wie sie neue Pläne schmiedete, sie den Informationen anpasste. »Kennt ihr einen Weg zurück?«

Blinzelnd wich ich so weit zurück, dass ich mit dem Rücken gegen den Käfig hinter mir stieß. »Der Schlüssel besitzt hier ohne die Krone keine Macht.«

Sie sah mich lange an, während sich ein unangenehmes Kribbeln in meinem Körper ausbreitete, das immer stärker wurde, je weiter sich der Moment ausdehnte.

»Ohne Krone keine Macht«, wiederholte sie nachdenklich. »Der Schlüssel, das Schloss und die Krone sind also nach wie vor auf eine gewisse Weise miteinander verbunden. Interessant, ich frage mich, ob …«

»Eure Majestät?«, erklang Dejans Stimme, als er sich zu uns gesellte. Wie lange hatte er sich schon unbemerkt in den Schatten aufgehalten? Hatte Morrigan seine Anwesenheit bemerkt? Er wechselte in die Dämonensprache, sodass weder ich noch Colin dem Gespräch folgen konnten. Es machte mich nervös, da sich auf dem Gesicht der Dämonenhexe deutliches Erstaunen abzeichnete. Schließlich wandte sie sich uns noch einmal zu.

»Es gibt ein paar … Dinge, um die ich mich kümmern muss. Wir sprechen später weiter.« Damit rauschte sie mit Dejan an ihrer Seite an uns vorbei, ohne uns eines weiteren Blickes zu würdigen.

»Ich weiß nicht, ob ihr Verhalten Anlass zur Beunruhigung ist«, murmelte Colin. »Aber ich bin froh, dass das Verhör für den Moment vorbei ist.«

»Ich auch«, stimmte ich ihm zu, während das Kribbeln in meinem Körper allmählich nachließ.

15. Kapitel

Dampf stieg in weißen Schwaden vom Wasser auf und verhüllte das Innere des Waschraums, in den ich mehr oder weniger geflohen war, nachdem ich mich durch das Abendessen gekämpft hatte. Morrigan hatte sich zwar nicht blicken lassen, aber an ihrer Stelle waren ein halbes Dutzend Würdenträger aufgetaucht, die sich über Colin und mich hinweg in ihrer melodiösen Sprache, der ich nicht folgen konnte, unterhielten. Ich verzichtete sogar auf den leckeren Zimtpudding, um diese Unwissenheit nicht länger ertragen zu müssen. Sie hatten keinen Hehl daraus gemacht, dass sie Colins und meine Anwesenheit nur gerade so ertrugen und uns hochkant rausgeschmissen hätten, wenn sie dadurch nicht den Zorn Morrigans auf sich gezogen hätten.

Ich fragte mich, wie Joana diesen Hass ertrug, aber da sie ebenfalls abwesend gewesen war, hatte ich sie nicht nach ihren Gefühlen fragen können. Einmal davon abgesehen, dass ich ihr seit meiner Erkenntnis vor ein paar Tagen nicht mehr allein begegnet war.

Und diese Erkenntnis … war sie wirklich eine? Oder handelte es sich um ein ausgewachsenes Hirngespinst, das in einem Moment der Schwäche in mir gediehen war? Denn plötzlich hatte ich mich an Joana erinnern können, der ich nie zuvor gegenübergestanden hatte, da sie gestorben war. Aber ich hatte ein Foto von ihr gesehen, das sie mit ihrem Mann und ihrem Sohn zeigte. Sie war Evans Mutter. Arias, Evans Vater und Anführer der Gilde der Jäger, hatte also recht gehabt und war all die Jahre keinem Wahn verfallen gewesen. Ich fragte mich jedoch, ob ihm sein gewalttätiges Verhalten gegenüber seinem Sohn nicht für immer die Gunst seiner Ehefrau gekostet hatte. Sie erschien mir nicht wie eine Person, die darüber hinwegsehen konnte, dass man dem Jungen, für den sie ihr Leben gegeben hatte, derartige seelische und körperliche Schmerzen bereitet hatte.

Kopfschüttelnd legte ich mein Handtuch auf einer steinernen Sitzgelegenheit ab und schritt die marmornen Stufen nach unten ins Wasserbecken. Sofort lockerte die Wärme meine Muskeln, linderte die Schmerzen in meinem Rücken. Wie Balsam legte sie sich auf meine mit Blutergüssen übersäte Haut.

Es wurde Zeit, dass ich mir einen Fluchtplan zurechtlegte. Am liebsten hätte ich Joana um Rat gefragt, aber obwohl sie höchstwahrscheinlich Evans Mutter war, vertraute ich ihr nicht. Ich konnte schlecht einschätzen, wie loyal sie Morrigan gegenüber war und wie weit sie gehen würde, um die Pläne der Herrin der Schatten zu bewahren.

Das größte Problem, dem ich mich gegenübersah, war vermutlich die Tatsache, dass ich nicht den blassesten Schimmer hatte, wie ich von dieser Welt in die meine gelangen sollte. Das Tor hatte sich hinter uns sofort geschlossen, mein Schlüssel und Colins Schloss besaßen keine Macht in Triste und die Krone befand sich ebenfalls auf der Erde und würde uns somit nicht weiterhelfen können. Es hatte durchaus Situationen gegeben, da war ich mir sicher gewesen, keinen Ausweg zu finden, doch in solch einer verzwickten Lage hatte ich mich noch nie befunden.

Seufzend schwamm ich ein paar Bahnen in dem länglichen Becken, ehe ich mich an den Rand begab, meine Arme auf dem feuchten Rand ablegte und meine Wange darauf bettete. Ich wünschte mir so sehr, Gareth wäre hier. Oder Phi und meine anderen Jäger. Noah wäre mir auch schon eine große Hilfe, da er den einen oder anderen Scherz auf Lager gehabt hätte, der mich aus meiner melancholischen Stimmung reißen würde. Hatte ihm Dashan verraten, wo Colin und ich hingeführt worden waren? Würde er versuchen, uns zu retten oder würde er sich abwenden, um seinen Triumph zu genießen? Ich schätzte ihn wahrscheinlich falsch ein, schließlich hatte er sich die Reise in seine Heimat ganz anders vorgestellt. Bird hätte ihn begleiten sollen und mit ihm alle anderen Dämonen …

So vieles war schiefgelaufen und die Verkettung von Katastrophen hatte scheinbar noch nicht ihr Ende gefunden.

Unwillkürlich gab ich der bleiernen Müdigkeit nach und nickte noch im Wasser stehend ein. Meine Gedanken waren so wirr und unstrukturiert, dass sie sich in einem grauenhaften Albtraum niederschlugen. Der Traum bestand jedoch mehr aus Gefühlen als aus Bildern … Eine

Hand legte sich um meine linke Schulter und ich erwachte abrupt aus dem Halbschlaf.

Die Hand gehörte nicht zu meinem Traum. Sie war real. Jemand stand im Schwimmbecken hinter mir und berührte mich, während ich nackt, schutzlos und ohne Waffen war.

»Sieh mal einer an, wen ich da gefunden habe«, vernahm ich die Stimme, die mir trotz der Wärme einen eisigen Schauer über den Rücken sandte. Ich wollte mich umdrehen, diesem Monster die Stirn bieten, doch ich hatte mich noch nie so schwach gefühlt. Es waren nur wenige Wochen seit unserer letzten Begegnung vergangen, seit er mich auf brutalste Weise zusammengeschlagen hatte, und die Erinnerung daran saß tief. So tief, dass ich unkontrolliert zu zittern begann.

»Rope«, wisperte ich, da ich auch meiner Stimme nicht mehr traute.

»Ich fühle mich geschmeichelt, dass du mich allein an meiner Stimme erkennst. Oder ist es meine Körpernähe?« Seine Hand wanderte von meiner Schulter über meinen Rücken und diese Bewegung weckte mich auf.

Ich drehte mich augenblicklich herum und schlug seine Hand fort. Wasser spritzte auf, aber es war nicht genug, um ihn zurückzutreiben. Sein Oberkörper war nackt, was mich fast noch mehr schockierte als seine bloße Anwesenheit. Wie tief hatte ich geschlafen, dass er sich sogar hatte ausziehen und ins Wasser begeben können, ohne dass ich auch nur das Geringste gehört hatte? Was hatte ich mir nur dabei gedacht, meine Schutzschilde derart fallen zu lassen, obwohl ich mich im wahrsten Sinne des Wortes im Hause meiner Feindin befand?

»Wie ist das möglich?« Ich versuchte, ihn mir durch Worte vom Leib zu halten, doch die Wahrheit war, dass ich keine Ahnung hatte, was ich tun sollte. Ganz egal, wie ich mir meine nähere Zukunft ausgemalt hatte, ein so schnelles Wiedersehen mit Rope war keine Möglichkeit gewesen.

»Seit dem Fiasko mit dir und dem Schlossträger öffnen und schließen sich ständig Tore. Ich hatte das Glück, in der Nähe von einem zu sein.« Er breitete seine Arme aus und ließ das Wasser in Wellen zu mir schwappen. Seine grünen Augen glitzerten vor Vergnügen. »Billings ist ziemlich sauer auf Saraph gewesen. Und natürlich auch auf dich und Colin. Ihr habt seine Pläne durchkreuzt. Aber wie gut, dass er immer einen Plan B in der Hinterhand hat.«

»Danke für die Neuigkeiten und jetzt verzieh dich«, zischte ich so selbstbewusst wie möglich, aber es kam nicht mehr als ein klägliches Flüstern aus mir hervor.

Als er sich mir wieder näherte, spannte ich mich unwillkürlich an, da ich bereits einen Schlag erwartete. Ich sollte mich umdrehen und trotz meiner Blöße über den Rand hinausklettern. Im Becken würde ich mich nicht gegen ihn verteidigen können, aber auch er müsste mit dem Wasser auf die eine oder andere Art zu kämpfen haben. Wie ich es auch drehte und wendete, ich befand mich in einer Zwickmühle.

Er stand mittlerweile so nah vor mir, dass sich der Beckenrand gegen meinen Rücken presste und ich innerlich betete, in der Mauer zu verschwinden. Der einzige Trost war der, dass er mich nicht noch einmal berührte, da er damit zufrieden schien, süffisant lächelnd auf mich herabzusehen.

»Dabei ist es hier so schön gemütlich«, sagte er schließlich und neigte weiter den Kopf, sodass ich seinen warmen Atem auf meinen Wangen spüren konnte. »Ich kann durchaus verstehen, was Gareth an dir findet.«

Gareths Name rüttelte mich wieder wach. Ich stieß den Dämon mit beiden Händen an seiner Brust von mir fort, was mir nur mäßig gelang, aber es ging vielmehr darum, ihm zu zeigen, dass ich mich nicht kleinkriegen ließ, ganz egal, welche Psychospielchen er hier verfolgte.

»Du hast meine Familie ermordet und damit jedes Recht verwirkt, auch nur in meine Nähe zu kommen, geschweige denn mich auf irgendeine Weise anzufassen«, fauchte ich, während ich auch endlich im Inneren wieder zu mir selbst fand. Meine Angst und meine Unsicherheit stopfte ich in den hintersten Raum in meinem Inneren und schlug die Tür mit einem lauten Knall zu, der wie eine Offenbarung durch meinen ganzen Körper echote.

»Nein«, widersprach Rope augenblicklich, umfasste meine Hände mit den seinen und riss sie wie Ungeziefer von seiner Brust, ohne sie loszulassen. Er hatte mich gefangen. »Sie haben sich selbst getötet und wenn ich ehrlich bin, haben sie nicht mal sonderlich viel Überzeugungskraft gebraucht …«

»Du Bastard!«, schrie ich, entriss ihm meine linke Hand und kratzte ihm über das Gesicht.

Es war ein so befriedigendes Gefühl, die Haut unter meinen Fingernägeln reißen zu spüren, dass ich beinahe geseufzt hätte, doch schon hatte Rope meine Hand wieder gepackt und festgehalten.

»Ich wünschte, ich könnte dir zeigen, wie einfach es gewesen ist«, murmelte er, nicht im Geringsten von meinem Angriff beeindruckt. Die Striemen auf seiner Wange glänzten rot. »Leider besitzt du dieses hässliche Tattoo, das Gareth dir niemals hätte erlauben sollen.« Er hielt meine Gelenke mit der linken Hand fest, um mit den Fingern der rechten über die schwarzen, gewundenen Linien an meinem Arm zu streichen.

»Du meinst, du würdest mich manipulieren wollen? Wo bliebe denn dann der Spaß?« Ich gab ihm einen Kopfstoß und vernahm mit Genugtuung das Knirschen von Knochen. Leider hatte er sich schnell wieder gefasst und drückte mich mit voller Wucht gegen den Beckenrand, sodass ich das Gefühl hatte, in der Mitte auseinanderzubrechen. Die Luft wurde aus meiner Lunge gepresst und vor meinen Augen tanzten schwarze Punkte. Ich konnte froh sein, dass meine Wirbelsäule nicht gebrochen war.

Du hättest fliehen sollen, als du noch eine Möglichkeit dazu hattest, erklang eine nervtötende Stimme in mir, die sich immer dann zu Wort meldete, wenn ich zu schwach war, um mich gegen sie zu wehren.

»Du willst Spaß? Warum sagst du das nicht gleich?« Er schob meine Arme hinter meinen Rücken und lehnte sich vor. Seine Zunge fuhr meinen Kiefer entlang. Ohne die Macht des Schlüssels konnte ich einem Königsdämon in dieser Situation nichts entgegensetzen, um mich zu befreien. Es war frustrierend und es … es zerstörte mich.

»Lass sie sofort los oder du wirst diesen Raum nicht lebend verlassen, Rope.«

Meine Knie wurden weich. Rope zuckte zurück, als hätte er sich an mir verbrannt. Ich wünschte, es wäre so gewesen.

Nein. Ich träume. Er hat mich so fest geschlagen, dass ich halluziniere.

Wie aus weiter Ferne nahm ich wahr, wie der Griff von meinen Handgelenken abfiel und sich das Wasser um uns allmählich beruhigte.

Rope drehte sich widerwillig zu der Stimme um, aber ich … ich traute mich nicht, den Blick zu heben, aus Angst vor der Enttäuschung.

»Du verdirbst einem auch jeden Spaß, mein *Bruder.* Aber uns bietet sich sicherlich noch eine Gelegenheit zum Plaudern.« Eine letzte Berührung an meinem Hüftknochen, dann schwamm Rope, ohne sich noch einmal zu mir umzudrehen, zu den steinernen Stufen und trat gemächlich aus dem Wasser. Bevor ich meinen Blick wieder abwandte, erkannte ich, dass er tatsächlich nackt gewesen war. Mir drehte sich bei dem Gedanken an seine Nähe der Magen um. »Wenn du deine Zeit hier verschwenden willst, bitte, ich werde mich um Morrigan kümmern.«

Hektisch wusch ich mit dem Wasser über die Stelle, die seine widerliche Zunge berührt hatte.

»Wenn sie dich empfängt.«

Nun konnte ich mich nicht mehr dagegen wehren. Das Kleiderrascheln hatte zumindest angedeutet, dass sich Rope wieder bedeckte und ich nicht mehr Gefahr lief, seinen nackten Körper zu sehen. Es stellte sich heraus, dass meine Vorsicht vollkommen unbegründet war, denn sobald ich meinen Kopf hob, hatte ich nur noch Augen für seinen Bruder.

Gareth. Er war tatsächlich hier.

Als hätte er meinen Gedanken gehört, sah er von Rope, der ihm direkt gegenüberstand und sein Hemd zuknöpfte, zu mir und mein Herz blieb stehen. Tränen sammelten sich in meinen Augen, meine Atmung wurde flacher und die Sehnsucht drohte mich vollkommen zu überwältigen. Er war hier.

Ich war so von seiner Gestalt eingenommen, dass ich nicht mehr wahrnahm, welche Worte er mit dem anderen Königsdämon wechselte. Nur die glimmende Freude, als Rope endlich verschwand, schaffte es, mich zu berühren.

Langsam glitt ich durch das Wasser, während sich Gareth gleichzeitig auf die Treppen zubewegte und dort mit einem Handtuch auf mich wartete. Sobald ich vor ihm stand, beugte er sich vor, ohne den Blick von meinem Gesicht zu nehmen, und wickelte mich so zärtlich in das Handtuch ein, als wäre ich das größte Geschenk seit Menschengedenken.

»Ich …« Er räusperte sich und wirkte von so tiefen Gefühlen überwältigt, wie ich sie noch nie bei ihm gesehen hatte. »Ich habe dich vermisst, Alison.«

Wohlig seufzend schloss ich meine Lider und ließ mich gegen ihn fallen, lehnte meine Wange an seine Brust und horchte dem Klang seines Herzens. Meine Finger krallten sich in seine dunkelblaue Jacke, sogen die Wärme auf, die von ihm ausging, und erlaubten mir dadurch endlich, *endlich* daran zu glauben, dass er wirklich hier war.

»Gareth«, flüsterte ich, bevor ich die Tränen nicht mehr zurückhalten konnte. Ich wollte nicht schwach sein. Hätte es mir vor einem Jahr niemals erlaubt, mich derart gehen zu lassen. Tante Lucy hätte mich eigenhändig bestraft.

Doch all das zählte nicht mehr.

Gareth hatte mir bewiesen, dass es keine Schwäche war, Gefühle zu zeigen, sein Herz zu öffnen. Ja, ich spürte noch immer einen gewissen Betrug in meinem Inneren, aber er zerstörte mich nicht.

Noch nicht.

»Lass uns in dein Zimmer gehen. Da ist es hoffentlich sicherer als hier«, schlug er mit sanfter Stimme vor. Er legte eine Hand in meinen Nacken und mit der anderen strich er über meinen Rücken.

»Okay.«

16. Kapitel

Ich nahm meine Kleidung an mich und zusammen mit Gareth verließ ich den Waschraum. Die Wache, die ich im Korridor zurückgelassen hatte, war verschwunden. Fragend hob ich eine Augenbraue.

»Ich habe den Dämon weggeschickt, nachdem er mir gesagt hat, was ich wissen wollte«, antwortete Gareth auf meine unausgesprochene Frage. »Er hätte Rope nicht hineingehen lassen sollen und er wird mit den Konsequenzen leben müssen.«

Wärme breitete sich in meiner Bauchgegend aus, da ich mich plötzlich wieder an Gareths beschützende, fürsorgliche Seite erinnerte, die er kaum jemals jemandem außer mir gezeigt hatte. Es fiel mir schwer, einen Schritt nach dem anderen zu setzen, da ich mich am liebsten in seiner Umarmung vergraben hätte, um ihn nie wieder loszulassen.

Schließlich erreichten wir mein zugeteiltes Zimmer im Ostflügel und ich schlüpfte als erstes hindurch, nachdem Gareth die Tür geöffnet hatte. Mit einem endgültigen Klicken fiel sie wieder ins Schloss. Nervös begab ich mich hinter den zartrosafarbenen Sichtschutz und kleidete mich in aller Eile an, denn Gareth und ich mussten reden. Um ein vernünftiges Gespräch zu gewährleisten, durfte ich nicht halbnackt vor ihm stehen, denn dann würde ich nur an eines denken können.

Da ich jedoch zu ungeduldig war, beließ ich es bei den Leggings und der Tunika, um nicht noch mehr Zeit mit Socken oder Gürteln zu verschwenden. Meine feuchten Haare fielen mir gelockt den Rücken hinab und ich strich eine verlorene Strähne zurück hinters Ohr, bevor ich wieder hinter dem Sichtschutz hervortrat.

Gareth hatte sich vor eines der Fenster gestellt, jedoch ohne sich von mir abzuwenden. Seine Silhouette wurde von der untergehenden Sonne scharf umrissen und ich musste mehrmals blinzeln, um seinen regungslosen Gesichtsausdruck zu erkennen.

»Du und Rope … ihr habt das gleiche Tor genutzt?«, fragte ich, weil mir nichts Besseres einfiel und das Schweigen auf mir lastete. Ich schlich am Bett vorbei, bis ich Gareth direkt gegenüberstand, und umfasste meine Ellbogen mit den Händen. Den Königsdämon und mich trennten nur wenige Zoll und doch fühlte sich jeder von ihnen unendlich an.

»Unglücklicherweise, ja.« Er kratzte sich am Ohr, als würde er sich nicht ganz wohl in seiner Haut fühlen. »Ich bin auf Ascias Geheiß in Descar gewesen, um Descars Wort einzuholen, dass er auf unserer Seite kämpfen wird.«

»Also konntet ihr rechtzeitig fliehen? Und es wird wirklich einen Krieg geben?« Er nickte ernst. »Wie genau seid ihr entkommen?«

Während er die Geschehnisse seit dem verhängnisvollen Abend in Billings rekapitulierte, ließ ich meine Arme sinken und setzte mich auf das Fußende des Himmelbettes. Ich lauschte jedem Wort, aber in meinem Inneren suchte ich nach der Verbindung zu Gareth, die ich in den letzten Wochen nur dann hervorgeholt hatte, wenn ich der Verzweiflung nahe gewesen war. Jetzt loderte sie so hell auf, dass ich sofort von Zuversicht und Freude überschwemmt wurde. Ich konnte nun nicht mehr nur spüren, dass Gareth am Leben war, sondern auch, wo er sich befand. Nämlich direkt bei mir.

»Nachdem wir in Ascia angekommen sind, haben wir uns sofort in die Kriegsvorbereitungen gestürzt. Ich wollte einen Weg zu dir suchen, aber ich konnte Dorian nicht allein mit diesem Desaster zurücklassen. Also suchte ich Descar auf und auf meinem Rückweg öffnete sich das Tor. Da mir Rope gefolgt ist, hat er es auch benutzt.«

Ich konnte nicht sagen, ob er mich ansah oder nicht, mein Blick war allein auf meine ineinander verschränkten Hände in meinem Schoß gerichtet. Er hatte so viel erlebt, so viel getan, während ich hier meine Zeit als Gefangene verlebt hatte. Und ich konnte ihn verstehen, konnte nachvollziehen, wieso er nicht sofort alles hatte stehen und liegen lassen, um nach mir zu sehen.

»Elle geht es gut?«

»Wir haben sie mit Adam wiedervereint – genau zum richtigen Zeitpunkt, denn jetzt brauchen wir unseren Kriegsherrn mehr denn je.« Er presste seine Lippen zu einer dünnen Linie zusammen. »Ich hoffe, dass wir Morrigans Unterstützung bekommen, aber ich bin nicht sonderlich zuversichtlich.«

»Wieso nicht?« Meine Fingernägel bohrten sich tiefer in meine Haut.

»Dorian deutete an, dass sie von Rache zerfressen ist, und da sie sich bisher nicht die Mühe gemacht hat, uns zu empfangen ... Sie scheint sich bereits entschieden zu haben.« Als sich Schweigen über uns senkte, überlegte ich fieberhaft, was ich noch sagen könnte, um nicht über das zu reden, was mein Herz eigentlich bewegte. Aber mir fiel nichts ein. »Alison ...«

»Du hast es die ganze Zeit gewusst, nicht wahr?«, sagte ich leise, da mich jedes einzelne Wort Überwindung kostete. »Du wusstest, dass dein Bruder derjenige ist, der meine Familie auf dem Gewissen hat.«

»Ich konnte es dir nicht sagen.«

Die Lippen aufeinanderpressend ließ ich seine Worte in mir nachhallen. Rope war sein Bruder, den er vor mir beschützt hatte.

»Weiß Dorian Bescheid?« Noch immer sah ich nicht auf.

»Ich denke schon, ja.« Er machte eine kurze Pause. »Ich meine, wir haben nie darüber gesprochen, aber du kennst ihn ja ...«

»Also hätte er mir wahrscheinlich nie davon erzählt. Um dich zu schützen«, schlussfolgerte ich und konnte mich nicht der Verbitterung erwehren, die sich in meine Stimme, in mein Gemüt schlich.

»Du sagst also, dass ... dies war euer Handel?« Ich hörte sein Näherkommen. »Seine Identität gegen deine Kooperation?«

»Du hast mich doch bereits darauf angesprochen. Du wusstest es oder hast es zumindest geahnt ...«

»Schon, aber... ich wollte nicht darüber nachdenken, glaube ich, aber du hast recht. Es wäre das erste Mal gewesen, dass er ein Versprechen gebrochen hätte. Er hätte dir Ropes Namen niemals genannt.«

»Für dich.«

»Ja.«

Kopfschüttelnd vergrub ich das Gesicht in meinen Händen, während meine Locken über meine Schultern nach vorne fielen, was mir nur recht war. Ich wollte mich verstecken.

»Ich kann dir nicht mehr vertrauen, Gareth«, wisperte ich, ehe ich mich dazu zwang, mich ihm, dem Mann, den ich liebte, zu stellen. Ich blickte in seine Augen, ohne diese wirklich wahrzunehmen. »Du hast mich belogen.«

»Ich habe nicht wirklich gelogen ...«, widersprach er schwach.

Vor Wut zitternd stand ich auf und hob belehrend einen Finger. »Du hast etwas so Großes, etwas so Monumentales vor mir geheim gehalten und das ist das Gleiche. Du hast zugelassen, dass ich unvorbereitet nach Billings gehe und … diesem Monster begegne, ohne … ohne die geringste Ahnung zu haben. Er hat mich dort beinahe getötet, Gareth. Ich … ich war mir sicher, dass ich dort in den Gärten mein Ende finden würde.«

Er riss die Augen auf. Unglaube zeichnete sich in seinem Gesicht ab – und Angst. »Was …?«

»Er hat den Job nur nicht beendet, weil er weiter mit mir *spielen* wollte.« Ich schnaubte.

»Es tut mir so leid, Aly … « Er schüttelte den Kopf. »Ich wollte es dir sagen, aber ich hatte keine Ahnung wie, ohne dich von mir zu stoßen.«

»Gareth, er sagte, er hätte mich verflucht. Dass das der Grund dafür wäre, dass ich dir begegnet, dass ich … nun, von meinen Gefühlen für dich weiß er vielleicht nicht einmal ansatzweise etwas, aber … Nur sein Fluch sei schuld daran, dass ich so besessen gewesen bin, ihn zu finden und …«

»Das ist Unsinn, Alison.« Er überbrückte den Abstand zwischen uns und umfasste meine Schultern, schüttelte mich sanft, als würde er mich wieder zu Verstand bringen wollen. »Er will dich nur verunsichern, dich manipulieren …«

»Es sähe ihm ähnlich, hm?« Ich lächelte schwach.

»Ganz genau«, stimmte er mir etwas ruhiger zu und strich über meine Wange. »Und was ist mir dir?«

»Was soll mit mir sein?« Sofort war die friedliche Stille zwischen uns wieder gestört.

»Wieso konntest du mir nicht vertrauen? Der Schlüssel … Dein Geheimnis war mindestens genauso groß wie meines.«

Ich befreite mich von seinem Griff. »Du irrst dich. Ich wollte und brauchte es dir nicht erzählen. Es hatte nichts mit dir zu tun.«

Seine Hände zuckten, ehe er auch die andere hob und nun mit beiden mein Gesicht festhielt, mit den Daumen Kreise auf meiner Haut zog. Langsam. Zögerlich. Er befürchtete, dass ich jeden Moment wieder verschwinden würde, da war ich mir sicher, denn ich fühlte dasselbe.

»Wir können das nicht tun, Aly. Ich will mich nicht mit dir streiten, denn eigentlich bin ich nur erleichtert, dich zu sehen. Hier mit dir zu sein. Ich konnte nicht … Ich dachte …« Seine Stimme brach und dann … dann sah ich ihn an, sah ihn *wirklich* an. Trauer hatte sich tief in seine Mundwinkel gegraben. Blässe lag wie ein Gespenst über seiner gebräunten Haut, als hätte er vergessen, sich um sich selbst zu kümmern … Und zum ersten Mal erkannte ich den Schmerz, der ihn quälte. Den Schmerz, den auch ich während unserer Trennung empfunden hatte. Ja, wir hatten uns gegenseitig belogen. Ja, sein Bruder hatte meine Familie getötet, aber es war nicht Gareth gewesen. Er würde niemals etwas derart Grausames tun.

»Ich habe dich so sehr vermisst«, schluchzte ich und stürzte in seine Umarmung, bedeckte seinen Mund mit meinem und ließ all meine Bedenken los. Gefühle, die ich angekettet hatte, weil sie die Macht besaßen, mir zum Verhängnis zu werden. Doch mit Gareth an meiner Seite war ich sicher. Gareth würde mich beschützen. Er würde mich niemals gehen lassen.

Unsere Blicke verhakten sich ineinander, als ich den bittersüßen Kuss unterbrach.

Sein heißer Atem streifte meinen Nacken, während er seine Hand unter meine Tunika schob und mit den Fingern meine Wirbelsäule nachzeichnete – so langsam, als täte er dies zum ersten Mal.

»Alison …«

Ich streckte ihm mein Gesicht entgegen, wartete, bis er sich Zoll um Zoll vorbewegte und seine Lippen endlich wieder auf meine legte. Sie fühlten sich weich und doch unnachgiebig an. Ein heiserer Laut entschlüpfte ihm und der Kuss vertiefte sich. Seine Zunge fuhr über die Innenseite meiner Wange, wartete auf meine Antwort, bevor sie sich zurückzog.

Ich legte eine Hand in seinen Nacken, um ihn näher an mich heranzuziehen, neckte ihn genauso wie er mich. Biss auf seine Unterlippe und erntete ein warnendes Knurren, das tief aus seiner Brust kam und auf das ich bereits gewartet hatte.

Die Kleider, in die ich vorhin noch geschlüpft war, verlor ich in aller Hast und die seinen mit ihnen. Zuerst riss ich das schwarze Hemd von seinen muskulösen Schultern, dann folgten die Stiefel und die dunkle Kampfhose.

Ich liebte das Gefühl von seiner Haut an meiner.

Die Last, die ich in den letzten Wochen getragen hatte, fiel nach und nach mit jedem Kuss von meinen Schultern ab. Meine Finger gruben sich in sein kastanienbraunes Haar, umfassten die weichen

Strähnen und schoben sie zurück, damit mir der Blick in sein Gesicht nicht verwehrt blieb.

Rücklings legte ich mich aufs Bett und zog ihn mit mir. Über mich.

»Du trägst die Kette«, sagte ich überrascht, als das kalte Metall von seinem Hals herabbaumelte und mein Schlüsselbein berührte. Gareth liebkoste mein Kinn, bevor er sich mit seinen Armen links und rechts von meinem Kopf abstützte, um mich genauer zu betrachten. Seine grünen Augen hatten vor Leidenschaft eine dunklere Farbe angenommen, wirkten wie feuchtes Moos.

»Ich werde sie nie wieder abnehmen.« Er stupste seine Nase gegen meine. »Du hast mir doch gesagt, dass sie mich beschützt.«

»Ich dachte nicht, dass du mir glaubst«, gestand ich lächelnd und berührte den Stern spielerisch mit den Fingerspitzen.

»Ich vertraue dir, Aly.«

Unsere Lippen verschmolzen miteinander und ich brannte und brannte und brannte. Konnte man vor Liebe zergehen? War es möglich, dass das Herz auseinanderbrach, nicht weil Schmerz die Ursache war, sondern weil es die Liebe und die Wärme nicht halten konnte?

Seine schwielige Hand strich meinen Oberschenkel hinauf und hielt auf meinem Hüftknochen inne, vertrieb die Erinnerung an die Berührung des grausamen Mörders. Ersetzte sie durch Vertrauen und bedingungslose Liebe, die in ihrer Reinheit nicht an einem dunklen Ort wie diesem hier existieren dürfte.

Mit seinem Mund hauchte er unzählige Küsse auf mein Schlüsselbein. Er wanderte ins Tal zwischen meinen Brüsten und berührte schließlich die Stelle, an der er den Schlüssel fühlen konnte. Auch dort küsste er mich und es fühlte sich wie Vergebung an.

Ich berührte mit meiner Hand sein Haar und wartete, bis er meinen Blick erwiderte. Eine Träne rann aus meinem Augenwinkel und er fing sie mit einem Finger auf.

»Ich liebe dich«, sagte er und küsste mich erneut.

Gareths und meine Leidenschaft führte mich einen Berg hinauf und zeigte mir die Welt, wie sie sein könnte. Gut, bunt und friedvoll. Als er mich mit seinem Körper und mit seiner Seele vollkommen ausfüllte, schwor ich mir, nichts und niemandem je wieder zwischen uns kommen zu lassen.

In seinen strahlend grünen Augen sah ich, dass er den gleichen Eid leistete und gemeinsam stürzten wir von der Klippe.

Wir hielten uns für lange Zeit in den Armen, sogen den bekannten Geruch des anderen ein und genossen das Gefühl von Haut an Haut, bis es nicht mehr reichte. Bis ich mehr wollte. Unsere Küsse waren so süchtigmachend, wie ich sie in Erinnerung hatte, vielleicht sogar noch ein bisschen mehr. Ich liebte seine rauen Hände, die meinen Körper streichelten, und ich liebte seinen Mund, der so streng war und doch so zärtlich sein konnte.

Später, viel später, als das Licht der Abendsonne durch Kerzenschein ersetzt worden war, lagen wir uns seitlich gegenüber und bedachten den jeweils anderen mit einem durchdringenden Blick. Mit einem Finger zeichnete ich die Konturen seines kantigen, bärtigen Gesichts nach, ehe ich an seiner Unterlippe innehielt und dann meine Hand auf die Decke zwischen uns fallen ließ. Er hatte wohl seit einer Weile keine Gelegenheit mehr gehabt, sich zu rasieren, aber der Bartschatten ließ ihn nur attraktiver und vielleicht auch gefährlicher erscheinen.

Ich konnte noch immer kaum glauben, dass er hier bei mir war. Dass er *mir* gehörte.

»Ich liebe dich«, sagte ich, weil ich das Bedürfnis dazu hatte, diese Wahrheit auch hier in Triste zu verkünden.

»Und ich liebe dich«, erwiderte er mit einem leichten Lächeln, als würde er ganz genau wissen, was in meinem Kopf vor sich ging.

»Beantwortest du mir eine Frage?« Ich ließ den Arm sinken, auf den ich meinen Kopf gestützt hatte, und rollte mich auf den Bauch, ohne den Blick von ihm zu wenden. Mit seiner flachen Hand auf meinem nackten Schulterblatt zog er sanft Kreise.

»Ich befürchte, du akzeptierst kein Nein«, lachte er heiser und ich stimmte mit ein.

»Du kennst mich zu gut.« Ich beugte mich vor, um ihn mit einem kurzen Kuss zu belohnen, der seinetwegen deutlich länger anhielt. »Stopp. Sonst vergesse ich meine Frage.«

»Okay, okay.«

»War Rope schon immer so grausam? Und wie kommt es, dass du bei Dorian lebst und er bei Billings?«

»Das sind zwei Fragen …«, murmelte er, ehe er sich auf den Rücken fallen ließ und eine Hand an seine Stirn legte. »Ich kann nicht sagen, dass er schon immer so gewesen ist, aber wahrscheinlich stimmt das. Mein Vater ist ein Krieger des alten Dämonenkönigs von Duster gewesen und war deshalb einer der ersten, der die Erde betreten hatte. Ein paar Jahre später holte er uns nach und wir wurden zu Billings' Unterstützern, zu denen auch Dorian zählte. Die alten Könige Nîon und Benymn wurden gestürzt und Billings kam in Nordamerika an die Macht. Seine zwanzig engsten Vertrauten bekamen jeweils eine Stadt zugesprochen. Mein Vater hätte auch eine bekommen, doch er lehnte dankend ab, da er Billings lieber weiter beratend unterstützen wollte. Währenddessen wurden Rope und ich fast gänzlich von unserer Mutter aufgezogen, die, so sehr ich sie auch liebe, sich noch nie durchsetzen konnte.«

»Wie heißen deine Eltern?« Ich wollte ihn nicht unterbrechen, doch es gab so viel, dass ich noch nicht von ihm wusste und so war es schwer, meine Neugier zu zügeln

»Eyle ist mein Vater und Arma meine Mutter.« Seine Mundwinkel zuckten, dann zog er mich heran, sodass ich meine Wange an seine Brust schmiegen konnte. Sein Herz schlug gleichmäßig weiter. »Ich denke, auf ihre Weise taten sie ihr Bestes, aber Rope konnten sie nicht einfangen. Er beging ständig Taten, die … unnötig waren. Grausam. Vor ihnen spielte er weiterhin den unschuldigen Sohn, doch ich sah, wie er wirklich war … und wollte es nicht wahrhaben. Also redete ich mir ein, dass er noch lernen musste, wie es war, gnädig zu sein. Wie es war, Verantwortung zu tragen. Ich räumte hinter ihm auf und er genoss es. Er brachte uns … mich absichtlich in Schwierigkeiten, bis er es eines nachts zu weit trieb.« Das darauffolgende Schweigen sagte mehr als tausend Worte. Die Nacht, die er meinte, war die gleiche, in der Rope mit einem anderen Königsdämon meine Familie manipuliert und getötet hatte.

»Woher wusstest du, dass es meine Familie war?«

»Zunächst war ich mir nicht sicher, auch wenn sich die Ereignisse sehr ähnelten, doch als ich erfuhr, dass du ursprünglich aus Kalifornien kamst, da musste ich nur eins und eins zusammenzählen. Ich …« Er stockte und der Griff um meine Schulter festigte sich. »Nach dem Massaker bin ich dort gewesen. Nur ganz kurz, aber ich habe mit eigenen Augen gesehen, zu was mein Bruder imstande ist.«

Stirnrunzelnd richtete ich mich auf und stützte mich auf seinem Brustkorb auf, damit ich ihm ins Gesicht sehen konnte. »Wann? Ich habe dich dort nicht gesehen …«

»Wie konntest du auch? Ich wartete in den Schatten, bis dich jemand von dort wegholte, und ging dann hinein. Das war ein Anblick, den ich niemals vergessen werde«, sagte er so ernst, dass die neu aufsteigende Wut über seine Geheimnisse sofort wieder verpuffte. »Es tut mir so leid, Alison. Ich wünschte, ich hätte ihn aufhalten können.«

»Ich auch.« Ich hauchte einen Kuss auf sein Kinn, bevor ich meinen Kopf wieder auf seine Brust sinken ließ. »Danach bist du geflohen?«

»So in etwa. Ich hatte Dorian schon vorher beim Aufbau seiner Stadt geholfen und ich fragte ihn, ob er mir nicht eine feste Position geben könnte. Er zögerte keine Sekunde, nachdem ich ihm erzählte, dass ich mich zu Hause nicht mehr wohlfühlte … Meine Eltern gaben mehr oder weniger ihr Einverständnis. Ich bin ihm sehr dankbar.« Ich spürte, wie er plötzlich die Muskeln anspannte, als würde er innerlich gegen etwas ankämpfen. Schließlich vernahm ich ein tiefes Seufzen. »Ich hätte dich früher fragen sollen. Wo ist Noah?«

»*Früher* sind wir beschäftigt gewesen«, beschwichtigte ich ihn. »Außerdem kann ich dir ohnehin keine Antwort geben. Wir sind kurz nach unserer Ankunft getrennt worden und das ist schon mehr als zwei Wochen her. Er und Cleo sind bei den Hamnea zurückgeblieben. Colin und ich sind von Morrigans Handlangern gewissermaßen entführt und hierher gebracht worden. Sie könnten mittlerweile überall sein.«

»Hervorragend«, nuschelte Gareth, bevor er mich sanft von sich schob, um sich aufzusetzen. Er schlug seine Beine über den Bettrand, harrte dort aber weiterhin aus, während ich bewundernd seinen muskulösen und mit Narben übersäten Rücken betrachtete. Eine der Decken hatte sich um seine Mitte gelegt, sodass mir ein noch tieferer Blick verwehrt wurde. Ich ließ es mir jedoch nicht nehmen, zu ihm aufzurücken und meine Brust an seine Schulterblätter zu drücken. Mit den Armen umschlang ich ihn von hinten, legte meine Wange an seine Schulter und genoss seine Wärme. Seine Anwesenheit.

»Freut es dich nicht, dich nicht um ihn kümmern zu müssen?«

Er hob eine Hand, ohne aufzusehen, und berührte damit meinen Hinterkopf. »Während du fort warst, hatte ich ein paar … Erleuchtungen.«

»Die da wären?«

»Noah hat weder meinen Hass noch meine Abscheu verdient. Ich war ein eifersüchtiges und privilegiertes Arschloch, wie er nie müde wurde zu betonen, doch mittlerweile bin ich geneigt, ihm zuzustimmen.« Er schien wahrlich enttäuscht darüber zu sein, dass Noah nicht hier war. Offensichtlich lag ihm viel daran, die Dinge zwischen ihnen wieder geradezurücken, wenn das überhaupt noch möglich war.

»Wir können uns auf die Suche nach ihm begeben, wenn wir von hier verschwinden«, schlug ich vor. »Ich hatte sowieso nicht vor, ohne Cleo und ihn zu gehen …«

»Bist du dir sicher? Ich dachte mir, dass du so schnell wie möglich aus dem Dämonenreich verschwinden willst.«

»So schlimm ist es hier gar nicht. Jetzt nicht mehr.«

»Hm, woran das bloß liegen mag?« Innerhalb eines Wimpernschlages hatte er mich zu sich nach vorne gezogen, sodass ich auf seinem Schoß saß und er meinen Mund mit seinem bedecken konnte.

»Ich habe da so ein Gefühl …«

»Ach ja?« Ich biss neckisch in seine Unterlippe. »Wie lässt sich dieses … Gefühl denn beschreiben?«

Er setzte gerade zu einer Antwort an, als es an die Tür klopfte und Joana ungebeten eintrat.

Peinlich berührt presste ich mich noch enger an Gareth, um meine Nacktheit vor Evans Mutter zu verbergen, die sich keinen ungünstigeren Zeitpunkt für ihr Auftauchen hätte aussuchen können. Das schien sie ähnlich zu sehen, da sich ihre üblicherweise bleichen Wangen feuerrot verfärbten.

»Entschuldigt«, nuschelte sie, als sie ihren Blick abwandte. »Ich wusste nicht, dass du … dass ihr …« Ein Räuspern. »Ich bin gekommen, um dir … um euch mitzuteilen, dass Morrigan morgen früh einen Ausflug für euch vorbereitet hat.«

»Was für einen Ausflug?«, hakte Gareth stirnrunzelnd nach.

Ich brachte kein Wort hervor, so verlegen war ich.

»Lasst euch überraschen. Bei Sonnenaufgang geht es los. Und zieht wetterfeste Kleidung an«, fügte Joana hinzu, dann verschwand sie eilig wieder aus meinem Zimmer und zog die Tür fest hinter sich ins Schloss.

»Ich glaube, das war das erste Mal, dass ich mich wie ein Teenager gefühlt habe«, lachte ich, noch immer an Gareth gelehnt.

»Ebenso.« Er schüttelte den Kopf. »Ich sollte mein Zimmer aufsuchen, um mich später umzuziehen. Ich will schließlich einen guten Eindruck bei meiner Schöpferin machen.«

»Sagte Joana nicht, wir würden erst bei Sonnenaufgang aufbrechen?« Ich knabberte an seinem Ohrläppchen, wo er besonders sensibel war, und tatsächlich erschauerte er sofort.

»Das sagte sie, ja.«

»Nach meiner Rechnung bleiben uns noch mindestens fünf Stunden.«

Unser nächster Kuss ersparte ihm eine Erwiderung.

17. Kapitel

Ich betrachtete mich noch einmal im mannshohen Spiegel und überlegte, ob ich mein langes Haar nicht vielleicht doch zu einem Pferdeschwanz binden sollte. Aus einer Laune heraus hatte ich zugelassen, dass mir eine Dämonin das Haar eng um den Kopf geflochten hatte. Wie eine Art Kranz. Durch die kleinen Strähnen sah die Frisur verspielt und nicht streng oder altbacken aus, trotzdem war ich mir unsicher. Das brachte mich beinahe um den Verstand, denn eigentlich sollte es mich nicht kümmern.

Gareth hatte mir in der Vergangenheit mehrmals bewiesen, dass er mich liebte und weder ein geflochtener Kranz noch ein Pferdeschwanz würde etwas daran ändern. Außerdem sollte ich mich viel eher auf den bevorstehenden Ausflug konzentrieren, der noch immer große Fragen aufwarf.

Normalerweise erlaubte uns Morrigan nicht, Waffen zu tragen, aber für heute hatte sie mir ausdrücklich eine Ausnahme erteilt. Die Dienerin, die mir die Haare geflochten hatte, hatte mir außerdem einen Gurt mitgebracht, den ich um meinen Oberschenkel schnallen und an dem ich mehrere kleine Wurfmesser befestigen konnte. In einem Kampf gegen Dämonen waren sie nicht sonderlich effektiv, aber immerhin waren sie mehr als nichts.

Mit den Fingern berührte ich einen der mit Leder umschlungenen Griffe und biss mir nachdenklich auf die Unterlippe. Nervosität nagte an meinem Gemüt, die nicht vollkommen auf Gareths und meine Wiedervereinigung zurückzuführen war. Ich steuerte geradewegs auf eine weitere Konfrontation mit Rope zu und wusste nicht, wie ich damit umgehen sollte. In meinen Fingerspitzen kribbelte es allein bei dem Gedanken daran, ihn *nicht* anzugreifen. Würde mich Gareth aufhalten? Wahrscheinlich, aber nicht, um seinen Bruder zu schützen, sondern um mein Leben zu retten. Ich musste mir eingestehen, dass ich dem Königsdämon in meinem jetzigen Zustand nichts entgegenzusetzen hatte und für die Dauer meines Aufenthaltes in dieser Welt würde ich mich damit arrangieren müssen. So sehr es mich auch schmerzte.

Ein Klopfen an der stuckverzierten Tür riss mich aus der endlos wirkenden Gedankenspirale. Kopfschüttelnd öffnete ich die Tür und sah mich einem meiner Wärter gegenüber, der mir auf Schritt und Tritt folgte. Dieser hier hatte allerdings nicht Dienst gehabt, als ich im Waschraum von Rope überrascht worden war. Ich fragte mich, was Gareth mit ihm angestellt hatte …

»Ich nehme an, es wird Zeit«, nuschelte ich, obwohl mir bewusst war, dass Englisch nicht zu seinen Sprachen zählte.

Ich drehte mich noch einmal um, um zu überprüfen, ob ich auch nichts vergessen hatte, und schloss mich dann dem Dämon an, als ich diese Frage zufrieden mit Nein beantworten konnte.

Wir schritten den tristen Gang bis zur riesigen Treppe entlang, die uns bis nach ganz unten führen würde. Während meiner Zeit hier hatte ich gelernt, dass es durchaus noch andere, versteckte Treppen gab, aber keine war so schnell zu erreichen wie diese. Außerdem versetzte es mich jedes Mal in Erstaunen, wie wunderschön dieses Bauwerk trotz seines unverkennbaren Alters war. Es gab deutliche Risse im Boden und in der Balustrade, um die sich steinerne Efeuranken wanden. Die Decke war kuppelförmig und mit matten Farben bemalt, aber die Muster waren nicht konsistent, wirkten wirr und unruhig, als wäre mit der Zeit auch das Verständnis für diese Kunst verschwunden.

Mein Wärter brachte mich schließlich in den Innenhof, der von mehreren Fackeln erleuchtet wurde, da der Morgen gerade erst graute. Es war seltsam, wieder dem *normalen* Tagesplan zu folgen. Die Dämonen versteckten sich nicht vor dieser Sonne, die sich für mich genauso anfühlte wie die in meiner Heimat. Trotzdem wurden die Dämonen nicht von ihr geschwächt.

Gareth und Rope warteten an verschiedenen Ecken des Hofes und es brauchte keinen Hellseher, um zu erraten, wem ich mich an diesem kühlen Morgen anschließen würde.

Die Sonne war noch nicht aufgegangen, weshalb sich die Luft noch recht kalt anfühlte. Wir näherten uns in dieser Welt zwar auch dem Winter, doch er war bei Weitem noch nicht so weit fortgeschritten wie in Ascia zum gleichen Zeitpunkt.

»Guten Morgen«, begrüßte ich ihn, bevor ich mich in eine feste Umarmung ziehen ließ, die jedoch viel zu schnell von ihm unterbrochen wurde.

»Wir sollten uns vor Morrigan vielleicht etwas bedeckt halten«, erklärte er sich, das warme Leuchten in seinen Augen allerdings blieb.

»Du meinst, sie würde es gegen uns verwenden?«

Er hob eine Schulter. »Möglich wäre es.«

»Könnte allerdings sein, dass Joana bereits geplaudert hat.«

Unser Gespräch wurde von der Ankunft Morrigans unterbrochen, die gemeinsam mit Joana, Dejan und ihrer Leibwache den Hof betrat. Colin folgte ein paar Meter hinter ihr und trug eine säuerliche Miene zur Schau, als würde er am liebsten überall sein, nur nicht hier. Wer hätte gedacht, dass ich seine Gemütslage einmal teilen würde?

Im Rand meines Blickfeldes bemerkte ich, wie sich Rope auf die Königin zubewegte, doch die Leibwache zu ihrer linken schenkte ihm einen warnenden Blick, den er leider berücksichtigte. Zu gerne hätte ich gesehen, wie er von den schwarz gekleideten Kriegern auseinandergerissen wurde.

Unwillkürlich ballte ich die Hände zu Fäusten und musste mich nun dazu zwingen, sie wieder zu lockern. Meine Zeit würde kommen. Rope würde durch mich sein Ende finden und wenn es das Letzte wäre, was ich tat.

Morrigan schenkte uns keinerlei Beachtung, als sie vor uns durch das Tor schritt, um in ihre schwarz lackierte Kutsche zu steigen. Joana folge ihr und ihre Leibwächter setzten sich auf bereits gesattelte Vollbluttiere.

Gareth und ich sahen uns fragend an, ehe eine zweite Kutsche erschien, sobald sich Morrigans Ungetüm mit den riesigen Rädern und den zu dämonischen Fratzen geformten Leisten in Bewegung setzte. Anscheinend sollten wir uns in dieses Gefährt setzen, doch mich würde nicht einmal der Teufel persönlich dazu bringen, den engen Raum mit Rope zu teilen.

Da mich Gareth besser kannte als jeder andere, deutete er auf den Kutschbock, auf dem es neben dem Kutscher noch genug Platz für zwei weitere Mitfahrer gab.

»Versteh schon, ihr wollt eure Ruhe«, lachte Rope, gab sich aber vorerst mit dieser Trennung zufrieden.

Ich hatte mit einem größeren Aufstand gerechnet, weshalb ich ein erleichtertes Seufzen ausstieß und mich direkt neben Gareth setzte, der den mittleren Platz eingenommen hatte. Dem Kutscher machte unsere Nähe anscheinend nichts aus, da er nicht einmal die Miene verzog.

Colin gesellte sich ohne ein Murren zu Rope ins Innere und verschwand damit auch aus meinem Sichtfeld. Der Kutscher ließ die Zügel schnalzen und wir folgten der schwarzen Kutsche die abgerundete Auffahrt hinunter.

»Ich weiß nicht, was ich von diesem Ausflug halten soll«, sagte ich langsam und kuschelte mich eng, aber hoffentlich unauffällig genug, an Gareth. Der Wind zischte scharf an meinen Ohren vorbei und brachte eisige Kälte mit sich, obwohl mittlerweile die ersten Sonnenstrahlen Triste erreicht hatten. »Ich bin seit fast zwei Wochen hier und wir haben das Schloss seitdem nicht verlassen.«

»Meinst du, sie könnte sich meiner und Rope entledigen wollen?« Gareths Schmunzeln verriet mir, dass er die Frage nicht sonderlich ernst meinte, trotzdem antwortete ich.

»Dafür gibt es doch leichtere Möglichkeiten.« Aus dem Augenwinkel sah ich, wie sich der Kutscher an der Knollennase kratzte und ich fragte mich, ob er nicht doch unsere Sprache verstand. Aber nein, selbst Dejan, Morrigans treuer Freund, hatte Schwierigkeiten damit, dabei lernte er jeden Tag fleißig.

»Vermutlich«, stimmte er mir zu. Unsere Oberschenkel berührten sich und sein kleiner Finger tippte immer wieder gegen meinen. Die Spannung zwischen uns war noch wie am ersten Tag. Elektrisierend und allumfassend. »Also bleibt noch die Möglichkeit, dass sie uns etwas Interessantes zeigen möchte. Wo auch immer es sich befindet.«

Ich machte ein unbestimmtes Geräusch, ehe ich das Thema wechselte. Rätselraten brachte uns für den Augenblick nicht weiter.

»Wie geht es meinen Jägern?«

»Sie leben. Ian hat sich etwas erholt, aber ich habe nicht viel Zeit mit ihm verbracht. Nachdem wir Ascia erreicht hatten, bin ich sofort nach Descar losgezogen.« Er presste die Lippen zusammen. »Die Zeit drängte zu sehr, um viel mehr zu tun, als nach dem Rechten zu sehen.«

»Ich verstehe.« Während wir schweigend über die Brücke fuhren, die das Schloss von der angrenzenden Stadt trennte, ließ ich mir seine Worte der vergangenen Nacht erneut durch den Kopf gehen. »Du sagtest, dass sich nun überall auf der Erde Tore öffnen? Was bedeutet das? Pilgern noch mehr Dämonen von hier nach dort?«

Bei dem Gedanken daran erschauderte ich. Was hatte ich bloß angerichtet? Anstatt eine klare Position zu beziehen, hatte ich unsere Erde dem Untergang geweiht.

»Noch gibt es keine konkreten Zahlen, dafür ...« Er stockte.

»Dafür was?«

»Dafür ist das Chaos zu groß. Durch die Tore hat sich etwas verändert. Es gibt vermehrt Erdbeben, Stürme, Tsunamis ... Es sieht nicht gut aus. Deshalb ... Je eher wir dich und Colin zurückholen, desto größere Chancen haben wir, das Gleichgewicht wiederherzustellen.«

Da ich darauf nichts zu sagen wusste, schlang ich die Arme um meinen Oberkörper, um mich zumindest ein wenig vor der Kälte zu schützen. Entgegen Gareths vorigem Vorschlag, unsere Beziehung geheim zu halten, legte er seinen Arm um meine Schultern und presste mich eng an seine Seite. Ich protestierte nicht, da seine Nähe mir schließlich den Trost gab, den ich mir selbst nicht geben konnte.

Selbst wenn ich zurück auf die Erde gelangte, wie sollte ich das Desaster rückgängig machen, das meinetwegen entstanden war? Ich hatte keine Ahnung von Magie ...

Wir verließen die Stadt nach der zweiten Abzweigung, ruckelten über gestampfte, rudimentäre Wege, bis wir schließlich einen Wald erreichten. Die Düsternis der verwinkelten Äste vertrieb die Knospen des Tages und Nebel stieg auf. Mit der Macht des Schlüssels hätte ich vielleicht noch etwas mehr als die bloßen Umrisse der skelettartigen Bäume gesehen, doch so war ich allein auf Gareth und sein ausgezeichnetes Sehvermögen angewiesen. Der Geruch von morastiger Erde stieg mir intensiv in die Nase und jedes Geräusch klang um ein Vielfaches lauter.

Der Griff um meine Schultern verkrampfte sich plötzlich, obwohl sich weder etwas an der Geschwindigkeit der Pferde noch an der Umgebung verändert hatte. Selbst Morrigans Wächter konnte ich noch erkennen.

»Was ist los?«, flüsterte ich, da es so still geworden war. Weder Vögel noch Nagetiere regten sich und auch der Wind blies nicht länger gegen mein Gesicht.

»Ich habe eine Ahnung, wohin sie uns führt.«

Das weckte meine Aufmerksamkeit und ich setzte mich auf, damit ich seinen Blick erwidern konnte. »Ach ja?«

»Das Spiegelmoor«, sagte er ebenfalls mit gedämpfter Stimme. »Lass uns beten, dass ich falsch liege.«

Ich wusste nicht, was an einem Moor so schlimm sein sollte, bis ich mich ihm direkt gegenübersah. Die Bäume um uns herum wirkten trostloser, weil ihnen jegliches Blätterwerk fehlte. Der Nebel verdichtete sich, als wir den Wald verließen. Wir näherten uns zu Fuß dem eigentlichen Sumpf und bei jedem Schritt sank ich tiefer in den feuchten Boden.

Das Moor bestand aus skelettartigen Bäumen, die sich vereinzelt um die Wasser- und Schlammbecken versammelt hatten. Raben flatterten von Ast zu Ast und stießen unheimliche Laute aus. Die trostlose Landschaft jagte mir einen eiskalten Schauer über den Rücken.

Als Rope und Colins zu uns aufholten, setzte Morrigan ihren Weg unbeirrt zu Fuß fort. Ich warf Gareth einen irritierten Blick zu, doch er achtete allein auf seine Umgebung, als befürchtete er, jeden Moment angegriffen zu werden.

Es herrschte unangenehmes Schweigen. Niemand traute sich, seine Stimme zu erheben, während Morrigan stumm über den feuchten Boden schritt. Zumindest fühlte es sich für mich so an. Trotzdem stand ich kurz davor, meine Frustration laut herauszuschreien, als wir vor einem riesigen, kahlen Baum anhielten. Sein Stamm war so breit, dass wir eine Kette darum herum hätten bilden können, ohne ihn gänzlich zu umfassen. Die Rinde wies dicke Wülste und lange Risse auf und hinterließ den Eindruck eines Gefängnisses, aus dessen Inneren sich etwas hatte befreien wollen.

»Devlin, mein zweiter Gefährte, wurde in diesem Moor ausgesetzt«, sagte Morrigan in die Stille hinein. Ich zuckte vor Schreck zusammen und Gareth neben mir erstarrte. »Er erblindete, als er sich in dem Gestrüpp mit den Spiegeldornen verfing, doch er gab nicht auf, denn nur wenige Stunden später erreichte er diesen Baum.«

Morrigan wandte sich nun zu uns um, ein geheimnisvolles Lächeln umspielte ihre Lippen und Schatten wirbelten in einem großzügigen Kreis um sie herum.

»Gibt es einen bestimmten Grund, weshalb du uns in diese gottverdammte Einöde gebracht hast? Mir ist kalt«, erwiderte ich schneidend, weil mir ihre Spielchen auf den Geist gingen. Außerdem behagte mir Gareths Unruhe nicht. Er wurde *nie* unruhig.

Sofort entsandte sie ihre Schatten, die sich um mich geschlungen hätten, wenn Gareth nicht in letzte Sekunde knurrend dazwischengegangen wäre. Er breitete die Arme aus, als könnte er selbst die Schatten gebieten. Das war natürlich absurd. Trotzdem blieben sie fern.

Anstatt mich mit einer Antwort zu würdigen, richtete sie ihre dunklen Augen erst auf Gareth, dann auf Rope. Joana, die unscheinbar neben ihr stand und in dunkle Kleidung gehüllt war, rührte sich nicht. Sie versank fast vollkommen mit der tristen Landschaft.

»Wer diesem Baum als Erster sein Geheimnis entlockt, dem werde ich eine private Audienz gestatten«, verkündete sie kalt. »Ich erwarte euch in meinem Schloss.«

Sie sah sich ein letztes Mal um, schien sich von dem Moor, der Vergangenheit, zu verabschieden, dann zog sie samt Joana von dannen. Colin zögerte einen Moment, ehe er folgte. Zornig blickte ich ihm hinterher, bevor mir bewusst wurde, dass dies die richtige Entscheidung war. Er sollte schließlich keine Audienz mit Morrigan wollen. Andererseits hätte ich seine Hilfe bei dem Rätsel nicht abgelehnt, schließlich würde sie Gareth und damit Ascia zugutekommen.

»Möge der Bessere gewinnen, Bruder«, lachte Rope, drängte sich an uns vorbei und begann damit, den Baum mit seinen Händen zu untersuchen.

Ich vernahm das Ruckeln der Kutsche, während die Kälte zunahm. Dieser Ort war mir nicht geheuer. Der Nebel war zu dicht, die Landschaft zu karg. Am liebsten wäre ich davongelaufen, doch ich würde Gareth nicht zurücklassen. Nie wieder.

»Wir sollten uns beeilen«, sagte Gareth, ohne den Blick von Rope zu nehmen, der sich nicht von seiner Umgebung aus der Ruhe bringen ließ. Er fuhr mit seinen Fingern in eine Baumritze. Als er sie zurückzog, klebte schwarzes Harz an ihnen.

»Vor was fürchtest du dich? Dass du gegen mich verlierst?«

Wütend presste ich meine Lippen zusammen. Wenn ich doch nicht so hoffnungslos schwach wäre, hätte ich mich schon längst auf Rope gestürzt. Ich warf Gareth einen Blick zu. Würde er mir zur Seite stehen und mich beschützen? Natürlich. Aber es würde ihm vermutlich das Herz brechen, sich gegen seinen eigenen Bruder zu stellen … Und könnte ich dann akzeptieren, ihm diesen Schmerz zugefügt zu haben? Wohl kaum.

Tief durchatmend umrundete ich den Baum, duckte mich unter den kahlen, dunklen Ästen hinweg und versuchte mir ein Bild von seinem Aufbau zu machen.

»Denkst du, wir sind in Gefahr?«, fragte ich Gareth währenddessen. Er folgte mir auf die andere Seite des Baumes, genau wie ich immer darauf bedacht, nicht in die Schlammpfützen zu treten. Wer wusste schon, wie tief sie waren.

»Es gibt … Wesen hier, denen ich nicht begegnen möchte«, erklärte Gareth, als er eine Hand flach auf die Rinde legte. Er schloss seine Augen, versuchte das auszumachen, was wir finden sollten.

Ich schlang die Arme um meinen Oberkörper und blickte mich um, aus Angst, von mehrköpfigen Hunden oder Schlangenfrauen angegriffen zu werden, die es vermutlich nicht einmal gab.

»Morrigan sagte, dass Devlin vermutlich gestorben wäre, wenn er nicht diesen Baum gefunden hätte. Was muss er also bewirkt haben?«, überlegte ich laut und verzog den Mund zu einer nachdenklichen Schnute. Gareth kommentierte meinen Gesichtsausdruck schließlich mit einem nachsichtigen Lächeln, sodass die Schmetterlinge in meinem Bauch aufgeregt herumflatterten.

»Vielleicht hat er ihm die Zukunft gezeigt?«, schlug Rope vor, der ungeniert unserem Gespräch lauschte und nun hinter dem Stamm hervorlugte. »Oder er erfüllte ihm einen Wunsch?«

Wut Wut Wut

Ich war unfähig, den Gedankenstrom von mir zu lenken. Bilder huschten vor meinem inneren Auge entlang. Der Moment, als ich die Tür zu unserem Heim aufstieß und sich mein Leben für immer veränderte. Der Moment, da sich das Messer durch die Rippen meiner Schwester schob und meine Mutter nicht einmal mit der Wimper zuckte.

Leere in ihren Augen.

Und das Blut. So viel Blut, bevor sich samtene Lippen auf meine pressten und den Schwur in Stein meißelten. Mein Körper war der Felsen und sein Atem das Werkzeug. Erstarrt und ängstlich hatte ich mich nicht wehren können, so wie jetzt. All die Jahre meiner Ausbildung verschwendet, denn endlich musste ich mich der Wahrheit stellen, dass es nie genug sein würde. Rache würde meine Eltern und meine Schwester nicht zurückbringen. Ihr Schicksal war genauso besiegelt gewesen, wie es das meine war.

»Du hast etwas falsch verstanden, Rope, wir arbeiten nicht zusammen«, knurrte Gareth und positionierte sich zwischen uns, sodass mir der Anblick seines Bruders erspart blieb.

»Wie du meinst.« Ropes Stimme klang gedämpft, als hätte er sich bereits abgewendet.

Ich überwand die stürmischen Gefühle und zwang mich dazu, vorzutreten, bis ich nun meine Fingerkuppen über die raue Oberfläche streichen lassen konnte. Sie fühlte sich nicht anders an als die Rinde von den Bäumen, die ich davor berührt hatte. Trotzdem gab es eine gewisse … Spannung. Sie existierte nicht auf körperlicher Ebene, sondern verankerte sich in meiner Seele, als hätte etwas im Inneren des Baumes auf mich gewartet.

Plötzlich wurde die Spannung zu groß und ich wollte mich zurückziehen, doch ich war unfähig, mich zu bewegen. Ich öffnete meinen Mund, um einen Schrei auszustoßen, blieb aber stumm. Im nächsten Moment sah ich aus dem Augenwinkel eine Bewegung. Äste und Zweige peitschten unnatürlich hin und her und einer dieser dicken braunen Äste bohrte sich in meinen Nacken.

18. Kapitel

Der Schmerz überwältigte mich und hätte mich auf die Knie gezwungen, wenn ich von dem Ast nicht aufrecht gehalten worden wäre. Ein Wimpernschlag später und er war verflogen, wurde durch Blindheit ersetzt. Weißes Licht, das in meinen Augen brannte und mich einsog. Ich spürte nichts mehr und dann war ich zurück in meinem Elternhaus.

Blinzelnd erkannte ich nach und nach die Umrisse unseres Esszimmers. Der Raum, in dem wir die meiste Zeit verbracht hatten, weil er am gemütlichsten gewesen war. Es gab sechs verschiedene Stühle, einen langen Bauernesstisch, einen Geschirrschrank mit bunt angemalten Fenstern und einen Kamin. Ein kleines Feuer brannte darin und spendete Wärme, die ich nicht fühlen konnte.

»Sarah! Das gehört mir!«, hörte ich mich schreien, bevor meine ältere Schwester ins Zimmer rannte und einen dunkelroten Lippenstift umfasste. Mein zehnjähriges Ich folgte ihr dicht auf den Fersen.

Dicklich, klein und mit einem Nest aus Haaren auf meinem Kopf, konnte ich an Schnelligkeit nicht mit Sarah mithalten. Sie umrundete den Tisch und wartete einfach auf der anderen Seite, weil sie wusste, dass sie gewonnen hatte. Ich erinnerte mich an die Frustration, die wie Seifenblasen in mir zerplatzten und ein viel dunkleres Gefühl freiließen: Zorn.

»Sarah …« Meine Unterlippe zitterte und ich verschränkte die Arme vor meinem Oberkörper. Alles an mir war klein und dicklich, während meine Schwester groß und schlank aussah. Noch fiel es mir nicht auf, aber das würde es in einem Jahr … Als sich Sarah nicht rührte und mich lediglich höhnisch anlächelte, füllten sich die Augen meines kindlichen Ichs mit Tränen. »Mom!«

»Du bist so eine miese kleine Petze«, zischte Sarah, hielt jedoch an dem Lippenstift fest.

»Was ist hier schon wieder los?«

Mein Herz setzte aus. Besaß ich in dieser geisterhaften Vergangenheitsdimension überhaupt ein Herz? Bevor ich wusste, was ich tat, lief ich auf meine Mutter zu. Ich wollte sie umarmen, wollte mich an sie kuscheln und ihren Duft einatmen, den ich schon lange vergessen hatte. Aber sie ging einfach durch mich hindurch, als wäre ich nichts anderes als die Luft, die sie umgab.

Etwas in mir zerbrach. Etwas, von dem ich geglaubt hatte, dass es bereits vor so vielen Jahren verloren gegangen war. Hoffnung.

Ich war so von der Verwüstung in meiner Seele abgelenkt gewesen, dass ich den Schlichtungsversuch meiner Mutter nicht vernommen hatte. Sarah und ich schüttelten uns die Hand, was wohl bedeutete, dass er erfolgreich gewesen war.

»Und jetzt helft mir beim Kochen. Euer Vater kehrt heute von der Suche zurück.«

Sofort gehorchten die Schwestern und eilten ihr voraus in die angrenzende Küche.

Ich blieb stehen, beobachtete meine Mutter dabei, wie sie den Lippenstift aufdrehte und die dunkelrote Farbe betrachtete. Es hatte sich ein Ausdruck in ihre Augen geschlichen, der mir bekannt vorkam. In meiner Kindheit hatte ich ihn des Öfteren an ihr gesehen, doch ich hatte ihn nie deuten können – bis heute.

Traurigkeit. Tiefsitzende, herzzerreißende Traurigkeit.

So schwer mein Leben auch gewesen war, mir fehlte der Vergleich zu einer Vergangenheit, in der es keine Dämonen gegeben hatte. Ich konnte mich kaum daran erinnern, aber meine Eltern wussten, wie es war, nicht täglich um unsere Leben bangen zu müssen. Sie vermissten diese Zeit und die Umstellung muss ihnen schwerer gefallen sein als meiner Schwester und mir.

Meine Mutter schloss sich schließlich ihren Kindern an und ich folgte ihr. Folgte den Bewegungen, der Zeit mit ihrer Familie. Ich verlor mich selbst in der Vergangenheit. Das alte Ich wurde zu meinem neuen Ich. Unsere Herzen schlugen im Gleichklang und Stunden später lag ich in meinem kleinen Bett, blickte in das Gesicht meiner Mutter hinauf und lauschte ihrer wohlklingenden Stimme, als sie mich in den Schlaf sang.

Ich wollte nicht gehen. Nie wieder.

Und doch spürte ich, dass ich mich an etwas erinnern sollte. Dieses Paradies war nicht für mich bestimmt.

Für einen Wimpernschlag breitete sich ein dunkler Fleck auf der Bluse meiner Mutter aus. Dann war der Moment verstrichen. Alles schien wie beim Alten …

»Schlaf gut, mein Engel, ich liebe dich«, sagte sie und küsste mich zärtlich auf die Stirn.

»Gute Nacht«, wünschte ich ihr, bevor sie die letzte Kerze löschte und das Zimmer verließ.

Nunmehr allein starrte ich in die Dunkelheit, wälzte mich irgendwann von der einen auf die andere Seite und versuchte das Kribbeln aus meinem Bauch zu vertreiben. Es war nicht richtig. Ich durfte nicht hier sein.

Stirnrunzelnd setzte ich mich schließlich auf und blickte zum Fenster, das von weißen Vorhängen verdeckt wurde. Ganz langsam schälte ich mich aus meinem Bett und trat an ebenjenes Fenster heran, um einen Blick hinauszuwerfen. Es war nicht so dunkel wie gedacht, da der Mond voll und leuchtend am Firmament hing.

Ich war in jener Nacht dort, echote Gareths Stimme in meinem Inneren und es brauchte nur einen Augenblick, da war ich wieder ich selbst und nicht das zehnjährige Mädchen, das seelenruhig im Bett schlafen sollte.

Mein Leben existierte nicht in der Vergangenheit. Mein Körper stand wie angewurzelt vor dem Baum im Spiegelmoor, festgehalten von einem Ast, der sich durch meine Erinnerungen gewühlt hatte, um ein Gefängnis zu errichten, dem ich nie wieder entkommen sollte.

Plötzlich erkannte ich, was Devlin dazu gebracht hatte, weiterzugehen und zu überleben. Der Baum hatte ihn in eine Zeit geführt, in der er glücklich gewesen war, doch anstatt aufzugeben und für immer dort zu leben, hatte er begriffen, dass es falsch war.

So wie ich.

Es war nicht richtig, sich vor der Realität zu verstecken, nur um dem Schmerz zu entkommen. Verdrängung würde mich nicht retten. Würde die Welten nicht retten.

Ich presste die Lippen fest zusammen, dann ließ ich den Vorhang los und schloss die Augen. Es wurde Zeit, in die Gegenwart zurückzukehren. Das Bild meiner Mutter würde ich jedoch mitnehmen und wie einen

Schatz in meinem Herz tragen. Dafür würde ich ewig dankbar sein. Wie oft hatte ich mir gewünscht, sie ein letztes Mal zu sehen. Ohne Gewalt. Ohne Blut. Ohne Rope.

Danke, wisperte ich in meinem Inneren, bevor mich der Baum endlich aus seinem Griff entließ und ich rückwärts stolperte.

Gareth fing mich rechtzeitig auf, sodass ich nicht zu Boden fiel.

»Du bist zurück«, rief er erleichtert aus und presste mich eng an sich.

Meine Gliedmaßen fühlten sich kalt und starr an, als wäre viel Zeit vergangen. Unwillkürlich presste ich eine Hand an meinen Nacken, auf die Stelle, in die sich der Ast gebohrt hatte, aber es gab keine Wunde, nur gereizte Haut.

»Was ist … passiert?«, murmelte ich, noch während ich versuchte, mich zu sammeln.

»Du hast anscheinend das Geheimnis des Baumes entdeckt«, antwortete Rope für Gareth, doch ich würdigte ihn keines Blickes.

»Ich hatte gehofft, du könntest es mir sagen. Ich habe mich nicht getraut, den Ast aus dir herauszuziehen, aber du hast dich nicht mehr bewegt und …« Seine Stimme brach, als ich mich zu ihm umdrehte, um seinen aufgeregten Blick zu erwidern. Das Grün seiner Augen wirkte dunkel und stürmisch.

Bevor ich ihm antworten konnte, erklang Wolfsgejaule, das mich zusammenzucken ließ. Gareth packte mich am Arm und zog mich sofort von dem Baum weg.

»Wir müssen gehen«, zischte er.

Ich vernahm sofort die Angespanntheit in seiner Stimme und wusste, was das zu bedeuten hatte. »Sind das die Wesen, die wir besser nicht treffen sollten?«

Er nickte. »Geht es dir gut genug, um zu rennen?«

»Ich fürchte, mir bleibt keine andere Möglichkeit, oder?«

Und damit rannten wir los.

Mir war nicht bewusst gewesen, dass wir uns so tief in die Sumpflandschaft vorgewagt hatten, doch plötzlich wirkte der Weg zurück zum Wald viel länger. Das Heulen wurde lauter und wilder, setzte sich unter meiner Haut fest und verursachte ein unangenehmes Jucken.

»Was sind das für Tiere?«, keuchte ich neben Gareth. Rope lief mit einem kleinen Abstand vor uns, obwohl er vermutlich viel schneller hätte laufen können als ich.

»Es sind Grauen. Wolfsartige Wesen, die ihre Beute bei lebendigem Leib auseinanderreißen«, erklärte mir Gareth noch im Laufen.

Meine Lunge brannte und mein Herz raste, aber die Hoffnung, es noch rechtzeitig aus dem Sumpf zu schaffen, gab mir Kraft. Vielleicht würden uns die Tiere nicht weiterverfolgen.

Wir hatten es fast geschafft, als plötzlich armdicke Ranken nach uns schlugen. Ranken, die mit daumengroßen Spiegeln als Dornen besetzt waren.

Ich duckte mich gerade noch rechtzeitig zur Seite, Rope hingegen konnte nicht mehr ausweichen. Die Dornen bohrten sich in seinen Bauch und er stieß ein so tiefes Knurren aus, dass es in meinem Körper vibrierte. Gareth sprang vor, zerschnitt die Ranke mit seinem Dolch und half seinem Bruder beim Aufstehen.

Ich konzentrierte mich wieder auf meine eigene Situation, zog meine Waffe und versuchte, meinen Weg fortzusetzen, ohne von den Dornen zerstückelt zu werden. Das Heulen spornte mich weiter an.

Die Dornenranken ließen sich jedoch nur sehr schwer vom Leib halten. Sie wuchsen wieder nach, wenn man sie durchtrennte.

Ich befürchtete schon, genauso wie Devlin, mein Augenlicht zu verlieren, als ein gewaltiges Brüllen ertönte. Rope wandelte sich.

Innerhalb kürzester Zeit hatte er uns mit seinen Krallen einen Durchgang erkämpft. Feuchtigkeit tropfte von seinen riesigen Fängen, als er eine Ranke damit auseinanderriss. Ich wandte den Blick ab, lief weiter und schneller, als ich aus dem Augenwinkel Leiber bemerkte. Graues, verfilztes Fell und Mäuler, die so riesig waren, dass sie ein ganzes Pferd hätten verschlingen können. Sie tauchten immer wieder hinter den kahlen Bäumen auf und sie näherten sich immer mehr.

»Alison«, rief Gareth, packte meine Hand und zog mich hinter sich her. Er ließ erst wieder los, als wir in den ausgestorbenen Wald stolperten und sich die Dornenranken hinter uns zu einer undurchdringlichen Mauer schlossen.

Atemlos stützte ich mich auf meinen Oberschenkeln auf und blickte mich um. Nichts regte sich. Rope wandelte sich zurück, die Wunden an seinem Körper schlossen sich bereits, so wie bei Gareth. Ich hatte mir lediglich ein paar Kratzer zugezogen, nicht weiter dramatisch.

»Ich bringe sie um«, fauchte ich und ballte eine Hand zur Faust. »Morrigan ist doch von allen guten Geistern verlassen. Dieses Biest!«

»War doch recht entspannend.« Gareth lachte, aber ich konnte ihm die Erleichterung über unsere gelungene Flucht deutlich ansehen. Trotzdem überraschte er mich damit mehr, als wenn er plötzlich im Kreis gelaufen und gegackert hätte.

»Ist das dein Ernst?«

»Ich habe ehrlich gesagt mit Schlimmerem gerechnet.« Er hob eine Schulter und ließ sie wieder sinken. »Trotzdem, wir sollten uns beeilen, zurückzukehren. Ich weiß nicht, wie lange sich die Grauen von den Dornenranken aufhalten lassen.«

»Übrigens würde ich eure Dankbarkeit zu schätzen wissen«, meldete sich Rope zu Wort. Er fuhr sich gerade mit beiden Händen durch das dichte, dunkle Haar, um es von kleinen Blättern zu befreien. »Ich habe gerne eure Ärsche gerettet.«

»Fahr zur Hölle«, zischte ich und stampfte an ihm vorbei.

Auf dem Rückweg zum Schloss schwiegen wir die meiste Zeit. Ich versuchte Ropes Anwesenheit krampfhaft zu ignorieren, aber er schaffte es immer irgendwie, sich in mein Sichtfeld zu schieben, als würde er es genau darauf abzielen.

Gareth fragte mich schließlich, was mir widerfahren war. Was ich gesehen hatte, aber ich konnte nicht darüber sprechen und irgendwann ließ er mich in Ruhe. Es war nicht so, dass ich ihm nicht meine Gefühle anvertrauen wollte, aber die Situation war nicht passend und wir hatten einen Zuhörer, den ich am liebsten mit bloßen Händen erwürgt hätte.

Es dauerte mehrere Stunden, bis wir die steinerne Brücke erreichten, die unter dem riesigen Tor hindurch in den Innenhof führte. Mehrere Krieger hatten sich dort versammelt, um in gewandelter Form miteinander zu trainieren. Sie bluteten, heilten, bluteten erneut. Mit ihren schweißnassen, entblößten Oberkörpern trotzten sie der kühlen Luft. Selbst in meinem erschöpften Zustand spürte ich Bewunderung in mir aufsteigen. Die dämonischen Stadtwachen auf der Erde hatten nie derart roh und wild auf mich gewirkt. Es war, als würde Triste ihre niederen Instinkte erwecken.

Ich warf einen Seitenblick zu Gareth, der ebenso fasziniert von dem Anblick schien wie ich. Rope stolzierte gut gelaunt voraus und führte uns in den Thronsaal, wo wir auf Morrigan warten sollten.

Die Wut, die ich kurz nach unserer Flucht vor den Grauen gespürt hatte, kehrte nun mit voller Kraft zurück und ich musste mir regelrecht auf die Zunge beißen, um sie bei ihrem Eintreten nicht mit diversen Flüchen zu belegen.

Während des *Tests* hatte sich Morrigan die Zeit genommen, sich in ein dunkelblaues Kleid mit trichterförmigen Ärmeln zu kleiden, das ihr wie immer hervorragend stand.

»Faszinierend. Und wieder hat nur ein Mensch hinter das Geheimnis der Eiche gesehen.« Wir hatten kein Wort verlauten lassen, trotzdem erkannte sie die Wahrheit. War ihr das an meinem Nacken aufgefallen? Er juckte nicht mehr, aber man konnte sicherlich noch die Stelle sehen, in die sich der Ast gebohrt hatte. »Was hast du gesehen? Deine große Liebe? Ein Reich für dich zu herrschen? Unendlich viele Kostbarkeiten?«

»Du kannst mich verhöhnen und du kannst mich foltern, aber niemals werde ich dir sagen, was ich sah«, antwortete ich eisern.

Einen Moment lang blickte sie mich an, ehe sie ein tiefes Seufzen verlauten ließ und meinen beiden Begleitern ihre Aufmerksamkeit schenkte.

»Sehr bedauernswert, da ich nun keinem von euch eine private Audienz gestatten werde, allerdings … ich lade euch zum heutigen Abendessen ein.« Sie verzog angewidert das Gesicht. »Macht euch zurecht. Ihr seid entlassen.«

Ihr seid entlassen, äffte ich sie in meinem Inneren nach, weil ich mich nicht traute, einen Streit vom Zaun zu brechen. Gareth und ich hatten bereits genug Probleme und jetzt, da sich die Chance auf ein Bündnis zwischen ihr und Ascia weiter verringert hatte, sollten wir uns besser auf unsere Flucht konzentrieren. Ich konnte es nicht erwarten, dieses verfluchte Schloss zu verlassen.

Sofort heftete sich eine Wache an meine Fersen, aber ich nahm ihre Präsenz kaum wahr, sondern hielt mich an Gareths Anwesenheit und Stärke fest. Rope verschwand auf dem Weg in einem anderen Gang, was mir augenblicklich das Atmen erleichterte.

Als wir mein Zimmer erreichten, stürzte ich hinein und knallte hinter Gareth die Tür zu.

»Dieses verrückte Miststück!«, fauchte ich und raufte mir die Haare. »Sie setzt uns mitten in diesem gefährlichen Sumpf aus und bietet dann nicht einmal dir eine Audienz an, dafür, dass *ich* in die Vergangenheit gezogen wurde. Was hat uns das nun gebracht? Nichts!«

»Vergangenheit?« Gareths Gesichtsausdruck verdüsterte sich, während er den geringen Abstand zwischen uns überbrückte und meine Schultern umfasste. »Vergessen wir einmal Morrigan, *was* ist passiert?«

Ich verzog das Gesicht, wusste aber, dass ich nun um keine Antwort mehr herumkommen würde. Also erzählte ich ihm von meinem Ausflug in die Vergangenheit, auf den ich einerseits hätte verzichten können, andererseits … Der Anblick meiner Mutter hatte alles wieder in die rechte Perspektive gerückt, obwohl ich noch nicht fähig war, mich der Wahrheit zu stellen. Noch nicht gänzlich jedenfalls.

Gareth hielt mich in seinen Armen, als ich endete, ohne dass ich sagen konnte, wie es geschehen war. Ich weinte nicht, aber die tiefe Traurigkeit blieb und der Königsdämon half mir mit seiner Anwesenheit, sie zu ertragen. Was auch passierte, auf Gareth würde ich mich verlassen können.

»Ich liebe dich so sehr«, gestand ich und es fühlte sich an, als würde ich es zum ersten Mal sagen.

Seine Antwort ging in einem Kuss unter, von dem ich niemals genug bekommen würde.

19. Kapitel

Ich beauftragte eine Dienerin, mir warmes Wasser zu bringen, nachdem Gareth mein Zimmer verlassen hatte. An diesen Luxus würde ich mich nie gewöhnen, auch wenn die Schattendämonin nur widerwillig gehorchte. Aber immerhin gehorchte sie.

Ich hatte mich gerade gründlich gewaschen, als Joana hereinschneite. Dieses Mal wartete sie allerdings meine Antwort nach dem Klopfen ab und streckte erst dann ihren honigblonden Schopf durch den Türspalt, bevor sie gänzlich eintrat. In meinen seidenen Bademantel gekleidet musterte ich ihre schlanke Gestalt von oben bis unten und befand, dass sie das wundervollste Kleid trug, das ich je gesehen hatte. Es war bis oben hin geschlossen, ärmellos und fiel in sanften Wellen mehrlagig herab. Der bordeauxrote Stoff musste eine Mischung aus Seide und Tüll sein, der sich perfekt an ihren Oberkörper schmiegte und mit silbernen Stickereien geschmückt war. Kleine Steinchen glitzerten im Schein der Kerzen. Ihre blonden Locken waren zu einer faszinierenden Frisur aufgetürmt, die goldene Ohrringe offenbarte, und ihre Wangen schimmerten rosa.

»Du siehst wunderschön aus«, rief ich bewundernd aus und bemerkte erst jetzt, dass das, was sie auf ihrem linken Unterarm trug, verdächtig einem Kleid ähnelte.

»Danke.« Sie neigte leicht den Kopf. »So wie du, wenn du das hier anziehst.« Sie breitete den dunkelgrünen Stoff vor sich aus und offenbarte dadurch ein Gewand, das mir die Sprache verschlug. Es wirkte leicht und sanft, die Farbe erinnerte an einen düsteren Wald und die schwarz glänzenden Applikationen auf dem Mieder mit V-Ausschnitt rundeten das Gesamtbild noch ab. Ich war augenblicklich verliebt. Noch nie zuvor hatte ich solch schöne Kleider, solch schöne Stoffe gesehen. Ich konnte mich nicht mal daran erinnern, jemals überhaupt ein Kleid getragen zu haben.

Zögerlich streckte ich meine Hände aus und ließ den glatten Stoff durch meine Finger gleiten. Es fühlte sich richtig und falsch an, mich in dieses Kleid zu hüllen. Richtig, weil jede Frau die Möglichkeit haben sollte, sich hübsch zu machen, falsch, weil meine Situation nichts anderes von mir verlangte, als hart und kämpferisch zu sein.

»Was genau plant Morrigan heute Abend?«, fragte ich, während ich das Kleid annahm und damit hinter dem Sichtschutz verschwand.

»Ein Bankett, um ihren Kriegsherren und Würdenträgern noch einmal ins Gedächtnis zu rufen, wie reich der Hof einst gewesen ist«, erklärte sie.

Ich ließ das Handtuch, das ich um meine Mitte geschlungen hatte, fallen und zwängte mich in passende Unterwäsche. »Wieso?«

»Um sie davon zu überzeugen, dass sich ein Krieg für sie alle lohnen würde.«

Also stand sie noch allein da? Eine interessante Information, die jedoch nicht lange Gültigkeit haben würde, wenn Morrigan ihre Dämonen schon heute Abend von einem Krieg überzeugen konnte. Ihre Freundlichkeit, der Test im Spiegelmoor, all das war bloß eine Farce gewesen, um sowohl Rope als auch Gareth hinzuhalten. Sie hatte bereits ihre eigenen Pläne geschmiedet.

Ich speicherte die Neuigkeit dennoch ab, als ich in das atemberaubende Kleid, das wie angegossen saß, stieg. Mit den Händen strich ich fasziniert über den glatten Stoff.

»Jo?« Zwar war ich fertig angekleidet, doch das, was ich sagen musste, konnte ich nicht tun, während ich in ihr Gesicht sah. »Ich kenne deinen Sohn.«

Vollkommene Stille umfasste mich einen Moment, als wäre das gesamte Schloss von einem Zauber belegt worden, dann hörte ich sich nähernde Schritte. Wenige Augenblicke später schlug sie grob eine Tür der Trennwand zurück und blickte mich aufgewühlt an.

»Was sagst du da?«

»Evan. Er ist dein Sohn, nicht wahr?« Ich schluckte schwer. »Ich war mir anfangs nicht sicher, aber dann …«

Sie packte mich unsanft an den Schultern und rüttelte mich dann leicht. »Geht es ihm gut? Lebt er noch?«

»Ja, er lebt, wenn auch nicht dank seines Vaters.« Diese Bemerkung konnte ich mir dann doch nicht verkneifen.

»Was soll das bedeuten? Alison, du kannst so was nicht in den Raum werfen und dich dann nicht erklären …«, fügte sie hinzu, als ich nicht schnell genug antwortete. Sie ließ mich los, um die Hände in die Hüften zu stemmen, bevor sie ihren Blick über meinen Körper gleiten ließ. »Auch wenn dir das Kleid fabelhaft steht, bist du mir eine Antwort schuldig.«

»Tut mir leid.« Ich kratzte mich verlegen am Hinterkopf. »Evan und ich haben uns in Ascia kennengelernt. Als Jäger. Arias war der Anführer der Gilde der Jäger. Oder ist es immer noch, ich bin wohl nicht mehr auf dem aktuellen Stand.« Als ich mich auf die Bettkante setzte, folgte mir Joana, aber sie war zu unruhig, um stillzustehen und lief stattdessen auf und ab. »Arias hat Evan seit deinem … Tod nicht gut behandelt. Evan wollte seine Anerkennung, aber er bekam nichts anderes als Schläge und harsche Worte. Er sagte mir einmal, dass Arias nach einem Weg suchte, dich zurückzuholen, aber es interessierte ihn nicht, was währenddessen mit eurem Sohn geschah.«

»Oh Gott, mein armer Junge«, flüsterte Joana und blieb sichtlich bewegt stehen. »Und wo ist er jetzt?«

»Das letzte Mal, als ich ihn gesehen habe, war er gerade dabei, die Schwester seiner … Freundin zu befreien. Sie ist eine Gefangene von Billings gewesen«, erklärte ich. »Ich habe ihm eine Möglichkeit gegeben, ins Rathaus einzudringen, aber dort trennten sich unsere Wege.«

Joana öffnete den Mund, doch sie kam nicht zu Wort, da in jenem Moment die große Turmuhr zur siebten Stunde schlug. Hektisch suchte Evans Mutter in dem Kleiderschrank, dem ich bisher kaum Beachtung geschenkt hatte, ein paar Schuhe raus. Die schwarz glänzenden Absätze wirkten für mich wie eine besonders listige Foltermethode, andererseits konnte ich sie im Notfall als Waffen nutzen. Dieser Gedanke überzeugte mich letztlich davon, den Schuhen eine Chance zu geben.

»Lass mich deine Haare hochstecken, für mehr fehlt uns die Zeit«, bat Joana mit einem Kamm in der Hand, den sie der Kommode entnommen hatte. Ich wandte ihr meinen Rücken zu und ertrug das Ziepen an meiner Kopfhaut, bis Locke um Locke in einer Art Vogelnest auf meinem Kopf verschwand. Ein paar Strähnen ließ sie allerdings in Frieden, sodass wir schon nach fünf Minuten aufbrechen konnten.

Vor meiner Tür wartete der Wächter, der augenblicklich seine Position bezog und uns in einigem Abstand folgte.

»Würdest du …«, begann Joana, aber unterbrach sich selbst, als wir in einen Korridor einbogen, der, im Gegensatz zu den anderen, nicht verlassen war. Colin, Gareth und ein weiterer Wächter standen dort und schienen auf unsere Ankunft gewartet zu haben. Sie gesellten sich sofort zu uns.

Gareth, der in einen eleganten, schwarzen Anzug gekleidet war, hielt mir seinen Arm hin, den ich verlegen lächelnd annahm. Er beugte sich zu mir hinab und hauchte einen Kuss auf meine Wange.

»*Rocha*«, raunte er. »Göttin.«

»Das kannst du gerne öfter sagen.« Ich grinste, während mein Herz heftig klopfte. Ich liebte es, wenn er derart verschmitzt lächelte und das Feuer in seinen smaragdgrünen Augen brannte. Augen, die perfekt zu meinem Kleid passten, dessen Ausschnitt viel zu gewagt war und die Ärmel zu knapp, aber selbst mein tätowierter Arm passte zu dem satten Grün. Als würde dadurch das Bild von mir als geheimnisvolle Frau vervollständigt werden.

Gareth konnte kaum den Blick von mir abwenden und mehrmals ertappte ich ihn dabei, wie er unwillkürlich lächelte. Selbst ohne ein Wort mit ihm darüber zu verlieren, kannte ich die Art seiner Gedanken – und ich teilte sie.

Joana hakte sich bei Colin ein, aber nicht ohne mir einen bedauernden Blick zuzuwerfen, den ich nur zu gut nachvollziehen konnte.

Sie hatte gerade völlig unerwartet eine Verbindung zu ihrem Sohn gefunden. Natürlich wollte sie noch mehr Fragen stellen, noch mehr erfahren, aber ich hoffte, dass wir später noch Zeit dafür finden würden.

Die zwei Wachen begleiteten uns in den Bankettsaal, der weitaus größer und imposanter war, als der Ort, an dem wir täglich zu Abend aßen. Ich vermisste zwar den sich anschließenden Wintergarten, doch die Sehnsucht wurde schnell von den unzähligen Eindrücken weggespült. Mit Bedacht arrangierte Kerzenleuchter, die golden glänzten und deren Licht der Haut eines jeden einen warmen Schimmer verlieh, erhellten die eindrucksvoll bemalten Wände.

In der Mitte des Saales stand eine lange Tafel. Sie wurde von einer Spitzendecke, auf der bereits edles Besteck und Geschirr mit zierlichem Blumenmuster akkurat positioniert worden waren, verhüllt.

Ein Dutzend Männer und Frauen hatten sich vor einer Theke versammelt, hinter der zwei Diener wie in einer Bar Getränke zubereiteten und den Anwesenden in verschiedenförmigen Gläsern reichten. Morrigan war noch nicht angekommen, was mich erleichterte, da ich sie nicht mit meinem Zuspätkommen provozieren wollte. Dejan war der einzige, den ich unter den Gästen erkannte, und er lächelte mir sofort zur Begrüßung zu, sodass ich meinen Mut zusammennahm und Gareth zu ihm führte, um sie beide einander vorzustellen.

»Gareth, das ist Dejan. Er hat deine Arbeit fortgesetzt und mich trainiert«, sagte ich, ohne Gareth loszulassen. Ich brauchte seine Nähe und würde ihn nicht gehen lassen. Zu frisch war der Schmerz. Die Zeit, die ich in der Vergangenheit verbracht hatte, hatte meine Seele einmal durch den Fleischwolf gedreht.

Die beiden Dämonen reichten sich die Hand und wechselten ein paar Worte in ihrer Sprache.

»Danke für das Vorstellen«, sagte Dejan schließlich in meine Richtung und grinste sichtlich erleichtert, als ich lächelnd nickte. Anscheinend fühlte er sich noch immer unsicher, was die englische Sprache betraf. Ich hatte versucht, mehr mit ihm zu reden, aber er war nicht sonderlich aufgeschlossen. Das Einzige, das ich herausgefunden hatte, war, dass seine Familie ohne ihn durch das Tor gegangen war.

Hinter uns wurden die breiten Flügeltüren ein weiteres Mal von Dienern geöffnet und offenbarten Morrigan in einem Kleid aus schwarzen Diamanten. Sie trat ausgerechnet an Ropes Arm hinein, der ein selbstzufriedenes Lächeln zur Schau trug und in seinem dunkelgrauen Anzug Gareth nicht mehr hätte ähneln können. Nicht zum ersten Mal fragte ich mich, wie ich seine Verwandtschaft zu Gareth nicht hatte bemerken können. Wie blind ich gewesen war …

Morrigan stellte sich ans Kopfende und wartete, bis ihre Gäste ihre mit Namensschildern ausgewiesenen Plätze eingenommen hatten.

»Ich begrüße euch, meine verehrten Dämonen und Menschen. Seit meiner Rückkehr ist viel geschehen und ich blicke der Zukunft Tristes mit einem Lächeln entgegen. Viel zu lange trieb unser geliebtes Land führungs- und orientierungslos auf dem See der Toten. Wir werden uns erheben.« Sie wiederholte die Worte auch noch einmal in ihrer Sprache, wie mir Gareth zuflüsterte. Da wir ihre Ehrengäste waren, gebot es die Höflichkeit, zuerst uns anzusprechend und anschlieend das Wort an ihre Würdenträger zu richten. »Nun lasst uns diesen Abend zusammen genießen.«

Streichinstrumente wurden angestimmt und verschmolzen zu einer angenehmen Hintergrundmusik. Ein paar Dämonen saßen in einer Ecke auf einem kleinen Podium und zupften an ihren Instrumenten.

Die Würdenträger und Kriegsherren saßen überraschenderweise am anderen Ende der Tafel und Rope und Gareth bekamen die Ehrenplätze links und rechts von ihr zugewiesen. Ich saß glücklicherweise neben Gareth und gegenüber von Colin, Joana links von mir und Dejan ihr gegenüber.

Erleichtert atmete ich aus, weil ich Rope dadurch nicht aus Versehen ansehen konnte. Es reichte, wenn ich den Blick auf meinen Teller gerichtet und Gareths Hand in meiner hielt, die er sofort auf meinem Oberschenkel abgelegt hatte, als würde er meine Anspannung spüren.

»Verratet mir, wie kann es sein, dass ihr meine Aufgabe nicht erfüllen konntet?« Morrigan sah abwechselnd von Rope zu Gareth. »Gewisse Vorbereitungen haben in den letzten Tagen meine Aufmerksamkeit verlangt, weshalb ich euch die Möglichkeit gab, mich von eurem Können zu überzeugen, aber ihr habt mich enttäuscht. Und nicht nur das! Ihr habt gegen einen Menschen verloren.«

Kaum zu glauben, dass sie einst mit einem Menschen zusammen gewesen war …

Ein Diener schenkte ihr Wein ein, bevor er sich um ihr leibliches Wohl kümmerte. Drei weitere Bedienstete waren für den Rest des Tisches eingeteilt und servierten diverse Köstlichkeiten, die mir das Wasser im Mund zusammenlaufen ließen. Ich war für einen Moment so davon abgelenkt, dass ich den Faden des Gesprächs neben mir verlor und mich allein auf die rosafarbenen Kartoffeln konzentrierte, die so verdammt gut schmeckten, dass ich am liebsten nichts anderes mehr gegessen hätte. Ein würzig salziger Geschmack der Kruste rundete den süßlichen Hauch im Inneren ab.

»… Brüder? Wie außergewöhnlich, dass ihr euch auf zwei verschiedenen Seiten befindet«, hörte ich Morrigan gerade sagen, als ich die Reste der Kartoffel mit Wein runterspülte. »Und was hat es damit auf sich, dass ihr beide sofort meinen weiblichen Gast aufgesucht habt?« Ihre Stimme klang unschuldig, aber das Glänzen in ihren Augen verriet den Scharfsinn dahinter. Sie wusste ganz genau, was unter ihrem eigenen Dach vor sich ging.

»Ich glaube, mein Bruder ist in sie verliebt«, antwortete Rope prompt, ohne Gareth eine Chance zu geben, selbst zu antworten.

»In einen Menschen?« Morrigan riss die Augen auf und bedachte mich mit diesem gespielt überraschten Blick. »Wirklich?«

Schon wieder schien sie von der Vorstellung entsetzt, dass Menschen mehr als Tiere waren. Armer Devlin. Sein Leben an ihrer Seite konnte nicht leicht gewesen sein.

»Nun, es ist vielleicht keine richtige Liebe … eher Magie.«

Meine Hand verkrampfte sich erneut um Gareths, der den Griff erwiderte, als würde er sich nur schwer zügeln können, nicht aufzuspringen.

»Magie?« Morrigan legte interessiert Messer und Gabel zur Seite und beugte sich leicht vor.

»Ich habe ihre Familie dazu gebracht, sich selbst zu töten und Alison … Alison wurde von mir besessen. Sie hat sich nur in meinen Bruder verliebt, weil unser Blut das gleiche ist.«

»Du bist ein verfluchter Lügner, Rope«, zischte Gareth. »Bist es schon immer gewesen.«

»So eine faszinierende Wendung der Dinge hatte ich überhaupt nicht erwartet.« Morrigan lachte vollkommen entzückt. Ich blickte sie finster an. »Allerdings, so sehr mich dieses Gespräch auch amüsiert, habt ihr doch nicht allein deshalb den weiten Weg auf euch genommen, oder doch?«

»Natürlich nicht.« Innerhalb eines Wimpernschlages hatte Rope seine Heiterkeit gegen Ernsthaftigkeit ausgetauscht. Kein Wunder, dass ihm so großes Vertrauen von Billings geschenkt wurde. Er war ein verfluchter Psychopath. »Billings möchte, dass du dich ihm anschließt. Gemeinsam könnt ihr so viel mehr erreichen. Über so viel mehr herrschen.«

»Billings verabscheut Schattendämonen«, warf Colin ein, dessen Anwesenheit ich beinahe vergessen hätte, obwohl er mir direkt gegenübersaß. »Könntest du dich damit abfinden?«

»Guter Einwand, *Mensch*«, antwortete ihm die Königin, ohne ihn anzusehen. Sie blickte starr in Ropes Gesicht. »Ich liebe meine Kreationen und ganz besonders meine Schatten.«

»Nun, mein König wird sicherlich mit sich reden lassen«, erwiderte Rope, nicht im Mindesten verunsichert. Ich wünschte, ich könnte ihm das selbstgefällige Lächeln von den Lippen schlagen.

»Ach, wird er das? Wie außerordentlich großzügig von ihm …«

Ich konnte mich kaum zurückhalten, die Faust triumphierend in die Luft zu recken und Morrigan anzufeuern. Wer hätte gedacht, dass ich mich einmal auf ihrer Seite wiederfinden würde?

»Wie sehen deine Ziele aus, Morrigan?«, fragte Gareth mit leiser Stimme und bildete dadurch einen starken Kontrast zum aufgeweckten, fast schon überlauten Auftritt seines Bruders.

»Meine Ziele beinhalten Kriege und Siege. Ich werde mir das holen, was mir rechtmäßig zusteht.« Sie senkte für einen kurzen Moment ihre vollen schwarzen Wimpern, Schatten umkreisten sie unruhig, ehe sie sich wieder zurückzogen. »Und mehr.«

»Mehr … du meinst …« Gareth musste den Satz nicht beenden, da wir alle die Sehnsucht in ihren Worten vernommen hatten. *Mehr*. Sie wollte ihre Grenzen nicht nur um Duster und Triste abstecken, sie wollte ihre Krallen in die Erde schlagen.

Morrigan spießte mit ihrem langen Fingernagel eine Traube auf, führte sie beinahe träge an ihren Mund. Jeder, auch die anderen Dämonen, starrte sie voller Faszination an, als würden sie die Situation noch nicht ganz begreifen.

»Das Einzige, das mir fehlt, ist meine Krone. Und Alison und Colin wissen, wo sie ist.« Ihr Blick wurde steinhart. »Verratet es mir.«

»Woher sollen wir das wissen?«, zischte Colin.

»Wir müssen dir gar nichts sagen«, sagte ich gleichzeitig und gewann damit die Aufmerksamkeit der Königin.

»Müsst ihr nicht? Warst du es nicht, die ein Blutsversprechen mit mir eingegangen ist?« Sie verzog spöttisch das Gesicht.

»Und was genau versprach ich dir?« Ich löste meine Hand von Gareths, um mir und ihr Stärke und Selbstbewusstsein zu beweisen. Es war unabdinglich, Morrigan nichts von meinem inneren Aufruhr zu zeigen.

Die Königin hielt einen Moment inne. Mein Herz klopfte und ich war mir fast sicher, auch das ihre im gleiche Takt schlagen zu hören. Immer schneller.

Ihre Miene verdüsterte sich, als ihr bewusst wurde, worauf ich hinauswollte. Sie ballte eine Hand zur Faust und ließ diese auf die Tischplatte niedersausen. Das Geschirr klirrte und die Musiker hörten abrupt auf zu spielen.

Stille kehrte ein. Ich wartete einen Moment, um ihre Wut auszukosten.

»Ganz genau.« Ich zwang mich zu einem arroganten Lächeln. »Ich versprach dir, dass ich dir alles sagen werde, was ich weiß, aber weder du noch ich nannten einen Zeitraum, in dem dies geschehen muss.«

»Du verfluchtes Biest!« Morrigan sprang von ihrem Stuhl auf, bebte am ganzen Körper, als die Welt erschüttert wurde. Sie verlor kurzzeitig das Gleichgewicht und musste sich an der Tischkante festhalten.

Donner krachte um uns herum, Putz rieselte von der Decke und Geschirr fiel klirrend zu Boden.

Wir alle schrien gleichermaßen auf, als sich ein paar steinerne Brocken von der Decke lösten und dichte Schmutzwolken über uns hinwegrollten. Hätte Morrigans Gesicht nicht das gleiche Entsetzen gezeigt wie es sich bei den anderen Dämonen finden ließ, hätte ich geglaubt, dass sie die Beherrschung verloren hatte. Doch ihre Magie war es nicht, die das Schloss zum Einsturz brachte, sondern Explosionen.

20. Kapitel

Hustend kletterte ich von meinem Stuhl und wich dem Ellenbogen eines anderen aus, der den Staub von seinen Ärmeln schüttelte. Blut tropfte von der Stirn seines Nachbarn, der auf dem Boden gelandet war.

Ich umfasste Gareths Arm und wir versuchten, den Raum zu verlassen.

»Gehen wir, solange sie abgelenkt ist«, zischte ich.

Er nickte grimmig und führte mich durch die Staubwolken durch den Raum, der für kurze Zeit nicht mehr bebte.

Schließlich gelangten wir zu der breiten Flügeltür und durch sie stürzten wir direkt ins Chaos. Hier auf dem Korridor sah es nur geringfügig besser aus als im Bankettsaal. Zur Verwüstung mischten sich Dämonen in voller Rüstung, die sich an uns vorbeidrängelten, um zur Königin zu gelangen.

»Das ist unsere Chance«, meinte Gareth, während wir dicht an der Wand gepresst standen, um die Krieger vorbeizulassen. »Wir könnten das Schloss verlassen.«

»Was ist mit Colin? Und Joana?«

»Ich bin hier«, ertönte die Stimme des Rebellen, bevor er sich selbst aus den Staubwolken schälte. »Joana wollte Morrigans Seite nicht verlassen.«

Es überraschte mich, dass er sie überhaupt gefragt hatte, ob sie ihn begleiten wollte.

»Dann los.«

Ich folgte Gareth und Colin rannte uns hinterher, während ich eine Hand schützend vor Mund und Nase hielt, um nicht zu viel von dem Staub einzuatmen. Nach zwei Korridoren kamen wir an eine Stelle, an der die Decke zum Teil eingestürzt war, und wir mussten über den Geröllhaufen steigen, was uns Zeit kostete. Aus den Augenwinkeln nahm ich wahr, wie sich die Schatten an den Wänden bewegten und umherwirbelten, als würden sie einem Ruf folgen.

»Morrigan versucht, die Kontrolle über die Situation zu erlangen. Wir müssen uns beeilen, bevor das, was auch immer hier geschieht, aufhört«, rief ich atemlos und sprang unbeholfen in dem engen Kleid über den letzten Steinbrocken. Gareth wartete auf mich, nahm meine Hand und rannte mit mir gemeinsam die breiten Treppen nach unten. Ich hörte Colins Schritte hinter uns, aber es war nicht nur er, der uns folgte.

Wir hatten gerade das Foyer erreicht, als ganz in unserer Nähe eine weitere Explosion losging, die Gareth und mich voneinander trennte. Ich war unfähig, zu reagieren und wurde wie eine Puppe quer durch den Raum geschleudert, bis ich gegen eine Wand prallte. Der Aufschlag presste die Luft aus meiner Lunge und für einen Moment blinzelte ich orientierungslos ins Nichts, während Staub fein wie Puder auf meine Wangen rieselte. Sehen und hören war fast unmöglich. Außer einem Piepen im Ohr vernahm ich minutenlang nichts mehr. Oder waren es nur Sekunden?

Ich kämpfte mich schließlich aus meiner Benommenheit, kam hustend zum Stehen und blinzelte gegen den Nebel aus Rauch und Schmutz an.

»Gareth?«, krächzte ich und hustete ein paarmal, um meiner Stimme etwas mehr Kraft zu verleihen. »Gareth? Colin? Wo seid ihr?«

Niemand antwortete mir. Fluchend kämpfte ich mit dem verschmutzten und zerrissenen Kleid, um mich auf die Suche nach meinen beiden Begleitern zu begeben. Jäh packte mich jemand am Handgelenk und zog mich daran zurück.

Instinktiv riss ich meine freie Faust hoch, um sie meinem Angreifer ins Gesicht zu schmettern und ich zögerte nicht, als ich ebenjenes erkannte. Unglücklicherweise wich mir Rope aus, indem er seinen Kopf zur Seite neigte und mich gleichzeitig näher an sich zog, sodass ich das Gleichgewicht verlor. Diese Schuhe würden mir noch das Genick brechen!

»Lass mich los!«

»Hier ist es nicht sicher«, entgegnete er, als würde ihn mein Wohlbefinden wirklich interessieren. »Komm mit mir.«

»Niemals«, zischte ich und spuckte, traf aber nur seinen Kragen.

Er bedankte sich mit einer schallenden Ohrfeige, die ich bis in meine Zehenspitzen fühlte. In meinem Kopf drehte sich für einen Moment alles und ich bekam nur wie aus weiter Ferne mit, dass mich der Königsdämon in eine bestimmte Richtung zerrte.

Ich kämpfte mich schließlich aus meiner Benommenheit, obwohl der Schmerz in meiner Wange meinen Atem stocken ließ.

Wir erreichten einen kleinen, unscheinbaren Salon, der vollkommen von der Zerstörung verschont worden war. Rope drückte hinter mir die Tür ins Schloss, während ich noch immer etwas unsicher auf den Beinen weiter ins Zimmer ging und dabei meine Schuhe von den Füßen streifte. In einem Kampf wären sie mir nur im Weg. Jetzt musste ich lediglich eine Möglichkeit finden, das Kleid zu kürzen, um meine Beine benutzen zu können.

Mein Blick fiel erneut auf die Schuhe. Ich bückte mich und hob einen auf, tat so, als würde ich es mir anders überlegen und ihn wieder anziehen, dabei dachte ich bloß darüber nach, wie ich mit der aufgerauten Spitze des Absatzes mein Kleid aufschlitzen könnte.

»Endlich sind wir wieder allein«, verkündete Rope, der mich keine Sekunde aus den Augen gelassen hatte. Worauf wartete er? Und wenn ich schon darüber nachdachte, was hatte er gestern im Waschraum gewollt? Mich weiter quälen, wie er es mir versprochen hatte?

Plötzlich pochte mein Herz so schnell, dass meine schweißnassen Hände fast den Griff um den Schuh verloren hätten. Ich würde es nicht ertragen können, ganz egal, was seine Absichten waren; ganz egal, was er vorhatte. Ich musste hier fort.

»Was hast du vor?«, brachte ich zitternd hervor.

Zeig jetzt keine Schwäche. Du hast dich dein halbes Leben lang auf diese Konfrontation vorbereitet. Du bist aus härterem Holz geschnitzt als er. Beweise es ihm.

Beweise es dir.

So seltsam es auch war, in diesem Zimmer befand sich nicht ein einziger Schatten. Die Nacht hatte längst Einzug erhalten, doch es war weder dunkel noch hell, sodass ich Ropes markante Gesichtszüge deutlich erkennen konnte, als sie einen nachdenklichen Ausdruck annahmen. Er tat einen Schritt auf mich zu, ignorierte, so wie ich, die Einrichtung und ging noch weiter, bis uns nicht mehr als zwei Fußlängen trennte.

»Willst du wissen, was wirklich geschehen ist? In der Nacht, in der deine Familie gestorben ist?«

Ich öffnete den Mund und schloss ihn wieder, bevor ich im Inneren ein selbstironisches Lachen ausstieß. Da hatte ich doch wirklich gedacht, auf alles vorbereitet zu sein und dann stellte er diese … schmerzhaften Fragen, die mich so lange gequält hatten.

»Falls es dir noch nicht aufgefallen ist, Dämon, draußen finden Kämpfe statt. Willst du deiner Königin nicht zu Hilfe eilen?«, presste ich zwischen zusammengebissenen Zähnen hervor, auch wenn ich am liebsten geschrien hätte: *Ja, ich will es wissen. Alles.*

»Erstens ist sie nicht meine Königin und zweitens kann sie sich gut selbst verteidigen. Sie hat ihre Schatten. Und noch einiges mehr.« Er hob eine Hand und berührte mit dem Finger meine Wange. Ich war mir sicher, dass es die Narbe war, die mir von Morrigan zugefügt worden war, die sein Interesse geweckt hatte. »Ich bin wütend gewesen.«

Ich wollte ihn schlagen, ihn von mir stoßen, ihn zerstören und zerstückeln, bis nichts mehr von ihm übrigblieb außer ein Haufen Knochen.

»Du bist ein Psychopath«, fauchte ich und brachte ihn zum Lachen, was meine Wut noch weiter entfachte.

»Ich bin wütend gewesen«, wiederholte er, ohne auf meinen Kommentar einzugehen. Sein Gesicht nahm einen entrückten Ausdruck an. »Damals. Mein Bruder, er … ständig war er so selbstbeherrscht. So zuvorkommend. Freundlich. Perfekt.« Seine Zähne blitzten kurzzeitig auf und er ließ endlich seine Hand sinken. »Seit ich klein war, hatte er versucht, mich zu einer Version seiner selbst zu formen. Wie einen Teig. Hier etwas wegnehmen, dort etwas hinzufügen und das hier verkneten. Jahre und Jahre vergingen, ohne dass er aufgab. Ich musste … wollte ihm eine Lektion erteilen. Er musste ein für alle Mal erkennen, dass ich nicht gerettet werden wollte.«

»Warum?«, entfloh es mir. Ohne es gewollt zu haben, hatte er mich mit seinen Worten in den Bann geschlagen.

»Warum …« Sein linker Mundwinkel hob sich und versetzte mir damit ein Stich ins Herz. Ich konnte so viel von Gareth in ihm erkennen und doch es war zu wenig. Immer zu wenig. »Weil ich den Geruch von Blut liebe, Alison. Ich sehne mich nach dem Gefühl davon an meinen Händen und seiner Wärme auf meiner Haut. In der Nacht war deine Familie zur falschen Zeit am falschen Ort. Mein Freund, der ein paar Jahre später von Billings getötet wurde, hat mir geholfen, das Monster in mir endgültig von der Form, die Gareth sein Leben lang sorgfältig zurechtgeschliffen hatte, zu befreien. Das Monster, das er jedes Mal zu bändigen versuchte, wenn ich wieder einmal jemandem wehgetan hatte.« All dies sagte er ohne die geringste Reue. Nichts außer Sehnsucht verfärbte seine Stimme und ich war mir sicher, dass die Sehnsucht nicht Gareth oder seiner Kindheit galt. Es verlangte ihn nach Blut, wie er bereits zugegeben hatte.

»Du bist krank. Ich kann es nicht glauben …« Kopfschüttelnd ließ ich den Schuh fallen, fuhr mit den Händen in meine Hochsteckfrisur und riss hilflos an meinen Haaren. »Du … Ihr seid einfach in die Stadt gegangen und habt unser Haus gesehen und dann …«

»Dann haben wir uns einen Spaß erlaubt. Jason, mein Freund, ließ mir freie Hand. Ich manipulierte erst deine Schwester, doch deine Mutter schrie zu laut, also schenkte ich ihr meine Aufmerksamkeit und sie konnte mir nichts entgegensetzen.« Seine Augen waren dunkel. Schwarz. Ich wusste, dass sie grün waren, trotzdem konnte ich nichts außer Finsternis in ihnen erkennen.

»Du hast nicht mal den Mut besessen, deinen Job zu beenden«, herrschte ich ihn an, obwohl meine Stimme zitterte. Obwohl Tränen meine Wangen hinabrannen. »Du hast nicht mal selbst das Messer geführt. Was für ein Feigling bist du eigentlich?«

»Vielleicht hole ich all das nun nach?«, erwiderte er unbewegt und doch … war es das Zucken seiner Wange? Oder etwas anderes in seinem Gesicht, das mir verriet, dass meine Worte nicht spurlos an ihm vorbeigingen?

»Warum hast du es damals nicht getan?« Er hätte mir all dieses Leid ersparen können. Aber genau das war sein Fluch gewesen, nicht wahr? Mich ein Leben lang zu quälen.

»Ich sah etwas in dir, das mich an mich selbst erinnerte. Eine Kälte, die mir imponierte.« Er grinste schelmisch. »Totaler Unfug, und doch … ich konnte nicht widerstehen. Ich verfluchte dich. Markierte dich im tiefsten Inneren. Mehr als es dieses Tattoo je tun könnte.«

»Es gibt weder einen Fluch noch eine Markierung!«, schrie ich. »Du gehst so vollkommen in deinen eigenen Illusionen auf, dass du jeden Zugang zur Realität verloren hast.«

»Du willst es nur nicht sehen«, sagte er nachsichtig, bevor er seine Hände nach mir ausstreckte und an meine Wangen legte. Bevor ich reagieren konnte, hatte er mich zu sich herangezogen und seine Lippen auf meine gepresst.

Feuer.

Hitze.

Flammen.

Dieses Aufeinanderpressen von Lippen – ich weigerte mich, es als Kuss zu bezeichnen – verursachte nichts als Schmerzen in mir. Ich vermochte nicht zu sagen, ob es körperliche oder seelische waren, aber in diesem Augenblick war es die reinste Qual.

Mit den Fingernägeln kratzte ich über sein Gesicht, versuchte ihn von mir zu stoßen und trat nach ihm, was das Kleid größtenteils unterband, aber nichts zeigte Wirkung.

Dann öffnete ich meinen Mund, täuschte meine Zustimmung vor, ignorierte sein Stöhnen und biss dann auf seine Zunge, als er der unausgesprochenen Einladung folgte. Ich schmeckte sein Blut. Dieses Mal bestrafte er mich mit seiner Faust, die meinen Wangenknochen zerschmetterte. Ich wurde seitwärts gegen das Sofa geschleudert.

Ich rappelte mich auf alle viere auf, kämpfte gegen die Bewusstlosigkeit an, die sich schwarz und schwärzer auf mich stürzte. Meine Finger krallten sich in den weichen Teppich, doch aufzustehen war mir nicht möglich. Es tat so weh. Alles schmerzte. Dann vernahm ich das Öffnen der Tür und mir blieb nichts anderes mehr übrig. Wenn ich fliehen wollte, *musste* ich aufstehen.

Gareth, rief ich im Inneren, wissend, dass er mich nicht würde hören können. So funktionierte unser Band nicht, aber vielleicht gelang es ihm, meinen Aufenthaltsort genauer bestimmen zu können als ich es konnte.

»Alison!« Es war *seine* Stimme. »Ich bin hier.« Vorsichtig half er mir auf und bemühte sich, mir als Stütze zu dienen, da bemerkte ich, dass er nicht allein gekommen war. Colin und ausgerechnet Noah waren ebenfalls ins Zimmer gestürmt und standen nun zwischen Rope und dem Ausgang.

»Du mieses Arschloch! Kannst du dir keine Gegner deines Kalibers aussuchen?«, brüllte Noah. Mein Verstand war noch zu vernebelt, denn Noahs Anwesenheit ergab überhaupt keinen Sinn für mich.

»Mir geht es gut«, versicherte ich Gareth, der unschlüssig zwischen seinem Bruder und mir hin- und herblickte.

Er nickte und trat an Noahs Seite, was mich mehr erleichterte, als es eigentlich hätte tun sollen. Trotzdem, für eine Sekunde war ich mir nicht sicher gewesen, welche Partei er ergreifen würde. Aber bedeutete dies auch, dass er wirklich seinen Bruder bekämpfen würde?

»Du bist zu weit gegangen, Rope«, knurrte Gareth.

»Ach ja?« Seine Worte klangen zu lang gezogen, unkontrolliert, als würde er seine Zunge nicht mehr richtig einsetzen können. Ich konnte mir ein triumphierendes Grinsen nicht verkneifen, bereute dieses jedoch sofort, als das Brennen in meinem Gesicht zunahm. »Du willst dich mit mir anlegen? Nachdem du all die Jahre wie ein Feigling vor mir davongelaufen bist?«

»Die Zeit zum Reden ist vorbei. Ich bin hergekommen, um Alison zu befreien und sicherzustellen, dass sie von niemandem, und erst recht nicht von dir, verletzt wird.« Es war Noahs Stimme, die den Lärm von draußen übertönte und mich starr zurückließ. Noch nie hatte ich ihn mit solch einer Überzeugung sprechen hören. Noch nie war er mir so stark und selbstbewusst vorgekommen.

»Noah, mir geht es gut. Alles ist gut«, versuchte ich ihn zu beschwichtigen, aber sein Blick war allein auf den Feind gerichtet.

»Ich habe dich so oft im Stich gelassen, Aly. Aber das ist jetzt vorbei. Ich weiß jetzt, was wichtig ist.«

Ich wollte mich vor ihn werfen, ihn in den Arm nehmen und ihm versichern, dass ich ihm bereits für alles vergeben hatte. So verhielt man sich in einer Familie.

»Wie rührend! Sie hat nicht nur einen Königsdämon um ihren Finger gewickelt, sondern auch einen armseligen Schattendämon.« Rope lachte auf. »Wenn es doch nur jemand mit mehr Grips gewesen wäre. Aber keine Sorge, du wirst deinem Bruder schon bald ins Grab folgen.«

»Woher weißt du von meinem Bruder?«, zischte Noah.

»Wer kennt nicht die rührende Geschichte des Dämons, der sich zwischen seinen Vater und seinen Bruder gestellt hat, um dann durch die Hand seines Vaters zu sterben, während der Bruder bloß zusieht? So schwach und erbärmlich. Alle beide, aber er am allermeisten. Wie war noch gleich sein Name?« Rope lächelte süffisant. Er wusste ganz genau, welche Worte er sagen musste, um Noah zu provozieren. »Ah, ich weiß, Dema! Armer, armer Dema.«

»Halt dein Maul!« Ich sah die Entschlossenheit in Noahs Augen aufblitzen, bevor er seinen Worten Taten folgen ließ und auf den Königsdämon zustürzte. Noch im Sprint wandelte er sich, ließ seine

Krallen ausfahren und knurrte mit verlängerten Fängen. Rope zögerte keine Sekunde, erwartete den Schattendämon mit seinen eigenen schwarzen Krallen und stieß zu. Noah hatte damit gerechnet, drehte sich zur Seite, wirbelte so schnell herum, dass ich der Bewegung kaum folgen konnte, und rammte seinem … unserem Feind die Krallen in die Mitte.

Rope zuckte zusammen, schaffte es aber, dem nächsten Schlag auszuweichen und sich von den Krallen zu befreien. Gareth verließ meine Seite, um Noah zu helfen, der ein weiteres Mal auf den Königsdämon stürzte. Diesmal war Rope jedoch besser vorbereitet und konnte Noah ausweichen, sich drehen und ihm einen Schlag in die Magengrube verpassen. Gerade als Gareth ihn erreichte und gegen ihn stürzte, packte er Noahs Kopf und … drehte ihn.

»NEIN!« Ich beugte mich vornüber, als ich das Knacken hörte.

Rope ließ Noah fallen, nutzte Gareths Ablenkung aus und verletzte ihn mit den Krallen seiner gewandelten Hand. Mehrere Striemen zeichneten seinen Bruder, der instinktiv zurückwich.

»Tu es nicht!«, rief ich und rannte vorwärts, doch er war zu spät. Bevor ich Rope erreichen konnte, hatte dieser sich umgedreht und die rasiermesserscharfen Krallen in Noahs Herz gebohrt.

»Nein«, schluchzte ich, unfähig zu atmen. Unfähig mich zu bewegen.

Unfähig …

Noah.

Ich fiel.

Und fiel.

Ich achtete weder auf Gareth noch auf Rope, als ich mich krabbelnd zu Noahs gebrochenem, leblosem Körper begab. Ich zitterte so sehr, dass ich für einen Moment glaubte, er würde sich bewegen, doch es waren nur meine Hände, die seinen Kopf hielten.

»Noah«, flüsterte ich, mich zu ihm herabbeugend und einen Kuss auf seine Stirn hauchend. »Bitte wach auf.«

Aus dem Augenwinkel nahm ich wahr, wie Rope an Gareth und Colin vorbei aus dem Zimmer rannte. Niemand hielt ihn auf. Zu geschockt waren wir.

Wir brauchen keine Waffen. Unsere Krallen sind für unsereins tödlich, hörte ich Tys Stimme in mir widerhallen. Schattendämonen konnten sich von beinahe jeder Verletzung erholen, solange man ihnen nicht das

Saturnzeichen in die Brust ritzte oder … sie nicht durch die Krallen eines ihrer Artgenossen starben.

»Bird braucht dich«, wisperte ich an seinem Ohr und strich über sein Haar. »Ich brauche dich.«

»Aly.« Ich spürte Gareths Anwesenheit neben mir. Er hatte sich hingehockt und berührte mich leicht an der Schulter. Die Kratzer in seinem Gesicht bluteten und verheilten nicht auf gewohnte Weise. »Wir müssen gehen. Wir können nichts mehr für ihn tun.«

Er hatte recht.

Langsam legte ich Noahs Kopf ab, bevor ich seinen gebrochenen Hals ansah und dann die Kette erkannte, an der sich eine Hundemarke befand. Einst hatte sie seinem Bruder … Dema gehört. Ein Bruder, der, anders als Rope, für sein eigenes Fleisch und Blut gestorben war. Daran war nichts schwach oder erbärmlich. Ich zog die Kette von seinem Hals, um sie mir selbst umzulegen. Aber als es Zeit war, aufzustehen, holte mich die Schwäche erneut ein.

Schluchzend umklammerte ich Noahs Schulter und barg mein Gesicht in seiner blutbesudelten Jacke. Wärme hüllte mich ein, aber kein schlagendes Herz.

»Es tut mir so leid.« Gareth umklammerte mich von hinten und zog mich von Noahs Körper weg, ohne sich von meinen Schlägen beeindrucken zu lassen. Schließlich hielt er mich aber so fest an sich gedrückt, dass ich mich nicht einmal mehr bewegen konnte. Auf seinen Armen trug er mich aus dem Raum, in dem einer meiner besten Freunde sein Leben gelassen hatte. *Ermordet* worden war.

Noah hatte mich bloß beschützen, für mich einstehen wollen. Ja, er war ein Hitzkopf, aber ich hatte die Entschlossenheit gesehen. Die Entscheidung, Rope anzugreifen, war nichts gewesen, das er bereut hätte, und dennoch … hatte er den Königsdämon derart unterschätzt? War ihm nicht klar gewesen, was passieren würde?

Schluchzend klammerte ich mich an Gareths Anzugjacke und versteckte mich. Vor ihm. Vor Morrigan. Vor den Welten.

21. Kapitel

»Ich kann selbst gehen«, sagte ich, nachdem wir eine gewundene Treppe erreicht hatten, die immer tiefer nach unten führte. Gareth ließ mich augenblicklich herunter, während Colin die Tür, durch die wir gekommen waren, hinter uns verriegelte. Ich legte eine Hand an seine geschundene Wange. Drei Kratzer verliefen von links nach rechts quer durch sein Gesicht. Seine Augen waren glücklicherweise unbeschadet geblieben. Trotzdem sahen die Wunden tief aus, auch wenn sie zu bluten aufgehört hatten. »Hast du ein Messer?«

Was für eine Frage. Natürlich trug er eines bei sich. Wie immer hatte er seinen Dolch, den er mir nun reichte, in einem Halfter unter seinem Hemd festgemacht. Er knöpfte sein gestärktes Hemd wieder zu, als ich mich hinabbeugte und in mein Kleid einen langen Schlitz schnitt, damit ich problemlos laufen konnte. Nun, da die Kälte des schmutzigen Steinbodens durch meine nackten Sohlen drang, bereute ich es fast schon, mich meiner Schuhe entledigt zu haben.

Wenn ich die Absätze doch nur als Waffen benutzt hätte. Wenn ich sie Rope an den Kopf geworfen hätte, um ihn davon abzuhalten, Noahs Leben … auszulöschen.

Ich konnte noch immer nicht fassen, was geschehen war.

Ich hielt Gareth den Dolch hin, doch er schüttelte den Kopf, bevor er nach meiner freien Hand griff und wir gemeinsam vorwärtsgingen.

»Behalte ihn. Wer weiß, wem wir noch begegnen werden.«

»Wohin gehen wir überhaupt?«, erkundigte ich mich recht spät, aber ich schrieb meine zeitversetzte Reaktion dem Schock zu, unter dem ich noch immer stand. Die Treppenflucht war von mehreren Fackeln erhellt, die in regelmäßigem Abstand in die Wand geschlagen worden waren, sodass wir keinerlei Probleme damit hatten, den Stufen auszuweichen, die bereits brüchig geworden waren.

»Noah hat uns gesagt, dass Cleo in einem Boot auf uns wartet. Er hat all das hier geplant«, antwortete Gareth leise, bedrückt und abwesend. Auch er hatte das Geschehen noch nicht ganz begriffen und es würde uns beide vermutlich auf ewig verfolgen.

Meine Sicht war noch immer so eingeschränkt, dass ich eine halb zerfallene Stufe übersah und mit dem Fuß umknickte. Gareth riss mich im letzten Moment am Arm zurück, bevor ich kopfüber herunterfallen konnte. Ein Ende, das passend gewesen wäre, und trotzdem war ich froh, dass es noch nicht so weit kam.

»Danke.« Ich zwang mich zu einem Lächeln. »Mein Auge ist ziemlich zugeschwollen. Ich kann nicht richtig sehen«, gestand ich.

»Lasst mich vorgehen. Ich warne euch, wenn weitere solcher Stufen kommen«, bot sich Colin an, wartete, bis wir ihn in dem engen, sich windenden Gang vorbeiließen, und nahm dann unser eiliges Tempo erneut auf.

»Er hat dich ganz schön erwischt. Sobald wir etwas Zeit haben, gebe ich dir mein Blut«, verkündete Gareth ernst.

»Nicht nur mich hat es erwischt, Gareth. Deine Kratzer heilen nicht.«

»Diese Art von Verletzung dauern etwas. Du musst mit meinem Blut allerdings nicht leiden.«

»Was hat Noah noch gesagt? Wie hat er die Explosionen herbeigeführt?«, fragte ich, anstatt mit ihm zu diskutieren. Sein Blut wäre der einfache Weg und ich wusste, dass ich mich in diesem Moment nicht dagegen würde wehren können. Insgeheim war ich mir unsicher, ob ich es überhaupt noch trinken wollte. Es schien, als wäre ich wieder am Anfang unserer Beziehung angekommen …

»Uns blieb nicht viel Zeit, weil ich … wir Angst um dich hatten«, raunte Gareth. Meine Atmung wurde allmählich schwerer, je länger unser Weg auf dieser verfluchten Treppe andauerte, und meine Füße fühlten sich an, als würden sich mit jedem Schritt hauchdünne Nadeln in sie bohren. »Die Hamnea hatten anscheinend ihre Finger im Spiel und hielten sich dieses Mal nicht aus der Geschichte raus. Ganz egal, was ihre Gründe dafür waren, ich bin froh, dass sie es getan haben. Rebellen, die gegen den bevorstehenden Krieg sind, haben sich ihnen ebenfalls angeschlossen.«

Ich konnte mich nicht dazu überwinden, ihm zuzustimmen. Denn, wenn sie sich wie stets rausgehalten hätten, dann wäre Noah höchstwahrscheinlich noch am Leben und ich … ich würde Morrigan über kurz oder lang mitteilen müssen, wo ihre Krone zu finden war.

Als hätte Colin meine Gedanken gelesen, nutzte er Gareths und mein Schweigen, um die Stimme zu erheben. »Ich bin dankbar, dass du die Initiative übernommen hast, Jägerin, damit Morrigan die Informationen nicht aus uns herausfoltert, aber … wieso will sie wissen, wo die Krone ist?«

»Was meinst du mit *wieso?*« Endlich hörte ich etwas anderes neben meinem schweren Atem und unseren Schritten. Wasserrauschen erreichte uns erst leise und dann immer lauter, unregelmäßiger, als würden sich Wellen gegen Wände pressen. »Sie will die Krone, weil sie mächtig ist.«

»Tut mir leid, ich meinte, wieso denkt sie, dass wir wissen, wie man sie finden kann?«

»Weil es so ist. Wir sind es beide. Schlüssel und Schloss, Teil der Krone. Wer, wenn nicht wir, könnte sie finden?«

»Die Kaskaden«, murmelte Gareth, der unser Gespräch offensichtlich aufmerksam verfolgt hatte. »Dorian hat mich aufgeklärt.«

»Er wusste es?«

»Er hegte gewisse Vermutungen«, antwortete er ausweichend.

Als ich weiter nachhaken wollte, bogen wir um die letzte Ecke und fanden uns in einer riesigen Grotte wieder. Eine steinerne Decke wölbte sich weit über uns und ließ die lauten Schritte meiner Begleiter widerhallen. Die Geräusche wurden jedoch schnell wieder von dem Rauschen des Meeres verschluckt, das sich als eine Art Fluss in diese Höhle verirrt hatte.

Wir befanden uns an einem von zwei gegenüberliegenden Ufern, die sich bis tief in die Dunkelheit erstreckten. Ich konnte weder einen Ein- noch einen Ausgang entdecken, aber das Boot, in dem eine dunkelhaarige, schlanke Person auf uns wartete, entging meiner Musterung nicht.

»Cleo!«, rief ich viel zu laut, aber das war mir egal. Wer auch immer uns auf den Fersen war, wusste bereits, dass wir hier waren. Und wenn niemand die Passage hierher kannte, so waren wir für eine Weile sicher.

Die Rinnin sprang auf und brachte damit das kleine Fischerboot gefährlich ins Wanken, konnte aber ihr Gleichgewicht halten. Wir erreichten sie gerade, als sie ans Ufer sprang, das aus rötlich braunem Stein bestand und durch die Feuchtigkeit ganz glitschig war. Wir umarmten uns. Es fiel mir schwer, sie loszulassen, da ich ihr von den Ereignissen berichten musste.

Sie fuhr mit den Händen über ihre Arme und blickte dann von mir zu den anderen. Es war nicht schwer, den Moment zu erkennen, in dem ihr bewusst wurde, dass jemand Entscheidendes fehlte.

»Er hat es nicht geschafft«, sagte ich leise und kam damit den anderen zuvor.

»Wie …?« Sie riss die Augen auf.

»Wir sollten uns besser auf den Weg machen«, unterbrach Colin die gerade erst aufkeimende Unterhaltung.

»Ich weiß, es gibt viel zu besprechen, aber der Rebell hat recht«, stimmte Gareth zu. »Ist das Boot sicher?« Er betrachtete das unscheinbare Gefährt, das zur Hälfte aus einem überdachten Teil bestand und sogar einen Mast mit eingezogenem Segel besaß. Cleo barg das Gesicht in ihren Händen. Ich wandte mich ab, weil ich nicht dazu fähig war, ihr Trost zu spenden.

Von meiner Position aus konnte ich vier Ruder erkennen und zwei zum Sitzen geeignete Planken. Trotzdem wurde mir bei dem Gedanken daran, mich auf das hölzerne Boot zu begeben, mulmig zumute.

Nacheinander stiegen wir ein. Gareth war der Letzte und er löste das Tau. Sofort setzte sich das kleine Boot in der Strömung in Bewegung. Ich taumelte.

»Setz dich«, befahl mir Cleo streng, da ich wie eine Wahnsinnige mittendrin stehen geblieben war, als könnte mir das Wanken nichts anhaben. Ich ließ mich neben ihr auf die hintere Planke nieder. Gareth und Colin nahmen jeweils ein Ruder zur Hand und setzten sich vor uns hin. Da ich es nicht mochte, untätig zu sein, half ich ihnen beim Rudern und Cleo folgte meinem Beispiel.

»Sobald wir aus der Höhle sind, können wir das Segel vielleicht einsetzen«, dachte Gareth laut, während es um uns herum immer dunkler wurde. Ich konnte nur hoffen, dass seine Sicht besser war als meine, die ohne die Macht des Schlüssels ziemlich dürftig war. Deshalb erkannte ich schon bald nicht mal mehr die gefährlichen Felsen, die gelegentlich aus dem Wasser ragten und unser kleines Boot mit nur einem Zusammenstoß kentern lassen könnten.

»Was ist passiert?«, wisperte Cleo, während sie weiterhin angestrengt ruderte. Ich war mir nicht sicher, aber ich glaubte, wir befanden uns alle noch im gleichen Takt. Vielleicht war das auch nur falsche Hoffnung, denn mittlerweile stieg das Gefühl in mir auf, dass wir uns im Kreis bewegten.

»Rope … Ein sadistischer Königsdämon hat ihn getötet.« Ich sagte ihr nichts von der Verbindung zu Gareth, da ich nicht wollte, dass sie ihm dafür die Schuld gab. Nicht einmal unterbewusst. »Noah wollte Rope für das bezahlen lassen, was er mir angetan hat, aber … er wurde besiegt.«

Ich wünschte, ich könnte sagen, er hatte tapfer gekämpft, doch dafür war es zu schnell gegangen. Es war keine Zeit geblieben, den Kampf in die Länge zu ziehen oder es sich anders zu überlegen. Noah hatte sich unbedacht auf Rope gestürzt und das hatte ihn das Leben gekostet.

»Wow … er war so …« Sie stockte, tat für ein paar Herzschläge lang nichts anderes, als weiter zu rudern, bis sie ihre Stimme wiedergefunden hatte. »Ich hatte aufgegeben, weißt du? Die Hamnea haben sich gut um mich gekümmert. Dashan zeigte mir sogar, wie es ist, fremde Welten zu bewandern, aber dann tauchte Noah eines Nachts auf, nachdem er in die nächstgelegene Stadt gegangen war und … er überzeugte mich, dich zu retten. Einen Weg aus diesem Land zu finden. Aus dieser Welt. Ich kannte ihn nicht sehr gut, aber so wie er gesprochen hat … Ich wäre ihm vermutlich noch viel weiter gefolgt. Er war so großzügig und nett und ließ mich sogar hier warten, anstatt mit den Dämonen zu kämpfen, die gegen Morrigans Herrschaft rebellieren. Es war vielleicht feige, aber mein Sohn, er braucht mich. Ich konnte nicht riskieren, zu sterben.«

»Du brauchst dich nicht zu rechtfertigen, ich verstehe.« Ich warf ihr ein Lächeln zu, obwohl sie in der Dunkelheit wahrscheinlich genauso wenig sehen konnte wie ich. Und dann kitzelte mich eine kühle Brise auf meiner geschundenen, nach wie vor pochenden Wange und ein paar Ruderschläge später spuckte uns die Höhle ins offene Meer aus.

»Wir müssen schneller rudern, um nicht an den Klippen zu zerschellen«, rief Gareth über seine Schulter nach hinten.

Durch die anderthalb Monde, die auch in dieser Nacht hoch und breit den Himmel zierten, konnte ich endlich wieder etwas um mich herum ausmachen. Als ich einen Blick hinter mich warf, wünschte ich mir allerdings die Dunkelheit zurück. Die Klippen ragten hoch und bedrohlich mit zackigen, scharfen Kanten hinter uns auf und warteten mit scheinbar endloser Geduld auf ihre nächsten Opfer.

Es brauchte nicht mehr Ansporn als das, um gegen meine ermüdenden Muskeln zu kämpfen und sie dazu zu zwingen, das Ruder noch schneller zu schlagen. Wasser spritzte auf und brannte in meinen Augen, aber weder ich noch die anderen gaben auf.

Für eine gefühlte Ewigkeit sagte keiner mehr ein Wort, bis die Klippen nur noch blasse Erinnerungen waren. Wir hatten den Kampf gegen die Strömung gewonnen und waren ins offene Meer gerudert, wo uns Gareth nun eine Pause gönnte.

»Der Wind kommt aus der richtigen Richtung, um uns an Land zu bringen«, teilte uns Gareth mit, nachdem er für ein paar Sekunden mit geschlossenen Augen gestanden hatte. Nun machte er sich an dem Segel zu schaffen, das flatternd und weiß aufklappte.

»Wohin gehen wir?« Die Frage, die uns alle in dieser Nacht zu begleiten schien.

»Wir suchen das Tor auf, das sich vorgestern gebildet hat. Auf meinem Weg zum Schloss bin ich durch das Dorf gegangen und habe es gesehen. Ich hoffe, es hat sich noch nicht geschlossen und bringt uns irgendwo an die Ostküste.« Er setzte sich wieder hin, dieses Mal aber so, dass er mich ansehen konnte. »Wir gehen nach Hause.«

Nach Hause. War es das? Für ihn? Für mich? Wir befanden uns in Triste, das ein Teil seiner Heimat war, und trotzdem sprach er von einem anderen Zuhause.

Ich schwieg.

Wir wurden verfolgt.

Zuerst war ich mir nicht sicher, doch nachdem ich Gareths besorgten Blick aufgefangen hatte, konnte ich mir selbst nicht mehr länger einreden, dass es bloße Einbildung war. Wir waren noch zu weit von der angezielten Bucht entfernt, um jetzt schon mit dem Rudern zu beginnen, da wir unsere Kräfte schonen mussten. Noch gab uns der Wind Antrieb.

Am Horizont konnte ich niemanden sehen und trotzdem blieb das Jucken im Nacken, das mir schon bald verriet, dass unsere Verfolgerin Magie benutzte. Nichts anderes würde diese Art von Gänsehaut bei mir hervorrufen.

»Morrigans Schatten?«, warf ich unsicher in die Runde, beugte mich zum Wasser hinab und tauchte ein Stück Leinentuch, das ich im hinteren Teil gefunden hatte, ein. Das nasse Tuch kühlte meine linke Gesichtshälfte.

»Vielleicht auch ihre Rabenarmee?« Colin schenkte mir einen bedeutsamen Blick. Wie auch er hatte ich den Anblick der Vögel in den Käfigen nicht vergessen und mir graute es vor dem Tag, an dem sie den Befehl bekamen, anzugreifen. Nur einer einzigen Person würde ich es wünschen, zu ihrem Opfer zu werden.

»Rope«, entgegnete Gareth. »Lasst uns rudern. Das dauert zu lange. Notfalls rudere ich für uns zusammen, wenn eure Kraft nicht ausreicht.« Ihm war der Geduldsfaden anscheinend gerissen. Er griff nach einem Ruder und wir anderen taten es ihm augenblicklich nach.

»Wir schaffen das schon«, rief Cleo für meinen Geschmack viel zu laut und optimistisch aus. Ich verkniff mir jedoch eine bissige Bemerkung, da sie vermutlich bloß versuchte, von ihrer eigenen Angst abzulenken. Es war mir lieber, wenn sie Freude vortäuschte, anstatt in Panik auszubrechen.

Zunächst ruderten wir in einem gemächlichen Tempo, da wir noch immer Rückenwind hatten, doch je drohender die Präsenz hinter uns wurde, desto schneller und kräftiger wurden unsere Ruderschläge. Schließlich ließ das Prickeln in meinem Nacken etwas nach, das Ufer kam näher und die Dunkelheit wurde allmählich von der aufgehenden Sonne fortgeschickt. Vielleicht half uns der Tag- und Nachtwechsel, Morrigans Augen zu entkommen.

Plötzlich lief unser Boot auf eine Sandbank auf und blieb stecken. Bis zum rettenden Ufer war es nicht mehr weit und so trug mich Gareth an den Strand. Der Sandboden war mit Muscheln übersät und ohne Gareths Hilfe hätte ich mir vermutlich die Fußsohlen aufgeschnitten. Die anderen folgten uns durch das kalte Wasser.

»Wo müssen wir lang?«, fragte ich, nachdem mich Gareth am Ende des Strandes abgesetzt hatte.

Ich sah nichts anders außer meterhohe, teilweise bewachsene Dünen, wusste aber von unserer Fahrt hierher, dass sich dahinter irgendwo eine Stadt befand. Mein Orientierungssinn war in dieser Nacht jedoch nicht der beste.

Gareth übernahm die Führung und spornte uns weiter an, als die Müdigkeit uns niederzuringen drohte. Sie wurde stärker und stärker, aber wir gaben nicht auf, hielten die Augen geöffnet und setzten einen Fuß vor den anderen. Cleo und ich stützten uns irgendwann gegenseitig, Colin ging mit Gareth voran, doch auch er konnte das Tempo des Königsdämons nicht durchgehend halten und so fiel er ein paar Schritte zurück.

Schließlich ließen wir die Dünen hinter uns und betraten eine Straße aus gestampfter Erde, die direkt in ein kleines Dorf führte. Wir waren nicht mehr weit von ihm entfernt, sodass wir schon jetzt das regenbogenfarbene Schimmern des Portals erkennen konnten. Es hatte sich noch nicht geschlossen!

Plötzlich fiel die Erschöpfung wie alte Lasten von unseren Schultern, unsere Schritte wurden federnder und ein zaghaftes Lächeln regte sich in meinem Herzen. Gareth drosselte das Tempo etwas, um nicht vorgehen zu müssen. Gemeinsam schlängelten wir uns zwischen den einfachen Holzbauten hindurch, ohne einer einzigen Dämonenseele zu begegnen.

»Seltsam«, kommentierte Gareth. »Als ich hier vorbeigekommen bin, haben sich mindestens vier Familien hier befunden und die Wächter der Königin.«

»Vielleicht sind sie durch das Portal gegangen? Aus Neugierde?«, schlug Cleo vor und sah sich wachsam um.

Super. Noch mehr Dämonen, mit denen wir uns rumschlagen müssen, dachte ich, bevor wie ein Blitz Noahs Gestalt durch meine Gedanken schoss. *Für seine Anwesenheit würde ich fast alles tun.*

»Bleibt stehen!«, brüllte eine königliche Wache und überraschte damit jeden von uns. Wir hatten gerade das letzte Haus auf der linken Seite umrundet und damit das Portal erreicht, als die zwei Wachleute hinter einem steinernen Brunnen auftauchten. Sofort bemerkte ich das Blut und die Leichen unweit hinter ihnen. Als wären sie zusammengetrommelt und nacheinander abgeschlachtet worden.

Offensichtlich war den Kriegern aufgetragen worden, niemanden hindurchgehen zu lassen – oder Morrigan hatte nicht gewollt, dass sich das Wissen um das Portal verbreitete. So oder so, die Bewohner des Dorfes waren tot und wir würden es auch bald sein.

Die Rechnung hatte ich allerdings ohne Gareth gemacht. Er verlor keine Sekunde, stürzte sich auf die Königsdämonen und hatte dem ersten von ihnen mit einem seiner Messer die Kehle aufgeschlitzt, noch bevor dieser sich hatte wandeln können. Der zweite nutzte die Chance, verwandelte sich und blockte Gareths nächste Attacke ab.

Ich zögerte nur eine Sekunde, dann schnitt ich mein Kleid endgültig auf Kniellänge ab und eilte Gareth zu Hilfe, auch wenn er sie vielleicht nicht brauchte, doch ich musste kämpfen. Es war das, was mir half, bei Verstand zu bleiben.

Fast hatte ich das Gefühl vergessen, das mich jedes Mal überkam, wenn ich dieser Seite meiner selbst die Kontrolle über meinen Körper überließ. Mich füllte vollkommene Zufriedenheit aus. Selbstsicherheit und der Durst nach Blut brachten mein Inneres in Wallung, als ich den Königsdämon mit dem Dolch einen Schnitt an seinem Oberarm verpasste. Er knurrte, drehte sich um seine eigene Achse und verschaffte sich etwas Abstand, doch da sprang Gareth wieder auf ihn zu und ihm blieb nichts anderes mehr übrig, als sich gleichzeitig gegen uns beide zu verteidigen.

Er war ein guter Kämpfer, riss mit seinen Krallen die Haut an meinem Oberschenkel auf und versenkte seine Fangzähne in Gareths Arm, sodass dieser das Messer beinahe verlor, aber letztlich konnte er uns als Einheit nichts entgegensetzen. Gareths Klinge durchbohrte sein Herz, bevor er leblos zur Seite kippte.

»Sie werden wiedererwachen, also los.«

Atemlos griff ich nach seiner freien Hand. Cleo und Colin folgten uns, sodass wir nacheinander durch das Portal liefen. Obwohl ich erneut wild durcheinandergewirbelt wurde, ließ ich Gareth nicht los. Explosionen von Farben umhüllten uns, durchfuhren mich. Ich veränderte meine Gestalt und blieb doch immer wie ich war. Mit Gareth an meiner Seite.

Schließlich kamen wir auf der Erde auf, ohne dass ich das Bewusstsein verloren hätte. Gareth und ich stützten uns gegenseitig, nachdem uns das Portal rund einen halben Meter über dem Boden ausgespuckt hatte. Eine etwas angenehmere Reise als das letzte Mal, wie ich fand.

Die Probleme kamen erst danach. Um uns herum lag weißer, meterhoher Schnee und wir befanden uns inmitten einer Schlacht.

»Was zur Hölle …?«

22. Kapitel

Der König

Er hasste Versager. Mehr als alles andere hasste er es jedoch, selbst zu versagen. Und das hatte er getan. Es war absurd gewesen, anzunehmen, dass alles nach Plan laufen würde. Immer, *immer* ging etwas schief. Eine unvorhergesehene Komponente brachte das ganze Gefüge zum Einsturz und wie bei einem Dominoeffekt zerstörte es das ultimative Ziel, auf das er all die Jahre hingearbeitet hatte.

Nun. Fast.

Natürlich hatte er einen Ersatzplan. Einen Plan B, wie die Menschen sagten. Ursprünglich hatte er einen Kampf Dämon gegen Dämon auf diesem Kontinent vermeiden wollen, indem er Dorian vorher ausschaltete. Sein Fokus sollte allein auf die Eroberung der restlichen Welt gerichtet sein, aber dies würde er nun hinten anstellen müssen. Für den Moment, denn seine Maschinen würden schon bald in Betrieb genommen werden und dann würde ihn nichts mehr aufhalten.

Weder Menschen noch nutzlose Schattendämonen. Auch wenn er sich mit letzten wohl anfreunden müsste, sollte Rope mit Morrigan eine Einigung erzielen. Er versuchte sich vorzustellen, die Königin der Dämonen zur Frau zu nehmen und ihm wurde ganz kalt. Vermutlich war sie eine kratzbürstige, alte Hexe, die ständig auf ihre eigene Meinung pochte. Wenn er eines nicht brauchte, dann ein Weib, das zu viel redete und ihm widersprach.

Er tauchte die Spitze des Federkiels ein letztes Mal in die dunkelblaue Tinte ein, ehe er das Dokument mit seinem Namen unterschrieb. Hoffentlich wäre dies die letzte Korrespondenz mit seinem Hauptmann, der für die Anlagen im Norden verantwortlich war. Nach der zuletzt erhaltenen Nachricht waren alle Maschinen bis auf eine einsatzbereit, sodass einem erfolgreichen Ende der Mission nichts mehr im Weg stehen sollte.

Seufzend lehnte er sich in seinem Stuhl zurück und gönnte sich einen Moment des Schwelgens. Es fühlte sich wie gestern an, als er Alasdair die Verantwortung über das Labor überlassen hatte und dieser schon nach wenigen Monaten mit den ersten Resultaten zu ihm gekommen war. Zugegeben, es hatte noch einige Jahre gedauert, bis Crystal und Amethyst als Erfolge daraus hervorgegangen waren, aber es hatte funktioniert und nun befand sich seine Geheimwaffe auf dem Schlachtfeld und fertigte mehr Dämonen ab als jedes andere Mitglied seiner Armee.

Ein entzücktes Lächeln breitete sich auf seinen Lippen aus und er gab sich nicht mal Mühe, es zu unterdrücken. Er war allein. Niemand würde ihn darauf ansprechen. Nicht dass irgendjemand in seiner Nähe den Mut aufbringen würde, sich nach dem Grund für seine Freude zu erkundigen.

Das Labor war in dieser Hinsicht, genau wie die Maschinen, ein voller Erfolg gewesen. Nur die spontane Allianz mit den Kaskaden hatte nicht funktioniert. Er hätte wissen sollen, dass Sousha als Anführerin zu schwach wäre. Sie war immerhin eine Frau und was wussten die schon? Immerhin hatte er seinen Frust an dem Rinnen auslassen können, der geschrien hatte wie ein Säugling bei seiner Geburt.

Leider hatte der Genuss nicht lange angedauert.

Innerlich lachend stand Billings auf, zog seine dicke Felljacke über und knöpfte sie vorne zu, bevor er mit einem wohligen Gefühl im Magen das üppig eingerichtete Zelt mit dem Ofen in dessen Mitte verließ.

Schnee rieselte herab, aber da der Anblick seit Tagen der gleiche war, achtete der König kaum darauf. Auch die Soldaten um ihn herum, die hektisch ihre Zelte verließen, sich umzogen oder ihre Waffe schärften, waren blind für die Schönheit des Landes, die Billings nur in den wenigsten Augenblicken zu schätzen wusste. Gerade war keiner davon.

»Mein König«, begrüßte ihn Zack, der für die strategischen Pläne zuständig war. Er eilte an seine Seite, stopfte ein paar Papiere in seine Jackentasche und versuchte mit Billings Schritt zu halten. »Ihr wollt Euch sicherlich ein Bild von der Schlacht machen? Darf ich anmerken, dass Crystal noch viel mehr Schaden anrichten würde, wenn sie ihre Schwester dabei hätte? Oder wenn sie ihre Plätze tauschen würden? Amethyst ist doch dazu fähig, Dämonen allein mit einer Berührung oder einem Gedanken auseinanderzureißen, nicht wahr?«

Billings, der sich eigentlich auf den Anblick der Schlacht gefreut hatte, spürte, wie sich seine Laune zusehends verschlechterte, je länger Zack vor sich hin plapperte. Es wäre so einfach, ihn zum Schweigen zu bringen, aber so schwer, ihn zu ersetzen.

»Amethyst ist vielleicht mächtiger, aber ihr mangelt es an Kontrolle. Zu oft konnte sie ihre Gabe in der Vergangenheit nicht abrufen«, erklärte Billings gezwungen geduldig und war froh, als sie den Fuß des Hügels erreichten. Dort wurden sie von mehreren Dämonen empfangen, die allesamt aufgeregt miteinander redeten, Billings aber nach einer ehrerbietenden Begrüßung zufriedenließen.

Und dann, als er den Aufstieg geschafft hatte, wurde er mit einem Bild aus Zerstörung und Verwüstung belohnt, das ihm eine Gänsehaut bescherte. Rufe, Schreie, Stöhnen. Der Geruch von Blut und verbranntem Fleisch drang in seine Nase und er nahm einen tiefen Atemzug.

Er konnte sehen, wie das Blau seiner Leute gegen das Rot von Ascia kämpfte, Crystal war am einfachsten von allen auszumachen. Ihr weißblondes Haar zeichnete sich deutlich vom blutdurchtränkten Schnee um sie herum ab. Sie kämpfte mit einer fließenden Eleganz, die ihm imponierte, und er fragte sich, ob er sie aus Spaß gegen einen seiner Krieger kämpfen lassen sollte. Aus der Nähe. Nackt. Wie würde ihre Haut mit Schnitten übersät aussehen? Mit Blutergüssen? Mit …

»Was ist das?«, entfloh es ihm, obwohl er sich sonst stets unter Kontrolle hatte.

Inmitten des Feldes war wie aus dem Nichts ein goldener Schimmer aufgetaucht, der sich vergrößerte. Gold explodierte und alle Farben des Regenbogens schossen wie Feuerwerk daraus hervor. Im nächsten Moment wurden nacheinander vier Personen ausgespuckt. Trotz der Entfernung erkannte er sie augenblicklich und Wut brachte sein Blut zum Kochen.

»Nehmt sie gefangen. Tötet sie! Tut etwas!«, brüllte er, bevor er sah, dass auch Crystal auf das Tor, das sich allmählich wieder schloss, aufmerksam geworden war.

Die vier Personen wirkten verletzt und ihre Kleidung zerrissen, aber er war sich sicher, dass es sich um Ropes Bruder, die Rinnin, den Träger des Schlosses und die Trägerin des Schlüssels handelte. Wie es schien, waren sie ohne Verstärkung aus Morrigans Reich zurückgekehrt.

Immerhin etwas, das ihn erfreute. Vielleicht hatte sie sich ja für seine Seite entschieden. Trotzdem hätten sie nicht hier sein sollen, wenn Rope seinen Auftrag erfolgreich erledigt hätte.

Crystal bemerkte nun auch die Neuankömmlinge und machte einen Schritt auf sie zu, bevor sich ihr Blick und der von Alison, zumindest glaubte sich Billings an ihren Namen zu erinnern, trafen. Natürlich hätte es auch Einbildung sein können, aber der König konnte ziemlich gut sehen und nach diesem Blickkontakt wandte sich Crystal ab. Die anderen wurden von Ascias Kämpfern schützend umstellt, sodass man sie ohne Schaden in ihr eigenes Lager bringen konnte. Zu spät, als dass seine Krieger zu ihnen hätten durchdringen können.

Zorn brannte in seinen Adern, als die Chance damit ungenutzt verstrich. Der Morgen würde schon bald anbrechen und die Kämpfe für den Moment zum Versiegen bringen.

Es war unabdinglich, seine Dämonen nicht schon jetzt vollkommen auszureizen, solange die Maschinen noch nicht liefen und er nicht einschätzen konnte, wie lange Dorian sich ihm widersetzen konnte. Außerdem hoffte er noch auf Neuigkeiten von Rope, der sich offensichtlich ein anderes Portal suchen musste.

Oder aber sein Weg führte ihn zu einem ganz anderen Ort. Damals, als er durch dasselbe Portal wie sein Vater gekommen war, hatte es ihn dreißig Meilen weiter südlich ausgespuckt, als würden sich die Wege nach Lust und Laune verändern.

Frustriert wandte er sich ab, löste sich von den Dämonen um sich herum und suchte sein Zelt auf, wo er sich mit den Händen auf seinem Schreibtisch aufstützte. Nur mit größter Mühe konnte er den Impuls unterdrücken, die Ablage mit einem gezielten Schwung abzuräumen. Gareth war Ascias rechte Hand und würde dem Königsdämon nun wieder moralisch zur Seite stehen.

Sein Versagen holte ihn erneut ein.

Es dauerte nicht lange, da hatte er eine Entscheidung getroffen und verlangte nach seinen Kriegsherren, die sich schon nach wenigen Minuten in seinem Zelt versammelten. Gemeinsam brüteten sie über alten und neuen Plänen, die Ascia zur Kapitulation zwingen würden.

Letztlich müssten sie den Druck erhöhen, um die Distanz zwischen ihnen und der Stadt zu verringern. Noch befanden sie sich mehrere Meilen von Ascia entfernt, sodass sich die Bewohner frei bewegen konnten und Dorian noch immer ihr Vertrauen schenkten. Die Stimmung innerhalb der Mauer würde sich sicherlich verändern, wenn Billings' Armee direkt davor stünde.

Nach Stunden der Diskussionen entließ er die Dämonen und setzte sich selbst auf das Sofa vor seinem Ofen. Er fror nicht so schnell wie Menschen, aber draußen herrschten bittere Minusgrade und er würde das wärmende Feuer nur ungern missen.

»Wusste ich doch, dass ich Euch hier finde, Sire«, erklang Ropes Stimme in dem Moment, da er die Plane zurückschob und ungebeten eintrat. Wie anders hätte er jedoch auf sich aufmerksam machen sollen? Billings war froh, dass er die Plane nicht länger als unbedingt notwendig offen hielt.

»Du bist also ebenfalls zurückgekehrt.« Billings deutete, ohne sich der Höflichkeit halber zu erheben, auf den ungemütlich aussehenden Hocker in der hintersten Ecke.

Rope zuckte mit den Schultern, ehe er den Hocker näher an den schwarzen Ofen führte und sich dann die Hände wärmte. Erst jetzt fiel dem König auf, dass er ganz schön mitgenommen aussah, als hätte er sich seinen Weg nach Hause teuer erkaufen müssen. Oder erkämpfen. »Es war nicht ganz einfach.«

»Die anderen waren vor dir hier.« Das ließ seinen besten Krieger überrascht aufsehen und ein Ausdruck der tiefsten Verachtung breitete sich auf seinem schmutzigen Gesicht aus. Ein paar Kratzer zierten seine Schläfe sowie seine Hände, aber abgesehen davon konnte Billings keine weiteren Verletzungen ausmachen. Sein Mantel verdeckte jedoch seinen Oberkörper und wer wusste schon, welche Verletzungen sich darunter verbargen.

»Morrigan wurde von ihren eigenen Leuten angegriffen«, presste Rope wütend hervor. »Ich hatte Alison, aber … Gareth und dieser verfluchte Schattendämon mussten ja dazwischen gehen.«

»Was genau wolltest du mit der Schlüsselträgerin?«

Diese Frage schien ihn einen Moment aus dem Konzept zu bringen. Billings betrachtete ihn genau, studierte seine meist reglose Miene, die heute jedoch so viel verriet. Heftiges Augenblinzeln, das verräterische Zucken in seinen Wangen und dann das tiefe Ein- und Ausatmen.

»Zu Euch bringen, natürlich. Wenn eines klar ist, dann, dass Morrigan ihre Krone zurückhaben will, die noch immer unglaubliche Kraft in sich birgt.« Seine Antwort war aalglatt und hätte jeden überzeugt, der nicht Billings war. Da der König aber noch immer seinem besten Dämon vertraute, beschloss er, über die wirre Vernarrtheit hinwegzusehen.

»Morrigan will sich uns also nicht anschließen? Das ist bedauerlich, aber nicht überraschend.« Billings zupfte gedankenverloren an seinem Ärmel. Es wäre von Vorteil gewesen, die Königin der Dämonen auf seiner Seite zu wissen, da sie die Moral unter Ascias Leuten hätte untergraben können. Wer würde sich denn gerne gegen seine Schöpferin auflehnen? Aber nun blieb ihnen beiden nichts anderes übrig, als einen anderen Plan zu verfolgen, sollte sich Morrigan dazu entschließen, als dritte Partei in ihre Schlacht einzugreifen. »Weiß sie, wo sich die Krone befindet?«

»Alison hat dichtgehalten, wenn sie denn überhaupt weiß, wie man sie finden kann.« Rope streckte seine Beine aus und kreuzte diese an den Knöcheln.

»Bring sie zu mir, Rope. Koste es, was es wolle, aber ich will diese Krone haben, bevor Morrigan sie in die Finger kriegt«, befahl Billings mit fester Stimme. Entschlossenheit spiegelte sich im Gesicht seines Gegenübers wider und ließ in dem König die Hoffnung aufkommen, dass sich doch alles fügen würde. So wie es vorgesehen war.

»Zu Befehl«, antwortete er, als er sich erhob und salutierte. Ein gefährliches Lächeln zupfte an seinem Mundwinkel.

23. Kapitel

Die Kriegerin

Ophelia starrte mit höchster Konzentration auf die Karte, die sie seit mehreren Tagen – seit acht, um genau zu sein – mit sich herumtrug und die sie seitdem mit immer mehr Kreuzen gefüllt hatte. Jedes Kreuz symbolisierte einen *Vessen*, den sie gefunden hatten. Sie wurden tiefer in den Norden geführt.

Nachdem sie mit großem Glück Keplinger erreicht hatten und von dort aus nach Ascia geritten waren, hatte sie Dorian darum gebeten, ihren ursprünglichen Auftrag weiterverfolgen zu dürfen. Sie wollte endlich herausfinden, woher die *Vessen* kamen und wie schlimm die Epidemie war, denn ganz gleich, wie viele sie töteten, es schienen immer mehr nachzukommen.

Da Ian wieder vollkommen genesen war, hatte er sie, Hadley und Bird begleitet. Ty und Clarke hatten sich ihnen ebenfalls angeschlossen. Sie befanden sich im Krieg mit Billings und es war nicht mehr vonnöten, dass sie ihre Beteiligung verheimlichten. Es würde sich kein Frieden zwischen den beiden Königsdämonen einstellen, dafür hatte Billings zu deutlich gemacht, dass er nicht mehr mit seiner Position zufrieden war. Er wollte mehr haben.

Mehr Macht.

Mehr Land.

Größere Verehrung.

Es fiel niemandem von ihnen schwer, sich eine Zukunft auszumalen, in der er über sie alle und die ganze Welt herrschen würde. Natürlich standen ihm noch viele Hindernisse im Weg, allen voran die Weitläufigkeit der Erde und Louisa Tanner in Europa, doch Ophelia ahnte, dass er sich nicht so leicht von dem Risiko beeinflussen lassen würde.

Mittlerweile hielten sie sich in einer verlassenen Menschenstadt mit halb errichteter Mauer auf. Sie hatten diese vor zwei Tagen erreicht und waren hier der Anführerin der Rebellen, samt ihren besten Leuten, begegnet. Im Gegensatz zu ihnen suchten sie nach den Verschwundenen der Stadt Plowth, die von Dämonen überfallen worden war. Sie hatten jeden Menschen getötet oder mitgenommen und nun, da das Vorhaben in Billings gescheitert war, taten sie das in ihren Augen nächstbeste.

Am liebsten hätte Ophelia nichts mit ihnen zu tun gehabt, da sie den Rebellen nicht sonderlich viel Respekt entgegenbrachte. Ihrer Meinung nach halfen sie nur sich selbst und hielten sich aus den schwierigen, gefährlichen Angelegenheiten heraus. Unglücklicherweise war ihre Gruppe jedoch nicht sehr groß und sie konnten jede Hilfe gebrauchen. Zudem waren die Rebellen in Besitz von Handfeuerwaffen, die ziemlich praktisch waren, wenn man sich *Vessen* gegenübersah oder einem der Wesen, welche die Bewohner dieser Stadt, die den Namen Oleander getragen hatte, getötet hatten. Den meisten von ihnen war die Kopfhaut entfernt worden, als eine Art Andenken, wie Ophelia annahm, und allein der Gedanke daran genügte, ihr einen Schauer über den Rücken rinnen zu lassen.

Gerade war sie über eine Karte gebeugt, als einer von Mattys Rebellen den geräumigen Raum betrat, in dem sie sich aufhielt.

Sie spürte sofort, wie sich Ian und Hadley neben ihr anspannten und sah sich den Neuankömmling widerwillig genauer an.

»George?«, wisperte Hadley.

Ophelia hörte das Erstaunen aus seinen Worten, obwohl er so leise sprach.

Die Welt schien für einen Moment stillzustehen, als er sich nach vorne, direkt auf den Rebellen zu, bewegte.

Er war es wirklich. Goldenes, schulterlanges Haar und blaue Augen, deren Farbe sogar im Schein der Fackeln hell erstrahlte. In seinem Gesicht standen Unglaube und Faszination geschrieben, als würde er sich nicht so recht entscheiden können, was er fühlen sollte.

»Had?« Der blonde Engel mit dem verwirrten Gesichtsausdruck blieb stehen, sodass Hadley selbst den letzten Abstand zwischen ihnen überbrücken musste. Kurz bevor sich ihre Nasen berührten, hielt er allerdings inne. George blickte von Hadley zu Ophelia und schließlich zu Ian. »Ihr seid auch hier?«

»Ihr kennt euch?«, fragte Bird leise.

»Das ist George. Unser ehemaliger Anführer«, antwortete Ophelia prompt, obwohl sie innerlich fast so aufgewühlt war wie Hadley.

Ophelia hätte niemals gedacht, ihn noch einmal wiederzusehen, nachdem er in dem Haus vergraben worden war, das er in die Luft gesprengt hatte. Doch sie konnte die Brandnarben sehen, die zwar sein Gesicht verschont hatten, aber sich seinen Hals hinabschlängelten, um unter dem Kragen seiner Jacke zu verschwinden. Er musste höllische Quallen erlitten haben.

»Wie ist das möglich? Ich dachte, du bist tot!«, rief Hadley vorwurfsvoll, als wäre es eine Unverschämtheit, dass George nun lebendig und atmend vor ihm stand. Die Art, wie er gesprochen hatte, schien ihm jedoch bewusst zu werden, da er sich eilig zu erklären versuchte. »Ich meine, wir haben gesehen, wie das Haus explodierte. Nichts mehr außer Schutt und Asche ist zurückgeblieben, als wir später zurückgekehrt sind, um nach deinen Überresten zu suchen.«

Bird trat einen Schritt nach vorne, als würde sie ihrem Freund zur Seite stehen wollen, aber wie Ophelia wusste sie nicht, welche Hilfe von ihr gebraucht wurde. Sollten sie eingreifen und George ebenfalls mit Vorwürfen befeuern?

»... überlebt. Verletzt, aber überlebt. Für kurze Zeit wusste ich allerdings nicht mehr, wer ich bin und was geschehen ist«, antwortete George, ohne den durchdringenden Blick von Hadley zu nehmen. Ophelia versuchte, sich wieder auf das Gespräch zu konzentrieren. »Colin fand mich schließlich und brachte mich zu Matty. Ich schloss mich den Rebellen an, bis mein Gedächtnis wiederkehrte und ich mich auf die Suche nach euch begab. Aber ihr wart längst fort und ich hatte keine Ahnung, wie ich euch finden sollte.«

»Also hast du einfach aufgegeben?« George müsste schon taub sein, um die Enttäuschung aus Hadleys Stimme nicht zu vernehmen.

»Had ...« George berührte Hadley an der Schulter, doch dieser entzog sich ihm.

»Lass gut sein, George, offensichtlich war ich dir nicht wichtig genug. Dafür brauchst du dich nicht entschuldigen.« Damit wandte sich Hadley ab und stürmte an ihm vorbei aus dem Raum.

George machte Anstalten ihm zu folgen, doch Ophelia, Ian und Bird positionierten sich unmissverständlich vor ihm und verschränkten die Arme.

»Du hast ihn gehört«, sagte Ophelia ruhig, aber nicht minder ernst. »Lass gut sein.«

»Ich will es ihm erklären«, protestierte er und fuhr sich frustriert durch sein langes Haar. »Es ist kein Tag vergangen, an dem ich nicht an ihn gedacht habe, aber gleichzeitig wollte ich weiterhin etwas Gutes tun. Die Rebellen gaben mir die Möglichkeit und ich … ich war mir sicher, dass sich Hadleys und meine Wege eines Tages erneut kreuzen würden. Ich hatte recht, nicht wahr?« Er erhob herausfordernd das Kinn. »Also lasst mich durch, damit ich diesem Sturkopf sagen kann, dass ich ihn noch immer liebe!«

Blinzelnd suchte sie die Blicke der anderen und zuckte die Schultern. Anscheinend waren sie von seiner Ehrlichkeit genauso erstaunt wie Ophelia.

Sie traten beiseite.

»Wenn du ihn verletzt, wird es dir leidtun«, zischte sie, als er an ihnen vorbeischritt, um den Jäger zu suchen.

Er antwortete nicht, was vermutlich besser war.

Nachdenklich sah sie ihm nach und betete, dass die Versöhnung zwischen ihm und Hadley funktionierte. Bird beschloss, dass es besser wäre, in der Nähe zu bleiben, falls Hadley Unterstützung brauchte, und sowohl sie als auch Ian ließen Ophelia zurück.

Sie selbst stützte sich mit den Händen auf der Tischplatte auf und schloss die Augen, während ihre Gedanken von Hadley und George wegtrieben. Sie wanderten weiter und erreichten schließlich Alison. Ihre Anführerin. Die Trägerin des Schlüssels.

Im Nachhinein machte so vieles Sinn, das ihr zuvor ein Rätsel gewesen war. Ihre Stärke. Schnelligkeit. Die Geheimnistuerei, wenn es um ihre Vergangenheit ging. Ophelia verfluchte Aly und auch sich selbst dafür, dass sie nicht besser aufgepasst hatte. Dass sie keine Freundin gewesen war, obwohl sie eine hätte sein sollen.

Am liebsten hätte sie sich Gareth angeschlossen, um nach ihr zu suchen, doch nach nur einer Unterhaltung mit ihm war sie vom Gegenteil überzeugt worden. In Duster und Triste wäre sie vermutlich nur ein Hindernis statt einer Hilfe, aber hier konnte sie Dinge bewirken. Das Schicksal der Welt lenken, wenn man so wollte.

»Gibt es Neuigkeiten?«

Beinahe wäre sie zusammengezuckt. Da sie noch immer die Augen geschlossen hielt, hatte sie nicht gesehen, wie sich das Licht in dem Raum veränderte, als die Tür hinter ihr geöffnet wurde. Nun vernahm sie jedoch schwere Schritte, die Matty gehörten – der Anführerin der Rebellen.

Ophelia hatte nicht sofort gewusst, dass dieser hochgewachsene, drahtige Mann in Wirklichkeit eine Frau war, da die Verkleidung nahezu perfekt war, aber dann hatte Matty ihre … Maske abgelegt, nicht physisch, aber auf eine andere Art, sodass die Härte in ihren Gesichtszügen und das Männliche für ein paar Momente verschwunden waren. Eine Frau war hervorgetreten und hatte sich als Matty Teagan vorgestellt.

»Neuigkeiten?« Ophelia öffnete die Augen, richtete sich auf und drehte sich dann zu der Frau mit dem Kurzhaarschnitt um. Heute trug sie eine dunkelgrüne Jacke mit doppelreihigen silbernen Knöpfen, die das Licht der Kerzen reflektierten.

»Konntest du das Zentrum näher einkreisen, nachdem wir auf weitere *Vessen* gestoßen sind?« Sie hob die buschigen Augenbrauen, die sie vermutlich absichtlich so wirr ließ, um den Eindruck der Rauheit zu unterstreichen. »Das ist es doch, was du getan hast, oder nicht?«

Ophelia schüttelte den Kopf und gab ihr Bestes, sich auf die Situation zu konzentrieren. Matty war Alison ziemlich ähnlich. Beide duldeten keine halben Sachen und forderten stets höchste Alarmbereitschaft in allen Dingen.

»Ja, natürlich.« Sie wandte sich wieder der Karte zu und fuhr mit ihren Fingern über die neu eingezeichneten schwarzen Kreuze. »Sie führen uns weiter in den Norden.«

»Nach A'Múen?« Matty trat näher und beugte sich nun ebenfalls über die Karte, um im Kerzenschein besser sehen zu können.

»Nein, die Spur führt nicht ganz so weit östlich.« Ophelia kratzte sich Schorf von ihrem Unterarm, ohne wirklich zu wissen, wann sie sich den Kratzer geholt hatte.

»Ich würde sagen, wir nehmen alles mit und kundschaften diesen Ort aus. Irgendwoher müssen die Schattendämonen ja kommen. Sie werden wohl kaum einfach in der Wildnis ausgesetzt, oder?«

Stirnrunzelnd betrachtete Ophelia erst Matty und dann erneut die Karte, als ihr ein Einfall kam. »Und was wäre, wenn doch?«

»Wie bitte?«

»Was ist, wenn sie tatsächlich von Billings erschaffen und dann an diesem Ort ausgesetzt werden?«

»Dann befinden wir uns möglicherweise auf der falschen Fährte. Wir wollen schließlich den Ursprung zerstören und nicht den Ort, an dem sie abgeladen werden«, sagte Matty frustriert.

»Ich glaube nicht, dass sich der Ursprung allzu weit vom Abladeort befindet«, grübelte Ophelia laut. »Sie müssen in der Nähe eine Station haben, in der sie die Schattendämonen vor der Infektion gefangen halten, vielleicht haben sie dorthin auch die Menschen aus Plowth verfrachtet. Alle Hinweise führen zu dieser Stelle.«

Matty presste ihre Lippen so fest aufeinander, dass das Blut aus ihnen verschwand. »In Ordnung. Uns bleibt vermutlich eh nichts anderes übrig. Wir werden uns morgen auf Wanderschaft begeben und …«

Geschrei und Kampflärm drangen plötzlich zu ihnen herüber. Sie verloren keine Zeit und rannten aus dem Zimmer, das sich in einem der gleich aussehenden Häuser befand. Auf der Straße angelangt, erkannten sie sofort, was geschehen war.

Mehrere Plucks hatten sich mit riesigen Bestien zusammengeschlossen und kämpften Seite an Seite. Die unbekannten Wesen besaßen so lange Krallen wie Königs- oder Schattendämonen. Zudem trugen sie einen leicht dümmlichen Ausdruck zur Schau, aber an ihren muskelbepackten Armen und Beinen war nichts dümmlich. Auf ihren Körpern klebten mehrere Stücke aus Kopfhaut, an der noch Haar herabhing, und Ophelia musste nur noch eins und eins zusammenzählen. Dies waren die Wesen, die die Menschen hier in Oleander überfallen und nahezu zerstückelt hatten.

Die meisten der Rebellen waren im Schlaf erwischt worden, doch Ty und Clarke hatten wie immer Wache gehalten, sodass sie den Großteil der Dämonenwesen davon hatten abhalten können, in die Häuser einzudringen. Dadurch hatten sie den Rebellen sowie Bird, Ian und Hadley genügend Zeit gegeben, aufzuwachen und sich zu bewaffnen. Sie strömten allesamt aus den Häusern, brüllten und attackierten alles, was nicht nach Mensch aussah.

Ophelia zog ihr Kurzschwert und stürzte sich mit Matty ins Getümmel. Sofort spießte sie einen der Plucks von unten auf, als dieser wie ein großer Gummiball auf sie zusprang. Wahrscheinlich würde sie sich nie an den Anblick dieser Viecher gewöhnen können, aber das war ihr ganz recht, schließlich wollte sie niemals vergessen, dass das die Welt der Menschen und nicht der Dämonen war.

Die Plucks griffen von allen Seiten an, stellten aber nicht das eigentliche Problem dar. Richtig gefährlich waren die größeren Dämonenwesen, da sie sich zwar behäbig bewegten, aber jede ihrer Attacken mit solch einer Kraft ausführten, dass sie kaum abgeblockt werden konnten.

Ophelia gab sich die größte Mühe, sich diese vom Leib zu halten, während sie sich einen Weg zu Bird erkämpfte. Seit Noahs und Alisons Verschwinden ging es ihr nicht sonderlich gut, und Ophelia würde es sich nicht verzeihen, wenn ihr unter ihrer Aufsicht etwas zustieße. Einmal davon abgesehen, dass Alison sie gleich in die ewigen Jagdgründe beförderte, wenn einer von ihnen auch nur schwer verletzt werden würde.

Schließlich erreichte sie die Japanerin und hielt ihr den Rücken frei. Wieder einmal zeigte sich, was für einen Vorteil die harte Ausbildung unter Dorian Ascia ihnen gebracht hatte. Die Menschen in diesem Dorf hatten keine Chance gehabt, waren von der Bösartigkeit regelrecht verschlungen worden, doch nicht sie. Nicht die Jäger, die jeden Tag bis an ihre Grenzen getrieben worden waren und noch darüber hinaus. Aber auch die Rebellen und George hielten sich gut, was Ophelia erleichterte. Ein Problem weniger, um das sie sich sorgen musste.

»Nimm das«, zischte sie und hackte einem Dämon die halbe Hand ab. Ihr Dolch blieb leider an seinem Knochen hängen und sie musste ihn loslassen, wenn sie nicht von den Krallen seiner anderen Hand aufgespießt werden wollte.

Es gelang ihr, sich unter seinem durch den Schmerz unpräzise gewordenen Schlag hindurch zu ducken und zwei kleinere Klingen aus den Halterungen an ihrem Oberschenkel zu ziehen. Da sie nun hinter ihm stand, war es nur noch eine Kleinigkeit, ihm die Spitzen durch seine grünlich schimmernde Haut zu jagen. Eines stieß sie in seinen unteren Rücken nach oben und das andere seitlich in den Hals.

Er fiel brüllend zu Boden, versuchte aber noch, sich mit seinen Händen aufzustützen. Doch er hatte vergessen, dass die linke nicht mehr länger funktionsfähig war.

Sein Oberkörper sackte unter dem unerwarteten Schmerz zusammen und sie nutzte die Chance, ihn zu treten, damit sie eines der übrig gebliebenen Messer direkt in sein Herz stoßen konnte. Er rührte sich nicht mehr.

Es dauerte noch weitere zwanzig Minuten, bis sie sich der restlichen Plage entledigt hatten, ohne ein einziges Menschenleben zu verlieren. Die Kugeln der Maschinengewehre prallten vom Panzer der Plucks ab und auch die riesigen Dämonen ließen sich kaum von dem Einschlag beeinflussen. Vielleicht hatte ihre Widerstandskraft etwas damit zu tun, dass die Kugeln anders als ihre Dolche und Schwerter nicht aus Silber waren.

Sie trugen die Dämonenleichen in den Wald, beschlossen aber, sie nicht zu verbrennen, um nicht noch mehr ihrer Art anzulocken. Während der Arbeit begann es zu schneien und Ophelia schwor sich, das Ende ihres Lebens irgendwo im Süden zu verbringen. Vorausgesetzt, es gab für sie ein Ende, das sie genießen konnte.

Bis Sonnenaufgang fanden sie noch ein paar Stunden Schlaf, dann machten sie sich gemeinsam auf den Weg weiter gen Norden. Sie hatten sich an der Kleidung der ehemaligen Bewohner bedient, da sie selbst nicht dem Wetterumschwung gemäß bekleidet gewesen waren. Ophelia fühlte sich seltsam, als sie durch die Schubladen von Verstorbenen wühlte, da sie es so lange nicht mehr hatte tun müssen.

Damals, nachdem sie aus dem Waisenhaus geflohen war, hatte es einen Alltag für sie gegeben. Tag für Tag hatten sie damit verbracht, die Häuser nach nützlichen Gegenständen, Kleidern und Lebensmitteln abzusuchen. Seit Dorian sie unter seine Fittiche genommen hatte, war dies allerdings nicht mehr notwendig gewesen.

Da sie nur ein halbes Dutzend Pferde besaßen, hatten sie entschieden, sie den Spähern zu überlassen, die für sie den Weg auskundschaften sollten, damit sie in keine Falle liefen.

Ophelia schritt vorneweg, zusammen mit Ty, Clarke und ihrer Jägergruppe. Sie alle besaßen kleine, oberflächliche Verletzungen, aber nichts, das sie weiter aufhalten würde, worüber Ophelia froh war. Es verlangte sie nach Antworten.

Ihre Hände tiefer in die Taschen des gefütterten Mantels vergrabend, stapfte sie weiter im Schnee voran, der wie ein Gegner versuchte, sie vom Weiterkommen abzuhalten.

Nach Stunden der Wanderung sah sie nichts anderes mehr als Weiß und Weiß. Sie hielten sich lediglich an die Richtung des Kompasses und am Abend, als sich der Schneefall endlich lichtete, kehrten zwei der Späher atemlos zurück.

Matty eilte genauso wie Ophelia an die Seite der Männer, um gebannt ihren Neuigkeiten zu lauschen.

»Wir wissen nicht genau, was sich dort befindet, aber es sind … Wände aus Schatten«, keuchte einer, noch bevor er vom Pferd sprang.

»Wie die Mauer zur südlichen Grenze?«, fragte Matty mit einem seltsamen Ausdruck im Gesicht, als würde sie diese Information nicht überraschen.

»Ich bin mir nicht sicher, da ich diese Art von … Mauer noch nie zuvor gesehen habe«, gestand der erste Späher und klopfte seinem Pferd liebevoll auf die Flanke. Der zweite war nun ebenfalls abgestiegen, schien aber nichts hinzufügen zu wollen. »Die Mauer scheint sich auf drei Seiten in die Höhe zu erheben und in der Mitte ist eine Art riesiges … Loch. Mit schwarzen Eisentürmen in ihnen. Wir konnten leider nicht näher ran, weil es dort nur so von Königsdämonen wimmelt.«

»Könnte das der Ort sein?« Ophelia suchte Mattys Blick. Diese nickte schwer.

»Was habt ihr vor? Wollt ihr einfach dort reinmarschieren?«, fragte Hadley und breitete ratlos die Arme aus. George stand dicht neben ihm und wirkte genauso unsicher, als er seine Hand an Hads Rücken legte. »Sie werden uns manipulieren, noch bevor wir einen Schritt durch das Tor getan haben.«

»Had hat recht«, gab Ian seine Zustimmung kund und lächelte Ophelia entschuldigend an. Die Euphorie, die sich vor wenigen Sekunden noch in ihrem Körper ausgebreitet hatte, ebbte erneut ab.

»Hat er, es sei denn, sie würden in uns keine Gefahr sehen«, verkündete Matty und im Gegensatz zu Ians Lächeln war ihres verschlagen.

»Was hast du im Sinn?«, fragte Ty. Es war gefühlt das erste Mal, dass einer der Königsdämonen mit der Anführerin der Rebellen sprach. Normalerweise nutzten sie einen der Jäger als Sprachrohr, aber dafür fehlte offenbar die Zeit. Sie zitterten und sie brauchten einen Unterschlupf. Oder einen Kampf, um sich aufzuwärmen.

Ophelia würde für die letztere Option abstimmen.

»Es ist ein großes Risiko, aber was ist, wenn die Menschen von Plowth dorthin gebracht wurden, um an diesen … Türmen zu arbeiten? Das wäre ein Grund dafür, warum man sie am Leben gelassen hat«, breitete Matty ihre Theorie vor ihnen aus, während ihr alle gebannt zuhörten. Auch die restlichen zwei Dutzend Rebellen hatten sich in einem Kreis um sie geschlossen. Und die Wärme, die von den Körpern ausging, schenkte Ophelia endlich eine Pause vom unaufhörlichen Zittern.

»Fahr fort.« Clarke nickte interessiert.

»Ihr könnt euch als Billings' Leute ausgeben, die eine weitere Fuhre Sklaven liefert«, sagte Matty mit leiser, aber bestimmter Stimme.

»Das ist Selbstmord!«, rief ein bulliger Rebell aus und nutzte seine Ellenbogen, um in den inneren Kreis zu gelangen. »Denk doch mal nach, Matty. Das sind fremde Menschen. Warum unser Leben für sie riskieren?«

»Timothy, hast du das gerade wirklich gefragt, alter Freund?«

Der Bullige besaß zumindest so viel Anstand, verlegen dreinzuschauen. Wenn Matty nicht derart entrüstet ausgesehen hätte, hätte sich Ophelia gefragt, ob ihre Rebellen nicht die gleichen egoistischen Schweine waren, die ihr während ihrer Karriere als Jägerin bereits zuhauf begegnet waren. Menschen, die allen erzählten, dass sie für das Gute kämpften, im Inneren aber nur ein schwarzes, klebriges Herz besaßen und sich an Gewalt und Blut erfreuten.

Aber hätte sich George ihnen dann angeschlossen? George, der ihnen das Kämpfen und Plündern beigebracht hatte? George, der ihnen jahrelang ein guter Anführer gewesen war? Wohl kaum. Sie musste ihnen eine Chance geben.

»Ich meine doch nur, der Plan könnte etwas … ausgereifter sein«, erwiderte er kleinlaut.

»Das stimmt, aber leider fehlt uns die Zeit.« Matty nickte, als würde sie sich von ihren eigenen Worten überzeugen wollen. Normalerweise trat sie selbstsicherer auf, aber vielleicht war heute einer dieser Tage …

»Also?« Ty verschränkte die Arme, wodurch sich die Ärmel seines Mantels vor seiner breiten Brust aufbauschten.

»Lasst es uns tun.«

Zustimmendes Gemurmel und entschlossenes Fäusterecken folgten, bevor sie sich daranmachten, ihre Waffen unter ihrer Kleidung zu verbergen, ehe sie sich von den warmen Mänteln trennten, um wahrlich wie Sklaven, zitternd und geschunden, anzukommen. Bird verpasste Ophelia sogar einen Faustschlag, der sie am Kinn traf, damit sich ein sichtbarer Bluterguss bildete.

Sie rissen an ihren Ärmeln, kratzten über ihre Gesichter und verbanden sich gegenseitig die Hände so, dass sie die Fesseln ohne Mühe wieder lösen könnten. Die Seile, die sie bei sich trugen, reichten jedoch nicht für alle aus und so mussten sich ein paar ohne Fesseln dazu schummeln, in der Hoffnung, dass dies niemandem auffiel.

Ihre Mäntel und den Proviant versteckten sie in einem kleinen Eichenhain, wo sie vor dem Schnee geschützt sein würden. Ophelia betete innerlich darum, wieder heil zurückzukehren. Trotzdem hielt ihre Angst sie nicht davon ab, als Erste in der Sklavenformation voranzuschreiten.

Ty ging als Einziger voran, während Clarke die Nachhut bildete.

Ophelia zitterte wie Espenlaub. Wo auch immer diese eigenartigen Bäume wuchsen, sie waren nur für eine Sache bekannt und das war das Zittern. Und sie war sich sicher, dass sie schon bald auch lediglich für diese Bewegung bekannt sein würde.

Die zitternde Ophelia.

Großartig.

Der Weg streckte sich ins Unermessliche, wurde länger und länger, ohne dass sich etwas in der tristen Landschaft veränderte, bis sich Ophelia tatsächlich fragte, ob die Späher nicht einer Fata Morgana erlegen waren. Dann jedoch konnte sie die schwarzen Schlieren erkennen, die sich mit den weißen Wolken zu vermischen schienen, ehe sie zu einer riesigen Nebelbarriere anwuchsen und eben jenen Ort einfassten, in dessen Herz sie vordringen wollten.

Plötzlich durchfuhr sie neue Energie und die Kälte setzte ihr nicht mehr derart zu, sodass sie der Begegnung mit den feindseligen Dämonen beinahe mit einem Lächeln entgegensah.

Den Kopf hielt sie allerdings gesenkt, als sie das provisorisch errichtete Holztor erreichten, wo sie von zwei Wachen aufgehalten wurden. Sie waren dick in Felle eingepackt und mit glänzenden Schwertern bestückt, die sie bereits gezogen hatten, um die Karawane am Weitergehen zu hindern. Ophelia traute sich nicht, aufzusehen, aus Angst, sie würde die Dämonen auf sich aufmerksam machen. Es widersprach ihren Instinkten, schließlich wollte sie ihre Umgebung näher untersuchen, aber die Situation war zu heikel.

Jede Bewegung könnte sie verraten und ihre Mission zum Scheitern verurteilen.

»Ganz ruhig«, beschwichtigte Clarke die Wachen, nachdem er von seiner hinteren Position vorgerückt war. »Wir bringen nur eine weitere Lieferung.«

»Eine neue Lieferung? Wir sind doch fast fertig«, erklärte einer der Königsdämonen.

»Die Reise hat sich ziemlich lange hingezogen. Du weißt schon, durch die Schlacht in der Nähe von Ascia«, erklärte Clarke und zuckte mit den Schultern, während Ty einen genervten Gesichtsausdruck zur Schau trug, als wäre er überall lieber als hier. »Wir machen nur unseren Job.«

Die Wachen warfen sich gegenseitig fragende Blicke zu, ehe sie noch ein paar Worte in ihrer Dämonensprache wechselten. Ty und Clarke mischten sich schnell ein, dann wurde die Karawane durchgewunken und Ophelia erlaubte sich, einmal tief durchzuatmen. Sie wickelte ihre Hände möglichst unauffällig von dem Seil und schloss die Finger ihrer rechten Seite um das Kurzschwert, das sie durch ein Loch in ihrer Hosentasche geführt hatte.

Sie senkte den Kopf. Jeder Schritt fühlte sich schwer wie Blei an.

Es war nicht mehr weit bis ins Innere des Komplexes. Dort würden sie sich verteilen und den Sklaven helfen können.

Die Rebellen und sie warfen sich unauffällig Blicke zu, als ein Königsdämon Ty grob am Arm packte und zurückhielt. Andere Dämonen eilten herbei, um die Sklaven einzukesseln.

Harsche Worte in der Dämonensprache wurden gewechselt. Ophelia spannte sich an. Schweiß rann trotz der Kälte von ihrer Stirn, als die Stimmen lauter wurden.

Plötzlich stieß Ty den fremden Dämon von sich, zog sein Schwert und köpfte ihn damit. Mehr brauchte Ophelia nicht, um vom Sklaven zum Kämpfer zu werden. Die anderen folgten ihrem Beispiel und die ersten Schüsse wurden laut. Glücklicherweise hatten die Rebellen ihre Waffen gut genug an ihren Körpern verstecken können, denn diese waren es, die ihnen den entscheidenden Vorteil verschafften.

Es gab nichts mehr, das Ophelia von ihrem Ziel ablenkte, die Dämonen zu zerstören. Blut spritzte, als sie einem bereits durch Kugeln verwundeten Königsdämon das Schwert in seinen Rücken rammte.

Ihr Plan war durchkreuzt worden. Sie hatten es nicht weit genug geschafft, doch sie konnten sich auch nicht mehr zurückziehen.

Ophelia biss die Zähne zusammen. Immer mehr Dämonen strömten auf den Platz unmittelbar hinter dem Eingang. Eine Alarmanlage, die sie vor Schreck zusammenzucken ließ, schrillte los. Sie konnte sich im rechten Augenblick wieder fangen, ohne von den Krallen ihres Gegners aufgespießt zu werden.

Die Zeit floss in einem stetigen Strom, der den Kämpfenden durch die Finger rann. Durch die Maschinengewehre hatten sie sich ein gewisses Maß an Freiheit erkauft, doch sie brauchten Hilfe.

Die Sklaven, die neugierig genug gewesen waren, um ihre Arbeit kurzzeitig niederzulegen, hatten sich um sie versammelt, doch sie griffen nicht ein. Unsicherheit stand in ihren Mienen geschrieben, denn die Entscheidung, die sie treffen würden, würde vermutlich den Ausgang des Geschehens bestimmen. *Sie* waren ihre Hilfe! Nur sie konnten den vermasselten Plan wiedergutmachen.

Atemlos wischte sich die Kriegerin den Schweiß von der Stirn, als sie sich für eine kurze Pause zurückzog und ihren Blick über die hinter den Dämonen stehenden Menschen schweifen ließ. Sie blinzelte, wusste nicht, ob sie ihren Augen trauen sollte …

»Evan?«, rief sie, dann noch einmal lauter. »Evan! Hier!«

Sein Gesicht hatte sich ihr bereits zugewandt und sein Mund öffnete sich vor Erstaunen. Da er jedoch vollkommen unbewaffnet war, war es ihm nicht möglich, durch die Dämonenreihe zu dringen, selbst wenn er gewollt hätte. Anders war es bei Ophelia.

»Ich brauche eine Pistole«, zischte sie in Mattys Richtung, die ihr, ohne zu zögern, eine kleine schwarze Schusswaffe reichte. »Danke.«

Sie griff nach der Waffe, zielte auf die Dämonen vor ihr und sprintete durch den Weg, den sie freimachten. Es brauchte mehr als einen gezielten Schuss, um einen von ihnen zu erledigen, aber allein durch den Eintritt der Kugel waren sie für ein paar Momente so abgelenkt, dass sie Ophelia nicht aufhielten.

Nur mit einem leichten Kratzer seitlich am Hals, der ihr von einem orientierungslosen Dämon zugefügt worden war, erreichte sie Evan und rannte förmlich in seine Arme, obwohl ihre Bekanntschaft eigentlich nur eine weniger enthusiastische Begrüßung gerechtfertigt hätte. Ihre Freude trübte diese Erkenntnis jedoch nicht. Sie fühlte sich ihm verbunden, weil er Alisons Freund war, und gerade war ihr jeder Freund willkommen.

»Was zur Hölle tust du hier?«, brüllte sie über den Lärm hinweg. Erst jetzt bemerkte sie, dass er eine Sklavenuniform trug, die ihm viel zu eng war.

»Euren Arsch retten.« Er lächelte schief und plötzlich glaubte sie daran, heil aus dieser Sache herauszukommen.

24. Kapitel

Eine schneebedeckte Landschaft.

Rot auf Weiß.

Krähende Raben.

Schweigen.

Stille.

Und dann der Lärm von tausend Stimmen, der durch meinen Körper strömte.

Ich blinzelte. Das Schlachtfeld um uns herum. Wir mittendrin. Mein Blick wurde von einem Mädchen auf einem Hügel angezogen. Helles Haar, schlanke Statur. Crystal. Das Begreifen setzte ein, als mich Gareth grob am Arm packte, um mich hinter sich herzuzerren. Ich konnte nicht sagen, wie ihm so schnell klar geworden war, auf welcher Seite wir Schutz finden würden, aber ich vertraute ihm. Selbst wenn er nur geraten hätte, seine Entscheidung war immer noch besser, als starr auf der Stelle zu stehen, wie ich es sonst getan hätte.

Der Albtraum der letzten Stunde holte mich ein, krallte sich in meinem Herzen fest und bohrte sich immer tiefer. Tiefer.

Tiefer.

Schreie und kriegerische Fratzen berührten meine abgestumpften Sinne, prallten jedoch immer wieder von mir ab, als würden sie mich nicht kümmern. Es war mir egal. Noah war tot.

Rope hatte ihn getötet. Nicht ich. Ich war Noah eine Freundin gewesen. *Ich* hatte ihn beschützen wollen und trotzdem war er tot. Wie hatte das bloß passieren können? In der einen Sekunde war er da gewesen, vibrierend vor Leben, vor Tapferkeit, vor Liebe und im nächsten … verschwunden. Das Licht war erloschen.

Wir hatten nicht mal seinen Körper mitnehmen können. Konnten ihm nicht das Begräbnis geben, das er verdiente.

»Alison«, hörte ich durch den Strudel in meinem Inneren und wurde wie ein schwerer Stein in die Gegenwart katapultiert. Meine Atmung beschleunigte sich, als gleichzeitig mit meiner Umgebung auch die Schmerzen in meinem Körper bei mir ankamen. Durch mein linkes Auge konnte ich nicht mehr viel sehen außer undeutliche Schemen, da es mittlerweile so zugeschwollen war, und meine Füße fühlten sich durch den Schnee und den spitzen Steinen auf dem Boden wie zwei Eisklötze an, aber immerhin spürte ich sie noch.

»Was?«, murmelte ich, wich einem Ellenbogen aus und drängte mich näher an Gareths Rücken. Jetzt erst nahm ich Colin und Cleo wahr, die zu mir aufschlossen.

Wir schritten durch die Reihen von Ascias Armee, die sich aus Schatten- und Königsdämonen zusammengeschlossen hatten und uns nicht angriffen. Entweder erkannten sie Gareth oder sie hatten den Befehl von jemandem erhalten, der es tat.

Hin und wieder wurden wir angerempelt, aber das war nichts im Vergleich zu den Hieben, die sie unseren Feinden zusetzten.

Im Vorbeilaufen bemerkte ich ihre grimmigen Mienen und die roten Abzeichen auf ihren Uniformen, die sie als Ascias Krieger kennzeichneten. Uns schenkten sie nur kurz Aufmerksamkeit, bevor sie sich in ihrer Formation weiter vorwärts bewegten.

Ich stolperte hinter Gareth her, versuchte, ihm keine Last zu sein, und war doch nicht mehr als ein ausgedientes Anhängsel. Was war in meinem Innersten zerbrochen, dass ich derart losgelöst war? Es war schwer, etwas anderes außer Angst und Wut und Trauer zu fühlen.

Als wir aus dem Kriegsgemenge herausgebrochen und durch ein Stück Wald gelaufen waren, fanden wir uns in dem Camp wieder, das sich ein paar Meilen vor den Stadttoren Ascias befand. Ich erkannte unsere Umgebung, nun, da nur noch Zelte und keine Männer mehr um mich herum standen. Durch die Bäume hinter uns wurden die Kriegsgeräusche gedämpft und alles erschien weniger dramatisch. Weniger ernst.

Der Schnee fiel.

Die Sonne ging auf.

Wir drosselten unser Tempo, als uns drei Krieger schnellen Schritts entgegenkamen. Einer von ihnen kam mir bekannt vor und ich erinnerte mich an das Fest, das zu Ehren Aeshmas gefeiert worden war. Damals hatte er mein Tattoo bewundert und ich hatte ihn benutzt, um Gareth eifersüchtig zu machen. Theon.

»Ihr seid zurück«, rief sein Partner aus, der dunkelbraune Kriegskleidung trug. Sogar ein Kettenhemd klirrte unter seinem Brustharnisch.

»Wo ist Ascia?«, brummte Gareth, der mich nicht eine Sekunde losließ, als befürchtete er, ich würde mich in Luft auflösen.

»Er ist gerade ins Zelt gegangen«, antwortete Theon, dessen Augen sich deutlich weiteten, als er mich erkannte. »Wir bringen euch zu ihm.«

»Nicht nötig. Geht dorthin, wo ihr gebraucht werdet.« Gareth winkte ab, bevor er unseren Gang fortsetzte. Mir blieb ein letzter Blick in die Richtung der Dämonen, die für Ascia kämpften. Was würden sie tun, wenn Morrigan es auf die Erde schaffte? Würden sie weiterhin das Schwert für Dorian schwingen oder würden sie die Seiten wechseln?

Wir steuerten das Zelt an, das als Einziges eine rote Fahne aufwies. Es befand sich im inneren Kreis und wurde von zwei Dämonen mit beeindruckenden Schwertern bewacht, die Gareth ehrerbietig zunickten, ehe einer von ihnen die Plane aufhielt, um uns durchzulassen. Ich spürte ihre misstrauischen Blicke, aber sie wagten es nicht, uns Menschen aufzuhalten. Wahrscheinlich gingen sie davon aus, dass Dorian uns schon erledigen würde, wenn wir ihm zu nahe kämen, und so unrecht hatten sie damit vermutlich auch nicht.

Nach dem Eintreten bemerkte ich zuerst den mit Teppichen bedeckten Boden, da meine Füße nicht mehr in Schnee und Matsch versanken. Dann spürte ich die Wärme, die von einem schwarzen Ofen ausging, der in der Mitte des Innenraumes stand. Ein massiver Schreibtisch, drei Stühle und eine Pritsche stellten die restliche Einrichtung zusammen. Ascia blickte von einer Karte auf, auf der mehrere kleine, verschiedenfarbige Pins zu erkennen waren, und eine Mischung unterschiedlichster Emotionen huschte über sein kantiges Gesicht. Die braunen Augen kniff er erst zusammen, als er die Anwesenheit von Cleo und Colin bemerkte. Der Blick gefror selbst das Blut in meinen Adern.

Zitternd löste ich meine Hand von Gareths und fuhr mir über die Arme, um die Gänsehaut zu vertreiben. Die Kerzen in dem goldenen Leuchter auf dem Schreibtisch flackerten, als die Plane zurück auf ihren Platz fiel und sich Schweigen über uns senkte.

Ascia erhob sich ganz langsam, beinahe widerwillig von seinem Stuhl, schritt um den Tisch herum und stellte sich direkt Gareth und mir gegenüber, da wir vor den anderen beiden standen. Ich wünschte mir, den Platz mit Cleo tauschen zu können. Oder mit Colin.

»Schön, dass du zu mir zurückgefunden hast, Gareth«, begrüßte er den Königsdämon neben mir, der seine Hand nicht von seiner rechten Seite wegbewegt hatte, als würde er darauf warten, dass ich sie erneut ergriff. Für einen Augenblick zog ich dies tatsächlich in Betracht, doch ich erinnerte mich an eine gewisse Stärke, die ich einst besessen hatte und die mir diese Zurschaustellung von Schwäche niemals erlaubt hätte. »Ihr seht aus, als hätte es Komplikationen gegeben.«

»Der Weg war nicht leicht«, bestätigte Gareth, der im Gesicht von dem Kampf mit seinem Bruder gezeichnet war. Er ergriff die Hand seines Königs, ehe dieser wieder einen Schritt zurückwich.

»Wer ist er?« Er nickte in Colins Richtung, der, so wie Cleo und ich, seit unserer Ankunft schweigsam geblieben war.

»Der Schlossträger«, antwortete ich selbstsicherer, als ich mich eigentlich fühlte. Noch immer hatte ich nicht begriffen, was eigentlich passiert war. Wie hatte ich diesen Ort erreicht? Was geschah nun mit Morrigan und den Hamnea?

»Interessant.« Dorian schaffte es, in dieses Wort so viel Kälte zu legen, wie es jedem anderen nicht einmal mit einem ganzen Monolog gelingen würde. »Und wo ist Noah? Sagt mir nicht, dass er sich sofort den Kämpfenden angeschlossen hat.«

Er verschränkte die Hände hinter seinem Rücken, wirkte abwartend, mäßig gespannt. Ich wusste nicht, was ich erwartet hatte, doch draußen fand ein Dämonenkrieg statt. Der König war so ruhig wie eh und je.

»Wir sollten … Colin, Cleo, würdet ihr vielleicht draußen warten?«, schlug Gareth vor, ohne es wie einen Vorschlag klingen zu lassen.

Ich blickte sie über meine Schulter hinweg an und sah den Widerwillen in ihren Augen, sich erneut in die Kälte zu begeben, aber sie trauten sich nicht, Gareth in Anwesenheit eines Königs zu widersprechen. Zögerlich wandten sie sich ab und verließen das Zelt.

»Was hat das zu bedeuten?« Ascia sah von mir zu Gareth und er schien bereits zu ahnen, was nun kommen würde. Die Hände in seinem Rücken lösten sich und fielen leblos an den Seiten herab.

»Noah ist …«, begann Gareth, aber etwas hinderte ihn am Weitersprechen. Es war ungewohnt. Schließlich hatte er bisher nie Schwierigkeiten an den Tag gelegt, wenn es darum ging, etwas Unangenehmes auszusprechen.

So oder so, ich wusste, dass die Angelegenheit nicht besser wurde, je länger wir sie herauszögerten, deshalb trat ich einen Schritt vor.

»Noah ist im Kampf gegen Rope gestorben. Er wollte … Er kämpfte gegen ihn, aber er hatte keine Chance.«

Ascia hob seinen Arm, aber mein Verstand begriff nicht, was er vorhatte, bevor es zu spät war.

Er hätte mit einem einzigen Schlag vermutlich mein Genick gebrochen, wenn Gareth nicht im letzten Augenblick seinen Arm gepackt hätte.

Die zwei Königsdämonen blickten sich voller Wut und Entsetzen an. Ein Sturm herrschte zwischen ihnen, breitete sich immer weiter aus und fand doch den Ursprung in ihnen selbst.

Mein Herz klopfte so stark, dass es fast aus meiner Brust sprang.

»Wage es ja nicht, sie anzufassen«, knurrte Gareth schließlich, während er Ascia noch immer festhielt, als würde er ihm nicht trauen.

»Lass mich los, Gareth«, zischte Dorian eisig. Er trat zurück, als sein Ziehsohn gehorchte.

»Er kann nicht tot sein. Ihr seid Lügner. Ihr beide.« Seiner Stimme fehlte jedwede Überzeugungskraft. Die Wahrheit hatte ihn erreicht, trotzdem wehrte sich sein Verstand noch. Kopfschüttelnd ging er weiter zurück, bis er mit der Hüfte gegen die Schreibtischkante stieß. In einer fließenden Bewegung drehte er sich herum und fegte sämtliche Utensilien vom Tisch herunter.

Noch nie zuvor hatte ich gesehen, wie er zum Opfer von Gefühlen wurde, aber jetzt schien es, als wäre kein Wille mehr in ihm übrig. Er hatte einen Sohn verloren und es gab nichts auf der Welt, das ihn zurückbringen könnte. Das seinen Schmerz dämpfen könnte.

Er wirbelte herum, als käme ihm ein Einfall und ich zuckte bereits zurück, doch er steuerte Gareth an, umfasste seinen Kragen und schüttelte ihn. Gareth wehrte sich nicht, da er wusste, dass Dorian nicht er selbst war.

»Ich habe dir sein Leben anvertraut, Gareth! Du bist eine Enttäuschung«, brüllte er und schubste ihn, sodass dieser ein paar Schritte rückwärts stolperte. »Geht! Lasst mich allein!«

Es wurde plötzlich unbeschreiblich heiß im Inneren, als würde Dorian das Feuer kontrollieren. Da ich nicht besonders scharf darauf war, herauszufinden, wie *gut* seine Kontrolle war, ließ ich mich nicht zweimal bitten. Ohnehin wusste ich nicht, was ich noch tun sollte. Ich hatte Dorian schon genug Leid beschert. Er würde mich nie wieder ansehen können, ohne an den Tod seines Sohnes erinnert zu werden.

Schweigend stießen wir in einem angrenzenden Dorf, das noch viel weiter vom Kriegsschauplatz entfernt lag als die Zeltstadt, zu den anderen, die ein Quartier zugeteilt bekommen hatten. Ich wusste nicht so recht, was ich zu Gareth sagen sollte, um ihn aufzumuntern. Es gab nichts, das uns diese Situation erleichtert hätte.

»Wie ist es gelaufen?«, erkundigte sich Cleo, die an dem hölzernen Küchentisch saß und die Beine anzog. Auf ihren Schultern lag eine dicke Wolldecke, um die ich sie beneidete. Colin saß ihr gegenüber und zündete gerade zwei weitere Kerzen an, damit auch die letzten Schatten vertrieben wurden. Kurz überlegte ich, mich ebenfalls hinzusetzen, doch obwohl meine Füße schmerzten, fühlte ich mich zu rastlos.

»Erwartungsgemäß«, murmelte ich und hob unsicher eine Schulter. Mit den Fingerkuppen betastete ich meinen schmerzenden Wangenknochen.

Gareth schritt langsam zu dem einzigen Fenster in dem voll ausgestatteten Raum und stützte sich auf der Fensterbank auf, den Blick nach draußen gerichtet. Sein Gesicht blieb mir zwar verborgen, aber ich spürte seinen inneren Aufruhr, als wäre er mein eigener.

»Und was machen wir jetzt?«

Ich zwang mich dazu, Cleo erneut anzusehen. »Was willst du denn tun?«

»Meinen Sohn zurückholen«, antwortete sie mit deutlichem Nachdruck in der Stimme. Nichts und niemand würde sich ihrer Aufgabe, ihrem Willen in den Weg stellen können.

»Könntest du …« Ich rieb mir über die Stirn und bereute es sofort, als ein scharfer Schmerz durch meinen Kopf fuhr. »Könntest du bitte bis morgen warten? Ich muss nachdenken und das kann ich gerade nicht.«

»Du meinst wegen der Krone?«, mischte sich Colin das erste Mal seit unserer Ankunft auf der Erde ein.

»Morgen. Bitte?«

Colin und Cleo erklärten sich beide einverstanden, bevor sie sich zurückzogen. Das Haus war groß genug für uns alle, wofür ich ziemlich dankbar war. Ich hätte nicht mehr die Kraft dazu aufgebracht, mir einen anderen Unterschlupf zu suchen.

»Meinst du, hier gibt es Warmwasser?«, fragte ich Gareth, als ich mich zur Tür begab, um unser Zimmer aufzusuchen.

Gareth löste sich endlich von dem Fenster und betätigte den Wasserhahn über der Spüle.

»Warm.«

Nickend ließ ich ihn stehen, humpelte die Treppe hoch und steuerte das Zimmer an, dessen Tür noch offenstand, in der Hoffnung, weder Colin noch Cleo zu stören. Glücklicherweise war das Schlafzimmer leer und besaß ein angrenzendes Bad, in das ich mich augenblicklich einschloss.

Mehrere Tonnen Last drückten mich nieder. Trauer. Körperlicher Schmerz. Verzweiflung. Aber ich kämpfte mich aus dem zerrissenen Kleid, löste die restlichen Klammern aus meinem Haar und ließ währenddessen heißes Wasser in die Wanne ein, die nie einladender ausgesehen hatte. Nicht dass ich schon einmal hier gewesen wäre, aber in den vergangenen Jahren hatte ich mich nie so sehr nach einem Bad gesehnt wie in diesem Moment.

Sobald ich mich entkleidet hatte, stieg ich in die Wanne. Das Wasser war eigentlich viel zu heiß, doch das Brennen lenkte mich von meinen anderen Schmerzen ab, und so zögerte ich nicht, mich hineinzulegen. Ich wartete, bis mich das Wasser bis zu den Schultern bedeckte, dann drehte ich den Hahn zu und blieb still.

Und still.

Bis das Verstehen einsetzte, auf das ich gewartet, das ich befürchtet hatte. Tränen sammelten sich in meinen Augen, überschwemmten mein Herz, das schwerfällig in meiner Brust pochte, als würde ihm jegliche Energie fehlen.

Noah war tot. Ein Dämon, der mein Freund gewesen war. Der erste Freund, den ich seit dem Mord an meiner Familie gehabt hatte. Evan war mehr und weniger als das gewesen, aber Noah … Noah hatte mich verstanden, mich hin und wieder *betrogen,* als wäre dies sein liebster Sport, aber nie um mir zu schaden. Trotz allem hatte er mein wahres Gesicht gesehen, es akzeptiert, weil wir uns so ähnlich gewesen waren – und nun war er fort. Würde nie wieder zurückkehren.

Ich schluchzte und war so erschrocken von diesem rohen Laut, dass ich die Augen aufriss und an die gelbliche Decke starrte. Hatte ich angenommen, meine schwache Seite in Triste zurückgelassen zu haben, so wurde ich nun eines Besseren belehrt. Der Schmerz in meinem Inneren fraß sich immer tiefer und ließ sich von nichts aufhalten.

Obwohl das Wasser so heiß war, dass sich meine Haut stellenweise rötete und weißer Dampf aufstieg, zitterte ich am ganzen Körper. Bilder der vergangenen Wochen huschten wie bösartige Geister vor meinem inneren Auge entlang. Morrigan, die mich mit ihren Schatten gefangen hielt. Hamnea, die Noah folterten. Rope, der an mir wie eine zweite Haut klebte und sich nicht abschütteln ließ. Er stieß mir immer und immer wieder seine Krallen in den Rücken, aber es schien nie genug zu sein. Ich konnte nicht sterben, war dazu verdammt, für immer diesen Schmerz zu spüren.

Nur ganz schwach merkte ich, wie ich tiefer und tiefer ins Wasser sank, bis sich die Oberfläche über mir schloss und sich weigerte, mich erneut passieren zu lassen. Meine Lungen brannten, aber das Brennen unterschied sich nicht von meinen anderen Qualen, reihte sich ein und wurde Teil der endlosen Kette des Verderbens.

Noah war tot und ich konnte einen Scheiß dagegen tun.

Rope befand sich noch immer auf freiem Fuß.

Ich fühlte mich so ausgehöhlt. Mit einem Löffel hatte der Königsdämon mein Innerstes ausgekratzt und es war nichts mehr übrig.

Wäre es nicht einfacher, aufzugeben? Zu verschwinden? Dem Kampf, der ohnehin verloren schien, den Rücken zuzukehren?

Gedämpfter Lärm durchdrang die Taubheit, in die ich unter Wasser geflohen war, bevor mich starke Arme umfassten und aus der Tiefe hervorholten. Blinzelnd und prustend blickte ich in das Gesicht meines Retters, obwohl ich nicht hätte gerettet werden müssen.

Ich *wollte* nicht aufgeben. Trotz allem.

»Was machst du da?«, herrschte mich Gareth an, während sein Gesicht nur wenige Zoll von meinem entfernt war. Die drei Kratzer waren noch immer nicht gänzlich verheilt, aber eine dunkle Kruste hatte sich darübergelegt. Ein Symbol für die Abtrünnigkeit seines Bruders. Ich fing Gareths Blick auf, konnte die goldenen Sprenkel in seinen grünen Augen zählen sowie die kleinen Falten in den Winkeln, aber sein verkniffener Mund lenkte mich ab. Lange hatte er mich nicht mehr derart missbilligend angesehen.

»Warum bist du hereingestürzt?« Ich runzelte die Stirn. Aus dem Augenwinkel bemerkte ich die eingetretene Tür, die seltsam in ihren Angeln schaukelte.

»Du hast nicht geantwortet und ich … Warum?«

»Lucy hat mich davor gewarnt, weißt du«, wisperte ich, absichtlich nicht auf seine Frage eingehend.

Langsam lockerte er den schmerzhaften Griff um meine Oberarme und zog sich etwas zurück.

»Was redest du da?«

Ich hob eine Hand, legte sie an seine Wange und strich mit dem Daumen über seine Oberlippe. »Sie war der Meinung, ich solle mich niemals fallenlassen. Mich niemals mit anderen anfreunden. Niemals schwach sein. Gefühle verkomplizieren alles, pflegte sie zu sagen.«

»Einst habe ich dasselbe gedacht«, gestand der Krieger, ehe seine Hand sich um die meine schloss.

»Aber nun nicht mehr?«

»Nein, denn es lässt dich … lässt uns lebendig fühlen. Selbst der Schmerz ist es wert. Nur das macht das Leben so wertvoll.«

»Aber Noah …« Meine Stimme brach.

»Er starb nicht auf unrühmliche Weise. Er tat es, weil er die Ehre seines Bruders verteidigt hat. Sein Tod hat einen tiefergehenden Grund.« Er hauchte einen Kuss auf meine Stirn. »Nimm ihm das nicht weg.«

»Du hast recht, ich … es graut mir nur davor, Bird davon zu erzählen«, murmelte ich, bevor ich mich von ihm aus der Wanne heben ließ. Ich hatte mich lange genug versteckt.

»Sie ist stark und wird es verkraften.« Für einen Moment irritierte es mich, dass er nicht nachfragte, wieso Noahs Tod gerade Bird etwas ausmachen sollte, dann erinnerte ich mich aber daran, dass Gareth nur sehr wenig entging. »Lass uns etwas Schlaf nachholen und dann sehen wir weiter.«

25. Kapitel

Der Jäger

Evan verfluchte seine Arbeit bereits am ersten Tag, weil er sich sicher war, dass ihn der kleinste Fehler ins Grab bringen würde. Es half nicht, dass er um jede Antwort, um jede Wahrheit kämpfen musste.

Das wirst du noch sehen.

Gabriellas Standardantwort trieb ihn jedes Mal zur Weißglut. Er wollte ihr ein Freund sein, ein Verbündeter, aber sie schien sich einen Spaß daraus zu machen, ihn nur mit halbem Wissen zu füttern. Evan hatte genug davon, auch wenn sie jedes Mal recht behielt, denn er *sah* tatsächlich.

Er *sah,* wie Schattendämonen in verglaste Kammern der Anlagen geschoben wurden, als wären sie minderwertiges Vieh. Nichts weiter. Man hörte ihre Schreie über das gesamte Lager hallen, wenn sie ausgebrannt wurden. Dieser Prozess ließ sich trotz der Fenster nicht beobachten. Es geschah im Inneren und aus dieser Verbrennung entstand eine Art Energie, die sich die Maschinen einverleibten. Diese würden sie verbrauchen, sobald man sie anstellte.

Nur noch eine Anlage musste ausgebessert werden und dann, ja dann wäre der Zeitpunkt gekommen. Noch hatte Evan jedoch nicht den Hauch einer Ahnung, was sie bezwecken sollten, aber er befürchtete, dass es besser wäre, es nicht herauszufinden. Unglücklicherweise lag dies nicht in seiner Hand und Gabriella schwieg weiterhin, starrsinnig wie sie war.

Das Einzige, das er als Schreiber des Misters herausgefunden hatte, war, dass die Schattendämonen bei dem Akt der Verbrennung nicht starben. Ihre Körper blieben in leicht veränderter Weise intakt, die Schwärze ihrer Krallen infizierte nun auch ihre Haut, aber ansonsten sah man ihnen keine Verletzung an. Im Inneren aber war nichts mehr von ihrer ursprünglichen Persönlichkeit übrig. Anstatt die Schattendämonen jedoch zu töten, lud man sie in Wagen und transportierte sie an einen anderen Ort, wo man sie schließlich *freiließ*.

Evan hatte das Mysterium um die wahnsinnig gewordenen Schattendämonen, denen er und Crystal in Oleander begegnet und die ihm so anders erschienen waren, herausgefunden. In ihren Augen hatte er nichts als Blutgier gesehen. Es hatte keinen Sinn mehr für Kameradschaft oder Freundschaft gegeben. Nichts hätte sie aufhalten können, nur ihr eigener Tod.

Es hätte den Jäger nicht überraschen sollen, dass auch hier Billings seine Finger im Spiel hatte.

»Trödelst du schon wieder, Zed?«, knurrte Mister, der heute nicht zu Späßen aufgelegt war. Erst am Morgen – Evan nahm an, dass es der Morgen gewesen war, durch die Schattenmauer um sie herum herrschte hier ständiges Grau – hatte er einen Brief von seinem König erhalten. Evan wusste nicht, was der Inhalt dessen gewesen war, aber da er die Antwort niedergeschrieben hatte, konnte er sich seinen Teil denken.

Der Moment ist bald gekommen, Sire. Es fehlen nur noch wenige Bauteile. Die Lieferung aus Plowth kam sicher an und ist eine große Hilfe. Sobald die Maschinen laufen, wird der Vereinigung nichts mehr im Wege stehen.

Evan konnte sich nur noch keinen Reim auf die *Vereinigung* machen, obwohl dieses Wort doch das wichtigste in dem ganzen Text zu sein schien. Ganz gleich, wie oft er sich die Antwort durch den Kopf gehen ließ, sie ergab keinen Sinn. Oder zumindest keinen Sinn, der Evan helfen würde, herauszufinden, was diese Anlagen bewirkten.

»Soll ich Euch begleiten, Mister?«, fragte er seinen Vorgesetzten, während sie den Platz zwischen Maschine A zu Maschine B überquerten, anstatt auf die Rüge einzugehen. Er hatte gelernt, dass es besser war, das Thema zu wechseln, wenn der Boss auf sein Fehlverhalten und seine Mängel zu sprechen kam. Sein Handrücken juckte bei dem Gedanken an die letzten Schläge, die er mit einem Rohrstock erhalten hatte. Es war, als würde Mister eine perfide Genugtuung dadurch erhalten, indem er seine Sklaven mit menschlichen Methoden bestrafte.

»Wir haben eine Besprechung, bei der ich dich nicht brauche. Sieh nach, wie unser Bestand an Schattendämonen aussieht. Wir sollten heute noch einmal eine große Ladung verbrennen, da Maschine F bald soweit ist«, antwortete ihm Mister, sich bereits einem Königsdämon zuwendend. Evans Zeichen, abzuhauen.

Er stopfte Stift und Block in die Seitentasche, die er in dem Zimmer des letzten Schreibers gefunden hatte, und eilte aus dem gläsernen Hauptgebäude, als eine ohrenbetäubende Sirene losging.

Dem Drang widerstehend, seine Hand auf ein Ohr zu legen, rannte er Richtung Eingang des Platzes. Das war der einzige Ort, den er für unsicher genug hielt, um zum Schauplatz eines Desasters zu werden. Und auf ein Desaster hoffte er, denn er wollte beim besten Willen nicht, dass Maschine F fertiggestellt wurde.

Die Dämonen, an denen er vorbeilief, schienen genauso wenig zu wissen, was der Alarm zu bedeuten hatte. Es dauerte, ehe sich die Ersten wandelten und sich im gesamten Lager verteilten, um nach dem Rechten zu sehen. Niemand von ihnen hielt ihn auf, da er als Schreiber eine besondere Stellung besaß und Mister es nicht leiden konnte, wenn man ihm und seiner Arbeit in die Quere kam.

Menschen passierte Evan auch, aber im Gegensatz zu den Dämonen wirkten sie entweder ängstlich oder neugierig. Sie hatten sich damit abgefunden, dass sich ihr jetziges Schicksal ohnehin nicht mehr ändern würde.

Noch bevor er freie Sicht auf das Eingangstor bekam, erklang über den Sirenen das Geräusch von Maschinengewehren, was ihm eine Gänsehaut bereitete.

Er zog sein Tempo an, bis er hinter den kämpfenden Dämonen zum Stehen kam und die Situation mit einem Blick erfasste.

Irgendwie war es einer kleinen Gruppe Rebellen gelungen, in das Lager einzudringen und nun versuchten sie, so großes Unheil wie möglich anzurichten. Die Königsdämonen waren ihnen jedoch zahlenmäßig weit überlegen und es würde nicht mehr lange dauern, bis den Rebellen die Munition ausging. Evan musste sich was einfallen lassen, denn wenn er auf eine Chance gewartet hatte, die Anlagen funktionsunfähig zu machen, so stand sie nun vor ihm.

Und dann sah er Ophelia.

Sie kämpfte für die Rebellen, obwohl sie sich mit einem Schwert begnügte, anstatt sich eines der Gewehre zu nehmen.

Für einen kurzen Moment hoffte er, dass Alison ebenfalls gekommen wäre, um ihn zu retten, doch dann erkannte er die Narrheit des Gedankens. Sie würde niemals diese Menschenleben allein für ihn aufs Spiel setzen. Aber wieso waren die Rebellen hier? Hatten sie irgendwie von den Maschinen erfahren oder wollten sie die Sklaven retten?

Evan wurde grob angerempelt, er stolperte nach vorn und ihre Blicke trafen sich. Es dauerte nur wenige Sekunden, da hatte Ophelia sich eine Pistole geben lassen, um sich den Weg zu ihm freizuschießen. Er war vollkommen fasziniert von ihren grazilen, aber dennoch starken Bewegungen, bis sie ihm plötzlich in die Arme fiel, um ihn dann atemlos anzublicken.

»Was zum Teufel tust du hier?«, schrie sie, als er nichts anderes tat, als regungslos dazustehen.

»Euren Arsch retten«, antwortete er impulsiv, denn plötzlich wusste er, was zu tun war. »Komm mit.«

Sie warf einen Blick über ihre Schulter. Niemand attackierte sie, nun, da sie sich hinter der Angriffslinie befand. Die Dämonen waren zu beschäftigt mit den Rebellen.

»Was hast du vor?«

»Die Menschen mobilisieren. Ich kann nicht glauben, dass sie alle bereits aufgegeben haben. Zumindest eine Person muss einen Plan zur Flucht haben«, erklärte er und lief bereits los.

»Und dieser jemand bist du?« Ihre Stimme klang eher atemlos als spöttisch, aber die Formulierung hätte vor ein paar Monaten schon ausgereicht, um ihm einen Stich zu versetzen. So gering war sein Selbstvertrauen gewesen.

»Nein, aber ich weiß, wo sich diese Person aufhält.« So ungefähr zumindest.

In der letzten Woche war Gabriella ausschließlich für die Bedürfnisse der Königsdämonen zuständig gewesen, sodass sie sich hauptsächlich im Haupthaus aufgehalten hatte. Er hoffte, sie nun auch dort zu finden, ohne Mister zu begegnen. Gleichzeitig wäre dies ein guter Ort, um den Königsdämon aus dem Weg zu schaffen, bevor er zur Zentrale gelangen konnte, von wo aus man die Maschinen in Betrieb nehmen konnte. Doch sie waren noch nicht fertig, oder?

Verflucht. Er hätte Gabriella und die anderen Menschen besser ausfragen müssen.

Sie erreichten das Haupthaus ohne weitere Vorkommnisse und Evan war beinahe überrascht, Ophelia noch immer an seiner Seite zu wissen. Obwohl sie ihn nur ganz kurz in Billings kennengelernt hatte, schien sie ihm ohne Misstrauen zu begegnen. Wenn er so darüber nachdachte, vertraute sie eher Alisons Urteil als seiner Vorstellung von Mut, aber damit kam er zurecht. Er nahm sich vor, in einer ruhigen Minute nach ihr zu fragen.

Die Türen wurden nicht bewacht, was vermutlich allein an dem Alarm lag, der noch immer über sie hinwegwehte. Es war schwer, sich selbst denken zu hören.

»Was tun wir hier?«

»Gabriella ist hoffentlich hier und dann-« Als hätte sie ihren Namen gehört, kam sie die Treppen nach unten gerannt. Hektische rote Flecken zierten ihre Wangen und sie riss, erstaunt über Evans plötzliche Anwesenheit, die Augen auf. »Ich habe dich gesucht!«

»Was geht hier vor sich? Die Dämonen sind ganz außer sich.« Keuchend blieb sie vor Evan und Ophelia stehen und presste die Hände in ihre Taille, als hätte sie Seitenstechen.

»Rebellen greifen an.«

»Und zwei Königsdämonen«, fügte Ophelia hinzu.

»Und zwei …«, wollte Evan wiederholen, bevor ihm der Sinn ihrer Worte bewusst wurde. Er blickte sie entgeistert an. »Wie bitte?«

»Müssen wir jetzt wirklich darüber sprechen?« Sie verschränkte abwartend die Arme.

»Du hast recht. Wir sind hier, weil ich glaube, dass du«, dabei blickte er Gabriella an, »einen Weg kennst, um … um ihnen zu helfen. Es befinden sich über tausend Menschen hier. Wenn wir alle gemeinsam an einem Strang ziehen, können wir damit vielleicht verhindern, dass die Rebellen untergehen und …«

»… die Maschinen eingeschaltet werden«, führte die Sklavin den Gedanken zu Ende und nickte ernst. »Es sind viele Menschen hier, die sich mit ihrer Situation abgefunden haben, aber … ein paar werden uns helfen. Allerdings …«

»Allerdings was?« Evan sah sie durchdringend an.

Sie wand sich innerlich. »Du hältst mich für verrückt.«

»Rück schon raus mit der Sprache. Uns rennt die Zeit davon!«

»Okay, aber sag nicht, ich hätte dich nicht gewarnt. Ich finde, wir sollten die eingesperrten Schattendämonen freilassen. Wenn die Tore ohne Zustimmung von Mister geöffnet werden, ertönt ein Alarm, der die Königsdämonen lange genug ablenkt, um den Schattendämonen Zeit zu geben, sie zu erreichen.«

»Du meinst, ein anderer Alarm als dieses ohrenbetäubende Klingeln?«, murmelte Ophelia.

»Bist du dir sicher, dass sie für uns kämpfen werden?«

Sie zuckte mit einer Schulter. »Ihnen bleibt keine andere Wahl, wenn sie befreit werden wollen.«

Evan fing Ophelias Blick auf.

»Es ist besser als kein Plan.« Dem stimmte er zu. »Lasst uns gehen.«

»Wie können wir allerdings verhindern, dass Mister die Maschinen schon jetzt in Betrieb nimmt?«, fragte er, als sie aus dem Gebäude traten und der Alarm noch lauter erklang.

»Wir brauchen ein … riesiges Spektakel. Die Zentrale in die Luft sprengen zum Beispiel«, keuchte Gabriella und überholte ihn und Ophelia.

»Was geschieht denn so Schlimmes, wenn sie … nun, eingeschaltet werden?«, fragte Ophelia, während sie liefen. Sie begegneten mehreren Sklaven, denen Gabriella zurief, sich Waffen zu suchen, aber Evan konnte nicht sagen, ob diese ihre Anweisung befolgten.

»Die Vereinigung wird in Gang gesetzt«, antwortete Gabriella prompt und brachte ihn damit zum Stolpern. Er hatte fest damit gerechnet, dass sie auch Ophelia mit ihrer liebsten Phrase abspeisen würde, aber anscheinend mochte sie die Jägerin mehr als ihn. Kopfschüttelnd gab er sich Mühe, sich auf die bevorstehenden Minuten zu konzentrieren und nicht darauf, diesen Affront persönlich zu nehmen. »Billings versucht damit, die Welten mit der Erde zu verbinden. Tore werden an sämtlichen Orten geöffnet und fressen sich durch unsere … Dimension. Sein Ziel ist es, über alles zu herrschen. Die Erde. Duster. Triste. Wer weiß, welche Welten noch hinter den Schleiern lauern?«

Evan und Ophelia tauschten einen entsetzten Blick aus. Er sah ihr an, dass sie ebenfalls mit allem gerechnet hatte, doch Billings' Größenwahnsinn übertraf all ihre Vorstellungen.

»Das ist doch wohl ein schlechter Scherz«, zischte Ophelia, bevor sie abrupt stehen blieb. Gabriella streckte warnend die Hand aus. Sie befanden sich direkt neben Maschine B, die mit wütenden schwarzen Blitzen ausschlug, die jedoch weit über ihnen ins Nichts verliefen.

»Okay, die Luft ist rein. Niemand bewacht die Schattendämonen«, verkündete Gabriella. »Und ich sage die Wahrheit. Zed, dein Vorgänger, Evan, hat mir alles verraten. Seine lose Zunge hat ihn schließlich umgebracht, dennoch …«

»Aber wie funktionieren die Maschinen? Und was haben Schattendämonen damit zu tun?«, fragte die Kriegerin genau das, was auch durch Evans Kopf gegangen war, als er sich hier wiedergefunden hatte.

»Sie werden von den Maschinen ausgebrannt und dabei entsteht eine Art Energie. Schattenenergie, wenn du es so willst«, erklärte Gabriella und wandte sich zu ihnen um. Die Zeit saß ihnen im Nacken, trotzdem schien es, als würde Ophelia nicht funktionieren können, bevor sie keine Antworten erhalten hatte. »Die Maschinen laden sich mit dieser Energie auf, speichern sie und benutzen sie, wenn sie eingeschaltet werden. Und die Schattendämonen werden …«

»… zu Vessen«, murmelte Ophelia.

»Zu was?«

»Vessen«, wiederholte sie. »Wahnsinnig gewordene Schattendämonen, die das Land rund um Ascia, Descar und Keplinger förmlich verpestet haben. Wie erwartet trägt daran Billings die Schuld.«

»Ein kleines Extra«, bestätigte Gabriella. »Jetzt müssen wir aber handeln, oder deine Freunde sind tot.«

Es war fast schon lächerlich einfach, in das Innere der Zentrale einzudringen. Niemand hielt die Menschen hier für fähig oder mutig genug, ihre zugewiesenen Posten zu verlassen. Die Schattendämonen standen im Erdgeschoss dichtgedrängt in mehreren Zellen beisammen und blickten die Neuankömmlinge beinahe ängstlich an.

»Wir sind gekommen, um euch zu befreien«, sagte Gabriella, vollkommen unberührt von dem Anblick.

Evan fragte sich, wie er sie bei ihrer ersten Begegnung als unscheinbar hatte wahrnehmen können, dann wiederum – sie hatte es darauf angelegt.

»Ist das eine Falle?« Einer der zerlumpten Dämonen wagte sich nach vorne an die Eisenstäbe und betrachtete die Menschen mit einem argwöhnischen Ausdruck in den Augen. Als er seine Hand zwischen die Stäbe schieben wollte, fuhr ein elektrischer Impuls durch ihn hindurch und schleuderte ihn zurück gegen die anderen Insassen.

Die Zellen befanden sich auf beiden Seiten des ansonsten leeren Flurs. Neben jeder Tür war eine Nummer aufgepinselt, die dabei half, die Schalter zuzuordnen, welche Evan am gegenüberliegenden Ende des Flurs fand. Er zögerte nicht und schob alle sieben von ihnen nach unten. Ein schabendes Geräusch erklang, als die Zellen durch den Mechanismus geöffnet wurden und die Schattendämonen freiließen. Ein dumpfes Signal ertönte, das Evan an den Klang von tausend Glocken erinnerte. Dies würde die Menschen hoffentlich aus ihrer Lethargie reißen.

»Wenn ihr tatsächlich frei sein wollt, lauft zum Eingang und helft den Rebellen und den Sklaven. Sie sind vorübergehend auf der gleichen Seite wie ihr«, klärte Ophelia sie auf, während sie mit dem Kurzschwert drohte, um zu verdeutlichen, dass sie nicht zu Späßen aufgelegt war. »Los jetzt!«

Die Schattendämonen hatten einen Moment gebraucht, um sich an den Gedanken von Freiheit zu gewöhnen, nun aber preschten sie gemeinsam los. Sie würden den Königsdämonen hoffentlich Probleme bereiten.

Evan blickte ihnen wehmütig nach. Zu gerne würde er sich ihnen anschließen und kämpfen, stattdessen musste er sich etwas einfallen lassen, um Mister davon abzuhalten, aus Verzweiflung die Maschinen in Gang zu setzen.

»Was jetzt?« Ophelia blickte von ihm zu Gabriella, ohne ihr Schwert wieder einzustecken, als die Erde erschüttert wurde.

Mehrere Explosionen ertönten um sie herum, knallten so laut, dass sich Evan fast sicher war, dass sie sein Trommelfell zerrissen.

Er fiel zu Boden und konnte sich nur unter größter Kraftanstrengung wieder aufsetzen, aber das Zittern der Erde fuhr durch seinen gesamten Körper, sodass es unvorstellbar war, auf die Beine zu kommen. Ophelia und Gabriella erging es ganz genauso, doch im Gegensatz zu ihm, kämpften sie sich bereits auf allen vieren nach vorne zum Ausgang.

»Wir sind zu spät«, zischte er, ohne von den anderen gehört zu werden. Die Resignation in seiner Stimme galt allein ihm selbst. Erneut hatte er versagt.

Mühselig schaffte er es, mit nur einer Hand und einem Stumpf zu den anderen aufzuschließen, gerade als sie den matschigen Boden erreichten und das Gestein unter ihnen wie ein erwachender Riese zu brüllen begann. Er zwang sich, die Maschinen anzusehen, die monströs in die Höhe ragten, noch kräftigere Blitze schlugen und schwarzen Nebel verteilten, der sich mit der Schattenwand zu verbinden schien.

Ein Sturm kam auf, riss an seiner Kleidung und peitschte ihm Sekunden später Schnee und Regen ins Gesicht.

»Zum Ausgang! Sofort!«, brüllte er, nachdem er sich an der Wand zur Zentrale aufgerichtet hatte. Sie mussten hier weg, bevor Mister das Gebäude verließ und ihnen den Weg versperrte.

Auf bebendem Grund zu laufen war in etwa so leicht, wie auf einem Seil zu balancieren. Immer wieder knickten Evan und die anderen ein, mussten sich an Zeltstangen hochrappeln und den Kopf gegen den tosenden Wind strecken. Es erinnerte Evan an seine härtesten Trainingsstunden, die er mit Alison absolviert hatte. Stets hatte sie gewusst, wie sie ihn noch mehr *quälen* konnte und war eine Meisterin im Parcoursrichten gewesen.

Schließlich erreichten sie den Ausgang, an dem noch immer gekämpft wurde, doch die Bewegungen beider Seiten hatten sich verlangsamt, als bewegten sie sich unter Wasser. Es erklangen weniger Schüsse und Evan nahm an, dass den Rebellen die Munition zur Neige ging.

»Rückzug«, schrie Ophelia mehrmals über das Getöse hinweg.

An einer Stelle vor ihnen riss die Erde plötzlich auf und verschlang eine Handvoll Dämonen und Menschen. Die anderen Rebellen griffen Ophelias Ruf auf und verbreiteten diesen, bis sie sich gemeinsam immer weiter die Serpentinen entlang zurückzogen. Doch es wurde schon sehr bald deutlich, dass die Dämonen ihre Angreifer nicht so einfach entkommen lassen würden.

Und dann erblickte Evan Mister unter ihnen, der einen selbstgefälligen Ausdruck zur Schau trug. Er hatte sein Ziel erreicht und die Maschinen gestartet. Dieses Massaker war für ihn ein zusätzlicher Pluspunkt, wie es schien.

»Wir brauchen einen Plan«, presste der Jäger hervor, während hunderte von Sklaven an ihm vorbeirannten. Niemand wollte der letzte sein, der den Zorn der Dämonen zu spüren bekam.

Der Riss hinter ihnen verbreiterte sich zusehends. Noch konnte man ihn aber mit einem Sprung überbrücken.

»Wir könnten die Dämonen aufhalten, bis alle über den Riss gesprungen sind und kurz bevor er zu groß wird, folgen wir ihnen. Das sollte uns etwas Zeit geben«, schlug er vor.

»Das dauert zu lange«, widersprach Ophelia und reichte ihm einen Dolch. Es fühlte sich so gut an, wieder eine Waffe in der Hand zu halten.

»Wir helfen«, kam es von seiner anderen Seite und er blickte in die Augen eines Schattendämons, den sie befreit hatten. »Wir leiten die Schattenwand um und umkreisen die Königsdämonen. Es wird euch und uns Zeit verschaffen, von hier zu verschwinden.«

Evan und Ophelia sahen sich einen kurzen Moment an, dann nickten sie. Bevor sie ihre Zustimmung laut äußern konnten, war der Rebellenanführer zur Stelle, den Evan nur an dem Abzeichen auf der Brust, das ein T für Teagan zeigte, erkannte. Er bedankte sich tatsächlich bei dem Dämon, als würde er ihn und seine Existenz nicht verabscheuen.

»Formiert euch«, brüllte der Schattendämon und erhob die Arme. Augenblicklich folgten die anderen seinem Beispiel und positionierten sich vor den Königsdämonen. Mittlerweile waren sowohl Sklaven als auch Rebellen hinter ihnen und liefen immer weiter und weiter.

Evan war für einen Moment von der Bereitwilligkeit, ihnen zu helfen, so fasziniert, dass er das Schauspiel wie erstarrt beobachtete.

Die Königsdämonen hielten erstaunt inne. Von ihren Krallen tropfte Blut und ihre Gesichter glichen denen von blutdurstigen Raubtieren. Auch Misters süffisantes Lächeln verschwand, bevor Schattendämonen seine Sicht versperrten und Ophelia an Evans Oberarm zerrte.

»Wir müssen gehen«, rief sie ihm zu und begann zu laufen.

Er folgte ihr, während das Beben schlimmer und das Tosen lauter wurde. Nachdem er über den Abgrund gesprungen war, blickte er sich noch einmal um und sah, wie die Schattenmauer immer mehr nach innen gezogen wurde, als würde sich zwischen den Maschinen ein Strudel befinden. Innerlich hoffte er, dass die Schattendämonen nicht ihr eigenes Leben opfern mussten. Auch sie waren Gefangene gewesen …

Die Gruppe von Entflohenen und Rebellen war so riesig, dass sie zwangsläufig auseinanderfiel.

Evan blieb an Ophelias Seite, achtete darauf, dass Gabriella nicht von ihnen abgehängt wurde, und kämpfte genauso wie die anderen gegen Müdigkeit und Erschöpfung an, jetzt, da das Adrenalin allmählich versiegte und das Wetter unberechenbarer wurde. In der ungeschützten Landschaft hatte Schneefall eingesetzt und die Kleidung, welche die Rebellen vor ihrem Angriff versteckt hatten, reichte nicht für sie alle aus. Da man sich jedoch nicht um jeden kümmern konnte, ließen sie die Nachricht verbreiten, dass es eine Geisterstadt nicht weit von hier gab, wo es genügend Vorräte für sie alle geben würde. Das schien den geschundenen Menschen neue Energie zu verleihen, um weiter einen Fuß vor den anderen zu setzen, obwohl sich die Kälte in ihre Glieder fraß.

Auch Evan ging es nicht anders, aber er hielt durch, und als er die halbfertige Mauer erblickte, wusste er sogleich, wo sie sich befanden.

Oleander.

Wer hätte gedacht, dass er noch einmal hierher zurückkehren würde. Der Schmerz, dass Crystal nicht bei ihm war, blendete ihn so sehr, dass er kurzzeitig den Halt verlor und beinahe gestürzt wäre, wenn Ophelia ihn nicht reflexartig festgehalten hätte.

»Danke«, murmelte er.

»Keine Ursache.« Sie nickte. »Komm. Wir haben es fast geschafft.«

26. Kapitel

Nachdem mir Gareth etwas von seinem Blut gegeben hatte, schlief ich so gut wie schon lange nicht mehr. Es überraschte mich, schließlich konnte ich im wachen Zustand kaum an etwas anderes als Noah denken. Aber als mich die Decken umhüllten und Gareth mich an seine Brust drückte, fühlte ich, wie mich die Erschöpfung übermannte. Ich kämpfte nicht dagegen an, so war ich doch glücklich, mich in die Arme des Schlafs fallen zu lassen. Dort war ich sicher. Dort fühlte ich nichts.

Der Frieden hielt so lange an, bis lautes Rufen und das Läuten von Glocken in unser Haus drang.

Orientierungslos durch den tiefen Schlaf brauchte ich ein paar Augenblicke, um wieder zu mir zu kommen. Gareth war bereits aufgesprungen und ans Fenster getreten.

»Was ist los?« Ich rieb mir verschlafen die Augen, ehe ich mich von den Decken befreite und meine Beine über die Kante schlug. Was auch immer geschehen war, die Nacht war offensichtlich vorbei. Helligkeit breitete sich in unserem Zimmer aus, aber sie war auf seltsame Art gedämpft. Ein paar Sekunden später wusste ich auch, wieso. Es schneite und der Himmel war von dicken weißen Wolken bedeckt, die das Sonnenlicht verschluckten.

»Ich bin mir nicht sicher«, gab Gareth zu, als ich mich neben ihn stellte und hinausblickte.

Dämonen liefen aufgeregt aus ihren Häusern, schrien sich gegenseitig an oder blickten ratlos in den Himmel, als würde sich dort die Antwort auf ihre Fragen befinden.

»Wir sollten nachsehen, was da vor sich geht. Ich kann mir nicht vorstellen, dass es etwas Gutes ist«, schlug ich vor und platzierte einen Kuss auf seiner Schulter. »Kannst du mir vielleicht Kleidung besorgen? Mein zerrissenes Kleid ist wohl nicht für das Wetter hier geeignet.«

Ein schmales Lächeln stahl sich auf seine Lippen. »Bin gleich zurück.«

Er zog sein Hemd und seine Schuhe an, ehe er das Zimmer verließ. Ich blickte ihm wehmütig hinterher, rieb mir über die kalten Schultern und zog dann die Decke vom Bett, um sie mir überzuwerfen. So ganz ohne Kleidung war es mir dann doch zu kalt und wer wusste, wie lange Gareth nach passenden Hosen und Pullovern suchen musste?

Ungeduldig wippte ich mit meinem Fuß und biss auf meine Unterlippe. Jede Sekunde schien das Chaos draußen zuzunehmen und mit dem Sturm gewaltiger zu werden. Etwas brannte in meinem Inneren und ich war mir keinesfalls sicher, dass es mit meinem Körper zu tun hatte. Vielmehr fühlte es sich an, als würde der Schlüssel durch meine Haut brechen wollen. Unwillkürlich legte ich eine Hand auf die Wölbung.

»Sei ruhig«, wisperte ich wie zu einem ungeborenen Kind, was mich kaum aus der Ruhe brachte. Ich hatte zu viel erlebt, um mich wegen solchem Verhalten zu schämen.

Gareth kehrte schließlich zurück und reichte mir robuste Kleidung, Waffen und sogar einen Brustharnisch, der stabil, aber nicht zu schwer war. Eine düstere Vorahnung nahm immer mehr Gestalt an.

»Hat Billings seine Truppen vielleicht früher, als wir vorausgesehen haben, aufs Feld geschickt?«, fragte ich, während wir uns beide zum Kampf bereitmachten. Jede Bewegung, jedes Zuziehen von Reißverschlüssen und Anbringen von Waffengurten gab mir Selbstsicherheit, formte mich wieder zu der Person, die ich einst gewesen war, aber ohne die Gefühllosigkeit. Denn ich fühlte, oh ja, wie sehr fühlte ich …

»Du hast nicht zufällig eine Ahnung, wo ich mein Waidblatt gelassen habe, oder?« Hoffnungsvoll blickte ich den Königsdämon an, der an der Tür stehend auf mich wartete. Ich schnürte gerade den zweiten Stiefel zu, bevor ich mich aufrichtete und den Fuß vom Bettende nahm.

»Es muss verloren gegangen sein«, antwortete er nüchtern, schon vollkommen in seiner Rolle als Krieger und Beschützer aufgehend.

Ich wollte ihn küssen.

Dem Drang widerstehend überprüfte ich noch einmal alle Halterungen und nahm meine Haare dann zu einem hohen Zopf zusammen. Mir graute es schon jetzt, das warme Haus zu verlassen, aber es wurde Zeit.

Im unteren Bereich trafen wir auf Cleo und Colin, die sich ebenfalls neue Kleidung besorgt hatten und ernst dreinblickten.

Ich wusste, dass insbesondere Cleo auf einen Plan von mir wartete, aber durch den unerwarteten Sturm und das Chaos draußen war dieser noch nicht ausgereift.

Dieser Tage ließ ich mich zu leicht ablenken, wie es schien.

»Habt ihr eine Idee, was geschehen ist?« Ich blickte Colin direkt an, der mich mit einem alarmierten Ausdruck ansah. »Du hast es auch gespürt?«

»Das Brennen? Das kann nichts Gutes bedeuten.«

»Wovon sprecht ihr?«

Wir erklärten Gareth und Cleo von unseren unangenehm brennenden Gegenständen in unseren Körpern. Es war klar, dass das kein gutes Zeichen war, dennoch verließen wir das Haus, traten in den Schnee und begaben uns im Laufschritt zurück ins angrenzende Lager.

Sobald wir die Zelte erreichten, konnten wir jemanden danach ausfragen, was geschehen war. In unserer direkten Umgebung waren gleich zwei neue Tore erschienen, die sich immer weiter ausbreiteten, als würden sie unsere Welt verschlucken. Gleichzeitig hatte Billings einen Überraschungsangriff gestartet und der heftige Sturm tat sein Übriges.

Gareth und ich sahen uns an und ohne dass wir miteinander reden mussten, war klar, dass wir beide kämpfen wollten. Cleo, die über keinerlei Kampferfahrung verfügte, schloss sich den Dämonen an, die sich um die Verletzten kümmerten.

»Ich bleibe an eurer Seite«, sagte Colin und wirkte ungewohnt aufrichtig.

Argwöhnisch musterte ich ihn. »Du weißt schon, dass wir mit Dämonen kämpfen?«

»Du bist nicht die Einzige, die sich ändert, Jägerin«, antwortete er bloß, ehe er sich an den Waffen bediente, die von mehreren von Adams Leuten an die Krieger weitergegeben wurden.

Adam selbst erblickte ich nur von Weitem, als er sich auf den Weg an die Front machte. Gareth, Colin und ich folgten wenig später durch den dichten Wald, der uns für kurze Zeit vor dem starken Schneefall schützte.

Ich wünschte mir den Kampf beinahe schon herbei, da er meine kalten Glieder endlich aufwärmen würde. Bis dahin müsste ich allerdings vorsichtig sein und durfte mich nicht übernehmen.

»Wir bleiben zusammen, Aly«, verkündete Gareth kompromisslos, nachdem wir den Waldrand erreicht hatten und auf das blutige Schlachtfeld hinausblickten.

»Aye, aye.« Ich lächelte, obwohl er es nicht sehen konnte. Hier hinten standen die Einheiten noch dicht beisammen, sodass jeder feindliche Krieger abgefangen werden konnte, bevor er unser Lager erreichte. Wir drängten uns allerdings an ihnen vorbei, um in den vorderen Reihen mitzukämpfen.

Ich lächelte Gareth ein letztes Mal an, dann stürzte ich mich mit einem Schrei ins Getümmel und schlug mit dem Kurzschwert nach jedem, der eine Uniform mit blauen Säumen trug.

Ich verlor mich und der Schlüssel brannte und leuchtete und verlieh mir die Macht, die ich in Duster und Triste vermisst hatte. Die Kraft in meinen Muskeln nahm zu, die Müdigkeit wurde aus meinen Knochen vertrieben und während ich mich drehte und wendete, fühlte ich mich frei.

Das Kurzschwert unterschied sich in vielen Dingen von meinem geliebten Waidblatt, aber am meisten machte mir seine Unhandlichkeit zu schaffen. Es war zu grob, zu behäbig und erschwerte mir, trotz der neu erwachten Macht des Schlüssels, den Kampf gegen Königsdämonen, gegen die ich nur mit Colins und Gareths Hilfe eine Chance hatte. Abwechselnd standen sie mir bei, bis ich mich dazu entschied, über meinen Schatten zu springen und mich auf eine vollkommene Symbiose im Kampf mit Colin einzulassen. Gareth konnte allein für sich kämpfen und es schränkte ihn nur ein, sich mit mir zusammenzutun.

Colin und ich konnten einzeln wenig ausrichten, doch zusammen waren wir so stark wie jeder andere Königsdämon. Vielleicht noch etwas stärker, denn nachdem wir uns an ein paar Dämonen erprobt hatten, fielen wir in einen tödlichen Rhythmus.

Irgendwann tauschte ich das Kurzschwert gegen zwei längliche Dolche, sodass ich noch agiler wurde und schneller reagieren konnte. Wenn Colin von vorne angriff, stürzte ich mich von hinten auf unsere Opfer.

Wir schenkten unseren Gegnern keine Pausen und trieben auch uns selbst unerbittlich an.

Blut – mein eigenes und das der Dämonen – tränkte meine Kleidung, wärmte auf makabre Weise meine Haut und sank in mein Innerstes. So viel Tod. So viel Blut.

Freude stieg in mir auf und vertrieb die einsetzende Müdigkeit. Der Kampf erfüllte mich vollkommen.

Wir kämpften mit Pausen, bis die Sonne hinter den Baumwipfeln verschwand. Der Schnee und die Kälte vertrieben selbst die robustesten Krieger vom Schlachtfeld, obwohl die Nacht ihr Element war. Gareth hatte mir in einer Atempause erzählt, dass solche Kämpfe oft mehrere Tage andauerten. In ihrer Heimat beeinflusste sie das Licht der Sonne nicht, schwächte sie nicht derart, aber Billings schien den Krieg so schnell wie möglich zu seinen Gunsten entscheiden zu wollen, weshalb er dann angriff, wenn es ihm passte. Ob nun die Sonne schien oder nicht.

Über den ganzen Tag verteilt hatte es Erdbeben und heftige Sturmböen gegeben, welche die Kämpfe noch erschwerten. Mehr Informationen darüber, wie die Welt außerhalb dieses Fleckchens Erde aussah, bekamen wir erst mit, als wir in dem Lazarett unsere Wunden versorgen ließen und etwas Warmes zu uns nahmen.

»In unserer unmittelbaren Nähe gibt es zwei Tore. Drei weitere haben sich geöffnet, sind nun aber wieder geschlossen, als würde ihnen Kraft fehlen. Es ist schwer zu sagen, was uns noch erwarten wird«, fasste Adam die Ereignisse zusammen, nachdem wir uns begrüßt hatten. Er hatte mich tatsächlich umarmt und sich persönlich dafür bedankt, dass ich Dorian zu Elle geführt hatte. Dabei galt der Dank eher Evan und Crystal, aber das wollte er nicht hören.

»Wissen wir schon, was das Öffnen der Tore verursacht hat? Wir haben nichts damit zu tun«, unterstrich ich noch einmal, um ja nicht als Schuldige dargestellt zu werden.

»Es könnte einer von Billings' Tricks sein oder die Kaskaden haben wieder ihre Finger im Spiel. Wir sind uns nicht sicher.« Er rieb sich über das verhärmte Gesicht. »Was wollt ihr nun tun?«

»Willst du uns schon loswerden?«, entgegnete Gareth mit einem bitteren Unterton. Befürchtete er, dass Dorian dahintersteckte? Aber der König wäre sicherlich Manns … oder Dämon genug, ihm ins Gesicht zu sagen, dass er seine Hilfe nicht wollte.

»Darum geht es doch nicht. Was habt ihr über Morrigan erfahren? Wie sehen ihre Pläne aus?«

Ich schaltete ab, während Gareth ihn in die Geschehnisse einweihte und auch Noahs heldenhaften Tod nicht ausließ, der mir gar nicht mehr so heldenhaft vorkam. Ganz gleich, was Gareth sagte, der Schattendämon hätte nicht sterben müssen. Er war gestorben, wie er gelebt hatte. Mutig. Unbedacht. Stürmisch.

Ehre war nur ein leeres Wort.

Irgendwann gesellte sich tatsächlich Dorian zu uns, der schweigend den geschilderten Ereignissen von Gareth lauschte.

Seine Präsenz sorgte dafür, dass die anderen Verwundeten einen großen Bogen um unsere kleine Gruppe machten. Das Zelt war groß genug, da es für mehrere Dutzend Betten ausgelegt war, aber nur die Hälfte gebraucht wurde. Dämonen waren entweder tot oder lebten, nur die wenigsten waren schwer verletzt und benötigten medizinische Versorgung.

Ich begnügte mich damit, den König der Dämonen aus Ascia aufmerksam zu beobachten. Trauer und Resignation spiegelten sich in seinen Augen wider, dennoch ließ er sich nicht vollkommen davon einnehmen. Es war möglich, dass er sich beruhigt hatte und die ganze Angelegenheit aus einer anderen Perspektive sah. Um Gareths willen hoffte ich darauf.

Wie sehr ich Ascia auch verachtete, er war die Person, die Gareth am meisten schätzte. Er war für ihn auf eine Weise da gewesen, wie es nur ein Vater sein konnte.

Nachdem Gareth mit seinem Bericht geendet hatte, fügte Colin noch ein paar Details hinzu, die auch meinen Pakt mit Morrigan betrafen. Ich war froh, dass er die Rolle des Sprechers übernahm, da ich andernfalls vermutlich zu sehr von meinen Emotionen übermannt worden wäre.

»Es scheint, als wäre jeder Versuch, sich Morrigan anzunähern, vergeblich«, fasste Dorian zusammen, setzte sich auf die Kante einer Pritsche und winkelte seine Beine an. »Vergebt mir meinen gestrigen Ausbruch, ich war … ich war nicht ich selbst.«

Die eine Aussage hatte nicht das Geringste mit der anderen zu tun und trotzdem waren sie auf sinnvolle Weise miteinander verknüpft. Dorians Entschuldigung lag in dem Versuch versteckt, einen Weg aus unserer akuten Misere zu finden.

»Wir haben alle mit dem Verlust zu kämpfen«, erklärte Gareth und neigte versöhnlich den Kopf. »Dennoch sollten wir nach vorne schauen.«

»Du hast recht.« Ascia wirkte erleichtert, auch wenn seine Antwort etwas hölzern ausfiel.

»Ich weiß auch schon wie«, mischte ich mich ein, nachdem ich den richtigen Zeitpunkt abgepasst hatte. Alle Blicke richteten sich auf mich.

»Colin und ich begeben uns auf die Suche nach Morrigans Krone. Sie muss sich hier auf der Erde befinden.«

»Auf der Erde? Das ist ein ganz schön großes Gebiet.« Adam lachte, verschränkte die Finger ineinander und legte sie an seinen Hinterkopf.

Ich blickte ihn tadelnd an. »Wir sollten bei den Kaskaden beginnen und sie danach ausfragen. Schließlich sind sie es gewesen, die Morrigan und Aeshma töteten und dann mit der Krone verschwanden.«

»Sie kreierten Schlüssel und Schloss, um das Portal zu schließen, und versteckten alle drei Objekte«, gab Colin den Rest der Sage wieder, die doch mehr als bloß eine Legende war. Sowohl Dashan als auch Morrigan hatten Teile der Geschichte bestätigt.

»Wieso glaubst du, dass du sie finden kannst? Jetzt? Morrigan wird sicherlich ihre eigenen Schergen durch die Tore geschickt haben, um danach zu suchen«, gab Dorian zu bedenken.

»Möglich«, gestand ich ein. »Allerdings kennen sie sich auf der Erde noch nicht gut genug aus und ich weiß nicht wieso, aber ich denke, dass Morrigan ohne Colin und mich nicht an die Krone gelangen kann.«

»Verstehe. Das könnte auch der Grund sein, warum die Kaskaden Billings die Krone bisher nicht überlassen haben«, schlussfolgerte Gareth, der eine Hand auf meine Schulter legte, wie um mich zu bestärken. Oder ihn verlangte es nur, genauso wie mich, nach der Nähe des anderen.

»Ich werde mitkommen«, rief Cleo entschlossen dazwischen, hob ihr Kinn und verschränkte die Arme vor ihrem mit Blut und Dreck beschmutzten Pullover. »Mein Sohn befindet sich noch in ihrer Gewalt und bevor ihr dort mit Waffen reinstürmt, will ich ihn rausholen.«

Mit einer Mutter ließ sich nicht um das Wohl ihres eigenen Kindes verhandeln, also stimmte ich ihr lediglich mit einem Nicken zu und hoffte, dass sie mir vertraute. Es würde nicht schaden, sie zuvor in das Lager der Kaskaden gehen zu lassen. Wenn überhaupt, ließe sich mit Sicherheit noch ein Nutzen daraus schlagen.

»Wie lange könnt ihr ohne uns die Stellung halten?«, erkundigte sich Gareth und erwärmte damit mein Herz.

Ich hatte mich nicht getraut, ihn um seine Begleitung zu bitten, weil ich befürchtet hatte, dass er Dorian unterstützen wollte. Offensichtlich hatte ich mich getäuscht und er würde weiterhin an meiner Seite bleiben.

»Es wird gehen. Noch kommen wir gut gegen Billings' Truppen an und wenn die Verluste zu hoch werden, ziehen wir uns hinter die

Stadtmauern zurück. Keplingers Armee wird in den nächsten Tagen allerdings für Entlastung sorgen und Descar befindet sich auch auf dem Aufmarsch«, antwortete Ascia prompt. »Gleichzeitig wird auch Billings Verstärkung erlangen. Wir werden sehen …«

»Wenn wir die Krone finden, können wir jedenfalls verhindern, dass Billings oder Morrigan an Macht dazugewinnen«, sagte Adam. »Das bedeutet, ich werde euch auf dieser Mission mit ein paar meiner Leute begleiten. Die Kaskaden sind tückisch und wenn alles schiefläuft, erfahren sie noch vor eurer Ankunft, was ihr vorhabt.«

»Das halte ich für eine gute Idee«, stimmte ihm sein älterer Bruder zu. »Lily wird hier deinen Posten übernehmen. Sie liegt mir schon seit Tagen in den Ohren, dass sie an der Front kämpfen will.«

Adam, Dorian und Gareth lachten, als würden sie alle an gemeinsame Erinnerungen zurückdenken, an denen wir Menschen nicht teilhaben konnten. Es erstaunte mich, dass Lily derart blutrünstig veranlagt war, da ich sie als sensible, freundliche Dämonin kennengelernt hatte. Sie war einer der Gründe dafür, dass ich meine Meinung bezüglich Königsdämonen geändert hatte.

»Wir brechen noch vor Sonnenaufgang auf«, sagte ich, nachdem das Lachen verebbt war und eine verwundbare Stille zurückließ. Ich rieb mir über die müden Augen, was ich sofort bereute, da ich noch nicht dazu gekommen war, meine Hände von dem Blut und dem Staub zu reinigen.

Ascia warf mir einen langen durchdringenden Blick zu und ich wartete auf seine nächsten Worte, die mir womöglich nicht gefallen würden, doch er schwieg. Einzig Adam entlockte ihm ein paar Abschiedsworte, bevor er aus dem Lazarett verschwand und uns anderen damit Zeit ließ, uns den Reisevorbereitungen zu widmen.

Jeder war selbst dafür zuständig, sich um seinen Proviant und seine Ausstattung zu kümmern. Wir teilten nur ein paar Gegenstände unter uns auf, damit wir sie nicht in sechsfacher Ausführung mitschleppten. Anschließend kehrten Cleo, Colin, Gareth und ich in unser provisorisches Heim zurück, das während des konstanten Bebens ein paar Dachziegel verloren hatte und nun einen vier Zoll breiten Riss auf der vorderen Fassade aufwies.

Ich fragte mich, ob die Naturkatastrophen schlimmer wurden oder mit der Zeit nachlassen würden.

Gareth und ich setzten uns ins Wohnzimmer, in dem sich lediglich ein großes Sofa, ein flacher Fernsehtisch und eine Kommode befanden. Die Wände waren leer, Vorhänge suchte man ebenfalls vergeblich.

Ich lehnte mich an Gareths starken Körper, ohne dass sich einer von uns um die Spuren des Kampfes kümmerte. Schließlich hatten wir den heutigen Tag entgegen aller Wahrscheinlichkeiten beide überlebt.

Aus den Augenwinkeln hatte ich immer mal wieder einen blonden Haarschopf gesehen, der durch unsere Reihen mähte, als wären wir nichts anderes als Unkraut. Meine Befürchtung war zu schlimm, als dass ich sie hätte laut aussprechen können. Ich wollte nicht über etwas nachdenken, das mir noch mehr zusetzen würde. Natürlich würde dies die Probleme nicht lösen, aber gerade stieß ich an meine Grenzen. Es gab Momente, da musste man sich seine eigene Schwäche eingestehen, innehalten und nach einer gewissen Pause weitermachen. Ich brauchte eben jene Pause.

Trauer und Liebe herrschten in meinem Inneren und erschwerten es mir gleichermaßen, zur Ruhe zu kommen. Sie kämpften auf eine unnatürliche Weise gegeneinander, ohne sich Schaden zuzufügen. Das Gefühl erinnerte mich an Tauziehen. Beide buhlten um meine Aufmerksamkeit, zogen und zerrten, aber ohne zu gewinnen. Das Einzige, dessen ich mir sicher war, war meine Erleichterung.

»Verlass mich nicht«, flüsterte ich an Gareths Hals und rückte näher an ihn heran, bis ich teilweise auf seinem Schoß saß. Seine Arme schlossen sich sofort um mich, als hätte er nur darauf gewartet.

»Das habe ich nicht vor, Aly. Wieso denkst du das?«

Ich betrachtete fasziniert den Adamsapfel, der beim Sprechen auf und ab hüpfte. Mit einem Finger zeichnete ich sein stoppeliges Kinn nach, berührte seine Lippen und wartete, bis er mir sein Gesicht zuwandte, damit ich ihn küssen konnte.

»Ich habe das Gefühl, alles, was je gut war, zu zerstören«, beichtete ich ihm. »Ich will dich nicht von mir stoßen, aber ich befürchte, dass manchmal mein Temperament mit mir durchgeht.«

»Bin ich das nicht bereits gewohnt?« Er lachte rau.

»Witzig«, grummelte ich, bevor er einen Kuss auf meine Nasenspitze hauchte. »Die Sache mit Rope ... ich werde nichts mehr von dir fordern, Gareth. Ich weiß nun, dass es falsch von mir war, wütend auf dich zu sein. Egal, was er getan hat, er ist deine Familie und ich habe nicht das

Recht, dich darum zu bitten, ihn zu … ihn zu …« Ich war unfähig, den Satz zu beenden. Glücklicherweise kannte mich Gareth gut genug und wusste, worauf ich hinauswollte.

»Danke, das weiß ich zu schätzen.« Er streichelte meinen Rücken und lehnte seine Stirn an meine. »Du wirst aber immer noch versuchen, ihn zu töten?«

Ich ließ mir Zeit mit der Antwort, da ich noch immer von der Wahrheit verfolgt wurde, weil ich zu feige war, um mich ihr zu stellen. Einer Wahrheit, die sich das erste Mal gezeigt hatte, als mir der Baum im Spiegelmoor die Vergangenheit zeigte. Aber auch jetzt fühlte ich mich nicht vorbereitet und so verdrängte ich sie an den Rand meines Bewusstseins.

»Ich kann nicht anders.« Ich genoss mit geschlossenen Augen seine Nähe. »Bist du wütend?«

»Niemals.«

27. Kapitel

Es war kalt. Schnee und Wind begleiteten uns auf dem Weg Richtung Norden, als würden sie uns nur ungern vom Schlachtfeld ziehen lassen und so ganz konnte ich ihnen das nicht verübeln. Das schlechte Gewissen schlug seine Klauen in meinen Verstand, da ich Dorian noch immer nicht nach Crystal gefragt hatte, die doch so offensichtlich für Billings kämpfte. Was war während ihrer Rettungsaktion von Amethyst geschehen? Offensichtlich hatte es Komplikationen gegeben, die Crystal dazu gezwungen hatten, Billings zu helfen. Ich konnte mir jedoch nicht vorstellen, dass Billings einen Nutzen für einen ehemaligen Jäger mit nur einer Hand hatte.

Also blieben nur noch zwei Möglichkeiten. Entweder man hatte ihn hingerichtet oder er war irgendwo eingesperrt, wo er hoffentlich für den Moment sicher war. Zumindest, bis ich Zeit fand, ihn zu befreien, denn das würde ich. Trotz allem war Evan mein Freund und Freunde ließ man nicht im Stich.

Wir alle trugen dicke, widerstandsfähige Kleidung, die uns vor dem rücksichtslosen Wetter schützte. Das Reiten half uns zusätzlich dabei, uns warm zu halten, auch wenn ich meine Finger immer mal wieder von den Zügeln lösen musste, um sie durch die Handschuhe hindurch anzuhauchen. Ich vermisste mein Pferd Levara, aber wir hatten nehmen müssen, was uns Dorian geboten hatte, und so musste ich mich mit einem robusten grauen Hengst zufriedengeben, der es auf meine Haare abgesehen hatte. In den Pausen versuchte er ständig, an ihnen zu knabbern. Deshalb war ich dazu übergegangen, sie unter meine Mütze zu stopfen und einen möglichst weiten Bogen um seine Vorderseite zu machen.

Gareth und Adam ritten voraus, Cleos fuchsfarbene Stute trottete neben mir und Colins Pferd hinter uns. Vier von Adams Soldaten hatten sich uns angeschlossen, blieben aber nie länger als ein paar Stunden in einer bestimmten Formation, als würden sie ständig ihre Posten wechseln, um für Angreifer und Späher unberechenbar zu bleiben. Mir wurde allein vom Zusehen fast schwindlig.

Da wir eine Nacht im Freien nicht überleben würden, übernachteten wir in einer heruntergekommenen Geisterstadt, einen halben Tagesritt von Ascia entfernt. Es war eine kurze, unruhige Nacht, in der wir uns gegenseitig als Wache ablösten, um nicht von uns feindlich gesinnten Dämonen überrascht zu werden.

Als wir uns am nächsten Tag wieder auf den Weg machten, betraten wir den Wald, den wir auch während unserer Reise zum Ausbildungscamp durchquert hatten. Wie aus weiter Ferne erinnerte ich mich an einen meiner Fluchtversuche, als ich Gareth mit einer Rasierklinge – oder war es ein Nagel gewesen? – verletzt hatte und dann aus dem fahrenden Gefährt gesprungen war. Ich hatte waghalsig und überstürzt gehandelt, doch meine Angst war kaum erträglich gewesen und hatte jede meiner Handlungen bestimmt.

»Ich erinnere mich auch«, sagte Gareth mit einem Schmunzeln, als mein Hengst zu ihm aufschloss. Er hatte die Geschwindigkeit seines Pferdes absichtlich gedrosselt. Cleo blieb hinter mir zurück, aber ihr schien es nichts auszumachen. Sie schenkte mir lediglich ein Grinsen, als ich sie über die Schulter hinweg anblickte.

»Es ist viel passiert«, entgegnete ich und blickte nach vorn. Durch die hohen Bäume, deren Äste sich über dem Pfad verknoteten, waren wir zumindest eine Weile vor dem ständigen Niederschlag geschützt. »Wünschst du dir, dass du … manche Dinge anders geregelt hättest?«

»Was für Dinge?« Seine Stimme verriet die Neugier, die ich auch in seiner Miene wiedererkannte. Er wirkte hellwach, aufmerksam und konzentriert, als würde er sich jetzt sofort seinem Erzfeind stellen und gewinnen können. Ich liebte diese Seite an ihm. So wie jede andere auch.

»Mich?«

Für einen Moment schien er wahrlich sprachlos zu sein, dann endlich fasste er sich erneut. »Ich weiß nicht, ob ich dich *regeln* konnte«, antwortete er mit einem zaghaften Lächeln, als befürchtete er, mich zu beleidigen. »Aber … ja, im Nachhinein hätte ich dir und deinen Ängsten gegenüber aufgeschlossener sein sollen. Ich wünschte, ich hätte dir seelisch und körperlich nicht wehgetan. Das tut mir leid.«

Ich schloss meine Augen und bewahrte das Gefühl seiner Entschuldigung, die ich gebraucht hatte, ohne es auch nur zu ahnen. Der Schmerz während meiner Ausbildung bei ihm war mir so normal erschienen, dass es mir nicht mal in den Sinn gekommen war, ihn anzuzweifeln. Seine Existenz infrage zu stellen. Bis jetzt. Gareth und Dorian hätten mich nicht entführen und als Gefangene halten müssen, auch wenn es mich letztlich stärker gemacht und mir Gareth geschenkt hatte, so war es nicht richtig gewesen und niemand sollte so etwas akzeptieren müssen.

»Du hast schon viel getan, um es wiedergutzumachen«, antwortete ich schließlich, nachdem ich mich ein wenig beruhigt hatte.

»Aber noch nicht genug«, entgegnete Gareth, führte sein Pferd näher an meines und legte dann eine Hand an meine Wange. »An jedem Tag werde ich anstreben, die Person zu sein, die du verdienst. Ich werde meine Fehler wiedergutmachen und dich nie wieder verletzen.«

Tränen stiegen mir in die Augen, als ich seinen aufrichtigen Blick auffing und ihn in mein Herz schloss, um ihn zu bewahren. Niemals würde ich diesen Moment vergessen. Der Moment, in dem mir bewusst wurde, dass es für mich in diesem Krieg, in diesem Leben nur Gareth gab. Ganz gleich, was die Zukunft für uns bereithielt, er war meine Seele. Mein Herz. Der Gedanke erinnerte mich an seine eigenen Worte, die er mir im Garten ins Ohr geflüstert hatte, nachdem mein Blut seinen Körper beansprucht hatte. *Du bist das Licht in einer Nacht voll Schatten, Aly. Mein Licht. Mein Herz.*

»Verlass mich nicht«, wiederholte ich die Worte, denn sie sagten all das aus, was ich fühlte, und noch so viel mehr. Ich sah Gareth an, dass er verstand und ich nickte, als ich die unausgesprochene Frage in seinen Augen las. Wir lenkten unsere Pferde ab vom Pfad, ohne von einem der anderen aufgehalten zu werden. Kein Wort fiel zwischen uns, während wir abstiegen, die Tiere an tiefhängenden Ästen festbanden.

Unsere Lippen trafen mit der Kraft von zwei Welten aufeinander.

Ich küsste ihn, als würde mein Leben davon abhängen.

Ich berührte ihn, als würde es mich retten.

Ich liebte ihn, als würde es uns für immer miteinander verbinden.

Wir kehrten widerwillig, aber mit einem Lächeln in unseren Herzen zu den anderen zurück, die uns mit schmunzelnden Kommentaren begrüßten, die allesamt an mir abprallten. Wäre es mir vor einem Jahr noch unangenehm gewesen, so fühlte ich mich mittlerweile so gestärkt und selbstsicher, dass nichts Derartiges mich berühren konnte. Sie wollten mich nicht beleidigen, indem sie lachten. Es war nichts Schlimmes dabei, wenn sie wussten, wie glücklich ich war.

Unglücklicherweise blieb es nicht so ruhig.

Als wir das alte Camp fast erreicht hatten, vernahmen wir die ersten Kampfgeräusche in unserer unmittelbaren Nähe. Wir zögerten alle einen Moment, ehe Gareth und ich die Aufgabe der Späher übernahmen und zu Fuß voranschritten. Es dauerte nicht lange, da erkannten wir die Ursache.

Mehrere Plucks hatten eine Gruppe von Menschen umzingelt und attackierten sie auf brutale Weise. Ich fragte mich einen Moment, warum sich die Menschen nicht wehrten, als ich erkannte, dass sie sehr wohl kämpften und zwar gegen Wesen, die auf dem ersten Blick vielleicht menschlich wirkten, aber auf dem zweiten nur noch furchteinflößend aussahen.

Gareth stieß den Ruf eines Wolfes aus, damit sich uns die anderen anschlossen, als ich die ersten bekannten Gesichter bemerkte. Phi. Bird. War das dort Ty? Tatsächlich. Und Evan!

Mich hielt nichts mehr an Ort und Stelle und auch Gareth preschte nach vorn, zog seine Schwerter und hackte auf die ersten Plucks ein, ohne von den Chitinpanzern abzuprallen. So groß war seine Kraft. Ich hingegen musste mich mit der Unterseite oder den Augen zufriedengeben, was mich ziemlich frustrierte, da es mich das Überraschungsmoment kostete und den Kampf unnötig in die Länge zog. Gleichzeitig war ich nicht sonderlich erpicht darauf, gegen die massigen Wesen mit den langen Zähnen und Krallen zu kämpfen, an deren grünlicher Haut Blut und Haarschöpfe klebten. Widerlich.

Schließlich erreichte ich Phi als Erste und beschützte sie vor einem springenden Pluck, der ihren Arm anvisiert hatte. Statt ihrer Haut bekam er allerdings meine Klinge zu kosten. Ich musste seinen kleinen Körper heftig schütteln, um meine Waffe von ihm zu befreien.

»Wie ist das möglich?«, hörte ich Phi keuchen, während sie sich gegen einen anderen Pluck wehrte.

»Magie«, lachte ich, drehte mich flink um und umarmte sie für einen Wimpernschlag. »Ich habe dich vermisst.«

Ich sah den Anflug eines Lächelns auf ihren Lippen, dann wandte ich mich vollends ab und attackierte dieses riesige Etwas, das sich auf Ty gestürzt hatte, der ziemlich gut allein zurechtkam, aber ich wollte mir nicht den Spaß nehmen lassen, meine Fähigkeiten zu testen. Fähigkeiten, die ich während meines Trainings mit Dejan in Triste noch verfeinert hatte, wie ich hoffte.

In der Schlacht gegen Billings war es nicht um Finesse gegangen. Man kämpfte, um zu überleben und hinter dem Königsdämon wartete bereits der nächste. Aber hier konnte man absehen, dass wir gewinnen würden. Die Plucks und diese Wesen waren vielleicht der Meinung gewesen, mit den Menschen ein leichtes Spiel zu haben, aber nun befanden wir uns in der Überzahl. Sie verloren. Und der Kampf gegen den hässlichen, niederen Dämon entwickelte sich zu einem Tanz, dem ich mich nicht entziehen konnte.

Schon bald überließ Ty mir die Führung, erlaubte es, dass ich den Takt angab, mich nach vorne stürzte und den Dämon mit meinem Messer ärgerte. Noch war er zu vorsichtig, zu stark und energisch, um ihm großen Schaden zuzufügen, doch nachdem ich mehrmals seine Verteidigung durchbrochen und ihn von Haarschöpfen befreit hatte, die er offensichtlich als Trophäen angeklebt hatte, wuchs die Wut in ihm an und er vergaß jede Vorsicht. Es wurde persönlich für ihn. Er *wollte* mich tot sehen.

Grinsend lud ich ihn ein, duckte mich, als seine Krallen auf meine Kehle zielten, und stieß einen kleineren Dolch von oben in seinen Fuß. Brüllend riss er sein Bein hoch und hätte mich beinahe mit einem Knie getroffen, wenn ich nicht im letzten Moment zur Seite gerollt wäre.

Ich sprang auf, drehte mich um und blockte seinen nächsten Schlag mit meinem Fuß ab. So ging es eine Weile weiter, während seine animalische Wut weiter anstieg und er seine Verteidigung vollkommen vergaß. Daraufhin war es lächerlich einfach, seine Kehle zu durchtrennen und das Messer in sein Herz zu bohren. Er fiel auf dem Boden in sich zusammen und blieb neben den anderen Leichen reglos liegen.

Atemlos, aber innerlich lächelnd blickte ich auf ihn hinab.

Ich hatte es getan. Hatte gegen etwas gekämpft, das ich eindeutig dem Bösen zuordnen konnte. Erst jetzt fiel mir auf, dass ich dieses Gefühl während der Schlacht nahe Ascia vermisst hatte. Obwohl Billings unser

Feind war, obwohl ich Königsdämonen verachtete … war mir mein jahrzehntealter Hass verloren gegangen.

»… hier?«, hörte ich Ty fragen, der neben mir gerade Adam begrüßte. Beide wirkten kaum außer Atem, im Gegensatz zu mir und den anderen Jägern und … Rebellen? Tatsächlich, nicht nur Evan sondern auch Matty und ein paar Gesichter, die mir von meinem kurzen Ausflug zu ihnen im Gedächtnis geblieben waren, hatten gekämpft.

»Lange Geschichte«, antwortete Adam. »Und ihr?«

»Lange Geschichte«, wiederholte Ty schelmisch grinsend und entlockte Adam damit ein grollendes Lachen.

»Wir sollten ins Camp gehen«, schlug Gareth vor, der plötzlich neben mir aufgetaucht war und eine Hand an meinen Rücken legte.

Obwohl Matty nicht so aussah, als wäre sie begeistert, den Vorschlag eines Dämons anzunehmen, gaben sie und die anderen sich geschlagen. Ich nutzte den Aufbruch, um meine Jäger in die Arme zu schließen und Evan zu begrüßen. Bevor ich mich jedoch weiter um ihn und meine Erleichterung darüber, dass er tatsächlich lebte, kümmern konnte, sank die Angst wie ein Stein in meinen Magen. Bird war so glücklich gewesen, als sie mich gesehen hatte, aber noch hatte sie nicht nach Noah gefragt und ich … ich fürchtete mich so sehr.

»Geht es dir gut?«, fragte Evan und legte seinen rechten Arm um meine Schultern. »Ich meine, deine Kampftechnik … Atemberaubend. Du musst mir einiges erzählen, aber etwas stimmt nicht, oder?«

Ich wartete, bis Phi mit Bird an uns vorbeigezogen war und ignorierte ihre fragenden Blicke. »Ein Freund ist vor Kurzem gestorben und … ich muss es jemandem sagen, der …«

»Der ihm nahestand?«, sagte er und half mir damit auf die Sprünge.

Ich nickte und fuhr mir mit einer Hand über das Gesicht, bevor wir den Pfad erreichten, an dem wir unsere Pferde festgebunden hatten. »Es wird schon gehen, aber ich freue mich nicht darauf.«

Er drückte mich noch einmal fest an sich, dann kümmerte ich mich um meinen Hengst, dessen Namen ich längst vergessen hatte. War er mir überhaupt mitgeteilt worden? Ich konnte mich nicht einmal mehr daran erinnern und das sagte wohl einiges über meinen geistigen Zustand aus.

»Tut mir leid, Großer«, entschuldigte ich mich und klopfte gegen seinen Hals. »Du bist ein wunderschönes Tier, aber ich fürchte, wir haben uns zur falschen Zeit kennengelernt.«

Evan blieb an meiner Seite und verstand mein Bedürfnis nach Schweigen. Gareth unterhielt sich weiter vorne mit Matty, Phi und Ty. Mir war klar, dass ich als Anführerin gebraucht wurde, aber ich konnte mich nicht dazu aufraffen, denn Bird schlenderte direkt neben Phi und warf mir immer wieder fragende Blicke über ihre Schulter hinweg zu.

Vielleicht gab es noch eine andere, weniger schmerzhafte Möglichkeit, ihr von Noahs Ableben zu erzählen. Während des restlichen Wegs dachte ich darüber nach und entschied, dass ich es zumindest versuchen sollte.

Und dann erreichten wir den altbekannten Vorplatz mit dem Brunnen in der Mitte und den halb zerfallenen und im Schnee begrabenen Strohpuppen. Erinnerungen durchfluteten mich und jeden, der vor so vielen Monaten hier gewesen war. Wir sahen Bilder, Szenen, die sich hier abgespielt hatten, fühlten das Brennen vergangener Gefühle und kämpften gegen den Strudel an, der uns in die Vergangenheit ziehen wollte. Hinab und hinab.

Tiefer und tiefer.

Kopfschüttelnd überließ ich einem der Rebellen, der sich freiwillig dazu erbarmte, sich um die Tiere zu kümmern, das Pferd. Wahrscheinlich wollte er am liebsten überall sein, nur nicht in einem Haus voll mit Dämonen. Ich konnte ihn verstehen und schenkte ihm ein nachsichtiges Lächeln, das er lediglich mit einem unfreundlichen Stirnrunzeln quittierte. Hielt er etwa auch mich für eine Dämonin?

»Er weiß, wer du bist«, murmelte Colin, den ich fast vergessen hatte. Er musste ja beinahe umkommen vor Freude darüber, dass er seine Anführerin wiedergefunden hatte.

»Das bedeutet?« Ich verzog skeptisch den Mund und fragte mich, wo Evan abgeblieben war, bis ich ihn vor der Eingangstreppe zum Haupthaus warten sah. Fragend neigte dieser seinen Kopf, doch ich schüttelte den meinen. Seiner Hilfe bedurfte es nicht, wenn es um Colin ging. Mit ihm kam ich noch allein zurecht.

Wir schritten als Letzte zum Haupthaus. Colin achtete allein auf mich, als wäre ihm die Umgebung vollkommen egal. Ich merkte, dass ein Teil seiner Arroganz zurückgekehrt war, von dem ich vermeintlich angenommen hatte, er hätte sie abgelegt.

»Dass er möglicherweise von mir gehört hat, dass du eine Dämonenhure bist«, gestand er mit einem süffisanten Grinsen.

Ich wehrte mich dagegen, tat es wirklich, aber manchmal kam man nicht gegen seine Instinkte an. Zur Seite wirbelnd verpasste ich ihm so schnell einen Faustschlag, wie es mir selten im Kampf gelungen war. Colin hatte nicht den Hauch einer Chance, auszuweichen, und ich traf direkt sein linkes Auge, bevor ihn der Schlag zurückkatapultierte.

Meinen Finger warnend erhoben, trat ich einen Schritt vor. »Ob im Scherz oder um mich verbal anzugreifen, wiederhole niemals wieder diese Bezeichnung, Colin. Ich liebe Gareth und ich lasse nicht zu, dass jemand wie du meine Beziehung zu ihm mit solch unbedachten Worten beschmutzt.«

»Jemand wie ich?« Er spuckte aus und berührte mit den Fingerspitzen die bereits gerötete Haut um sein Auge herum, in dem ein paar Äderchen geplatzt waren.

»Jemand, dessen Herz kalt wie Eis und hart wie Stein ist«, würdigte ich ihn mit einer letzten Antwort, ehe ich mich von ihm abwandte und zu Evan aufschloss. Zusammen betraten wir das Haupthaus.

Es herrschte eine Weile großer Aufruhr. Jeder wollte wissen, was der anderen Gruppe widerfahren war. Neuigkeiten wurden ausgetauscht, verarbeitet und abgespeichert. Ich hielt mich nach meiner Ankunft mit Evan im Hintergrund, wartete und suchte nach einer Möglichkeit, Phi von Bird zu trennen, ohne mich der Japanerin nähern zu müssen.

Hadley blickte immer wieder in meine Richtung, hob fragend die Brauen und sah enttäuscht aus, als ich seiner unausgesprochenen Aufforderung nicht nachkam. Obwohl ich mich darüber freute, dass Ian wieder zu unserer Gruppe gestoßen war und die anderen heil aus Billings hatten fliehen können, konnte ich mich nicht dazu überwinden, mich ihnen anzuschließen. In meinem Kopf herrschte nur eine Szene, die immer und immer wieder abgespielt wurde, als wäre ich verflucht. Ich wollte mich über Hadleys Glück freuen. Er hatte George, seine große Liebe, wiedergefunden und war glücklich, aber ich … ich konnte nicht. In meinem Bauch flatterte es unangenehm.

Mein Problem löste sich von selbst. Offensichtlich hatte Phi genug Informationen gesammelt und es reichte ihr, dass ich mich nicht an ihren Tisch setzte. Vielleicht erinnerte es sie ebenfalls an unsere Vergangenheit hier.

Dorian hatte mich absichtlich von der Gruppe getrennt, indem es mir allein erlaubt gewesen war, an dem Tisch der Dämonen zu speisen. Die unfreundlichen Blicke der Jäger waren mir ständig gefolgt und hatten in mir das Gefühl von Einsamkeit nur noch verstärkt.

»Können wir reden?« Phi stand abwartend vor mir. Auch ihr waren ein paar Blicke der Anwesenden gefolgt, als sie den Speiseraum, der durch Gaslampen erhellt wurde, durchquert hatte. Ich fragte mich, ob jemand daran dachte, den Ofen anzufeuern oder ob wir eine weitere Nacht in dieser Eiseskälte verbringen mussten.

»Behalte ihn im Auge«, bat ich Evan und deutete mit einem Kopfnicken zu Colin, der immer wieder finster in meine Richtung sah. Er hatte sich zu Matty gesetzt, die weder auf seine Ankunft noch auf sein blühendes Veilchen reagiert hatte. Es überraschte mich nicht, schließlich hatte sie den Dämonen und ihren Rebellen etwas zu beweisen und durfte nicht das Geringste von ihrer Autorität verlieren. »Ich folge dir, Phi.«

Sie führte mich aus dem Esszimmer durch den Flur direkt in Dorians Arbeitszimmer, das vollkommen ausgeräumt war. Bis auf die Möbel und ein paar Schreibutensilien hatte der Dämon sein ganzes Hab und Gut bei unserer Abreise eingepackt und in den Truhen verstaut. Ich war damals in mich gekehrt gewesen und meine Gedanken hatten lediglich um meinen Kuss mit Gareth und den Tod eines unserer Jäger gekreist.

Wir entzündeten zwei Gaslampen, um die Schatten zu vertreiben.

»Phi, ich …«, begann ich, doch sie ließ mich nicht ausreden, stattdessen war nun sie es, die mich in ihre Arme schloss. »Oh.«

»Ich bin so froh, dass dir nichts zugestoßen ist«, sagte sie, löste sich von mir und schob mich ein paar Zoll von sich, um mich näher zu betrachten. »Du hast wirklich Morrigan getroffen?«

»Getroffen ist ein viel zu schönes Wort«, murmelte ich, verlegen über ihren Gefühlsausbruch, der mir doch so viel bedeutete. Tränen sammelten sich in meinen Augen. »Ich wollte mit dir reden, weil … ich bin mir nicht sicher, wie ich Bird mitteilen soll, dass Noah gestorben ist.« Erst jetzt fiel mir auf, da ich es ausgesprochen hatte, dass Bird gerade in diesem Moment von den anderen davon erfahren könnte.

Panik stieg ihn mir auf, die ich verzweifelt versuchte, niederzukämpfen.

Noahs Tod war tragisch und schlimm für alle Beteiligten, aber Gareth würde nicht mit Matty über den Verlust sprechen. Auf sie hätte dies keinerlei Auswirkungen.

»Oh, wow«, hauchte Phi und senkte ihre Arme. »Verflucht.« Ein paar weitere unschöne Wörter folgten, die ich innerlich wiederholte.

»Du hast es erfasst.« Ich rieb die Falten auf meiner Stirn glatt, während ich mich rücklings an die Tischplatte lehnte. »Es wird Bird ganz schön treffen und ich dachte, nun, vielleicht könntest du …? Du kennst sie viel besser als ich und sie vertraut dir mehr und …«

»Sie hat mir zwar erzählt, dass sie und Noah zusammen sind, aber ich glaube, es war ihr wichtiger, dass du es weißt«, murmelte Phi, die im Zimmer auf- und ablief. »Genauso bin ich mir sicher, dass sie die Nachricht von dir hören muss. Du bist dabei gewesen, nicht wahr?«

Ich verzog das Gesicht, nickte aber. »Du hast recht, trotzdem … es wird mir das Herz brechen.«

»Nicht so sehr wie ihr«, war Phis wenig beschwichtigende Antwort. »Bleib hier, ich hole sie. Sie sollte ihre Privatsphäre haben, wenn sie es erfährt.«

Ungeduldig beobachtete ich sie beim Verlassen des Raumes, wartete und haderte mit mir selbst, bis sie mit Bird im Schlepptau zurückkehrte. Sie wirkte verwirrt, unruhig und als ahnte sie bereits, dass etwas Schlimmes bevorstand.

Ich wünschte, ich müsste es nicht tun. Ich wünschte, wir könnten einfach so weitermachen wie bisher.

»Hey«, sagte sie vorsichtig und folgte meiner Geste Richtung Stuhl. Langsam setzte sie sich hin, während Phi die Tür hinter sich schloss. »Ich bin froh, dich wohlauf zu sehen.«

»Gleichfalls.« Ich zwang mich zu einem Lächeln, aber es fühlte sich falsch an. »Aber … ich muss dir etwas sagen, Bird.«

Sie presste ihre Lippen zusammen und knetete die Hände unruhig in ihrem Schoß.

»Es geht um Noah, nicht wahr? Er will nicht mehr zurück auf die Erde.«

»Nicht ganz.« Mir innerlich einen Ruck gebend, trat ich vor und hockte mich vor die tapfere Jägerin. »Noah ist bei einem Kampf gegen Rope, den … Mörder meiner Familie, ums Leben gekommen. Er hat Noah provoziert und … alles ist … so schnell gegangen. Wir konnte nichts mehr tun. Es tut mir leid.«

»Das kann nicht sein.« Sie schüttelte wie in Trance den Kopf. Ihre Augen weit aufgerissen.

Ich griff nach ihren Händen, doch sie entriss sie mir.

»Es tut mir leid«, wiederholte ich, weil mir trotz all der Vorbereitung nichts Besseres einfiel.

»Das …« Tränen fielen ihre bleichen Wangen hinab und tropften von ihrem Gesicht. »Du verstehst nicht. Ich … ich bin schwanger von ihm, Alison. Wie soll ich das allein machen?«

Die Worte verfehlten nicht ihre Wirkung. Vollkommen schockiert verlor ich jeden einzelnen Gedanken und fand mich nutzlos kniend wieder, als würde ich aus einer Ohnmacht erwachen.

»Oh, Bird«, wisperte ich schließlich, erhob mich und zog sie in eine Umarmung, die alle Dämme brechen ließ. Sie schluchzte laut auf und krallte sich in meiner Jacke fest. »Wir sind für dich da und werden dich nicht allein lassen. Du musst das *nicht* allein durchstehen, hast du verstanden?«

Ich spürte ihr Nicken an meiner Schulter, was mich ungemein erleichterte. Sie war stark und würde es schaffen. Irgendwie.

»Ich habe etwas für dich. Von ihm.« Vorsichtig löste ich mich von ihr, um ihr die Hundemarke zu schenken, die einst Noahs Bruder gehört hatte. »Damit du ihn immer bei dir tragen kannst.«

Schweigend nahm sie das *Geschenk* an, ehe sie wieder in Tränen ausbrach und für lange Zeit nichts sagte.

Ophelia half mir dabei, Bird in eines der Schlafzimmer zu bringen, nachdem sie sich halbwegs beruhigt hatte. Die Erschöpfung war ihr jedoch deutlich ins Gesicht geschrieben und ich fürchtete, dass sich dies auf ihre Schwangerschaft auswirkte. Bird würde nicht noch einen Verlust ertragen können.

Wir legten sie in das breite Doppelbett in dem Raum, den Phi ausgesucht hatte, deckten sie zu und wachten über sie, bis sie sich in den Schlaf geweint hatte. Mein Herz brach immer und immer wieder, obwohl ich es nicht mehr für möglich gehalten hätte.

»Ich hole uns etwas zu essen«, sagte ich irgendwann zu Phi.

»Vielleicht auch einen Tee für Bird, wenn das geht?«

Nickend verließ ich das in Trauer gehüllte Zimmer und atmete tief durch die Nase, als ich den Flur betrat. Ich blickte auf meinen eigenen Bauch und legte eine Hand auf ihn. Wie kam es, dass ich mir bis zu diesem Zeitpunkt keine Gedanken darüber gemacht hatte, selbst schwanger zu werden? Und wie wäre es, Gareths Kind unter dem Herzen zu tragen?

Ich bemerkte Gareth sofort, als er in den Flur trat, und musste mich dazu zwingen, nicht zu erröten. Was würde er sagen, wenn *ich* schwanger wäre? Würde er sich darüber freuen?

»Was machst du hier?«, fragte ich, um von meinen verwirrenden Gedanken abzulenken. Ich streckte eine Hand aus, die er augenblicklich in seine legte und mich daran näher zog, bis ich meine Wange an seiner Schulter betten konnte.

»Ich wollte nachsehen, wie es Bird geht«, antwortete er leise. Seine Finger strichen durch mein Haar.

»Sie ist schwanger, Gareth.«

Schockiert schob er mich von sich. »Was für ein verfluchter Idiot!«

»Wer?« Stirnrunzelnd versuchte ich, seinem Gedankengang zu folgen.

»Noah«, zischte er, ließ mich los und raufte sich die Haare, während er hilflos das Gesicht gen Boden neigte.

»Gareth …«

»Er hätte nicht … Er hätte nicht zurückkommen dürfen. Er hätte sich nicht gegen meinen Bruder stellen sollen. Jetzt wird es ein Kind mehr geben, das ohne Vater aufwächst und es ist allein meine Schuld.«

Ich hatte ihn noch nie derart aus der Fassung gesehen und es zeigte mir vielleicht mehr als zuvor, wie sehr ihm Noahs tragischer Tod zu schaffen machte. Für mich war er stark gewesen, hatte mich aus dem Loch gezogen, das Wut und Trauer gegraben hatten, aber nun schien er selbst verloren.

»Tu dir das nicht an.« Ich berührte ihn sanft am Ellenbogen und wartete, bis er mich ansah. »Du selbst sagtest mir, dass es Noahs Entscheidung war und wir sie ihm nicht absprechen sollen. Seinetwegen.«

»Das war, bevor ich wusste, dass er eine Frau und ein Kind zurückgelassen hat!«, knurrte er, schüttelte meine Hand aber nicht ab. »Ich hätte Rope kaltstellen sollen. Damals schon, aber ich bin zu feige gewesen.«

»Das hat nichts mit Feigheit zu tun, Gareth«, widersprach ich vehement. Panik stieg in mir auf. Es war fast unerträglich, ihn so zu sehen. »Du hast versucht, deine Familie zu beschützen. Wer, wenn nicht ich, versteht das? Bitte, mach dir keine Vorwürfe. Selbst Dorian hat eingesehen, dass er überreagiert hat.«

Gareth presste die Lippen zusammen und ein Muskel zuckte in seiner Wange, als würde er sich zusammenreißen, um nicht weiter in Selbstmitleid aufzugehen.

Schließlich stieß er einen langen Atem aus, bevor er mich in einer fließenden Bewegung wieder an sich zog und küsste.

»Ich liebe dich wirklich, weißt du das?«

»Und ich dich erst.«

28. Kapitel

Der Jäger

Evan hatte auf sie gewartet.

Nachdem Alison am Abend zuvor mit Ophelia verschwunden war, hatte er sich ein wenig mit den anderen Rebellen unterhalten. Es war deutlich geworden, dass sie sich allesamt unwohl fühlten – so nah an ihren Feinden. Vor ein paar Tagen waren sie aus Oleander abgereist, wo sie die meisten geretteten Menschen zurückgelassen hatten. Schattendämonen, die ihnen bei der Flucht zur Seite gestanden hatten, waren ebenfalls zurückgeblieben, um sich von den Strapazen zu erholen, bis sie sich Ascias Armee anschlossen.

Matty und ihre Rebellen waren auf dem Weg zurück zu ihrem Lager, da sie ihren Auftrag erledigt hatten. Die Menschen waren befreit, auch wenn die Maschinen in Gang gesetzt worden waren und die Erde zerrütteten. Solange sie zahlenmäßig unterlegen waren, gab es nichts, das sie daran ändern konnten. Billings hatte diese Schlacht für sich entschieden.

Jemand klopfte an der Tür zu der Hütte an, in die er sich einquartiert hatte, da er, wie die Rebellen, nicht sonderlich auf die Nähe der Dämonen erpicht war. Er fühlte sich nicht bedroht, aber er fand es angenehmer, nicht ständig über seine Schulter schauen zu müssen. Seltsam, dass Alison besser damit zurechtkam als er, wo sie doch so viel mehr Wut in sich trug.

»Komm rein«, rief er, während er sich an den Küchentisch setzte und an einem Becher Tee nippte. Irgendwann in der Nacht hatte jemand eine Ladung Brennholz vor seiner Tür abgeladen, das nun im Ofen vor sich hin knisterte. Die Wärme tat besonders seinem Stumpf gut, der noch ziemlich kälteempfindlich war. Er hoffte, dass sich dies mit der Zeit legte.

»Schön warm ist es hier«, kommentierte Alison bei ihrem Eintreten und begann damit, Jacke und Schal auszuziehen, die sie beide über die Stuhllehne legte. Sie blieb jedoch stehen. »Hast du dir die Hütte ausgesucht?«

Er runzelte die Stirn. »Wieso?«

»Zufälligerweise habe ich für eine Weile hier gelebt«, sagte sie mit einem Schulterzucken. »Nachdem Dorian mich entführt hat, haben mich seine Leute hier ausgebildet.«

»Und Gareth«, fügte er trocken hinzu. Er hatte von ihrer Beziehung gehört und war, gelinde gesagt, geschockt.

»Und Gareth«, bestätigte sie mit einem Nicken, betrachtete aber den Kessel anstatt ihn, als hätte sie Angst vor seiner Reaktion. Er versuchte, sich zusammenzureißen.

»Tut mir leid, ich möchte mich nicht streiten. Warum bist du hier?« Er stellte die Tasse ab und trommelte mit den Fingern seiner rechten Hand auf der Tischplatte.

»Ich wollte wissen, wie es dir geht. Was du vorhast …« Endlich wandte sie sich ihm zu. »Ophelia hat mir erzählt, was mit dir geschehen ist. Und Crystal …«

»Ich werde sie suchen müssen. Vielleicht schließe ich mich auch Ascia an und kämpfe zumindest für die vorübergehende Freiheit. Wer weiß, wie unsere Zukunft aussieht.« Seine Stimme klang selbst in seinen Ohren fremd, so niedergeschlagen war er, und er konnte nicht einmal richtig sagen, wieso.

»Ich habe sie gesehen«, sagte Alison leise, vorsichtig. Sie spielte mit dem Ende ihres langen, geflochtenen Zopfes, der über ihrer Schulter lag. Mit raschem Herzklopfen betrachtete er ihr Gesicht, das so anders und doch so gleich war. Der dichte, dunkle Wimpernkranz, der ihre wachen Augen umgab, die leicht schiefe Stubsnase, die hohen Wangenknochen und die geschwungenen Augenbrauen. Er zählte ein paar kleine Narben, die das letzte Mal, als er sie gesehen hatte, noch nicht da gewesen waren. Sie waren jedoch so blass, dass sie kaum auffielen. Wie er hatte sie gelebt, gewonnen und verloren. »Crystal ist an der Front und kämpft für Billings.«

Er schluckte. »Es überrascht mich nicht. Billings hat bereits in seiner Stadt so etwas angedeutet. Er zwingt sie dazu, indem er das Leben ihrer Schwester bedroht.«

»Sie ist eine grausame Waffe.«

»Sie ist ein Mensch«, widersprach er vehement.

»Du musst sie retten oder vernichten, Evan. Mit ihr wird Billings den Krieg gewinnen.«

»Was redest du da?« Wütend sprang er auf. »Vernichten? Als wäre es ein Kinderspiel, ein Messer in ihr Herz zu stoßen! Da könnte ich mich leichter selbst umbringen.«

»Evan …«

»Nein! Ich meine es ernst. Was würdest du tun, wenn es Gareth wäre? Wenn er auf Billings' Seite stünde, weil ihm keine andere Wahl bliebe?«

Sie zuckte nicht einmal mit der Wimper. »Er würde von mir erwarten, dass ich das tue, was Ascias Wohl sichert.«

»Ich dachte, ihr *liebt* euch«, zischte er abfällig.

Alison blickte ihn ungerührt hat.

»Ich liebe ihn mehr, als dass ich fähig bin zu sagen, aber diese Liebe … sie ist nicht rein oder sanft oder *einfach.* Gareth und ich verstehen uns auf einer Ebene, die weit darüber hinausgeht. Ich habe eine Weile gebraucht, bis ich das verstanden habe, aber jetzt ist es mir klar. Wir wissen beide, was getan werden muss und wenn wir uns opfern müssten, um das Leben vieler zu beschützen, dann ist das so.«

»Das kannst du doch nicht wirklich glauben! Du würdest ihm verzeihen, wenn er sich über deine Wünsche hinwegsetzt, weil er etwas tun muss, was Ascia von ihm verlangt?«

»Das habe ich bereits.« Noch für einen Moment länger hielt sie seinem Blick stand, dann unterbrach sie den Blickkontakt und seufzte tief. »Ich muss dir noch etwas anderes sagen.«

»Ich weiß nicht, ob ich das wirklich wissen will«, murmelte er, setzte sich aber wieder hin.

Sie schien zu erkennen, dass seine Angriffslust verflogen war, da sie sich ebenfalls niederließ. Eine Hand legte sie über seine, als würde er ihre Kraft benötigen.

»Deine Mutter lebt«, wisperte sie und für einen Moment fragte er sich, ob sie nicht wahrlich von Dämonen manipuliert worden war und ihren Verstand verloren hatte. Dann öffnete sie den Mund erneut. »Dein Vater hatte recht. Joana ist in einer anderen Dimension gewesen. Zusammen mit Morrigan. Ich weiß nicht, wie das möglich ist, aber … sie konnten gemeinsam durch ein Tor nach Triste fliehen. Es muss daran liegen, dass der Schlüssel in mir durch das Dämonenblut geschwächt war.«

»Dämonenblut? Morrigan?«, wiederholte er atemlos. Ihm wurde schwindelig.

Sie erzählte ihm die Ereignisse, die sie damals in Billings nur angeschnitten hatte, noch einmal in aller Ausführlichkeit und ihm wurde schlecht. Während sie gequält worden war, hatte er sich eingeredet, dass sie stark wäre und alles überstehen könnte. Er war froh, dass er Crystal getroffen und geholfen hatte, aber er konnte sich nicht verzeihen, dass er Alison abermals im Stich gelassen hatte. Ganz gleich, wie sehr sie beteuerte, dass sich alles mehr oder weniger zum Guten gewandt hatte.

Schließlich kam sie auf ihre Zeit in Triste zu sprechen, erzählte ihm von den Hamnea, der Krone und Morrigan und erwähnte Joanas Namen.

»Es fällt mir schwer, das zu sagen, aber ich glaube, sie sorgt sich wirklich um die Dämonenhexe. Vielleicht fürchtet sie sich auch davor, zur Erde zurückzukehren.« Sie ließ seine Hand los und kratzte stattdessen mit dem Fingernagel über eine unebene Stelle auf der Tischplatte.

»Wow. Ich …« … *bin sprachlos.* Er nahm die Nasenwurzel zwischen Zeigefinger und Daumen und massierte diese, als würde ihm dies dabei helfen, einen klaren Gedanken zu fassen.

»Die Tore sind nun offen. Vielleicht solltest du sie suchen?«

»Ich nehme an, mein Vater ist bereits auf dem Weg. Er wird sich die Chance nicht nehmen lassen, nun, da die Tore geöffnet sind. Darauf hat er gewartet.«

»Ich habe Joana von ihm erzählt. Sie wird ihn nicht mit offenen Armen empfangen, falls er sie überhaupt findet.«

»Du hast was?«

»Sie muss wissen, was für ein grausamer Mensch er ist.«

Im Inneren spürte er, dass sie recht hatte, doch es fiel ihm schwer, dies auch wahrlich einzusehen. Es war ihm peinlich. Wusste denn jeder, wie er von seinem eigenen Vater behandelt worden war?

»Bevor ich mich um sie kümmern kann, muss ich Crystal helfen«, verkündete er entschlossen. »Sie ist das dringendere Problem, wie du mir ja so schön gesagt hast.«

»Evan …«, flehte sie beinahe, und das besänftigte ihn.

»Mach dir keinen Kopf. Ich weiß schon, was ich tue. Noch heute breche ich auf. Ihr habt eure Mission und ich meine.« Er versuchte sich an einem beschwichtigenden Lächeln. »Es wäre nur von Vorteil, wenn Ascia mich nicht hochkant aus seinem Kriegslager rauswirft.«

»Ich werde ihm eine Nachricht schreiben, die du ihm geben kannst. Überhaupt, wenn du irgendetwas brauchst, sag Bescheid«, beschwor sie ihn mit diesen dunklen braunen Augen.

»Danke, Aly.«

Zwei Tage später hatte er das Lager fast erreicht. Gareth war so freundlich gewesen, ihm sein Pferd zu überlassen, da sie es nicht für die Reise nach A'Muén brauchten. Er konnte sich nicht daran erinnern, wann er das letzte Mal allein gereist war, aber es tat ihm gut. Seine Gedanken verlangte es nach ungeteilter Aufmerksamkeit, die er ihnen in dieser Zeit geben konnte. Auch wenn es einmal heikel geworden war, als er eines der Tore passiert hatte und sich vor Königsdämonen verstecken musste, so war er doch glücklich über seine Entscheidung.

Weder die Rebellen noch Alisons Gruppe konnten ihm das geben, was er brauchte. Crystal. Er wollte sich nicht einer ihrer Missionen anschließen, weil sie ihm nichts bedeuteten. Vielleicht war es kindisch von ihm, aber in dem Camp hatte er sich wie das fünfte Rad am Wagen gefühlt. Niemand hatte gewusst, was man mit ihm anfangen sollte. Er war eine lose Komponente geworden, die keinen Sinn besaß.

Er wurde schließlich aufgehalten, noch bevor er die Grenzen des vorübergehenden Kriegslagers erreicht hatte. Ascias Wachen hielten ihn fest, sahen in ihm aber keine weitere Bedrohung, sodass sie ihm tatsächlich zuhörten, als er ihnen sagte, dass er von Gareth und Alison eine Nachricht für Dorian Ascia hatte. Er teilte ihnen außerdem das Codewort mit, das Gareth ihm zum Abschied noch mitgeteilt hatte, falls man ihm nicht glauben würde.

»*Rejalo.*« Er wusste nicht, was das Wort bedeutete, hoffte aber inständig, dass er es richtig ausgesprochen hatte.

Die Dämonen warfen sich einen unsicheren Blick zu. Sie hatten sein Pferd konfisziert und wollten Evan fortschicken, aber das Wort wirkte scheinbar Wunder. Man führte ihn direkt ins Herz des schmutzigen Lagers, zu Ascia, der aus dem Zelt mit der roten Flagge heraustrat und Evan von oben bis unten musterte.

»Evan«, begrüßte er ihn, ohne dabei sonderlich freundlich zu klingen. »Du hast also eine Nachricht für mich?«

Nickend behielt er die Dämonen links und rechts von sich im Auge. Wahrscheinlich könnte er nicht viel gegen eine Attacke tun, aber er würde sich nicht schon wieder einsperren lassen. Auch wenn ihm kein Grund einfallen wollte, wie Ascia dies nützen würde.

»Komm herein.«

Evan folgte ihm ins Zelt, das mit ein paar Möbeln eingerichtet, aber nichts Besonderes war. Ascia blieb vor dem Schreibtisch stehen, sodass auch Evan nichts anderes übrigblieb, als stehend auszuharren. Es machte ihm nicht sonderlich viel aus, da er es nach fast zwei Tagen im Sattel ganz abwechslungsreich fand.

»Der Brief?«, erinnerte ihn Ascia mit deutlicher Ungeduld in der akzentbehafteten Stimme und griff sofort nach dem Umschlag, den Evan aus seiner Innentasche hervorholte. Er wusste nicht, was darin stand, hoffte aber, es wäre etwas Hilfreiches.

Ascia faltete den Brief mit geübten Bewegungen auseinander. Er las den Text und schmunzelte, ehe er Evan mit einem interessierten Blick bedachte.

»Weißt du, was darin geschrieben steht?«, erkundigte er sich nun etwas freundlicher als zuvor.

»Nein, Alison gab mir den Brief bereits geschlossen«, gestand er. Neugierig nahm er das Papier an, als Ascia es ihm auffordernd entgegenstreckte.

Wenn du ihn sterben lässt, bringe ich dich um.

– A. T.

Evan schluckte. Glaubte sie wirklich, dass es ihm helfen würde, wenn sie einen der Dämonenkönige offen bedrohte? Was würde nun passieren? Würde Ascia ihn wegen dieser Dreistigkeit einsperren und foltern lassen?

»Entspann dich, Jäger«, beschwichtigte ihn der Königsdämon. »Wie genau kann ich dir helfen?«

»Ich möchte dir helfen. Kämpfen, wenn möglich«, antwortete Evan prompt, ohne sich vorher Gedanken über seine Worte gemacht zu haben. Es hatte ihn überrascht, dass Ascia Alisons Drohung so entspannt hinnahm. Sie schien in ihrer Erzählung eindeutig ein paar Dinge ausgelassen zu haben.

»Die Front ist nichts für dich, Junge. Vor allem wegen deiner fehlenden Hand.«

»Aber …«, protestierte er, wurde jedoch von Ascia unterbrochen.

»Außerdem würden dich die feindlichen Königsdämonen wie eine Fliege zerquetschen. Allein hast du ihnen kaum etwas entgegenzusetzen.« Die Wahrheit war niederschmetternd. »Trotzdem bin ich dazu geneigt, einen Platz für dich zu finden. Es …«

Zwei Krieger, andere als diejenigen, die ihn hergeführt hatten, stürmten durch den Eingang. Sie wirkten aufgeregt, entsetzt gar. Evan blickte von ihnen zu Ascia und wieder zurück.

»Was ist los?«

»Uns nähert sich eine zweite Armee aus dem Süden«, antwortete der linke Dämon mit der langen Narbe über seiner unteren Gesichtshälfte.

»Keplinger ist bereits gestern eingetroffen …«, murmelte Ascia stirnrunzelnd. Evan behagte es ganz und gar nicht, dass er keine Ahnung hatte, was hier vor sich ging.

»Sie kam direkt aus zwei Portalen, mein König«, fügte der andere grimmig hinzu.

»Aus den Portalen? Wessen …« Ascia stockte.

»Morrigans Armee, Sir. Sie ist zurück.«

29. Kapitel

Bevor die Spannungen zwischen Rebellen und Dämonen noch weiter ansteigen konnten, verließen wir das Lager zusammen mit meinen Jägern und machten uns zu Fuß auf den Weg nach A'Muén. Ein weiterer Ort, der mich an Noah und an eine Zeit erinnerte, zu der vieles noch nicht in Gang gesetzt worden war. Wir hatten an so vielen Fronten versagt. Niemandem von uns war es gelungen, Billings' Pläne vollkommen zu durchkreuzen. Ja, Ascia und Gareth hatten sich in Sicherheit gebracht und es war Billings nicht gelungen, die Schattendämonen von der Erde zu tilgen, aber nun hatte er sich einfach einer anderen Strategie bedient. Die Tore fraßen immer mehr von unserer Welt und verbanden sie magisch mit der der Dämonen. Schon bald würde uns nichts mehr trennen. Das würde es unmöglich machen, die Tore erneut zu schließen.

Ich hatte bereits überlegt, es zusammen mit Colin zu versuchen. Doch meine Hoffnung war so gering, dass ich es nicht über mich brachte, mit ihm darüber zu sprechen. Es müsste warten, bis wir die Krone in unserem Besitz hatten. Die vereinte Macht würde uns helfen. Sie musste es einfach.

Cleo entfernte sich auf eigene Verantwortung einen halben Tagesmarsch von unserer Gruppe, um die Kaskaden noch vor uns zu erreichen. Sie sollte ihren Sohn aus der Schusslinie schaffen und sich am besten auch um die anderen Kinder kümmern.

Auch wenn ich Sousha und ihr Volk verfluchte, so wollte ich nicht, dass Unschuldige litten. Cleo selbst war sich nicht sicher, ob es ihr gelingen würde, aber sie nutzte die Nacht davor, um ihren Geist wandern zu lassen, wie es ihr von dem Häuptling der Hamnea beigebracht worden war. Ich verstand nicht genau, wie das funktionierte, aber es schien der Rinnin zu helfen. Selbstsicher erwachte sie aus ihrer Trance und sie berichtete von Welten gefüllt mit Magie und Liebe, die ihr Herz erwärmten und Hoffnung gaben. Ich entfernte mich von ihr und suchte Bird auf, der es nur mäßig besser ging.

»Manchmal fühlt es sich so an, als wäre alles ganz normal«, sagte sie mir auf einem Baumstamm sitzend. Wir trauten uns nicht, die erkaltete Feuerstelle von Reisenden, die vor uns hier gewesen waren, neu zu entfachen, aus Angst, uns zu verraten. »Und dann kracht das Wissen über Noah auf mich herab und erschlägt mich fast.«

»Wenn du dich nicht bereit fühlst zu kämpfen, zwingt dich niemand«, sagte ich sanft. »Du kannst zurückbleiben und auf uns warten.«

Sie warf mir einen langen, tadelnden Blick zu. »Gerade du müsstest doch wissen, dass es das ist, was ich brauche.«

»Ich weiß, aber auch als Anführerin ist es meine Pflicht, dir eine andere Option aufzuzeigen«, erwiderte ich unnachgiebig. »Denk darüber nach. Bitte.«

Sie nickte, bevor wir uns erhoben, um den letzten Abschnitt unserer Reise anzutreten. Cleo sollte mittlerweile genug Vorsprung haben. Hoffentlich würde ihr Sousha nicht ansehen, dass etwas nicht stimmte, sonst wäre all die Planung umsonst gewesen.

Durch das Zurückbleiben der Rebellen waren wir zwar nicht so viele, wie wir hätten sein können, aber meine Jäger und Ty und Clarke hatten sich dazugesellt und erhöhten deshalb unsere Chancen, aus einem möglichen Hinterhalt der Kaskaden lebend herauszukommen.

Wir gaben uns größte Mühe, leise voranzuschreiten. Die Dunkelheit hatte bereits eingesetzt, was zumindest den Dämonen zum Vorteil gereichte, die dadurch nicht weiterhin von der Sonne geschwächt wurden. Seit wir den dichten Wald betreten hatten, hatte es außerdem zu schneien aufgehört.

Die verrotteten Tierkadaver, die von den Bäumen herabhingen, begrüßten uns im Territorium der Kaskaden. Schüsseln, in denen das Blut gesammelt wurde, suchte man vergeblich, als wären sie erst vor Kurzem eingeholt worden, um darin die Zukunft zu lesen.

Kurz bevor wir den Berg hinaufklettern mussten, auf dessen mittlerer Ebene die Heilige Stätte lag, versammelten wir uns im Schutz der Bäume.

Es war wichtig, dass jeder begriff, dass Sousha lebend gefangen genommen werden sollte. Als Oberste musste sie um das Versteck der Krone wissen, dessen war ich mir sicher.

Leise erklommen wir die Felsen, die auch für Anfänger gut zu bewältigen waren. Es gab ausreichend Vorsprünge, an denen man sich abstützen und festhalten konnte.

Ich hatte mich damit einverstanden erklärt, den Dämonen den Vortritt zu lassen. Sie würden als Erstes ihre Köpfe über die Kante strecken und wären damit am Verwundbarsten. So sehr ich auch an der Front kämpfen wollte, sterben stand heute nicht auf meinem Plan. Ihre schnellen Reflexe würden sie beschützen.

Ich blinzelte, mich an der kalten Wand festklammernd, und erkannte Gareth und Adam, kurz bevor sie über den Rand kletterten und aus meinem Sichtfeld verschwanden. Vielleicht bildete ich es mir nur ein, aber es wurde noch stiller als zuvor und dabei hatten wir kaum einen Mucks von uns gegeben.

Die Zähne zusammenbeißend überwand ich die letzten Meter und nahm dann Gareths Hilfe an, der eine Hand in meine Richtung ausgestreckt hielt. Normalerweise hätte ich die Augen verdreht, aber ich musste ihm meine Stärke nicht beweisen und ich freute mich über jede Aufmerksamkeit von ihm. Im Gegensatz zu Bird hatte ich noch die Chance, Zeit mit der Liebe meines Lebens zu verbringen.

Wir hielten uns nicht mit Fragen auf, als wir auf dem Plateau standen und auf ein verlassenes Lager hinausblickten. Es war jedoch die *Art* des Verlassenseins, die mich stutzig machte und meine Konzentration aufrechterhielt. In der Luft lag noch immer der Geruch von verbranntem Holz, herzhaften Mahlzeiten und ein Hauch von … Öl.

»Geht in Deckung!«, rief Adam in dem Moment, in dem mich die gleiche Erkenntnis traf.

Ich stürzte direkt vom Plateau zu den Zelten, als ich das Kreischen von Vögeln und Zischen von heißem Öl vernahm. Öl, das sie auf uns niederregnen ließen.

Mit klopfendem Herzen steuerte ich eines der Zelte an, stürmte hinein und vergrub mich unter einem kleinen Tisch. Ich hoffte, dass er dem Ölangriff standhalten würde. Mit der Hand fuhr ich über meine Schulter, auf der ein paar Tropfen gelandet waren, aber meine widerstandsfähige Kleidung hatte verhindert, dass sie meine Haut berührten. Das Leinen des Zeltes war nicht so widerstandsfähig und ich sah von meinem Versteck aus, wie sich große Löcher durch den Stoff fraßen, als wäre in dem Öl noch eine weitere, säurehaltige Komponente enthalten.

Ich vernahm lautes Gebrüll, Kampfgeschrei und weiteres Kreischen von Raubvögeln und krabbelte schließlich unter dem Tisch hervor.

Es wurde Zeit, dass wir von Angesicht zu Angesicht gegeneinander kämpften. Da ich keine herabfallenden Tropfen mehr hörte, nutzte ich die Chance und lief aus dem Zelt. Meine Verbündeten hatten die gleiche Schlussfolgerung gezogen. Sie erreichten den einstigen Versammlungsplatz zur gleichen Zeit wie ich und pflückten mit ihren Waffen Vögel vom Himmel. Vögel, die verwandelte Kaskaden waren.

Sobald sie von einem Schlag getroffen wurden, verwandelten sie sich noch im Fall und kamen hart auf dem sandigen Boden auf. Ein Meteoritenschauer aus menschlichen Körpern.

Da ich Sousha noch nicht unter ihnen entdeckt hatte, begnügte ich mich damit, gegen jemand anderes zu kämpfen. Der Kaskade lief auf mich zu und hielt einen Speer erhoben, um mich damit aufzuspießen.

Ich versuchte, konzentriert zu bleiben, aber dennoch herauszufinden, wie sie so schnell an Waffen gelangen konnten, wo sie doch Sekunden zuvor noch Vögel gewesen waren.

»Wo ist Sousha?«, fragte ich meinen Angreifer, ehe ich seinen Schlag mit gekreuzten Dolchen blockierte. Sein tätowiertes Gesicht befand sich nur wenige Zentimeter von meinem eigenen entfernt. Ich konnte seinen Atem und die Hitze, die sein Körper ausstrahlte, spüren. Ein starker Kontrast zu den kalten Temperaturen hier oben.

Die Kraft hinter seinem Angriff nahm zu, ich wand mich aus seiner Reichweite und erblickte in jenem Moment den hinter Gestrüpp versteckten Haufen Waffen, an denen sich die Kaskaden bedienten.

»Südlich der ersten Zeltreihe«, rief ich meinen Kameraden zu, bevor ich mich brüllend auf den Kaskaden stürzte, um ihn von meinem Ausruf abzulenken. Ich attackierte seine schwächere, linke Seite, durchtrennte die Sehnen an seinem Ellenbogen und erledigte ihn mit einem Stich durch den linken Lungenflügel. Noch ehe der Speer zu Boden fiel, hatte ich mich der Person zugewandt, die ich in all dem Chaos gesucht hatte.

Sie näherte sich mir mit der Eleganz einer Katze und der Arroganz eines Falken, ohne dass sie von irgendjemandem belästigt wurde. Ihre Glatze – voll tätowiert – glänzte feucht von ihrem Schweiß. Dämonen und Jäger erkannten die Oberste und überließen sie mir.

Ich grinste schief.

»Sousha.«

30. Kapitel

Die Hexe

Der Anblick erwärmte ihr Herz aus Eis. Eine Armee, die ihre Schatten in den Welten verteilte. Krieg und Herrschaft. Rache und Kälte. Dies füllte ihren starken, dämonischen Körper aus, der die Magie zurückgewonnen hatte, die er zum Zeitpunkt seines Todes verloren hatte. Zum ersten Mal seit sehr, sehr langer Zeit fühlte sich Morrigan wie die wahrhaftige Königin. Wie eine Dämonengöttin.

Sie stand auf einem goldenen Wagen inmitten ihrer Krieger und sah auf die Reihen von Dämonen hinab, die kaum Überredung bedurft hatten, nachdem die Hamnea sie so hinterhältig angegriffen hatten. Der alte Schmerz und die noch ältere Wut darüber, von ihren Familien zurückgelassen geworden zu sein, war an die Oberfläche gebrodelt und hatten sich mit der Rache ihrer Herrscherin vereint. Sie gaben sich weder mit Triste noch mit Duster zufrieden. Sie wollten mehr. Immer mehr und mehr. Die Erde. Billings. Ascia. Morrigan wollte sie verschlingen. Mit Haut und Haar.

Ihre Krieger trugen schwarze Uniformen, widerstandsfähige Kettenhemden und Helme mit jeweils einer Rabenfeder. In Morrigan stieg bei dem Anblick der geordneten, zum Angriff bereiten Reihen Stolz auf. Sie hatte es vollbracht!

»Bist du glücklich?« Joana sah Morrigan an, aber diese erwiderte ihren Blick nicht. Manchmal ertrug die Hexe das Mitleid und das Verständnis in ihren Augen nicht. An diesem glorreichen Tag würde sie sich nicht schlecht fühlen.

»Sehr«, sagte sie deshalb und strich mit den Fingerkuppen über ihre filigran gearbeitete Rüstung. Eiserne schwarze Federn, die so kunstvoll hergestellt worden waren, dass man sie für echte hätte halten können, überlappten einander. Eine ebenso dunkle Krone saß auf ihrem Haupt, obwohl es eine andere gab, die sie dort sehen wollte. Ihre Berater hatten jedoch darauf bestanden, dass sie sich als die zeigte, die sie war: als Dämonenkönigin.

»All dies, nur weil du dich gekränkt fühlst?« Joana legte eine Hand auf Morrigans Unterarm und wartete geduldig, bis sie nachgab und den forschenden Blick endlich erwiderte. »Weil dich nun auch Dejan verlassen hat?«

»Er ist nicht nur gegangen«, stellte Morrigan mit zusammengebissenen Zähnen klar. »Er hat sich mit dem Feuerdämon zusammengetan und *dann* ist er gegangen.«

»Vielleicht möchte er … uns nur helfen?« Joana wirkte plötzlich nervös.

Der langgezogene Laut eines Horns ertönte und lenkte beide kurzzeitig voneinander ab. Schnee fiel in einzelnen Flocken vom Firmament, während ein kleiner Teil der Armee aus der Formation brach, um sich in die Schlacht zwischen Ascia und Billings einzumischen. Von ihrer Position aus konnten sie all dies erblicken, dafür hatte Morrigan mit ihren Schatten gesorgt, die den Wagen schweben ließen. So viel Macht lag allein in ihrem Willen. Kaum vorstellbar, dass jemand sie aufhalten könnte.

»Möglich«, gestand sich Morrigan abwesend ein, obwohl sie tief im Innersten vom Gegenteil überzeugt war. »Trotzdem hat dies hier nichts mit Dejan zu tun. Es gab keinen anderen Weg als diesen. Nach dem feigen Angriff auf mein Schloss und der vorübergehende Verlust meiner Magie … Ich werde die Krone finden und alle Dämonen unter mir vereinen.« Ihre Hände verkrampften sich um die geschwungene Balustrade. Zu gut konnte sie sich noch an den tückischen Nebel erinnern, der nach den Explosionen durch ihr Schloss gewabert war. Er hatte verhindert, dass sie Alison und Colin rechtzeitig nachsetzen konnte.

»Ich weiß nicht, ob …«

»Joana, ich werde mich nie wieder von einem männlichen Dämon beherrschen lassen. Dies ist der einzige Weg.«

»Ist er das? Hat dich die Zeit auf der Insel denn nichts gelehrt?«

»Sie lehrte mich, meine Chancen zu nutzen. Aeshma konnte sich meiner Rache damals entziehen, weil ich schwach gewesen bin. Jetzt nicht mehr.«

Sie hob einen Arm und zeichnete mit ihm einen Kreis in die Luft, ehe sie ihn nach unten fallen ließ. Sekunden später ertönte ein ihr allzu bekanntes Flattern, das zu einem gewaltigen Sturm anschwoll. Der Himmel verdunkelte sich und hunderte Vogelkörper stürzten auf die feindlich Gesinnten herab.

Ihre Raben hatten sich in der letzten Woche prächtig entwickelt, sodass sie dreimal so groß geworden waren wie ihre normalen Verwandten. Schnabel und Krallen glänzten messerscharf im Licht der Blitze, die das Unwetter kreierte.

»Aber was ist mit Evan? Mit der Menschheit?« Joana redete in der Dämonensprache, die sie mittlerweile so gut beherrschte. Stunden hatte sie mit Dejan verbracht, um schneller zu lernen.

»Wir bekommen deinen Sohn, Jo, und mit ihm die ganze Welt.« Morrigan lachte und streckte beide Arme von sich. Mit geschlossenen Augen genoss sie die Schreie, die kraftvoll und melodiös zu ihr getragen wurden.

Blut bedeutet Leben und Schatten kreieren Lust.

Ihre Schattenkreaturen machten sie stolz. Sie verbreiteten Angst und Schrecken und dienten gemeinsam mit den hundert Kriegern, die sie vorausgeschickt hatte, als Warnung.

Nach einer Stunde rief sie ihre Dämonen zurück und schickte Boten aus, die Billings und Ascia zu einem Gespräch einladen sollten. Jedem von ihnen war es erlaubt, zwei Begleiter mitzunehmen. Sollten sie sich nicht an die Vorgaben halten oder einen Hinterhalt planen, würden sie ihren Zorn zu spüren bekommen.

Zwischen den drei Armeen am südlichen Rand des Schlachtfelds ließ Morrigan auf dem Blut der Gefallenen ein Zelt errichten, in dem das Treffen stattfinden würde. Sie erwartete nicht viel von Billings, aber Gareth hatte sie auf Dorian Ascia neugierig gemacht, der so ganz anders schien als der blutrünstige Königsdämon, für den sie die meisten hielt.

Nachdem ausgewählte Möbel, die sie aus ihrer Heimat mitgenommen hatte, hereingetragen worden waren, setzte sich Morrigan auf den dunklen Stuhl mit der hohen Lehne und legte ihre Unterarme auf den geschnitzten Armlehnen ab. Der Boden war mit zwei Teppichen aus ihrem Schloss ausgelegt und an ihrer linken Seite stand ein Ofen, der die Kälte im Inneren bereits vertrieben hatte. Für ihre Gäste gab es keinerlei Sitzmöglichkeiten.

Zehn Minuten später ließ sie die *Könige* hereinbitten. Sie war wahrlich überrascht, wie menschlich sie wirkten. Als hätte die Zeit auf der Erde ihnen etwas von ihrer Gefährlichkeit genommen. Kein Wunder, dass sowohl Billings als auch Ascia so schwach gewesen waren, lediglich Botschafter zu ihr geschickt hatten anstelle von Auftragsmördern. Ihr Tod wäre besser für sie gewesen.

Es waren schließlich Ascia und seine Begleiter – eine weibliche Dämonin, die ihm ähnlich sah, und ein Menschenjunge –, die sich zuerst verneigten. Billings wirkte gar angewidert, doch sowohl er als auch Rope und ein Menschenmädchen folgten der Etikette. Währenddessen versuchte Morrigan zu verstehen, was die Dämonen so interessant an Menschen fanden, ehe sie sich daran erinnerte, dass auch sie eine menschliche Freundin besaß. Joana hatte sie allerdings von dem Treffen ausgeschlossen, um sie nicht zur Zielscheibe zu machen.

»Wieso hast du uns eingeladen, verehrte Morrigan?«, fragte Billings, nachdem er sich wieder aufgerichtet hatte. Er trug im Gegensatz zu Ascia eine feste Rüstung, die ihn vermutlich vor ihren Attacken schützen sollte. Sie wusste nicht, was ihr besser gefiel. Ein vorbereiteter Dämon oder ein Dämon, der ihrer Ehre vertraute? »Hast du deine Macht nicht zur Genüge demonstriert?«

»Seid ihr beeindruckt?« Sie legte einen Finger an ihr Kinn. »Zittert ihr schon vor Angst?«

Da sie in ihrer Sprache redeten, wurden die menschlichen Begleiter außen vor gelassen. Ihr fielen jedoch die Blicke auf, die sich Mädchen und Junge immer wieder vorsichtig zuwarfen, konnte aber nicht sagen wieso.

Kopfschüttelnd richtete sie ihre Aufmerksamkeit wieder auf ihre *wichtigen* Gäste.

Billings knirschte mit den Zähnen, wagte aber keine Antwort zu geben. Ascia hielt den Blick gesenkt, die Hände gefaltet. Er strahlte Demut aus und dennoch wirkte er weder klein noch ängstlich. Sie fand, dass sie ihn gemocht hätte, wäre sie nicht mit dem Vorhaben auf die Erde gekommen, jeden zu töten, der sich ihr in den Weg stellte.

»Also?«

»Was?«, bellte Billings, der sich nicht mehr länger zügeln konnte. »Ich habe dir durch Rope bereits einmal eine Heirat zwischen uns angeboten. Ich werde es nicht noch einmal tun.«

»Ich, ich, ich«, machte sie ihn nach. »Hast du denn nicht verstanden, dass du nicht derjenige bist, nach dessen Regeln wir spielen?« Sie beugte sich ein wenig vor, setzte ihr gefährlichstes Lächeln auf.

»Das ist ein Spiel für dich?«, meldete sich das erste Mal Ascia zu Wort. »Leben sind bedroht. Ich erwarte von Billings nicht mehr als diese … Würdelosigkeit, aber von dir? Meiner Schöpferin?«

»Was soll das bedeuten?« Sie fühlte sich seltsam … getroffen.

»Das soll bedeuten, dass ich mehr von dir erwartet hätte. Dass ich hoffte, du würdest diesem sinnlosen Krieg ein Ende bereiten. Uns dabei helfen, die Tore wieder zu schließen. Menschen, Schattendämonen … sie und wir haben genug gelitten.«

Sie erhob sich abrupt und ballte die Fäuste. Schatten tosten umher und trugen einen grausamen Wind mit sich, der ihnen durch Kleider und Haare fuhr. »Gelitten? Weißt du überhaupt, was dieses Wort bedeutet, *Ascia?*«, zischte sie mit all dem Hass, der in ihrem Herzen innewohnte.

»Ist es das, was dich antreibt? Leid? Schmerz?« Er legte fragend den Kopf schief und sie kam sich vor, als würde er sie vollkommen durchschauen.

»Schweig!«, fauchte sie. Mit jedem Atemzug wurden ihre Schatten ruhiger, aber sie verschwanden nicht gänzlich. »Ich werde herrschen. Ich werde meine Krone aus Herz und Asche tragen. Dies ist mein Königinnenreich und es wird euer Grab sein.«

31. Kapitel

Kampf. Eine meiner frühesten Erinnerungen handelte von einem Kampf mit meiner Schwester. Warum wir uns stritten? Keine Ahnung. Aber wir kämpften. Ich kämpfte, zerrte an ihren Haaren, biss und kratzte.

Nun war es, als würde sich ein Kreis schließen.

Sousha und ich schenkten uns nichts. Wir nutzten jedes Mittel, um den anderen niederzuringen. Wenn ich einen Schlag abblockte, kassierte ich den nächsten. Gleichzeitig zerrte ich an ihren herabbaumelnden Ohrringen, bis sie das Ohrläppchen durchtrennten. Ich kratze sie an Armen und Gesicht und wurde von ihr in den Oberarm gebissen. Meine Dolche verursachten die schlimmeren Verletzungen und auch sie traf mich das eine oder andere Mal mit der Spitze ihres Hakens, den sie viel zu gut führen konnte. Wie lange hatte sie bereits die Handhabung dieser Waffe geübt?

Ich verpasste ihr einen Faustschlag in die Magengrube und beförderte sie damit unglücklicherweise aus meiner Reichweite, sodass sie sich ausreichend erholen konnte, um einen Gegenangriff zu starten.

Um uns herum herrschte noch immer großes Chaos, aber weder ihre noch meine Leute eilten zu Hilfe. Bald schon hatten wir uns von ihnen entfernt und näherten uns immer mehr dem Abgrund auf der anderen Seite der Heiligen Stätte, die beiderseitig von Felsen eingerahmt wurde. Hinter dem Abgrund befand sich jedoch gähnende Leere und wenn man hinabsah, konnte man einen reißenden Fluss in der Dunkelheit erkennen.

Mich unter einem Schlag wegduckend entriss ich ihr mit einem Schnitt in ihre Kniekehle das Gleichgewicht und sie fiel der Länge nach hin. Ich stürzte mich auf sie und presste mein Messer an ihren Hals.

»Sag mir, wo sich die Krone befindet, Sousha«, zischte ich.

Ihre Augen weiteten sich, als hätte sie nicht damit gerechnet, dass ich von ihrer Existenz wusste. Bevor sie ihre Beherrschung zurückerlangen konnte, zuckte ihr Blick zu dem Berg, der sich auf der linken Seite anschloss. Sie spuckte mir ins Gesicht.

»Niemals.«

Sie nutzte die Sekunde der Ablenkung und wandelte sich in einen Falken. Sofort flatterte sie unter mir hervor, riss mit ihren Krallen die Haut an meinem Unterarm auf und stieß ein lautes Kreischen aus. Ein paar Schritte von mir entfernt verwandelte sie sich wieder in einen Menschen und griff nach einem Speer, den jemand anderes verloren hatte.

Gerade rechtzeitig, um der Waffe auszuweichen, sprang ich wieder auf die Beine, doch ich kam dem Abgrund dabei gefährlich nahe. Der Speer zischte an mir vorbei.

Sousha preschte, trotz der Verletzung in ihrer Kniekehle, auf mich zu. Ich musste den Dolch fallen lassen, um sie mit meinen Händen abzufangen, damit wir beide nicht in die Tiefe fielen.

»Wieso hast du dich Billings angeschlossen?«, fragte ich zwischen zusammengebissenen Zähnen – zugegebenermaßen in einem denkbar ungünstigen Moment. Doch für den Augenblick hatten wir uns mit dem Griff um unsere Schultern neutralisiert. »Ich verstehe es nicht. Du hattest, was du wolltest. Den Platz der Obersten.«

»Bist du wirklich so dumm?«, keuchte sie, bevor sie mit der Zunge über ihre aufgeplatzte Unterlippe fuhr. Ich sah vermutlich nicht besser als sie aus, aber weniger unheimlich, nahm ich an. Das Blut, das aus ihren Verletzungen lief, vermischte sich mit der schwarzen Farbe ihrer Tattoos. »Als Anführerin trifft man Entscheidungen für sein ganzes Volk. Ich musste einen Weg finden, meine Kaskaden von diesem verfluchten Ort zu befreien. Wir können die Heilige Stätte nicht für längere Zeit verlassen, aber Billings versprach … einen Weg zu finden.«

»Vielleicht bin ich dumm, aber du bist naiv«, entgegnete ich. »Er hätte dir niemals geholfen.«

»Dank Saraph werden wir es niemals herausfinden.« Sie verstärkte den Griff und ich spürte, wie sich ihre Fingernägel tief in meine Haut gruben. Es verlangte mir alles ab, nicht aufzuschreien, während ich über den eisigen Boden geschoben wurde, als wöge ich nichts. Woher nahm sie plötzlich diese Kraft? »Und die Krone wirst du nur über meine Leiche bekommen. Pilgrim war schwach, aber ich halte meine Versprechen und dies ist eines.«

Einen Moment vorher erkannte ich den Entschluss in ihren Augen. Eine Warnung, die mich verhöhnte. Dann war der Abgrund da und Sousha presste ihr gesamtes Gewicht mit voller Wucht gegen meinen Körper, sodass wir gemeinsam herabstürzten.

Ich schrie auf. Der Schock riss etwas Ursprüngliches in mir hervor, gegen das ich mich nicht wehren konnte. Angst vor dem Tod. Angst vor dem Unbekannten.

Unwillkürlich ließ ich sie los, als würde ich mit den Händen den Fall abfangen können, doch das Wasser umhüllte mich viel zu schnell. Der Aufprall war hart und schmerzhaft, presste die Luft aus meinen Lungen und zerquetschte mein Inneres. Ich wurde wieder an die Oberfläche gezerrt und schnappte hilflos nach Atem. Das eiskalte Wasser bewegte sich wie ein wildes Tier, das sich von niemandem zähmen lassen würde.

Die Strömung warf mich wie eine Puppe hin und her, sodass ich nichts dagegen tun konnte, als ich direkt auf einen glitschigen Felsen zuraste und mit ihm kollidierte.

Der Schmerz in meiner linken Körperhälfte war so allumfassend, dass ich für Augenblicke, kleine Ewigkeiten, das Bewusstsein verlor.

Das nächste, an das ich mich erinnerte, war ein gewaltiger Ruck, der durch meinen gesamten Körper fuhr. Sekunden später wurde ich aus dem Wasser gezogen und landete mit dem Rücken auf hartem Boden. Ich bäumte mich unter dem Druck auf, der sich in meiner Brust aufbaute, ehe ich mich zur Seite hin übergab.

Wasser um Wasser, das mein Tod hätte sein sollen. Ein nasses Grab.

Würgend gelang es mir, endlich Atem zu holen. Nach und nach machte ich Konturen in der Dunkelheit des Ufers aus. Soushas Körper lag eine Armeslänge von mir entfernt. Sie starrte ins Nichts. In ihrem Hals ragte ein zwei Zoll breites Loch, als wäre sie von einem Ast aufgespießt worden. Ähnlich wie ich im Spiegelmoor. Blut sickerte langsam und träge in den schmelzenden Schnee.

Das Gefühl von Sicherheit fiel von mir ab.

Ich sprang auf, taumelte und wurde von jemandem grob an der Schulter gepackt, die zuvor gegen den Felsen gekracht war. Ich schrie und versuchte mich zu befreien, doch mein Gegner war zu stark.

»Wo willst du hin?«

Ich erstarrte. Diese Stimme … Das war nicht möglich.

»Dejan …?«, rief ich vor Erleichterung aus. Ich hatte zwar keine Ahnung, was er hier tat, aber ich war froh, ein freundliches Gesicht zu sehen. »Hast du gesehen, wer …?«

Er drehte mich an der Schulter zu sich herum und ich konnte in sein grimmiges Gesicht blicken. Kein Zweifel. Es war der Königsdämon, den ich an Morrigans Hof kennengelernt hatte. Mit dem ich trainiert hatte. Dem ich mit der englischen Sprache geholfen hatte. Doch nun wirkte er alles andere als dankbar.

So viel Zeit wir auch miteinander verbracht hatten, ich hatte nie bemerkt, dass … dass er mir feindlich gesinnt sein könnte.

»Du bringst mich zur Krone«, sagte er auf seine abgehackte Art und Weise. Sein dunkles Haar hatte er zurückgebunden, doch ein paar Strähnen waren dem Zopf entkommen und tanzten um sein kantiges Gesicht herum. Seine Ärmel waren genauso nass wie seine Haut, als hätte er … als hätte er Sousha und mich aus dem Fluss geholt, … um sie schließlich zu töten, weil er *sie* nicht brauchte, sondern mich. Nur mich.

»Die Krone?« Seine Worte hatte ich verstanden, doch sie ergaben keinen Sinn. Mein Verstand hatte Probleme, die Situation, in der ich mich befand, zu begreifen. Der Schock der vergangenen Ereignisse saß zu tief in meinen Knochen und mir war so, so kalt.

»Du wirst mich zu ihr bringen«, wiederholte er mit einem ungeduldigen Unterton. Ein Grunzen folgte, als er seinen freien Arm hob und auf eine Art brennende Uhr hinabsah. Kleine Flammen züngelten um sein Handgelenk und zischten laut. »Jetzt.«

Er schubste mich nach links zu dem Berg, auf den Sousha mit ihren Augen gedeutet hatte. Anscheinend wusste er bereits von diesem Ort.

»W-wieso?«, stotterte ich. Ob aus Angst oder vor Kälte, konnte ich nicht sagen. Hatte ihn Morrigan geschickt? Aber wieso war sie selbst nicht hier?

»Das ist nicht dein Problem«, speiste er mich augenblicklich ab. Wusste er nicht, wie er sich mir in der englischen Sprache erklären sollte, oder wollte er es mir wirklich nicht sagen?

»Du kannst die Krone nicht mit mir allein benutzen«, versuchte ich eine andere Taktik, während wir uns bereits an den Aufstieg machten. Es gab einige Vorsprünge, sodass wir nicht klettern mussten, was ich in meinem erschöpften Zustand ohnehin nicht gekonnt hätte. Außerdem konnte ich in dem schwachen Schein des Mondes, der die weißen Wattewolken beleuchtete, kaum vier Fuß weit sehen. »Das Schloss und der Schlüssel müssen vereint sein.«

»Oh, ich habe ihn bereits«, erklärte er, nachdem er mich grob auf einen höheren Felsvorsprung gezogen hatte. Dahinter eröffnete sich eine Höhle, in dessen Eingang Colin gefesselt und geknebelt auf uns wartete.

»Nein.« Ich eilte zu ihm, was so viel bedeutete, dass ich mich unter Schmerzen auf ihn zubewegte. Erleichtert sah ich, dass es ihm an nichts fehlte. Abgesehen von dem blauen Fleck auf seiner rechten Gesichtshälfte, den ich ihm zugefügt hatte.

Ohne auf Dejan zu achten, befreite ich Colin von seinen Hand- und Fußfesseln, die an seinem Rücken durch ein Seil verbunden gewesen waren. Es war ihm nicht möglich gewesen, sich auch nur einen Zoll wegzubewegen. Ich half ihm beim Aufstehen.

Er wirkte weder erleichtert noch glücklich darüber, mich zu sehen, aber was hatte ich auch anderes erwartet? Wir waren schließlich keine Freunde und nur gerade so Verbündete.

»Das ist Falshallow«, sagte Dejan und blickte von seiner Flammenuhr in die Höhle hinein. »Da ist die Krone. Kommt.« Woher wusste er von diesem Ort?

Er wartete, bis wir uns in Bewegung setzten, und folgte uns dann. Das Licht seiner Uhr wurde heller und reichte aus, um uns den Weg zu weisen. Ich fragte mich, was das für eine Art Spielzeug war und ob es uns noch gefährlich werden konnte.

»Wir sollten umdrehen und abhauen«, zischte Colin und massierte seine Handgelenke.

Ich hätte die Augen verdreht, wenn ich dafür noch die Kraft besessen hätte. In meinem Bauch rumorte es, an meiner Schläfe rann Blut herab und mir war eiskalt in meinen nassen Klamotten, die unangenehm über meine Haut rieben. Ich war mir sicher, dass mindestens ein Knochen in meinem Arm gebrochen war – aber Colin wollte *davonlaufen*. Als ob das so einfach wäre, vor allem, da Dejan direkt hinter uns schritt und die Höhle gerade breit genug war, dass wir beide nebeneinander gehen konnten.

»Gute Idee«, murrte ich. »Am besten fragen wir Dejan noch, ob er uns dabei helfen möchte.«

»Schweigt!«, bellte Dejan, dessen Stimme von den Wänden widerhallte.

»Scheiß drauf«, hörte ich Colin wispern und ahnte Schlimmes.

Ich drehte mich zu ihm um, griff nach seinem Arm, doch er sprintete bereits zurück und zog mich einfach mit sich. Wir kamen zwar an Dejan vorbei, weiter aber auch nicht. Bevor ich getroffen wurde, vernahm ich das Zischen einer Peitsche. Sie traf mich am Rücken und hinterließ eine brennende Spur, die mich in die Knie zwang. Das Zischen erklang erneut und brachte Colin ebenfalls zu Fall.

Dieses Mal sah ich die brennende Peitsche, als sie sich wieder um Dejans Handgelenk wand und zu dieser verfluchten Uhr wurde.

»Steht auf oder es gibt noch mehr.« Obwohl Dejans Wortschatz limitiert war, hätte er nicht deutlicher werden können. »Ich habe meine Familie getötet und töte auch euch, wenn ihr nicht gehorcht.«

Tränen rannen ungehindert meine Wangen hinab, als sich das Brennen in meinem Rücken verstärkte. Ich versuchte aufzustehen, doch mein linker Arm knickte nutzlos unter meinem Gewicht zusammen und der gebrochene Knochen stieß an einer Stelle durch meine Haut. Hitze und Kälte rannen durch meinen Körper. Übelkeit presste auf meinen Magen, während Colin zu mir humpelte, um mich hochzuziehen. Ich wollte ihn anschreien, seine Hilfe ablehnen, ihm wehtun, aber diesen Luxus konnte ich mir in jenem Moment nicht leisten. Also ließ ich mich von ihm stützen, bevor wir beide wieder die Position vor Dejan einnahmen. Er hatte ungeduldig und mit wippendem Fuß gewartet.

Innerlich suchte ich nach meiner Verbindung zu Gareth, die ihn hoffentlich zu mir führen würde. Er befand sich in der Nähe, aber gleichzeitig war er weit weg. Wahrscheinlich kämpfte er noch immer gegen die Kaskaden, die sich, selbst ohne Sousha, nicht ergaben.

Gareth, rief ich, obwohl ich wusste, dass er mich nicht hören konnte. *Finde mich.*

Dann brach die Verbindung ab und ließ mich leer zurück. Der Gang verbreiterte sich und spuckte uns in einer unterirdischen Kathedrale aus. Anscheinend hatten wir eine magische Barriere überschritten. Sie hatte das Band zu Gareth hoffentlich nur für den Moment gekappt.

Verflucht.

Dejans Feueruhr entzündete in einer fließenden Bewegung sämtliche Kerzen und Fackeln, sodass wir von dem Gold der Ausstattung geblendet wurden.

Diese Kathedrale schien ein Gebetsort der Kaskaden zu sein. Es gab mehrere Bankreihen, einen Altar, auf dem eine goldene Schüssel stand, und Bildnisse an den Wänden, von Welten, die meine Vorstellungskraft überstiegen. Sie bestätigten jedoch Dashans Geschichten, dass sie von den Hamnea, die fremde Welten bewanderten, abstammten. Die Decke wölbte sich so hoch über uns, dass ich die Fresken kaum erkennen konnte. Wie hatten die Kaskaden dieses Kunstwerk vollbringen können?

Noch immer voller Erstaunen traten wir tiefer in die Halle. Jeder unserer Schritte wurde von einem Echo begleitet, das somit die Stille vertrieb. Dejan wanderte auf und ab, sprach mit seiner seltsamen Feueruhr und tastete mit den Fingern den Altar ab, als suche er ein Geheimfach.

Mein Blick wurde allerdings von etwas Unscheinbarerem angezogen. Von einem bronzefarbenen Leuchter, der an einer Säule angebracht war und dessen Rückseite mit der kühlen Steinwand verschmolz. Auch Colin konnte sich nicht gegen die Anziehung wehren, die wie ein Magnet an uns zog. Mir kam nicht einmal der Gedanke, mich dagegen zu wehren, so natürlich fühlte es sich an. Sekunden später legten wir zeitgleich die Hände auf den Leuchter und betätigten dadurch einen Mechanismus, der die Welt zum Erzittern brachte.

Eine Tür öffnete sich und offenbarte uns die Sicht auf einen versteckten Korridor. Fackeln entflammten von selbst. Ich wartete nicht auf Colin, sah mich nicht nach Dejan um, als ich wie gebannt eintrat und nach nur wenigen Schritten das Ende erreichte. Die Krone. Sie war in einer Glasvitrine auf einem quadratischen steinernen Tisch platziert und glänzte im Feuerschein. Unwillkürlich hob ich den Glasdeckel an und zog die Krone aus Herz und Asche hervor.

Schimmerndes Silber und Ranken aus Onyx wanden sich um die drei Zacken, die mit roten und silbernen Juwelen besetzt waren. Sie erinnerten an leuchtende Sterne.

Die dunkle Krone lag in meinen Händen, als wäre ich ihre vorbestimmte Trägerin

… und Dejan nutzte die Chance, um sie mir zu entreißen. Das angenehme Kribbeln wurde zu einem brennenden Schmerz in meinem Inneren. Mein Herz. Als hätte er mir mein Herz entrissen.

»Was tust du?«, hörte ich Colin fragen, während ich nur ein Keuchen unterdrücken konnte.

»Ich werde unseren König, unseren Schöpfer zurückholen, damit er uns anführt und leitet«, verkündete Dejan mit vollkommener Überzeugung in seiner Stimme und Worten, die er vorher erlernt haben musste. Er hielt die Krone vor sein Gesicht, als die Feueruhr wie ein schwerer Tropfen zu Boden fiel und sich daraus eine brennende Gestalt erhob, die so viel Hitze ausstrahlte, dass ich unwillkürlich einen Schritt zurücktrat. Der Korridor war jedoch so eng, dass ich mit dem Rücken gegen die Steinplatte stieß. »Avnas, Feuerdämon und Befehlshaber von Aeshmas Legionen, wird das zusammenführen, was einst getrennt gewesen war.«

Der Feuerdämon packte Colins und meine linke Hand und presste sie auf die Krone. Ich schrie auf, als die Hitze meine Haut verbrannte und sich bis in meine Muskeln, meinen Knochen durchfraß.

Die Welt zerbrach und ich verlor jeglichen Schmerz. Ich verlor mich selbst. Meinen Körper.

Plötzlich lag ich auf fremdem Boden. Schwarz, klebrig, nass. Eine Dimension, die sich vom Leid aller Wesen nährte. Von unserem Leid.

Neben mir schüttelte sich Colin hustend, während er auf allen vieren hockte. Ich krabbelte zu ihm, als mir auffiel, dass all meine Verletzungen von mir abgefallen waren. Trotzdem fühlte ich mich nicht wie ich selbst. Ich war schwerelos. Losgelöst. Verloren.

Es gab keine Lichtquelle, trotzdem konnte ich den Himmel sehen, der wie polierter Obsidian glänzte, und die weite Ebene erkennen, die sich bis an den Horizont erstreckte. Spitzzulaufende Silhouetten formten sich auf meiner anderen Seite. Riesige Gebirge riefen Furcht in mir hervor, ohne dass ich bestimmen konnte wieso.

»Was geht hier … vor sich?«, grunzte er, nachdem er wieder zu Atem gekommen war. Wir halfen uns gegenseitig aufzustehen. Sein kastanienbraunes Haar lag platt gedrückt an seinem Kopf und er brachte es mit einer Hand durcheinander, als wäre dies gerade das Wichtigste der Welt.

»Es ist uns gelungen«, sagte der Feuerdämon, der uns in diese triste Dimension begleitet hatte und lichterloh brannte.

Die Landschaft erstreckte sich hügelig und karg, Meile um Meile in jede Richtung, sodass es nicht schwer war, Aeshma ausfindig zu machen. Er näherte sich uns in seiner imposanten Gestalt. Die Macht, die von ihm ausging, stammte von mehr als nur Muskeln. Sie war in seinen Augen. In seiner Seele. In seiner Existenz. Es verlangte mir alles ab, mich nicht vor ihm auf die Knie zu werfen und um Vergebung zu bitten.

Ich konnte dem Wortwechsel nicht mehr folgen, da sie in die Dämonensprache verfallen waren, aber ich spürte Aeshmas bohrenden Blick, obwohl ich mich nicht traute, diesen zu erwidern. Er bewegte sich so schnell, dass ich nicht einmal zusammenzucken konnte, als er seine Hand in meinen Körper steckte. Durch Haut und Knochen hindurch. Scharfer Schmerz durchzuckte mich. Sprachlos öffnete ich den Mund und blickte an mir herunter, sah die Hand, die sich in meinem Inneren um den Schlüssel gelegt hatte. Seine andere Hand umfasste Colins Unterarm.

Mir wurde schwindelig und ich schwankte.

»Ich brauche einen Körper«, sagte Aeshma so, dass ich ihn verstehen konnte.

Er legte den Kopf schief und ich spürte tastende Hände an meinem Körper, ehe sie wieder verschwanden und ich mir nicht sicher war, sie wirklich gefühlt zu haben. »Deiner ist beschädigt.«

Er ließ den Schlüssel los. Schatten verschluckten die Landschaft und ich wurde wie ein ungeliebter Knochen wieder ausgespuckt. Dunkelheit überkam mich.

Das nächste Mal erwachte ich blinzelnd in meinem eigenen Körper auf dem Boden des Korridors. Flammen flackerten und der Geruch von Verbranntem lag in der Luft, als ich … meinen Schlüssel entdeckte. Schwarz und verkohlt. Ein vergessenes Artefakt.

Mühsam streckte ich meinen Arm aus, bis ich ihn mit den Fingerspitzen berühren und zu mir ziehen konnte.

Aeshma hatte ihn mir genommen. Hatte seine Macht genommen, um ins Leben zurückzukehren.

»Colin!« Mit Schrecken wurde mir bewusst, dass auch er nicht mehr hier war. Dejan, Avnas und … er waren verschwunden.

Zitternd kämpfte ich mich in eine sitzende Position, aber das war auch schon alles, zu was ich fähig war. Jeder Zoll schmerzte. Jede Wunde, die ich in der anderen Welt nicht mehr gespürt hatte, pochte und meine Gliedmaßen fühlten sich schwach und schwer an. Mein Verstand sagte mir, dass ich zu viel Blut verloren hatte, denn aus meinem gebrochenen Arm floss weiterhin ein stetiger Strom, aber mein Herz … mein Herz war der Ansicht, dass es der Verlust des Schlüssels war. So viele Jahre hatte ich ihn in mir getragen, hatte er mir Kraft gespendet. Selbst in Duster und Triste hatte ich ihn spüren können, ohne dass er mir im Kampf geholfen hatte. Aber jetzt …

Ich hatte versagt. So kolossal versagt.

Auch wenn ich wusste, dass ich aufstehen musste, vergrub ich das Gesicht in meinen Händen – für einen Moment des Selbstmitleids. Ich würde kämpfen. Ich würde weitermachen, aber erst … gleich.

Wie war alles nur so schiefgegangen? War es wirklich meine Schuld? Hätte ich mit Dejans Auftauchen rechnen sollen?

Kopfschüttelnd hob ich meinen Kopf, atmete tief durch und begann dann mit dem Unterfangen, mich an der Wand hochzuziehen. Den Schlüssel steckte ich in meine Jackentasche, weil ich nicht fähig war, ihn zurückzulassen. Er war ein Teil von mir. Von Lucy. Von jedem Menschen, der vor mir die Tore beschützt hatte. Tore, die eigentlich nie hätten existieren sollen …

Mir gelang es schließlich, das Ende des Korridors zu erreichen, wo ich eine Fackel aus ihrer Halterung zog, um den Rückweg nicht in Dunkelheit antreten zu müssen. Ihr Gewicht war fast schon zu viel für mich, aber ich weigerte mich, aufzugeben.

Der Kathedrale, die mich zuvor noch so fasziniert hatte und die nun in Finsternis getaucht war, schenkte ich keine Beachtung mehr, als ich mich weiter und weiter schleppte, die magische Barriere hinter mir ließ und durch den düsteren Gang stolperte – direkt in jemandes Arme.

»Alison«, rief dieser, als ich mich gegen seinen Griff zur Wehr setzte und ihm dabei fast die Fackel ins Gesicht rammte. »*Ich* bin es.«

»Gareth?« Ich war so blind vor Schmerz, dass ich einen Moment brauchte, um sein Gesicht zu erkennen; um mir bewusst zu werden, dass ich ihn kannte. »Oh, Gareth.«

Ich ließ die Fackel fallen und presste mich trotz meiner unzähligen Verletzungen eng an ihn. Er lebte. Solange Gareth lebte, würde sich alles zum Guten wenden. Solange ich ihn hatte, würde ich heilen.

»Was ist passiert?«

»Ich …«, begann ich, als mir schwindelig wurde und er meinen Unterarm umfasste, um mich zu stützen. Unglücklicherweise war es der gebrochene und der darauffolgende Schmerz beförderte mich sogleich wieder in die Dunkelheit.

Ewigkeit um Ewigkeit verging. Ich schwamm durch einen See aus schwarzen Diamanten und ertrank in flüssig gewordenen Sternen. Ein Wasserfall, durchsetzt mit geschärften Speerspitzen, ragte wie ein Ungeheuer aus längst vergessener Zeit vor mir auf und drohte mich hinabzureißen. Für immer verschollen, doch ich gab nicht auf. Für Gareth. Für mich.

»… funktioniert noch immer nicht.« Gareths Stimme drang schließlich zu mir durch, aber sie klang gedämpft. Mein Verstand arbeitete noch nicht wieder im normalen Tempo, wie es schien. Aber das Wasser war verschwunden.

»Was …?«, krächzte ich, während mir nach und nach bewusst wurde, dass ich auf einer weichen Matratze lag. Keine Höhle mehr. Kein See. Blinzelnd erkannte ich eine Art Fliegennetz, das über mir aufgespannt war. Leinenwände. Ich lag in einem Zelt der Kaskaden.

»Aly, du bist wach«, sagte Gareth mit … zittriger Stimme. Seine Finger wanderten hauchzart über meine Wangen, strichen über meine Lippen, die er schließlich mit seinem Mund bedeckte. Worte folgten, denen ich keinen Sinn beifügen konnte, aber sie besaßen den Rhythmus eines Gebets. »Tu mir das nie wieder an. Ich liebe dich.«

»O-okay«, sagte ich sofort, auch wenn ich mir nicht sicher war, was er meinte. »Wow, ich fühle mich noch immer wie gerädert und gevierteilt.«

»Schön, dass du deinen Humor nicht verloren hast.« Er lachte heiser und das war der Moment, in dem ich die Tränen in seinen Augen sah.

»Sah es so schlecht um mich aus?«, wisperte ich und versuchte, eine Hand zu heben, um über seine Wange zu streichen. Aber ich war zu schwach.

»Mein Blut heilt dich nicht«, antwortete er leise. »Es zeigt keinerlei Wirkung. Die Kaskaden gehen davon aus, dass es etwas mit dunkler Magie zu tun hat, mit der du in Berührung gekommen bist. Sie haben dich freundlicherweise auf ihre Weise versorgt.«

»Die Kaskaden?«

»Wir müssen wohl gegenseitig unsere Lücken schließen«, sagte er. »Aber zuerst, ruh dich noch etwas aus.«

Meine Lider fühlten sich bleischwer an und ich hatte dem nichts entgegenzusetzen, obwohl ich ihm am liebsten von allem erzählt hatte. Das musste wohl oder übel warten.

Seufzend hieß ich den Schlaf willkommen.

32. Kapitel

Ein paar Stunden später erwachte ich, als die Wirkung der Kräuter und der zweifelhaften Blutmagie bereits eingesetzt hatte. Mein Knochen war zusammengewachsen. Die Brandwunde an meinem Rücken schmerzte nur noch gelegentlich. Mit den restlichen Kratzern und Blutergüssen würde ich für den Moment leben können. Im Vergleich zu dem Bruch bemerkte ich sie kaum noch.

Vorsichtig setzte ich mich auf und bediente mich an dem Wasser, das in einem Becher neben meinem Bett stand. Gareth schlief mit dem Kopf auf meinen Beinen, als hätte er sich für keine Sekunde wegbewegt. Das Herz in meiner Brust wurde schwer bei dem Gedanken daran, was für einen Kummer ich ihm bereitet hatte.

Nachdem ich mich gesammelt hatte, streichelte ich sanft sein Haar und wartete, bis er aus seinen Träumen erwachte, die hoffentlich schöner gewesen waren als meine. Blinzelnd begegnete er im Halbdunkel der Kerzen meinem Blick und ich erkannte die Erleichterung, die sich in seinen Augen widerspiegelte.

»Guten Morgen«, sagte ich leise. »Es geht mir besser und wir haben viel zu besprechen.«

»Ich hole die anderen.« Er beugte sich vor und hauchte einen Kuss auf meine Stirn. »Fühlst du dich wirklich gut?«

»Ja, aber gib mir etwas Zeit, um mich zu waschen«, bat ich, bevor er das Zelt verließ, um die anderen zusammenzutrommeln. Ich würde mich wohl überraschen lassen müssen, wen er für wichtig genug hielt, mit mir über die Geschehnisse zu sprechen. Ophelia, vielleicht Adam?

Seufzend schlug ich die durchgeschwitzte Decke nach hinten und stand langsam auf, um mich in der abgetrennten Ecke zu waschen und zu erleichtern. Ich fühlte mich zwar schwach auf den Beinen, aber ich glaubte nicht, dass ich lange bewusstlos gewesen war. Es konnte nicht mehr als ein Tag vergangen sein, da mein Hunger noch im Bereich des erträglichen war. Ich hatte mich schon einmal schlimmer gefühlt.

Ein paar Hosen, Shirts und Tuniken lagen auf dem Teppich bereit, als hätte bereits jemand mitgedacht. Wahrscheinlich war Bird derart fürsorglich gewesen, schließlich wusste sie am besten, wie es war, außer Gefecht gesetzt zu sein. Eilig zog ich mir etwas Warmes an. Ich war besonders für die dicken Wollsocken dankbar, die perfekt über meine Füße passten.

Noch während ich auf der Pritsche saß und mein feuchtes Haar auskämmte, traten meine Freunde ein. Gareth, Phi, Bird, Hadley, Ian und Adam. Ty und Clarke ließen sich entschuldigen, da sie offenbar noch mit den Aufräumarbeiten beschäftigt waren.

»Schön, dich unter den Lebenden zu haben«, kommentierte Hadley trocken, aber mit einem Lächeln in den dunklen Augen.

Ian verpasste ihm einen Rippenstoß, als würde er mich vor dem Schneid seines Freundes beschützen wollen, und das rührte mich ungemein. Wir waren nicht nur Freunde, wir waren eine Familie.

»Es wäre noch schöner, wenn ich dich nicht ansehen müsste«, konterte ich, ehe uns der Ernst der Lage wieder einholte. Ich breitete die Arme aus. »Das bedeutet wohl, sie haben sich ergeben, nehme ich an?«

»Nachdem Sousha und du in den Abgrund gestürzt seid, haben sie sich noch eine Weile widersetzt, aber schließlich sahen sie die … Sinnlosigkeit eines Kampfes ohne eine Anführerin ein«, antwortete Adam mit einem spitzbübischen Lächeln. Eine blutige Wunde zog sich von seinem rechten Ohr bis zu seinem Kinn und ich wunderte mich, warum sie nicht bereits verheilt war. Bei Gareth dauerte so etwas nur wenige Minuten, wenn überhaupt. Der Königsdämon fing meinen fragenden Blick auf und hob unwillkürlich einen Finger an die Verletzung. »Die Krallen der Kaskaden sind magisch und verhindern eine schnelle Heilung. Ziemlich unangenehm, aber es wird mich nicht umbringen.«

Die anderen wirkten zwar vom Kampf mitgenommen, aber bis auf Ian, der den linken Arm in einer Schlinge trug, nicht ernsthaft verletzt.

»Ah, und jetzt? Hat sich etwas … verändert?«, fragte ich vorsichtig.

Gareth trat an meine Seite, setzte sich aber nicht hin. Dadurch dass sie allesamt standen, fühlte ich mich im Nachteil, aber ich konnte nichts dagegen tun, außer ihnen zu befehlen, sich ebenfalls hinzusetzen. Meine Knie fühlten sich noch zu zittrig an, als dass ich längere Zeit aufrecht stehen könnte.

»Inwiefern?« Phi legte neugierig den Kopf schief. Eine Strähne ihres rostbraunen Haares fiel ihr ins Gesicht, aber sie strich sie nicht fort.

»Wisst ihr, ob die Kaskaden eine Veränderung in ihrer Beziehung zu diesem Ort wahrgenommen haben?« Meine Freunde warfen sich vielsagende Blicke zu und ich fürchtete, sie nahmen an, mit meinem Kopf wäre etwas nicht in Ordnung. Ich stieß ein angestrengtes Seufzen aus. »Es wird wohl Zeit, dass ich euch gestehe, wie sehr ich versagt habe.«

Und ich sagte ihnen alles. Einmal angefangen, geriet ich nur ins Stocken, als ich mich der Schmerzen erinnerte, die ich im reißenden Fluss erlitten und die mir Dejan zugefügt hatte. Ich erwähnte den Feuerdämon Avnas, der ein brennender Mann gewesen war, und ich erzählte ihnen von Aeshma, der nun in Colins Körper auf der Erde wandelte.

Wir würden diesen Krieg vermutlich meinetwegen nicht überleben und ich hatte mit meiner falschen Selbstsicherheit den Untergang der Menschheit besiegelt. Zwei Götter befanden sich unter uns und sie hassten sich. Hassten sich so sehr, dass sie alles, was sich ihnen in den Weg stellte, zerstören würden.

Cleo war während meines Monologs dazugestoßen und obwohl ich sie am liebsten in die Arme genommen und mich über ihren Sohn erkundigt hätte, blieb ich doch auf meinem Platz und ließ die verdammenden Worte über meine Lippen perlen.

Die Welt würde sich nicht ändern, wenn ich die Wahrheit nicht mit meinen Freunden teilte.

»Ich glaube, der Fluch der Kaskaden ist nun aufgehoben, da der Schlüssel und das Schloss wieder mit der Krone vereint sind und es nichts mehr gibt, das vor ihnen beschützt werden muss«, erklärte ich meine anfängliche Frage. »Obwohl es nun keinen Unterschied mehr macht, oder?«

»Er ist wirklich … hier? Morrigan und Aeshma, nach einem vergangenen Jahrtausend wieder in einer Welt«, sagte Gareth langsam und blickte dabei Adam an, der genauso geschockt wirkte. »Aber woher wusste Dejan, wo die Krone aufbewahrt wurde?«

»Darüber habe ich auch nachgedacht. Die einzige Möglichkeit ist, dass er oder Avnas sie ebenso spüren konnte wie wir.«

»Das macht durchaus Sinn.« Adam rieb sich über das Kinn, bevor er mit der Hand gestikulierte. »Der Sage nach wurde die Krone in Avnas Feuer geschmiedet. Vielleicht erhielt er dadurch eine Verbindung zu ihr.«

»Möglich.« Gareth neigte den Kopf. »So oder so, wir müssen uns jetzt nicht nur mit Billings auseinandersetzen, sondern auch mit Morrigan *und* Aeshma.«

»Wir hätten es ahnen sollen«, murmelte Cleo in die darauffolgende Stille hinein.

»Was meinst du damit?« Phi verschränkte abweisend die Arme. Anscheinend wurde sie mit der Rinnin nicht ganz warm.

»Die Prophezeiung, die uns von Peeta mitgeteilt wurde. Ich teilte sie Noah, Colin und Alison in Triste mit.« Sie wrang aufgeregt ihre Hände. »Die Eine wird reisen von hier zu den Klippen. Keine Magie mächtiger als die der Rabenkönigin, kein Verstand schärfer als der ihrer Feinde. Diejenigen, die herrschten, werden diejenigen sein, die sich erheben. Ein Beben der Welten, die verbunden sind, um sich zu trennen. Blut tropft von Bäumen aus Knochen und Schatten fressen das Licht. Über dem Sieg der Herrscher, allein die Krone aus Herz und Asche.«

Als sie geendet hatte, rätselte ein jeder von uns über ihre Worte und so vieles wurde klar, während alles andere im Dunkeln blieb. Dashan hatte gesagt, dass uns Prophezeiungen nicht warnen sollten. Sie ergaben fast ausschließlich erst im Nachhinein Sinn, allerdings bot diese hier doch einen eindeutigen Hinweis.

»Wer die Krone besitzt, der gewinnt«, echote Gareth meinen Gedanken, als hätte er diesen gehört.

»Es scheint so«, stimmte ich ihm nachdenklich zu. »Und ich bin wohl mit derjenigen gemeint, die von hier zu den Klippen gereist ist. Dort steht Morrigans Schloss.«

»Morrigan ist die Rabenkönigin und … wir ihre Feinde?«, fuhr Hadley zögerlich fort.

»Und diejenigen, die herrschten … Morrigan und Aeshma haben sich beide erhoben«, schloss Adam und stieß ein frustriertes Zischen aus. »Wir hätten es nicht verhindern können. Du hättest nichts dagegen tun können, Alison.«

Ich zwang mich zu einem Lächeln, weil ich wusste, dass er es gut meinte, aber ich glaubte ihm nicht. Es hätte einen Weg geben müssen. Ich hätte nicht so von mir und meiner Fähigkeit überzeugt sein sollen, die Welt mit der Krone zu retten. Sie war an ihrem Ort geschützt gewesen, aber ich hatte sie hervorgeholt und damit das Schicksal herausgefordert …

»Was machen wir jetzt? Was bedeuten diese Bäume aus Knochen? Ein Beben der Welten? Sind damit die vielen Tore gemeint?« Bird und meine Jäger begannen eine lebhafte Diskussion, der ich nur mit halbem Ohr zuhörte. Meine Gedanken rasten, als ich nach einem Weg suchte, meinen Fehler wiedergutzumachen. Noah war tot. Colin verschwunden. Es war ein Desaster.

Das Gesicht in meinen Händen vergrabend ließ ich mir die vergangenen Wochen und Monate durch den Kopf gehen, kreierte Pläne und verwarf sie wieder. Irgendwann kam ich an einem Punkt an, der der einzig Wichtige zu sein schien – der Ursprung.

»Ich habe eine Idee«, sagte ich leise und als hätten sie alle darauf gewartet, verstummten sie. »Meine letzte.«

»Wir folgen dir.« Phi trat entschlossen einen Schritt vor und legte ihre Hand flach auf ihre Brust. Bird, Hadley und Ian ahmten ihre Bewegungen nach, nickten übereinstimmend und trieben mir so die Tränen in die Augen.

»Das weiß ich zu schätzen, aber ehrlich gesagt brauche ich euch, bis auf Ophelia, an einem anderen Ort.« Ich teilte ihnen meinen Plan mit oder zumindest den Teil, den sie wissen mussten.

»Wir machen uns sofort auf den Weg«, antwortete Hadley ernst und nahm den Brief an sich, den ich in aller Hast schrieb. Ich hoffte, er würde genügen. »Wir sehen uns bald wieder.«

»Bleibt wachsam.« Ich hätte sie gerne alle zum Abschied umarmt, aber die Zeit drängte und zudem … zudem fühlte ich mich zu emotional. Ich wäre vermutlich in Tränen ausgebrochen, wenn sie mich so verabschiedet hätten.

»Wir werden ebenfalls aufbrechen müssen. Cleo, ich nehme an, du wirst bei deinem Sohn bleiben und dich um die Kinder der Kaskaden kümmern?« Vorsichtig erhob ich mich.

»Sie brauchen mich.« Sie trat eilig vor und ließ sich nicht von meiner verblüfften Miene abhalten. Als sie mich in die Arme schloss, entlockte sie mir eine einzelne Träne. »Sei tapfer und höre nie damit auf, auf dein Herz zu hören, Alison Talbot.« Sie wandte sich noch vor meiner Antwort ab und verließ das Zelt.

»Da waren es nur noch vier«, murmelte Adam. Seine Mundwinkel zuckten. »Wohin geht's?«

»Nach Duster und Triste.«

33. Kapitel

Der Jäger

Evan verfolgte die Bergungsaktion mit grimmiger Miene. Erst vor einer Stunde war der letzte Kampf versiegt. Nun waren sie dabei, die Verletzten und Toten zu bergen, um später erneut auf diesem blutbesudelten Platz zu kämpfen. Schnee legte sich auf die bereits erkalteten Körper. Sie stiegen über Billings' Krieger hinweg, um an ihre eigenen zu gelangen. Eine seltsame Stille hing wie Spinnweben an ihnen. Sie verdichtete sich, als sich auch Billings' Dämonen zu ihnen gesellten, um sich um ihre Gefallenen zu kümmern. Für den Moment herrschte Waffenstillstand. Niemand dachte daran, ein Schwert zu ziehen oder sich zu wandeln.

Erst zwei Tage waren vergangen, seit das Treffen mit Morrigan stattgefunden hatte, und Evan konnte nicht glauben, dass seine Mutter freiwillig an der Seite dieser grausamen Dämonin blieb. Unglücklicherweise war sie nicht Teil des Treffens gewesen, wie er sich erhofft hatte. Trotzdem hatte er vor wenigen Stunden einen Blick auf sie erhaschen können. Sie hatte an Morrigans Seite im Wagen über der Schlacht geschwebt, als würden sie besondere Befriedigung aus dem Tod um sie herum ziehen. Was sollte er tun, wenn Joana nicht mehr die Mutter war, an die er sich erinnerte? Wenn sie sich zu einer schlechteren Version ihrer selbst entwickelt hatte, wie es bei seinem Vater gewesen war? Wusste Arias bereits, dass er all die Jahre recht gehabt hatte?

Seufzend bückte er sich und überprüfte die Lebenszeichen eines weiteren Dämons, der Ascias leuchtend rotes Abzeichen auf seinem Brustharnisch trug. Er atmete noch, weshalb Evan ein paar Helfer heranrief, die bereits eine Liege bei sich trugen. Zusammen rollten sie den schweren Körper auf die Bahre und transportierten ihn ins Lazarett, wo sie von Liliana empfangen wurden. Eigentlich sollte sie sich ausruhen, da sie bis vor wenigen Stunden selbst auf dem Schlachtfeld gekämpft hatte, aber wenn Evan mittlerweile eines wusste, dann, dass Liliana sich von niemandem etwas sagen ließ und schon gar nicht von ihm. Auch wenn sie sich ziemlich gut verstanden, dafür dass sie eine Königsdämonin und er ein Jäger war.

»Diese verfluchten Rabentiere«, hörte er sie schimpfen, als sie sich über den Verletzten beugte. Im Gegensatz zum Schlachtfeld, auf dem unheimliche Stille herrschte, war es in den Lazaretten laut und geschäftig. Fast schon zu laut für Evans Geschmack, der noch nie gut mit der Pein anderer zurechtgekommen war.

»Was ist mit ihnen?«, fragte er, weil er annahm, dass so etwas von ihm erwartet wurde. Seine anderen Helfer hatten sich wieder auf die Suche nach Verletzten begeben und er beneidete sie ein wenig um die Stille.

»Die Wunden, die sie mit ihren Schnäbeln und Krallen hinzufügen, lassen sich genauso schwer heilen wie Dämonenverletzungen«, antwortete sie, während sie die Untersuchung an dem Bewusstlosen fortsetzte. Sie schnitt seine Kleidung auf und entblößte eine blutige Brust. Es schien, als hätten Vögel unzählige Male darauf herumgepickt. Bei dem Gedanken rann ihm ein eiskalter Schauer über den Rücken. Liliana hatte recht. *Verfluchte Rabentiere.*

Nachdem er ihr ein wenig zur Hand gegangen war, schickte sie ihn schließlich, mit einem Blick in sein vermutlich grünes Gesicht, nach draußen, wo er frische Luft schnappen sollte.

Seine Aufmerksamkeit wurde sofort von dem blassen Himmel angezogen, der ausnahmsweise einmal keine Flocken auf sie niederregnen ließ. Die Kälte war trotzdem beißend und enervierend.

Eine Hand über seinen Stumpf reibend dachte er an seine kurze Begegnung mit Crystal zurück. Sie war gemeinsam mit Billings und Rope bei dem Treffen mit Morrigan erschienen und obwohl sie offensichtlich versucht hatte, ihn nicht anzusehen, so war es ihr doch genauso wenig wie ihm gelungen. Gott, wie sehr er sie vermisste!

Sie zu sehen, hatte ihn einerseits erleichtert, schließlich lebte sie noch, andererseits hatte es den Zorn in ihm neu entfacht. Wenn Ascia nicht gewesen wäre, er hätte sich noch an Ort und Stelle auf Billings gestürzt, um ihm das süffisante Grinsen vom Gesicht zu kratzen.

Unglücklicherweise wusste er bereits, wie dies ausgegangen wäre.

Aber was sollte er sonst tun? Es machte ihn beinahe wahnsinnig zu wissen, dass sie sich nur eine Meile von ihm entfernt im feindlichen Lager befand und zu Dingen gezwungen wurde, vor denen sie zu fliehen versucht hatte. Er musste sich etwas einfallen lassen, sonst würde er sich nicht mehr selbst in die Augen sehen können …

Donner krachte und ein stürmischer Wind zog auf. Ein Blick auf die vorbeilaufenden Dämonen, die daraufhin innehielten, sagte ihm genug. Das hier war nicht normal. Magie knisterte in der Luft.

»*Meine Kinder*«, ertönte es schallend. Die Stimme war körperlos. Eine Naturgewalt, die von jedem gehört werden sollte. »*Ich habe eure Hilferufe erhört und den langen Weg aus dem Nichts auf mich genommen. Ich bin euer Vater, euer Schöpfer. Aeshma.*« Lautes Gemurmel ertönte. Evan riss sich aus seiner Starre und sprintete zu Ascias Zelt. Das konnte nicht sein, oder? Nach Morrigan konnte doch nicht noch ein Dämonengott die Erde betreten haben. Wie sollten sie diesen Krieg überleben? »*Mein Herz wird schwer bei dem Anblick eurer geteilten Seelen. Vereint euch unter mir, Königsdämonen, und zusammen werden wir stark sein. Kommt bis zum Morgengrauen zu den Bäumen aus Knochen, von denen das Blut unserer Feinde tropfen wird.*«

Evan wechselte den Blick mit einem schockierten Schattendämon.

Ein markerschütternder, weiblicher Schrei folgte und die Wut, die von Morrigan ausging, schwappte in Wellen zu ihnen herüber.

Weitere Donnerschläge ertönten, ehe sich der Himmel teilte und Regen auf sie niederließ. Evan blieb stehen und blickte zum Waldrand im Norden, wo hunderte Blitze hintereinander einschlugen und die Bäume in Brand steckten. Die Feuerwand breitete sich rasend schnell aus und Evan bildete sich ein, die Hitze auf seinen Wangen zu spüren.

Nachdem die Blitze versiegt waren, brannte der Wald noch eine Weile weiter. Die Dämonen um ihn herum beeilten sich, die Leichen fortzutragen während Evan beobachtete, wie der strömende Regen das Feuer schließlich löschte. Rauch schwebte zwischen knöcherne schwarze Äste und offenbarte nach einer Weile einen Wald bestehend aus Bäumen aus Knochen.

Nur das Blut fehlte. Noch.

»Scheiße«, zischte Evan und löste sich endlich aus seiner Starre. Mittlerweile war er der Einzige, der auf dem Feld zurückgeblieben war.

Er nahm den Weg zurück zum Lager, als Ascia ihm entgegenkam. »Ist es wahr?«

Berater umkreisten ihn, die für Evan Platz machten, als wüssten sie, dass er eine besondere Beziehung zu dem Dämonenkönig besaß.

»Er ist erwacht«, sagte er resignierend. Panik und Unruhe brach aus. Es schien so, als würden wirklich einige Königsdämonen darüber nachdenken, sich ihrem Schöpfer anzuschließen, doch noch hielten Ascias treue Kämpfer dagegen. »Das Blatt hat sich gewendet. Wir müssen uns in die Stadt zurückziehen. Gebt allen Bescheid. Blast das verfluchte Horn!«

Innerhalb von wenigen Sekunden setzten sich die Dämonen in Bewegung und riefen Befehle aus. Die Beschäftigung lenkte ihre Gedanken, zumindest für den Augenblick, von Aeshmas Angebot ab.

Evan half überall, wo es notwendig war, doch Ascia nahm ihn ein paar Stunden nach der schicksalhaften Verkündung zur Seite und legte fast schon väterlich eine Hand auf seine Schulter.

»Es hat den Anschein, als würde sich Aeshma in einer halben Stunde mit Morrigan treffen. Sie bereitet ihr Zelt vor. Ich muss mich um meine Dämonen kümmern, aber wenn du wirklich vorhast, etwas Entscheidendes zu verändern, ist dies deine Chance, Junge«, sagte er. Aus einer Innentasche seiner Uniform holte er einen sichelförmigen Dolch hervor. »Dieser Dolch schneidet durch jedes Material. Ob Stoff, Holz oder Metall. Wenn ich richtigliege, wirst du ihn gebrauchen können.«

Evan hatte zwar nicht den blassesten Schimmer, wofür, aber er war niemand, der Geschenke ablehnte.

»Woher bekommt man einen solchen Dolch? Ist er magisch?«

»Nein, er wurde lediglich aus dem härtesten Eisen aus Duster geschmiedet. Noch härter als Diamant.«

»Äh, danke«, zwang sich Evan zu sagen, obwohl er noch immer nicht wusste, wofür er eine derartige Waffe gebrauchen könnte. Vielleicht würde er sich schon bald einer Horde Plucks gegenübersehen, dann könnte er sie mit einem gezielten Stoß durch ihre Panzer töten. Andererseits war der Dolch so geformt, dass er keine richtige Kraft dahinter bringen konnte. Sie wäre besser geeignet, um jemandem die Kehle aufzuschlitzen …

»Du wirst das Richtige tun. Für dich und für die Menschheit«, waren Ascias letzte Worte, ehe er sich abwandte und noch vor dem nächsten Wimpernschlag verschwunden war.

Nach dieser kryptischen Mitteilung packte Evan eine Tasche mit den wichtigsten Utensilien. Er wusste nicht, ob er es später noch in die Stadt schaffte, bevor die Tore geschlossen werden würden, aber er würde es verflucht noch mal versuchen.

Er hatte die letzten Monate nicht überlebt, um jetzt aufzugeben.

Ein paar Raben umkreisten die Gegend um das wiedererrichtete Zelt, aber sie alarmierten die Wachen nicht oder sie nahmen Evan nicht wahr, weil sie sich allein auf die Präsenz von Dämonen konzentrierten.

Ganz langsam schob er sich von Strauch zu Strauch, bevor er die letzten Meter vorwärtsrobbte, sodass er direkt an der hinteren Seite vom Zelt liegen bleiben konnte. Er hoffte, dass die Dunkelheit und das Gestrüpp genügend Deckung boten, aber eine andere Lösung, um das Gespräch zu belauschen, gab es nicht.

Am liebsten hätte er seinen Kopf unter der Plane hindurch gesteckt, aber so verrückt war er dann doch nicht. Morrigan und Aeshma hatten ihn noch nicht entdeckt und so sollte es am besten bleiben. Die Augen schließend konzentrierte er sich allein auf sein Gehör, sodass er das Eintreten des Erzdämons Aeshma vernahm – begleitet von einem seltsamen Feuerknistern, dem er keinen Sinn beifügen konnte. Trug er eine Fackel bei sich?

»Du bist es wirklich«, hörte er Morrigan wispern und dann mit einer zornigeren Stimme sagen: »Gemeinsam mit demjenigen, der mich verraten hat.«

»Nimm es Dejan nicht übel, er hat nur getan, worum Avnas und ich ihn gebeten haben.« Sein Englisch war fehlerfrei, aber etwas an seiner Stimme ließ Evan stutzig werden. Sie kam ihm so bekannt vor, aber das konnte nicht sein, oder? Wo hätte er Aeshma zuvor begegnet sein können?

»Ich kann nicht glauben, dass ich *dir* vertraut habe, Dejan«, zischte sie schneidend. Seine Neugier stieg ins Unermesslich und er kämpfte seine Angst nieder. Ganz langsam hob er die Plane an, damit er gerade so ins erhellte Innere sehen konnte.

Dieses Mal hatte sich Morrigan nicht mit der Inneneinrichtung aufgehalten. Bis auf die dicken Teppiche und mehrere Öllampen gab es nichts, das ihm die Sicht auf Morrigan und den anderen hätte versperren können. Und dann sah er sie – Joana. Seine Mutter. Sie stand ihm am nächsten, hatte ihm aber wie Morrigan den Rücken zugewandt. Trotzdem würde er sie immer wieder erkennen.

Sein Herz krampfte sich vor Verlangen zusammen, nach ihr zu rufen, sie in seine Arme zu schließen. Stattdessen musste er dabei zusehen, wie sich die Schatten plötzlich um einen ihrer Besucher verdichteten und seinen Körper zusammenpressten. Er rang nach Luft, sein Gesicht verzog sich zu einer Grimasse, aber die dunklen Schwaden pressten immer weiter und weiter, bis der Dämon plötzlich in tausend Stücke gerissen wurde und diese zu so kleinen Partikeln zersprangen, dass sie verschwanden, noch bevor sie den Boden berührten. Evan riss die Augen auf, als die zweite Überraschung folgte. Wenn das Opfer gerade nicht Aeshma gewesen war, dann bedeutete dies, dass Colin …

Colin war Aeshma?

Er hätte ja gerne gesagt, dass das unmöglich war, aber er wusste es besser. Etwas war in A'Múen geschehen, damit dies geschehen konnte. War es die Macht der Krone? Ging es Alison gut?

»Das war etwas zu dramatisch, findest du nicht, Morrigan?« Aeshma lächelte und legte seinen Kopf leicht schief, sodass Evan die fremdartigen Augen erkennen konnte. Sie waren pupillenlos. Wenn er vorher irgendeinen Zweifel gehegt hatte, so war dieser nun aufgelöst. Aeshma nutzte Colins Körper als seinen eigenen und er … er trug einen flammenden Stab in seiner rechten Hand, ohne dass jener ihn verbrannte.

»Du hast kein Recht darauf, hier zu sein, Aeshma«, knurrte die Königin.

»Wir wurden beide ermordet. In der Nacht vor so vielen Jahren.« Er trat einen Schritt vor, als würde er Morrigan umarmen wollen, aber etwas in ihrem Gesicht ließ ihn innehalten. »Wir sind beide gestorben und nun sind wir beide hier.«

»Ich habe es aus eigener Kraft geschafft. Du hingegen hast meine Krone benutzt!«

»Kleinigkeiten«, verwarf Aeshma mit einer lässigen Handbewegung, die so gar nicht zu seiner Ausstrahlung passen wollte. »Ich habe Avnas benutzt und Avnas hat Dejan geführt und Dejan … Du siehst, eigentlich habe ich deine Krone gar nicht angefasst, bis zu dem Moment, da ich die Erde bereits betreten hatte.«

Ganz langsam ließ Evan die Plane zurück an ihren Platz fallen, als er sich nähernde Schritte vernahm. Eilig versteckte er sich hinter dem nächsten Baum, als die sich anschleichende Gestalt um das Zelt herum kam und Evan sie erkannte.

Billings war offensichtlich genauso neugierig wie Ascia und er. Aber anstatt das Treffen mit ihrer Ankunft zu unterbrechen, vergnügte er sich ebenfalls mit Spionieren und Sekunden später hockte er sich unelegant auf die Stelle, die Evan gerade erst verlassen hatte.

In seinem Verstand arbeitete es. Nicht nur versuchte er, die Informationen zu verarbeiten, sondern auch einen Plan auszuhecken. Denn wenn Billings hier war, dann bedeutete dies, dass Crystal ohne seine Bewachung im Camp zurückgeblieben war.

Die Zähne zusammenbeißend schlich Evan durch den stetigen Nieselregen und bewegte sich in Richtung feindliches Lager. Da Billings sich vor Morrigans und Ascias Armee in Acht nehmen musste, hatte sich die Zahl der Wachen mittlerweile verdreifacht, sodass Evan viel Geschick und Geduld benötigte, bis er ein Schlupfloch fand. Das Einzige, das ihm geholfen hatte, war der dichte Schatten, der sich wie eine Umarmung um ihn gelegt hatte. Morrigans Nähe schien die Schatten verrücktspielen zu lassen und weil Königsdämonen nicht so gut wie Schattendämonen in ihnen sehen konnten, gelang ihm schließlich das Eindringen.

Leider hatte er nicht vorausgesehen, wie viel größer Billings' Lager war als Ascias, in dem er sich zudem hatte frei bewegen können. Hier musste er sich von Zelt zu Zelt schleichen, immer mit der Gefahr im Nacken, erkannt zu werden. Trotzdem konnte er sich nicht weiter verstecken, da er herausfinden musste, wo sich Crystal aufhielt.

Schließlich sollte ihm an diesem Abend das Glück erneut hold sein, da er zwei Königsdämonen bei einem Wachwechsel vor einem Zelt belauschte. Sie unterhielten sich über ihre Gefangene und was für eine Erniedrigung es war, auf sie aufpassen zu müssen.

»Wieso sind wir eigentlich noch hier?«, hörte er einen von ihnen fragen. »Aeshma ist unser wahrer Herrscher. Wir sollten uns ihm anschließen.«

»Glaubst du wirklich, dass er … nun, dass er es ist?«, fragte der Größere mit einem zweifelnden Unterton in der Stimme.

»Wer sollte es sonst sein? Hast du die Dunkelheit nicht gespürt? Ich habe gehört, dass er sich grade mit Morrigan trifft. Vielleicht ist das unsere Zukunft.«

Sein Gegenüber antwortete mit ein paar fremdartigen Worten, die sein Freund wiederholte, ehe sie sich die Hände gaben. Sie warfen einen letzten Blick zurück und verschwanden dann zusammen in der Dunkelheit. Evan konnte nicht glauben, dass sie wirklich der Meinung waren, dass es unter Aeshma besser wäre als hier. Aber das war nicht sein Problem …

Schnellen Schritts eilte er durch den Zelteingang und fand sich in einem schwach erleuchteten Inneren wieder. In der Mitte, an einem Pfahl angekettet, schlief Amethyst. Sie wirkte noch abgemagerter als damals in Billings und er bezweifelte wahrlich, dass sie noch viel länger überleben würde, wenn sie hierblieb.

»Amy«, wisperte er, als er sich ihr näherte und ein Messer zückte. »Amy, wach auf!«

Blinzelnd regte sie sich und setzte sich langsam auf. Zuerst schreckte sie vor seiner Berührung zurück, doch dann erkannte sie ihn.

»E-Evan?«

»Genau. Ich hol dich hier raus«, verkündete er, als er sich daranmachte, die Fesseln zu zerschneiden. Von ihrem Halsband führte jedoch eine Kette an den Pfahl und so sehr er es auch versuchte, er schaffte es nicht, das Schloss zu knacken.

»Hör auf«, bat ihn Amy. »Töte mich lieber, damit Crystal endlich frei ist.«

»Das kommt nicht infrage!«, knurrte er, bevor er sich zurücklehnte und das Schloss durchdringend ansah, als würde es allein mit der Macht seiner Gedanken aufschnappen. »Ich brauche nur … etwas, um dieses Ding zu öffnen.«

»Billings ist der einzige, der einen Schlüssel besitzt«, murmelte sie hoffnungslos und zog ihre schmalen Beine an ihren Körper.

Dieser Dolch schneidet durch jedes Material …

»Wir brauchen keinen Schlüssel«, sagte er mit einem Grinsen und zog den Sicheldolch, den Ascia ihm gegeben hatte, aus seiner Tasche. Es brauchte nur wenige Handgriffe, dann sprang das Halsband auseinander und Amy war frei.

»Wie …?«, wisperte sie.

»Magie«, sagte er, obwohl Ascia dem widersprochen hatte, und half ihr beim Aufstehen. Er gab ihr seine Jacke. Immerhin hatten sie ihr die Schuhe gelassen.

»Und jetzt Crystal?«

»Ja.«

Mit Amethyst würde er viel länger brauchen, um das Lager zu durchqueren, aber er traute sich nicht, sie zurückzulassen oder sie allein durch die Wachreihe zu schicken. Crystal zählte auf ihn und sie konnten nicht zweimal so nahe am Ziel scheitern, oder?

Ihren blonden Schopf fanden sie schließlich an einem der größeren Feuer, die Funken in die feuchte Nacht sprühten. Sie blickte nachdenklich in die Flammen. Niemand traute sich an sie heran. Vielleicht war sie auch nur ein notwendiges Übel, das man gerade so akzeptierte.

Als ob sie seine oder die Anwesenheit ihrer Schwester gespürt hätte, hob sie den Kopf und blickte in ihre Richtung. Es war nicht möglich, dass sie sie in ihrem Versteck erkannte, trotzdem kam sie langsam auf die Beine, bewegte sich beinahe lässig auf sie zu.

Sie tat alles, um keine Aufmerksamkeit auf sich zu ziehen, trotzdem stellte sich ihr bereits nach wenigen Schritten ein Königsdämon in den Weg.

»Wohin willst du?«, blaffte er sie an.

»Schlafen«, verkündete sie, ohne zu blinzeln.

»Dein Zelt steht auf der anderen Seite.«

»Da bin ich wohl durcheinandergeraten«, antwortete sie prompt, drehte sich um und verließ die Feuerstelle auf einem anderen Weg.

Mit einer Hand deutete Evan Amy an, ihm zu folgen. Gemeinsam zogen sie einen großen Bogen um die Versammlung, in der Hoffnung, Crystal ausfindig zu machen, doch sie war wie vom Erdboden verschluckt.

»Wo ist sie, verflucht noch mal?«, flüsterte er aufgebracht.

»Direkt hier«, erklang ihre sanfte Stimme rechts von ihm, ehe sie sich auf ihn und Amy stürzte. Sie lagen sich zu dritt in den Armen, lachten und weinten im Flüsterton, aber es schmälerte den Moment nicht. »Wie ist das möglich?«

»Erklärungen dann, wenn wir in Sicherheit sind«, sagte er prompt. »Kennst du einen einfachen Weg hier raus?«

»*Raus* war nie das Problem.« Und es hatte nie schönere Worte gegeben … »Amy zu befreien hat mich vor eine Herausforderung gestellt.«

Sie schafften es ohne Probleme bis zur letzten Zeltreihe. Dort wurde ihnen jedoch von zwei Königsdämonen, die sich leise unterhielten, unwissentlich der Weg versperrt. Unsicher zogen sie sich zurück und atmeten tief durch. Eine Lösung musste her.

»Vielleicht müssen wir einfach nur etwas weiter am Rand entlanglaufen?«, schlug Crystal vor.

»Wir haben nicht ewig Zeit, bevor die Tore von Ascia geschlossen werden«, gab Evan zu bedenken und rieb sich mit dem Griff des Dolches das Kinn. »Am besten, wir …«

Er kam nicht dazu, den Satz zu beenden, da sich ihnen von links zwei weitere Dämonen näherten. Das Überraschungsmoment war allerdings auf ihrer Seite, da die Königsdämonen nicht mit ihnen gerechnet hatten. Sofort stürzte sich Crystal auf den Dämon mit den weißen Haaren, während sich Amy und er mit dem zweiten beschäftigten.

Zunächst konnte Evan nicht sagen, ob Amy ihre Kräfte nutzte, doch dann berührten ihre Finger den Dämon am Handgelenk und Sekunden später wurde ihm der Arm von unsichtbaren Kräften herausgerissen. Evan sah fort und konzentrierte sich darauf, den schreienden Dämon zum Schweigen zu bringen. Mit der Klinge schlitzte er ihm die Kehle auf.

Ihre Gegner fielen gleichzeitig zu Boden, aber hinter ihnen rannten bereits die Dämonen auf sie zu, denen sie ursprünglich aus dem Weg gegangen waren.

»Es hilft alles nichts. Wir müssen laufen«, rief er laut genug, um Amy aus ihrer kurzweiligen Starre zu reißen. Wie hypnotisiert hatte sie auf das Blut an ihren Händen geschaut.

Crystal zog sie am Arm hinter sich her und sie liefen durch das Labyrinth aus Zelten. Niemand hielt sie zunächst auf, weil niemand von den wenigen Dämonen, denen sie hier draußen begegneten, eine Flucht erwartet hatte. Irgendwann schlug jedoch jemand Alarm und Gebrüll wurde laut. Evan spürte ihre Verfolger in seinem Nacken.

Schließlich erreichten sie den dichten Wald, aber die Dämonen ließen nicht von ihnen ab. Da sie ihnen wohl kaum bis zu Ascia entkommen konnten, entschlossen sie sich, sich ihnen zu stellen.

»Sobald wir eine Chance haben zu fliehen, ohne dass sie sehen, wohin wir gehen, laufen wir los, einverstanden?«

Die Schwestern setzten einen ähnlich entschlossenen Gesichtsausdruck auf und nickten. In der nächsten Sekunde brachen drei Dämonen durch das Unterholz, wandelten sich und griffen an.

Da Evan der einzige von ihnen ohne Spezialkräfte war, musste er sich von Crystal und Amy helfen lassen, wenn die Situation zu kritisch wurde. Die drei Dämonen fielen zwar ziemlich schnell, doch es folgten mindestens ein halbes Dutzend andere. Schon bald spürte Evan die Erschöpfung in seinen Gliedern und auch Amy wurde immer blasser.

Als Crystal den letzten stehenden Dämon mit einem gezielten Ellenbogenstoß in den Nacken für wertvolle Sekunden außer Gefecht setzte, rannten sie los. Sie sprachen nicht und sie sahen sich nicht an. Dies war ihre einzige Chance und entweder nutzten sie diese oder sie starben.

Atemlos stoben sie aus dem Wald und erreichten das verlassene Camp von Ascia.

»Wo sind sie alle?«, fragte Crystal mit einem Keuchen. Das helle Haar fiel ihr feucht ins ausgezehrte Gesicht.

»In der Stadt. Wir müssen uns beeilen, wenn wir hereingelassen werden wollen«, antwortete er. »Schaffst du das, Amy?«

Sie hob energisch das Kinn. »Nehmt keine Rücksicht auf mich. Ich halte durch.«

Bevor die ersten Sonnenstrahlen den Boden berührten, erreichten sie Ascia und wurden als letzte Flüchtlinge aufgenommen. Die Erde erzitterte und Aeshma führte seine über Nacht entstandene Armee gegen sie alle …

34. Kapitel

Noch bevor wir ein Tor erreichten, erhielten wir eine Nachricht von Dorian, die uns ausgerechnet mit einem Raben überbracht wurde. Morrigans Armee hatte sie angegriffen und nun liefen unzählige Königsdämonen zu Aeshma über. Bei Sonnenaufgang erwartete sie die nächste Schlacht, doch für den Moment zogen sie sich hinter die Stadtmauern zurück, um sich zu sammeln. Es war unmöglich, selbst mit Descars und Keplingers Hilfe, an drei Fronten zu kämpfen, weil niemand nachgeben würde.

Es war schlimmer als gedacht, trotzdem wich ich nicht von meinem Plan ab und trieb meine Freunde an.

Der Ursprung.

Ein freies Tor fanden wir vier Stunden von der Heiligen Stätte entfernt. Wir wussten nicht, wo es uns ausspucken würde, aber das Risiko mussten wir eingehen. Einen anderen, schnelleren Weg gab es nicht.

»Ich sehe euch auf der anderen Seite«, verabschiedete ich mich für den Moment und ließ mich als Erste in die Umarmung des finsteren Regenbogens fallen. Ich spürte die enorme Macht. Die Magie bestand aus gleißenden Lichtfingern, die mich umschlangen. Sie durchfuhr und formte mich neu. Eine unbestimmte Zeit später kam ich hart auf dem Boden auf. Statt Sand spuckte ich dieses Mal Tannennadeln aus. Wieso konnte ich meinen Mund nicht geschlossen halten?

Sekunden später prallten Gareth, Adam und Ophelia neben mir auf. Unelegant und genauso orientierungslos wie ich, was mir ein gewisses Maß an Genugtuung bescherte. Königsdämonen waren nicht fehlerlos.

Mich umsehend klopfte ich den Schmutz von meiner Hose und spuckte eine weitere Nadel aus. Uns umgab nichts als dichter Wald. Die

Lichtung, auf der wir gelandet waren, wurde von sanftem Sonnenlicht erfüllt und die Temperaturen fühlten sich, im Gegensatz zu zu Hause, richtig angenehm an. Ein Tor gab es hier nicht.

Mittlerweile hatte ich gelernt, dass Portale Einbahnstraßen waren. Wir würden uns auf dem Rückweg ein anderes Tor suchen müssen, aber bis es so weit war, würde es noch dauern.

»Habt ihr eine Ahnung, wo genau wir sind?«, fragte ich in die Runde, nachdem die anderen aufgestanden waren. Ich zupfte ein paar Blätter und Nadeln aus meinem geflochtenen Zopf.

»In einem Wald«, antwortete Adam trocken und lächelte schief, als er mein genervtes Seufzen vernahm.

»Ich versuche wirklich, dir nicht den Hals umzudrehen«, zischte ich.

Gareth drückte beschwichtigend meine Schulter. »Lasst uns ein Stück gehen, bis wir einen Baum gefunden haben, der hoch und stabil genug ist, um als Aussichtspunkt zu dienen.«

Da dies der einzige Vorschlag war, verfolgten wir diesen, auch wenn es mich beinahe verrückt machte, in eine Richtung zu gehen, die möglicherweise die falsche war. Im schlimmsten Fall würden wir Zeit verlieren. Zeit, die wir nicht erübrigen konnten.

»Geht es dir gut?«, erkundigte sich Gareth.

Phi und Adam schritten schweigend voran, wobei sie immer wieder Ästen auswichen, weil der Wald so dicht bewachsen war. Dieser Anblick versetzte mich zurück ins Spiegelmoor. Die Bäume standen so eng beieinander, dass Äste und Zweige fast eine undurchdringliche Mauer bildeten und wir mussten nicht nur einmal einen anderen Weg suchen, um voranzukommen. Eine Machete wäre nicht schlecht gewesen. Aber immerhin lebten hier nicht diese wolfsartigen Wesen, denen wir damals nur knapp entkommen waren. Hoffentlich.

»Ich habe nur noch diesen einen Plan, Gareth, und eigentlich kann man es nicht mal Plan nennen«, gestand ich, knickte einen Zweig ab und trampelte über einen knöchelhohen Strauch, der trotz des mangelnden Sonnenlichts einen Großteil des Waldbodens bewucherte.

»Wenn er nicht helfen will, werden wir uns etwas anderes überlegen. Das wäre nicht das Ende.«

»Was wäre das Ende?« Etwas Absolutes. Schlecht? Katastrophal? Meine Schuld?

»Ich schätze, das wissen wir, wenn wir dort angekommen sind.«

Ich streckte einen Arm aus und hielt Gareth an einer Hand fest, wartete, bis er meinen Blick erwiderte.

»Das war mein Ernst«, beharrte ich. »Wann wird es zu Ende sein? Die Frage müssen wir uns zwangsläufig stellen.«

»Wird uns das auch die Antwort bringen, obwohl wir noch nicht dafür bereit sind?« Mit dem Daumen strich er über mein Kinn. Sanft. Zärtlich. Eine Liebkosung, in die ich mich hätte fallen lassen können.

»Warum sollten wir nicht dafür bereit sein?«

Kleine Fältchen bildete sich um seine Augen, als würde er ein nachsichtiges Lächeln unterdrücken. Er beugte sich vor und hauchte einen Kuss auf meine Stirn.

»Hey, wir haben was gefunden!«, ertönte Adams Stimme zum denkbar ungünstigsten Zeitpunkt.

Seufzend lächelte ich Gareth an, bevor ich die Distanz zwischen Adam und uns überbrückte. Es war besser so. Ich sollte mich nicht von meinen Gefühlen ablenken lassen. Nicht jetzt, da so viel auf dem Spiel stand. Mehr als mein Leben. Mehr als meine Rache.

Adam und Ophelia hatte eine natürliche Plattform oben zwischen zwei Bäumen gefunden. Mehrere Äste waren verknotet zusammengewachsen und boten so genügend Platz, um darauf stehen und durch die dichte Baumkrone einen Blick auf unsere Umgebung erhaschen zu können. Adam erkannte schließlich, wo wir uns befanden und dass wir uns weiter in südlicher Richtung fortbewegen mussten, bis wir die Wüste und schließlich die Hamnea erreichen würden.

Die Hamnea und ihr Häuptling Dashan, der mich hoffentlich anhören und nicht gleich wieder abschieben würde. Er war meine letzte Hoffnung und ich wusste nicht, was ich tun sollte, wenn er uns seine Hilfe verweigern sollte. Mit ihm und seinem Volk hatte alles begonnen, es war nur richtig, dass auch sie es sein würden, die es beendeten.

Nach unbestimmter Zeit, in der wir schweigend wanderten, lichtete sich der verwachsene Wald insoweit, dass wir uns den Weg nicht mehr brutal erkämpfen mussten. Die Bäume standen weiter auseinander und die Kronen ließen mehr Sonnenlicht durch, auch wenn wir davon nicht mehr ganz so viel hatten, da sich der Tag allmählich dem Ende neigte. Die Zeitverschiebung machte uns nur bedingt zu schaffen, schließlich waren wir auf der Erde mal tagsüber und dann wieder nachts wach. Nun spürte ich allerdings die Erschöpfung in meinen Gliedern, die noch von meinen Verletzungen rührte. Wir rasteten in einem Kastanienhain, der genügend Schutz vor dem aufkommenden Wind bot.

Gareth und Adam gingen auf die Jagd, damit wir unsere Vorräte für die restliche Reise aufsparen konnten. In der Wüste würden wir vermutlich keine Möglichkeit haben, an Wasser oder an Fleisch zu kommen. Ophelia kümmerte sich um das Feuer und ich sammelte Beeren und Wurzeln, bei denen ich mir sicher war, dass sie essbar waren. Nicht alles unterschied sich von unserer Erde.

Nachdem wir alle gesättigt waren, lehnte ich mit dem Kopf an Gareths Schulter und lauschte seinem stetigen Atem. Phi säuberte ihre Waffen und Adam versuchte mit einem Grashalm an seinen Lippen Laute zu erzeugen.

»Was hältst du davon, mich zu trainieren?«, raunte Gareth an meinem Haar.

Stirnrunzelnd legte ich meinen Kopf in den Nacken und sah ihn entgeistert an. Erlaubte er sich einen Scherz mit mir?

Lachend strich er mir über die Wange. »Ich will versuchen, mich zu wandeln, ohne die Kontrolle zu verlieren. Das kann ich aber nicht allein.«

»Verstehe«, antwortete ich vorsichtig. »Aber ich weiß nicht, ob ich dir dabei helfen kann.«

»Wenn es jemand kann, dann du. Ich habe dich kämpfen sehen und obwohl du dich am Anfang deiner Ausbildung von deiner Wut hast leiten lassen, hast du es überwunden. Du lerntest, deine Gefühle zu kontrollieren.«

»Du hast es mir beigebracht«, entgegnete ich.

»Und trotzdem scheine ich es nicht selbst anwenden zu können.«

»Aber ist es Wut, die dich die Kontrolle verlieren lässt?«

»Nein und da liegt der Punkt – ich weiß nicht, was es ist, aber allein werde ich es nicht herausfinden können«, betonte er mit einem nervösen Zittern in der Stimme. So aufgewühlt hatte ich ihn selten gesehen und ganz egal, was ich von seinem Vorschlag hielt, ich würde ihn nicht ablehnen können. Wir würden gemeinsam einen Weg finden.

»Dann lass uns loslegen.« Ich sprang auf und klatschte in die Hände, sodass mich die anderen drei fragend ansahen. Phi wirkte gar, als würde sie meinen geistigen Zustand anzweifeln.

»Dir ist schon klar, dass wir uns auf feindlichem Gebiet befinden, oder? Und von den mörderischen Wesen will ich gar nicht erst anfangen«, sagte sie trocken.

»Gareth braucht unsere Hilfe«, verkündete ich.

»Aly …«, warnte mich mein Geliebter, doch ich schenkte ihm bloß ein nachsichtiges Lächeln. Anscheinend gefiel es ihm nicht, dass ich die anderen miteinbezog.

»Ich schätze dein Vertrauen, aber wenn du erst außer Kontrolle gerätst, werde ich dich nicht allein aufhalten können. Sie sollten uns helfen, wenn es so weit ist. Damit meine ich allerdings nicht jetzt.«

»Worüber reden wir?« Adam blickte von Gareth zu mir und wieder zu seinem Freund. »Gareth?«

»Willst du mir sagen, dass du unser Gespräch gerade wirklich nicht belauscht hast?« Gareth stieß ein abfälliges Geräusch aus.

»Tut mir leid, aber ich war mit meinem Grashalm beschäftigt.«

»Weißt du, ich frage mich, ob Elle wirklich deine Tochter ist. Ihre Intelligenz scheint sie weder von dir noch von Lystra geerbt zu haben«, entgegnete Gareth.

»Du bist so was von tot!«, knurrte Adam, ehe er sich auf Gareth stürzte und sich noch im Sprung wandelte. Gareth prallte rücklings gegen einen Birkenstamm, dann fletschte er die Zähne.

Ich konnte zum allerersten Mal beobachten, wie der Dämon aus ihm hervorbrach und mir wurde bewusst, dass er Adam aus diesem Grund provoziert hatte. Er wollte angegriffen werden, um einen Grund zu haben, sich zu wandeln. Ich konnte nichts tun, um das zu verhindern. Was dachte er sich bloß dabei?

Seine Finger verlängerten sich, wurden zu schwarzen, geschärften Krallen. Gareth kreuzte sie vor seiner Brust und konnte damit Adams Attacke erfolgreich blockieren. Unter seinen sinnlichen Lippen schoben sich riesige Fänge hervor, mit denen er jedem Lebewesen problemlos die Kehle herausreißen könnte. Die vernarbten Kratzer in seinem Gesicht trugen zu dem Bild eines bösartigen Raubtiers bei. Ich erschauderte bei dem Anblick. Doch das Schlimmste an der Wandlung waren die pupillenlosen Augen, die Gareth so weit von mir entfernten.

Durch seine Augen konnte ich in seine Seele sehen, aber nun wirkten sie fremd. Andersartig. Gefährlich.

Sie erinnerten mich an Aeshma in Colins Körper.

Adam knurrte, Gareth erwiderte dies und als die beiden das nächste Mal aufeinanderprallten, war ich mir sicher, dass niemand von ihnen lebendig aus diesem Kampf hervorgehen würde. Sie wirkten kräftemäßig auf gleicher Ebene, auch wenn Adam öfter einen Schritt zurücktat, um Gareths Kraft zu kompensieren. Ophelia hatte sich neben mich positioniert, als würde ich sie vor den Wahnsinnigen schützen können.

Schließlich erkannte ich, dass es Gareth nicht helfen würde, den Kampf fortzusetzen. Dadurch würde er keine Kontrolle erlangen, auch wenn ich … seltsam erleichtert war, ihn nun in seiner *wahren* Form zu sehen.

Das war der Mann, der Dämon, den ich liebte und ich wollte alles von ihm wissen. Jede Einzelheit über ihn kennen. Nichts sollte mehr zwischen uns passen. Kein Blatt Papier, kein Missverständnis. Ich wollte ihn bei mir haben, in mir und ihn nie wieder gehen lassen.

Ziemlich verrückt.

»Adam, zieh dich zurück«, befahl ich dem älteren Königsdämon, weil ich ahnte, dass mir Gareth im Blutrausch nicht zuhören würde. Erst einmal würde er den Kampf unterbrechen müssen. Mit Adams Hilfe, der nun versuchte, sich von seinem Freund zu lösen.

Gareth hielt von seinem Rückzug jedoch nur sehr wenig, da er Adam weiterhin mit seinen Krallen attackierte, bösartig knurrte und die schnellsten Angriffsstafetten ausführte, die ich je gesehen hatte.

»Scheiße.«

Allmählich begann ich zu verstehen, was er damit gemeint hatte, dass ihn niemand aufhalten konnte, sobald er sich einmal gewandelt hatte. Er würde in diesem Zustand jeden, der sich ihm in den Weg stellte, angreifen und auch bei mir würde er nicht aufhören.

Ich zog eines meiner Messer und schlich um die beiden Kämpfenden herum. Sie tauchten gerade in ein Meer aus blauen Farnen ein, um im nächsten Moment daraus wieder keuchend hervorzukommen. Auf Adams Wange prangten vier Kratzer, die aber weniger schlimm aussahen als die Narben auf Gareths Gesicht. Anscheinend hatte er sich rechtzeitig aus dem tödlichen Griff befreien können.

Nachdem sie sich mehrmals um ihre eigene Achse gedreht hatten, um den jeweils anderen mit gezielten Schlägen zu treffen, gelang es mir, mich hinter Gareth zu positionieren – halb hinter einer Ulme versteckt.

Innerlich zählte ich bis drei, dann sprang ich auf Gareths Rücken und presste die Klinge an seinen Hals. Er erstarrte augenblicklich. Dadurch verlor ich beinahe meinen Halt um seine Mitte.

Eilig festigte ich meine Beine um seinen Bauch und presste das Messer fester an seine Haut, bis das erste Blut tropfte.

Adam hob die Hände, wandelte sich langsam zurück und wich ein paar Schritte zurück.

»Eine falsche Bewegung und ich schlitze dir die Kehle auf«, wisperte ich wie eine Liebkosung in sein Ohr.

Seine Muskeln waren angespannt. Ich spürte jede Bewegung seiner Schultern, seines Rückens, während er tief ein- und ausatmete. Noch immer hielt er inne, doch das Zittern seiner Arme verriet, dass er auf den Moment wartete, in dem er zuschlagen und mich überwältigen könnte. Das wäre mein Tod.

Mein Herz schlug heftig in meiner Brust, als ich meine freie Hand auf seine legte und erkannte, dass es darin ebenso schnell klopfte. Und ich wusste, dass Gareths Herz im normalen Kampf kaum jemals derart strapaziert wurde.

»Du weißt, dass ich es tue, weil du daran nicht sterben wirst«, sagte ich weiterhin leise, sanft. Ich versuchte, ihm etwas von meiner Ruhe zu geben. »Jetzt konzentriere dich auf deine Atmung. Vergiss den Hunger in dir. Die Lust nach Blut. Bleib ga-« Ich kam nicht dazu, den Satz zu beenden, da seine angespannten Arme sekundenschnell nach oben flogen. Er packte meine Handgelenke mit den Krallen, um das Messer zu entfernen, und obwohl ich wusste … ich wusste, dass es meinen Tod bedeuten könnte, war ich nicht dazu imstande, meine Drohung wahr werden zu lassen.

Mein Zögern wurde grausam bestraft.

Gareth zog mich in einer fließenden Bewegung von seinem Rücken und schleuderte mich gegen Adam, der mich nur mit Mühe auffangen konnte.

»Entschuldige«, nuschelte ich, als ich versuchte, mich aufzurappeln.

»Passt auf!«, brüllte Ophelia und ich drehte mich gerade rechtzeitig um, um zu sehen, wie Gareth das von ihr geworfene Messer aus der Luft heraus auffing und zu ihr zurückwarf. Sie konnte sich gerade noch zur Seite werfen, um nicht aufgespießt zu werden.

Ich hatte gezögert und nun hatten wir einen wahnsinnigen Königsdämon unter uns. Verflucht. Gareth hätte uns mehr Zeit geben sollen, um uns darauf vorzubereiten. Uns einen Plan zu überlegen.

»Derselbe Streich funktioniert nicht zweimal, oder?«, fragte ich hilflos.

»Ich lenke ihn ab und du …«, begann Adam, doch ich hob eine Hand.

»Bring Ophelia weg«, bat ich ihn, ohne den Blick von Gareth zu nehmen, der knurrend in meine Richtung sah. Er schien noch unentschlossen zu sein, auf wen er sich als nächstes stürzen sollte. »Jetzt!«

Ich lief brüllend auf Gareth zu und hoffte, dass sich Adam an meine Anweisung hielt, damit Gareth nicht das Leben der Jägerin auf dem Gewissen hatte, sollte etwas schiefgehen. Und mit etwas meinte ich *alles*.

An seinen verengten Augen merkte ich eine Sekunde, bevor ich ihn erreichte, dass ihn meine Handlung überraschte. Er hob seine Krallen, mit denen er mich vermutlich aufgespießt hätte, wenn ich mich nicht instinktiv zur Seite gedreht hätte. Ich stieß mit meinem Messer zu, doch er blockte den Schlag mit seinem Unterarm ab. Meine Seite war ungeschützt, was er sofort mit den Krallen der anderen Hand bestrafen wollte. Aber ich hatte von ihm gelernt, wie man sich erfolgreich verteidigte.

Das Problem war nur, dass es nicht mehr ausreichte. Gareth konnte länger durchhalten. Seine Kräfte ließen weniger schnell nach als meine.

»Komm zu dir, verdammt!«, fauchte ich ihn an und erntete bloß ein launisches Brüllen. »Du mich auch.«

Ich stolperte rückwärts, als ich die Kraft, die hinter seinem Schlag lag, unterschätzte, und prallte gegen den Stamm einer Buche. Er schlug zu. Ich duckte mich und er traf mit den Krallen den Baum anstatt mich.

Eine Sekunde.

Für eine Sekunde steckte er fest und dieses Mal zögerte ich nicht, auch wenn es mir bei lebendigem Leib das Herz herausriss. Ich duckte mich unter seinen anderen schwingenden Arm hindurch, stellte mich hinter ihn und durchschnitt in einer fließenden Bewegung seine Kehle.

Blut spritzte für einen Wimpernschlag hervor, ehe es in einem stetigen Strom seine Vorderseite hinabfloss. Er zog seine Krallen aus dem Stamm hervor. Ein Schritt nach hinten folgte. Zwei, dann fiel er auf seine Knie und suchte meinen Blick, als ich um ihn herumtrat. Seine Augen schimmerten und Sekunden später erschienen wieder schwarze, perfekte Pupillen. Die Krallen verkleinerten sich zu Fingern und die Fänge wurden zu normalen Zähnen.

Mehr brauchte ich nicht, um neben ihm auf die Knie zu sinken und ihn in die Arme zu schließen. Den Dolch ließ ich zu Boden fallen.

»Du bist wieder da«, schluchzte ich und presste meine Lippen an seine bleiche Stirn.

Er schluckte mehrmals schwer. Vermutlich drohte er am Blut zu ersticken. Also legte ich ihn seitlich hin, damit er besser atmen konnte, während die dämonische Heilfähigkeit ihren Rest tat. »Vergib mir, Aly«, keuchte er schließlich mit rauer Stimme. »Ich dachte nicht … Ich …«

»Ganz genau, du hast nicht nachgedacht. Verflucht!«

»Ich hatte allerdings recht«, antwortete er heiser, als er mich mit zittrigen Händen an seine Seite presste. Es nervte mich, dass ich unfähig war, genügend Zorn aufzubringen, um mich von ihm loszureißen. Er hatte mir eine Heidenangst eingejagt und das Blut einer weiteren folgenschweren Entscheidung klebte nun an meiner Haut. Ich wollte nicht dazu fähig sein, der Person, die ich am meisten auf dieser Welt, auf allen Welten liebte, körperlich derart wehzutun. Und nun hatte mich genau diese Person dazu gezwungen, der Wahrheit ins Auge zu sehen – ich war vollkommen skrupellos. Widerwärtig. »Du hast mich zurückgeholt.«

Diese Worte … Sie entfachten schließlich die Wut, die ich zuvor vergeblich gesucht hatte. Zornig schubste ich ihn von mir, ohne aufzustehen, dazu fühlte ich mich nicht imstande. Meine Beine, meine Arme fühlten sich wie aus Gummi an.

»Und zu welchem Preis, Gareth?« Ich blinzelte energisch die Tränen fort, die sich hartnäckig in meinen Augen sammelten und mich tausend Sterne sehen ließen. »Du hast mich dazu gezwungen, *dir* wehzutun. Ist dir eigentlich klar, wie viel mich das gekostet hat? Kosten wird?«

Er öffnete den Mund, schloss ihn aber sogleich wieder, als er die Tränen wahrnahm, die nun über meine Wangen rannen.

»Ich liebe dich mehr als mein Leben und trotzdem musste ich gerade eine Klinge durch deine Kehle führen. Auch wenn es für dich kein Todesstoß war, hat es das nicht einfacher gemacht.« Zittrig holte ich Atem. »Ich verstehe dein Bedürfnis nach Kontrolle und ich will dir helfen, aber nicht so … nicht so überstürzt. Gerade dies hat Noah das Leben gekostet.«

»Aly …«

Ich blickte zur Seite, leckte mir über die trockenen Lippen und wischte mit dem Handrücken über meine Wange. Dann, ganz langsam, wandte ich mich Gareths entsetztem Gesicht zu.

»Ich lasse nicht zu, dass du so mit diesem Verlust umgehst. Ich lasse nicht zu, dass ich dich deswegen verliere. Du bist mein Leben, vergib es nicht derart leichtfertig.«

Er streckte seine Hand in meine Richtung aus. Uns trennte nicht mehr als zwei Fuß und trotzdem erschienen sie mir in diesen Augenblicken wie hundert Millionen Dimensionen. Reichte meine Liebe aus, um diese Distanz zu überbrücken? War seine Liebe genug, um uns zu retten? Bebend, voller Zweifel und mit zärtlicher Langsamkeit legte ich meine Hand, mein Leben in die seine und lauschte dem erleichterten Aufatmen, das daraufhin folgte.

»Es gibt keine Entschuldigung, die das wiedergutmachen wird, was ich zerstört habe, Aly, und trotzdem hoffe ich, dass du mir vergeben kannst.« Seine Stimme war fester als zuvor. Sie gehörte *meinem* Gareth. »Ich befürchte, nicht mehr ganz ich selbst zu sein nach allem, was geschehen ist. Dein Leben ist das einzige, das mir etwas bedeutet. *Du* bist wichtig. Ich sagte es dir bereits: Du bist das Licht in einer Welt voll Schatten. Es tut mir leid, dass ich heute der Schatten war.«

»Heute überlebe ich das, morgen vielleicht nicht«, sagte ich leise. »Sei er nie wieder.«

35. Kapitel

Wir brauchten einen weiteren Tag, um den Rand des Waldes zu erreichen. Bis zum Herzen der Wüste, in der sich hoffentlich das Lager der Hamnea befand, würde es jedoch noch ein paar Tage dauern.

Gareth hatte sich bei Adam und Ophelia entschuldigt, die natürlich nichts davon hören wollten, was sein schlechtes Gewissen noch vergrößerte.

»Konzentriere dich lieber auf etwas Positives«, sagte ich mit einem aufmunternden Lächeln, als ich neben ihm her schlenderte und mit einem Finger über die Brandwunde an meiner Hand fuhr. Ein Erinnerung an Avnas. Wir waren auf der Suche nach trockenem Holz für ein Lagerfeuer, das ungebetene Besucher von uns fernhalten sollte. Zumindest wurden Plucks und L'Uchras davon abgeschreckt und gegen jedes andere Wesen konnten wir uns notfalls verteidigen, ohne uns zu sehr zu verausgaben.

»Du hast leicht reden«, murmelte Gareth, was so gar nicht zu ihm passte. Es zeigte einmal mehr, wie sehr ihn die Wandlung und meine Rolle darin mitgenommen hatten. Nachdem ich ihm gebeichtet hatte, was in mir vorgegangen war, warf er mir ständig besorgte, gar unsichere Blicke zu. »Sie haben dich nicht so gesehen … Als wildes Tier.«

»Hast du es nicht provoziert?« Ich blieb stehen und beobachtete seine angespannten Bewegungen, die ihn um eine Erle herumführten. Er bückte sich, hob einen vier Zoll langen Ast auf und wog diesen unruhig in der Hand. »Du wolltest, dass dich Adam angreift. Du wolltest dich wandeln.«

»Ich dachte …« Er atmete tief durch die Nase ein. »Während unserer Flucht aus Billings hatte ich eine Art … Erkenntnis. Ich habe erkannt, dass ich all die Jahre von Dorian auf die eine oder andere Weise manipuliert worden bin und irgendwann das Vertrauen in mich selbst und in meine Fähigkeiten verloren habe. Das ist der Grund. Ich …«

Abwartend lehnte ich mich gegen einen Baumstamm und verschränkte die Hände ineinander, damit sie nicht abfroren. In der Nacht sanken die Temperaturen ganz schön tief, wie wir erst vor ein paar Stunden am eigenen Leib erfahren hatten.

Als jedoch klar wurde, dass Gareth den Satz nicht mehr beenden würde, leckte ich mir über die Unterlippe und dachte genau über meine nächsten Worte nach. Sie waren wichtig.

All die vergangenen Monate hatte ich mich auf Gareth verlassen können. Er war immer für mich da gewesen. Mein Fels in der Brandung. Jetzt musste ich diese Person für ihn sein.

»Du fürchtest dich.« Ich gab meiner Stimme einen neutralen Klang, da ich ihn nicht verschrecken wollte. Er sollte sich mir nicht wieder verschließen. »Also müssen wir dich zur Ruhe bringen.«

Ganz langsam hob er seinen Blick, ohne etwas von seinen Gefühlen preiszugeben. Es war beinahe zum Verrücktwerden. Wie konnte er sich derart emotionslos geben, wenn ganz sicher in seinem Inneren ein Sturm tobte?

»Du hast einen Plan?«

Ich stieß mich leicht von dem Stamm ab, hob eine Schulter und näherte mich ihm.

»Meditation.« Allein seine unnatürliche Starre verriet mir sein Erstaunen und es hätte mich zum Lachen gebracht, wenn mir sein Wohl nicht derart am Herzen gelegen hätte. »Ich weiß, was du jetzt denkst, aber ich bin mir sicher, dass es dir helfen wird, deine Angst zu bändigen.«

»Ich würde es nicht als Angst bezeichnen …«

»Als was dann?«

Er schwieg für einen Moment. »Unsicherheit vielleicht.«

Das war wohl das einzige Zugeständnis, das er an diesem Abend machen würde. Ich bemühte mich, nicht die Augen zu verdrehen. »Fein. Dann wird es dir bei deiner Unsicherheit helfen. Wie du mir einst sagtest, du bist stark. Stärker als jeder andere Königsdämon und deine Unsicherheit über das Ausmaß deiner Kraft lässt dich die Kontrolle verlieren. Der zweite Teil meines *Plans* ist es, dich herauszufordern.«

»Ich dachte, das sollten wir gerade nicht tun?«

»Ich meine damit in einer kontrollierten Umgebung. Wir werden uns schon was einfallen lassen.« Lächelnd streckte ich ihm eine Hand hin. »Bist du dabei?«

Er umfasste meine Hand, ließ seinen Daumen über meine Haut kreisen, ehe er die Knöchel mit seinen Lippen berührte. All dies, ohne seine Augen von meinem Gesicht zu nehmen.

»Für dich tu ich alles.«

Er hielt sich an sein Wort. Noch am gleichen Abend führte ich ihn zu einem von unserem Lager abgelegenen Ort in der Nähe eines glucksenden Baches. Es war kalt, aber wenn alles nach Plan lief, würden wir die Kälte schon bald nicht mehr spüren.

»Während meiner Ausbildung durch Lucy war ich oft ungeduldig und unruhig. Ich leistete mir Fehler, wenn sich das Warten zu lang hinzog. Erst im Moment des Angriffs konnte ich mich auf meine Instinkte verlassen. Davor war ich meistens ein nervliches Wrack«, gestand ich ihm.

Er hatte seine Hände in den Jackentaschen vergraben und sah mich reglos an, als wäre er sich noch nicht sicher, ob er lachen oder weinen sollte. Ich versuchte, seine Skepsis nicht persönlich zu nehmen, da es mehr um ihn als um mich ging. Der Sturm in seinem Inneren machte ihm Angst und er gab sein Bestes, sich diese Furcht nicht anmerken zu lassen. Unglücklicherweise war sie es auch, die ihn die Beherrschung verlieren ließ.

Die Erkenntnis hatte sich unbewusst angeschlichen, ich hatte nicht einmal darüber nachdenken müssen, aber ich war mir sicher, dass dies der Grund, der Auslöser für seinen Kontrollverlust sein musste.

»Du? Ein nervliches Wrack?« Ein gutmütiges Lächeln zupfte an seinem linken Mundwinkel. »Kaum vorstellbar.«

»Tut mir leid, dich enttäuschen zu müssen, aber nicht alle sind so perfekt geboren wie du.«

»Wenn ich perfekt wäre, würde ich nicht deine Hilfe brauchen«, erwiderte er schneidend.

»Gareth …«

Er stieß ein tiefes Seufzen aus und fuhr sich mit einer Hand durch sein dunkelbraunes Haar, das er während der letzten Wochen nicht geschnitten hatte und das daher länger war als gewöhnlich. Einzelne Strähnen bewegten sich im sanften Wind auf seiner Stirn.

»Verzeih mir, lass uns weitermachen«, flehte er beinahe, das Thema fallen zu lassen, aber ich konnte nicht.

»Es ist kein Weltuntergang, Hilfe anzunehmen, Gareth«, sagte ich mit Bedacht, kämpfte dagegen an, mich ihm anzunähern. Er brauchte diesen Abstand für sich selbst. Vielleicht auch für uns. »Das macht uns stark. Ich musste es auch erst erkennen und ja, man fühlt sich unzureichend, aber das ist nicht das, was Hilfe annehmen bedeutet. Du lernst, deine Fähigkeiten einzuschätzen und dich zu verbessern – mit der Hilfe eines anderen. Mit *meiner* Hilfe. Du vertraust mir doch, oder?«

»Natürlich«, antwortete er so schnell, als würde er mir damit zeigen wollen, dass ich verrückt war, überhaupt so eine Frage zu stellen.

»Dann hör auf damit, gegen meine Hilfe anzukämpfen und deine Unsicherheit vor mir verstecken zu wollen«, beharrte ich nun etwas energischer. »Ich weiß, dass sie da ist und ich liebe dich deshalb nicht weniger.«

Er schwieg für lange Zeit. Jeden Satz ließ er sich durch den Kopf gehen, dachte über unsere Worte nach und kam schließlich zu einem Ergebnis.

»In Ordnung.«

Ich unterdrückte ein erleichtertes Seufzen. Für einen kritischen Moment dachte ich wirklich, er würde sich endgültig von mir abwenden. Wir hatten so vielen Widerständen getrotzt, dies sollte uns jetzt nicht das Genick brechen.

»Gut. Also, wo war ich?« Ich legte gespielt nachdenklich einen Finger an meine Lippen. »Ach ja, ich strapazierte Lucys Geduld tagtäglich, bis ihr der Faden riss und sie mich zu einem Freund brachte. Er lehrte mich das Meditieren. Es half mir, die Energie in meinem Körper umzuleiten, für etwas anderes zu benutzen oder, wenn es die Situation verlangte, für einen späteren Zeitpunkt zu *verstauen*. Stell dich neben mich hin. Beine ein Stück weit auseinander. Beim Einatmen durch die Nase heben wir unsere Arme nach oben und beim Ausatmen wieder nach unten.«

Ohne noch einmal meine Autorität infrage zu stellen, gehorchte er meinen Anweisungen und ich spürte beinahe körperlich, wie sich die Atmosphäre um uns herum entspannte.

Dunkelheit lag über uns, doch die anderthalb Monde boten genügend Licht, um uns zurechtzufinden.

»Spann deine Muskeln an und beim nächsten Ausatmen führen wir unsere Hände vor dem Brustkorb zusammen. Nasenspitze gen Fingerkuppen«, sagte ich mit leiser Stimme. »Tief ein- und wieder ausatmen. Lass alles fallen, was ein Kribbeln in deinem Bauch hervorruft. Das dich unruhig werden lässt. Tauche tiefer in dich selbst ein und suche nach dem, was dich hemmt.«

Wir verbrachten die nächsten zwei Stunden damit, verschiedene Bewegungsstafetten auszuführen. Immer auf die Atmung bedacht. Irgendwann war ich so in mich selbst eingetaucht, dass ich Gareth keine Anweisungen mehr geben konnte. Er schien sie allerdings auch nicht mehr zu brauchen und gab sich ganz seinem inneren Rhythmus hin, bis tiefe Ruhe in ihm eingekehrt war.

Nachdem wir das Training für beendet erklärt hatten, kehrten wir zu Phi und Adam zurück, die sich mittlerweile in ihre Decken gehüllt hatten. Die Flammen des Feuers warfen Schatten auf ihre schlafenden Gesichter. Ich war mir jedoch sicher, dass sie bei der kleinsten Andeutung von Gefahr erwachen würden.

Gareth und ich kuschelten uns eng aneinander. Seine Brust presste er an meinen Rücken und sein Arm lag an meiner Taille, wo er mich sanft streichelte.

»Ich liebe dich.« Er hauchte einen Kuss auf meinen Nacken.

Ich war schon halb eingeschlafen, spürte mehr, als dass ich es bewusst steuerte, wie ich eine Antwort nuschelte

»Wie kommt ihr voran?«, fragte mich Phi, als wir nebeneinander über die Sanddüne wanderten.

Adam und Gareth schritten uns voraus. In der gleißenden Sonne verschwammen ihre Silhouetten und wirkten wie Sinnestäuschungen, die ich bei meinem ersten Aufenthalt hier zur Genüge gehabt hatte.

»Besser, jetzt, nachdem er sich nicht mehr gegen die Wahrheit wehrt. Ich habe nur noch keine Ahnung, wie wir seine neue Ruhe überprüfen können«, sagte ich, während ich meine behelfsmäßige Mütze tiefer ins Gesicht zog, um meine Augen und mein Gesicht zu schützen.

»Vielleicht kann euch Dashan helfen. So heißt doch der Häuptling, nicht wahr?«

Ich nickte. »Schon, aber ich bin mir nicht sicher, ob Gareth dazu bereit ist, einem fremden Volk seine Schwäche zu offenbaren. Gleichzeitig traue ich mich nicht zuzulassen, dass er sich unvorbereitet wandelt. So oder so, es gibt dringendere Probleme als seinen Kontrollverlust, so sehr es mich auch schmerzt.«

»Meinst du, wir kommen noch rechtzeitig zurück? Aeshma ist genauso gnadenlos wie Morrigan. Vielleicht sogar noch mehr, weil er wie Billings nur auf der Seite von Königsdämonen ist.«

»Einen schnelleren Plan hatte ich nicht«, murrte ich, da ich dies als Kritik auffasste. Ich wusste, dass Phi es nicht als solche gemeint hatte, aber ich sah selbst den Fehler in meinem Plan und es gab keine Möglichkeit, diesen zu korrigieren. Zeit war etwas, das wir nicht entbehren konnten, aber gleichzeitig waren wir nicht dazu imstande, unser Vorankommen zu beschleunigen. Ich hoffte auf Dashans vollkommene Kooperation, damit er uns nicht weiter aufhielt. Zudem würden Hadley, Bird und Ian zu lange an unserem Treffpunkt warten und meine Gäste könnten die Geduld verlieren.

»Ich weiß. Keiner von uns hatte einen.« Phi lächelte schief.

Plötzlich drehten sich Adam und Gareth zu uns herum und rannten auf uns zu. »Wir werden verfolgt.«

»Umkreist wohl eher«, korrigierte Gareth seinen Freund.

Wir zogen unsere Waffen, blinzelten gegen die Sonne an und versuchten, natürliche Schattenformationen von denen zu unterscheiden, die uns ganz offensichtlich verfolgten. Ich wusste nicht, was meine Begleiter gesehen hatten, aber ich vertraute ihren verfeinerten Sinnen.

Irgendetwas war dort draußen und machte Jagd auf uns.

Die … Wesen bewegten sich unter der Sandoberfläche fort und zogen so Linien hinter sich her. Eines von ihnen tauchte direkt vor meinen Füßen auf. Mir blieb gerade genug Zeit, einen Schritt zurückzuweichen, sonst wäre ich vom Stachel seines eingerollten Schwanzes erwischt worden.

Sein Körper bestand aus dicken Chitinplatten, die übereinanderlagen, sodass es sich noch immer wendig bewegen konnte, als es ein weiteres Mal auf mich zu krabbelte. Es erinnerte mich an einen riesigen Skorpion mit zwei Zangen, die aus seinem Mund herausragten und mit denen er mich nun attackierte.

Aus dem Augenwinkel nahm ich wahr, wie auch die anderen gegen Riesenskorpione kämpften, die immer wieder abtauchten, um dann einen Überraschungsangriff zu starten. Unsere Gruppe wurde auseinandergerissen, weil wir ständig auf der Hut sein mussten und auf keiner Stelle stehen bleiben konnten, aus Angst, dass unter uns ein Monster hervorbrach.

Es war kompliziert, mich zu verteidigen, da die Angriffe hauptsächlich auf meine Beine abzielten und ich nur ausweichen konnte. Mein Messer war keine geeignete Waffe, um durch den Panzer zu dringen, der in der Sonne in verschiedenen Brauntönen glänzte. Schweiß rann mir den Rücken hinab und das Atmen fiel mir schwer. Meine Kehle war vom Sand und der Hitze ganz aufgeraut.

»Du kleines Vieh«, zischte ich, als seine Zange meine Hose aufschlitzte. Instinktiv holte ich aus und trat zu, schaffte jedoch nichts anders, außer mir selbst die Zehen zu verletzen und den Skorpion unter den Sand zu scheuchen.

Schwer atmend beobachtete ich die unruhigen Bewegungen unter dem Meer aus Sand ganz genau und bewegte mich weiter von ihnen fort, bis sie plötzlich verschwanden. Mein Herz pochte unfassbar schnell. Ich wagte einen Blick zu Gareth, der sich nicht verwandelt hatte, aber genauso Schwierigkeiten hatte wie Adam und Phi. Es schien, als würden die Skorpione keine Schwachstellen besitzen und uns lediglich müde machen wollen, damit sie zum entscheidenden Schlag ausholen könnten.

»Wir müssen sie irgendwie loswerden«, schrie ich meinen Freunden zu, obwohl sie vermutlich schon selbst zu der Erkenntnis gelangt waren. Ich hoffte allerdings, dass sie eine Lösung fanden, bevor … »Scheiße!«

Direkt neben mir steckte der Skorpion seinen Körper durch die Oberfläche und packte meinen Knöchel fest mit seinen Zangen, sodass ich mich nicht bewegen konnte, als er die Spitze seines Schwanzes auf meinen Oberschenkel niedersausen ließ. Ein scharfer Schmerz durchfuhr mein ganzes rechtes Bein und für eine Sekunde war ich unfähig zu atmen. Schwarze Punkte tanzten vor meinen Augen. Ich schrie auf.

Der Schmerz klang nicht ab, als sich der Skorpion von meinem Bein löste und mich dann langsam, mit Bedacht zu umkreisen begann.

Stirnrunzelnd kämpfte ich gegen den Schwindel an und schwankte auf Gareth zu. Oder Adam, ich konnte ihre Silhouetten nicht länger auseinanderhalten.

Aufgeregte Stimmen mischten sich in das Rauschen in meinen Ohren, als ich meine Arme ausstreckte, um mein Gleichgewicht zu halten. Der

Stachel war giftig und der Skorpion, der mir in aller Gelassenheit folgte, wartete lediglich darauf, dass mein Körper den Kampf verlor und ich zu Boden fiel. Erst dann würde er sich über mich hermachen.

In den letzten Jahren hatte ich beinahe täglich damit gerechnet, zu sterben. Das gehörte zur Jobbeschreibung einer Jägerin. Allerdings hatte ich mir nicht vorgestellt, von einem Riesenskorpion gefressen zu werden.

Ich stieß ein trockenes Lachen aus, bevor ein Kribbeln in meinen Gliedmaßen einsetzte. Meine Finger zuckten unkontrolliert, dann folgten Arme und Beine und schließlich wusste ich nicht mehr, ob ich noch stand oder schon hingefallen war. Ich biss mir auf die Lippe und Blut füllte meinen Mund, doch ich war unfähig, die Flüssigkeit auszuspucken und so sammelte sie sich in meinem Rachen, verhinderte, dass ich Luft holen konnte.

Das war also mein Tod.

Es fühlte sich seltsam an. Als hätte sich ein Teil meines Verstandes vom Rest abgelöst und würde den Niedergang meines Körpers nur mit mildem Interesse beobachten. Ich war nicht mehr in mir selbst … und dann war ich überhaupt nicht mehr.

36. Kapitel

Orangerote Flammen, die meine Adern von innen verbrannten. Sie leckten über meine Knochen, meine Muskeln, fraßen sich an meiner Haut satt und nisteten sich in meiner Brust ein, wo sie meine Lunge wie Sauerstoff füllten. Ich schrie und schrie, aber es minderte den Schmerz nicht, also versuchte ich, ihn aus mir herauszukratzen. Es war mir egal, dass ich meinen Brustkorb würde aufbrechen müssen, ich wollte nur diesen Schmerz herausholen. Er war zu überwältigend. Das hielt ich nicht aus. Dafür war mein Körper nicht geschaffen.

Hilfe, brüllte ich in dem Meer aus Flammen, das in mir tobte, und doch konnte mich niemand hören.

Es wurde schlimmer und schlimmer, bevor es mich beinahe umbrachte, als das Wasser durch mich hindurchrollte. Anstatt das Feuer zu löschen, den Schmerz zu lindern und mich zu retten, wurde es zu einer eigenen Gewalt, kostete von meinen verkohlten Überresten und wuchs immer weiter heran, bis mein Körper nur noch aus Feuer und Wasser bestand. Ein immerwährender Krieg.

Als sie sich miteinander verbanden und sich zu einem tödlichen Strudel zusammenschlossen, der mir den Atem raubte, zog ich mich immer tiefer zurück, bis nichts mehr von mir in meinem Körper zurückblieb.

Meine Lider fühlten sich bleischwer an. Ich atmete durch die Nase ein und wieder aus, während ich meine Gedanken nur sehr langsam aus dem zähen Sumpf befreiten konnte. Klebrige Fäden blieben an ihnen hängen und ließen sich nur unter größter Anstrengung kappen. Nach und nach bekam ich wieder ein Gefühl für meinen Körper, spürte meine Arme, Hände, Beine und Füße.

Hinter der Erleichterung, dass ich noch lebte, versteckte sich jedoch ein brodelnder Schmerz, der sich nicht vertreiben ließ. Er saß in jeder Zelle, lauerte auf jede noch so kleine Bewegung, um mich zu attackieren. Brutal. Zischend. Wie eine Schlange.

Das Letzte, woran ich mich erinnern konnte, waren die riesigen Skorpione, von denen wir angegriffen worden waren, und einer davon … hatte mich mit seinem Stachel getroffen und vergiftet. Danach verschwamm alles in Farben und Schmerz. Einer Explosion in meinem Kopf.

Nun lag ich auf einer weichen Unterlage. Der metallische Geschmack in meinem Mund war geblieben, aber ich erstickte nicht länger an meinem eigenen Blut. Wie viel Zeit war vergangen?

Die Frage weckte mich vollends auf. Sie war wie ein Speer, der mir durch die Brust fuhr. Was geschah, wenn ich uns mit meiner Unbedachtheit aufgehalten hatte? Wenn alles zu spät war?

Ganz langsam öffnete ich die Augen und blickte an eine hölzerne Decke, von der ein kleines Windspiel hing. Stöhnend überkam mich ein Déjà-vu-Gefühl. Hatte ich mich nicht erst vor wenigen Tagen in der Heiligen Stätte in einer ähnlichen Situation befunden? Manchmal verabscheute ich meinen schwachen Körper und erst recht jetzt, nachdem ich nicht einmal mehr den Schlüssel besaß, der mir zusätzliche Kraft verlieh. Ich fühlte mich hilflos und schwach.

Ich versuchte, mich aufzurichten, doch meine Gelenke waren bleischwer. Weder meine Arme noch meine Beine ließen sich anheben und Panik breitete sich in mir aus. Was, wenn ich für immer gelähmt war?

»Hallo?«, rief ich, kurz vor einem hysterischen Anfall. »Ist jemand da?«

Meinen Kopf zur Seite drehend konnte ich in dem dämmrigen Licht ein aufgeräumtes, karges Zimmer ausmachen. Neben der Pritsche, auf der ich lag, gab es noch einen Tisch, zwei Stühle, eine Kommode und ein Regal, auf dem diverse Utensilien ihren Platz gefunden hatten. Durch die Tür, die aus zwei breiten, roten Vorhängen bestand, trat Gareth zusammen mit Dashan. Der Häuptling sah noch genauso aus, wie ich ihn in Erinnerung hatte. Eine Glatze, Tattoos in seinem Gesicht und an seinen Handgelenken und ein gestutzter grauer Bart.

»Willkommen zurück«, begrüßte er mich, während Gareth und er an meine Seite traten.

»Ich kann meine Arme und Beine nicht bewegen«, stieß ich atemlos hervor. Ich schämte mich nicht einmal für die Angst, die meine Stimme verzerrte.

Gareth warf mir einen reumütigen Blick zu. »Das liegt an den Fesseln.«

Die Antwort war so überraschend, dass ich in meiner Panik lange genug innehielt, um darüber nachzudenken. Er beugte sich über mich und hantierte an meinem rechten Arm herum. Ein Druck fiel von mir und ich hob den Arm an.

»Was …?«

»Du hast dir selbst wehgetan und so sehr um dich geschlagen, dass uns keine andere Möglichkeit mehr blieb. Dein Körper musste gegen das Gift kämpfen, ohne dass du dich zusätzlich verletzt«, erklärte mir Dashan, während Gareth auch meine restlichen Fesseln löste. Sanft half er mir dabei, mich aufzurichten.

»Feuer und Wasser«, murmelte ich, als ich mich an die Schmerzen zurückerinnerte, die ich in der Intensität noch nie zuvor erlebt hatte.

»Wie bitte?«

»Nichts.« Ich lehnte mich seitlich an Gareth, der sich neben mich auf die Pritsche gesetzt hatte. »Ihr habt also ein Gegenmittel? Was ist passiert?«

»Was ist das Letzte, woran du dich erinnerst?«, fragte Dashan, bevor er sich einen Stuhl heranzog, damit er uns gegenüber sitzen konnte. Ich erzählte ihm von dem Stachel und dass ich daraufhin das Bewusstsein verlor. »Wir sind gerade noch rechtzeitig gekommen. Der Skara hätte dich andernfalls mit unter den Sand gerissen und wir hätten nichts mehr für dich tun können.«

»Skara?« Stirnrunzelnd nahm ich das Wasser an, das Gareth aus einer Karaffe in einen Keramikbecher gefüllt hatte.

»So heißen die Wesen, die euch angegriffen haben. Sie sind eine Plage und wir versuchen schon lange, ihr Volk zu dezimieren. Ein paar unserer Jäger waren ihnen auf den Fersen und sind deshalb rechtzeitig zur Stelle gewesen, um dir das Heilmittel zu verabreichen.« Er warf mir einen langen, durchdringenden Blick zu und ich wusste, dass mir die folgenden Worte nicht gefallen würden. »Du hättest nicht zurückkommen dürfen, Alison Talbot. Hier gibt es nichts für dich.«

Um mir Zeit zu verschaffen, mir eine Antwort zurechtzulegen, nippte ich noch einmal an dem Wasser.

Es ärgerte mich, dass Dashan gerade jetzt das Gespräch suchte, da ich noch nicht wieder vollkommen fit war. Aber vermutlich würde es ohnehin nichts ändern, schließlich hatte ich mit dieser Aussage gerechnet. Schon zuvor hatte er uns jedwede Hilfe verweigert.

»Hier gibt es mehr, als du denkst«, sagte ich langsam und erwiderte den Blick aus seinen hellgrüne Augen, die aufgrund seiner gebräunten Haut noch strahlender wirkten. »Gareth, würdest du uns allein lassen? Nur für einen kurzen Augenblick.«

Der Königsdämon sah aus, als würde er alles andere lieber tun. »Ich bin mir nicht sicher, ob wir ihm vertrauen können.«

»Können wir nicht«, stimmte ich ihm zu. »Allerdings sind wir für den Moment sicher.«

Er drückte noch einmal meine Hand, warf Dashan einen finsteren Blick zu und musste sich dann bücken, um nicht gegen die Türzarge zu stoßen. Die Stoffvorhänge flatterten in dem Luftstoß und ich fragte mich zum ersten Mal, wo wir uns befanden. Sie hatten wohl kaum Häuser mitten in der Wüste errichtet, oder? Bei meinem letzten Aufenthalt hatten wir in Zelten gelebt, die zwar die Sonne abgehalten, in denen sich jedoch die Hitze gestaut hatte.

»Noah ist tot.« Ich hoffte, dass es ihn berühren und damit vielleicht aus der Reserve locken würde. Er interessierte sich vielleicht für keine fremden Dämonen, aber er hatte Noah gekannt, wenn auch nur für kurze Zeit.

»Das wusste ich nicht.« Er presste die Lippen aufeinander. »Ich habe ihn mit anderen Dämonen bekannt gemacht, um euch zu helfen, aber … ich hatte wohl gehofft, dass ihr es alle überleben werdet.«

»Du hast das also nicht in der Zukunft gesehen?«, fragte ich spöttisch.

»Es ist nicht so einfach, wie du es dir vielleicht vorstellst. Anders als bei einer Prophezeiung, sehe ich die Zukunft nicht detailliert vor mir. Ja, ich fühle, schmecke, sehe und rieche, aber es ist, als stünde ich in einem dichten Wald. Nichts kommt klar und ungefiltert bei mir an, sodass ich interpretieren muss, um zu verstehen. Nicht immer liege ich dabei richtig. Nicht immer lässt sich ein Fehler korrigieren oder abwenden.«

»Du versuchst es nicht einmal«, entgegnete ich wütend. Ganz gleich, wie oft ich mich mit Dashan unterhielt, er schien nur so vor weisen Worten zu sprudeln, die im Grunde nicht mehr waren als leere Floskeln.

»Ja, du hast Noah geholfen, aber du hättest genauso gut sein Todesurteil unterschreiben können. Deine Hilfe bestand nur gerade aus dem, was genug war, um dein Gewissen zu beruhigen, aber zu wenig, um wirklich *hilfreich* zu sein.« Ich erhob mich langsam, wartete, bis sich mein Kreislauf beruhigte, und blickte dann auf den Häuptling der Hamnea hinab, der nun weniger angsteinflößend, weniger gefährlich aussah. Ein alter Mann mit noch älteren Prinzipien. »Die Welt hat sich verändert und sie ist kurz davor zu zerbrechen. Meine Welt. Deine Welt. Wir sitzen alle im selben Boot.«

»Was willst du, Jägerin?« Seine Stimme war kühl.

»Es wird Zeit, eine Entscheidung zu treffen, Dashan. Die Opferrolle steht euch nicht«, antwortete ich eisern. »Vor tausend Jahren habt ihr bereits einmal versagt und damit unser aller Schicksal besiegelt. Ihr müsst für das Gleichgewicht, das euch Weltenwanderer so wichtig ist, kämpfen. Vorher war es vielleicht angebracht, euch aus der Politik herauszuhalten, doch die Mächte haben sich verschoben und es gibt keine Balance mehr, die ihr beschützen könntet. Helft mir, helft uns.«

Dashan schlug ein Bein über das andere, wobei die verschiedenen Stoffe seiner Tunika raschelten. »Sag mir eines, Jägerin, wenn wir uns diesem Kampf anschließen, auf welcher Seite wirst du stehen?«

Ich blinzelte überrascht. Wusste er das denn nicht? »Ascias.«

»Das habe ich nicht gefragt.« Ein wölfisches Grinsen erschien auf seinen Lippen, als hätte er das Lamm genau dort, wo er es von Anfang an hatte haben wollen. Mir lief ein Schauer den Rücken hinab. »Auf welcher Seite stehst du?«

Erst jetzt, da er jedes einzelne Wort betonte, verstand ich seine Frage. Ich stellte den nunmehr leeren Becher mit Bedacht auf den Boden.

»Auf der der Menschheit«, wisperte ich.

»Das war die richtige Antwort, auch wenn sie dir schwerfiel, wie ich sehe.« Er neigte den Kopf. »Unser Ziel wird es sein, jeden einzelnen Dämon zurück in diese Welt zu holen. Die Erde gehört allein den Menschen.« Ich traute mich kaum zu atmen, als ich seine Worte vernahm. Hieß das wirklich, er würde uns helfen? »Nicht jeder von uns wird überleben, aber es ist wichtig, dass du es tust. Du musst die Macht der Krone benutzen, um sie alle zurückzubringen.«

»Aber wie …?«

»Nutze die Krone«, war seine rätselhafte Antwort.

»Und du wirst uns wirklich zur Seite stehen?« Ungläubig beobachtete ich ihn beim Aufstehen.

»Meine Krieger stehen euch zur Verfügung. Du hast recht. Vor so vielen Jahren waren wir die Schwäche, die das Böse, das nun herrscht, erschaffen hat. Durch dich haben wir eine Möglichkeit, den Fehler zu korrigieren.« Er griff nach meiner Hand und drückte sie fest. »Bewahre das Wissen vorerst für dich, Alison. Es ist unsere einzige Waffe.« Damit ließ er meine Hand fallen und ging gemächlich aus der Hütte, die plötzlich mehr einem Käfig als einer Zufluchtsstätte glich.

Ich konnte kaum glauben, dass er uns seine Hilfe zugesichert hatte, doch ein bitterer Beigeschmack blieb. Es war nicht schwer gewesen, mich für die Seite der Menschheit zu entscheiden, gleichzeitig konnte ich mir nicht vorstellen, die Welt von *allen* Dämonen zu befreien. Was war mit Gareth?

Es musste einen Weg geben, ihn zu verschonen.

Ich nutzte die Einsamkeit, um mich zu waschen und noch mehr zu trinken. Meine Zunge schmerzte noch an einer Stelle sowie mein Oberschenkel und mein Fußknöchel, um den sich die Zangen des Skaras gelegt hatten. Beim Umziehen bemerkte ich, dass mich jemand an den Stellen bandagiert hatte und ich hoffte inständig, dass dies nicht Dashan gewesen war. Aber wahrscheinlich brauchte ich mir darüber keine Sorgen zu machen. Ich bezweifelte, dass Gareth irgendjemand Fremdes an meinen bewusstlosen Körper herangelassen hatte.

Nachdem ich mich wieder präsentabel fühlte, trat ich aus der kleinen Hütte heraus und stürzte fast in die Tiefe. Im letzten Moment konnte ich mich noch an einem Holzpfahl auf der minimalistisch angelegten Veranda festhalten. Der Schock meines Beinahe-Todes trieb mir kalten Schweiß auf die Stirn.

Ich umklammerte mit beiden Händen den Pfahl, während ich vorsichtig einen Blick über den Rand riskierte. Es ging mehrere Meter in die Tiefe und ich konnte nur gerade so den dunklen Waldboden erkennen. Die Luft war schwül und heiß, was in mir die Vermutung aufkommen ließ, dass wir uns in einer der Oasen befanden. In meiner näheren Umgebung gab es nur Bäume, Baumhäuser und dazwischen instabil wirkende Hängebrücken.

»Oh verfluchte Scheiße«, murmelte ich. »Haben sie noch nie etwas von Geländern gehört?«

»Bei einer Sicherheitskontrolle wären sie vermutlich durchgefallen«, hörte ich Phi hinter mir lachen.

Nur sehr zaghaft löste ich eine Hand von dem Pfahl, um mich zu ihr umzudrehen. In ihren Augen tanzten Sterne und ihre Lippen umspielte ein amüsiertes Lächeln.

»Wo sind die anderen?«

»Sich was zu essen holen«, antwortete sie, während sie sich an die Hütte lehnte und mich von oben bis unten musterte. »Du siehst besser aus. Zumindest versuchst du nicht mehr, dein Herz mit deinen Fingernägeln herauszukratzen.«

Ich schluckte. Nur zu gut erinnerte ich mich an den Schmerz in meinem Inneren und was dieser mit meinem Verstand gemacht hatte. Also wechselte ich lieber das Thema. »Wo ist Gareth? Ich dachte, er würde sich eher selbst die Kehle aufschlitzen, als mich allein mit Dashan zu lassen.«

»Er hat dich nicht allein gelassen. Ich bin doch hier«, erklärte sie grinsend. »Komm, du solltest auch etwas essen.«

»Bist du gar nicht neugierig?« Ich folgte ihrer Aufforderung, löste mich langsam von dem Pfahl und schritt hinter ihr den Bretterweg um die Hütte herum zu einer der Hängebrücken, die im sanften Licht der untergehenden Sonne gefährlich rot leuchtete. Hier oben wurde man von den Sonnenstrahlen viel mehr verwöhnt als auf dem Boden, was mich zutiefst erleichterte. Ich wusste nicht, ob ich die Dunkelheit jetzt ertragen hätte, da ich ihr gerade erst entkommen war.

»Neugierig?«

»Interessiert es dich nicht, was ich mit Dashan besprochen habe?« Ich blieb vor der Brücke stehen, die gerade breit genug für eine Person war und sich rund sechzig Fuß lang erstreckte. Von einer Hütte zur nächsten, die mit anderen durch breitere Wege verbunden waren. Offensichtlich wurden Hängebrücken nur für größere Distanzen benutzt. Wieso hatte man mich ausgerechnet in eine derart abgelegene Hütte gebracht?

»Fürchtest du dich etwa?«, lachte Phi, ehe sie mir einen leichten Schubs gab und mir gar nichts anderes übrig blieb, als den Weg auf mich zu nehmen. Ich umfasste die Seile links und rechts von mir und setzte dann einen Fuß vor den anderen, ohne mich von dem wankenden Untergrund einschüchtern zu lassen.

»Niemals«, nuschelte ich und erntete ein weiteres Lachen.

»Zu deiner Frage«, hörte ich Phi ein paar Fuß hinter mir. »Dashan hilft uns, nicht wahr? Du hast ihn überzeugt?«

»Ja.« Mehr konnte ich nicht in meiner jetzigen Situation sagen. Es schien, als würde das Ende der Brücke in immer weitere Ferne rücken.

»Dann muss ich nicht *mehr* wissen. Ich vertraue dir.«

Ich hielt inne. Noch immer konnte ich nicht glauben, dass ich in Ophelia tatsächlich eine so treue Freundin gefunden hatte.

Ehe ich etwas darauf erwidern konnte, zog die unsichere Brücke unter mir erneut meine Aufmerksamkeit auf sich. Ich überwand den letzten Abstand, bis ich sicheren Boden unter den Füßen hatte. Die breiten Planken wirkten stabil und fest genug, sodass ich mich entspannen konnte. Ich freute mich schon auf den Tag, an dem wir diese Baumstadt verlassen konnten.

37. Kapitel

Phi führte mich an der ersten Hütte vorbei und einen Weg entlang zu einem hölzernen Pavillon. Holzpfähle befanden sich in regelmäßigen Abständen an den Seiten, um das Rieddach zu stützen. Im Inneren gab es mehrere längliche Tische und Bänke, auf denen Männer und Frauen Platz genommen hatten und zu Abend aßen. Ihre Gespräche waren laut, lebhaft und aufgeweckt, die Stimmung besaß jedoch eine gewisse Schärfe. Eine Anspannung, die beinahe mit den Händen greifbar war. Es schien also, als wäre auch hier unter den Hamnea nicht alles in Ordnung. Vermutlich hatten auch sie die Tore gesehen, die sich immer noch von unseren Welten ernährten, bis sie vollkommen miteinander verschmelzen würden. Diese Entwicklung würden nicht alle überleben.

Ein paar Öllampen hingen von den Dachbalken und hielten die einkehrende Dunkelheit fern. Ich folgte Phi zu einem der runden Tische, an dem sich bereits Gareth und Adam versammelt hatten und etwas aßen, das verdächtig nach einem Sandwich aussah, wie es mir meine Mutter früher gemacht hatte. Das Brot war allerdings dunkel und das Salatblatt von einem hellen gelb, allerdings knurrte mein Magen trotzdem.

»Hungrig?« Gareth lächelte schelmisch, bevor er mir sein zweites Sandwich auf dem Tonteller herüberschob.

»Danke«, brachte ich gerade noch hervor, dann machte ich mich über diese Delikatesse her. Mir war nicht klar gewesen, wie hungrig ich gewesen war. »Wo genau sind wir eigentlich?«

»Im Rückzugsort der Hamnea«, erklärte Adam, während er mit einem Zahnstocher seine Nägel säuberte. Trotz dieser fast lächerlichen Geste wirkte er noch immer so mächtig und autoritär wie bei unserem ersten Treffen, als er Elle in Birds Zimmer gesucht hatte. Nachdem sie jedoch verschwunden war, hatte er sich zum Schlechten verändert. Alkohol und Verzweiflung waren seine ständigen Begleiter gewesen und hatten ihn zu etwas werden lassen, das niemand so richtig gemocht hatte. Nun, da Elle in Sicherheit war, konnte er sich wieder auf seine Aufgabe als Krieger und Stratege konzentrieren. Es war eine Erleichterung, ihn an unserer Seite zu wissen. »Ihre Zeltstädte sind nie lange an einem Ort, aber sie besetzen ein paar Oasen, in denen sie ihre Kinder großziehen können, ohne sie der Gefahr auszusetzen.«

Jetzt, da er es erwähnte, fiel mir auf, dass ich während meines Aufenthalts in der Zeltstadt keine Kinder gesehen hatte, aber hier gab es einige. Sie speisten mit ihren Eltern und liefen spielend umher, als fürchteten sie sich nicht vor dem Abgrund.

»Wie lange war ich … weg?« Ich schob die Krümel auf meinem Teller hin und her, um meine Nervosität zu überspielen. Hoffentlich dachten sie, ich wäre bloß gelangweilt.

»Nur ein paar Stunden. Das Gegengift hat ziemlich schnell geholfen.« Gareth rieb mit dem Daumen über meine Wange und sah mich mit so viel Liebe in seinen moosgrünen Augen an, dass ich beinahe auf der Stelle zerschmolzen wäre. »Mach dir also keine Sorgen. Wir haben kaum Zeit verloren.«

»Was hat Dashan gesagt?«

Ich presste die Lippen zusammen, bevor ich meinen Blick langsam von Gareth zu Adam gleiten ließ. »Er hilft uns. Ich weiß zwar nicht genau, mit wie vielen Kriegern, aber immerhin haben wir nun eine Chance.«

»Wir können also nichts anderes tun, außer abzuwarten?« Adam lehnte sich in seinem Stuhl zurück und kreuzte die ausgestreckten Beine an den Knöcheln.

»*Oder* wir können Gareths Fortschritt testen«, schlug ich leise vor. »Ich habe eine Idee.«

»Bist du sicher?« Dieses Mal galt Gareths Sorge nicht seinem möglichen Kontrollverlust, sondern meinem seelischen Wohl. Vielleicht auch dem Zustand meines Körpers.

»Ich habe lange genug geschlafen, bin satt und kann loslegen.« Grinsend erhob ich mich und spürte, wie mich neue, glitzernde Zuversicht umspülte. Ein Meer aus Sonne und Wärme, das mir durch Dashans Hilfe gegeben wurde. Plötzlich erschien die Zukunft weniger trist. Aber wichtiger noch als die Zukunft war die Gegenwart, die ich mit Gareth verbringen konnte. Ich wusste nicht, was uns erwartete; wusste nur, dass ich die Macht der Krone nutzen musste, um den Krieg zu beenden, und dass ich Gareth liebte und ihm helfen wollte.

»Was hast du im Sinn?«

»Zuerst einmal möchte ich den Heiler sprechen«, murmelte ich und stemmte die Hände in die Hüften. »Dann wären vermutlich ein paar Waffen ganz nett, bevor wir von diesen verfluchten Baumhäusern herunterklettern.«

»Du sagtest doch gerade, dass es dir gut geht. Wieso brauchst du den Heiler?« Gareth zog seine Brauen zusammen, als er sich vor mich hinstellte und auf mich herabsah. Er nutzte seine Größe wie so oft aus, um seine Überlegenheit zu präsentieren.

Schnaubend verdrehte ich die Augen. »Ich muss mit dem Heiler nicht meinetwegen, sondern deinetwegen sprechen. Also, wisst ihr, wo er sich aufhält?«

»Findest du seine Narben so unansehnlich?« Adam lachte, da ihm die Spannung zwischen Gareth und mir offensichtlich gefiel. »Hier entlang.«

Ophelia wirkte beinahe schon gelangweilt, als sie ihm als Erste folgte.

»Gebt es zu, ihr treibt mich manchmal nur zu eurem Vergnügen in den Wahnsinn.« Gareth legte einen Arm um meine Schultern, damit wir den Versammlungsort gemeinsam verlassen konnten.

»Manchmal?« Ich grinste, auch wenn er mich nicht ansah.

»Hast du ein Glück, dass ich dich liebe.«

Ich presste mich enger an seine Seite, als wir den Plankenweg entlangschritten, der nun von mehreren Fackeln erleuchtet wurde. Die Sonne war mittlerweile untergegangen und die Welt hier oben wirkte weniger freundlich und weitaus gefährlicher. Ein falscher Schritt und man fand sich mit gebrochenem Genick auf dem Boden wieder.

»Und was ist mit mir?«, empörte sich Adam.

Lachend erreichten wir eine geschlossene Holzhütte, deren quadratische Fenster mit verschiedenfarbigen Stoffen verhangen waren. Aus einem Schornstein, der sich zwischen den Zweigen und Blättern in die Höhe schraubte, stieg stetiger Qualm auf, als würde im Inneren ein Riese hausen und Tabak rauchen.

Phi und Adam überließen mir den Vortritt, sodass ich mich in einem dämmrigen Raum wiederfand, der mit allerlei Mobiliar vollgestellt war. Ein Schaukelstuhl, Regalbretter, niedrige und hohe Tische, Hocker – und überall lagen Kräuter herum, Bänder und Knochen hingen von der

Decke, über der Feuerstelle schaukelte ein Kessel, in dem irgendetwas kochte, das nach Pfefferminze roch. Auf einem Kissen in der Mitte des Raumes und mit einem Mörser in der Hand saß ein junger Mann, der nicht älter war als ich.

»Du bist der Heiler?«, sagte ich langsam und blickte dann Gareth an, der nach mir eingetreten war. Er übersetzte für mich, nachdem der Junge aufgesehen hatte. Seine Miene zeigte milde Überraschung, abgesehen davon ließ er sich nichts anmerken. Schließlich nickte er. »Gibt es ein Mittel, um einen Königsdämon in gewandelter Form zu betäuben?«

Obwohl mich Gareth mit einem amüsierten Lächeln ansah, übersetzte er meine Frage und horchte nachdenklich der Antwort des Heilers. Sie wechselten noch ein paar Worte, ehe der Heiler aufstand und hinter sich aus dem Regal eine dunkelblaue Phiole hervorholte. Auffordernd hielt er sie mir entgegen und ich nahm sie nach kurzem Zögern an.

»Er sagt, dass du die Spitze eines Pfeils oder eines Messers darin eintunken und damit dem Königsdämon einen Kratzer zufügen sollst. Das würde ausreichen, um den Dämon für mehrere Minuten außer Gefecht zu setzen«, übersetzte Gareth zeitversetzt. »Je mehr du benutzt, desto länger dauert die Bewusstlosigkeit an. Zu viel und der Dämon stirbt.«

Ich riss die Augen auf. »Ich dachte, dass Dämonen gegen … alles immun sind?«

»Wir sind nicht unverwundbar, Aly«, widersprach Gareth, ohne die Frage für den Heiler zu wiederholen.

»Was für eine Enthüllung«, murrte ich trocken. »Richte ihm meinen Dank aus. Auch für das Gegenmittel.«

Gareth gehorchte und der Heiler trat näher, aber nicht um meine Hand zu schütteln, die ich ihm entgegengestreckt hatte. Stattdessen umfasste er mein Gesicht und lehnte seine Stirn für zwei Sekunden an meine. Als er sich zurückzog, erwiderte ich sein freundliches Lächeln, dann steckte ich die Phiole ein und folgte meinen Freunden nach draußen.

Wir ließen uns von ein paar Kriegern mit weiteren Waffen eindecken, unter anderem auch einer Armbrust, die leichter war, als ich sie von Zuhause gewohnt war. Sie sollte ihren Job zur Genüge erledigen, auch wenn ich inständig betete, dass ich sie nicht benutzen musste.

Während wir von einer Art Fahrstuhl heruntergelassen wurden, wunderte ich mich über Gareths wenige Fragen. All jene Vorbereitungen vollführte ich nur seinetwegen und er schien nicht im Mindesten bedrückt. Es versetzte mich in Alarmbereitschaft, als würde er sich so gut benehmen wie möglich, um sein zukünftiges Verhalten irgendwie auszugleichen.

Die Plattform, auf der wir standen, war fünf Fuß breit und genauso lang. Rundherum gab es ein hölzernes Geländer, das bis über unsere Köpfe reichte und an den Dachstäben mit Seilen und Rädchen befestigt war. Sie ermöglichten es den Hamnea, uns ohne großen Kraftaufwand herabzulassen.

»Es gibt keinen Grund, so nervös zu sein«, sagte er mit einem Blick auf meinen wippenden Fuß. Es verging nicht viel Zeit und wir erreichten den Waldboden.

»Gibt es nicht?«

»Dieses Mal sind wir vorbereitet«, meldete sich Adam selbstsicher zu Wort. Sein braunes Haar, das Gareths so ähnlich war, glänzte im Schein der Fackeln, die wir mit uns genommen hatten, beinahe rötlich. Auf seinen Wangen wucherte ein dunkler Vollbart, der ihm ein schurkenhaftes Aussehen verlieh. »Bevor du ihm wieder die Kehle durchtrennen musst, versetzen wir ihn in einen Schönheitsschlaf. Bei allem, was mir heilig ist, den kann er eindeutig gebrauchen.«

Gareth schubste ihn so kräftig, dass er durch das Geländer brach und … zu Boden stolperte. Wir schwebten nur noch zwei Fuß darüber, was Adam erst bei seinem Aufprall erkannte. Er stieß ein tiefes Knurren aus, bevor er zu uns herumwirbelte.

»Hey, beruhigt euch, wir sollten nicht den kompletten Fahrstuhl zerstören, okay?«, bat ich, als ich durch die aufgebrochene Öffnung stieg, anstatt die Klapptür zu öffnen.

»Ausnahmsweise«, antwortete Adam widerwillig, klopfte seine Ärmel ab und sah sich dann auf der Lichtung um. »Wir sollten vielleicht einen gewissen Abstand zwischen den Fahrstuhl und Gareth bringen, oder?«

»Nicht nötig«, widersprach ich und stieß ein lautes Pfeifen aus. Sekunden später wurde der Fahrstuhl erneut hochgezogen.

Ich reichte Phi die Armbrust, deren angelegten Pfeil ich bereits in die Flüssigkeit der Phiole getaucht hatte. Wir stampften die Fackeln in die

Erde. Phi und Adam positionierten sich auf gegenüberliegenden Seiten, sodass Gareth und ich in ihrer Mitte standen.

»Wie genau soll das nun ablaufen?« Gareth verschränkte abweisend die Arme vor seinem muskulösen Oberkörper und blickte auf mich herab.

»Dieses Mal wirst du dich erst wandeln, wenn du deinen Ruhepol gefunden hast«, erklärte ich.

»Du weißt schon, dass wir Dämonen uns wandeln, wenn wir angegriffen werden oder selbst attackieren?«

»Das mag vielleicht für jeden anderen funktionieren, aber dich lässt es die Kontrolle verlieren.« Ich legte den Kopf schief und tippte mit dem Zeigefinger an mein Kinn. »Nicht wirklich verlieren. Es ist so, als hättest du sie nie gehabt. Aus diesem Grund musst du sie vor der Wandlung erhalten, um sie als Sicherheitsseil zu verwenden. Wenn du dich wandelst, darfst du die Kontrolle auf keinen Fall loslassen.«

»Ich …« Gareth ließ sie Arme sinken. »Woher weißt du das nur? Das macht tatsächlich Sinn.«

»Ich kenne dich«, sagte ich mit einem angespannten Lächeln, denn trotz meiner Erkenntnis war ich mir keinesfalls sicher, dass mein Plan funktionieren würde. »Also, lass uns mit der Atemübung starten.«

Da ich mich nicht in direkte Gefahr begeben wollte, blieb ich ein paar Schritte vor ihm stehen und beobachtete ihn dabei, wie er die Bewegungen mit erstaunlicher Präzision ausführte. Jeder Muskel war angespannt, jeder Atemzug genau reguliert. Seine Arme hoben und senkten sich, passten sich dem Rhythmus seines Brustkorbes an, bis Gareth die Augen schloss und sich von der inneren Entspannung tragen ließ. Heute würde er sie allerdings nicht genießen können.

Für einen kostbaren Moment schloss ich ebenfalls die Lider, versuchte das zu hören, was der Königsdämon wahrnahm und tauchte somit in die nächtliche Waldlandschaft ein. Obwohl mein Gehör bei Weitem nicht so ausgereift war wie seines, vernahm ich das Rascheln von Nagetier im Unterholz, das Glucksen eines Baches weiter nördlich und das abendliche Zwitschern eines Sperlings. All dies vermischte sich mit dem aromatischen Geruch des Waldes von verfaulenden und blühenden Blättern, morschem Holz und feuchtem Moos.

»Verliere dich nicht«, sagte ich schließlich in das Schweigen hinein. »Stell dir ein festes Seil vor. Etwas, das du nicht zerstören kannst. Das niemand zerstören kann. Umfasse das Seil fest mit beiden Händen. Dies ist die Verbindung zu deiner Kontrolle. Nichts und niemand, auch nicht du selbst, kann dich davon trennen.«

Ich öffnete die Augen und tat ein paar Schritte zurück, während ich Gareth weiterhin beobachtete. Seine Handflächen lagen vor seinem Oberkörper aneinander, der Rest von ihm war angespannt.

»Jetzt wandle dich. Schritt für Schritt«, flüsterte ich. »Behalte aber das Seil in den Händen.«

Sein Körper bebte. Das Monster kämpfte sich an die Oberfläche, brüllte und schlug um sich, doch noch gelang es Gareth, die Oberhand zu behalten, als die Finger zu Krallen wurden. Er öffnete seine Augen, aus deren Iriden die Pupillen schwanden. In dem Moment, in dem mich die Leere in seinem Blick umfasste, erkannte ich, dass wir erneut versagt hatten. Seine Fänge glänzten gelblich weiß im Licht der Fackeln, während er seine Augen allein auf mich gerichtet hielt.

»Gareth?«, wisperte ich mit klopfendem Herzen.

Er atmete so ein und aus, dass sich seine Schultern im Takt hoben und senkten. Den Kopf legte er zur Seite, als würde er meine Bewegung von vorhin zeitversetzt spiegeln. Noch griff er mich allerdings nicht an und daraus schöpfte ich Hoffnung.

Aus dem Augenwinkel sah ich, dass Phi die Armbrust erhoben hielt. Ihre selbstsichere Ausstrahlung beruhigte mich etwas, genauso wie Adams, der sich bereits gewandelt hatte, um keine Sekunde zu verlieren.

»Denk an das Seil«, rief ich ihm in Erinnerung und hob beide Arme hoch, Handflächen auf ihn gerichtet. »Lass dir nicht deine Kontrolle nehmen …«

Meine Worte hätten genauso gut ungesagt bleiben können, da ich mit meiner Ahnung recht behalten sollte. Gareth war bereits verschwunden und nun stürzte der Dämon mit erhobenen Krallen auf mich zu. Ich schaffte es gerade noch, einen Dolch zu ziehen, bevor ein Zischen erklang, Gareth taumelte und dann halb auf mich drauf fiel. Zusammen rollten wir über den Boden, bis sein schweres Gewicht auf mir liegen bleib und mir das Atmen erschwerte.

Phi und Adam waren sofort bei mir und halfen, Gareths bewusstlosen Körper von mir zu schieben. Seine Krallen waren wieder eingezogen, auch seine Fänge verkürzten sich.

»Jesus, das war knapp«, murmelte Phi und rieb sich mit dem Handrücken den Schweiß von der Stirn.

Ich beugte mich über Gareth und zog den Pfeil aus seiner Seite. Blut tropfte von der Spitze, aber die Wunde sah nicht schlimm aus, schloss sich sogar schon.

»Fast habe ich geglaubt, dass es funktioniert«, sagte Adam und ließ ein theatralisches Seufzen folgen. »Vielleicht ist es zu spät für ihn. Er hätte früher mit dem Training beginnen sollen.«

»Es ist Dorians Schuld«, zischte ich ungehalten und sprang auf die Beine, um Adam noch ein paar unschöne Worte an den Kopf zu werfen, aber er hob lediglich eine Hand.

»Spar dir den Atem. Natürlich ist es Dorians Schuld, trotzdem ändert das nichts an der Tatsache, dass er länger brauchen wird, als ein paar Stunden voller Entspannungsübungen mit dir.«

Wütend presste ich die Lippen zusammen und ballte die Hände zu Fäusten. Ich überlegte bereits, wie ich diesen arroganten Königsdämon möglichst schwer verletzen konnte, als sich Gareth unter uns regte. Stöhnend legte er einen Unterarm über seine Augen.

»Ganz offensichtlich hat uns der Heiler verschwiegen, was für Kopfschmerzen dieses Zeug nach sich zieht«, brummte er.

»Schön, dass du deinen Humor noch nicht verloren hast«, erwiderte ich. »Auf eine zweite Runde?«

»Ja, Sir.«

Wir trainierten noch bis weit nach Mitternacht, bis Gareth scheinbar mental und körperlich so erschöpft war, dass er mich zum ersten Mal nicht sofort angriff. Stattdessen behielt er lediglich mich und die anderen im Auge, musterte mich von oben bis unten und näherte sich dann ganz langsam. Es brauchte jedes Quäntchen an Konzentration und Willen, um stehen zu bleiben, aber ich vertraute Gareth. Dieses Mal würde er sich nicht von dem Monster in ihm beherrschen lassen. Dieses Mal wäre er stark. Dieses Mal …

Er hob eine krallenbesetzte Hand und legte sie an meine Wange. Vorsichtig. Zaghaft.

Ich traute mich kaum, Atem zu holen, als ich die Berührung genoss und den Blick aus seinen pupillenlosen grünen Augen erwiderte. Langsam spiegelte ich seine Bewegung, sodass ich mit meinen Fingerkuppen über seine Bartstoppeln strich, entlang seines Wangenknochens und …

Das Brüllen eines Raubtieres ertönte aus dem Wald, riss uns aus dieser Trance und ließ das Monster in Gareth hervorbrechen, das er so bewundernswert kontrolliert hatte. Er stieß ein tiefes Knurren aus, das direkt aus seiner Brust zu kommen schien. Seine Krallen kratzten über meine Wange, ehe ihn Ophelias Pfeil in den Rücken traf und er schließlich rückwärts stolpernd erneut das Bewusstsein verlor.

Keuchend presste ich eine Hand an meine blutende Gesichtshälfte und verfluchte im Inneren dieses verdammte Tier, das unsere Ruhe ausgerechnet in diesem Moment gestört hatte.

Nachdem Gareth wieder erwacht war und mit schlechtem Gewissen meine Wunde begutachtete, beschlossen wir, es für diese Nacht gut sein zu lassen. Wir hatten einen Fortschritt gemacht. Das nächste Mal würde es noch besser laufen.

Ich hielt ein Stück Stoff an meine Wange, als wir erneut hochgezogen wurden, und wich Gareths Blick aus. Er war so stark und unberechenbar. Wie sollte ich ihm jemals helfen?

38. Kapitel

Der Heiler strich eine stinkende Salbe auf meine Wange, als ich ihn bei unserer Rückkehr aufsuchte. Immerhin kühlte sie. Ich schmierte mir außerdem etwas davon auf meine Hand, auf der die Brandblase aufgeplatzt war. Avnas, der Feuerdämon, hatte sie mit seiner Berührung verbrannt und auch wenn die Kaskaden mit ihren Heilmitteln schon sehr geholfen hatten, war die Verletzung noch nicht vollständig verheilt.

Dashan fing uns auf dem Weg zu meiner provisorischen Hütte ab und führte uns in das Innere einer anderen. Dort gab es einen niedrigen, runden Tisch, an den wir uns hockten. Dashan machte sich die Mühe, uns Tee einzuschenken. Wir hatten ihm nichts von Gareths Übungsstunden gesagt, trotzdem erkundigte er sich nicht nach meinen Verletzungen, sondern kam direkt zum Punkt.

»Morgen Mittag werden wir durch ein Tor schreiten, das sich nicht weit von hier befindet. Meinen Berechnungen zufolge sollte es uns nahe genug heranbringen.« Er setzte sich im Schneidersitz hin und pustete in seine zierliche Teetasse, die mit filigranen Mustern geschmückt war. Sie wirkte zu neu, zu zart an diesem rauen Ort in den Bäumen.

»Wie viele?« Gareth gebarte sich wieder vollkommen kontrolliert und professionell. Auf keinen Fall würde er sich die Blöße geben und dem Häuptling der Hamnea zeigen, wie unsicher es in seinem Inneren aussah. Wie ein Schneesturm, der sich nicht bändigen ließ.

»Dreihundert Krieger und Kriegerinnen.« Dashan fing Adams enttäuschten Blick auf, als hätte er bereits auf der Lauer gelegen. Seine knochigen Finger, die so gar nicht zu seinem restlichen, starken Äußeren passen wollten, verschränkten sich ineinander. »Die Zahl mag dir nicht hoch erscheinen, Königsdämon, doch einer meiner Krieger ist drei der euren wert. Vertraut mir.«

»Das lässt sich so leicht sagen«, widersprach Gareth und nippte beinahe zurückhaltend an seinem Tee. Ich konnte mich nicht daran erinnern, ihn jemals dabei gesehen zu haben, wie er aus einer so zierlichen Tasse trank. »Wir riskieren alles.«

»Und wir nicht?« Dashan seufzte leise. »Alison hat die richtige Entscheidung getroffen, als sie zurückgekommen ist. Sie musste mein Volk davon überzeugen, dass es richtig ist, zu kämpfen.«

»Ich habe allerdings nicht mit deinem Volk gesprochen«, sagte ich etwas verunsichert. »Sondern nur mit dir.«

»Durch mich hast du auch sie erreicht.«

»Trotzdem bedurfte es keiner so großen Überzeugungskraft.« Misstrauisch verengte ich die Augen. Meine Fingernägel bohrten sich in meine Knie, um mich selbst vom Aufspringen abzuhalten. Dashan hatte etwas an sich, das mir die Selbstkontrolle raubte. »Wenn ich so darüber nachdenke, schien es, als hättest du auf mich … auf uns gewartet.«

»Vielleicht habe ich das auch«, gestand er. »Es gibt Wege und Pfade der Zukunft, die mir schon vorher bekannt sind, wie du bereits weißt. Ich ahnte, dass die Zeit schon bald ihren Tribut fordern würde, doch erst als ihr auf der Suche nach uns wart, habe ich die Zeichen verstanden.«

»Oder erst dann wolltest du sie verstehen«, warf ich ein und beugte mich weiter vor. »Ich weiß, ich bin hier, weil ihr die letzte Möglichkeit seid, dem Treiben der Dämonen Einhalt zu gebieten, doch ich vertraue dir nicht, Dashan. Ich werde nicht müde, es zu betonen, aber ihr habt schon einmal versagt, indem ihr euch hinter leeren Prinzipien versteckt hieltet. Ihr habt zugesehen, wie Krieg eure Welt verwüstet und ihr habt zugelassen, dass Abtrünnige eures Volkes diesen Krieg in die unsere brachten.«

»Du hast recht. Ich sehe, dass sich unsere Gespräche immer wieder um diese Wahrheit drehen, denn sie ist der Grund allen Übels. Es gibt das Schlechte in allen Welten, aber es liegt an der Umgebung, ob dieses Schlechte alles andere verdirbt oder ob es allein und einsam verdorrt. Wir haben in unseren Pflichten versagt, also lasst uns diesen Fehler gemeinsam rückgängig machen.«

»Er lässt sich nicht rückgängig machen, Dashan, es lässt sich damit nur umgehen«, widersprach ich und erntete bestärkende Blicke meiner Freunde.

Ich konnte es kaum erwarten, Dashan und die Hamnea nie wiedersehen zu müssen. Ihre Gesetze und Prinzipien stimmten nicht mit den meinen überein und trotzdem musste ich mich ihnen für den Moment fügen, um das zu bekommen, was ich wollte: Krieger.

Stunden später bereiteten wir uns auf den Aufbruch vor. Wir bekamen von den Hamnea lederne Brustharnische mit geschuppten Panzern gestellt, die uns vor den Dämonenkrallen schützen sollten. Sie unterschieden sich in der Machart und in der Art des Materials von dem Harnisch, den ich damals von Ascia bekommen hatte, um in seiner Armee zu kämpfen.

»Was genau ist das für ein Material?« Ich strich mit den Fingern über die einander überlappenden grauen Glieder, die mit roten Äderchen durchzogen wurden und im Licht der Mittagssonne glänzten und schimmerten. Die Schuppen kamen mir seltsam bekannt vor, doch ganz gleich, wie sehr ich mich darauf konzentrierte, ich wusste nicht woher.

»Du erkennst es nicht?« Es war ausgerechnet Adam und nicht Dashan, der mir antwortete. Das amüsierte Blitzen in seinen Augen verriet mir genau, dass er es wieder einmal genoss, mit Wissen über mich triumphieren zu können. Ich könnte schwören, dass er im Inneren noch ein Kind war.

»Dashan?« In der Hoffnung, der Häuptling würde mir helfen, wandte ich mich ihm zu, als er sein imposantes Schwert mit dem goldenen Knauf in die Scheide steckte.

»Warum soll ich ihm den Spaß nehmen?«, speiste er mich ab, konnte sich ein Grinsen allerdings nicht verkneifen.

»Ihr seid unmöglich«, zischte ich.

Adam trat an mich heran und legte lässig einen Arm um meine Schultern, während er mit der freien Hand über die Vorderseite des Harnisches strich.

Aus dem Augenwinkel nahm ich Gareths übertrieben ernsten Gesichtsausdruck wahr. Er versuchte offensichtlich, nicht in schallendes Gelächter auszubrechen. Phi hatte sich abgewandt und sah den Kriegern beim Herabklettern zu, als befürchte sie, sie würden verschwinden, sobald ihre Füße den Waldboden berührten. Ich konnte ihre Angst nur zu gut nachvollziehen, schließlich wäre unsere Reise vollkommen umsonst, wenn wir ohne Krieger auf unsere Erde zurückkehrten.

Das könnten wir unseren Freunden nicht antun. Vor allem Bird nicht, für die ich eine Welt schaffen wollte, in der es sicher genug war, um Kinder aufzuziehen.

»Die Harnische werden aus dem Panzer der Skara gefertigt. Sie sind beinahe undurchdringbar«, sagte Adam. »Früher, als die Tore noch geschlossen gewesen sind, hat all unsere Ausrüstung daraus bestanden. Auf der Erde gibt es kein vergleichbares Material.«

»Also endlich mal ein Vorteil für uns?« Phi wandte sich uns zu und verschränkte die Arme vor ihrem eigenen Brustharnisch.

»In der Tat.« Adam lächelte die Jägerin an, doch sie ignorierte seinen Anflug von Freundlichkeit. Als wäre all dies hier eine Zweckgemeinschaft.

Ich hatte das Gefühl, dass sie sich auf der einen Seite mir gegenüber geöffnet hatte, aber auf der anderen Seite vorsichtiger geworden war, was den Umgang mit Dämonen anging. Vielleicht war sie klüger als ich, da sie bereits erkannt hatte, worauf unser letzter Kampf hinauslaufen würde. Doch war es wirklich besser, die Beziehungen und Freundschaften schon jetzt zu kappen, nur weil man sich vor dem späteren Schmerz schützen wollte?

Mein Blick wanderte zu Gareth und mir wurde schwer ums Herz. Ich wusste keine Antwort darauf.

»Lasst uns losgehen«, schlug ich schließlich vor, in der Hoffnung, mich von diesen trüben Gedanken ablenken zu können.

»Ihr kennt den Weg?«, erkundigte sich Dashan, als ich mich bereits zur halbwegs stabil wirkenden Leiter begeben hatte. Am liebsten hätte ich den Fahrstuhl benutzt, doch dieser wurde noch von den Kriegern in Anspruch genommen. »Falls wir unterwegs getrennt werden?«

»Wieso sollten wir getrennt werden?« Phi verengte argwöhnisch die Augen und legte unwillkürlich eine Hand auf den Knauf ihres glänzenden Kurzschwertes.

»Der Wald ist kein sicherer Ort. Wir nennen ihn nicht umsonst L'Uchrama.« Die blaue Schminke auf Dashans Wangen – zwei Striche und ein Punkt als Zeichen seines Status – glänzte feucht, als er den Kopf respektvoll neigte. Er verstand Phis Misstrauen und erkannte es damit an, ohne sich davon beleidigt zu fühlen. Wieder einmal überraschte er mich, da ich doch mit einer unterschwellig aggressiven Note gerechnet hatte.

»Wie … L'Uchra? Die Schattenwesen, die wir nicht berühren sollen?« Mit einem Schaudern erinnerte ich mich an die Begegnung. Noah und ich hatten uns auf dem Rückweg von der Heiligen Stätte der Kaskaden befunden. Wir waren von einem L'Uchra und mehreren Plucks angegriffen worden und ich war durch die Berührung krank geworden. Noahs Blut hatte nicht geholfen, weil Gareths Blut mich bereits beansprucht hatte, und so hatten sie beides miteinander mischen müssen, um mich zu retten.

»Ganz genau. Einer der Gründe, warum wir in den Bäumen leben und uns diesen Wald ausgesucht haben. Niemand, dem etwas an seinem Leben liegt, wird sich auf die Suche nach uns begeben.« Sein Grinsen war schalkhaft, gewissermaßen herausfordernd, und da wurde mir klar, dass ihm Phi egal war. Über Adam und Gareth machte er sich auch keine Sorgen. Sein Fokus galt allein mir, meiner Aufgabe und der Art, wie ich mit dem Schicksal, das mir in den Weg geworfen worden war, zurechtkam. Ich war sein Versuchsobjekt, seit er Saraph mit Visionen gefüttert hatte, um angeblich Cleo herbringen zu lassen. Aber was hatte ihm Cleo gebracht? Er hatte sie das Weltenwandern gelehrt und trotzdem war sie wieder auf der Erde. Nein, ich war es gewesen, die er auf diesen Pfad gelockt hatte. Durch ihn erfüllte sich die Prophezeiung und einmal mehr ermahnte ich mich, ihm nicht zu vertrauen.

»Sie können uns jedoch nichts anhaben«, sagte Gareth und trat hinter mich, um direkt als nächster die Leiter hinabzusteigen. Mein Fuß stand bereits auf der ersten Sprosse, doch ich lastete ihr kein nennenswertes Gewicht auf. »Uns Königsdämonen, meine ich. Wir sind zu schnell für sie.«

»Die Jägerinnen allerdings nicht. Außerdem gibt es etliche infizierte Tiere, die euch und uns Probleme bereiten können. Seid einfach auf der Hut«, betonte Dashan beinahe desinteressiert, als wäre er gedanklich schon weitergereist. In Gefilde, die von Dunkelheit und fremden Sternen beherrscht wurden.

Die Zähne zusammenbeißend zwang ich mich zum Hinabklettern. Jeder Moment, den ich in der Nähe des Häuptlings verbringen musste, war zu viel. Er war, wie seine Krieger, ein Mittel zum Zweck und das bedeutete auch, dass ich die *Abmachung* nicht einhalten müsste, nicht wahr? Ich würde nicht *alle* Dämonen mithilfe der Krone verbannen müssen.

Hier auf dem Waldboden war es düsterer, trister und gefährlicher, wie Dashan vorhergesagt hatte. Seine Warnung klang in meinen Ohren nach, als ich mir neben Gareth einen Weg durch das dichte, dunkelgrüne und schwarzbraune Unterholz erkämpfte. Dieser ganze Wald fühlte sich … unnatürlich an. Als stünde er kurz vor der Fäulnis. Selbst in der stickigen Luft lag ein unangenehm süßlicher Duft, der schwerer wurde, sobald ich einen Zweig abknicken musste oder auf eingerollte Blätter auf dem feuchten, moosbewachsenen Boden trat.

Die dreihundert Krieger, die sich vor, neben und hinter uns bewegten, verursachten weniger Geräusche als meine eigene kleine Gruppe, was mir hin und wieder die Hitze in die Wangen trieb. Ich war mir lange nicht mehr wie ein grober Trampel vorgekommen.

»Sie sind so leise«, fasste Phi meine Gedanken und Ungläubigkeit in Worte, die ich bisher unterdrückt hatte.

»Man sagt sich, dass die Kinder der Hamnea in einer Oase mitten in der Wüste ausgesetzt werden und sich von dort aus den Weg bis hierher erkämpfen müssen. Wer laut ist, der stirbt.« Adam war so freundlich und hielt einen Ast fern, damit wir anderen den engen Pfad zwischen mehreren Bäumen beschreiten konnten, bevor er ihn zurückschnappen ließ und uns folgte. »Sie haben nichts anderes bei sich außer die Kleider, die sie am Leib tragen. Wie man sich denken kann, überleben nicht viele, doch die, die es schaffen, werden von allen anderen mit Achtung und Respekt überschüttet.«

»Also können wir Dashans Worten tatsächlich Glauben schenken? Dass dreihundert seiner Krieger umso vieles besser, stärker und schneller sind als unsere? Selbst als Königsdämonen?«

Gareth schnaubte. »Wir werden sehen. Dashan ist sehr von sich und seinen Kriegern überzeugt, das heißt jedoch noch lange nicht, dass sie auf dem Schlachtfeld den Unterschied ausmachen werden.«

»Du … denkst also, es ist alles umsonst?« Stirnrunzelnd kämpfte ich gegen die Enttäuschung an, die bei seinen Worten in mir aufgestiegen war. Warum hatte er mir nicht zuvor gesagt, für wie sinnlos er meinen Plan hielt?

»Natürlich nicht«, beeilte er sich zu sagen und streckte beruhigend eine Hand nach mir aus, doch so leicht ließ ich mich nicht beschwichtigen. Er konnte nicht so etwas sagen und dann von mir erwarten, dass ich einfach darüber hinwegsah, als würde es nichts bedeuten. »Ich meine nur, dass dreihundert Krieger – und seien sie auch noch so stark – nichts sind im Vergleich zu den Armeen von Morrigan und Billings. Und wer weiß, was Aeshma sich während unserer Abwesenheit ausgedacht hat?«

»Also hättest du Dashan lieber überhaupt nicht um Hilfe gebeten?«, bohrte ich weiter und versperrte ihm den Weg. Phi und Adam warfen uns lange Blicke zu, doch sie mischten sich nicht ein, sondern gingen weiter voran.

Das wenige Sonnenlicht, das sich bis hier unten verirrte, betonte die hellen Strähnen in Gareths Haar und obwohl ich in diesem Moment wütend auf ihn war, zuckte es doch in meiner Hand, es zu berühren. Ein weiterer Grund, den Zorn in meinem Inneren zu füttern.

»Das habe ich nicht gesagt«, presste er hervor und bedachte mich mit einem Blick voller Kälte, den er mir vor allem am Anfang unserer Bekanntschaft zugeworfen hatte. Mir war es nicht möglich gewesen, seine Gedanken dahinter zu sehen. »Müssen wir das Gespräch gerade *jetzt* führen?«

Ein paar Krieger streiften unsere kleine Lichtung, auf der selbst wir kaum Platz fanden, doch als sie die Stimmung zwischen uns auffingen, zogen sie einen weiten Bogen und wir wurden nicht mehr gestört.

»Hör auf, so von oben herab mit mir zu sprechen!«, zischte ich und hob warnend einen Finger. »Wir sind beide auf einer Ebene. Wir sind *gleichgestellt.*«

»Ich will mich nicht streiten, Aly«, seufzte er. »Es tut mir leid, ich hätte vielleicht früher etwas sagen sollen, doch du warst so sicher und gleichzeitig so verzweifelt. Dies ist unsere letzte Möglichkeit, wie du richtig betont hast. Ich sah nicht, was mein Einwand hätte bringen sollen, außer Streit und Zwietracht zwischen uns zu säen. Ich liebe dich, das heißt allerdings nicht, dass ich immer deiner Meinung sein werde.«

»Es heißt aber durchaus, dass du mir immer die Wahrheit sagen sollst.« Ich breitete die Arme aus. »Wem, wenn nicht dir, soll ich denn vertrauen? Ja, vielleicht hätte uns deine Meinung nicht weitergebracht, aber vielleicht doch. Trotzdem ist sie deine Meinung und ich will sie wissen. Immer.«

»Du hast recht.« Er nickte, hatte aber die Lippen zusammengepresst, was mich bereits vermuten ließ, dass unsere *Diskussion* noch nicht beendet war, bevor ich die nächsten Worte vernahm. »Und wenn wir gerade bei Ehrlichkeit und Wahrheit wären, gibt es etwas, das du mir sagen willst?«

Ich war nicht dumm genug, so zu tun, als wüsste ich nicht, worauf er hinauswollte, trotzdem gefiel es mir nicht, so unter Druck gesetzt zu werden. Da dies jedoch meine Schuld war, atmete ich tief ein und wieder aus, um den Zorn zu vertreiben. Er tat nichts anderes, als mich zu blenden.

»Nur damit du es weißt, ich hätte es dir schon von allein gesagt«, erwiderte ich, die Hände in die Hüften gestemmt. Gareth hob lediglich eine Augenbraue und lehnte sich seitlich an einen rauen Stamm, an dessen anderer Seite graue Pilze wucherten. »Dashans Hilfe konnte ich mir nur unter einer Bedingung sichern. Mehr oder weniger.«

Als Gareth nicht reagierte, rollte ich mit den Schultern und blickte für einen Moment in den Himmel aus smaragdgrünen Blättern und langen Ästen, die sich wie Adern durch den Wald zogen.

»Er will, dass ich mithilfe der Krone alle Dämonen zurück nach Duster und Triste schicke. Das ist die einzige Möglichkeit, um die Erde vor dem Untergang zu bewahren. Mit Dämonen wird es nie Frieden geben. Wir Menschen sind ihnen zu unterlegen.« Die Rechtfertigung perlte ohne mein Einverständnis über meine Lippen. Kopfschüttelnd rieb ich mir über die kalten Wangen. »Ich weiß nicht, wie es funktionieren soll, vor allem, da doch mittlerweile auch Dämonen auf der Erde geboren worden sind und dann … dann wären da noch Halblinge wie Birds und Noahs Kind. Was wird mit ihnen geschehen? Was wird mit *uns* geschehen?«

»Du hast all diese Fragen und trotzdem stimmtest du zu?« Er klang weder verurteilend noch wütend, was mich unerwartet traf. Dann erblickte ich den eisigen Zorn in seinen grün schimmernden Augen.

»Was hatte ich denn für eine andere Wahl?« Ich warf die Arme hoch. »Du magst von den Kriegern vielleicht nichts halten, aber ich gebe nicht auf, bis alle Ressourcen ausgeschöpft sind. Was ich letztlich mit der Macht der Krone tun werde, steht auf einem anderen Blatt Papier.«

»Aber du willst es tun, nicht wahr?« Ganz langsam löste er sich von dem Baumstamm und bewegte sich wie eine grazile Raubkatze auf mich zu. Beinahe, ja, beinahe hatte ich vergessen, wie gefährlich er war.

Ich weigerte mich, seinem Blick oder ihm auszuweichen und so legte ich meinen Kopf in den Nacken, zählte innerlich bis zehn und berührte Gareth dann an seinem Hals. Ganz sanft fuhr ich mit meinen Fingerspitzen seinen Kragen entlang.

»Ich *will* mich nicht von dir trennen«, wisperte ich. »Ich sagte dir bereits, du bist das, was mich am Leben erhält. Du bist das Herz in meiner Brust und der Atem in meinen Lungen. Der Kampf … Ein Sieg, all dies bedeutet mir nichts, wenn ich am Ende ohne dich bin.«

»Aber das ist der Punkt, nicht wahr? Warum sollten wir siegen, wenn wir nichts von uns geben? In einem Krieg verliert jeder. Wieso sollte es bei uns anders sein?«

Die Ruhe, die nun von ihm ausging, rief in mir den gegenteiligen Effekt hervor. Ich spürte, wie ich innerlich zerbrach. Und obwohl ich Evan damals gesagt hatte, dass ich meine Liebe für das größere Wohl opfern würde, nun … das bedeutete nicht, dass es weniger schmerzte.

»Aber warum müssen wir uns opfern? Haben wir nicht genug gegeben? Haben wir nicht genug gelitten?« Ich spürte die Verzweiflung in mir zu einem riesigen Kloß heranwachsen, der mir das Reden erschwerte.

»Es fühlt sich auf eine merkwürdige Art richtig an.«

»Wie bitte?« Ich wich vor ihm zurück, als wären seine Worte Peitschenhiebe, die mich mitten ins Gesicht trafen. Blinzelnd versuchte ich, etwas durch den Schleier, der sich über meine Augen gelegt hatte, zu erkennen.

»Wir Dämonen sind eine Krankheit, welche die Erde infiziert hat. Das ist nicht unsere Welt, wird es nie sein. Hier in Triste …« Er stockte und fuhr sich mit der Hand über die Narben, die ihm von seinem Bruder hinzugefügt worden waren. »Zum ersten Mal seit sehr langer Zeit fühle ich mich meiner Umgebung verbunden. Den Bäumen, dem Boden, dem Wind. Sie alle strahlen eine Aura aus, die ich spüren kann, die sich von mir auf eine … gewisse Art und Weise ernährt. Als wäre ich ein Teil von diesem Zyklus.« Er blickte nach links, schien aber in eine Welt zu sehen, die mir verborgen blieb. Seit unserer Verbundenheit hatte ich mich nicht mehr so weit von ihm entfernt gefühlt. Angst schnürte mir die Kehle zu.

»Wie …?« Meine Stimme brach. Wieder sah er mich an. Bedauernd und gleichzeitig mit der Liebe, die in meinem Herzen widerhallte. »Wie kannst du bei dem Gedanken, für immer von mir getrennt zu sein, so gelassen sein?«

Er trat vor und umfasste so fest meine Schultern, dass es beinahe schmerzte. »Ich bin Universen davon entfernt, *gelassen* zu sein, Aly. Wut und Zorn herrschen in mir, aber sie werden mir nicht helfen. Alles, was ich tun kann, ist die restliche Zeit, die ich mit dir habe, zu genießen.«

»Du willst nicht einmal dafür kämpfen?«

Seine Mundwinkel zuckten. »Es wird keinen Moment geben, nicht einen einzigen, in dem ich die Trennung von dir akzeptieren werde. Ich werde kämpfen. Um dich. Um uns.«

»V-vielleicht gibt es einen Weg, nicht alle Dämonen zurückzuschicken«, sagte ich zittrig. Ich lehnte meine Stirn an seine Schulter und schloss die Augen, um mich von seinem Geruch tragen zu lassen. Herbst. Frische Erde. Kastanien. Eine Träne rann meinen Nasenrücken hinab.

»Wir werden …«

Sein ganzer Körper spannte sich an und bevor ich ihn nach dem Grund fragen konnte, wurde mir bewusst, was ihn in Alarmbereitschaft versetzt hatte.

Wir lösten uns augenblicklich voneinander.

»L'Uchra?«, wisperte ich, zückte meinen Dolch und musterte die Umgebung.

»Eine Armee davon.« Ein Herzschlag. Zwei. »Lauf!«

Er packte mich an der Hand und gemeinsam rannten wir Richtung Osten, um zu den Kriegern aufzuschließen, die uns während unserer Unterhaltung allesamt überholt hatten. Mein Atem ging nur noch stoßweise, als ich ständig niedrighängenden Zweigen ausweichen musste, während hinter uns die Stille lauter wurde. Eine unnatürliche Stille, die ich bereits einmal zuvor vernommen hatte.

L'Uchra besaßen die unheimliche Eigenschaft, Geräusche in sich aufzusaugen und die Dunkelheit mit ihren tintenschwarzen Tentakeln zu verteilen. Ihre Körper waren mal fest, dann wieder nebelförmig, als befänden sie sich in einem konstanten Machtkampf zwischen zwei Gestalten.

Ich wirbelte herum, als Gareth stehen blieb und mich dadurch ebenfalls zum Halten zwang. Erst einen Wimpernschlag später wurde mir bewusst, dass wir umzingelt waren. Als hätten die L'Uchra nur darauf gewartet, dass sich ein paar Dumme aus der Gruppe lösten und zurückfielen.

Dann bemerkte ich tiefes Schnaufen und das Scharren von Hufen. Mir lief es eiskalt den Rücken herunter. Die L'Uchra waren nicht allein.

»Sie wollen sich anscheinend nicht die Tentakel schmutzig machen«, murmelte Gareth an meiner Seite. Wir drehten uns langsam, ganz langsam, doch ganz gleich, in welche Richtung wir sahen, es gab keinen Ausweg.

»Großartig, du hast deinen Sinn für Humor selbst jetzt nicht verloren. Das gibt mir Hoffnung.« Ich erinnerte mich an eine ähnliche Situation vor Kurzem, in der ich so etwas Ähnliches gesagt hatte.

»Das sollte es nicht«, widersprach er mit angespannter Stimme. Noch griffen uns weder die infizierten Tiere noch die L'Uchra selbst an, als würden sie auf etwas warten. »Ich scherze nur, wenn ich nervös bin.«

»Vielleicht sollten wir unser Training für den Moment vergessen und du lässt … los?«

»Bist du dir sicher?«

»Ich schätze, wir haben keine andere Wahl.« Ich griff ein letztes Mal nach seiner Hand. »Wir schaffen es nur so.«

Seine Augen strahlten Liebe und tiefempfundenes Vertrauen aus, ehe die Emotionen mit einem Mal verschwanden, wie eine Kerzenflamme, die Gareth in seinem Inneren auslöschte. Er wandte sich ab und ein tiefes Knurren erklang tief aus seiner Brust, das zu einem erschütternden Grollen anwuchs.

Unsere Feinde warteten nicht länger und stürzten auf uns zu. Ich hielt meinen Dolch aufrecht und ließ sie kommen …

39. Kapitel

Gareth war eine Naturgewalt. Nichts hielt ihn zurück, als er die rohe Kraft, die die Wandlung in ihm freisetzte, gegen die infizierten Tiere schmetterte. Aus ihren Poren stieg schwarzer Nebel, der sich unter ihren Füßen, ähnlich wie bei den L'Uchra selbst, zu einer Art klebrigen, beweglichen Masse sammelte. Wenn ich von ihnen oder den L'Uchra berührt werden würde, würde mein Körper wieder dieses grausame Fieber befallen. Ich wusste nicht genau, welche Wirkung das Gift auf Königsdämonen hatte, wollte es aber auch nicht herausfinden.

Gareth nutzte seine Krallen, um die Flanke des Rehs mit den schwarzen Augen und der unnatürlich aufgerissenen Schnauze aufzuschlitzen, doch obwohl seine Beine für einen kurzen Moment einknickten, als das schwarze Blut aus der Wunde herausströmte, gab es nicht auf.

Die Berührung mit einem der L'Uchra, die den Tieren den Vortritt ließen, hatten es wahnsinnig werden lassen. Schmerz war kein Grund mehr zu fliehen.

Als ich den Angriff eines infizierten Marders abwehren wollte, kam mir Gareth zuvor, der überall zugleich zu sein schien. Er beschützte mich von allen Seiten, schlitzte Bäuche auf und riss Gliedmaßen in einer kalten Brutalität heraus. Sie hätte mich mit Entsetzen zurückgelassen, wenn ich mir nicht bewusst gemacht hätte, dass er mein Geliebter, mein Gefährte war. Sein Verhalten ließ darauf schließen, dass er mich nicht als seinen Feind ansah und das gab mir Hoffnung.

Obwohl seine Macht überwältigend war, ließ meine Anspannung nicht für eine Sekunde nach, insbesondere da die L'Uchra noch immer nicht angriffen. Sie warteten. Doch worauf?

Das Wispern in der Dunkelheit nahm zu, je länger der Kampf andauerte und Gareth mit seinen Krallen um sich schlug. Ich erkannte, dass auch seine Kräfte allmählich nachließen. Nicht, weil er sich verausgabt hatte, sondern weil er von der schwarzen Flüssigkeit berührt worden war. Es schwächte ihn, biss sich fest und verhinderte, dass er in dieser Art und Weise weiterkämpfen konnte.

Er hatte uns jedoch vor den meisten Tieren beschützt, die nun zerfetzt in einem Grab aus Blättern und Erde lagen. Den letzten Atem ausstoßend. Die L'Uchra schlossen sich in einem engen Kreis um uns zusammen und zogen diesen immer enger.

Gareth stand neben mir, noch immer verwandelt. Seine Schultern hoben und senkten sich unter seiner heftigen, leicht röchelnden Atmung. Schweiß und schwarzes Blut rannen von seinem, trotz der Narben wunderschönen, Gesicht herab. Seine moosgrünen Augen glühten, als sie die Umgebung in sich aufnahmen. *Ein gefallener Engel.*

»Immerhin gehen wir gemeinsam unter«, witzelte ich, obwohl mir die Angst tief im Nacken saß.

Wir blickten uns an und ich erkannte zum ersten Mal in seiner verwandelten Form hinter den pupillenlosen Spiegeln seiner Augen seine Seele wieder. Die Seele, die mit meiner verbunden war und die mir gehörte, so wie meine die seine war.

»Zusammen«, betonte ich. »Seite an Seite.«

Er wandte den Blick nicht ab. Auch nicht, als sich der Kreis verengte und der geisterhafte Atem dieser niedrigen Dämonen über unsere Haut flüsterte. Meine Worte hielten ihn gebannt, denn sie hatten mehr enthalten. Ich wollte nicht, dass er für mich kämpfte.

»Seite an Seite«, knurrte er. Es klang so fremdartig. Gleichzeitig hätte ich seine Stimme unter Millionen wiedererkannt.

Ich zog einen zweiten Dolch aus dem Gurt an meinem Oberschenkel, bevor eine Explosion Gareth und mich auseinanderriss. Meine Ohren klingelten. Die Messer fielen mir aus den Händen und ich schlitterte bäuchlings über den blutbesudelten Boden. Gedärme und Hautfetzen blieben an mir hängen.

Keuchend blinzelte ich gegen den dichten Qualm an, der mir die Sicht im Radius von zwei Fuß versperrte. Licht und Wald und L'Uchra verschwunden. Schwankend kämpfte ich gegen die aufsteigende Übelkeit an, richtete mich auf, betastete die pochende Wunde an meiner Schulter, in die sich ein spitzer Knochen gegraben hatte.

»Verfluchter Mist«, zischte ich, wagte jedoch nicht, den Tierknochen herauszuziehen, aus Angst, mehr Schaden anzurichten. Er ragte rund drei Zoll über meinem Schlüsselbein heraus, aber ich konnte nicht sagen, wie tief er drinsteckte. »Gareth?«

Sofort antwortete mir ein animalisches, tiefes Knurren, das ich meinem Geliebten zuordnete.

Panisch kämpfte ich mich über die Kadaver hinweg, irrte in dem Wald aus Rauch und Blut umher, in der Hoffnung, Gareth zu finden.

Etwas Gutes hatte die Explosion allerdings gehabt: die L'Uchra hatten sich offensichtlich zurückgezogen.

»Gareth!«, schrie ich verzweifelt, als ich die Lichtung bereits hinter mir gelassen hatte, was ich an den fehlenden Tierkörpern erkannte. Im Kreis drehend lichtete sich der Rauch allmählich und die Bäume nahmen wieder unverkennbare Konturen an.

»Alison?« Das war nicht Gareth, doch die Stimme war mir fast genauso willkommen.

Aus den zurückgebliebenen Schatten schälten sich Phi und Adam. Beide warfen sich einen erleichterten Blick zu, als ich in ihr Sichtfeld stolperte und Phi dabei fast in die Arme gefallen wäre. Ich holte tief Luft, als sich die Muskeln um meine Wunde anspannten.

»Die Explosion ist etwas zu groß geraten«, murmelte Adam, sich den Nacken reibend. Erst da erkannte ich die von Schwarzpulver beschmutzten Hände und die Schnüre, die aus seinem Gürtel herausragten.

»Ihr habt uns das Leben gerettet«, erwiderte ich. »Gareth?«

Das Knurren, das nunmehr wie das eines verwundeten Tieres klang, ertönte erneut. Mein Magen krampfte sich zusammen, als ich in die Richtung stürzte, in der ich Gareth vermutete.

Er saß mit dem Rücken an einen breiten Baumstamm gelehnt und hielt einen Arm an seinen Bauch gepresst. Noch immer befand er sich in gewandelter Form, doch ihm fehlte die Kraft, um mehr zu tun als zu knurren, als sich ihm auch Adam und Phi näherten.

»Er ist infiziert«, klärte ich sie auf, ehe ich stockte. Stillstand. Ich war mir fast sicher, dass auch mein Herz zu schlagen aufgehört hatte, als die Erkenntnis einsetzte. Quälend langsam blickte ich an mir herab. Auf den Knochen, der in meiner Schulter steckte.

»Scheiße.«

Das Begreifen brachte die Mauer aus Adrenalin und Entschlossenheit zum Einsturz und Hitze schoss durch meinen Körper, breitete sich bis in meine Finger- und Zehenspitzen aus. Nicht nur Gareth war infiziert, auch ich würde schon bald dem Gift der L'Uchra erliegen.

»Wir brauchen das Blut von Schattendämonen«, brachte ich zwischen zusammengebissenen Lippen hervor, ehe ich mich herabbeugte, um Gareth zum Aufstehen zu bewegen. Er fletschte die Zähne, doch die Geste verfehlte ihre Wirkung. Ich war zu erschöpft, um mich zu fürchten. »Du musst mit mir zusammenarbeiten, sonst stirbst du, Gareth.«

Langsam, jedoch nicht zögerlich, berührte ich ihn mit den Fingerspitzen an der Wange. Als er nicht reagierte, legte ich meine ganze Hand an seine schmutzige, vernarbte Haut und es vergingen endlose Sekunden. Eine. Drei. Fünf. Dann schmiegte er sein Gesicht an meine Wange und wandelte sich zurück.

Du bist zurück.

»Kannst du aufstehen?«

Ich liebe dich.

»Ja.«

Unsere Blicke trafen sich.

Seite an Seite.

Adam stützte seinen Freund, da ich ebenfalls von dem Fieber heimgesucht wurde. Es wütete bereits in meinen Adern und würde sich schon bald in meine Knochen gefressen haben. Zu frisch waren die Erinnerungen an meine letzte Begegnung mit einem L'Uchra und ich erschauderte bei dem Gedanken daran, welche brennenden Schmerzen noch auf mich warteten. Das ansteigende Fieber war nur der Anfang.

»Woher wusstet ihr, dass wir in Schwierigkeiten sind?«, fragte ich, nachdem wir die Lichtung des Grauens endlich hinter uns gelassen hatten. Es hing noch immer der Duft nach Schießpulver und verbranntem Holz in der Luft, auch wenn es kein Feuer gab, das uns in der Dunkelheit den Weg gewiesen hätte. Ein paar Fuß hinter uns hatte ich den Schaden gesehen, den Adam angerichtet hatte. Abgeknickte Äste, schwarze Schmauchspuren und verkohlte Zweige. Die Verwüstung würde jedoch schnell wieder von dem magischen Wald verschlungen werden. Pflanzen würden heilen.

»Die Hamnea konnten spüren, dass sich die L'Uchra hinter uns konzentrieren«, antwortete Phi neben mir her stampfend. Sie runzelte die Stirn. »Uns blieb keine Wahl, als eure Ärsche zu retten, da sie sich weigerten.«

»Was?«

»Oh ja, Dashan hat ihnen zwar nicht befohlen, weiterzumarschieren, aber er hat sie auch – bei Aeshma – nicht gebeten, umzukehren«, führte Adam fort und hielt kurz inne, um Gareths Gewicht neu auszubalancieren. Gareths Lider waren halb geschlossen, als würde er sich allein auf seine oberflächliche Atmung konzentrieren.

Mir ging es nur geringfügig besser. Das Brennen begann dieses Mal in meiner Brust und die Hitzewellen breiteten sich von dort aus, sodass mir schon bald der Schweiß in Bächen den Rücken hinabfloss. Auch an meinen Schläfen spürte ich dicke Tropfen herabperlen, obwohl es immer kühler zu werden schien. Fieber und Schüttelfrost.

»Aber sie haben nicht angehalten?«

Phi schüttelte den Kopf.

»Diese verfluchten …« Ich fügte noch ein paar unschöne Wörter hinzu. »Wenn ich sie nicht mehr brauche, können sie was erleben.«

»Einer der Krieger hatte anscheinend Mitleid. Von ihm habe ich die Bombe bekommen, die ich modifizieren konnte, um keinen größeren Schaden anzurichten, aber offensichtlich war sie doch noch stärker als gedacht«, wiederholte Adam seine vorige Aussage.

»Es hat funktioniert«, widersprach ich, gedanklich noch immer bei der Tatsache, dass mir Dashan nicht zu Hilfe geeilt war. Es passte zu ihm. Er stand zu seinem Wort und würde die Krieger auf die Erde lotsen. Mit oder ohne uns.

»Stimmt, allerdings hast du jetzt einen Knochen in deiner Schulter und ihr beide seid infiziert«, warf er ein und stolperte. Mein Fuß hatte sich in einer herausgebrochenen Wurzel verhakt.

Phi legte einen Arm um meine Taille und hielt mich damit gerade so noch aufrecht. Von da an legten wir den Weg dicht aneinandergedrückt zurück.

»Danke«, sagte ich und meinte sowohl Adam, als auch meine sture, treue Jägerin und Freundin.

Wir erreichten die Krieger kurz vorm Verlassen des Waldes und ich konnte mich kaum noch auf den Beinen halten. Gareth ging es noch schlechter als mir. Ich wusste nicht, ob es daran lag, dass er so viel von der klebrigen Flüssigkeit abbekommen hatte oder dass er ein Königsdämon war. Und ich war zu erschöpft, um Adam zu fragen.

Glücklicherweise erwartete uns Dashan bereits mit einem breiten Lächeln, als hätte er unser Kommen bereits gehört. Trotz des Fiebers konnte ich das anerkennende Glänzen in seinen Augen erkennen. War dies eine Art Test gewesen? Um zu sehen, ob wir überlebten und damit fähig waren, die Krieger anzuleiten?

Wie sehr ich ihn hasste.

»Wir brauchen das Blut eines Schattendämons«, erklärte Adam.

Um uns herum hatten sich die Krieger versammelt. Neugierige Blicke streiften meine kleine Gruppe, doch niemand näherte sich uns.

»Nicht nötig«, widersprach Dashan mit einem breiten, Zähne zeigenden Lächeln. »Unser Blut ist genauso wirksam.«

»Das werdet ihr ihnen so einfach geben?«, fragte Phi mit einem zweifelnden Unterton in der Stimme. Zwischen den weit auseinanderstehenden Bäumen konnte ich die flammende Scheibe der untergehenden Sonne sehen, die Phis Haar leuchtend rot färbte und sie zu einem übernatürlich wirkenden Geschöpf werden ließ. Brennend, wild und wunderschön. Sie erinnerte mich an eine Waldnymphe, die kurz davor stand, ihre Heimat zu verlassen, um die weite Welt zu erkunden. »Nachdem ihr keinen Finger gerührt habt, um sie zu retten?«

»Ihr habt es doch auch ohne unsere Hilfe geschafft«, sagte er lediglich, ehe ein paar Worte in der fremden Sprache folgten. Daraufhin trat einer der Krieger an uns heran.

Nur vage bemerkte ich, wie sich dieser seinen gebräunten Unterarm mit den dunkelroten Tätowierungen aufschlitzte und das Blut in eine flache Schüssel fließen ließ. Die Schüssel führte Dashan an Gareths Lippen, der ohne zu zögern daran nippte. Adam hatte ihn heruntergelassen, sodass er auf dem Boden gegen einen braungrauen Felsen gelehnt saß. Sein Kopf fiel in den Nacken, während die blutrote Flüssigkeit an seinem Kinn herabtropfte.

Momente später stand Dashan neben mir und hob die Schüssel an mein Gesicht, doch ich schüttelte ganz langsam den Kopf. Mittlerweile schmerzte jede noch so kleine Bewegung, als würde es nicht mehr lange dauern, bis mich das Feuer von innen verbrennen würde.

»Gareths Blut hat das meine beansprucht. Es hemmt die Wirkung, wenn es mir nicht zusammen gegeben wird«, erklärte ich mühselig und mit vielen Pausen. »Ich war schon einmal in dieser Situation.«

»Unser Blut ist anders als das der Schattendämonen. Weniger … besitzergreifend.« Er zwinkerte mir zu. »Es wird nicht gegen die Verbindung kämpfen«, versicherte mir Dashan und drängte mir die Schüssel ein weiteres Mal auf.

Ich beschloss, dass ein Versuch nicht schaden konnte. Gerade würde ich alles tun, um den Schmerz und die Hitze und die Kälte zu vernichten.

Das Blut schmeckte warm und salzig, als es meine Kehle hinabrann und in meinem Inneren auf das wütende Feuer traf. Sie fochten einen Kampf auf Leben und Tod aus. Hitze gegen Kälte. Krankheit gegen Heilung. Eis … das Eis siegte und legte sich kühl über die verwundeten Stellen, half und heilte.

Erleichtert seufzend stützte ich mich auf meinen Oberschenkeln auf, schloss meine Augen und atmete mehrmals tief durch, bis die Kraft und die Kontrolle allmählich in meine Gliedmaßen zurückkehrten. Ich gestattete mir noch ein paar weitere wertvolle Minuten, dann spürte ich Gareth an meiner Seite. Während ich mich aufrichtete, sahen wir uns an, tauschten Worte, die wir nur in unseren Herzen hörten, bevor sich Gareth so schnell bewegte, dass ich erschrocken zusammenzuckte.

Der Königsdämon packte Dashan am Kragen und hob ihn in die Höhe. Sein Gesichtsausdruck war grimmig und entschlossen.

Dashan zuckte nicht einmal mit der Wimper.

»Glaube ja nicht, dass du wichtig genug bist, um nicht durch meine Krallen zu sterben, alter Mann«, donnerte er. Die Krieger um uns herum wirkten nervös und unsicher darüber, ob ein Eingreifen erforderlich war. »Wieder einmal habt ihr bewiesen, dass ihr Feiglinge seid.« Er sprach weiter in der Dämonensprache und ich glaubte zu erahnen, dass er seine englischen Worte nur wiederholte, damit er von allen verstanden werden konnte.

»Keine so gute Idee«, murmelte Adam an meiner Seite. Eine Hand lag beinahe lässig auf dem Knauf seines Schwertes, doch die Anspannung in seinen Schultern und die Art, wie er die Krieger beobachtete, sagte mir, dass er bereit war, uns jederzeit zu beschützen.

»Immerhin einer, der für uns einsteht«, erwiderte Phi schnaubend und schenkte dem Königsdämon einen höhnischen Blick, den er lediglich mit gehobenen Augenbrauen quittierte.

Gareth ließ den Häuptling schließlich los, als dieser knapp nickte, was durch die Hand an seinem Kragen merkwürdig aussah. Trotzdem war ich froh, dass er entschlossen war, Gareth nicht weiter zu provozieren.

»Und jetzt zu dir«, sagte der Königsdämon in meine Richtung, nachdem sich die Krieger wieder in Bewegung gesetzt hatten. Das offene Tor war nicht mehr weit entfernt und wir sollten es noch in der nächsten halben Stunde erreichen. »Wir müssen uns um deine Verletzung kümmern.«

Blinzelnd erinnerte ich mich an den Knochensplitter in meiner Schulter. Der Schmerz war mit dem Fieber vermischt worden, doch jetzt, da das Blut des Kriegers seine Wirkung getan hatte, fühlte ich erneut das scharfe Stechen.

»Ich setze mich am besten hin«, murmelte ich und ließ mich vor dem Felsen nieder, an dem Gareth noch vor wenigen Augenblicken gehockt hatte.

Phi kniete neben Gareth und mir. Adam blieb stehen und behielt die Krieger um uns herum im Auge.

Dashan hatte sich in die Spitze unserer Karawane gemischt, was mich erleichterte. Ich konnte sein selbstzufriedenes Grinsen nicht ertragen. Nicht jetzt. Nie wieder.

»Auf drei«, kündigte Gareth an und legte eine Hand an meine Schulter und die andere um den Knochen. »Eins, zwei …«

Ich schrie auf, mehr vor Überraschung als vor Schmerz, da er den Splitter herauszog, noch bevor er bei der Zahl drei angelangt war. Warmes Blut sickerte aus der Wunde, die jedoch nicht so tief war wie befürchtet.

Phi reichte Gareth Verbandszeug und eine Wundsalbe. Nachdem sein Blut mich nicht mehr heilen konnte, seit ich den Schlüssel verloren hatte, musste ich mit einer Verletzung wie jeder andere Mensch auch zurechtkommen. Vollkommen frustrierend.

Eine frische Brise fuhr durch mein Haar und strich über mein schmutzverkrustetes Gesicht, als ich mich mühselig erhob. Am liebsten hätte ich einen Bach aufgesucht, um mich zu waschen, doch ich wollte keine kostbare Zeit mehr verlieren. Das Tor konnte sich jeden Moment wieder schließen, um an einem anderen Ort aufzutauchen. Dann müssten wir weiter durch diesen unheiligen Wald laufen.

Gareth, Adam, Phi und ich blieben dicht beisammen und beeilten uns, zurück an die Spitze zu kommen.

Wir gehörten schließlich zu den Ersten, die das tosende, blitzende Tor erkannten, das sich auf der Steppe geöffnet hatte. Dahinter konnte man ganz schwach die ersten Ausläufer der Wüste erkennen, durch die wir bei unserer Ankunft gewandert waren.

»Wir überlassen euch den Vortritt«, erklärte Dashan und verbeugte sich spöttisch, als wir ihn erreichten. Wind zerrte an meinen Haaren.

»Du kommst mit uns«, sagte ich unnachgiebig. »Lasst uns nach Hause gehen.«

Dashan wusste es besser, als mir zu widersprechen, und positionierte sich links von mir. Gareth ging direkt hinter mir, Adam und Phi folgten.

Mein Herz klopfte schwer. Das war der entscheidende Moment. Wir würden herausfinden, ob sich der Häuptling an sein Wort hielt und wir Ascia mit den Kriegern der Hamnea zur Seite stehen könnten.

Sobald mich die Tentakel aus Licht und Farben umfingen, schloss ich die Augen und glitt in die explodierende Schwerelosigkeit. Ein Universum in einer Nussschale. So riesig und doch so klein.

Sekunden später spuckte uns das Tor neben einem weiß getünchten Haus aus. Ich rollte über den Boden, ehe ich mich mit schmerzverzogenem Gesicht fangen konnte und zu Dashan hinüberblickte, dem es nicht besser ergangen war. Mühsam rappelte er sich von der Straße auf, die in die Dunkelheit führte. Schnee bedeckte den Asphalt, aber der Himmel war so klar, dass ich die Sterne zählen könnte. Eine unheimliche Stille lag über der Stadt, in der wir freigelassen worden waren.

Gareth folgte. Adam und Phi stolperten auf mich zu, bevor wir Platz für die dreihundert Krieger machten, die nun das erste Mal die Erde betreten würden.

Erneut ergriffen mich Zweifel über mein Vorhaben. Ich wollte die Menschheit retten und zerrte dabei noch mehr Dämonen hierher?

»Es wird sich alles fügen«, sagte Gareth, nach meiner Hand greifend. Anscheinend standen mir die fürchterlichen Gedanken nur zu deutlich ins Gesicht geschrieben.

»Uns bleibt keine andere Wahl. Morrigan und Aeshma werden sich nur aufhalten lassen, wenn wir sie von dieser Erde vertreiben.«

Die ersten drei Krieger erschienen wie aus dem Nichts, aber im Gegensatz zu uns rollten sie nicht über den Boden, verloren nicht einmal das Gleichgewicht, sondern schritten ungerührt an uns vorbei. Einzig der nervöse Blick, den sie ihrer Umgebung zuwarfen, zeugte von einer gewissen Anspannung. Sofort sortierten sie sich vor einer Kreuzung.

Ich hatte keine Ahnung, wo genau wir uns befanden, aber Dashan hatte uns versichert, dass uns dieses Tor in die Nähe von Ascia bringen würde und das war die Hauptsache.

»Du willst uns alle abschieben? Zusammen mit Morrigan, Aeshma und Billings wird es für uns nach Duster und Triste gehen, damit der Krieg dort weitergeführt werden kann?« Adam verschränkte beinahe wütend die Arme vor seiner muskulösen Brust. Die schimmernden Platten seines Harnischs glänzten im Sternenlicht. »Aus den Augen, aus dem Sinn?«

»Bruder«, warnte ihn Gareth. »Die Erde ist nicht unsere Heimat.«

Ich fragte mich, von wem Adam von meinem Plan erfahren hatte oder ob er es sich selbst zusammengereimt hatte. Viele Lösungen gab es nicht und Gareth hatte ihm die Theorie nun bestätigt.

»Ist das Grund genug, uns mit dem Problem alleinzulassen? Wieso haben wir die Hamnea geholt? Wofür helfen wir Ascia, wenn wir in Duster und Triste ohnehin sterben werden?« Phi schnaubte. Er sah sie mit verengten Augen an. »Wenn du was zu sagen hast, musst du schon deinen Mund öffnen, *Mensch*.«

»Ich *muss* gar nichts«, zischte sie und baute sich vor ihm auf. Da sie einen Kopf größer war als ich, wirkte diese Geste durchaus beeindruckend. »Trotzdem, haben wir euch nicht lange genug geholfen? Wir sind getreten und gefoltert und versklavt worden, aber du willst immer noch mehr? Du willst alles haben und es wird nie genug sein. Du bist genau wie Billings. Wie Morrigan und Aeshma. Ihr denkt, euch stünde alles zu, dabei seid ihr eine verfluchte Plage!«

»Phi …«, wisperte ich, nicht, um ihr Einhalt zu gebieten, sondern vor Überraschung und Mitleid. Ich hatte ja nicht geahnt, wie stark sie gegenüber den Dämonen empfand. Ja, sie hatte mir vor nicht ganz so langer Zeit gestanden, dass sie für eine bessere Zukunft kämpfen und sich nicht mehr mit Brotkrumen zufriedengeben wollte, aber die wilde Entschlossenheit, die nun in ihren Augen loderte … Sie traf mich unvorbereitet. Genauso wie Adam, der blinzelnd einen Schritt zurückwich.

»So sieht das also aus.« Mehr ließ er sich nicht entlocken und Gareth klopfte ihm auf die Schulter.

»Wir reden später«, versicherte er seinem Freund, seinem Bruder, seiner Familie.

Ich wandte mich mit geballten Fäusten ab und beobachtete die sich versammelnden Krieger, während ich innerlich tausend Tode starb. Wenn es irgendeinen Gott gab, irgendeinen Allmächtigen, so brauchte ich seine Hilfe, denn ich wusste nicht, was ich tat. Was das Richtige war.

Ich fühle mich so verloren.

40. Kapitel

Nachdem ich Mütze und Umhang aus meiner Tasche herausgeholt und angezogen hatte, stampften wir durch den Schnee. Adam hatte ein paar Minuten gebraucht, bis er unseren Standort anhand der Sternenkonstellation bestimmt hatte, dann war es nicht sonderlich schwer gewesen, herauszufinden, welche Richtung wir einschlagen mussten.

Schwieriger stellte sich die Suche nach einem Pferd für Ophelia heraus. Sie sollte vorausreiten, um Ascia zu unserem Treffpunkt zu führen, doch es war, als wäre die Welt von allen Lebewesen verlassen worden. Weder Tier noch Mensch begegnete uns, was in mir ein mulmiges Gefühl hervorrief.

Adam nahm es schließlich auf sich, Ascia aufzusuchen. Er würde den restlichen Weg laufend bestreiten können und als Königsdämon waren seine Kraftreserven weitaus größer als die eines Menschen.

Phi funkelte ihn wütend an. Natürlich verabscheute sie es, eine Aufgabe an einen Dämon abtreten zu müssen.

»Wir sehen uns in ein paar Stunden.« Er salutierte mit einem schiefen Lächeln vor uns, ehe er sich abrupt abwandte und davonlief. Selbst als er die Stadt verließ und nur noch ein kleiner Punkt am Horizont war, verlangsamte er seine Geschwindigkeit nicht. Dann war er verschwunden.

Eine weitere unsichere Komponente in dem Plan, den wir so sorgsam entwickelt hatten. Würde Adam Dorian rechtzeitig erreichen? Gab es überhaupt noch die Stadt oder war sie längst von den Rabenbestien vernichtet worden? Hatten sich Aeshma und Morrigan möglicherweise gar neutralisiert oder zerstörten sie alles, das sich ihnen in den Weg stellte, um den jeweils anderen ein für alle Mal in die Hölle zu befördern?

Wir wanderten weiter und weiter. Gareth hielt sich ständig in Dashans Nähe auf, ließ sich zurückfallen, wenn dieser mit seinen Kriegern sprach, und achtete auf jede noch so kleine Geste. Natürlich vertrauten wir ihm nicht, doch es brachte uns auch nicht weiter, den Argwohn zu schüren.

Die Hamnea befanden sich nun auf der Erde und entweder halfen sie uns oder gaben uns den Todesstoß.

»Ist etwas zwischen euch vorgefallen? Zwischen dir und Gareth?«, fragte Phi an meiner Seite. Vor ihrem Gesicht bildeten sich kleine weiße Wolken, die in den klaren Himmel stiegen und sich darin auflösten.

»Wie kommst du darauf?« Ich formte meine Hände zu einer Höhle und pustete hinein, um sie aufzuwärmen. Durch die konstante Bewegung ließ sich die Dezemberkälte zwar aushalten, aber angenehm waren die eisigen Temperaturen nicht.

Sie begnügte sich damit, mir einen vielsagenden Blick zuzuwerfen.

»Was? Ich könnte dich genauso fragen, was zwischen dir und Adam vorgefallen ist«, erwiderte ich gereizt. Warum mussten wir jetzt über meine Beziehungsprobleme sprechen, wenn die Welt kurz vor ihrem dramatischen Untergang stand?

»Das ist wirklich unter deiner Würde.«

»Ist es das? Während unserer Reise hast du ihn kaum eines Blickes gewürdigt und plötzlich gehst du seinetwegen in die Luft«, teilte ich ihr meine Beobachtung mit und registrierte mit Genugtuung, wie sie unter meinen Worten zusammenzuckte. Ich hatte den Teil in mir, der sie gerne an die Grenzen ihrer Selbstbeherrschung trieb, noch nicht vollkommen aufgegeben, seit wir miteinander befreundet waren.

»Du hast keine Ahnung, wovon du sprichst, Aly, außerdem geht es dich nichts an«, entgegnete sie gepresst und mit starrem Gesichtsausdruck. Ihre Wangenmuskeln zuckten unter ihrer leicht vom Wind geröteten Haut.

Ich stieß meinen angehaltenen Atem aus, musterte die Krieger, die einen weiten Bogen um uns machten, als würden wir sie mit unserer Menschlichkeit anstecken, und in geordneten Reihen die Straße entlangliefen. Mittlerweile hatten wir eine gewundene Landstraße erreicht, die durch einen Nadelwald führte. Die weiß gepuderten Bäume streckten sich wie Finger gen Himmel und berührten das Licht der Sterne, um sie zu fangen und zu halten. Ein Wunsch für jeden glühenden Planeten.

Phi ließ sich fallen, sodass ich den Weg nun allein inmitten der Hamnea bestreiten musste und ich konnte es ihr nicht einmal verübeln. Ich hatte mich wie eine ungezogene Göre verhalten und das war nicht das erste Mal gewesen. Ich kam nur schlecht damit zurecht, dass sie so tief in meine Seele blicken konnte, und in diesen Momenten fühlte ich das kratzende Biest in mir, das sich an die Oberfläche kämpfte, um sie zu verjagen. Ein Biest, das von Lucy genährt und aufgezogen worden war.

Zwei Meilen, bevor wir den Treffpunkt erreichten, den wir zuvor ausgemacht hatten, schlugen die Krieger auf einer kleinen Tierfarm ihr Lager auf, während wir anderen weiterliefen. Die Distanz bis nach Ascia war mittlerweile so gering, dass wir hin und wieder das Kriegshorn hören konnten. Ich bildete mir sogar ein, Schreie und Schwertklänge zu vernehmen.

»Ich bin hier.«

Als Gareths Stimme an meiner Seite erklang, seine Hand sich in die meine legte, da schloss ich die Augen. Nur ganz kurz. Für einen bittersüßen Moment.

Ich bin hier, hallte es in mir nach wie in einer leeren Höhle. Ausgeweidet und verlassen. *Geh nicht. Geh niemals.*

»Phi hasst mich jetzt wahrscheinlich«, sagte ich, weil die Gefühle in mir zu überwältigend waren, um sie in andere Worte zu fassen. Dashan und Phi schritten ein paar Meter vor uns auf einem engen Pfad entlang, der sich durch den bleichen Wald schlängelte. Das Licht der Sterne reichte kaum bis zu uns durch und wurde von den hohen Bäumen so gedämpft, dass ich mich angestrengt auf den Weg konzentrieren musste. »Ich habe sie ziemlich angefahren.«

Gareth hob unsere ineinander verschlungenen Hände hoch und hauchte einen Kuss auf meinen Handrücken. Dabei ließ er den Blick nicht von mir ab.

»Du stehst unter enormem Druck. Sie wird es verstehen, wenn du dich bei ihr entschuldigst«, munterte er mich mit einem zaghaften Lächeln auf.

Ich erinnerte mich an unseren Weg zu den Kaskaden zurück und zu den gestohlenen Minuten, die wir in den Armen des anderen verbracht hatten. Meine Wangen erhitzten sich, was meinem Geliebten nicht entging, da das zaghafte Lächeln zu einem verführerischen Grinsen wurde.

»Bald«, versprach er, blieb stehen und küsste mich schnell und hart. Die Leidenschaft in unseren Bewegungen war unverkennbar, glich einer

Folter, da wir keine Minute für uns haben würden, wenn wir die Blockhütte erst einmal erreicht hatten. Unglücklicherweise konnten wir uns einen Ausflug wie damals jetzt nicht leisten. Ich wollte Bird, Hadley und Ian nicht noch länger im Unklaren über unseren Verbleib lassen.

Schließlich erreichten wir die Blockhütte. Doch bevor wir uns dem Eingang, der von vergilbten Ranken umfasst wurde, näherten, liefen wir die Umgebung ab und hielten nach einem Hinterhalt Ausschau. Gareth war es, der auf Ian traf und diesen zu mir führte.

»Ihr seid zurück«, verkündete er mit gedämpfter Stimme und drückte mich fest an seine mit Fellen bedeckte Brust. Anscheinend hatte er einen Hirsch erlegt, um die Kälte hier draußen zu überstehen. Der Geruch drang unangenehm in meine Nase, aber ich ließ mir nichts anmerken. Zu groß war die Freude darüber, ihn wohlbehalten wiederzusehen.

»Hat alles funktioniert? Geht es euch gut?«

Er löste sich gerade von mir, als Phi mit Dashan zu uns stieß. Letzteren bedachte er mit einem neugierigen Blick, blieb aber beim Thema.

»Es lief nach Plan. Sie warten drinnen. Ich war für die Wache eingeteilt.« Phi und Ian warfen sich einen langen, durchdringenden Blick zu. Ihre Freundschaft reichte so tief, dass sie weder Worte noch Umarmungen brauchten, um dem jeweils anderen mitzuteilen, was das Wiedersehen in ihnen auslöste. Ein wenig beneidete ich sie darum, ehe ich Gareths grimmige Präsenz hinter mir spürte und mich entspannte. Ich hatte diese Verbindung auch zu jemandem. Selbst wenn ich nichts mehr in meinem Leben erreichte, selbst wenn alles zerstört und vernichtet wurde, dies würde mir niemand nehmen können.

»Dann lass uns unsere Gäste begrüßen.«

Ich trat auf die Lichtung, in dessen Mitte die einsame Jägerhütte stand. Ich hatte sie zum Treffpunkt auserkoren, nachdem mir Gareth von ihrer Lage berichtet hatte. Es war der perfekte Ort. Hoffentlich.

Mit einem mulmigen Gefühl stieß ich die Tür nach innen auf und fand mich nach wenigen Schritten in dem rechteckigen, mit dunklem Holz verkleideten Inneren wieder. Bird, Hadley und George saßen an einem Tisch und spielten Karten. Ein kalter Haufen Asche lag in der Feuerstelle. Wie instruiert, war er nicht genutzt worden, da der Rauch aus dem Kamin ungebetene Gäste angelockt hätte. Mehr als ein paar leere Regalbretter an den Wänden, einer ungemütlich und schmutzig wirkenden Pritsche in der linken Ecke und mehreren Kerzenleuchtern gab es hier nicht. Mein Blick wanderte langsam, beinahe gemächlich zu Matty Teagan, der Anführerin der Rebellen.

Die burschikose Frau mit den kantigen Gesichtszügen und den streng zusammengezogenen Brauen stand mir zugewandt vor einem vernagelten Fenster. Ihre Hände hatte sie in ihrem Rücken verschränkt und verhinderte somit, dass ich etwas an ihrer Haltung ablesen konnte. Zitterten sie? Knetete Matty sie nervös?

»Alison«, begrüßte sie mich mit rauer Stimme und musterte mich von oben bis unten. Ihre grauen Augen, die in dem schwachen Licht zwei schwarzen Abgründen glichen, hielten mich im Bann. Ich versuchte mir vorzustellen, mich aus ihnen zu sehen. Verletzt, schmutzig und verloren. Von mir würde sie sich nichts sagen lassen, trotz aller Freundschaft und Gelassenheit, die sie mir bei unserer ersten Begegnung entgegengebracht hatte. Doch damals, ja, da hatte sie etwas von *mir* gewollt und nun befand sie sich auf der anderen Seite.

Immerhin, es war ein gutes Zeichen, dass sie überhaupt meiner Einladung gefolgt war, die ihr von Ian, Hadley und Bird überbracht worden war.

»Matty.« Ich neigte zum Gruß den Kopf, schritt tiefer in den Raum hinein, um Gareth und Phi Platz zu machen.

»Ich warte seit zwei Tagen hier. Meine Geduld ist am Ende.« Sie erhob ihre Stimme nicht, sondern trug die Worte in einer Schärfe vor, die an das Schleifen von Stein erinnerte. Jeder Strich traf mit eisiger Genauigkeit auf den harten Felsen und Funken stoben in sämtliche Richtungen.

»Was hast du denn so Wichtiges vor, von dem wir dich abhalten?« Ich warf Bird und Hadley ein freundliches Lächeln zu, das ich zum einen tat, um ihnen zu zeigen, wie froh ich war, wieder bei ihnen zu sein und zum anderen, damit Matty merkte, dass ich nicht mehr länger die Frau war, die sie für ihre Zwecke nutzen konnte. Meine Zeiten als ihre Marionette waren, Teufel noch mal, vorbei.

Endlich ließ sie ihre Hände sinken und ich erkannte, dass sie diese zu Fäusten geballt hatte. Es befriedigte mich auf eine perfide Weise, eine derart heftige Reaktion hervorgerufen zu haben, da sie sonst eine Meisterin im Verstellen war.

Da sie sich vor ihren eigenen Leuten als Mann ausgab, musste sie das auch schließlich sein.

»Bald werden meine Rebellen ankommen, du solltest dich also besser mit dieser … Unterhaltung beeilen«, erwiderte sie mit fadenscheiniger Ruhe. Ein gespitzter Dolch in Form eines Wortes und mehr brauchte es nicht, um diese zu zerschneiden. Doch das war nicht der Grund für ihre Anwesenheit. Ich wollte Matty nicht vernichten. Also behielt ich Colins Aufenthalt und Zustand für mich. Noch.

»Fein. Gareth, Phi, Dashan, das ist Matty Teagan, Anführer der Rebellen«, stellte ich sie endlich vor, da die Fronten für den Moment geklärt waren. Ich verriet ihnen nichts von Mattys Geschlecht, da ich es nicht als wichtig erachtete. Entweder erkannten sie die Täuschung selbst oder sie taten es nicht. Für mich machte es keinen Unterschied, ob ich mich einer Frau oder einem Mann gegenübersah.

»Wie viel weißt du von der aktuellen Lage?«

»Nun, es geht das Gerücht um, dass Morrigan und Aeshma auferstanden sind. Wir Menschen meiden das Schlachtfeld, das unseren sicheren Tod bedeuten würde, wie du dir vielleicht denken magst«, antwortete sie und lockerte ihre Fäuste, um mit dem Zeigefinger warnend in meine Richtung zu wedeln.

»Das ist korrekt. Ein Grund dafür, wieso dieser Krieg noch nicht beendet ist.« Auch wenn wir noch keine aktuellen Informationen besaßen, so hoffte ich doch, dass die Stadt Ascia noch nicht gefallen war. Das würde so einiges durcheinanderbringen. »Gareth, Phi und ich sind nach Duster und Triste aufgebrochen, um Dashans Hilfe zu ersuchen. Er ist mit dreihundert seiner Krieger mit uns zurückgekommen und wir wollen gegen die Wut und Zerstörung der anderen Dämonen ankämpfen. Seite an Seite mit Ascia *und* den Menschen.«

»Es ist nicht *unser* Krieg, Alison! Die Dämonen haben ihn auf unsere Erde gebracht und wir müssen zusehen, wie wir mit möglichst geringem Verlust aus ihm hervorgehen.«

Ich hatte mit dieser Antwort gerechnet, das bedeutete allerdings nicht, dass sie nicht minder brannte.

»Du nennst dich einen Rebellen? Ich dachte, du willst kämpfen?« Mein Herz klopfte heftig in meiner Brust, als ich den Abstand zwischen uns verringerte. All die Ungerechtigkeiten der letzten Jahre, all die Nächte, die ich einsam und wütend in verlassenen Häusern verbracht hatte, brodelten an die Oberfläche. Wie konnte jemand wie Matty, die das Schicksal von so vielen Menschen teilte, einfach aufgeben? »Dein

Plan ist es gewesen, die Dämonen wegzuschicken. Für immer. Was ist daraus geworden? Und wenn dir das noch nicht reicht, habe ich eine weitere Motivation für dich …«

Ihre Augen verengten sich, doch das Feuer, das in ihnen loderte, wurde dadurch nicht gedimmt. »Spuck es schon aus, Jägerin.«

»Hast du dich nicht gefragt, wo Colin ist?« Sie wich unmerklich zurück. Wenige Zoll, aber in ihrem Inneren, oh, da brandete ein Sturm auf, der sich mit dem Feuer verband und zu einer regelrechten Naturgewalt heranwuchs. Ich beeilte mich, weiterzureden, als ich mich daran erinnerte, dass ich sie einst respektiert hatte. Ich wollte sie nicht als meine Feindin. »Im Kampf gegen die Kaskaden wurde er entführt und ein Königsdämon beschwor mithilfe des Schlüssels und des Schlosses Aeshma auf die Erde. Colins Körper wurde zu seinem Gefäß. Er existiert nun in ihm. Colins Seele befindet sich … woanders.«

»Du lügst. Du suchst nur nach einem Weg, um mich davon zu überzeugen, mit Dämonen in den Krieg zu ziehen.«

»Nein.« Mehr sagte ich nicht, denn in ihren Worten hatte Resignation mitgeschwungen. Sie wusste, dass ich nicht so niedrig sinken würde, um mir ihre Unterstützung zu erschleichen.

Sie rieb sich die Wangen, atmete aus und blickte von Person zu Person, als würde die Antwort in unseren Gesichtern geschrieben stehen.

Ich bemerkte, dass sich meine Freunde und Dashan allesamt darum bemühten, möglichst ernst, aber nicht gefährlich auszusehen. Ob nun dies oder Colins Situation ihr den letzten Stoß in die richtige Richtung gab, war jedoch nicht klar.

»Und wenn ich meine Rebellen unter Ascias Flagge kämpfen lassen würde, wird er uns helfen? Allein überleben wir keine zwei Sekunden.«

»Wir werden gemeinsam eine Strategie entwickeln, sobald Ascia hier eintrifft«, antwortete Gareth dieses Mal für mich und ich nickte bestätigend. Da wir den anderen Armeen zahlenmäßig noch immer nichts entgegenbringen konnten, wäre es unabdingbar, einen Plan zu schmieden, durch den wir den meisten Schaden anrichten könnten. Zumindest solange, bis ich die Krone gefunden hätte.

»Und worauf läuft es hinaus? Was passiert, wenn wir gewinnen?«

»Wir werden die Dämonen nach Hause schicken«, sagte ich leise. Es war kaum vorstellbar, wie diese Welt ohne Dämonen funktionieren sollte. »Sie alle.«

»Wie?«

»Lass das meine Sorge sein«, speiste ich sie ab, da sie auch mir damals nicht alle Details verraten hatte, als ich dazu gezwungen worden war, ihr meine Hilfe zuzusichern.

»Schön«, knurrte sie beinahe. »Eines musst du mir jedoch versprechen: Du wirst dein Möglichstes tun, um Colin von diesem Parasiten zu befreien.«

Ich ließ mir die Forderung einen Moment durch den Kopf gehen und entschied, dass mir das Versprechen nichts abverlangen würde, was ich nicht ohnehin tun würde. Colin gehörte weder zu meinen Freunden noch zu meiner Familie, aber dieses Schicksal hatte er nicht verdient und da ich Aeshma aus dieser Welt verbannen wollte, konnte ich genauso gut versuchen, Colins Körper und Seele zu retten.

»Abgemacht.« Ich fügte noch ein bekräftigendes Nicken hinzu, als die Tür hinter uns aufgestoßen wurde und Dorian Ascia zusammen mit Adam eintrat. Ihre Gesichter verrieten die Eile, die sich bis vor einem Wimpernschlag noch in ihren Bewegungen widergespiegelt hatte. Und sie mussten wirklich gerannt sein. Die Entfernung zwischen Ascia und dieser Blockhütte ließ sich zwar noch vergleichsweise schnell überbrücken, aber ich hatte mit mehr Hindernissen gerechnet, die ihre Ankunft verzögern würden. Umso besser, dass meine Befürchtungen unbegründet waren.

Bevor einer der Neuankömmlinge oder jemand der bereits Anwesenden etwas sagte, musterte man sich erst einmal gegenseitig, schätzte sich ab, suchte nach Gefahren. Matty ließ sich nichts anmerken, obwohl sie diesen Raum kaum lebend verlassen würde, sollte sie eine falsche Bewegung wagen. Und sie wusste das.

»So früh hatte ich nicht mit euch gerechnet«, durchbrach ich schließlich das angespannte Schweigen. Adam und Gareth reichten sich die Hand, Ascia nickte seinem Ziehsohn zu.

»Ich war bereits auf dem Weg hierher, als ich Adam traf«, antwortete Ascia und bedachte mich mit einem reglosen Blick. Eine Wand aus Eis und Stein, die durch den Tod seines anderen Ziehsohnes eingebrochen war. Die Zerstörung hatte offensichtlich nicht lange angedauert und der König hatte die Zeit genutzt, um Stein auf Stein und Eis auf Eis zu setzen, bis ihn die Mauer wieder vollkommen umhüllte. Ein Dämon hinter einem Schutzwall, den nur er selbst zum Einsturz bringen konnte.

»Hierher? Woher wusstest du von diesem Treffpunkt, wenn nicht von Adam?« Abweisend verschränkte ich die Arme, in der Hoffnung, meine Autorität nicht zu verlieren. Es war wichtig, meine Verbündeten Dashan und Matty zusammenzuhalten, aber wenn sie sahen, dass ich nicht einmal wusste, was um mich herum vor sich ging, wie sollten sie mir dann ihre Krieger anvertrauen?

»Ich bin ein hundert Jahre alter Königsdämon, Jägerin, meine Fähigkeiten übersteigen dein Fassungsvermögen.«

Langsam, ganz langsam trat ich einen Schritt auf ihn zu, ließ all meinen Mut, all meinen Kampfgeist sich in meinem Blick widerspiegeln, als ich direkt vor ihm stehen blieb. Das Schweigen nutzte ich aus, formte es zu meinem Vorteil, weil *ich* es war, die die Spannung wob.

»Ich bin nicht auf den Kopf gefallen«, forderte ich ihn heraus und bemerkte mit Genugtuung, wie Gareth lächelnd in meine Richtung blickte.

Für einen Moment sah es so aus, als würde sich Ascia weigern, doch dann ließ er seine Schultern sinken und Adam schloss endlich die Tür, um das weitere Eindringen der Kälte zu verhindern. Erst jetzt nahm ich den kalten Windzug wahr, der meine Wangen streifte.

»Zwischen Geschwistern von Königsdämonen existiert eine gewisse Verbindung, die den meisten jedoch verborgen bleibt. Erst mit der Zeit und mit der Kontrolle der Macht kann man sie sich zu Nutze machen. Ich habe Adams Anwesenheit gespürt, sobald er durch das Tor die Erde betreten hat«, erklärte er ungeduldig. »Deshalb machte ich mich auf den Weg, noch bevor er mich erreichte.«

Ich verkniff mir ein *Das war doch gar nicht so schwer* und nickte stattdessen, um Diplomatie bemüht. »Ich nehme an, deine Anwesenheit bedeutet, dass die Stadt noch steht?«

»Gerade so«, antwortete er geschäftsmäßig und wieder vollkommen ruhig. »Morrigans und Aeshmas Armeen zerfleischen sich und meine und Billings' Dämonen werden im Kreuzfeuer getötet. Es ist ein wahres Massaker. Niemand scheint mehr zu wissen, wofür er kämpft und wann der Krieg sein Ende finden wird.«

»Er wird zu Ende gehen, wenn ihr die Erde verlassen habt«, grollte Matty mit vor Wut zitternder Unterlippe.

»Ich verstehe«, sagte der König ruhig. Es schien, als hätte er mit diesem Ausgang bereits gerechnet oder Adam hatte ihn auf dem Hinweg aufgeklärt, was wahrscheinlicher war. Seine nächsten Worte bestätigten dies. »Du musst also zur Krone gelangen?«

Recht widerwillig löste ich meinen Blick von Matty, deren Augen groß geworden waren, da nun noch mehr von meinem Plan enthüllt worden war. »Entweder hat sie Aeshma oder sein Handlanger Dejan. Es wird schwer werden, in ihre Nähe zu kommen.«

»Häuptling Dashans zusätzliche Krieger werden helfen«, antwortete Ascia zuversichtlich in die Richtung des Hamneas, der wiederum lächelte. »Ich habe Karten und Lagepläne mitgebracht. Wir sollten sofort an unserer Strategie feilen, ehe jeder Versuch, die Erde von uns zu befreien, zu spät kommt.«

Ich verdrehte die Augen. Die anderen Anführer nickten zustimmend und Bird und Hadley erhoben sich, als Ascia sich daran machte, die Karte, die er aus einer Tasche hervorgezogen hatte, auf dem Tisch auszubreiten. Gareth, Adam und Matty versammelten sich mit strengen Mienen und tiefem Stirnrunzeln darum.

Phi und ich sahen uns einen Augenblick an und wir kamen zu einer schweigenden Übereinkunft. Für den Moment hatten wir genug getan. Weder sie noch ich verstanden uns auf Kriegsführung und würden nur im Weg stehen. Auch wenn ich mir vornahm, mich zu einem späteren Zeitpunkt wieder einzuklinken. Ich war nicht so naiv, dass ich blind folgen würde, wenn doch alles von diesem einen Versuch abhing.

Ich hatte alles mir Mögliche getan und dies war der Grund, wieso ich ebenfalls alles opfern würde, um zu gewinnen. Um der Menschheit eine Chance zu geben. Selbst wenn es meine Seele zerstörte. Mein Herz entzweiriss …

Bird und Hadley folgten uns nach draußen, wo wir auf Ian trafen, der sich gerade mit einer jungen Frau unterhielt, die bis an die Zähne bewaffnet war. Ihr Blick fiel auf uns, als wir sich ihnen näherten.

»Anscheinend hat Matty uns verschwiegen, dass ihre Rebellen folgen würden, sollte sie nach zwei Tagen nicht zurückgekehrt sein«, informierte uns Ian mit einem tiefen Seufzen. »Glücklicherweise kenne ich Teresa, deshalb sind wir noch nicht angegriffen worden.«

»Sie erwähnte vorhin so etwas. Freut mich, dich kennenzulernen, Teresa. Ich bin Alison.« Ich reichte der hochgewachsenen, dunkelhäutigen Frau die Hand, die sie mit einem grimmigen Lächeln annahm. Sie schien noch nicht ganz mit der Situation zufrieden zu sein. »Dein Anführer wartet in der Blockhütte. Du kannst dich gerne selbst von seinem Wohlbefinden überzeugen.« Mit Absicht benutzt ich die männlichen Pronomen, da ich nicht diejenige sein wollte, die Mattys Geheimnis in dieser heiklen Angelegenheit enthüllte.

»Das werde ich tun, sobald meine Rebellen hier eintreffen.« Sie neigte dankbar den Kopf. »Wir haben nicht weit von hier Bewegungen in einer toten Stadt gesehen. Ich nehme an, das hat etwas mit dem Treffen zu tun?«

»Ihr habt nicht eingegriffen?«, fragte ich, anstatt ihr zu antworten.

»Wir mischen uns nicht in den Krieg ein.«

»Ich glaube, du solltest dich wirklich noch einmal mit Matty unterhalten«, sagte ich schnaubend, als ich hörte, wie sich etwas durch das Unterholz fortbewegte. Sofort spannte ich mich an, griff nach einem Dolch und positionierte mich neben Phi, die dieselbe Kampfstellung eingenommen hatte.

»Und *du* solltest dich beruhigen. Ich sagte doch bereits, ich warte auf meine Rebellen«, erklärte Teresa und hatte den Schneid, mir ein spöttisches Lächeln zu schenken. Auch wenn mir ihre Arroganz sauer aufstieß, so bewunderte ich sie als Person dafür, dass sie sich nicht so leicht kleinkriegen ließ.

Trotz ihrer Entwarnung ließ ich das Messer nicht sinken und wartete geduldig, bis sich die ersten Rebellen aus den Schatten der hohen Tannen schälten. Erst sechs, dann zehn und schließlich etwas mehr als zwei Dutzend. An ein paar von ihren Gesichtern konnte ich mich noch von meinem kurzen Aufenthalt in ihrer Mitte erinnern, aber die Namen fielen mir nicht ein. Nach Lexi und Holly, den Frauen, die mich in ihrer Hütte aufgenommen hatten, suchte ich vergeblich.

»Waffen runter«, befahl Teresa ihren Männern und Frauen, als sie sich zu ihnen umwandte. Ihre autoritäre Stimme duldete keinerlei Widerstand und niemand wagte es, ihr nicht zu gehorchen. Die Rebellen steckten Dolche, Schwerter und Pistolen ein, aber ihre feindliche Ausstrahlung verging nicht. »Duncan, du begleitest mich in die Hütte. Dort befindet sich Matty. Ihr anderen haltet die Stellung.«

Nachdem sie ihrer Vorgesetzten gehorcht hatten, begab sie sich wie erwartet zur Hütte.

»Ein paar kostbar aussehende Harnische tragt ihr da«, kommentierte Ian und kniff Phi am Arm. Sie schlug nach ihm, doch er wich mit einem lauten Lachen aus.

»Hätte ich gewusst, dass du derart auf Kinderspiele stehst, hätte ich mir gar keine Mühe gegeben, so höflich zu sein«, bemerkte Adam trocken, der plötzlich hinter uns aufgetaucht war. Seine zuckenden Mundwinkel verrieten jedoch zu deutlich, dass er Phi verspottete.

Anscheinend war das Treffen vorbei, denn nun schritt auch Gareth auf uns zu. Ich hoffte, dass Ascia auf Dashan achtgab, da ich nicht darauf vertraute, dass er nicht einfach im Chaos verschwand.

»Höflich? Du?«, fauchte Phi und reckte das Kinn. »Du weißt nicht mal, wie man Bitte und Danke sagt, also spar dir deinen Spott.«

Gareth legte einen Arm um meine Schultern und drückte mich eng an sich, als hätte er die Minuten der Trennung als genauso schmerzhaft empfunden wie ich. »Sollen wir sie packen und voneinander trennen?«

»Du meinst, bevor sie sich gegenseitig die Kehle rausreißen?« Lächelnd blickte ich ihn an.

»Ach, du hast nicht mal *versucht*, ein anständiges Gespräch mit mir zu führen«, entgegnete Adam und überging Gareth und mich damit geflissentlich.

»Ich wusste nicht, dass du überhaupt fähig dazu bist, eines zu führen, wenn Alkohol nicht in der Nähe ist« herrschte sie ihn an, ohne auch nur einen Zoll zurückzuweichen. »Tut mir ja so leid.«

Adam presste die Lippen zusammen und angespanntes Schweigen erhielt Einzug. Wir alle erkannten die Anspielung auf die Wochen, in denen Adam sich hatte gehen lassen, als Elle spurlos verschwunden gewesen war.

Eine Sekunde verging, dann zwei. Drei. Vier. Adam drehte sich wortlos um und ging langsam, beinahe gemächlich zur Hütte zurück, als würde er um jeden Schritt kämpfen. Seine Selbstbeherrschung hing an einem seidenen Faden und ich spürte Mitleid in mir aufsteigen.

»Wenn er nicht einstecken kann, soll er nicht austeilen«, murrte Phi, ehe auch sie sich von unserer Gruppe löste. Sie konnte uns vormachen, was sie wollte, aber es war zu deutlich, dass sie sowohl von ihren eigenen harschen Worten als auch von Adams unerwarteter Reaktion erschrocken war.

»Ich kümmere mich besser um sie«, verkündete Bird mit einem sanften Lächeln in meine Richtung, bevor sie unserer Freundin nacheilte.

»Würdest du mir einen Gefallen tun?«, fragte ich an Ian gewandt, der sich unsicher am Kopf kratzte. Ich wartete sein Nicken ab. »Könntest du den Häuptling im Auge behalten? Ich traue ihm nicht.«

»Wird gemacht, Boss.« Sein Grinsen war ansteckend, dann lief er los, sodass Gareth und ich endlich, *endlich* allein waren, wenn man einmal von der sich vergrößernden Gruppe von Rebellen absah, die sich um uns herum auf Baumstämmen und flachen Steinen niederließ. Kleine Feuer wurden gezündet, nun da wir genug waren, um uns notfalls zu verteidigen. Einige wärmten sich daran oder brieten Fleisch. Der Geruch stieg mir in die Nase und löste ein lautes Magengrummeln aus. Dann wurde mir bewusst, wie schmutzig Gareth und ich waren und dass ich mich fast noch mehr nach einem Bad als nach einem gebratenen Kaninchen sehnte.

»Geht es dir gut?« Ich blickte Gareth direkt ins Gesicht, suchte nach Resten der Infektion, die er und ich eingefangen hatten, doch ich wurde nicht fündig. Mit der Hand fuhr ich seinen linken Arm hinauf, um ihn zu spüren. Zu fühlen, dass er *da* war. Bei mir.

»Den Umständen entsprechend«, sagte er sanft. »Bis hierhin hat dein Plan funktioniert. Das sollte uns positiv stimmen.«

»Es zeigt nur, dass sich das Ende nähert. Unaufhaltsam«, wisperte ich mit all der Trauer, die aus meinem Herzen tropfte. Ein Boot mit einem Leck in den geschwärzten Planken, das doch immer so sicher und robust gewirkt hatte.

»Es muss nicht unser Ende sein.«

»Vielleicht nicht, aber …« Ich stockte. Etwas hatte meine Aufmerksamkeit von Gareths Gesicht gerissen, nein, *jemand* … »Verflucht sei er«, zischte ich und löste mich von meinem Gefährten, um auf Arias Wester, dem ehemaligen Anführer der Jäger, zuzugehen.

41. Kapitel

Der Vater meines Exfreundes war weise genug, einen Schritt zurückzuweichen, als er Gareth und mich auf sich zukommen sah. Ich schenkte ihm ein grimmiges Lächeln.

Beim Näherkommen erkannte ich seine eingefallenen Wangen und die knochigen Schultern, als hätte er Probleme damit gehabt, etwas Essbares hinunterzukriegen. Das letzte Mal hatte ich ihn im Camp der Rebellen gesehen, wo er mir damit gedroht hatte, mich zu erledigen, sobald ich das Tor für die Rebellen geöffnet hätte.

»Ich sehe, du lebst immer noch«, zischte er, behielt Gareth aber im Auge. Anscheinend fürchtete er sich mehr vor dem Königsdämon als vor mir, was ich aber zu ändern gedachte.

»Und ich sehe, dass du noch immer wie ein Blutegel an der Haut der Rebellen klebst. Widerst du dich nicht selbst an?« Ich zeigte ihm die Zähne, spielte meine Überlegenheit auf allen Ebenen aus, denn dass ich ihm überlegen war, daran gab es keinen Zweifel.

»Wärst du nicht wie ein Feigling durch das Tor geschlüpft, gäbe es keinen Grund mehr dafür.«

»Wieso bist du es nicht?« Die Frage traf ihn unerwartet, was ich an dem überraschten Blinzeln erkannte und der Tatsache, dass er seinen Blick zum ersten Mal von Gareth zu mir wandern ließ. »Das war es doch, was du wolltest, nicht wahr? Eine Passage zur anderen Welt. *Irgendeiner.* Um deine geliebte Ehefrau zu finden und zurückzuholen. Hat dich dein Mut so plötzlich verlassen?«

Er schluckte. »Du hast die Tore zur Welt der Dämonen geöffnet. Dort gab es nichts für mich.«

»Bist du dir da so sicher?« Ich spürte, wie Gareth sich neben mir anspannte, als Arias einen Schritt vortrat und seinen glänzenden Krummdolch zog, den er angeblich in der Türkei gekauft hatte. Damals, als die Erde noch uns gehört hatte.

»Spuck's schon aus, kleines Miststück!«

Ich bewegte mich nicht, als die Spitze des Dolchs beinahe meine Kehle berührte. Auch Gareth rührte sich nicht. Schließlich wusste er, dass ich mich jederzeit selbst aus dieser Situation befreien konnte.

Mein Lächeln wurde breiter.

»Na, na, na, Arias, wo sind denn deine Manieren geblieben?« Ganz langsam hob ich eine Hand bis zur Höhe des Krummdolches, dann entriss ich Arias die Waffe in einer fließenden Bewegung. So schnell, zu schnell, als dass er sich hätte wehren können, packte ich ihn an der Schulter, verhakte meinen Fuß mit seinem und riss ihn zu Boden. Keuchend kam er auf allen vieren auf, doch ich gab ihm keine Pause, zog ihn am hinteren Kragen wieder aufrecht und presste ihm dann ebenjene Waffe an seine eigene Kehle. Ich starrte auf seine Glatze hinab und versuchte, meinen Zorn zu zügeln. Er würde mir hier und jetzt nicht weiterhelfen. »Ich habe sie gesehen, Arias, deine *Frau.*«

Ich hätte nicht geglaubt, dass er noch starrer werden könnte, doch nun schien sich nicht einmal mehr das kleinste Härchen auf seinem verabscheuungswürdigen Körper zu bewegen.

»Du lügst.«

»Warum glaubt mir eigentlich niemand, dass ich die Wahrheit sage, Gareth?«

»Menschen leben lieber in ihrer Illusion, als sich der Realität zu stellen. Du bist die Botin der Wahrheit und sie weigern sich, die Nachricht anzuerkennen.« Er hob eine Schulter. »Es liegt in ihrer Natur, nimm es ihnen nicht übel, mein Herz.«

»Du hast recht. Also noch einmal.« Ich legte gespielt nachdenklich den Kopf schief, dann nahm ich den Dolch von Arias' Kehle und trat einen Schritt zurück.

Sekunden später hatte er sich aufgerappelt und stand mit zornfunkelnden Augen vor mir.

»Joana Wester ist Morrigans Vertraute und Freundin. Ich habe sie beide in Morrigans Schloss kennengelernt. Mittlerweile befinden sie sich jedoch hier auf der Erde und kämpfen gemeinsam gegen jeden, der sich ihnen in den Weg stellt.«

»Sie ist … hier?« Seine Stimme brach.

»Ich habe sichergestellt, dass sie darüber Bescheid weiß, wie du dich ihrem Sohn gegenüber verhalten hast. Sie will dich nie mehr wiedersehen«, fügte ich an, für den Fall, dass er die implizierte Nachricht nicht verstand.

»Du verfluchte Schlampe!«, brüllte er, doch er besaß keinerlei Macht über mich. Sein Ausbruch war kindisch, lächerlich gar und der Respekt, mit dem ich ihm in den Jahren unserer Zusammenarbeit begegnet war, hatte sich vollkommen verflüchtigt. Er war nicht mehr für mich als ein missbrauchender Vater. Ein Versager.

»Ich kann ihn für dich festhalten, wenn du ihm die abhandengekommenen Manieren einbläuen möchtest«, bot Gareth mit verschränkten Armen an. Auch er sah Arias nicht als würdevollen Gegner an.

»Nett von dir, Liebling, aber meine Hände wollte ich mir heute nicht schmutzig machen.« Ich pfefferte den Dolch vor Arias' Füße. »Wird Zeit, dass du dir eine neue Besessenheit zulegst.«

»Das wirst du noch bereuen«, zischte er, klaubte den Dolch auf und verließ die Lichtung.

»Wow, diese Drohung meint er jetzt wirklich ernst, oder?«

»Was kann er schon tun, das uns gefährden könnte?«

»Du weißt schon, dass du damit das Schicksal herausforderst?« Ich boxte ihn gegen die Schulter und er griff nach mir, um mich fest an sich zu drücken.

»Mit dir an meiner Seite kann ich auch das Schicksal besiegen.« Er presste einen Kuss auf meine Schläfe. »Lass uns etwas essen. Ich fürchte, die Verwandlung und die Reise fordern allmählich ihren Tribut.«

»Du gibst deine Schwäche zu? Das Schicksal muss in der Tat schon schlotternde Knie haben«, lachte ich, ließ mich aber von ihm zu einem der Feuer ziehen. Mein Herz ein Flammeninferno, das von seiner Berührung stetig neu entfacht wurde. Mein Licht.

Haut an Haut. Fingerkuppen wie Federn auf meinem Körper. Sanft. Fest. Stark und Weich. Ich stöhnte, griff nach Gareths muskulösen Armen, hielt mich fest und ließ mich fallen. Lippen, die flüsternde Schwüre in meiner Seele hinterließen. Eingebrannt und verewigt. Weiße, schlanke Birkenstämme, die an den Rändern meiner Wahrnehmung über uns wachten, Sicherheit boten.

Ich blickte in sein Gesicht und wurde still und stumm, während ich ihn in mir spürte. In seinen Augen erkannte ich den bebenden Abschied; in seiner Seele, die zu meiner passte. Die meine war. Als seine Lippen ein letztes Mal gegen meine krachten, lachte und weinte ich.

An einem nahegelegenen Bach wuschen wir uns in aller Eile. Unsere körperliche Nähe hatte mich zwar bis zu diesem Zeitpunkt warmgehalten, doch sobald ich meinen Körper mit dem eiskalten Wasser befeuchtete, zitterte ich.

Selbst Gareth musste die Zähne fest zusammenbeißen, sodass die Sehnen an seinem Hals deutlich hervortraten.

Ich stahl immer wieder Blicke in seine Richtung und kam mir vor wie ein junges Mädchen, das noch grün hinter den Ohren war. Gareths muskulöse Brust, die ich vor wenigen Minuten noch mit sanften Küssen bedacht hatte, glänzte feucht im Mondlicht. Mir wurde sofort wärmer.

Eilig wandte ich mich ab, um mich auf meinen eigenen Körper zu konzentrieren, da wir schon zu viele Momente gestohlen hatten. In einer Stunde würde die Sonne aufgehen und wir sollten spätestens dann unterwegs sein.

Ein Arm legte sich von hinten um meine Mitte und Finger strichen hauchzart über meinen flachen Bauch. Ich hatte meine obere Hälfte bis auf meinen BH noch nicht wieder angezogen, sodass Haut an Haut lag.

Ich fühlte es sofort.

»Duck dich«, rief Gareth.

Ein Befehl, dem ich instinktiv gehorchte, trotz der Hand, die mich festzuhalten versuchte.

Gareth hatte im selben Moment wie ich erkannt, dass wir an unserem geheimen Rückzugsort nicht mehr allein waren. Die Hand – sie gehörte nicht ihm.

Wie ein schwerer Stein sackte ich nach unten und befreite mich somit aus Ropes widerwärtigen Griff. Gareth warf in dem gleichen Augenblick seinen Dolch und dieser landete direkt in Ropes Brust. Unglücklicherweise schien ihm diese Wunde nicht viel auszumachen, da er sich – noch während ich mich aus seiner Reichweite entfernte – den blutigen Dolch beinahe ungerührt herauszog. Nur das leichte Verengen seiner Augen verriet sein Unbehagen.

»Endlich habe ich dich gefunden.« Er zog die Oberlippe hoch und offenbarte seine bereits verlängerten Fänge. Der Rest sah nach wie vor menschlich aus. »Sicher, etwas zu spät, nachdem du die Krone bereits an Aeshma weitergereicht hast, aber so kann ich mir Zeit lassen.«

Ich wollte zu Gareth laufen, mich mit ihm gemeinsam seinem Bruder stellen, doch er befand sich auf Ropes anderer Seite, noch immer im Wasser stehend. Gerade bewegte er sich zwar auf das Ufer zu, aber er kam nur langsam voran. Vermutlich wollte er Rope nicht verschrecken, jetzt, da er zudem noch ein Messer in seiner Hand hielt.

»Du solltest dich besser ganz schnell verziehen«, legte ich ihm nahe. »Ich muss nur schreien und dann kommt eine Horde Jäger angelaufen.«

»Ach und was ist mit deiner Rache? Du würdest mich ihnen einfach so überlassen?« Als er näher an mich herantrat, wandte er sich gleichzeitig von Gareth ab, der nun den letzten Meter überwand und ans Ufer sprang. Es fehlte nicht mehr viel und er hätte Rope erreicht, doch sein Bruder hatte ihn keine Sekunde lang vergessen.

Er stürzte auf mich und packte mich grob am Handgelenk, bevor er die Messerspitze an meinen Bauch drückte. Kurz über meinen Bauchnabel. Ich traute mich kaum auszuatmen.

»Sie ist tot, noch bevor du mich erreicht hast, Gareth«, verkündete er mit vollkommener Ruhe. Das Vergnügen in seiner Stimme hatte sich allerdings verflüchtigt. »Sobald ich ihre Leber punktiere, verblutet sie innerhalb weniger Sekunden.«

»Was willst du?«, knurrte Gareth, der sich natürlich nicht so leicht einschüchtern ließ und uns umrundete, damit er sowohl mein Gesicht als auch das seines Bruders ansehen konnte.

»Alison. Nur Alison.« Er ließ mein Handgelenk los und strich eine feuchte Strähne aus meinem Gesicht, um dann mit den Fingerkuppen meine Wange zu berühren. »Ich habe euch beobachtet. Vorhin. Wie sie in Ekstase ihre Fingernägel in deinen Rücken gebohrt hat. Wie sie gestöhnt hat, als du-«

»Du bist widerwärtig«, zischte ich und spuckte ihm ins Gesicht, traf aber nur sein Kinn.

»Ich bringe dich um, Rope.« Die Ruhe, die von Gareth ausging, wurde von einem gefährlichen Unterton durchbrochen. Unter seiner

Haut brodelte es und aus dem Augenwinkel sah ich, wie sich seine Hände zu Fäusten ballten. Obwohl mir nach Ropes Geständnis schlecht geworden war, musste ich Gareths Verwandlung vermeiden. Ich traute ihm noch immer nicht, dass er sich unter Kontrolle hatte.

»Wie willst du das tun? Du bist zu schwach, sonst hättest du mich nach Noahs … unglücklichem Tod nicht einfach fliehen lassen.« Er rieb sich den Speichel vom Kinn, hielt seinen Blick dabei stetig auf mich gerichtet.

Seine Augen waren von dem gleichen Grün wie Gareths, aber sie konnte ich nicht lesen. Nur Dunkelheit und Kälte standen in ihnen. Sie erinnerten mich an die Welt, in der Aeshmas Seele gefangen gehalten worden war.

»Du warst nicht wichtiger als unsere Flucht«, antwortete Gareth.

Die Dolchspitze durchbrach minimal meine Haut und eine schmale Blutlinie rann über meine Haut.

Ich wollte nicht sterben und schon gar nicht durch Ropes Hand. Er hatte so viel Leid über mich und mein Leben gebracht, dass ich kaum noch klar denken konnte, wenn er so nahe vor mir stand. Ich wollte ihn tot sehen, aber mehr noch wollte ich frei von ihm sein.

»Bin ich wichtiger als Alison?« Die Art, wie er meinen Namen sagte, ließ mich erschaudern. Ich blendete den Schmerz für einen Moment aus. »So oder so. Du wirst dich entscheiden müssen. Entweder lässt du mich mit ihr gehen oder du siehst zu, wie ich sie töte.«

Sein Blick wanderte von mir zu Gareth und wieder zurück. Ich zitterte aus Angst, denn plötzlich wurde mir der Ernst der Lage wirklich und wahrhaftig bewusst. Gareths Blut wirkte nicht mehr heilend auf mich, der Schlüssel spendete mir weder Kraft noch Schnelligkeit und Rope hielt mich in einer Position, die sich nicht verteidigen ließ.

Ich würde sterben. Es sei denn …

Ganz langsam drehte ich mein Gesicht zu Gareth. Seine Miene war starr, dennoch erkannte ich die Verletzlichkeit in seinen Augen. Der Zwiespalt, der in ihm tobte.

Er fing meinen Blick auf und in dieser Millisekunde entschieden wir uns für einen Plan. Seine Haltung entspannte sich und er ließ die Hand mit dem zweiten Dolch sinken.

»Nimm sie mit«, sagte er leise.

Rope hob erstaunt eine Augenbraue. »Du lässt sie so einfach gehen? Mit mir? Willst du denn gar nicht wissen, was ich mit ihr vorhabe?«

»Warum? Ich hatte sie bereits in meinem Bett, wie du weißt. Wenn du sie haben willst, nimm sie dir.« Gareths Worte entsprachen natürlich nicht der Wahrheit, aber sie schmerzten deshalb nicht weniger. »Es sei denn, du traust dir nicht zu, dich gegen sie zu verteidigen.«

»Wenn du sie dir gefügig machen kannst, dann kann ich das auch. Trotz der Schutztätowierung.« Er legte einen Arm um meine Schultern und zog währenddessen die Spitze des Messers über meinen Bauch, bis sie an meiner Seite innehielt. Ich befand mich in einer noch gefährlicheren Lage als zuvor. Nun konnte mich Rope problemlos von Gareth wegbringen und mich weiterhin mit dem Dolch bedrohen. »Sei brav.«

Als er an meinem Ohr knabberte, hätte ich beinahe meine Selbstbeherrschung verloren.

Nur ein paar Sekunden. Halte durch.

Ich ließ mich von Rope wegführen und wartete auf den perfekten Moment. Er kam früher als gedacht. Rope musste sich unter einem Ast hinwegducken, wodurch die Dolchspitze den Kontakt zu meiner Haut verlor. Ich zögerte keine Sekunde.

Meinen Ellenbogen rammte ich ihm in die Seite, drehte mich aus seiner halben Umarmung und brachte sofort Abstand zwischen uns.

Gareth hatte auf meine Aktion gewartet. Deshalb war er sofort zur Stelle und stieß seinem Bruder das Messer tief in den Rücken. Seine Lunge füllte sich Sekunden später mit Blut.

Rope hustete, aber das Ersticken an seinem eigenen Lebenssaft zwang ihn in die Knie. Er ließ den Dolch fallen, den ich sofort aufhob. Zwar brauchte er keinerlei Waffen, wenn er sich erst einmal wandelte, aber dadurch fühlte *ich* mich nicht mehr schwach.

Lachen mischte sich mit in das Husten. Er stützte sich mit einer Faust auf dem Boden auf, blickte aber seinen Bruder unverwandt an. Gareth stellte sich – noch immer angriffsbereit – neben mich.

»Es ist deine Entscheidung, was du mit ihm machst, Alison«, verkündete Gareth und traf mich damit völlig unvorbereitet. Er überließ mir die Entscheidung? Über das Leben seines Bruders?

»Bist du dir sicher?«, flüsterte ich.

»Er bedeutet mir nichts mehr.«

»Ich sollte mich wohl geehrt fühlen, dass mein Tod dein Hochzeitsgeschenk ist.« Blut spritzte bei den Worten aus Ropes Mund. Uns lief die Zeit davon. Schon in diesem Moment heilte sein Fleisch.

Trotzdem war ich wie erstarrt. Ich dachte an die Vision zurück, die ich im Spiegelmoor gehabt hatte, und an die gemeinsamen Erinnerungen mit Gareth. Hass hatte in den letzten Jahren stets verhindert, dass ich mein Glück fand. Aber jetzt? Ich horchte tief in mich hinein. Die Wahrheit war, dass es mich nicht länger nach Rache dürstete. Ropes Tod würde meine Familie nicht zurückbringen. Alles, was er tun würde, wäre mich in ein noch tieferes Loch stürzen, denn wie sollte ich Gareth danach noch in die Augen sehen? Ganz egal, was er sagte, er würde mir nicht verzeihen, sollte ich seinen Bruder töten. Vielleicht glaubte er das zu diesem Zeitpunkt nicht, aber das würde sich ändern, sobald er das Ereignis wahrhaftig begriff.

»Lass uns gehen, Gareth«, sagte ich langsam, aber entschlossen. Sowohl Gareth als auch Rope war die Überraschung auf ihren Gesichtern abzulesen. »Wie du schon sagtest, er ist es nicht wert. Ich werde ihm nie verzeihen können, aber er wird nicht mehr mein Leben bestimmen. Nie wieder.«

Gareth bewegte sich so schnell, dass ich seine Lippen auf meinen spürte, bevor ich seine Bewegungen überhaupt registriert hatte. Der Kuss war kurz und hart.

»Wie romantisch«, zischte Rope. Er sprang auf und wandelte sich innerhalb eines Wimpernschlags. Seine Krallen stieß er genau in meine Richtung, aber bevor sie mich aufspießten, bekam Gareth sein Handgelenk zu fassen.

Ein schauerliches Knacken ertönte, dann Gareths Knurren, das tief aus seiner Kehle drang. Sekunden später hatte auch er sich in das Monster, das stets in ihm schlummerte, gewandelt.

Die Königsdämonen krachten gegeneinander und tauschten erbarmungslos Schläge aus. Ich zog mich zurück, behielt meinen Gefährten jedoch immer im Auge. Voller Faszination verfolgte ich seine fließenden und präzisen Bewegungen, die er mir im Training hatte beibringen wollen. Er war der gefährlichste Dämon, den ich kannte, und Rope konnte ihm in seinem angeschlagenen Zustand nichts entgegensetzen. Eine Weile hielt er seine Stellung, wagte auch einmal einen Angriff, doch Gareth war zu schnell und zu stark. Er riss ihm die Seite auf, versenkte seine Krallen in seinem Oberschenkel und schleuderte ihn gegen einen Baum, dessen Stamm unter dem Gewicht erzitterte.

Mit einem gezielten Stoß seiner Krallen in die Brust endete der grausame Kampf der Brüder.

Ich hielt entsetzt eine Hand vor meinem geöffneten Mund, unfähig, etwas anderes zu tun.

Gemeinsam sanken sie zu Boden und Gareth strich Rope fast liebevoll das kastanienbraune Haar aus dem Gesicht.

»Du … hasst mich so sehr?«, keuchte Rope, der sich von dem Schaden, den die Krallen seines Bruders hinterlassen hatten, nicht mehr erholen würde. Auch Gareth erkannte dies und so wandelte er sich das erste Mal ohne Kontrollverlust von allein zurück.

Obwohl er Minuten zuvor noch geschworen hatte, dass ihm Rope egal war, sagte er nun etwas anderes. »Niemals. Ich habe dich immer geliebt, kleiner Bruder. Ich hoffe nur, dass wir uns an einem Ort wiedersehen, an dem du nicht mehr so voller Hass bist.«

»Wenn wir … uns wiedersehen, werde ich dich … töten«, waren Ropes letzte Worte, ehe sich seine Augen nach hinten rollten.

Eine Träne rann Gareths Wange hinab – über die Narben, die ihm von Rope selbst hinzugefügt worden waren und die ihn für immer zeichnen würden.

Es war vorbei. Trotzdem spürte ich weder Erleichterung noch Freude darüber, dass der Mörder meiner Familie nun tot war. Nur Trauer, dass Gareth dieses schwere Los gezogen hatte.

»Gareth …«, begann ich, wusste aber nicht, wie ich diesen Satz fortsetzen sollte.

»Gib mir eine Minute, bitte.«

Ich nickte, bevor ich mich abwandte. Erst dann wurde mir bewusst, dass ich noch immer im BH dastand und blutete. Während sich Gareth verabschiedete, versorgte ich meine Wunde und zog mich wieder an. Ich wusch die Dolche im Flusswasser und blickte besorgt in den Himmel. Uns blieb nicht mehr viel Zeit, um uns den anderen anzuschließen. Der Krieg würde nicht auf uns warten.

»Ich würde ihn gerne begraben«, verkündete Gareth, nachdem ich ihm seine restliche Kleidung gereicht hatte. Ich achtete penibel darauf, Ropes leblosen Körper nicht anzusehen.

Der Boden ist festgefroren, hätte ich am liebsten gesagt. Oder: *Er hat es nicht verdient.*

Stattdessen riss ich mich zusammen. »Ich bin mir sicher, es lassen sich Schaufeln auftreiben. Soll ich nachsehen und …«

»Allein. Ich werde ihn allein begraben, Alison. Ihr werdet euch auf den Weg machen müssen und wenn ich fertig bin, hole ich euch ein.« Er stand breitbeinig da und ließ die Arme hängen. Sein durchdringender Blick verriet mir nicht das Geringste.

»Bist du dir sicher? Ich warte auf dich.« Meine Stimme zitterte, aber ich wusste nicht wieso. »Ich würde immer warten.«

»Ich weiß.« Seine Miene wurde weicher und er trat vor, um mein Gesicht in seine Hände zu nehmen. »Aber ich muss das tun. Allein.«

Es war wie ein Stich ins Herz, obwohl ich ihn verstand. Seine Beweggründe waren mir kein Rätsel. Er wollte sich von seinem Bruder verabschieden – ohne den Hass in meiner Brust.

»Okay«, wiederholte ich. »Ich liebe dich.«

Er lächelte bloß, dann wandte er sich ab.

Noch einen Moment blieb ich stehen, dann packte ich meine restlichen Sachen zusammen und verließ diesen Ort, an dem Hass und Liebe für lange Zeit gegeneinander kämpfen würden.

42. Kapitel

Rund eine Stunde, nachdem wir aufgebrochen waren, schloss sich Gareth uns an.

Man hatte mir seltsame Blicke zugeworfen, nachdem ich ihnen mitgeteilt hatte, dass Gareth nachkommen würde. Nur Phi und Bird weihte ich in seine Gründe ein und wieder einmal bewiesen sie mir, was für gute Freunde sie waren. Anstatt mich zu bemitleiden, bestärkten sie mich darin, Gareth allein trauern zu lassen. Zudem betonte Bird noch einmal, dass Rope ein schlechter Dämon gewesen war. Er hatte sowohl mir als auch ihr Leid beschert und es wäre nicht richtig für mich gewesen, bei seiner Beerdigung zu helfen.

Als Gareth dann an meine Seite trat, vollkommen ohne außer Atem zu sein, obwohl er die Strecke gelaufen sein musste, nahm er meine Hand in seine. Er sprach zwar nicht mit mir, aber allein das Gefühl von seiner Haut an meiner beruhigte mich.

Ich konnte nicht einmal damit beginnen zu verstehen, was er fühlte. Aber ich würde für ihn da sein. Was auch immer er wollte, ich würde es tun.

Auf dem Weg nach Ascia hatten sich die Krieger, die mit großem Murren von den Rebellen begutachtet wurden, bereits zu uns gesellt.

Hadley und George klebten wie Baum und Kletterpflanze aneinander und deren seliges Lächeln konnte durch nichts vertrieben werden. Bird wirkte ruhiger, als hätte ihr die Neuigkeit von Ropes Tod neue Kraft geschenkt. Phi hingegen trug eine säuerliche Miene zur Schau, da sie neben Adam her ging und er durchgehend auf sie einredete. Ich wusste nicht, ob es noch immer um die Verbannung der Dämonen ging, aber so schlimm konnte es nicht sein, sonst hätte ihn Phi längst geschlagen.

Bei unserer Ankunft erkannten wir, dass die Stadt Ascia für wertvolle Stunden frei von feindlichen Truppen war. Wir wussten nicht genau, was dieser vorübergehende Rückzug zu bedeuten hatte, bis wir uns im Rathaus wiederfanden und von Evan, Crystal und Liliana begrüßt wurden. Sie hatten während Ascias Abwesenheit die Stellung gehalten.

Die Krieger der Hamnea und die Rebellen bekamen Plätze unter Ascias Armee zugewiesen, ohne dass sie sich viel miteinander beschäftigen mussten. Wir wollten ihre Gemüter nicht überstrapazieren, auch wenn die Nähe gleichzeitig dabei helfen sollte, ihnen die Angst und die Abneigung zu nehmen.

Ich rechnete mit einem mäßigen Erfolg, aber die Hauptsache war die, dass sich alle an Befehle halten konnten und das hatten sie bisher bewiesen.

Ich ließ meinen Freunden und Begleitern den Vortritt und wartete in dem marmornen Foyer auf Phi, die ich mit einer Hand auf ihrem Unterarm aufhielt. Sie sah mich fragend an, folgte mir aber widerspruchslos in die hinterste Ecke.

»Bevor alles gleich in Plänen und Strategien versinkt, wollte ich dir noch einmal sagen, dass ich … ich bin unbeschreiblich dankbar dafür, dass es dich gibt. Obwohl ich dir anfangs nicht vertrauen wollte … Du bist eine wunderbare Person, Ophelia«, entließ ich die Worte, die ich so lange in meinem Herzen getragen hatte. »Auf dich kann ich mich immer verlassen und ich bin froh, dich meine Freundin nennen zu können.«

Phi sah mich wie versteinert aus ihren sanften braunen Augen an. In ihren Haaren schmolzen die restlichen Schneeflocken, die uns auf der letzten Meile des Weges überrascht hatten.

»Wenn das nicht verdächtig nach Abschied klingen würde, würde ich jetzt erwidern, dass es mir genauso geht«, fauchte sie und hob warnend einen Finger. »Was auch immer du planst, schlag es dir direkt aus dem Kopf. Nur weil du deine Rache nicht mehr bekommst, heißt es nicht, dass dein Leben nun vorbei ist. Und jetzt komm, bevor alle wichtigen Entscheidungen ohne uns getroffen werden.«

Lächelnd ergriff ich ihre dargebotene Hand und ließ mich von ihr in den Speisesaal führen, in dem sich alle Anführer, Jäger und befehlshabende Offiziere um den langen, hölzernen Tisch versammelt hatten. Zweckentfremdet waren auf ihm erneut diverse Karten und Notizen ausgebreitet. Es gab zudem kleine Figuren, die verschiedenfarbig angemalt worden waren, um sie auf dem Feld unterscheiden zu können. Rot für Ascia, blau für Billings, schwarz für Morrigan und Gold für Aeshma.

Ich näherte mich dem Tisch und versuchte, mir die Positionen der Armeen einzuprägen. Welche Route war die schnellste, um zu Aeshma zu gelangen, vorausgesetzt er kämpfte nicht mit an vorderster Front?

»Eher unwahrscheinlich«, antwortete Ascia auf meine Frage, die ich schließlich laut ausgesprochen hatte, da ich auf jede Möglichkeit vorbereitet sein wollte. »Es gibt viele großartige Sagen über den mächtigen Aeshma, aber keine davon beschreibt, wie er selbst auf dem Feld gekämpft hat, wenn es nicht notwendig gewesen ist. So groß sei sein Vertrauen in seine Königsdämonen gewesen.«

»Wie kommt es eigentlich, dass ihr euch ihm nicht einfach anschließt?«, erkundigte sich Hadley mit einer gewissen Schärfe in der Stimme. Auch wenn George wieder an seiner Seite war, konnte er anscheinend nicht vergessen, dass die Königsdämonen die Hauptschuld an ihrer Trennung trugen.

»Aeshma kämpft für eine Ideologie, die ich weder mit ihm noch mit Billings teile«, sagte Ascia so ruhig, als würde er Hadley davon erzählen, wie er einst Äpfel gepflückt hatte.

»Können wir jetzt weitermachen?« Adam blickte von Ascia zu Phi, die diesem direkten Blick nicht auswich. Herausfordernd. Schneidend.

»Ich brauche Zeit, um Aeshma aufzusuchen. Am einfachsten wäre es, wenn ich mich von seinen Kriegern festnehmen lasse«, weihte ich sie in meinen noch ziemlich unausgereiften Plan ein.

»Um das zu erreichen, musst du ihm ziemlich nahekommen. Damit sie dich nicht sofort töten, sondern zu ihm bringen«, gab Gareth zu bedenken, der sich über seine Bartstoppel strich, die vor wenigen Stunden noch an meiner Haut gerieben hatten. Die Erinnerung daran brachte mein Blut erneut zum Kochen und die Leidenschaft loderte wie ein Streichholz zwischen uns auf. Ein Blick in seine verdunkelten Augen sagte mir, dass es ihm genauso ging. Dann jedoch erlosch das Feuer, als sich die Kälte vom Tod seines Bruders zwischen uns schob. Anders als Phi senkte ich meinen Blick.

»Wie bekommen wir das hin?« Ich versuchte, mich auf die Planung zu konzentrieren.

»Wir erkämpfen dir einen Weg«, meldete sich Phi mit gerecktem Kinn zu Wort und trat vor. Ich wusste sofort, wen sie mit *wir* meinte und es behagte mir überhaupt nicht. »Mach dir nicht die Mühe zu widersprechen.«

»Ganz genau. Wir Jäger bringen das gemeinsam zu Ende«, stimmte Bird entschlossen zu und umfasste meine Hand mit grimmigem Gesichtsausdruck. Mein Mund öffnete und schloss sich vor Fassungslosigkeit.

»So sentimental diese ganze Situation auch ist, allein werdet ihr keine fünf Minuten überleben. Gareth, Adam und ich bringen euch so nahe wie möglich ans feindliche Lager heran«, mischte sich der König ein.

»Nicht du, Bruder«, entgegnete Adam. »Sie werden alle nach dir Ausschau halten und das ist es, was wir gerade nicht wollen.«

Ascia ballte für einen Moment die Fäuste, ehe er sich mit den Händen auf der Tischplatte abstützte. »Du hast natürlich recht.«

»Ich werde euch stattdessen begleiten«, meldete sich Liliana zu Wort, die sich bisher im Schweigen geübt hatte.

»Genauso wie ich.« Vitória war eingetreten, ohne dass ich sie bemerkt hatte. und nun stand sie mit den Händen an den Hüften am anderen Tischende. Herausfordernd blickte sie in die Runde, während ich zu verarbeiten versuchte, dass sie kein Kleid, sondern Hosen trug.

»Du weißt schon, dass das keine Modenschau ist, oder?«, fragte ich sie mit hochgezogenen Augenbrauen, weil ich wusste, dass sie nichts anderes von mir erwartete.

Ein kleines Lächeln umspielte ihre Lippen. »Du fürchtest dich bloß, dass ich dich mit meiner Kampftechnik in den Schatten stelle.«

»Ich nehme die Herausforderung an.« Nun konnte auch ich mir ein Grinsen nicht verkneifen. Die vergangene Eifersucht, die ich in ihrer Anwesenheit gespürt hatte, und die Unzulänglichkeit, wenn ich ihre schöne Kleidung und ihr geschminktes Gesicht gesehen hatte, fielen von mir ab.

»Da das nun geklärt ist, können wir fortfahren.« Liliana duldete keine Widerworte, war Kriegsherrin durch und durch. Bewunderung und Respekt durchfluteten mich sowie Trauer darüber, dass mir keine Zeit mehr bleiben würde, sie und Vitória wahrlich kennenzulernen.

»Evan, Amy und ich heften uns an Morrigans Fersen. Wir haben die besten Chancen, uns erfolgreich gegen sie verteidigen zu können, außerdem …« Crystal, die ich noch immer schwer einzuschätzen wusste, warf Evan einen vielsagenden Blick zu. Er verstand den Hinweis und führte den Satz für sie zu Ende, während Amy in einem der Stühle in sich selbst zu versinken schien.

Ich hatte nur davon gehört, dass Evan sie befreit hatte, doch niemand wusste, was Amy für Horrorszenarien erlebt haben musste. In ihrem Gesicht, das gleichzeitig so ausdruckslos war, standen Schmerz und Leid geschrieben.

»Außerdem ist meine Mutter offensichtlich eine enge Vertraute Morrigans.« Er holte aus, um allen von der unglaublichen Geschichte zu berichten, die ich ihm vor fast zwei Wochen erzählt hatte. Als Geschenk. Als Aufgabe.

Es gab laute und murmelnde Reaktionen, aber letztlich waren sich alle darin einig, Evan diese Aufgabe zu überlassen. Sobald es schien, dass sich Morrigan in mein Vorhaben einmischte, sollten sie mich vorwarnen oder sie aufhalten, wenn möglich.

Die Stunden vergingen, in denen wir die Pläne noch einmal nacheinander durchgingen, etwas aßen und schließlich auseinandergingen. Adam, Dashan und Gareth zogen los, um unsere Krieger über den bevorstehenden Kampf zu informieren, als die Erde ein weiteres Mal erbebte. Ohne Zweifel eine Drohung, dass sie uns bald verschlingen würde.

Ich wetzte meinen Dolch, der mich nur mein Waidblatt vermissen ließ. Irgendwann würde ich sie mir neu anfertigen lassen. Dann, wenn keine Waffen mehr gebraucht werden würden und ich sie über meinem Kamin würde aufhängen können.

»Er hat mich geküsst«, ertönte es hinter mir. Leise und vorsichtig.

Blinzelnd richtete ich mich auf der Fensterbank auf, während sich Phi neben mir niederließ. Fast schon bedächtig faltete sie ihre Hände in ihrem Schoß, wich meinem Blick allerdings aus.

Die anderen Anwesenden befanden sich noch immer in der Nähe des Tisches, sodass sie unser Gespräch selbst mit gespitzten Ohren nicht würden mitverfolgen können.

»Wie bitte?«

»Adam hat mich geküsst und ich schwor ihm, ihn mit bloßen Händen zu töten, sollte er es noch einmal versuchen, aber jetzt … Warum will ich, dass er es noch einmal tut?« Hilflos hob sie endlich ihren Blick.

»Ich … Wann?« Mir fehlten die Worte, obwohl mein Verstand fieberhaft daran arbeitete, nach den richtigen zu suchen. Ich wollte Phi nicht unabsichtlich von mir stoßen oder sie gar verletzen.

»In Triste. Es war … einfach ein Moment. Wahrscheinlich dachte er sich nicht mal viel dabei, aber für mich war es *mehr.*« Kopfschüttelnd rieb sie sich die Schläfen. »Er geht mir unter die Haut.«

»Ich hatte ja keine Ahnung.«

»Damit sind wir schon zu zweit.« Sie stieß ein hohles Lachen aus, sah sich im weitläufigen Saal um, ehe sie sich wieder mir zuwandte. »Ich wollte nur, dass es jemand weiß, bevor wir die Hölle auf Aeshma und Morrigan niederregnen lassen.«

Ganz langsam griff ich nach ihrer Hand und atmete erleichtert aus, als sie sich an mir wie an einem Rettungsring festklammerte, anstatt sich meiner Berührung zu entziehen.

»Wenn ich eines weiß, dann, dass wir es uns nicht leisten können zu zögern. Nicht jetzt. Tu, was du für richtig hältst und bereue es nicht. Ich werde da sein, um dich aufzufangen, wenn dich die Entscheidung verzehren sollte.«

Gerührt presste sie die Lippen zusammen und nickte dann. »Danke, Aly.«

43. Kapitel

Dashan fing mich ab, bevor ich mich meiner Gruppe anschließen konnte. Wir hatten die Stadt bereits verlassen und blickten nun auf das blutdurchtränkte Schlachtfeld hinab, das sich zwischen uns und den Armeen der anderen erstreckte. Die Sonne küsste den Horizont und streckte Fühler orangefarbenen Lichts, zwischen den Wolkenmassen hindurch, nach uns aus. Eine letzte Warnung, stehen zu bleiben oder zu fliehen.

Ascias Hauptarmee marschierte bereits Richtung Nordwesten, um Morrigans Kriegern nicht in die Quere zu kommen, aber gleichzeitig eine große Fläche abzudecken, damit sie Billings' und Aeshmas Einheiten Schaden zufügen könnten. Die Hamnea würden sich ihnen in wenigen Minuten anschließen und meiner kleinen Gruppe Geleit geben. Zumindest für eine kurze Strecke, bis sich dann auch unsere Wege voneinander trennen würden.

Ich lauschte aufmerksam Dashans Worten, die in aller Hast aus seinem Mund stolperten, als hätten sie schon viel zu lange auf den Moment der Freiheit gewartet.

Die Finsternis strich mit federleichten Berührungen über uns, die Sonne verschwand und Dashan drehte sich rasch wieder um. Nachdenklich blickte ich seiner Gestalt nach, ehe sie mit denen seiner eigenen Krieger verschmolz.

»Bereit?«, fragte mich Gareth, der wie aus dem Nichts erschienen war. Er trug ebenfalls den hamneanischen Brustharnisch, da uns dieser am besten schützte. Am liebsten hätte ich meinen Jägern auch welche gegeben, doch Dashan hatte sich geweigert, uns weitere auszuhändigen. Die Diskussion war müßig gewesen und hatte viel zu viel Kraft gekostet, weshalb ich schließlich nachgegeben hatte.

»Bevor sich die Tore für immer schließen, werde ich dich finden«, versprach er mir, als ich mich nicht rührte.

»Trotz … allem? Trotz Rope und …«

»Natürlich wünschte ich mir, dass ich nicht hätte tun müssen, was ich getan habe, aber es ist nun einmal so gekommen. Und wenn jemand keine Schuld daran trägt, dann bist du es.« Er drückte meine Hand. »Ich weiß, dass ich harsch gewesen bin, aber ich brauchte etwas Zeit für mich, um mich von dem Bruder zu verabschieden, der er hätte sein können.«

»Das verstehe ich, aber ich wäre gerne für dich da gewesen.«

»Das bist du jetzt.« Er küsste mich und ich konnte mich nicht überwinden, weiter über dieses komplizierte Thema zu reden, wenn dies unsere letzten gemeinsamen Sekunden waren. »Ich werde dich finden«, wiederholte er.

»Und ich werde mein Möglichstes tun, dich hierzubehalten. Bei mir.«

Ich war nicht auf die Trauer in seinen Augen vorbereitet, obwohl ich sie nur Stunden zuvor das erste Mal erblickt hatte. Die Sehnsucht nach einem Ort, den ich ihm nicht geben konnte, ganz egal, wie fest ich ihm mein Herz in die Hand drückte. Es verlangte ihn nach … *mehr*. Wie Phi.

Ich wandte mich ab, bevor er sehen konnte, dass seine Gedanken so klar wie Wasser gewesen waren und mich in die Tiefe rissen. Meine Lungen füllten sich mit dem Wissen. Ich ertrank.

Es war blutig und unfassbar laut, als Ascias Armee auf Aeshmas traf. Zwei Felsen, die mit voller Wucht gegeneinander krachten und innerhalb weniger Sekunden Dutzende Leben als Tribut verlangten. Als Opfer für den Krieg.

Ich umfasste meinen Dolch fester, hob den Schild, mit dem wir Jäger ausgestattet worden waren, höher an und folgte dann Gareth, Adam, Lily und Vitória ins Getümmel.

Es fühlte sich im Vergleich zu meinem letzten Kampf auf dem Schlachtfeld anders an. Ich hatte gewusst, dass nur eines zählte: mein Leben oder das meines Feindes. Doch nun hatte ich noch ein weiteres Ziel – die andere Seite zu erreichen. Aeshma zu finden. Die Krone zu benutzen.

In meinen Ohren rauschte es so laut, dass es all meine Sinne beeinträchtigte und ich dadurch beinahe von einem Speer durchbohrt worden wäre. In letzter Sekunde spürte ich, wie sich mir ein feindlich gesinnter Dämon näherte und konnte mich gerade so noch umdrehen, um die Speerspitze mit meinem Schild abzuwehren. Holz splitterte. Die Krafteinwirkung zwang mich dazu, ein paar Schritte zurückzutaumeln, was mein Gegner augenblicklich ausnutzte. Er setzte mit dem Speer nach, der sich jedoch im Nahkampf nicht so leicht bewegen ließ.

Die Gier nach Tod färbte seine pupillenlosen Augen dunkel im Licht des Vollmondes, aber seine Verwandlung setzte er nicht gänzlich fort. Dann war Adam da und drängte den Königsdämon mit seinem Schwert zurück. Der Speer zerbrach und die Klinge grub sich tief in seine Brust. Der Lederharnisch bot kaum ein Hindernis und der Krieger fiel blutend zu Boden. Zittrig und atemlos setzte ich, von Adam und Gareth flankiert, meinen Weg nach Westen fort.

Blut spritzte aus einer Wunde, die Gareth jemandem mit seinem besudelten Schwert zufügte, und traf mich an der Stirn. Die aufziehenden, hellen Wolken vertrieben die Dunkelheit der Nacht und erleichterten es uns, unseren Weg durch das Getümmel zu finden.

Ich duckte mich an Gareth und seinem Gegner vorbei, ließ mich von Phi und Hadley führen, die immer den Überblick behielten. Bird blieb an meiner Seite und Ian hielt uns den Rücken frei.

Vitória kämpfte hart und tapfer. Sie war eine Kriegerin, die grazile, aber nicht minder tödliche Bewegungen vollführte. Ich hätte ihr dieses Durchhaltevermögen niemals zugetraut. Im Gegensatz zu vielen anderen begnügte sie sich allein mit ihren Krallen als Waffe und setzte sie mit Können ein.

Plötzlich ertönten hunderte kleine Explosionen und der dunkle Nachthimmel schillerte in Millionen Farben, die sich zu verschiedenen Vögeln formten. Falken, Adler, Krähen mit buntem Gefieder. Sie breiteten ihre leuchtenden Flügel aus und stürzten sich auf unsere Feinde. Die Geheimwaffe der Hamnea, die sie einsetzen sollten, wenn wir bereits die Hälfte des Weges geschafft hatten.

Die Raben der Morrigan waren zunächst so panisch, dass sie ihren eigenen Angriff abbrachen und kreischend über uns hinwegflogen. Nach und nach schlossen sie sich jedoch den Vögeln aus Licht und Sand an. Billings' Dämonen wurden auf beachtliche Weise dezimiert.

Die Reihen lockerten sich und erleichterten uns somit das Durchkommen. Wenn meine Jäger und ich dann doch aufgehalten wurden, war stets einer der Königsdämonen zur Stelle, um uns zu schützen.

Mit dem Handrücken wischte ich mir Blut und Schweiß von der Stirn. Wir hatten die letzte Angriffslinie durchbrochen und unsere Wege würden sich nun trennen.

Ich wagte es nicht, einen Blick über die Schulter zu werfen und tröstete mich stattdessen mit der Verbindung in meinem Inneren zu Gareth. Seine Seele mit meiner verschmolzen. Dieser Gedanke vereinfachte mein Vorhaben, das ich ohne zu zögern umsetzte, sobald wir Jäger auf dem Hügel kauerten, hinter dem das Lager errichtet worden war.

»Ihr bleibt zurück«, sagte ich leise, aber bestimmt und sah erst Ian, dann Bird, Hadley und schließlich Ophelia an. »Ihr seid meine Jäger und ich könnte nicht stolzer auf euch sein, doch den letzten Schritt muss ich allein gehen.«

»Aly …«, begann Hadley, doch ich unterbrach ihn harsch, duckte mich tiefer hinter die Sträucher, die uns als vorübergehende Deckung dienten.

»Ich brauche euch lebend. Haltet euch in der Nähe auf. Ihr werdet wissen, wann ihr mir von Nutzen seid«, fuhr ich unbeirrt fort.

Phi reckte das Kinn, aber es war Bird, die nickte. »Verstanden, Sir.«

Noch einmal holte ich tief Luft, dann preschte ich aus dem Dickicht hervor und rannte ins Lager. Die Bewachung war aufgrund unserer dazugestoßenen Armee eher lasch, sodass ich bereits das Innere erreicht hatte, bevor ich entdeckt wurde. Ich befand mich kurz vor dem großen dunkelblauen Zelt, als mich zwei Königsdämonen überraschten. Wie aus dem Nichts tauchten sie vor mir auf, doch ein Blick in ihre Gesichter zeigte mir deutlich, dass sie mich bis zu diesem Zeitpunkt nicht bemerkt hatten.

»Ergreif sie«, rief der eine demjenigen zu, der mir näherstand, doch dieser reagierte bereits und packte mich grob am Arm.

Mein Dolch fiel zu Boden, weil *ich* es so wollte. Dennoch konnte ich mich nicht so einfach geschlagen geben, auch wenn es in meinem Plan vorgesehen war. Ich schlug um mich, zappelte und biss, bis ein grausamer Schmerz in meinem Gesicht explodierte.

Der Königsdämon hob seine Faust erneut, als die Sterne vor meinen Augen langsam wieder verschwanden. Mit der anderen Hand hielt er mich fest am Oberarm gepackt.

»Eine falsche Bewegung und ich breche dir dein hübsches Näschen«, warnte er mich mit dunkler Stimme, die in meinen Ohren wie Donner widerhallte.

»Warum halten wir uns überhaupt mit ihr auf? Lass sie uns umbringen und dann aufs Schlachtfeld zurückkehren«, murrte der kleinere von beiden und hielt den Blick mit gerunzelter Stirn auf mich gerichtet. Ich nahm an, dass ich einen ähnlichen Gesichtsausdruck zur Schau trug, wenn mir wieder einmal eine Ratte über den Weg gelaufen war.

»Bist du wirklich so blöd, Haz? Das ist die Schlüsselträgerin. Billings hat uns erst letzte Woche eine Skizze von ihr gezeigt. Wir bringen sie zu ihm und Aeshma«, verkündete mein neuer Held, der mir unwissentlich in die Karten spielte. Ich durfte mir natürlich nichts anmerken lassen, also zappelte ich ein wenig, nur um zu erstarren, als er wieder drohend mit seiner Faust wedelte.

»Du traust dich wirklich in *seine* Nähe?« Ehrfurcht und Angst mischten sich nun in Haz' Miene und verschafften mir ein Mindestmaß an Genugtuung.

»Er ist unser Schöpfer.«

»Gerade deshalb …«

»Wenn du nicht mitkommen möchtest, bleib hier«, zischte der Größere und zerrte mich schon in die Richtung des blauen Zeltes.

Meine Schläfe pochte, aber ein Lächeln zupfte an meinem Mundwinkel, das ich eilig zu unterdrücken versuchte.

Der Dämon schubste mich durch den Eingang, ohne mich loszulassen. Innerlich fluchte ich, dann löste sich jeder meiner Gedanken in Rauch auf.

»Was hat diese Unterbrechung zu bedeuten?«, verlangte Billings zu erfahren, dessen Stimme ich auch ohne aufzusehen wiedererkannte.

Ich erstarrte. Neben ihm … war niemand. Weder Aeshma noch Avnas oder Dejan. Er war allein.

Verflucht.

»Sire, die Schlüsselträgerin hat sich in unser Lager geschlichen. Ich dachte, Ihr würdet sie befragen wollen …« Sein Mut ließ nach.

»Draußen herrscht blutiger Krieg und du bringst mir dieses Gör?«, brüllte der Königsdämon. Ich spürte, wie er sich mir näherte.

Nein nein nein

»Ihr habt uns doch beauftragt, sie zu Euch zu bringen.«

»Das war, bevor Aeshma wiederauferstanden ist«, herrschte Billings sie an. Er wirkte nervös. »Und jetzt ist sie nicht mehr von Wert. Aeshma besitzt die Krone und ist gerade auf dem Weg, für uns Ascia zu töten. Sagt mir also, was ich mit ihr anstellen soll?«

Ich konnte nicht glauben, wie *dumm* ich gewesen war. Einfach so anzunehmen, dass Aeshma während der Schlacht an einem Ort bleiben würde. Billings sah mich an. Ich spürte die Bedrohung, die von ihm ausging, und ahnte, dass ich hier und jetzt sterben würde, wenn mir nicht sofort etwas einfiel.

Etwas änderte sich in der Miene des Königs und er rieb sich mit dem Daumen über sein glatt rasiertes Kinn. »Geht, aber lasst sie hier.«

»Sire?« Haz klang unsicher.

»Wenn ich schon hier auf unseren Schöpfer warten muss, dann kann ich mir die Zeit wenigstens angenehm gestalten«, erklärte er, ohne den Blick von mir zu wenden. Ein eiskalter Schauer rann meinen Rücken hinab, als ich die Grausamkeit in seinen Augen erkannte.

»Wie Ihr wünscht, Sire.« Der Dämon ließ mich los und verließ gemeinsam mit seinem Freund das Zelt.

Ich spielte mit dem Gedanken, mich umzudrehen und ihnen zu folgen. Was könnte schlimmer sein, als sich in Billings' Gewalt zu befinden? Doch ich verwarf die Idee wieder, da ich dadurch die Menschen und Dämonen enttäuschen würde, die auf mich zählten.

Mit den Fingerspitzen berührte ich den winzigen Dolch an meiner Hüfte.

»Du hast mir große Unannehmlichkeiten beschert, Schlüsselträgerin«, sagte er und näherte sich mir auf dem bunten Teppichboden.

»Ich würde ja sagen, dass es mir leidtut, aber dann würde ich lügen«, entgegnete ich mit so viel Selbstsicherheit wie möglich. *Das* hier war nicht mein Ende. Ich würde nicht sterben und meine Freunde damit ebenfalls zum Tode verurteilen.

»Schlampe«, zischte er und verpasste mir eine Ohrfeige. Meine Ohren klingelten, als ich einen Schritt zurückwich, doch Billings setzte bereits nach. Er packte mich an den Oberarmen und schüttelte mich so heftig, dass meine Zähne unkontrolliert aufeinanderschlugen. »Ich werde dir schon Manieren beibringen.«

»Vielleicht solltest du dich eher darum kümmern, dich nicht wie ein Feigling hier zu verstecken«, erwiderte ich trotz der Schmerzen in meinen Armen.

Billings knurrte zornig und die Pupillen verschwanden. Ich spürte, wie die Krallen aus seinen Händen wuchsen und über meine Haut kratzten.

Meine Atmung beschleunigte sich, als mir klar wurde, dass die Wandlung mein Ende bedeutete. Panisch tastete ich mit den Fingern nach meinem Dolch und zog ihn aus der Halterung, ohne meinen Arm anzuheben. Billings' eiserner Griff hätte dies ohnehin nicht zugelassen.

Als seine Fänge über seine Lippen hinausragten, stieß er ein markerschütterndes Brüllen aus. Er beugte sich zu mir, schob gleichzeitig seine Krallen meine Arme hinauf und versenkte seine Zähne in meine Schulter.

Ich schrie auf.

Der Schmerz zog durch meinen ganzen Körper. Beinahe hätte ich mich ihm hingegeben. Beinahe hätte ich losgelassen. Doch ich wäre keine Jägerin, wenn ich meinen Fokus nicht hätte behalten können.

Ich hob meine Hand und stieß den Dolch zwischen Billings' Rippen hindurch direkt in sein Herz. Er rückte von mir ab, riss dabei ein Stück Haut von meiner Schulter.

Mir wurde kurzzeitig schwarz vor Augen und ich versuchte, auf den Beinen zu bleiben. Instinktiv presste ich eine Hand auf die Wunde, aus der das Blut sickerte.

Billings sah mich schockiert an, während das Messer noch aus seiner Brust ragte. Ich zögerte nicht länger, drehte mich um und rannte aus dem Zelt.

Das war meine einzige Chance.

Schon bald würde er heilen und dann würde ihn nichts mehr davon abhalten können, mich zu zerfetzen.

44. Kapitel

Niemand hielt mich auf, als ich den Weg zu dem Ort suchte, an dem ich meine Jäger zurückgelassen hatte. Blut rann von meiner Schulter herab und schwächte mich. Ich bewegte mich zu oft ohne Deckung fort, aber durch das Chaos, das auf dem Schlachtfeld herrschte, schenkte mir niemand Beachtung.

»Alison!« Phi rannte den Hügel hinab, auf dem wir uns verabschiedet hatten. Die anderen Jäger folgten. »Was ist passiert? Geht es dir gut?«

»Nur eine kleine Bisswunde«, sagte ich, erlaubte ihr aber, sich die Wunde genauer anzusehen. »Aeshma war nicht dort. Billings sagte, dass er es auf Ascia abgesehen hat.«

Ian stieß ein paar derbe Flüche aus.

»Billings?«, echote Hadley. »Wie hast du es geschafft, vor ihm zu fliehen?«

»Ich konnte ihn für den Moment ablenken.«

»Hier, so müsste es gehen.« Phi presste ihr Halstuch auf die Wunde, das sie mit einem Stück Leinen verknotete. Bird hatte dafür ihre Jacke zerrissen.

»Danke.« Ich richtete mich auf und verbannte den Schmerz aus meinem Fokus. »Ich hoffe, wir sind noch nicht zu spät. Konntet ihr von dort sehen, wo sich Ascia aufhält?«

»Mitten auf dem Schlachtfeld«, antwortete George sofort.

»Dann los. Der Plan bleibt der Gleiche.«

Alle, bis auf Phi, setzten sich in Bewegung. »Wie willst du es schaffen, dass er dich nicht sofort tötet?«

»Ich muss nur nahe genug kommen, um ihn zu berühren.«

Sie nickte fest und wir folgten gemeinsam den anderen den Hügel hinauf.

Der Kampf war noch immer im vollen Gang. Phi und Hadley gaben mir jeweils einen Dolch, da ich mich sonst nur mit meinen bloßen Händen hätte verteidigen können.

»Ich kann Gareth spüren«, sagte ich, bevor wir uns ins Getümmel stürzten. »Vielleicht befindet er sich Ascias Nähe.«

»Es ist unsere einzige Chance. Einmal drin gibt es keinen Aussichtspunkt mehr.« Phi zog ihr Kurzschwert und blickte mich entschlossen an.

»Gut, dann folgt mir.«

Wir mussten am Rand des blutbesudelten Felds zunächst über Verletzte und Leichen steigen, bis uns die ersten Königsdämonen bemerkten und angriffen. Ganz ohne Gareths und Adams Hilfe war es schwerer, sich durchzusetzen. Es half jedoch, dass ich erneut ein Ziel vor Augen hatte, sodass wir uns lediglich von dem Griff der feindlichen Königsdämonen befreien mussten, um vorwärtszukommen.

Ich zupfte an dem Band zwischen Gareth und mir und ließ mich davon leiten, bis ich das Aufblitzen eines roten Umhangs bemerkte. Ascia! Und ihm direkt gegenüber kämpfte sich Aeshma vorwärts, der in Colins Körper steckte. Die schwarze Krone lag wie festgewachsen auf seinem Kopf und rutschte während seiner Bewegungen keinen Zoll.

Während ich mich zusammen mit Phi gegen einen Dämon zur Wehr setzte, sah ich, mit welcher Präzision sich Aeshma seiner Feinde entledigte. Das glänzende Breitschwert trennte in einer fließenden Bewegung Kopf von Körper und plötzlich hielten ihn nur noch Gareth, Adam und Liliana davon ab, sich Ascia zu nähern.

»Geh«, rief Phi, die Hilfe von Hadley bekam.

Ich nickte ihr zu und zog mich dann aus diesem Kampf zurück, um mich an Gareths Seite zu stellen. Noch hatte Aeshma sie nicht angegriffen. Ascia kämpfte hinter unserer Linie weiter, aber zwischen uns und dem Erzdämon herrschte ein kurzandauernder Waffenstillstand.

»Du bist zurück.« Gareth sah mich nur kurz an, ehe er sich wieder auf Aeshma konzentrierte.

»Es gab Probleme«, murmelte ich, die Dolche erhoben.

Entweder ging Aeshma durch uns hindurch oder er gab sein Unterfangen auf.

Ich erinnerte mich an Ascias Worte zurück. Er hatte gesagt, dass es keine glorreichen Geschichten gab, in denen Aeshma auf dem

Schlachtfeld geglänzt hatte. Heute hatte er die Möglichkeit, eine solche Geschichte zu schreiben.

Bevor er sich entschied, tauchte hinter ihm Billings auf. Blut färbte seine Robe dunkel, als er sich neben Aeshma stellte und mich erkannte. Zornfunkelnd deutete er mit einem Finger auf mich.

»Ergreift dieses Miststück! Auf der Stelle!« Dieser Ausruf lenkte Aeshmas Aufmerksamkeit auf mich und ein mildes Lächeln erschien auf seinen Lippen. Es passte nicht zu Colins Aussehen und jagte mir einen Schauer über den Rücken.

»Duckt euch!«, rief Ascia hinter uns und ich gehorchte instinktiv. Auch Gareth ging neben mir in die Hocke, als ein Dutzend Raben herabschoss und sich auf Aeshma stürzte.

Er versuchte, sie mit seinem Schwert wegzuscheuchen, aber es gelang ihm nicht, sie alle fernzuhalten. Ein paar von ihnen piksten ihn mit ihren Schnäbeln, ehe der Feuerdämon seinem König zu Hilfe eilte. Er brannte eine Schneise zwischen sich und ihm, sodass er ihn von dem Angriff der Vögel schützen konnte.

Ich wurde zur Seite geschubst, als eine weitere Welle von Morrigans Raben heranflog. Wäre ich stehen geblieben, hätten sie mich sicherlich auch angegriffen, nur um ihr Ziel zu erreichen. Ich warf Gareth einen dankbaren Blick zu, wusste aber nicht, ob er ihn zwischen den fliegenden Körpern sehen konnte.

Mühsam rappelte ich mich auf, als mich jemand von hinten packte. Etwas bohrte sich in meinen Arm und ich wurde grob zurückgerissen – weg von meinen Verbündeten. Ich verlor einen Dolch, konnte aber an dem zweiten festhalten.

Schreiend versuchte ich, meinen Gegner mit der übriggebliebenen Waffe zu treffen, als ein heller Lichtstrahl erschien und mich blendete. Der schmerzhafte Griff blieb jedoch bestehen und sobald das Licht verblasste, wurde ich weitergezogen.

Mit Entsetzen erkannte ich, dass es Billings war, der das Chaos ausgenutzt hatte, um sich mir heimlich zu nähern.

»Lass mich los, du Bastard!«, brüllte ich, doch seine Krallen bohrten sich nur tiefer in meinen Arm. Die Spitzen traten aus der anderen Seite hervor. Mit der anderen Hand schlug er mir das Messer aus der Faust.

Ich vernahm das Kreischen der Vögel, das Brüllen von Kriegern und das Klingen von Schwertern, als mich Billings weiterzog. Meinen

Arm spürte ich kaum noch. Das Blut floss in einem stetigen Strom daraus hervor.

Als wir das Schlachtfeld verließen, wurde Billings von Aeshma und Avnas aufgehalten, die sich überraschenderweise zurückgezogen hatten. Der Erzdämon blickte von Billings zu mir.

»Was hat das zu bedeuten?« Seine Stimme war ruhig. Zu ruhig dafür, dass er gerade eine Niederlage erlitten hatte. Oder war es ihm gelungen, zu Ascia durchzudringen?

»Sie ist mir entwischt und ich habe sie eingefangen«, erklärte Billings und setzte seinen Weg ins Lager fort. Wie betäubt folgte ich ihm. Es gab keine Möglichkeit, seinem Griff zu entfliehen. Die Krallen saßen zu tief.

Ich hörte Avnas Stimme, doch er sprach in der Dämonensprache, sodass mir der Inhalt seiner Worte sowie Aeshmas Antwort verborgen blieben.

»Wie kann die Macht der Krone nicht ausreichen?«, fragte Billings, als wir die ersten Zelte erreicht hatten.

»Sie ließ sich nicht recht von mir lenken«, sagte Aeshma mit einer nachdenklichen Note in der Stimme. »Als würde sie sich gegen mich wehren.«

»Vielleicht liegt es daran, dass sie Morrigans Krone ist?« Billings warf seinem Schöpfer einen Blick über die Schulter zu.

»Trotzdem müsste sie einem Dämon gehorchen«, entgegnete Aeshma und folgte Billings und mir zurück ins blaue Zelt. »Es ist ärgerlich. Ich war Ascia so nahe.«

Ich keuchte auf, als Billings die Krallen aus meinem Arm herausriss. Schwindel ergriff mich und ich fiel zu Boden, wo sich für einen Moment alles drehte. Mein verwundeter Arm knickte unter meinem Gewicht ein.

»Ich hätte ihn für Euch erledigt, mein Schöpfer, wenn dieses Biest nicht abgehauen wäre.« Billings sah mich von oben herab an. In seinem Gesicht standen all jene Grausamkeiten geschrieben, die er mir antun würde. Er würde sich Zeit lassen. Viel Zeit.

»Was hat dein Interesse für die Schlüsselträgerin geweckt?«, erkundigte sich Aeshma, der tiefer ins Zelt trat. Ich erwiderte seinen Blick und erschauerte.

Vor mir stand Colin und doch war er es nicht.

Aeshma hatte den Körper meines freundlichen Feindes zu seinem eigenen gemacht, allein dadurch, dass er andere Kleidung trug. Statt unauffällige Rebellenkleidung hatte er sich schwarze Lederhosen, ein Hemd und einen wehenden Mantel übergezogen. Das lange Haar fiel offen um sein markantes Gesicht und die braunen Augen sahen pupillenlos in meine Richtung. Sie verengten sich bei meinem Anblick und mir schnürte sich die Kehle zu. Seine Aura war bedrohlich und gottgleich. Wo Morrigan düster und schattenreich war, so strahlte Aeshma eine so allumfassende, brennende Macht aus, dass sie mich bis in meinen tiefsten Kern verfolgte und berührte.

Ich senkte den Blick und hasste mich selbst für meine Schwäche. Es war wichtig, einen Weg aus dieser Situation zu finden. Trotz meiner Verletzung befand ich mich genau dort, wo ich sein sollte. Im Zelt zusammen mit Aeshma.

Ich musste mich nur aus meiner Starre kämpfen, musste den Blick heben und einen Weg finden, Aeshma die Krone zu entreißen. Ein Augenblick reichte aus.

»Sie hat sich mir widersetzt«, sagte Billings, als wäre dies die einzig logische Begründung.

Die Zeit schien stillzustehen, dann vernahm ich Aeshmas leichte Schritte, als würde er auf Wolken gehen. Sie passten nicht zu seiner Erscheinung und doch überraschte mich ihre Sanftheit nicht.

»Sieh mich an, Jägerin«, forderte er mich schließlich auf und ich musste jedes Fünkchen Selbstbeherrschung zusammenkratzen, um seinem Befehl Folge zu leisten. Mittlerweile stand er direkt vor mir. Zum Greifen nah und doch wiederum nicht. Es fehlte ein letzter Schritt. Mein Blick traf den seinen. »Ich frage mich … Weißt du, dass meine Geliebte vor unserer Begegnung bereits eine Tochter gehabt hat? Vielleicht bist du eine ihrer Nachfahrinnen, denn die Ähnlichkeit … sie ist wahrlich verblüffend. Und gleichzeitig … ihr Menschen unterscheidet euch nur minimal voneinander. Ein Staubkorn gleicht dem anderen …« Nein! Ich durfte seine Aufmerksamkeit nicht wieder verlieren. Also kämpfte ich mich zurück auf die Beine und überbrückte den letzten Abstand zwischen uns, was ihn vielleicht überraschte, aber natürlich nicht einschüchterte. Wenn überhaupt schien es ihm zu gefallen, dass ich mich nicht mehr länger in mir selbst versteckte. Dann endlich hob er eine Hand und legte sie fest um mein Kinn.

Sobald seine Haut deine berührt, musst du handeln
Greife nach der Finsternis

Lass dich fallen
Reiße ihn mit

Dashans Worte hallten in mir nach. Rauschten wie ein Wasserfall durch mich hindurch, bis sie sich in Taten wandelten. Instinktiv griff ich nach Aeshmas Seele, die der meinen bekannt vorkam. Sie hatten sich gegenübergestanden. Sie waren auf eine dunkle Weise miteinander verbunden, was mir nun zugutekommen würde.

Immer tiefer und tiefer
Die Welt dreht sich
Und dann ist alles auf dem Kopfe stehend
Die Finsternis

Ein Wimpernschlag und wir befanden uns tatsächlich auf der Ebene in dem wolkenlosen Dunkel. Aeshma starrte mich mit schreckgeweiteten Augen an und Colin … Colins Seele reagierte schneller.

Ich wusste nicht, wie lange er bereits auf uns gewartete hatte, doch er nutzte die Gelegenheit und schlug Aeshmas Seele mit einem Oberschenkelknochen, der einem Riesen gehört zu haben schien, nieder. Der Erzdämon fiel auf die Knie. Ein weiterer Schlag. Noch einer. Dann erwachte ich endlich aus meiner Starre und suchte nach etwas, mit dem ich ihn fesseln konnte.

»Hier, damit sollte es gehen«, sagte Colin und warf mir etwas zu. Instinktiv griff ich danach. Es erinnerte an eine lange Schlangenhaut, die sich jedoch nicht auseinanderreißen ließ. »Davon gibt es hier zuhauf. Los!«

Wir verbanden die Hände und Füße des Dämons, der nun wieder sein eigenes Gesicht trug. Colin richtete sich auf und blickte ihn mit Abscheu an, bevor er ihm mehrmals hintereinander in ebenjenes Gesicht trat.

»Jetzt hat er zumindest einen Grund, sich nach einem neuen Körper umzusehen«, kommentierte Colin ungerührt das blutige Gesicht und spuckte es an.

»Es tut mir leid, dass ich es nicht eher zu dir geschafft habe.« Ich versuchte, Colins Verhalten nicht zu verurteilen. Wahrscheinlich hätte ich mich an seiner Stelle auf ähnliche Weise abreagiert.

»Schon okay, ich hatte meinen eigenen Spaß.« Er wischte sich mit dem Ärmel über den Mund.

»Was meinst du damit?«

»Als er gerade eben versucht hat, die Macht der Krone zu nutzen, habe ich mich zwischen ihn und ihr gestellt. Das muss die Verbindung gestört haben oder so.«

Ich blickte ihn erstaunt an. »Du konntest sehen, was auf der Erde vor sich ging?«

»Ein paar Bilder habe ich erhascht, ja.« Als sich Aeshma rührte, machte er erneut Bekanntschaft mit Colins Schuh. »Was machen wir jetzt?«

Uns blieb nicht viel Zeit, da sich der Dämon gegen seine Fesseln wehren würde. Früher oder später würde er seine Freiheit zurückerlangen.

»Komm zurück in deinen Körper und versuche, dich wie Aeshma zu benehmen«, wies ich Colin an. »Finde einen Weg, dich von Billings und Avnas zu befreien. Wir müssen allein sein.«

»Wieso?«

»Ich brauche die Krone.«

Der Rebell nickte und im nächsten Augenblick kehrte ich in die Welt der Lebenden zurück. Ich schwankte leicht, als meine Schmerzen mit aller Macht zurückkehrten. Wie auch das letzte Mal waren sie in der Schattenebene für die Dauer meines Aufenthaltes von mir abgefallen.

Es war nicht mehr als der Bruchteil einer Sekunde vergangen. Niemand von den Anwesenden schien irgendetwas bemerkt zu haben. Sie alle blickten Aeshma abwartend an, der noch immer mein Kinn umfasst hielt.

Eins.

Zwei.

Drei.

Und Colin war zurückgekehrt. In dem Halbdunkel konnte ich die Pupillen deutlich sehen, was auch den anderen auffallen würde, sobald sie ihn genauer ansahen.

Colin ließ langsam seine Hand sinken. Mein Herz pochte.

»Sire!«, rief ein Königsdämon, der in diesem Moment ins Zelt stürmte. Es war Haz. Ich dankte innerlich dieser Unterbrechung. »Unsere Einheiten fallen auseinander. Jerem ist gefallen und die Raben der Hexe sind überall!«

»Habt ihr noch nie einen Krieg geführt?«, entschlüpfte es Billings voller Wut.

»Kümmere dich darum, Billings«, sagte Colin. Hätte ich nicht gewusst, dass er es war, hätte ich das leichte Zittern nicht wahrgenommen.

»Aber, mein Herr, was ist mit ihr?« Billings sah mich voller Gier an.

»Ich passe derweil auf sie auf. Du hast doch nichts dagegen, oder?« Colin wandte sein Gesicht leicht in Billings' Richtung, jedoch ohne ihn anzusehen.

Ich presste eine Hand auf die Wunde an meinem Arm und verzog vor Schmerzen das Gesicht.

»Mein Herr, ich werde mich sofort darum kümmern.« Billings verneigte sich und folgte Haz nach draußen.

»Geh mit ihnen und unterstütze sie, mein Krieger«, forderte *Colin* Avnas auf, der sich ihm nun musternd zuwandte.

Ich hielt den Atem an, als er nicht sofort reagierte. Hatte er etwas bemerkt? Konnte er überhaupt unsere Sprache verstehen? Ich traute mich kaum zu atmen. Der Rebell knurrte tief. Wäre die Situation nicht so ernst gewesen, hätte ich laut aufgelacht.

»Ich glaube nicht, dass ich einen deutlichen Befehl noch einmal wiederholen muss.«

Avnas sagte etwas, was ich nicht verstand, während sich Colin bemühte, den Blick abgewandt zu halten. Selbst als Avnas brennende Gestalt unsere Gesichter erhitzte, zuckte er, im Gegensatz zu mir, nicht einmal mit der Wimper.

»Das war ein Befehl!«, brüllte Colin und Avnas … verbeugte sich. Sekunden später war er fort.

Ich traute mich erst, aufzuatmen, als ich nach ihrem Verlassen innerlich bis zehn gezählt hatte.

»Du hast ihn verstanden?«, rief ich atemlos.

»Er hat *Nein, mein Schöpfer* gesagt. Ein paar der wenigen Worte, die ich während unserer Zeit in Triste aufgeschnappt habe.« Colin nahm die schwarze Krone von seinem Kopf und reichte mir die mit Juwelen besetzte Kostbarkeit. Onyxfarbene Ranken, rauchiges Silber und strahlende Rubine. Ganz so, wie ich sie in Erinnerung gehabt hatte. »Hier.«

Mit zittrigen Fingern nahm ich sie an und legte sie mir selbst auf.

Sofort spürte ich die Macht, die Magie über mich hinwegrollen. Sie umfasste mich, blutete durch mich hindurch, strahlte wie eine Sonne und schmeckte wie die Asche tausender Skelette. Sie löste sich auf und verschmolz gleichzeitig mit mir, sodass ich von einer grauen, pulsierenden Aura umgeben wurde, sobald ich die Augen öffnete. In rauchigen Wellen löste sie sich von meiner Haut, waberte durch das Zeltinnere und verblasste schließlich. Meine körperlichen Schmerzen wurden in den Hintergrund gedrängt, während die Macht weiter durch mich hindurchströmte.

»Was zur Hölle …?«

Ich wirbelte zum Zelteingang herum und erblickte Avnas, der ausgerechnet mit Lystra eingetreten war.

Wahrscheinlich hatte Avnas geahnt, dass etwas nicht stimmte, aber es war zu spät. Es brauchte nicht einmal den Bruchteil eines Gedankens und Avnas zerbrach in tausend Splitter.

Totes Feuer.

Schwacher Schein.

Er war fort, ehe ich ausatmete. So schwach war er gewesen. So stark war *ich*.

Macht, so viel Macht.

Ich blickte ohne Reue um mich, doch Lystra hatte sich wie ein Feigling aus dem Staub gemacht und würde meine Rache noch nicht zu spüren bekommen. Wenn ich wollte, könnte ich sie noch immer töten. Sie musste dafür nicht in meiner Nähe sein, aber ich wurde schon lange nicht mehr von meinem Verlangen nach Rache kontrolliert. Schon bevor Rope durch Gareth getötet worden war. Sie brachte mich nicht weiter.

Die Welt musste schließlich gerettet werden.

Und mit diesem einzelnen Gedanken zersprang die Magie in mir, setzte sich neu zusammen und die Welle der Macht riss das Zelt um uns herum in die Höhe, sodass wir unter dem wolkenverhangenen Himmel standen. Der Mond war verschwunden. Die Kämpfe laut und brutal.

Aus dem Augenwinkel bemerkte ich, dass auch alle anderen Zelte entweder davongeflogen oder in sich zusammengefallen waren. Lystra hatte sich hinter einem versteckt, doch nun wurde sie von meinen Jägern bekämpft. Gemeinsam griffen sie Elles Mutter an. Erbarmungslos und in vollkommener Einheit.

Meine Blicke wanderten weiter und weiter. Ich konzentrierte mich auf das Öffnen von Toren, welche die Erde von Dämonen befreien würden. Endgültig.

Der dunkle Nebel um mich herum vibrierte und wirbelte und ich sah und ich erkannte die Welt in einer Sekunde und in einer Ewigkeit. Strudel wuchsen aus den Sternen am Firmament und wurden gigantischer und größer. Wie monströse Mäuler ragten sie über uns, über Europa, über jedem Land und sogen die Plage in sich auf.

Wir siegten.

Wir gewannen.

45. Kapitel

Der Jäger

Morrigan blickte zum Strudel hinauf, der sich direkt über dem Schlachtfeld öffnete. In einem einzigen Sog nahm er bereits hunderte Dämonen in sich auf. Die Dämonen verschwanden in der Luft. Zerfielen zu Staub, um in Duster und Triste wieder zu sich selbst zu werden.

Evan beobachtete die Dämonenkönigin und er wusste, dass sie nicht weiterhin tatenlos zusehen würde. Crystal, Amy und er hatten sich ihr von hinten angenähert und ihr auf ihrem schwebenden Gefährt zugesehen. Dabei, wie sie sich an dem Blut und dem Tod ergötzte. Dabei, wie sie seine Mutter mit einem Lächeln der Freundschaft bedachte.

Er hasste jede einzelne Sekunde auf diesem Felsen der Verdammnis.

Doch nun, nun würde er handeln müssen, um Alison zu schützen. Um der Welt, der Erde eine Chance zu geben.

In dem Moment, da sich das Gefährt niedersenkte, stürzte Evan nach vorne. Crystal und Amy brauchten nur wenige Momente, um ihm den Weg von den Dämonenwächtern freizuräumen, damit er Morrigan und seine Mutter erreichte, bevor sie in der Masse verschwinden konnten. Amy musste ihren Gegner nur berühren, um ihn lebensgefährlich zu verletzen. Auf seinen Armen und überall auf seinem Körper öffneten sich tiefe Schnittwunden, aus denen in Bächen Blut floss.

Sich auf Morrigan konzentrierend, fragte er sich, was die Dämonenhexe spürte, wenn sie hinauf in den gigantischen Strudel aus Sternen und Finsternis blickte. Fühlte sie den Sog in ihrem Bauch?

»Es ist besser, wenn du dich nicht einmischst, Hexe«, brüllte er über das Grollen der Magie hinweg. Sein Trommelfell brannte, schlug im Takt der Rebellion.

»Evan …«, wisperte seine Mutter atemlos, aber er hörte sie nicht. Wollte sie nicht hören.

»Bald wird alles vorbei sein. Bald wird alles seine Richtigkeit haben.« Crystal trat an seine linke Seite, Blut tropfte von ihrer Wange und färbte ihre Hände rot. Amy schloss zu seiner Rechten auf und wirkte wie das Ebenbild ihrer Schwester. Durch Blut getauft und mit einer Religion des Todes erzogen.

»Das ist dein Sohn, Joana?«, hörte er die Hexe fragen, obwohl sie kaum ihre Stimme erhob. Es war, als würde sie neben ihm stehen und nicht die Schwestern. »Ich will ihm nicht wehtun.«

»Und wir wollen dir nicht wehtun. Du hast die Wahl. Entweder du gehst freiwillig durch den Strudel in deine Heimat oder wir werden dich zwingen.«

Morrigan sah die Schwestern und dann ihre verletzten Dämonen an, denen Arme und Beine fehlten. Manchmal auch ihr Kopf. Das schien sie zu überzeugen, ihm nicht sofort ihre Schatten auf den Hals zu hetzen, die sich bereits um seine Füße versammelten.

»Ich werde unseren Untergang nicht aufhalten«, sagte Morrigan langsam und trat einen Schritt vor, ohne beängstigend zu wirken. »Mir ist diese Welt egal, so wie alle anderen. Es gibt nur eines, das ich noch tun muss.«

Evan runzelte fragend die Stirn.

Joana kam mit gestreckten Armen auf ihn zu, aber er wich zurück, traute diesem Frieden nicht und wenn er ehrlich mit sich selbst war, fühlte er das Zerbrechen nahen. Er konnte sich seinen Gefühlen nicht hingeben. Nicht in dieser heiklen Situation.

Mit Bedauern im Blick ließ Joana ihre Arme sinken, hielt inne, ehe sie bekräftigend nickte, als hätte sie mit keiner anderen Reaktion gerechnet.

»Ich werde warten«, sagte sie mit all der Liebe in ihrer Stimme, die Evan stets in seinem Herzen getragen hatte. Selbst in den Momenten, da sein Vater auf ihn eingeschlagen und er sich in sich selbst zurückgezogen hatte. Die Art von Liebe, die bedingungslos und ewig war und die ihnen beiden versicherte, dass es eine Zukunft geben würde, in der sie sich mit einem Lächeln in der Brust gegenüberstehen würden. Doch nicht jetzt. Niemals jetzt.

Evan blinzelte und die Erinnerung, die noch keine war, verblasste in einem Nebel aus Kampf und Geschrei. Er musste sich wieder auf Morrigan konzentrieren.

»Einen Krieg, dem du dich aus Verlangen nach Rache angeschlossen hast, willst du nun einfach so aufgeben? Du hättest in Triste bleiben sollen, aber jetzt willst du uns weismachen, dass dir deine Vergeltung egal geworden ist?« Evan verzog angewidert das Gesicht.

»Die Kaskaden sind besiegt. Ich hörte bereits von dieser Neuigkeit und das ist Genugtuung für mich«, antwortete Morrigan ruhig, während der Sturm weiterhin toste. »Aber Rache ist noch immer das, was mich antreibt.«

»Was bedeutet das?«, fragte Crystal.

»Aeshma.« Sie sagte den Namen wie einen Fluch. Mächtig, verheißungsvoll. »Ich will Aeshma. Sein Auftauchen hat alles verändert. Er darf nicht leben. Mit ihm bedeutet mir all dies nichts.« Sie breitete für einen Moment die Arme aus und die Ärmel aus schwarzem Samt fielen sanft herab.

»Ich vertraue dir nicht.«

»Ich weiß, dass er sich gerade in diesem Augenblick nicht mehr in seinem menschlichen Gefäß befindet. Ich kann ihn erreichen und endgültig zerstören.« Sie ballte ihre langgliedrigen Hände zu Fäusten. »Er hat sich gegen meine Raben nur mit Mühe zur Wehr setzen können.«

»Das hier ist nicht euer Krieg, Hexe!«, zischte Crystal. »Das ist ein Krieg für die Freiheit der Menschheit.«

»Was können Menschen schon gegen einen Erzdämon, einen Gott ausrichten?« Zorn färbte ihre Stimme dunkel. Evan spürte Magie wie ein Kribbeln auf seiner Haut.

»Ein Schritt weiter und wir werden dich zerfetzen«, drohte Crystal.

Morrigan hob einen Arm, doch Joana packte diesen, bevor sie ihn fallen lassen und damit die Schatten auf sie hetzen konnte.

»Bitte nicht«, flehte sie und wandte ihr Gesicht dann zu Evan. »Evan, mein Junge, gib ihr eine Chance. Sie wird euch dabei helfen, Aeshma zu töten und die Welt verlassen. Ist es nicht so, Morrigan?«

»So sei es.« Sie entzog Joana den Arm sanfter, als Evan es ihr zugetraut hätte. »Lasst uns gemeinsam gehen. Ich gebe euch mein Wort, dass ich ihn töten werde. Dies *wird* meine Rache sein.«

»Deine Rache wird unserer Menschheit den Untergang bringen«, erwiderte Evan mit Nachdruck in der Stimme, obwohl seine Hand noch immer zitterte. »Wir können es dir nicht erlauben. Du leistest uns vielleicht jeden Schwur, aber auch wir gaben Alison ein Versprechen.«

»Wird sie die Macht haben, Aeshma zu zerstören? Oder wird er zurückkehren und in dieser Welt überleben?« Sie presste die vollen Lippen fest zusammen, während die Schatten unruhig um ihr schwarzes Kleid herumwirbelten. »Wer wird ihm noch etwas entgegensetzen können, wenn alle Dämonen von der Erde getilgt worden sind?«

Evan und Crystal warfen sich einen kurzen Blick zu, während Amy ihre Umgebung weiterhin im Auge behielt. Steckte hinter Morrigans Worten die Wahrheit? Welchen Grund hätte sie zu lügen? Vermutlich würden Crystal und Amy sie im Notfall verletzen können, aber letztlich hätten sie einer Göttin nichts entgegenzusetzen.

»Wir begleiten dich. Aber sei gewarnt, wenn du ein falsches Spiel mit uns treibst oder Alison schadest, wirst du dich zurück in die Hölle wünschen, aus der du entflohen bist«, versprach ihr Evan eisern.

»Ihr habt mein Wort. Und mein Blut.« Sie ritzte sich mit ihren Fingernägeln in die zarte Haut an ihrem Handgelenk und Evan beobachtete, wie zwei Tropfen ihres glänzenden Lebenssaftes in den Schnee fielen. »Aeshma wird heute Nacht sterben.«

46. Kapitel

Ich starrte ins Nichts und trotzdem sah ich alles. Jeden Dämon. Ob niedrig oder königlich. Sich in Schatten windend oder in der Sonne stehend. Die Magie war allmächtig und viel zu groß für mich. Ich wollte sie von mir stoßen, hielt aber umso stärker fest. Noch waren nicht alle Dämonen gegangen. Noch waren sie überall.

Als würde ich aus dem tiefsten Meer auftauchen, kehrte ich in meinen Körper zurück.

Sofort sah ich nach meinen Jägern, denen Gareth zu Hilfe geeilt war. Seine Gestalt hatte sich verändert. Als Bestie kämpfte er nun gegen das Monster, das Lystra war.

Ich spürte die Rache in mir wie eine alte Erinnerung aufflackern und ich ließ sie los, als wäre ich aus ihr herausgewachsen. Gareth stand breitbeinig da, die Arme ausgestreckt und die schwarzen Klauen mit dem Blut der Frau seines Freundes überzogen.

Adam erschien am Rand des Platzes. Sein Haar wehte stürmisch um sein Gesicht, bevor er sich von der Mutter seiner Tochter abwandte. Stattdessen eilte er Phi zu Hilfe, die sich gegen zwei Dämonen behauptete. Er kehrte seiner Vergangenheit den Rücken.

Gareth und Lystra umkreisten sich, donnerten brüllend wie zwei Felsen aufeinander und lösten sich verletzt und schwer atmend. Gareth hielt nichts mehr zurück, so wusste er doch, dass dies entweder Lystra oder sein Ende sein würde.

Leb wohl.

Um uns herum herrschte Krieg, aber in ihrem Herzen sah ich Ruhe. Am Ende war es die Stille, die Lystra das Leben kostete. Für sie gab es nichts mehr, für das es sich zu kämpfen lohnte. Ihre Seele war krank und zerfallen, sodass Gareth die Oberhand behielt, da er ein Ziel vor Augen hatte. Lystra selbst hatte alles verloren. Adam. Elle. Billings.

Stille. Und dann fuhren Gareths Krallen mitten durch Lystras Brust. Ein letztes Aufbäumen, ehe Gareth sich von ihr löste, um sie beinahe schon auf den Boden zu legen.

Ein Schrei und blondes Haar. Mein Blick huschte von meinem verwundeten Geliebten zu Billings, der mit weit aufgerissenen Augen auf seine Brust starrte, in der ein riesiges Loch klaffte. Und in der Hand eines hellblonden Mädchens lag sein pumpendes Herz. Für sie war Rache keine alte Erinnerung, sondern ein pulsierender Schmerz in ihren Adern. Ein Schmerz, der ihren Körper kontrollierte. Doch jetzt hatte der Geist sie verlassen, um sich das nächste wehrlose Opfer zu suchen. Um Schmerz und Wut und Zerstörung zu säen.

Weiter und weiter und weiter.

Vitória, die mit leerem Blick in den Himmel hinaufstarrte und sich nach dem Frieden sehnte. Ty und Clarke, die Seite an Seite dafür kämpften, mich zu beschützen. Ascia, der Gareth beim Aufstehen half. Eine bittersüße Umarmung, bevor der König durch den Strudel gezogen wurde. Liliana direkt hinter ihm. Ein Kuss zwischen Dämon und Mensch. Phi, die salzige Tränen verlor.

Und Avnas, der sich erneut aus den Flammen erhob. Seine Auferstehung kam überraschend und schnell. So schnell näherte er sich meiner Familie, die nur Augen für ihre anderen Feinde hatte.

So schnell und doch so langsam.

Die Zeit steht still.

Ich schreie, doch kein Ton verlässt meine versiegelten Lippen.

Nur Magie.

Immer nur Magie.

Und ein Speer, der sich in Georges Rücken bohrt. Ich greife nach der Dunkelheit in mir und versuche, sie wie eine Sense zu schwingen. Ziehe sie aus mir heraus, forme sie, benutze sie … ich bin zu langsam. Meine Genauigkeit reicht nicht aus.

Die Spitze des Speeres pflanzt sich direkt durch Hadleys Brust und sein Blut benetzt den dunklen, kalten Boden.

Mein Herz setzt aus, als die Ungerechtigkeit des Geschehenen meinen Verstand erreicht. Es muss ein Traum sein. Ein Albtraum.

Ich bin so mächtig und kann doch nicht helfen. Wieder einmal versage ich, obwohl Avnas endgültig zergeht. Keinen Funken lasse ich entkommen. Aber es ist zu spät.

Blut.

Tod.

Ians wütendes Brüllen.

So viel Schmerz und so viel Leid. Überall.

lass es aufhören

stopp

halt

Colin sinkt vor mir auf die Knie, sieht mich mit flehenden braunen Augen an.

»Bitte, töte mich. Ich will nicht in die Schattenwelt zurückkehren.«

Ich öffne meinen Mund, um ihm zu antworten, als meine Magie flirrt. Meine Magie? Unsere. Ihre. Niemandes.

»Aeshma gehört mir.« Worte, die wie eine Melodie auf dem Schlachtfeld erklingen. Fremdartig und vernichtend. Morrigan eilt mit Joana, Evan, Amy und Crystal zu mir. Ty und Clarke lassen sie nur zögerlich durch ihre Verteidigungslinie. Noch können sie gegen den Sog ankämpfen.

Ich neige den Kopf, bewege mich ansonsten nicht. Es gibt nichts, das mir Morrigan antun kann. Sie ist nichts als eine Motte, die um mich herumschwirrt.

»Was?« Colin blickt sie voller Angst an.

»Wieso soll ich dir diese Art von Rache gestatten?«, wispere ich mit einer Stimme. Mit tausenden.

»Weil wir Schwestern im Herzen sind«, antwortet sie augenblicklich und sieht mich aus dunklen Augen an. In ihnen erkenne ich Leidenschaft und Zorn, der so heiß und vernichtend ist, dass er ihr Blut zum Kochen bring und ihre Knochen zu Asche werden lässt, wenn ich nicht nachgebe. »Rache ist unsere Mutter.«

»Nicht mehr«, entgegne ich langsam. »Sie ließ mich gehen.«

»Dann war dein Los ein besseres als das meine.« Sie tritt zwischen Colin, dessen Atem nunmehr ein leises Rasseln ist, und mich. »Ich bitte dich um Erlaubnis, Schwester … Königin. In mir herrscht karge Wüste und ewige Sonne. Das Leben verließ mich, als ich aus dem Tod zurückkehrte.«

Die Wahrheit in ihren Worten kann ich nicht leugnen und die Macht in mir lässt mich großzügig werden. Ich will ihr den einzigen Wunsch, der in ihrer schwarzen Seele übriggeblieben ist, gestatten, doch eine Frage bleibt bisher unbeantwortet.

»Warum hat Dejan Aeshma in unsere Welt geholt?«, frage ich leise. Ich weiß, dass die Zeit drängt, aber ich kann mich nicht zurückhalten. Meine Neugierde siegt.

»Ich kann nur raten«, antwortet Morrigan. Es ist jedoch nicht ihr Gesicht, das ich ansehe, sondern Joanas. Zusammengepresste Lippen und gesenkte Augen. »Er hat sich als Königsdämon vermutlich mehr seinem Vater als seiner Mutter verbunden gefühlt.«

»Und er wusste all die Details, weil du sie ihm anvertraut hast? Jede Einzelheit über Krone und Kaskaden?«

»Nun, ich …« Endlich begreift Morrigan, dass ich nicht sie ansehe. Sie folgt meinem Blick und erkennt die Wahrheit in Joanas schuldbewusster Miene. »Du? Wie konntest du mich nur derart betrügen?«

»Mom? Du hast dabei geholfen, Aeshma aus dem Reich der Toten zu holen?« Ich habe Evans Anwesenheit bereits vergessen, aber jetzt stellt er sich neben Morrigan.

»Ich musste einen Weg finden, dich von deinem Plan, die Erde an dich zu reißen, abzulenken. Aeshma war die einzige Lösung.« Der Mensch erwidert den Blick der Göttin ohne ein Zeichen von Reue. »Ich half ihm dabei, das Schloss ungesehen zu verlassen und ließ zu, dass er noch vor euch das Tor erreichte.«

»Ich kann dich nicht mal mehr ansehen«, stößt Morrigan hervor, ehe sie einen ohrenbetäubenden Schrei verlauten lässt.

»Es tut mir so leid«, wispert Joana und versucht nach Morrigans Händen zu greifen. »Ich wollte nur das Beste für dich. Für die Menschheit. Für meinen Sohn.«

»Und am Ende hast du alle verraten«, stellt Evan leise fest. Er macht ihr keine Vorwürfe.

»Geh, Jo, ich werde mich nicht zügeln können, wenn du länger in meiner Nähe bleibst.« Der einzige Hinweis darauf, wie viel Morrigan die Freundschaft bedeutet hat. Andernfalls würde sie die Frau, die ihren ärgsten Feind auf die Erde geholt hatte, mit ihren Schatten töten.

Joana öffnet den Mund, aber kein Ton kommt heraus. Im nächsten Moment wendet sie sich ab und läuft im wehenden Kleid über das Schlachtfeld davon. Wo auch immer sie hingeht, ich hoffe, sie findet den Frieden, der ihr im Tod verweigert worden ist.

»Wie willst du Rache nehmen?«, frage ich Morrigan schließlich, da uns die Zeit davonrinnt.

Sie tritt beinahe unbewegt vor, als wäre nichts von alledem geschehen. Nur das Glänzen in ihren Augen verriet die stürmischen Gefühle in ihrem Inneren.

»So.«

Trotz meiner Aufmerksamkeit habe ich es nicht kommen sehen. In einer fließenden Bewegung graben sich ihre Fingernägel in Colins und meinen Nacken und sie nutzt die Magie und unsere Seelen, um gemeinsam mit uns in die düstere Schattenwelt zu reisen.

Aeshma kämpft sich aus seinen Fesseln, als wir uns in einem Kreis um ihn schließen. Überraschung verzerrt seine Gesichtszüge und lässt ihn noch unnatürlicher wirken. Ein Ungeheuer unter der Haut. In seiner selbst.

»Also bist du all die Zeit hier gewesen?«, höhnt Morrigan nach einer Sekunde des Schweigens. Sie redet in der Dämonensprache, trotzdem kann ich sie verstehen. Die Magie ist noch immer ein Teil von mir. »Was für eine Ironie des Schicksals! Jeder wurde mit dem bestraft, was er am allermeisten hasste. Für mich die Sonneninsel. Für dich die Schatten.«

Colin tritt näher an meine Seite und umfasst meine Hand, die ich ihm nicht entziehen kann. Zu gebannt bin ich von dem Gott und der Göttin der Finsternis.

»Was willst du von mir? Mir helfen?«, knurrt Aeshma.

»Du müsstest mich besser kennen, mein Geliebter. Mein ewiger Fluch.«

Aeshma hört genauso wie ich die Schärfe in ihrer Stimme, die zuvor nicht dagewesen ist. Ein Schnitt in der Atmosphäre. »Wir beide sind an jenem Tag getötet worden, Morrigan. Kannst du nicht einfach … loslassen?«

»Du meinst, dich in Ruhe lassen?« Sie stößt ein hohles Lachen aus, dessen Echo über die weite Steppe getragen wird und zu uns zurückkehrt. Ein endloser Kreis. »Du hast mich dazu gebracht, dich zu lieben und dann, als deine Existenz mein ganzes Sein, mein Herz erfüllte, hast du mich verlassen! Hast mich beiseite gekehrt … Ich könnte dich niemals in Frieden lassen. Niemals loslassen. Vergib mir, aber dies ist der einzige Weg, um frei zu sein. Um zu gewinnen. Um mich zu rächen.«

»Ich will leben, Morrigan. Verweigere mir nicht diese Möglichkeit.«

»Leben …« Sie schüttelt den Kopf. »Wir werden nicht leben. Wir werden brennen und mit uns das gesamte Universum.«

Sie umfasst Aeshma mit ihren Schatten und wird ebenfalls von Dunkelheit umhüllt. Tiefer und dunkler und schwärzer. Energie sammelt sich in ihr, wird unberechenbarer und stärker.

Ich bin so gefangen von dem Anblick zweier Götter, dass ich mich nicht rühren kann. Die Macht in ihnen ist fast greifbar.

Der Sturm wächst weiter an und ich erkenne, dass Morrigan ihm keinen Einhalt gebieten kann oder wird. Er wird sich immer weiter ausbreiten. Uns zerstören. Die Welt verschlingen.

Wir werden brennen und mit uns das gesamte Universum.

Plötzlich weiß ich, dass sich dieser Sturm durch mich auch auf der Erde ausbreiten wird, wenn ich es nicht vorher zurück schaffe.

Morrigan hat uns betrogen.

Mir bleibt vielleicht der Bruchteil einer Sekunde, um mich zu entscheiden, dann ziehe und zerre ich mehr von der Magie aus der Krone. Mehr und mehr. Trotzdem glaube ich nicht, dass es genug sein wird, aber ich gebe nicht auf.

Mit der Macht der Krone halte ich gegen die Explosion der Götter an, als sie uns umhüllt. *Noch nicht. Noch eine Sekunde.* Tausend Sterne regnen vom Himmel der Schattenwelt und die Krone katapultiert Colin und mich gerade rechtzeitig zurück in unsere Körper. Das Tor zwischen der Schattenwelt und der Erde für immer geschlossen.

Hustend kämpfe ich gegen den Schwindel an. Ein Körper, der viel zu schwer für meine Seele und meine Magie ist, doch ich kämpfe und gewinne. Morrigan und Aeshma sind vernichtet, aber sie haben uns nicht mitgerissen. Ein kleiner Triumph im See des Verlusts.

Ihr Körper liegt gekrümmt und verlassen auf dem feuchten Boden. Colin erhebt sich mit bebenden Gliedmaßen, entfernt sich von mir, weil er wahrscheinlich die Magie in mir nicht erträgt. Er ist nicht länger wichtig.

Ich sehe mich um und erkenne die Leere im Herzen der Erde. Es gibt kaum noch Dämonen und wenn, dann sind sie es nur zur Hälfte und die Entscheidung wird ihnen überlassen. Verlassen oder bleiben.

»Aly.« Ich senke meine Lider. Ein Wort und ein Segen. »Ich bin da.«

Gareth Arme schließen sich um mich und die Wahrheit sinkt wie Blei in meine Seele. Giftig und schwer.

»Ich komme mit dir«, flüstere ich an seiner Haut, hauche einen Kuss auf seinen Hals.

»Was?« Er schiebt mich von sich und ich nutze die Möglichkeit, mit meinen Fingerspitzen seine Narben nachzuzeichnen. Die Krone wird immer schwerer. Mein Haar flattert aufgeregt im starken Wind und fällt mir immer wieder ins Gesicht.

»Ich muss nur die letzte Person sein, die durch den Strudel geht, ehe ich die Magie gehen lassen, bis dahin muss ich mich ... konzentrieren.« Es wird schwerer, nicht dem Drang nachzugeben, die Magie in die Welt zu lassen, damit ich frei bin.

»Bist du dir sicher?« Seine Hände legen sich um mein Gesicht und er sieht mich eindringlich an. Eindringlicher als jemals zuvor, denn nie war eine Entscheidung je so wichtig gewesen. Ich nicke und spüre seine Lippen auf meinen. Hauchzart und voller Hoffnung.

»Du bist mein Zuhause, Gareth. Ich liebe dich.« Mehr Erklärung braucht es nicht. Hat es nie gegeben. »Und jetzt geh!«

»Ich liebe dich auch.«

Ein letztes Mal, dann lässt er los. Er gibt auf, kämpft nicht länger gegen den Widerstand an, den er nur meinetwegen aufrechtgehalten hat. Wenige Momente später wird vom Sog aufgegriffen und davongetragen. Weiter weg und höher.

Nur noch wenige Sekunden und dann wird er zu Staub zerfallen.

Ich präge mir sein Gesicht ein, brenne sein Herz in meines ein und–

Ich fühle einen tiefen Schmerz. So viel tiefer als alles andere.

Langsam, ganz langsam senke ich den Blick. Ich begreife es nicht.

Atme.

Eine Schwertspitze ragt aus meiner Brust hervor. Blut tropft vom silbernen, geschärften Metall.

Die Magie entgleitet mir. Der Schmerz explodiert. Ich keuche auf.

»ARIAS!«, brüllt jemand. Ich blicke auf. Gareth ist verschwunden und die Strudel schließen sich mit Donner und Beben und einem letzten Aufbäumen. Für immer.

Die Krone rutscht von meinem Kopf und verformt sich im Fallen zu einem menschlichen Herz. Es schlägt blutrot auf dem Boden auf. Einen Wimpernschlag später zerfällt sie zu Asche und der Wind trägt die Flocken davon.

Ich sinke auf meine Knie. Lausche dem Kampf um mich herum, bevor ich in Evans Gesicht blicke, das sorgenvoll vor mir auftaucht.

»Bleib bei uns«, sagt er, aber ich weiß nicht, ob ich das will.

Meine Lider schließen sich. Sie fühlen sich so unendlich schwer an.

Ohne *ihn* ist nichts mehr in mir. Zumindest denke ich das. Für einen schwachen Herzschlag. Für eine Ewigkeit.

Dann finde ich die Kraft in mir, die er so liebt, und ich öffne die Augen.

47. Kapitel

Die Erde stößt ihren angehaltenen Atem aus. Nach Jahren der Verwüstung, Zerstörung und Unterdrückung fällt die Last von ihren Schultern und die Menschen sinken erleichtert in sich zusammen.

Ich konzentriere mich auf das Ordnen des Medizinschranks, der leerer ist als noch vor zwei Wochen, nachdem sich die Tore endgültig geschlossen haben. Die meiste Zeit habe ich in einem der Betten gelegen und mich mithilfe einer Kaskadin, die Cleo zu mir geschickt hat, von Arias' hinterhältigem Angriff erholt. Er hatte mir versprochen, dass ich nicht einfach davonkommen würde und er hat sein Wort gehalten. Nur kostete ihn das das eigene Leben, welches ihm von seinem Sohn genommen wurde …

Nachdenklich wiege ich das Döschen mit Schmerztabletten in meiner Hand, während ich an die letzten Momente zurückdenke. Ich schließe meine Augen. *Atme.* Nur wenige Sekunden, mehr hätte es nicht gebraucht, und ich wäre bei Gareth gewesen. Seite an Seite.

Nun befinde ich mich noch immer auf dieser zerstörten, bemitleidenswerten Erde und beobachte die Menschen um mich herum, die sich allmählich aus ihrem Sklavendasein erheben. *Atme.*

Es sind Gerüchte darüber im Umlauf, dass es vereinzelt immer noch Dämonen gibt, sowohl niedere als auch höhere, aber ich bin zuversichtlich, dass sie nie wieder diese Macht über uns und unsere Ängste bekommen werden.

Als ich sich nähernde Schritte höre, lege ich das Döschen mit zittriger Hand zurück und schließe langsam den Schrank. Mit behutsamen Bewegungen trete ich an das Bett eines der wenigen, übrig gebliebenen Patienten heran. Mittlerweile sind die meisten entlassen worden oder ihren Verletzungen erlegen.

Jay gehörte den Rebellen an, aber diese Zeit ist nun vorbei. Zumindest hat er mir dies nur ein paar Tage zuvor versprochen, als interessiere es mich, was er nun mit seinem Leben anstellt.

Ich bin froh, wenn ich diese verfluchte Krankenstation für immer verlassen kann. Das Problem ist nur, dass ich nicht weiß, wohin ich gehen soll.

Jays Lider sind geschlossen, aber unter ihnen herrscht Bewegung. Vermutlich wird er wieder von einem Albtraum geplagt, von dem auch wir anderen nicht verschont bleiben. Immer wieder sehe ich Hadley und George vor meinen Augen, spüre den Schmerz in meiner Brust, wenn ich daran denke, dass Ty gestorben ist und Eliza trauernd zurückgelassen hat.

»Alison.«

Ich wende mich der Stimme zu.

Amethyst betritt den Krankenflügel im ehemaligen Rathaus von Ascia. Von diesem Gebäude aus regiert Matty Teagan, die gemeinsam mit Colin und fünf anderen Rebellen eine Art Rat gebildet hat, um uns Menschen zurück auf die Beine zu helfen. Wie man es sich vorstellt, schreiten die Entwicklungen nur träge voran, doch wichtig ist, dass unsere Wunden heilen. Das sagt *sie* jedenfalls. Colin hat sich vollständig erholt, begegnet mir aber nicht mehr mit Wut und Hass. Auch wenn wir vermutlich niemals Freunde werden, so bin ich doch froh, dass ich von ihm nichts mehr zu befürchten habe.

Auch Amy hat mit ihrer Vergangenheit zu kämpfen und es muss noch der Tag kommen, an dem ich ein Lächeln auf ihren Lippen sehe. Trotzdem scheint es ihr besser zu gehen.

»Ihr seid zurück?« Ich führe sie von den Patienten fort in das Büro, das eigentlich der aufsehenden Ärztin gehört.

»Seit wenigen Minuten erst. Wir konnten ein paar Medikamente finden.« Sie reicht mir den dunkelbraunen Beutel. Ich werfe einen kurzen Blick hinein, ehe ich ihn auf den Schreibtisch lege. Ums Einsortieren kann ich mich auch noch später kümmern.

»Sag mir bitte, dass es Zeit fürs Abendessen ist.« Ich zwinge mich zu dieser Leichtigkeit. Zu einem Lachen.

»Auf dem Weg hierher habe ich zumindest etwas Gutes gerochen.«

Gemeinsam suchen wir den Speisesaal auf, der für alle geöffnet ist, der zu Hause nicht genug zu essen hat. Eine Erfindung von Matty, die sich dadurch die Herzen der Bürger sichern will. Ich nehme an, es existieren schlimmere Methoden, um sich die Sympathien der Menschen zu erschleichen.

Es herrscht eine große Auswahl an Eintöpfen und getrocknetem Fleisch, das in Salz eingelegt wurde. Nach kurzem Überlegen entscheide ich mich für den Bauerneintopf und ein dunkles Stück Brot, dann schreite ich gemeinsam mit Amy zu einem der runden Tische, die ein hiesiger Schreiner angefertigt hat. Evan und Crystal sitzen dort bereits mit dampfenden Schüsseln vor sich und begrüßen mich mit freundlichen, beinahe schüchternen Blicken. Sie wissen nicht, wie sie sich mir gegenüber verhalten sollen, obwohl ich ihnen keinen Anlass gegeben habe, vorsichtig zu sein. Ja, die Traurigkeit ist meine ständige Begleiterin, aber ich überlasse ihr nie die Bühne. So dramatisch bin ich nun auch wieder nicht.

»Wie geht es unseren letzten Patienten?«, erkundigt sich Evan, nachdem ich mich neben ihm niedergelassen habe. Sein linkes Handgelenk legt er gegen die Schlüssel, damit sie beim Essen nicht wegrutscht, und ich denke wieder daran, wie viel wir alle verloren haben.

Obwohl der Schmerz, Gareth nicht an meiner Seite zu haben, so vernichtend ist, dass ich ihn nicht betrachten und nur von mir schieben kann, so ist der Verlust von Hadley beinahe größer. Ihm geht es nicht gut. Er lebt nicht in Duster und Triste weiter. Hadley starb Arm in Arm mit seiner großen Liebe und ich habe nichts getan außer zuzusehen. Selbst mit der Magie in mir bin ich zu langsam gewesen.

Atme.

Bird, der man mittlerweile eine kleine Rundung am Bauch ansehen kann, gesellt sich wenig später, gemeinsam mit Ian und Phi, zu uns. Wir schwelgen in Erinnerungen und manchmal verlieren wir uns in den eigenen Gedanken.

Durch die hohen Fenster beobachte ich den stetigen Schneefall und versuche mir vorzustellen, wie es von nun an sein wird. Was geschieht mit mir? Wo werde ich hingehen?

Ich genieße den Frieden, aber ich fühle mich verloren.

Die schlanke Standuhr läutet neun und mein Herz sinkt.

Das ist der Moment.

Jeden Tag warte ich darauf, dass diese Uhr neun schlägt und für eine Minute, nur eine, schließe ich meine Augen.

Diese Minute gehört nur mir allein. Ich berühre das Band zwischen Gareth und mir und bade mich in dem Gedanken, in der Sicherheit, dass er lebt. Irgendwo. Er atmet. Er lebt. Das bedeutet Glück für mich und es gibt mir die Kraft, weiterzumachen. Tag um Tag zu leben. Von neun Uhr bis neun Uhr.

»Es fühlt sich nicht mehr richtig an«, sagt Phi, als die Minute, *meine* Minute, vergangen ist. Ein Schimmern am Horizont. »Diese Welt. Wir in ihr. In all dieser Zeit habe ich mich in der Fantasie verloren, ein Leben mit meiner Familie führen zu können, aber sie sind tot. Sie waren bereits vor dem Eindringen der Dämonen tot. Meine Schwester werde ich nie wiedersehen … Das verstehe ich jetzt, genauso wie ich verstehe, dass ihr alle meine neue Familie seid.«

»Was genau bedeutet das?« Stirnrunzelnd betrachte ich sie. Mit diesen Worten singt sie im Gleichklang mit meinem Herzen. Harsch, aber wahr. Ein wenig melancholisch.

»Nur das … Was auch immer du tust, ich werde da sein. Wo auch immer du hingehst, ich … wir werden folgen. Vielleicht finden wir ja einen Weg durch die Schattenmauer und sehen uns in Südamerika um.« Sie lacht, aber die Sehnsucht in ihren Worten bleibt bestehen.

Zustimmendes Gemurmel folgt von meinen Jägern. Evan, Crys und Amy bleiben stumm.

Ich will schreien und lachen und lieben, aber nichts regt sich in mir. Sie wollen mich in eine ungewisse Zukunft begleiten? Es schmerzt, dass sie mich noch immer als ihre Anführerin ansehen. Mein Leben gleicht einem Trümmerhaufen und ich will nicht auch das ihre zerstören. Trotzdem siegt der egoistische Teil in mir und ich lasse mich zu einem Lächeln hinreißen.

»Ich wollte schon immer mal nach Südamerika …«, sage ich schließlich und wir stürzen uns in eine gedankliche Reise nach Ländern, die wir nur aus den Geschichten unserer Eltern und der älteren Generation kennen.

Das Gespräch wird lebendiger und fröhlicher, als hätte sich die Hoffnung unbemerkt angeschlichen und würde nun jeden Gedanken von uns in kräftiges Grün tauchen.

Phi und ich wandern anschließend noch durch das Haus und besuchen die Zimmer, die so viele Erinnerungen beherbergen. Ich fühle mich, als wäre die Vergangenheit nur einen Atemzug entfernt.

Schließlich erreichen wir den Raum, in dem man mich einquartiert hatte. Auch jetzt schlafe ich in ihm, halte mich aber ansonsten draußen auf, denn hinter jeder Ecke erwarte ich, Gareth oder Elle zu sehen und der Schmerz … nun, ich will ihn vermeiden.

»Was für eine Ironie, dass es ausgerechnet Ascia war, der uns zusammengeführt hat, oder?«, sagt Phi, nachdem wir uns auf das Bett gesetzt haben. Ich sehe aus dem Fenster, während sie weiterspricht. »Denkst du, er hätte uns fallen gelassen, wenn wir die Erde vorher nicht von Dämonen befreit hätten?«

»Du meinst, ob er sich nicht an die Abmachung gehalten hätte, die er uns gegeben hat?« Sie nickt. »Meine Abmachung war etwas komplizierter, aber euch hätte er das nicht angetan. Ich habe Ascia nie als böse angesehen, aber er war ein Dämon und das reichte, um ihn zu hassen. Trotzdem glaube ich nicht, dass er sein Versprechen gebrochen hätte.«

Phi friemelt an den Zipfeln der Bettdecke herum. »Er hat Gareth betrogen, oder nicht?«

»Woher weißt du davon?«

Sie weicht gekonnt meinem Blick aus.

»Adam.«

»Natürlich«, wispere ich. »Ich bin ziemlich wütend gewesen, aber Gareth hat die Kraft in seinem Herzen gefunden, ihm zu verzeihen. Also tue ich das auch. Außerdem wissen Eltern nicht immer, was das Richtige für ihre Kinder ist.«

Plötzlich wird die Tür aufgestoßen. Phi und ich springen sofort vom Bett und begeben uns in Angriffsposition. Derartige Reflexe sind schwer abzulegen. Zu oft haben sie unser Leben gerettet, heute sind sie allerdings überflüssig.

»Cleo?«, rufe ich entgeistert aus, als die dunkelhaarige Frau mit dem roten Tuch, das an ihrem Scheitel zu einer Schleife gebunden ist, lächelnd eintritt. Sie trägt noch immer ihren dicken Wintermantel und auf ihren Schultern glitzern geschmolzene Schneeflocken.

Ich eile zu ihr und umarme sie fest.

»Was ist geschehen? Geht es dir gut? Und Peeta?«, frage ich sofort, nachdem ich sie wieder losgelassen habe.

»Ja, mir geht es gut. Meinetwegen bin ich nicht hier, sondern deinetwegen! Ich habe einen Weg gefunden!« Mit ihren Worten lockt sie Phi näher heran an.

»Einen Weg? Was für einen Weg?«

»Um dich nach Duster und Triste zu bringen. Dashan hat ihn mir gezeigt, ohne dass es ihm wahrscheinlich bewusst gewesen ist.« Ich kann nicht glauben, dass der Häuptling der Hamnea etwas tut, das ihm nicht bewusst ist und erinnere mich an unser Gespräch und an meine Gedanken zurück. Saraph hat damals nur die Befehle ausgeführt, die ihm von Dashan gegeben worden sind, und zu dem Zeitpunkt hat Cleos Anwesenheit in Duster und Triste wenig Sinn ergeben, doch nun … Es scheint, als würde sich der Kreis endlich schließen. Dieses Wissen ist der Grund dafür gewesen. Als hätte Dashan gewusst, dass wir früher oder später einen Weg brauchen würden, um zurückzukehren. Für jeden von uns hat er – trotz seiner Proteste, dass er nicht mit uns gerechnet hat – eine Rolle vorgesehen gehabt. »Nachdem es mir gestern wie Schuppen von den Augen gefallen ist, bin ich so schnell wie möglich hergekommen.«

Ich bin zu geschockt, um weitere Fragen zu stellen, doch Phi springt für mich ein und entlockt der Rinnin die so wichtigen Informationen.

»Ich kann verschiedene Welten bewandern und in einer ist es den Bewohnern möglich, die Grenzen der Welten zu überschreiten. Sie tun es allerdings nicht sehr oft, weil sie sich während dieser Phase … verändern. Inwieweit ist scheinbar immer von der jeweiligen Person abhängig und der Welt, in die sie geht.« Cleo zuckt mit den Schultern, doch das mindert das Leuchten ihrer Aura nicht im Mindesten. »Aber ich habe gesehen, wie es geht und wenn du bereit bist, das Risiko einzugehen, kann ich dich nach Duster und Triste bringen, Aly. Du musst es nur sagen.«

Natürlich zögere ich. Natürlich halte ich für einen Augenblick inne und denke über die Konsequenzen nach, bis ich einsehe, dass es mir egal ist. Cleo schenkt mir das, was sich mein Herz so sehnlichst herbeiwünscht.

»Ich will es tun«, wispere ich.

»Und ich komme mit«, sagt Phi prompt und schließt ihre Hand um meine. Fassungslos starre ich sie an. »Du hast mir doch eben zugehört, nicht wahr? Wo auch immer du hingehst, ich folge.«

»Phi … ich kann dich das nicht tun lassen.«

»Es ist nicht deine Entscheidung, Aly. Außerdem tue ich es nicht nur für dich.«

»Ach nein?« Ich hebe skeptisch die Augenbrauen.

»Nein, auch wenn der Grund ausreicht, aber ich …« Sie presst die Lippen zusammen. »Ich fühle mich genauso leer wie du. Was gibt es hier noch für uns?«

Was habe ich dieser Begründung entgegenzusetzen? Sie empfindet genauso wie ich und ich habe nicht das Recht, sie dazu zu zwingen, zurückzubleiben.

Nachdem dies feststeht, suchen wir die anderen auf, um mit ihnen über unser Vorhaben zu sprechen. Wir versammeln uns in Dorians ehemaligem Arbeitszimmer, in dessen Mitte der Pooltisch auf Spieler wartet.

Evan lehnt sich dagegen, greift nach einer Kugel und legt sie von einer Hand in die andere.

»Ich komme auch mit«, rufen Bird und Ian wie aus einem Mund und lachen, als wir sie in Cleos Neuigkeit einweihen.

»Du bist schwanger, Bird«, werfe ich ein. »Was ist, wenn deinem Baby etwas passiert?«

Sie legt eine Hand auf die leichte Rundung, die unter ihrem engen T-Shirt zu erkennen ist. »Das wird es nicht. Es wird mit mir an den Ort gehen, an den es gehört. Dort wird es die Welt seines Vaters kennenlernen und sich ihm nahe fühlen.«

Ihre Zuversicht verfehlt ihre Wirkung nicht. Auch in mir hallt sie nach und verstärkt meinen Wunsch, diese Reise, so gefährlich und unvorhersehbar sie auch sein mag, auf mich zu nehmen.

»Willst du das Risiko wirklich auf dich nehmen?«, hake ich noch einmal nach, weil es sich richtig anfühlt. Bird trägt nicht mehr nur die Verantwortung für sich, sondern auch für ein kleines Wesen unter ihrem Herzen.

»Ja«, ist ihre einzige Antwort und ich akzeptiere sie.

»Seid ihr verrückt? Es kann dabei so viel schiefgehen«, mischt sich Evan als Stimme des Verstandes ein, aber er wird von Crystal gezügelt. Sie legt eine Hand auf seine Schulter.

»Lass sie gehen«, bittet sie ihn mit großer Ernsthaftigkeit.

Er rückt ein Stück von ihr ab. »Sie gehen lassen? Das kann ihr aller Tod bedeuten. Wie soll ich sie diese Entscheidung treffen lassen? Und wofür?«

»Ich bin nicht glücklich, Evan«, sage ich langsam und nähere mich ihm mit Bedacht. Mein Herz schlägt aufgeregt in meiner Brust, aber ich zwinge mich zur Ruhe. Dieser Moment ist wichtig, denn er wird vermutlich der letzte sein, den ich mit meiner ersten Liebe verbringen werde. Einer Liebe, die mich für immer begleiten wird und die zu einem Zeitpunkt in meinem Leben meine größte Stärke, aber auch meine vernichtende Schwäche gewesen ist. »Diese Welt muss sich neu erfinden, aber ich … wir haben unseren Teil geleistet und ich … ich kann die Chance nicht verstreichen lassen, Gareth wiederzusehen.«

»Aly …«

Ich hebe eine Hand, ignoriere die mitleidigen Blicke der anderen. »Er ist die Liebe meines Lebens und ich würde alles für ihn tun. Alles.«

Evan senkt den Blick, ehe er mir ein straffes Nicken schenkt. Es wird zu keinem Kampf mehr kommen und das entlockt mir ein tiefes Seufzen. Im Streit auseinanderzugehen ist nichts, das mir die Reise und den Abschied erleichtert hätte. Aber notfalls hätte ich es auf mich genommen.

»Was brauchst du, Cleo?«, frage ich, als sich die Fackel der Hoffnung in meinem Inneren neu entzündet.

Ich lebe. Ich atme.

»Nur einen stillen Ort. Einsamkeit. Und euch natürlich«, fügt sie mit einem Lächeln an.

»Jetzt?« Ian schluckt, aber trotz seiner Überraschung schwankt seine Entschlossenheit nicht. Es ist uns allen erlaubt, den Abschied zu fühlen.

»Wenn ihr wollt …«

Wir wollen. Ich führe meine Freunde, meine Familie und Cleo in den leerstehenden Ballsaal, wo wir uns von Evan, Crystal und Amy verabschieden, da sie sich besser nicht in dem gleichen Raum aufhalten sollen. Als ich die Arme des Jägers um mich spüre, teile ich ihm ein letztes Mal meine Dankbarkeit und meine Liebe mit.

»Lebe und liebe, Evan.«

»Ich hoffe, du weißt, was du tust.«

»Das tue ich«, versichere ich ihm, bevor ich ihn sanft auf die Wange küsse. »Grüß deine Mutter von mir.«

Die Türen schließen sich und lassen uns im Licht des Leuchters zurück, der auf einem antiken Schrank abgestellt worden ist. Cleo weist uns an, dass wir uns in einem Kreis auf den Boden legen und unsere Hände miteinander verschränken sollen. Dies würde unsere Verbindung sein.

»Ich werde euch zum Weltenschleier führen, aber den letzten Schritt werdet ihr allein tun müssen. Ich kann euch nicht versprechen, was euch erwartet, mein einziger Rat ist, sucht euch einen Ort aus, der euch freundlich gesinnt ist.«

»Was passiert mit unseren Körpern?«, fragt Ian leicht nervös. Trotzdem macht er keinen Rückzieher.

»Ohne eure Seelen werden sie sterben. Für euch wird es kein Zurück mehr geben«, betont Cleo noch einmal. »Bei meinen Beobachtungen habe ich gesehen, dass den Reisenden neue Körper gegeben werden, sobald sie sich dem Boden der anderen Welt nähern.«

Das hört sich insbesondere gefährlich für Birds ungeborenes Kind an und ich bedenke sie mit einem weiteren Blick, den auch Cleo auffängt.

»Einmal ist auch eine schwangere Frau dabei gewesen. Hochschwanger. Sie hat ihr Kind behalten.« Ich weiß nicht, ob Cleo die Wahrheit sagt oder uns lediglich beschwichtigen will, aber sie scheint Bird mit den Worten zu beruhigen. »Seid ihr bereit?«

Wir geben reihum unser Einverständnis und schließen die Augen. Es ist ein fließender Übergang. Im einen Moment fühle ich meinen Körper, im nächsten fliege ich mit Cleos leitender Hand schwerelos über Stadt und Sterne davon.

Eine Wand aus Nichts und Nebel ragt hinter den Wolken vor uns auf. Der Schleier. Ich spüre Cleo an meiner Seite. Ein Kuss auf meiner Wange und nach dem Abschied mein Sprung. Mein neues Leben.

Meine Familie und ich überbrücken den Schleier und schweben erst über weites graues Meer und dann über dunkelgrünes Tal, bis ich die Steppe erkenne und das Land, das Duster heißt. Ich halte Phis und Birds Hand fest umfasst, obwohl ich fühle, wie sich etwas in mir selbst verändert. Gleichzeitig überlasse ich der Verbindung zu Gareth die Kontrolle. Wir werden tiefer ins Land gezogen, bis wir eine schwarze Burg auf einem hohen Berg erreichen, der von Nebel und Eis umhüllt ist. Mehrere Türme ragen bedrohlich in den düsteren Himmel hinauf. Einzelne Lichter flackern hinter den Fenstern und Leben umgibt das Land wie eine pulsierende Aura.

Kurz bevor wir in dem Innenhof auf dem Boden aufschlagen, verlangsamt sich unsere Geschwindigkeit. Meine Haut wird auseinandergezogen, weitet sich, zieht sich zusammen. Ein Brennen unter meinen Lidern und in meinem Herzen. Das Menschsein habe ich abgestreift …

Wir gleiten wie Federn im Wind und als ich die kalten Pflastersteine in meinem Rücken spüre, lasse ich meine Freunde los. Stöhnend versuche ich, mich aufzurappeln, und erkenne erst dann, dass meine Augen geschlossen sind.

Mühsam öffne ich sie und sehe mich in dem steinernen Vierkanthof um. Phi rappelt sich neben mir auf und wirkt normal und doch verändert. In ihrem Gesicht erkenne ich dieselbe Wahrheit. Sie leuchtet aus dem Inneren heraus und ihre Pupillen werden nun von einem goldenen Ring eingefasst. Auch Bird ist erwacht und lässt sich von Ian aufhelfen. Auch sie leuchten.

Wir sind weder Mensch noch Dämon, sondern irgendetwas dazwischen, das es in der Zukunft zu erforschen gilt, doch bis dahin …

Aufgeregte Stimmen erklingen und wir werden von einer Reihe Wachen umstellt, die uns immerhin nicht davon abhalten, uns aufzurichten. Ich hebe meine Hände, die sich so fremd und leicht anfühlen. Sie sind graziler als zuvor und meine hart erarbeiteten Schwielen sind verschwunden.

»Gareth«, sage ich laut. »Dorian.«

Ich sehe Verstehen in ihren Augen aufglimmen und jemand wird weggeschickt, doch die Speere und die Schwerter werden nicht gesenkt. Immerhin wandeln sie sich nicht.

Und dann spüre ich *ihn.* Seine Präsenz ist so nahe, dass sie mein ganzes Sein ausfüllt. Vorsichtig drehe ich mich um, damit sich niemand provoziert fühlt, und sehe meinen Geliebten auf mich zuschreiten.

Er schubst zwei der Wachen zur Seite und nichts und niemand kann mich mehr aufhalten, als ich sein Herz höre. Wir laufen aufeinander zu, schließen uns in die Arme und lauschen dem Herzschlag des anderen.

»Zusammen«, flüstert er in mein Haar.

»Seite an Seite.«

48. Kapitel

Gareth und ich halten uns lange in den Armen. Ich kralle mich in seinem Umhang fest und weigere mich, auch nur einen Zoll zurückzuweichen. Zu schmerzhaft ist unsere Trennung gewesen.

»Ich dachte, ich sehe dich nie mehr wieder«, flüstere ich.

»Ich liebe dich«, sagt er mit erstickter Stimme und ich kann die Tränen nicht mehr länger zurückhalten.

Schluchzend klammere ich mich an ihn. Er legt einen Arm in meine Kniekehlen und hebt mich hoch. Ich erlaube ihm, mich wegzutragen. Ich bin mir sicher, dass sich Ascia um meine Freunde kümmern wird. In diesem Moment habe ich nur Augen für meinen Geliebten.

Den Dämon, der mein Herz gestohlen hat.

Nun, da ich in seinen Armen liege, kann ich sein Gesicht näher betrachten. Die Narben sind weiter verblasst, aber sie werden niemals gänzlich verschwinden. Für immer werden sie uns an Rope erinnern und an die Zeit, die wir auf der Erde verbrachten.

Mit den Fingerspitzen streiche ich sein glatt rasiertes Kinn entlang, genieße das Gefühl seiner Haut. Er begegnet meinem Blick und lächelt, sodass ich vor Freude noch ein paar Tränen mehr vergieße.

»Es gibt keinen Grund zu weinen«, sagt er und haucht einen Kuss auf meine Nasenspitze.

Mittlerweile haben wir das Innere der Burg erreicht, aber Gareth lässt mich noch immer nicht herunter. Nicht, dass ich das von ihm verlange.

»Jetzt nicht mehr«, stimme ich ihm zu.

Nachdem er mich ein paar Treppen hochgetragen hat, öffnet er mit einer Hand umständlich die Tür, die ich anschließend mit meinem Fuß zurück ins Schloss drücke. Er trägt mich zu dem riesigen Himmelbett und legt mich vorsichtig darauf ab.

Ich stütze mich auf meinen Ellenbogen ab und blicke ihn an, als würde ich ihn zum ersten Mal sehen. Seine dunkle Haut, das braune Haar und seine grünen Augen, die manchmal an Smaragde erinnern und manchmal – so wie jetzt – an Moos. Getränkt von Verlangen.

»Du siehst anders aus«, raunt er heiser. »Deine Augen, deine Hände …«

»Der Preis dafür, dich wiederzusehen.«

»Ich werde dich nicht mehr gehen lassen, Aly.« Mein Herz setzt bei seinen Worten aus. »Ganz egal, was passiert, dein Platz ist an meiner Seite.«

»Dann ist es ja gut, dass ich nicht vorhabe, wegzugehen.« Ich lächele, bevor ich mich zurücklehne. »Küsst du mich nun endlich oder …«

Er lässt mich den Satz nicht beenden, sondern legt seine Hände in meine Kniekehlen und zieht mich daran an den Rand des Bettes. Nur eine Sekunde später krachen unsere Lippen gegeneinander.

»Aly, mein Licht. Mein Herz.«

»Ich habe etwas für dich«, sagt er und beugt sich zum Nachtschrank herüber. Die Decke rutscht von seiner Schulter und entblößt seinen starken Oberkörper, den ich vor wenigen Minuten noch mit unzähligen Küssen bedeckt habe. Gareth lenkt mich ab, in dem er aus der Schublade einen Gegenstand hervorholt, der in Leder eingeschlagen ist.

Ich richte mich auf und störe mich nicht daran, dass auch mir die Decke bis zur Hüfte hinabfällt. Gareth kennt meinen Körper mittlerweile von oben bis unten. Mein Haar fällt über meine Schultern nach vorne, als ich das Geschenk annehme.

Ich habe nicht damit gerechnet und mein Herz schlägt so heftig in meiner Brust, dass es fast schmerzt.

Es braucht nicht viele Handgriffe, bis ich den Gegenstand von dem Leder befreit habe. Dadurch offenbare ich ein prachtvolles Jagdmesser mit geschärfter Klinge und einem einzigartigen Griff. Auf ihm sind mehrere Symbole eingeritzt, die ich jedoch nicht übersetzen kann. Ein Kloß setzt sich in meiner Kehle fest.

»Es sieht aus wie mein Waidblatt nur … schöner«, flüstere ich.

Gareth streicht mir eine Strähne hinters Ohr und wartet geduldig, bis ich seinen Blick erwidere.

»Ich habe es für dich anfertigen lassen, während ich nach einem Weg gesucht habe, um zu dir zurückzukehren«, erklärt er mit brüchiger Stimme. Ich fühle, was er fühlt.

»Was bedeuten die Symbole?« Mit den Fingerkuppen fahre ich die Striche entlang.

»Kannst du es dir nicht denken?«

Ich lächele plötzlich. »Mein Licht. Mein Herz.«

Er wiederholt die Worte in der Dämonensprache und ich umarme ihn fest.

»Vorsicht, sonst erstichst du mich noch.«

»Niemals.«

Ich weiß nicht, wie lange wir uns in Gareths Zimmer versteckt haben, aber als wir es verlassen, ist es dunkel draußen. Ich kann nicht genug von ihm bekommen und ihm scheint es ganz genauso zu gehen. Unsere Herzen haben sich viel zu lange nach einander gesehnt.

Uns beiden ist jedoch klar, dass ich die weite Reise nicht allein angetreten bin und dass ich meine Freunde lange genug vernachlässigt habe.

Hand in Hand betreten wir einen gemütlichen Speisesaal, der durch mehrere Feuerstätten und Teppiche an den Wänden und auf dem Boden warmgehalten wird. Rund zwei Dutzend Dämonen sitzen an den Tischen, unterhalten sich und trinken miteinander. Sie werfen mir im Vorbeigehen neugierige Blicke zu, aber niemand von ihnen wirkt offen feindselig.

Phi, Ian und Bird sitzen zusammen mit Dorian, Adam, Clarke und Liliana an einem Tisch. Mein Herz geht auf, als ich sie erblicke. Liliana erhebt sich und eilt in einem dunkelblauen Kleid auf mich zu, um mich zu umarmen.

»Ich freue mich so, dass du wohlauf bist«, wispert sie in mein Ohr und ich drücke sie fester an mich.

»Es ist schön, hier zu sein.«

Sie lässt mich los und lächelt Gareth wissend an, der sich ein eigenes Grinsen nicht verkneifen kann.

»Willkommen«, begrüßt mich Ascia, nachdem wir uns hingesetzt haben.

»Ihr seid ein bisschen spät«, kommentiert Adam und wackelt mit den Augenbrauen. Phi sitzt am weitesten von ihm entfernt, was mich doch etwas amüsiert. Diese Tatsache hält mich allerdings nicht davon ab, zu erröten.

»Du bist doch nur neidisch«, entgegne ich und ernte zustimmendes Gelächter.

»Möglich.« Seine Mundwinkel zucken verräterisch und sein Blick wandert bedeutungsvoll zu Phi, bevor er seinen Becher anhebt. »Auf die dramatische Wiedervereinigung von Jägerin und Dämon.«

»Prost.«

Phi reckt das Kinn, Ian lacht, aber alle stoßen mit an.

»Wann ist die Hochzeit?«, erkundigt sich Elle, die plötzlich hinter mir auftaucht. Ich übergehe ihre Frage und springe vom Stuhl, um sie zu umarmen. »Vater hat mir nicht erlaubt, dich zu besuchen, sonst hätte ich dich schon eher begrüßt.«

»Wie nett von deinem Vater.« Und tatsächlich meine ich das so. Ich hätte vermutlich jeden verflucht, der es gewagt hätte, mich und Gareth zu unterbrechen.

»Immer wieder gerne«, ruft Adam.

Ich setze mich wieder hin und ergreife Birds Hand. »Wie geht es dir?«

»*Uns* geht es gut.« Sie legt ihre andere Hand auf ihren Bauch, den ich wegen der Tischplatte nur zur Hälfte sehen kann. »Dorian war so freundlich, eine Heilerin zu mir zu schicken. Sie sagt, dass mein Baby gesund ist.«

»Das ist wundervoll.« Worte reichen nicht aus, um meine Freude auszudrücken, aber sie sind alles, was ich habe.

»Gareth erzählte mir, dass ihr euch die Burg sofort nach eurer Ankunft gesichert hab?«

»Es war wichtig, Stärke zu zeigen«, antwortet Ascia mit Bedacht. Er wirkt ruhiger, als ich ihn je zuvor gesehen habe. Selbst am Anfang unserer Bekanntschaft hat stets das Raubtier in ihm gelauert. »Die Dämonen brauchen Zeit, um sich wieder an diese Welt zu gewöhnen. Unsere Körper verbinden sich erst nach und nach mit der Natur.«

»Und du willst ihnen dabei helfen? Als Anführer?« Ich weiß nicht, was mich daran stört.

Ascia legt den Kopf schief. »Jemand muss es tun, Jägerin. Zufälligerweise besitze ich bereits den Respekt vieler Dämonen, sodass sich mir niemand in den Weg gestellt hat.«

»Was ist mit den Dämonen, die ihr damals zurückgelassen habt? Wie haben sie eure Rückkehr aufgenommen?« Ich habe ich zwar schon ein wenig mit Gareth darüber unterhalten, aber ich will Ascias Sicht der Dinge erfahren.

Außerdem muss ich an Noah denken, wenn ich in seine glänzenden Augen sehe. Genauso wie ich trägt er den Schmerz in seinem Herzen. Ich will diesen Moment der Gemeinsamkeit noch nicht aufgeben.

»Gut.« Ascia lächelt. »Einige von ihnen halten nichts von einer neuen Regierung, andere begrüßen die Veränderung. Wir werden sehen, was die Zukunft bereithält.«

»Können wir Politik jetzt Politik sein lassen und darüber sprechen, warum ihr vier solch seltsame Augen habt und auch sonst irgendwie … anders ausseht?« Adam wedelt unbestimmt mit der Hand.

»Ich finde die goldenen Ringe sehr hübsch«, antwortet Elle, die sich direkt neben Ian gestellt hat. Sie beugt sich vor, um seine Augen noch genauer zu betrachten, und lässt sich auch nicht von der Röte in seinen Wangen davon abhalten.

»Du findest auch diese Wandbehänge schön, Elle, dabei zeigen sie blutige Feldzüge«, entgegnet ihr Vater und verdreht die Augen.

Elle zieht sich zurück und hebt die Schultern. »Du hast einfach nur keinen Geschmack, Vater.«

»Fühlt ihr euch anders?« Seit der Begrüßung ist es das erste Mal, das Dorian die Stimme erhebt. Obwohl er die Frage uns Jägern stellt, sieht er nur mich an.

»Ein wenig«, gebe ich zu. Meine Körper fühlt sich stärker an, robuster und ich glaube zudem, dass ich mich schneller bewegen kann. »Cleo hat uns gewarnt, dass sich unsere Körper verändern werden.«

»Die Jäger haben uns bereits eingeweiht.« Ascia nickt. »Es sieht wohl so aus, als würden wir keine schnelle Antwort darauf erhalten, was genau ihr nun seid.«

»Aber wir haben alle Zeit der Welt, das herauszufinden«, sagt Gareth und sieht mich ernst an.

»Ganz genau«, flüstere ich. »Gemeinsam.«

Gareth und ich bleiben noch ein paar Stunden in dem Speisesaal, bevor sich die Versammlung auflöst und er mich auf einen Balkon führt. Dort legt er seine Arme von hinten um mich, sodass wir gemeinsam in den Himmel mit den anderthalb Monden blicken können.

Wenn mir jemand vor zwei Tagen gesagt hätte, dass ich bei meinem Königsdämon sein würde, wäre ich vermutlich in Tränen ausgebrochen.

»Es ist ein komisches Gefühl«, sage ich. »Hier zu sein, mit dir und vor uns die Welt. Unendlich viel Zeit.«

»Ich weiß, was du meinst.« Er küsst mein Ohrläppchen. »Ich hätte einen Weg gefunden, Aly.«

Stirnrunzelnd löse ich mich aus der Geborgenheit seiner Arme und drehe mich zu ihm um. Sein Gesicht verrät mir kaum etwas.

»Einen Weg wohin?«

»Zu dir natürlich.« Er legt eine Hand an meinen Rücken und presst mich enger an sich, sodass ich meinen Kopf in den Nacken legen muss. Noch will ich den Anblick seines Gesichts nicht aufgeben. »Ich hätte nicht aufgegeben, bis ich wieder mit dir vereint gewesen wäre. Das zwischen uns ist nicht nur Liebe für mich, Alison, es bedeutet Leben.«

Ich ziehe ihn mit den Händen an seinen Wangen zu mir runter, sodass ich ihn küssen kann. Feuer brennt in meinen Adern.

»Es wundert mich nicht, dass ich wie immer schneller gewesen bin.« Lachend löse ich mich von ihm und laufe davon.

»Du!« Er packt mich an der Hand und wirbelt mich zu sich herum.

Ich lache auf, als er meine Lippen mit unzähligen Küssen bedeckt.

So wird es für immer sein, denke ich und blicke glücklich in den Sternenhimmel hinauf, als sein Mund über meinen Hals wandert. Lachen, Liebe und Freiheit.

»Seite an Seite«, flüstere ich und schließe die Augen.

Namensglossar

Adam Ascia – Königsdämon, Dorians Bruder
Aeshma – Erzdämon, König der Königsdämonen
Alison Talbot – Jägerin, Trägerin des Schlüssels
Arias Wester – Anführer Gilde der Jäger, Evans Vater
Bird Inoue – Jägerin
Clarke – Königsdämon, Trainer
Cleo Hall – Rinnin, Tätowiererin
Colin Ford – Rebell, Träger des Schlosses
Crystal James – Jägerin, besitzt übernatürliche Kraft
Dashan – Häuptling der Hamnea
Dorian Ascia – Königsdämon, König der Stadt Ascia
Eliza – Mensch, Tys Geliebte
Elle Ascia – Königsdämonin, Tochter von Adam und Lystra
Evan Wester – Jäger, Alisons Exfreund
Gareth Davenport – Königsdämon
Hadley Morel – Jäger
Ian Carver – Jäger, Ophelias bester Freund
Joana – Morrigans Freundin
Liliana Ascia – Königsdämonin, Dorians Schwester
Louise Tanner – Königsdämonin, herrscht über Europa
Lystra Melin – Königsdämonin, Elles Mutter
Matthew ›Matty‹ Teagan – Anführerin der Rebellen
Morrigan – Dämonenhexe, Gestaltwandlerin, Königin der Schattendämonen
Noah Redmond – Schattendämon, Dorians Adoptivsohn
Ophelia Frazer – Jägerin
Pilgrim – Kaskadin, Oberste der Kaskaden

Rope	Königsdämon
Saraph	Rinne, Seher
Sousha	Kaskadin
Taio Billings	Königsdämon, König über seine Stadt und aller anderen
Ty	Königsdämon, Trainer, Geliebter Elizas
Vitória Clarke	Königsdämonin

Danksagung

Ich glaube nicht, dass ich dieses Buch ohne die Hilfe so vieler Menschen hätte schreiben können. Es ist doch eine andere Herausforderung, eine Reihe zum Abschluss zu bringen, und dieser Herausforderung stellte ich mich nicht allein.

Es sei als erstes wieder meiner lieben, lieben Freundin Julia Schmuck gedankt. Du bist das der Fels in meiner Brandung. Wenn ich im Meer aus Buchstaben und Worten versinke, dann kann ich mich darauf verlassen, dass du mich da rausholst. Kannst du es fassen, dass es nun schon mein zehntes veröffentlichtes Buch ist? Dass wir so weit gekommen sind? Ich auch nicht, aber mit dir zusammen traue ich mir auch noch zehn weitere zu! Auch auf die Gefahr hin mich zu wiederholen: Danke!

Das Buch wäre bei weitem nicht so, wie es jetzt ist, wenn ich keine fabelhafte Lektorin an meiner Seite gehabt hätte. Danke, Marlena Anders! Deine Kommentare waren immer on point und auch wenn ich mir des Öfteren die Haare gerauft und dir widersprochen habe (ohne dass du es hören konntest haha), hast du mir geholfen, das Beste aus dem Abschlussband um Alison und Gareth herauszuholen.

Ich danke außerdem meiner Verlegerin Astrid für ihr Vertrauen in mich und in meine Bücher, ohne die ich diese Trilogie niemals auf diese Art und Weise hätte verwirklichen können.

Danke an meine Testleser und Freunde, die mir noch den einen oder anderen Denkanstoß geliefert haben – Susanne, Sine, Ramona, Ümran, Nadine. Ihr seid Bombe!

Danke Sanja Gombar für das abschließende Cover, das meine Erwartungen übertroffen hat und Anja Uhren, die mich mit jede ihrer Zeichnungen absolut begeistern kann.

Es bleibt nicht aus, meiner Familie und meinen Freunden zu danken, die mich nie im Stich lassen und auch wenn sie meine Arbeit(sweise) nicht immer verstehen, so unterstützen sie mich durchweg.

Zu guter Letzt danke ich euch – meine Leser! Eure anhaltende Begeisterung hat mir durch jedes Buch geholfen und während ich zweifelte und mich selbst verfluchte, konntet ihr mich durch eure lieben Worte immer wieder aus diesem Abgrund herausholen. Ich hoffe, dass euch das Ende gefallen habt und dass ich euch als Leser von meinen anderen Büchern wieder begrüßen darf! Danke!

Eure Laura

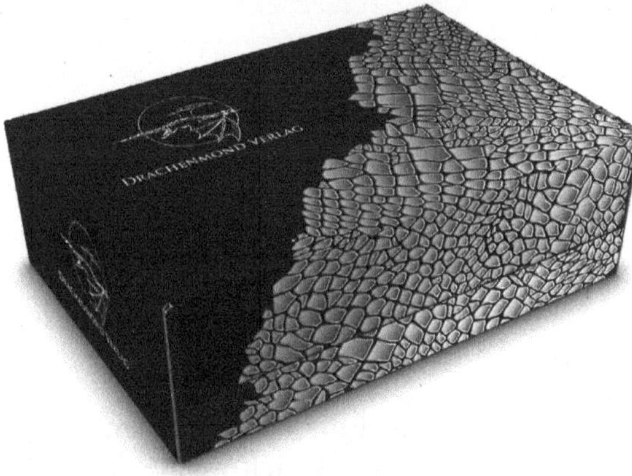
DRACHENMOND VERLAG